बायकला टू बैंकॉक

एस. हुसैन ज़ैदी अपराध और आतंक से जुड़ी तथा खोजी पत्रकारिता के उस्ताद हैं। उन्होंने *द एशियन एज, मुम्बई मिरर, मिड डे* और *इण्डियन एक्सप्रेस* में काम किया है। उनकी अन्य बहुचर्चित पुस्तकों में *ब्लैक फ़्राइडे, माफ़िया क्वीन्स ऑफ़ मुम्बई*, और हाल ही की पुस्तक *डोंगरी टु दुबई : सिक्स डिकेड्स ऑफ़ मुम्बई माफ़िया*, और *हेडली ऐण्ड आइ* शामिल हैं। ज़ैदी एचबीओ द्वारा 26/11 के आतंकवादी हमले पर निर्मित फ़िल्म *टेरर इन मुम्बई* के असोसिएट प्रोड्यूसर भी हैं।

बायकला टू बैंकॉक

मुम्बई अंडरवर्ल्ड के कुख्यात गिरोहबाज़

अरुण गवली • छोटा राजन • अश्विन नाइक

एस. हुसैन ज़ैदी

अनुवाद : मदन सोनी

MANJUL

मंजुल पब्लिशिंग हाउस

First published in India by

MANJUL

Manjul Publishing House
Corporate and Editorial Office
• 2nd Floor, Usha Preet Complex, 42 Malviya Nagar, Bhopal 462 003 - India
Sales and Marketing Office
• C-16, Sector 3, Noida, Uttar Pradesh 201301, India
Website: www.manjulindia.com
Distribution Centres
Ahmedabad, Bengaluru, Chennai, Kochi, Kolkata,
Hyderabad, Mumbai, New Delhi, Pune

This edition first published in English in India
by HarperCollins Publishers India

Byculla to Bangkok – Mumbai's Maharashtrian Mobsters
by S. Hussain Zaidi – Hindi Edition

First published in Hindi by Manjul Publishing House Pvt. Ltd.
in arrangement with HarperCollins *Publishers* India Limited.

This Hindi edition first published in 2014
Third impression 2026

ISBN 978-81-8322-517-5

Translated by Madan Soni
Cover design by Mohsin Rizvi

Printed and bound in India by Manipal Technologies Ltd., Manipal

वेली
और
मेरे बेटों,
अम्मार व ज़ैन को समर्पित,
जो मेरी दुनिया के केन्द्र हैं

लेखक की ओर से

बायकला टू बैंकॉक मेरी पिछली पुस्तक *डोंगरी से दुबई तक* के सिलसिले को पूरा करती है, जिसमें पिछले छह दशकों के मुम्बई माफ़िया और इस शहर के साथ उसके संबंध को बयान किया गया है। *डोंगरी से दुबई तक* दाऊद इब्राहिम पर, एक सड़क छाप ठग से लेकर एक वैश्विक गिरोह-सरगना की हैसियत तक की उसकी तरक्की पर, तथा उसके आसपास के उस ज़माने के उन दूसरे अपराधियों पर केन्द्रित थी, जिन्होंने उसके पनपने में योगदान किया था। इनमें हाजी मस्तान, करीम लाला, बाशु दादा, वरदराजन मुदलियार आदि शामिल थे।

अपनी पहली पुस्तक *ब्लैक फ़्राइडे* लिखते हुए मैंने मुम्बई माफ़िया पर किसी भी क़िस्म के साहित्य की कमी को बहुत गहराई से महसूस किया था। सात सालों के थका देने वाले सघन शोध के बाद जब आख़िरकार 2012 में *डोंगरी से दुबई तक* आ गयी, तो मैंने पाया कि अभी भी बहुत कुछ ऐसा है जो अनकहा रह गया है। *डोंगरी से दुबई तक* जहाँ दाऊद और उसके पहले के लोगों के बारे में बात करती है, वहीं मैंने (अगर मैं बाल ठाकरे के प्रिय नारे का इस्तेमाल कर कहूँ तो) धरती-पुत्रों को छोड़ दिया था। मुम्बई माफ़िया का पुराण कारख़ानों के अन्दरूनी इलाकों से आये इन स्थानीय लड़कों को शामिल किये बिना पूरा नहीं हो सकता जो बायकला, परेल, लालबाग में पैदा हुए थे और जो सामाजिक-आर्थिक दलदल के उस भँवर में फँस गये थे जिसने ग़रीबों को पीढ़ियों से ग़रीबी के चक्र में फँसाकर रखा हुआ था। दक्षिण-मध्य मुम्बई को मैनहटन में बदलते हुए हमें यह याद रखना ज़रूरी है कि हम उन भूलों को सुधारने में नाकामयाव रहे हैं जिन्होंने कभी होनहार नौजवानों को अपराध की दुनिया की तरफ़ खींचा था। किसी भी शहर का विकास तब तक मुमकिन नहीं है जब तक कि यह विकास उसके निवासियों के विकास के नतीजे के तौर पर नहीं होता। कारख़ानों की ज़मीन को उच्चवर्ग के तड़क-भड़क भरे इलाके में तब्दील कर देने से इन इलाकों के हज़ारों नौजवान कर्ज़ में डूबे रह गये। मॉल इसकी भरपाई नहीं कर सकते, क्योंकि वे रोज़गार की सुरक्षा या निजी विकास की परवाह किये बग़ैर दिन के बारहों घण्टे अनथक परिश्रम करते नौजवानों से

भरे पड़े हैं। इसलिए गिरोहबाज़ों में बदल गये गुमराह नौजवानों की पहली खेप की कहानी आज भी प्रासंगिक है और वह इस शहर के सामाजिक इतिहास तथा नक़्शे के साथ इस तरह जुड़ी हुई है कि उसको अलग नहीं किया जा सकता।

छोटा राजन, अरुण गवली, अमर नाइक, अश्विन नाइक, सुरेश मंचेकर, सुनील सावन्त, डी. के. राव तथा बहुत से ऐसे ही लड़के एक ऐसे वक़्त में बड़े हुए थे जब पैसा दुर्लभ था और अवसर बहुत सीमित थे। मुट्ठी भर लोगों को छोड़कर बाक़ी सारे के सारे पुलिस मुठभेड़ों में मारे गये। इनकी कहानी मुम्बई के पुलिस बल की गिरावट की कहानी के समानान्तर चलती है। नब्बे के दशक के शुरूआती सालों तक मुम्बई पुलिस की मोटे तौर पर साख बनी हुई थी लेकिन 'मुठभेड़ों' की शुरूआत के साथ, वे राजनेताओं के हाथों के मोहरे बनकर रह गये। राजनीतिक दलों ने, जिन्होंने शुरूआती तौर पर माफ़िया को संरक्षण दिया था, 'इस्तेमाल कर फेंक देने' की नीति अपनाते हुए उसको उसकी औकात दिखा दी।

इन मुठभेड़ों का एकमात्र बेहतर पक्ष यह था कि थोड़े से स्थानीय लड़कों ने इस पंक्ति से बाहर आने का साहस किया।

इस पुस्तक में मैंने उन बहुत सारी घटनाओं पर बात नहीं की है जिन पर मैंने *डोंगरी से दुबई तक* में विस्तार के साथ चर्चा की थी, जैसे कि जे.जे. हॉस्पिटल गोली-काण्ड या बैंकॉक में छोटा राजन की हत्या की कोशिश। ये और दूसरी वारदातें पिछली पुस्तक में पूरी तफ़सील के साथ समेटी जा चुकी हैं। कुछ सौ पन्नों में मुम्बई के मराठी माफ़िया के समूचे इतिहास का बयान कर पाना भी मुमकिन नहीं है। फिर भी मैंने उन क़िस्सों और आख्यानों को चुना है जिनमें उनके उत्थान और पतन का सार निहित है, ताकि उन पाठकों के सामने एक पृष्ठभूमि स्पष्ट हो सके जो मुम्बई माफ़िया के परिदृश्य के बारे में और ज़्यादा जानना चाहते हैं।

आमुख

6 मई 1993

पुलिस की क्रूज़र कार ख़तरनाक रफ़्तार से भागी जा रही थी। सादी वेशभूषा में क्राइम ब्रांच यूनिट VII के आदमी परेशान थे, क्योंकि वे इस अभियान को लेकर अनिश्चित थे।

वे एक नीली मारुति सुज़ूकी 800 का पीछा कर रहे थे, वह कार जो 1983 में सड़कों पर उतरने के पल से ही ज़्यादातर हिन्दुस्तानियों की पसन्दीदा कार बन चुकी थी। मुम्बई माफ़िया को यह छोटी कार बहुत पसन्द थी; जब पुलिस बेतरह पीछा कर रही हो, तो उसके साथ छल करने में इस कार से बहुत आसानी होती थी।

पीछे की सीट पर चन्द्रकान्त तलवलकर नाम का आदमी था। आगे की सीटों पर बैठे हुए दो आदमी मुम्बई के सबसे ख़ूँख़ार हत्यारे माने जाते थे : सुभाष और गणेश कुंचीकर्वे। ये दोनों मिलकर मकड़वाला ब्रदर्स के नाम से जाने जाते थे। इनकी जाति झाड़ू और टोकरी बनाने तथा बन्दरों को सड़क के तमाशे सिखाने के लिए जानी जाती थी, इसी वजह से ये मकड़वाला कहलाते थे। दक्षिण-मध्य मुम्बई के धारावी इलाके के मकड़वाला मुहल्ले में कुंचीकर्वे समुदाय बसा हुआ था। यह एक सीधा-सादा समुदाय था जो उस तरह के कामों के लिए नाक़ाबिल समझा जाता था जिस काम को ये भगोड़े अंजाम देने वाले थे। कुख्यात सुभाष कुंचीकर्वे के हाथ झाड़ू नहीं बल्कि एके-56 को थामते थे। यह भी एक ऐसे वक़्त में जब मुम्बई ने ऑटोमैटिक मशीन गनों के बारे में सुना भी नहीं था; मुम्बई पुलिस अब भी 1940 के ज़माने की गयी-गुज़री सैल्फ़-लोडिंग रायफ़लों से जूझ रही थी।

मकड़वाला ब्रदर्स येरुकला नामक उस शिकारी समुदाय का हिस्सा थे जिसने जब अपनी आजीविका का हक़ गँवा दिया, तो उसको जबरन बिरादरी से बाहर कर दिया गया था; जंगली जानवरों का शिकार करने और उनको पकड़ने पर 1878 में पाबन्दी लगा दी गयी थी। ये लोग आन्ध्र प्रदेश, कर्नाटक

और तमिलनाडु से थे, और उत्तर में ये भीलों तथा किरातियों से सम्बन्ध रखते थे। अँग्रेज़ों ने 1935 में इनको अपराधी क़बीला घोषित कर दिया था। वे इस तरह के ठप्पे वाले पन्द्रह क़बीलों में से एक थे, जिसका नतीजा था कि जब कभी उनकी बसावटें एक जगह से दूसरी जगह पर जाती थीं, तो उनको इसकी सूचना पुलिस को देनी होती थी। वे दो ज़ुबानों का इस्तेमाल करते थे - एक अपने क़बीले के लोगों से बातचीत के लिए जिसमें गुप्त संकेत हुआ करते थे, और दूसरी बाहरी लोगों से बातचीत के लिए।

1930 में यह क़बीला विस्थापित होकर मुम्बई आ गया, और उनमें से कई धारावी के उस हिस्से में बस गये जो आज मकड़वाला मोहल्ला के नाम से जाना जाता है। क़बीले की औरतों के बारे में माना जाता था कि वे बहुत अच्छी भविष्यवक्ता हुआ करती थीं। लेकिन भविष्यवक्ता होने का यह काम मुम्बई में वैसी उठान नहीं ले सका जैसी कि उनको उम्मीद थी, और उन्होने एक बार फिर हाशिये की अपनी हैसियत मंज़ूर कर झाड़ुएँ बनाना, टोकरियाँ बुनना, और बन्दरों को प्रशिक्षण देना शुरू कर दिया। येरुकला इतने अचूक और दक्ष शिकारी हुआ करते थे कि वे किसी दौड़ते जानवर या उड़ते हुए परिन्दे को बहुत आसानी से गिरा सकते थे; मकड़वाला ब्रदर्स की अचूक निशानेबाज़ी की काबिलियत को माना जाता था।

सुभाष मकड़वाला उस गुट में शामिल था जिसका मुखिया अनिल परब हुआ करता था, जो दाऊद इब्राहिम का भरोसेमन्द सहयोगी था। सुभाष के नाम कोई पच्चीस से ज़्यादा हत्याएँ करने का रिकॉर्ड था, जिनमें से ज़्यादातर एके-56 की बेरहम गोलियों की बौछारों से की गयी थीं। माफ़िया के कारनामों के तौर पर नामी-गिरामी लोगों के मारे जाने की और दिनदहाड़े हत्याओं की मुम्बई अभ्यस्त थी। लेकिन नागरिकों की हत्याओं के लिए रूस में निर्मित कलाश्निकोव नाम की मारक बन्दूक़ के इस्तेमाल ने कड़े से कड़े दिल वाले पुलिस अफ़सरों तक के ख़ून में सिहरन पैदा कर दी थी।

अपनी एके-56 के साथ सुभाष यूँ चलता था जैसे बारिश के मौसम में लोग अपना छाता लेकर चलते हैं। वह उसे हर कहीं साथ लिये रहता था। जब वह किसी बियर बार में जाता, तो बन्दूक़ को मेज़ पर रख लेता। उसके क़रीबी सहयोगी उस बन्दूक़ और उसके मालिक, दोनों से ख़ौफ़ खाते थे : सुभाष मामूली से उकसावे पर भी अन्धाधुन्ध गोलियाँ दागने के लिए कुख्यात था।

मकड़वाला ब्रदर्स द्वारा पैदा की गयी दहशत मुम्बई के कारोबारी समुदाय में फैल चुकी थी। बिल्डरों, होटल व्यवसायियों, शेयर दलालों, फ़िल्म निर्माताओं,

वितरकों और अभिनेताओं तक को इनके द्वारा धमकाया, सताया गया था, शोषण किया गया था। सुभाष ख़ासतौर से कुख्यात था। नकसुरी खनखनाहट के साथ गाने वाली एक असहाय भरे बदन वाली पाकिस्तानी अभिनेत्री पर उसकी नज़र थी, और वह उसकी कुत्सित भावनाओं की शिकार थी। इस गिरोहबाज़ ने बॉलीवुड की इस मलिका का ख़ासे लम्बे अरसे तक यौन-शोषण किया, और कहा जाता है कि हर बार उसके साथ बलात्कार करने के पहले वह उसे गाने के लिए मजबूर किया करता था। वह इस क़दर दहशतज़दा थी कि वह पुलिस में उसके ख़िलाफ़ एक औपचारिक शिकायत दर्ज कराने की हिम्मत भी नहीं जुटा सकी।

मुम्बई पुलिस मकड़वालाओं के दहशत के जश्न की निरी मूकदर्शक बनकर रह गयी थी। पुलिस की नपुंसकता और उनके बुनियादी उसूल 'क़ायदा में फ़ायदा' ने सुभाष मकड़वाला को इतना दुस्साहसी बना दिया था कि वह शेखी बघारा करता था कि उसको गिरफ़्तार करना या मारना तो दूर की बात है, सिवाय स्पेशल ऑपरेशन स्क्वाड (एसओएस) के उसको कोई छू भी नहीं सकता।

और यह ऐसी ही एक कोशिश थी। अपराध शाखा की बान्द्रा यूनिट को ख़बर मिली थी कि सुभाष और उसके आदमी मुम्बई के उत्तरपूर्वी उपनगर घाटकोपर के अमृत नगर का एक फ़्लैट छोड़ने वाले हैं, और वह तुरन्त हरक़त में आ गयी।

कुछ ही पलों के भीतर इंस्पेक्टर शंकर काम्बले इस फ़्लैट पर छापा मारने की इजाज़त के लिए अपराध शाखा से सम्बद्ध अतिरिक्त पुलिस कमिश्नर (एसीपी) हसन ग़फ़ूर से टेलिफ़ोन पर सम्पर्क कर रहा था। ग़फ़ूर का दिलेरी और इरादे से भरा जवाब था : 'मकड़वाला को किसी भी हालत में मुर्दा या ज़िन्दा पकड़ा जाए'। यह 6 मई 1993 की रात थी, शहर अभी भी 12 मार्च के एक के बाद एक हुए धमाकों से हिला हुआ था और ग़फ़ूर शहर से माफ़िया की दहशत को उखाड़ फेंकने की क़सम खा चुका था। यह निर्देश उसको बहुत मँहगा पड़ने वाला था।

लेकिन यह आदेश उन खेले-खाये सादी पोशाकवाले अफ़सरों के लिए हिम्मत बँधाने वाला था जो तुरन्त ही अमृत नगर की तरफ़ कूच कर गये थे। काम्बले ने उन यहाँ-वहाँ बिखरे अफ़सरों की टीम तैयार करते हुए दूरदर्शिता का परिचय दिया था, जो जोखिम उठाने की इच्छा रखते थे। बाद के दिनों में, यही टीम मुठभेड़ में महारथ हासिल करने वाली मुम्बई की सबसे बड़ी टीम साबित हुई थी।

सब-इंस्पेक्टर विजय सलस्कर और प्रदीप शर्मा इस टीम के हिस्से थे।

सलस्कर ने स्टीयरिंग सँभाला और उसकी बग़ल में शर्मा गोद में .9 एमएम की बंदूक (कार्बाइन) सँभालकर बैठ गया।

हौसला तो बाद की बात थी, वे ठीक से यह भी नहीं जानते थे कि वे वहाँ से अपने पैरों पर वापस लौटेंगे या स्ट्रैचर पर। अपने दफ़्तरों से निकलने से पहले उन सबने अपने घरों पर फ़ोन कर मायूस लहज़े में अपनी बीवियों और बच्चों से बात की थी और उनको अपनी मंज़िल के बारे में या उन पर अचानक उमड़ आये अपने प्रेम की वजह के बारे ज़रा-सा भी संकेत नहीं दिया था।

जैसे ही पुलिस की क्रूज़र इमारत पर पहुँची, उन्होंने नीली मारुति को इमारत के अहाते से बाहर निकलते देखा। आख़िरकार पकड़े ही गये!

सलस्कर ने तुरन्त ही सुभाष को पहचान लिया और उसका रास्ता रोकने की कोशिश की, हालाँकि वह सुभाष की कुख्यात एके-56 को लेकर चौकन्ना था। मारुति ८०० के ड्राइवर ने पुलिस को डिपर दिया। सलस्कर ने उसकी परवाह नहीं की।

ड्राइवर ने कार को तुरन्त ही पीछे की तरफ़ लिया, मोड़ा और ज़बरदस्त करतब दिखाते हुए उसको सीधा किया, जिसके जवाब में कार के पहिये चीख़ उठे, और उसने उलटी दिशा में अमृत नगर की खड़ी ढलान पर चढ़ना शुरू कर दिया।

अब ड्राइवर के तौर पर अपनी उस्तादी दिखाने की सलस्कर की बारी थी। उसने एक्सिलरेटर पर क़रीब-क़रीब खड़े होते हुए इंजन को रफ़्तार दी और दूसरी कार के आगे निकल गया। अब दोनों वाहन दौड़ रहे थे, अँधेरी रात में दोनों के बाजू एक दूसरे से टकरा रहे थे। उस वक़्त अमृत नगर का विकास होना बाक़ी था, और उसका आधारभूत ढाँचा लस्तमपस्तम हालत में था। सड़कों पर स्ट्रीट लाइट्स तक का इन्तज़ाम नहीं था, इसलिए दोनों वाहन लगातार एक दूसरे से घिसटते रहे।

सलस्कर ने चिल्लाकर प्रदीप शर्मा को विण्डस्क्रीन के रास्ते गोली दागने को कहा, साथ ही उसको निर्देश दिया कि वह खिड़की से बाहर सिर न निकाले जैसा कि वह कर रहा था। ऐसे मौक़ों पर एक सेकेण्ड के मामूली से हिस्से की देरी भी कभी-कभी पूरे अभियान के नतीजे को बरबाद करके रख सकती है।

अचानक, मारुति ८०० के पहिये ज़ोर से चीख़े और वाहन एक पेड़ से जा टकराया। सुभाष ने अपनी एके-56 को उठाया और उसकी गोलियों ने पुलिस की जीप के सामने के शीशे को झकझोर दिया। यह फ़ैसले का क्षण था।

लगातार गोलियों की आवाज़ से रात का सन्नाटा छलनी हो रहा था, क्योंकि शर्मा ने भी फ़ुर्ती से मोर्चा सँभालते हुए अपनी कार्बाइन से गोलियाँ दागनी शुरू कर दी थीं। पुलिस की टीम के लिए यह करो या मरो का क्षण था।

सलस्कर और काम्बले ने अपने .38 हथियार सँभाले और उन निशानेबाज़ों पर राउण्ड दर राउण्ड गोलियाँ चलाने लगे, इस उम्मीद से कि गिरोहबाज़ों से पहले वे अपने निशाने तक पहुँच जाएँ। जल्द ही दूसरी तरफ़ ख़ामोशी छा गयी। लम्बे समय के बाद आख़िरकार फ़तह हाथ लगी! क्राइम ब्रांच के पुलिस वालों ने किसी तरह मुम्बई के मोस्ट वाण्टिड गिरोहबाज़ों का सफ़ाया कर दिया।

यूँ तो यह मुठभेड़ कुछ ही पलों तक चली थी, लेकिन पुलिस दल के लिए यह अनन्तकाल की तरह लग रही थी। कार में से दो एके-56 बन्दूकें और बड़ी तादाद में कारतूस, पिस्तौलें और ग्रेनेड बरामद हुए।

पुलिस महकमे ने सामूहिक रूप से चैन की लम्बी साँस ली। सबसे बुरा दौर बीत चुका था। या, क्या वाक़ई बीत चुका था?

मकड़वालाओं के मारे जाने के साथ मुम्बई के माफ़िया के इतिहास का एक और अध्याय ख़त्म हो चुका था। कारोबारी समुदाय के लोगों ने पटाखे फोड़े और जश्न मनाया। अगले दिन के अख़बारों में क़सीदे से भरी रिपोर्टें छपीं और मीडिया ने शर्मा और सलस्कर को हीरो बना दिया।

हसन ग़फ़ूर अपने आदमियों की इस कामयाबी से बहुत उत्साहित थे और इन जाँबाज़ों का अभिनन्दन करना चाहते थे जिन्होंने इस तरह से अपनी ज़िन्दगियों को दाँव पर लगाया था। अगले दिन उन्होंने उनको पुलिस मुख्यालय में बुलाया ताकि वे उनको उनकी वाजिब तारीफ़ करते हुए पुलिस कमिश्नर के सामने पेश कर सकें।

सब-इंस्पेक्टर रैंक के अफ़सरों के लिए पुलिस कमिश्नर की सराहना और प्रोत्साहन के शब्द ओलम्पिक के स्वर्ण पदक से कम नहीं होते। इसलिए, जब ग़फ़ूर ने यह कहने के लिए फ़ोन किया कि वे उनको पुलिस कमिश्नर अमरजीत सिंह सामरा से मिलवाना चाहते हैं, तो पुलिस पार्टी उम्मीदों से भर उठी।

सामरा एक ईमानदार पुलिस अफ़सर थे और आईपीएस की नौकरी का उनका समूचा कार्यकाल किसी भी तरह के विवादों के मामले में एकदम साफ़ रहा था। 1992-93 के साम्प्रदायिक दंगों के दौरान जब सारा मुल्क जल रहा था और सड़कों पर ख़ून बह रहा था, तो ठाणे में अमन क़ायम रहा था और वहाँ साम्प्रदायिक असन्तोष की कोई वारदातें नहीं हुईं थीं। इन्हीं आला दर्जे की

कामयाबियों की वजह से उनको मुम्बई के पुलिस मुखिया की ज़िम्मेदारी मिली थी। लेकिन, यह प्रभार लेने के कुछ ही दिनों के भीतर उनको निहायत ही अनहोने ढंग से विरोधी ताक़त का मुक़ाबला करना पड़ा : 12 मार्च को इस शहर को एक सबसे भयावह हमले को झेलना पड़ा।

इन विस्फ़ोटों ने पुलिस बल के मुस्लिम अधिकारियों को, उनके ओहदों के बावजूद, बहुत हतोत्साहित कर दिया था। वे इन दहशतगर्दों के कारनामों से बहुत परेशान और शर्मिन्दा थे, जिन्होंने भले मुसलमान होने का पाखण्ड किया था। ग़फ़ूर, जो खुद भी एक मुसलमान थे, को खुद ही इस नर्क से गुज़रना पड़ा था और वे समझ नहीं पा रहे थे कि इस वहशियाना हरक़त की क्या कैफ़ियत दें जिसने पूरे समाज को कलंकित कर दिया था।

ग़फ़ूर को उम्मीद थी कि मकड़वाला मुठभेड़ से पुलिस बल के गिरते हुए आत्मविश्वास को बल मिलेगा। लेकिन जिस वक़्त वह पुलिस दल को मुख्य इमारत की पहली मंज़िल पर स्थित कमिश्नर के ऑफ़िस में लेकर जा रहा था, तब वह नहीं जानता था कि उसके साथ क्या होने वाला है।

उसने केबिन का दरवाज़ा खटखटाया और अन्दर चला गया, पीछे-पीछे आते पुलिस अधिकारियों के दल के साथ जिन्होंने एक कतार में खड़े होकर सामरा को एक कड़क सैल्यूट दिया। पगड़ीधारी सिख पुलिस अफ़सर ने ग़फ़ूर की ओर जिज्ञासा के भाव से देखते हुए पूछा ये कौन लोग हैं और इनके यहाँ आने की क्या वजह है। ग़फ़ूर ने गर्व और कुछ संकोच के मिलेजुले लहज़े में कहा, 'सर, ये वही अफ़सर हैं जो मकड़वाला को मार गिराने में कामयाब रहे हैं। मैंने सोचा कि आप शायद इनसे मिलना चाहें और इनके इस अच्छे काम के लिए इनकी सराहना करना चाहें।'

इसके बाद जो कुछ हुआ उसने ग़फ़ूर को चकरा दिया। आमतौर से ठण्डे दिमाग़ वाला सामरा उठ खड़ा हुआ और चिल्लाया, 'क्या बेवकूफ़ी है! तुम इनको लेकर यहाँ क्यों आये? मैं इन हत्यारों से नहीं मिलना चाहता। इनसे कहो कि ये यहाँ से जाएँ। निकलो!'

काम्बले, सलस्कर, शर्मा और दूसरे अफ़सरों ने एक दूसरे की तरफ़ देखा और तेज़ी से दरवाज़े की तरफ़ बढ़े। वे सीधे रिसेप्शन पर जाकर ही रुके, जहाँ उन्होंने ग़फ़ूर का इन्तज़ार किया। उन्होंने एक दूसरे से एक शब्द भी नहीं कहा जब तक कि ग़फ़ूर चेहरे पर पसीने की छलछलाती बूँदें और चिन्ता की लकीरें लिये झेंपता हुआ सा पुलिस कमिश्नर के कमरे से बाहर नहीं आ गया।

'कमिश्नर का कहना है कि जो तीन लोग इस मुठभेड़ में मारे गये हैं उनमें

एक का कोई अपराधिक रिकॉर्ड नहीं था। वे उसकी मौत से बहुत दुखी हैं,' ग़फ़ूर ने अपने बॉस के आक्रोश की कैफ़ियत देने की कोशिश की।

काम्बले ने, जो कि मुम्बई पुलिस बल का निहायत ही मुँहफट और ज़बाँदराज़ अफ़सर माना जाता था, ज़बरदस्त सहनशीलता का परिचय दिया जब उसने ग़फ़ूर से कहा, 'सर, जब कोई हम पर गोलियाँ दागना शुरू कर देता है और हमारी जान ख़तरे में होती है, तो हम उस व्यक्ति के अपराधिक रिकॉर्ड को जाँचने का इन्तज़ार तो नहीं कर सकते। हम अपनी जान बचाने के लिए जवाबी हमला करते हैं। फिर ये लोग मकड़वाला के साथ थे। हमारे लिए उनमें से हरेक उतना ही ख़तरनाक था जितना कि मकड़वाला।'

ग़फ़ूर से सिर हिलाया। लेकिन जैसे ही वह जाने को हुआ, उसने कहा, 'वे अब और कोई मुठभेड़ें नहीं चाहते।'

वह चला गया। कामयाबी की जिस पार्टी की इतनी ज़्यादा उम्मीद की गयी थी वह क्राइम ब्रांच पर उदासी का एक और बादल मँडराता हुआ छोड़कर नाकाम साबित हो गई।

जल्दी ही, हसन ग़फ़ूर को क्राइम ब्रांच से चलता कर दिया गया, जिसकी वजहें हालाँकि ऊपरी तौर पर प्रशासनिक बतायी गयीं, और उनको ऐण्टी-करप्शन-ब्यूरो नाम के साधारण से प्रभाग में तैनात कर दिया गया।

हालाँकि दो अधिकारियों पर इन घटनाओं का कोई असर नहीं हुआ : विजय सलस्कर और प्रदीप शर्मा। उन्होंने क्राइम ब्रांच में अपना काम जारी रखा और दूसरी योजनाओं में लगे रहे, जिनके बारे में सिर्फ़ वे ही जानते थे।

1
औरंगाबाद जेल का शहंशाह

विधायक बने मुम्बई के सबसे ख़ूँख़ार गिरोह-सरगना अरुण गवली को 12 अगस्त 2013 को शिव सेना के भूतपूर्व कॉर्पोरेटर कमलाकर जामसंदेकर की हत्या के जुर्म में मकोका (महाराष्ट्र कण्ट्रोल ऑफ़ ऑर्गनाइज़्ड क्राइम ऐक्ट) के अन्तर्गत अपराधी घोषित कर आजीवन कारावास की सज़ा सुना दी गयी थी। जामसंदेकर की मार्च 2008 में उपनगर घाटकोपर के उनके घर पर गोली मारकर हत्या कर दी गयी थी।

गवली पर आरोप था कि उसने ज़मीन के एक टुकड़े को लेकर चल रहे विवाद के चलते जामसंदेकर की हत्या के लिए अपने आदमियों को 30 लाख रुपये का भुगतान किया था। अदालत ने उसके साथ-साथ ग्यारह अन्य लोगों को दोषी ठहराया था।

अदालत ने गवली को बीस साल के लिए जेल भेज दिया : दस साल हत्यारे, संगठित अपराधियों के गिरोह का एक सदस्य होने के लिए, और दस साल एक्सटॉर्शन (लोगों को धमकाकर उनसे जबरन धन हड़पने) के लिए। फ़ैसला सुनाते हुए न्यायाधीश पृथ्वीराज चव्हाण ने कहा, 'मौत की सज़ा देने की बजाय, मैं तुमको आजीवन कारावास की सज़ा दे रहा हूँ'।

अरुण गवली के दोषी ठहराये जाने पर मैं नब्बे के दशक के दौरान उसकी ताक़त और अच्छे-ख़ासे दबदबे के बारे में सोचने लगा, एक ऐसी चीज़ जिसका गवाह मैं खुद रह चुका था जब मैंने इस गिरोहबाज़ से पहली दफ़ा मिला था। यह 1996 में औरंगाबाद के हर्सुल जेल की चहारदीवारियों के भीतर हुई मुलाक़ात थी।

हर्सुल महाराष्ट्र के सबसे बड़े क़ैदखानों में से एक है, और गवली तथा उसका गिरोह वहाँ अपने दिन गुज़ार रहे थे तथा औरंगाबाद की मसालेदार कढ़ी खा रहे थे; यह एकमात्र जगह थी जहाँ वे दूसरे सरगनाओं के गिरोहबाज़ों के

साथ तलवारें भाँजे बग़ैर चैन से रह सकते थे।

उस वक़्त इस पेशे में आये हुए मुझे बमुश्किल दो बरस हुए थे और मेरे साथ मेरी बीवी वेली थेवर थी जो तब तक क्राइम रिपोर्टिंग के क्षेत्र में ख़ासी स्थापित हो चुकी थी। इस मुलाक़ात के लिए, जो गवली के ख़ास सहयोगी सन्तोष द्वारा तय की गयी थी, हम मुम्बई से औरंगाबाद के लिए रात की ट्रेन पकड़कर पहुँचे थे।

इस इण्टरव्यू के लिए मुझे प्रेरित किया था मेरे अद्‌भुत बॉस सई सुरेश सिवस्वामी ने, जो उस समय नये-नये शुरू हुए एक्सप्रेस न्यूज़लाइन के सम्पादक थे। मुख्य समाचार पत्र के साथ-साथ शहर का एक पुल-आऊट संस्करण निकालने का विचार पक रहा था। *बाम्बे टाइम्स,* अपने पालतू अवतार से अलग अब, अपने मुख्य समाचार पत्र *टाइम्स ऑफ़ इण्डिया* के पाठकों के सामने चुनौती पेश कर रहा था, और जवाब में *एशियन* एज तथा *इण्डियन एक्सप्रेस* दोनों ने ही क्रमशः द मुम्बई एज और न्यूज़लाइन नाम से अपने-अपने नगर संस्करण शुरू किये थे।

सई और और मेरे बीच तुरन्त ही अच्छी ख़ासी पटने लगी। दूसरे सम्पादकों की तरह वे हुक्म नहीं देते थे बल्कि उसकी जगह चुनौती पेश करते थे। 'दम है, तो जाओ और गवली का इण्टरव्यू जेल में करके दिखाओ,' उन्होंने मुझसे कहा था। इसलिए मैं बेशर्मी के साथ औरंगाबाद के लिए चल पड़ा, इस अनिश्चय के साथ कि पहली बात तो ये कि मैं इण्टरव्यू कर भी पाऊँगा या नहीं और साथ ही यह भी सोचता जा रहा था कि जेल के क़ायदों से मैं पार कैसे पा पाऊँगा।

सबसे पहले मैं गिरोह से सम्पर्क हासिल करने दगड़ी चाल पहुँचा था, और अन्ततः सन्तोष से मेरा परिचय हुआ। मैं इस क़दर भोला था कि जब उसने मुझसे पूछा, 'डैडी से मिलना है,' तो मुझे लगा कि वह पूछ रहा है कि क्या मैं बजाय गवली के उसके बाप से मिलना चाह रहा हूँ। सन्तोष हँसा और उसने स्पष्ट किया : 'मेरे डैडी का इण्टरव्यू लेने ऊपर जाना पड़ेगा!'

मुलाक़ात तय हो गयी। हर्सुल के परिसर में हमने अपने प्रेस के परिचय पत्र नहीं लहराये। वेली सच्चे मानी में एक रिपोर्टर थी और मुझे कहना होगा कि मैंने उस जैसा पत्रकार नहीं देखा। जब मैं इन्तज़ार कर रहा था कि मेरा सम्पर्क-सूत्र प्रगट हो और इण्टरव्यू के लिए मुझे जेल के अन्दर ले जाए, वह आसपास घूमना और परिसर के अन्दर पालथी मारे बैठे लोगों से किस्से सुनना शुरू कर चुकी थी।

बाद में, बड़े पछतावे के साथ, उसने मुझे बताया कि उसने एक अद्भुत नज़ारा देखा था और, अपनी ज़िन्दगी में पहली बार, वह एक पत्रकार के रूप में विफल हुई थी। वह एक बूढ़े से मिली थी जो बेसब्र नज़रों और ज़ाहिरा तौर पर उतावलेपन के साथ किसी का इन्तज़ार कर रहा था। जब वेली ने पुलिस के लोगों से उसके बारे में पूछा, तो उन्होंने उसको बताया कि वह आदमी क़रीब-क़रीब पूरी ज़िन्दगी जेल में गुज़ारने के बाद अभी-अभी वहाँ से बाहर निकला है। वेली ने उससे बात करने की काशिश की, लेकिन वह अपने में बेतरह डूबा हुआ था। आख़िरकार, लगा जैसे कई घण्टे बीत गये हों, एक जर्जर-सी बूढ़ी औरत रिवायती मराठी अन्दाज़ में नौ गजी साड़ी में लिपटी हुई जेल के औरतों वाले हिस्से से निकली। वह आदमी उसके पास भागता हुआ पहुँचा और नौजवान प्रेमियों की तरह दोनों एक दूसरे के गले लगकर रोने लगे।

वेली बहुत जज़्बाती हो उठी लेकिन उनके इस मिलन में बाधा डालना उसको ठीक नहीं लगा। फिर वह इस बात को लेकर भी बहुत परेशान थी कि अगर वह एक स्टोरी की ख़ातिर जेल के अन्दर इस जोड़े के पीछे लग गयी तो मेरे काम का क्या होगा।

वेली की चिन्ता ग़लत नहीं थी। उसके मुक़ाबले मैं निहायत ही अनाड़ी था। मैं महज़ सत्ताईस साल का था और, अलावा हिन्दी फ़िल्मों के, मैंने जेल के अन्दर का हिस्सा कभी नहीं देखा था। हर्सुल एक चकरा देने वाला दुर्ग था, सुरक्षाकर्मियों से अटा हुआ, और मैं अपने इण्टरव्यू को लेकर बहुत चिन्तित था।

जहाँ हर किसी की तलाशी ली जा रही थी, लगा कि मेरे सम्पर्क-सूत्र और मेरी तरफ़ सुरक्षाकर्मियों का ध्यान नहीं गया। बग़ैर किसी रोकटोक के कई बड़े हॉल और गलियारों की भूलभुलैया पार करने के बाद आख़िरकार हमें एक बड़े कमरे में ले जाया गया। उसमें बेहद मामूली-सा साज़ो-सामान था, मात्र दो कुर्सियाँ और एक बेंच। पुलिस का जो अफ़सर मुझे और मेरे सम्पर्क-सूत्र को लेकर गया था, उसने कहा, 'कृपया यहाँ इन्तज़ार करें। डैडी थोड़ी ही देर में आएँगे।' मैं हैरत में था। आख़िर एक ख़ाकी वर्दीधारी अफ़सर अरुण गवली को डैडी कहकर क्यों पुकार रहा है?

हम गवली के आने का इन्तज़ार करने लगे। कुछ मिनटों बाद हमें बड़े से लोहे के दरवाज़े के खुलने की आवाज़ और बहुत हल्की-सी पदचाप सुनायी दी, मानो कोई स्त्री या कोई बच्चा चला आ रहा हो। हमने सिर उठाया और अपने सामने एक दुबले, ठिगने आदमी को देखा, बमुश्किल 5 फ़ुट लम्बा, दुर्बल, लेकिन साफ़ कलफ़दार सफ़ेद कुर्ता-पायजामा पहने हुए और सिर पर, इस लिबास को

मुकम्मल शक्ल देती हुई नेहरू टोपी धारण किये हुए। अगर उसके बौने-से ढाँचे पर ध्यान न दिया जाता, तो इस आदमी को मुम्बई के डिब्बेवालों के नमूने के तौर पर देखा जा सकता था। उसकी दाढ़ी एकदम सफ़ाई के साथ बनी हुई थी, और बहुत सफ़ाई के साथ सँवारी गयीं, कमल हसन-अन्दाज़ की मूछें थीं, और बालों पर अच्छी तरह से तेल मला हुआ था। उसके साथ दो पुलिसवाले थे जो उसके सम्मान में पिघलते से लग रहे थे। वह किसी क़ैदी की तरह नहीं लग रहा था। गवली अच्छी पोशाक में, आराम से, और पूरी तरह से घरेलू माहौल में रहता हुआ लग रहा था।

बिचौलिये ने श्रद्धा-भरे लहजे में ऐलान किया, 'डैडी आ गये।'

मुझे जो झटका लगा था उसे छुपाना पड़ा। मैंने इस आदमी की तस्वीरें देखी थीं, लेकिन इस नज़ारे के लिए मुझे कोई चीज़ तैयार नहीं कर सकी थी। ज़बरदस्त शख़्सियत, कड़कती आवाज़ और चौड़े कन्धों वाले हिन्दी फ़िल्मों के खलनायकों के अभ्यस्त दिमाग़ के लिए यह एक निहायत ही उलट तस्वीर थी। लेकिन उसकी नज़रें दिलचस्प थीं। वे छलावे और बहुत सारे ख़ुफ़िया रहस्यों से भरी हुई थीं : ऐसी नज़रें जिन्होंने ज़िन्दगी को जिया था और जिनमें जीते चले जाने की ख़्वाहिश थी।

'नमस्कार,' मैंने हाथ जोड़ते हुए कहा।

अरुण गवली ने भी उसी अन्दाज़ में हाथ जोड़ दिये।

'हाँ बोल, क्या चाहिए।' उसने जिस अन्दाज़ में इन शब्दों का उच्चारण किया था, वह कुछ ऐसा था जैसे कोई शहंशाह ख़ैरात बाँट रहा हो और मैं, एक नाचीज़ चाकर था जो उससे सुनवाई की भीख माँग रहा हो। मुझे खुद को यह विश्वास दिलाने के लिए अपनी चिकोटी काटनी पड़ी कि मैं ज़बरदस्त पहरे से भरे एक क़ैदख़ाने में एक टाडा के आरोपी के सामने खड़ा हुआ हूँ।

'मैं आपसे एक इण्टरव्यू करना चाहता हूँ, जिसके लिए मुझे 15-20 मिनट का आपका समय चाहिए,' मैंने जवाब दिया।

डॉन ने एक कुर्सी पर तशरीफ़ रखी और मेरे लिए चाय और नाश्ता पेश किया। मैंने मना कर दिया, साथ में यह जोड़ते हुए कि 'मैं आपके पैसे से ख़रीदी गयी कोई चीज़ नहीं चाहता।' यह कहते हुए मैंने अपने को साहसी महसूस किया था, लेकिन कई साल बीत जाने के बाद मैंने महसूस किया कि बाद के दिनों में मैं गिरोहबाज़ों के सामने अपनी नापसन्दगी का इज़हार वैसे दोटूक तरीक़े से कभी नहीं कर सका। अब, जब मेरे सामने कोई चीज़ पेश की जाती है, तो मैं उनसे

कहता हूँ कि मैंने अभी-अभी लंच लिया है, या यह कि मैं चाय-कॉफ़ी/ठण्डे पेय आदि नहीं लेता, या मैं कह देता हूँ कि मेरी तबीयत ठीक नहीं है। मुझे याद है, अभी हाल ही में कोई तीन बरस पहले, जब मैं और मेरी पत्नी हिन्दुस्तान के एक मोस्ट वाण्टिड शख़्स की बहन से इण्टरव्यू करने उसके घर पर गये थे - मेरी पत्नी मेरे साथ इसलिए गयी थी क्योंकि उसके भीतर बैठी पत्रकार को एक स्त्री-डॉन से इण्टरव्यू करने के ख़याल को अपने अन्दर रोक पाना मुश्किल लग रहा था - तो मैंने उसके अभिवादन में खड़े होने से इंकार कर दिया था, जिसके लिए मेरी पत्नी ने मेरी निन्दा की थी।

उसकी जगह कोई दूसरा आदमी होता तो मेरे इस घमण्डी रवैये पर इण्टरव्यू छोड़कर चला गया होता, लेकिन गवली ने ऐसा नहीं किया। उसकी भँवें टेढ़ी ज़रूर हुईं लेकिन उसने कुछ कहा नहीं।

इण्टरव्यू शुरू हुआ और अपनी फ़ितरत पर आते हुए मैंने किसी भी क़िस्म की मुरव्वत बरतने से इंकार करते हुए तमाम तरह के मुश्किल में डालने वाले सवाल पूछना शुरू कर दिये। हमने उसके प्रतिद्वन्द्वियों के बारे में बात की : दाऊद इब्राहिम और बाल ठाकरे तथा मुम्बई पुलिस आदि समेत उन तमाम लोगों के बारे में जो उसके ख़ून के प्यासे थे।

इण्टरव्यू के दौरान, दो बार एक पुलिस वाले ने हमारी बातचीत में बाधा डाली, यह कहते हुए कि वह अपने बैरक में वापस चला जाए क्योंकि जेल के आईजी राउण्ड पर आने वाले हैं। दोनों ही बार गवली ने उसे डपटकर चलता किया।

यह पहला मौक़ा था जब मैंने खाकी की कमज़ोरी को महसूस किया। मन पर पड़ने वाले पहले प्रभाव मुश्किल से ख़त्म होते हैं; आज तक, कुछ ही पुलिस वाले - वाक़ई कुछ ही - हैं जो अपना असर क़ायम कर सके हैं और उन आम धारणाओं से ऊपर उठ सके हैं जो लोगों ने उनके बारे में बना रखी हैं।

इण्टरव्यू के बाद गवली ने मुझे चेतावनी दी, 'संभाल के लिखना, ध्यान रहे कि तुम जेल की मुलाक़ात के बारे में नहीं लिखोगे।' यह महज़ चेतावनी नहीं थी, दरअसल एक छिपी हुई धमकी थी। लेकिन मैं एक रिपोर्टर था और वह भी परवाह न करने वाला रिपोर्टर।

मैं लौटा और पूरी तफ़सील के साथ सारी की सारी स्टोरी लिख डाली। न्यूज़लाइन ने वह स्टोरी पूरे पेज में आठ कॉलमों में प्रकाशित की। मेरी स्टोरी का शीर्षक था, 'जेल से गवली का बयान, "अपने को नक़ली पुलिस मुठभेड़ से

बचाने के लिए मैं राजनीति में शामिल हो जाऊँगा"।' इससे भारी सार्वजनिक शोरशराबा मचा (संयोग से, जो वादा गवली ने किया था वो निभाया और वह एक राजनेता बन गया। पहली बार में उसको कुछ हज़ार वोट ही मिले, लेकिन मेरे स्वर्गीय पुलिस दोस्त, आतंकवाद-विरोधी दस्ते के मुखिया, हेमन्त करकरे ने मुझे चेतावनी दी थी कि गवली को विधायक बनने के लिए दो-एक और चुनावों की ही ज़रूरत पड़ेगी। करकरे, जो पुलिस बल के सबसे अच्छे अधिकारियों में से एक थे, का कहना बिल्कुल सही निकला।)

क्राइम ब्रांच के जॉइंट कमिश्नर ऑफ़ पुलिस रंजीत सिंह शर्मा ने मुझे क्राइम ब्रांच के कार्यालय में बुलाया और मुझसे कहा कि मैं बताऊँ कि मैं किस तरह जेल के अन्दर घुसकर यह स्टोरी कर सका। मैंने यह रहस्य उगलने से इंकार कर दिया। शर्मा ने मुझसे नम्र स्वर में कहा कि वे इण्डियन ऐविडेंस ऐक्ट 1872 की धारा 60 के तहत मेरे ख़िलाफ़ सम्मन जारी कर सकते हैं। मैंने कहा, 'सर, अगर आप चाहें, तो मुझे गिरफ़्तार कर सकते हैं। मैं कुछ महीनों के लिए सलाखों के पीछे बैठने को तैयार हूँ, लेकिन मैं यह रहस्य उजागर नहीं कर पाऊँगा कि यह इण्टरव्यू मैंने कैसे किया।'

श्री शर्मा शहर के सबसे अच्छे क्राइम ब्रांच अधिकारियों में से थे। जब उनको समझ में आ गया कि मैं अपनी ज़िद पर अड़ा हूँ और मीडिया तथा पुलिस के बीच के टकराव को रोकना मुश्किल हो जाएगा, तो वे मुझको लेकर चिन्तित हो उठे और उन्होंने मुझे गवली गिरोह से सावधान रहने को लेकर आगाह किया कि वे लोग मेरी ज़िन्दगी को तबाह कर सकते हैं।

बाद में, जब गवली को ज़मानत मिल गयी और मैं कुछ विदेशी पत्रकारों के साथ दगड़ी चाल के उसके दुर्ग में उससे मिला, तो उसने मुझे शिकायती नज़रों से देखा। 'तुमने मेरा सत्यानाश कर दिया,' उसने कहा। मेरी स्टोरी के प्रकाशित होने के बाद जल्दी ही कई जेल अधिकारियों का तबादला हो गया था, और इसने मेरी ज़िन्दगी को नरक बनाके रख दिया था, उसने कहा था।

मैं ख़ुशक़िस्मत था कि बच गया। दो पत्रकार, जिनमें एक मेरा दोस्त मतीन हफ़ीज़, जो *टाइम्स ऑफ़ इण्डिया* से था, और दूसरी *एशियन एज* की आनन्दिता रामास्वामी, अरुण गवली और उसके गिरोह के लोगों से पिट चुके थे। आनन्दिता ने एक स्टोरी लिखी थी कि किस तरह अरुण गवली का राजनीतिक दल दिवालिया होने वाला है और पार्टी के कार्यकर्ताओं को उनकी पगार नहीं दी जा रही है। और इसके बाद उसने कुछ ऐसा किया जो रिपोर्टरों को करने से बचना चाहिए - स्टोरी प्रकाशित होने के बाद वह खुद ही सच्चाई की ताईद

करने कुख्यात दगड़ी चाल में जा पहुँची। उन्होंने उस पर शारीरिक हमले किये, जिससे उसको चोटें और घाव आए।

एक समय था जब दगड़ी चाल अभेद्य हुआ करती थी। किसी हद तक वह अब भी है। छह मंज़िली इमारत का सबसे ऊपर की मंज़िल का छत वाला गवली का मकान मकान इतना बड़ा है कि आप वहाँ बैडमिण्टन खेल सकते हैं। उसकी बैठक में हिन्दू देवी-देवताओं की तस्वीरों और मूर्तियों की कतार लगी हुई है और वह किसी मन्दिर के गर्भगृह जैसा दिखाई देता है।

दूसरे गिरोहों के मुक़ाबले में गवली के गिरोह का आधार बड़ा है, जिसके ढेरों सदस्य मुम्बई और पुणे के अन्दर और आसपास फैले हुए हैं। वड़गाँव पिएर में, जहाँ उसके ससुराल के लोग रहते हैं, वह किसी सन्त की तरह पूजा जाता है। उसके दूसरे मराठी साथी इतने भाग्यशाली नहीं रहे। अमर नाइक मर चुका है, सुरेश मंचेकर मर चुका है, सुनील सावन्त मर चुका है, छोटा राजन फ़रार है, अश्विन नाइक वीलचेयर पर है, अनिल परब जेल की सलाखों के पीछे है।

यह है उन मराठी गिरोहबाज़ों का क़िस्सा जो, सेना सुप्रीमो बाल ठाकरे के शब्दों में, 'आमची मुले' (हमारे लड़के) हुआ करते थे : धरती-पुत्र, जिन्होंने महाराष्ट्र की राजनीति को गहराई तक प्रभावित किया और मुम्बई शहर की अर्थव्यवस्था का संचालन किया।

2
घाटी बनाम भैया

शिवसेना द्वारा चलाई गई मुहिम 'भैया भगाओ मुम्बई बचाओ' के कुछ दशक पहले, अरुण गवली भी ऐसे ही अभियान की अगुआई कर चुका था।

सिवाय पठानों के, जिन्होंने अपने अपराधिक गिरोहों में कभी भी ग़ैर-मुसलमानों को शामिल होने की इजाज़त नहीं दी, मुम्बई माफ़िया हमेशा संस्कृतियों का संगम रहा था। जब गवली ने बायकला इलाक़े में अपना वर्चस्व खड़ा करने की शुरूआत की, तो उसको पहली चुनौती उत्तर भारतीयों की बहुसंख्या वाले एक स्थानीय गिरोह से मिली, जिनको कुछ लोग भैया के नाम से पुकारते थे, और इसलिए गवली उत्तर भारतीय 'भैया' गिरोहबाज़ों को निशाना बनाने वाला पहला गिरोहबाज़ था। 'भैया' का मतलब होता है, बड़ा भाई, लेकिन मुम्बई में मराठी लोग इस शब्द का इस्तेमाल किसी भी उस व्यक्ति का मज़ाक उड़ाने के लिए करते हैं जिनका ताल्लुक गोदावरी के उत्तर से रहा है।

दरअसल, मुम्बई माफ़िया उस तरह से नस्लवादी या साम्प्रदायिक कभी नहीं रहा जिस तरह अमेरिकी इज़ारेदार गिरोह रहे हैं : संयुक्त राज्य में आपको अश्वेत माफ़िया, चीनी माफ़िया, रूसी माफ़िया, पाकिस्तानी माफ़िया, कोरियाई माफ़िया, इतालवी माफ़िया आदि मिलेंगे।

मुम्बई हमेशा से एक मिश्रण, संस्कृतियों का एक समागम, एक वैश्विक नगर रहा है जो चौदहवीं सदी से ही किसी न किसी विदेशी के नियन्त्रण में रहा है, जिनमें से हरेक यहाँ के सातों द्वीपों पर अपनी छाप छोड़ते गये। पहले ये मुसलमान शासक थे जिन्होंने 1348 में इन द्वीपों को हथिया लिया और उनको मुग़ल शहंशाह हुमायूँ को देने से इंकार कर दिया। गुजरात सल्तन के सुल्तान बहादुर शाह का ख़याल था कि वे उन पुर्तगालियों के साथ बेहतर स्थिति में होंगे जिनकी हुकूमत 1534 से 1661 तक क़ायम रही थी। उन्होंने मुसलमान औरतों से शादियाँ रचायीं और पुर्तगाली फ्रांसिस्कनों तथा जेज़ुइटों के नेतृत्व

वाले गिरजाघरों का निर्माण किया। उन्होंने इस जगह का नाम 'बॉम्बेम' रखा।

अँग्रेज़ों ने, जिनकी नज़रें हमेशा से बॉम्बेम पर रही थीं, और जब इंग्लैण्ड के सम्राट चार्ल्स II ने पुर्तगाल के सम्राट जॉन IV की बेटी कैथरीन ऑफ़ ब्रगांज़ा से शादी की तो अँग्रज़ों को यह दहेज के रूप में मिल गया। सम्राट ने बॉम्बेम को ईस्ट इण्डिया कम्पनी को सौंप दिया, जिसने कारीगरों और व्यापारियों को लाकर इस नये नगर को बसाया। 1661 तक पारसी भी विस्थापित होकर मुम्बई में आ बसे; 1673 में अँग्रेज़ों ने उनके टावर ऑफ़ सायलेंस के लिए मालाबार हिल्स की ज़मीन का एक टुकड़ा उनको दे दिया।

जब सन 1800 के दौरान ये दलदल भर गये और 1845 में सातों द्वीप आपस में जुड़कर एक बड़े द्वीप में तब्दील हो गये, तो और भी लोगों ने इस शहर में आकर इसको अपना घर बना लिया और इसके विकास में योगदान करने लगे।

लोकल ट्रेनें, जो अपनी तरह की पहली चीज़ थीं, और भी प्रवासियों को इस शहर में ले आयीं। शुरूआत में ये कारख़ाने थे जिन्होंने इन झुण्डों को अपनी ओर खींचा था, लेकिन आज़ादी के बाद, औषधि-निर्माता तथा इंजीनियरी की कम्पनियाँ और भी कामगारों को अपने व्यवसाय में समेटती गयीं। तकनीकी तौर पर कोली, जो मछुआरे हुआ करते थे, यहाँ के मूल निवासी थे, लेकिन ज़्यादातर मराठी ज़ुबान बोलने वाले लोग, चाहे वे महाराष्ट्र के अलग-अलग इलाक़ों से ही क्यों न आये हों, ग़ैर-मराठी मुम्बईकरों को बाहरी लोग मानते हैं। यह नज़रिया शिवसेना की अडिग दक्षिणपन्थी नीतियों से भी सामने आता रहा है, जो मानती है कि माटी-पुत्र (समूचे महाराष्ट्र के मराठी बोलने वाले लोग) कुछ ज़्यादा के हक़दार हैं।

संयोग से, शुरूआती सालों के तमाम मुसलमान गिरोहों में उत्तर भारतीय भैया शामिल रहे हैं। इस वैश्विक नगरी मुम्बई में जीवन के हर क्षेत्र में अपनी जगह बनाने के लिए तमाम समुदाय आपस में धक्कामुक्की करते रहे हैं, और यही चीज़ माफ़िया पर भी लागू होती है। मुख्यतः उत्तरप्रदेश और बिहार से आये उत्तर भारतीय भैया कानपुरी, जौनपुरी, रामपुरी और इलाहाबादी गिरोहों के सदस्य हुआ करते थे। इन गिरोहों का नियन्त्रण बायकला के सांकली स्ट्रीट और मदनपुरा इलाक़ों में था, जो मुख्यतः मुसलमानों के इलाक़े थे। लेकिन उनके बीच हिन्दुओं की भी अच्छी-ख़ासी तादाद थी, और इनके बीच टकराव की बहुत कम होते थे, अलावा उन मौक़ों के जिनमें औरतों के या धन सम्बन्धी मसले शामिल होते थे।

बीआरए गिरोह (जिसका यह नाम गिरोह के तीन प्रमुख लोगों बाबू रेशिम,

रामा नाइक तथा अरुण गवली के नामों के पहले अक्षरों के आधार पर रखा गया था) के मराठी-भाषी अरुण गवली तथा उत्तर भारतीय भइयाओं के बीच का टकराव क्षेत्रीय पूर्वग्रहों पर आधारित नहीं था। इस सबकी शुरूआत वर्चस्व के इलाक़ों पर एकाधिकार के साथ हुई थी। बीआरए गिरोह को पहली चुनौती बायकला के मोहन सरमलकर के गिरोह से मिली थी, जिसको, बायकला-पूर्व को बायकला-पश्चिम के साथ जोड़ने वाले साँप के S आकार के पुल की वजह से, एस-ब्रिज-गैंग के नाम से जाना जाता था। उसने बीआरए गिरोह को तुच्छ मानकर ख़ारिज़ कर दिया था और उनके वर्चस्व को मानने से इंकार कर दिया था। जहाँ बीआरए गिरोह का मुख्य अड्डा दगड़ी चाल में था और उसके समर्थक पियॉन चाल, लक्ष्मी चाल तथा सीमेण्ट चाल में फैले थे, वहीं सरमलकर का अड्डा एस-ब्रिज पर था।

सरमलकर को 'एस-ब्रिज गिरोह' नाम अच्छा नहीं लगता था क्योंकि यह उसके रुतबे और वर्चस्व के क्षेत्र को एक निश्चित जगह तक सीमित करता था। वह एक बड़ा कैनवस चाहता था और ठगों के अपने झुण्ड को बायकला गिरोह के नाम से पुकारने की कोशिश करता था। लेकिन गवली इसके ख़िलाफ़ था।

यूँ तो सरमलकर एक मराठी था और बायकला गिरोह का नेता था, लेकिन उसके गिरोह के कई बड़े कमाण्डर उत्तर भारत के थे। पारसनाथ पाण्डे (बायकला का मटका डॉन), कुन्दन दुबे और राज दुबे, सब के सब उत्तर भारत के थे। सरमलकर भाई ठाकुर के नाम से प्रसिद्ध विरार के जयेन्द्र सिंह ठाकुर से मिलने वाले समर्थन के लिए उसका भी एहसानमन्द था, जो कि खुद भी एक उत्तर भारतीय था।

गवली की सबसे बड़ी चाल मराठी लोगों के मन में अविश्वास के बीज बोने की थी। उसने बायकला गिरोह को भैया गिरोह कहकर उसका मज़ाक उड़ाना शुरू कर दिया और जल्दी ही उनका नाम हड़पकर अपने गिरोह का नया नामकरण 'बायकला कम्पनी' कर लिया। जैसे ही उसने स्थानीय लड़कों को एस-ब्रिज गिरोह के ख़िलाफ़ फुसलाना शुरू किया, वैसे ही नये रंगरूट बीआरए गिरोह में शामिल होने लगे और एस-ब्रिज गिरोह को शक की निगाह देखते हुए उससे कन्नी काटने लगे।

सरमलकर चकरा गया। उसने प्रचार करना शुरू कर दिया कि गवली एक अहीर है और वह पड़ोसी राज्य मध्य प्रदेश का रहने वाला है, और इस तरह वह स्थानीय व्यक्ति नहीं है। गवली समुदाय के लोग चरवाहे और ग्वाल हैं तथा मध्य प्रदेश से लगी महाराष्ट्र की सीमा और समूचे सूबे में फैले हुए हैं।

सरमलकर, जो कि एक कट्टर अपराधी था और जो पाण्डे और दुबे जैसों के अपने गिरोह के सदस्य होने की डींग हाँकता था, ने प्रचार करने की कोशिश की कि गवली कारख़ाने का मज़दूर है और वह अपराध की दुनिया का क ख ग भी नहीं समझता।

अरुण गवली गुलाब पूरन गवली तथा लक्ष्मीबाई का बेटा था। गुलाब अहमदनगर, महाराष्ट्र के रहने वाले थे, जबकि लक्ष्मी बाई खण्डवा, मध्य प्रदेश की थीं। उनके छह बच्चे थे, जिनमें से चार लड़के थे। गुलाब गवली ने सिम्प्लैक्स मिल में काम किया था और वे अपने बच्चों को लेकर बड़ी उम्मीदें पाले हुए थे। उनकी बड़ी इच्छा थी कि उनके बच्चे अच्छी तालीम हासिल करें। अरुण ने किसी तरह मैट्रिक पास कर ली, जो साठ के दशक के उन अन्तिम सालों में एक बहुत बड़ी चीज़ मानी जाती थी, लेकिन इसी के आसपास उसके पिता ने मिल की नौकरी छोड़ दी। इसकी वजहें ज्ञात नहीं हैं। उसकी माँ ने भी दस से ज़्यादा बरसों तक कपड़ा कारख़ानों में काम किया था। दरअसल गवली कुनबे के ज़्यादातर लोग कारख़ानों के कामगारों के रूप में या फिर सरकारी मुलाजिमों के रूप में नौकरियाँ करते रहे थे। अरुण की बहन आशालता गवली मोहन गंगाराम बनिया उर्फ़ अहीर से ब्याही थी, जो एयर इण्डिया में लदाई कर्मचारी के रूप में काम करता था। एक और बहन रेखा दिगम्बर अहीर को ब्याही थी, जो सेण्ट्रल रेलवे के अकाउण्ट विभाग में काम करता था। एक रिश्तेदार विजय अहीर, जो बाद में पार्षद हो गया था, पहले खटाऊ कारख़ानों में काम करता था। अरुण गवली का एक भाई प्रदीप, जो उसके परिवार के साथ दगड़ी चाल में ही रहता था, भी खटाऊ कारख़ानों में काम करता था, जैसे कि गवली की बहन आशालता का बेटा सचिन अहीर भी करता था। खटाऊ कारख़ानों के साथ गवली के सम्पर्क बहुत गहरे थे और यही चीज़ बाद में गिरोहबाज़ी की लम्बी और हिंसक कलह की वजह बन गयी थी।

पिता के नौकरी छोड़ने के बाद अरुण ने बहुत सारी कम्पनियों में कई नौकरियाँ कीं। मैट्रिक करने के बाद उसने महालक्ष्मी में शक्ति मिल्स में काम करना शुरू किया और बाद में विखरोली में गोदरेज बॉयस में चला गया। 1977 में उसने कंजरमार्ग स्थित क्रॉम्पटन ग्रीव्स में नौकरी कर ली।

ये क्रॉम्पटन ग्रीव्स ही था जहाँ गवली ने पहली बार हट्टेकट्टे और सुगठित देह वाले व्यक्ति उस सदाशिव पावले से हाथ मिलाया था, जिसे बाद में सदा पावले या सदा मामा के नाम से बेहतर जाना गया। सदा की संगत में गवली ने असामाजिक गतिविधियों में हिस्सा लेना शुरू कर दिया।

यहीं पर रामा नाइक और अरुण गवली की मुलाक़ात भी हुई थी; इसके पहले वे बायकला के म्यूनिसिपिल स्कूल में साथ-साथ पढ़ चुके थे। यूँ तो अरुण रामा का सीनियर था लेकिन वह उसकी बहुत इज़्ज़त करता था। रामा नाइक बायकला की क्रॉस गली में लालविताची चाल में रहता था। लगातार मुसीबतें खड़ी करने की उसकी आदत का नतीजा था कि मैट्रिक की पढ़ाई पूरी करने के पहले ही उसको स्कूल छोड़ देना पड़ा। कक्षा 6 के बाद उसने स्कूल से रुखसत ली और अशोक चौधरी उर्फ़ छोटा बाबू, बबल्या सावन्त और विलास चुग़ले जैसे मुसीबतज़दा तथा मुसीबतें खड़े करने वाले लड़कों को अपने साथ कर लिया। उसके स्कूल छोड़ने का गवली के साथ उसकी दोस्ती पर कोई असर नहीं हुआ। दूसरे लड़कों के साथ वे स्थानीय ओम क्लब में कबड्डी खेला करते थे।

ये वो वक़्त था जब बायकला आज़ाद हिन्दुस्तान के पालेर्मा के रूप में प्रसिद्धि और कामयाबी हासिल कर रहा था। जौनपुरी, कानपुरी और इलाहाबादी गिरोह इलाक़े के बड़े नाम हुआ करते थे। बाद में, नन्हें खाँ और वाहेब पहलवान के नेतृत्व वाले गिरोहों के साथ-साथ जॉनी ब्रदर्स, जो क्लेयर रोड एरिया में सक्रिय हो गया था (जो मुख्यतः ईसाइयों का इलाक़ा था और जिस पर जॉनी ब्रदर्स की हुकूमत चलती थी) का गिरोह बायकला में प्रभावशाली हो गये।

पचास से ज़्यादा बरसों के गिरोहबाज़ी के अपने इतिहास के चलते बायकला मुम्बई माफ़िया का आखेट-स्थल बन चुका था। यह बायकला ही था जहाँ अरुण गवली और रामा नाइक ने अण्डरवर्ल्ड की राहें खोलीं। एक बार अन्दर जाने के बाद कोई भी वापस नहीं आ सका।

एस-ब्रिज गिरोह और बीआरए गिरोह के बीच की लड़ाई और तेज़ हो गयी। कुन्दन दुबे प्रशान्त पाण्डे का जाना-माना सेवक हुआ करता था, और वे दोनों सरमलकर गिरोह के सदस्य रह चुके थे। विडम्बना यह थी कि कुन्दन की बहन पुष्पा को रामा नाइक, जो विरोधी बीआरए गिरोह के साथ काम कर रहा था, के बड़े भाई अरविन्द से इश्क़ हो गया था। जैसा कि बॉलीवुड हमें बताता रहा है, इस तरह के रोमांस बिना ख़ून-ख़राबे के नहीं चल पाते। 1976 में, कुन्दन का अरविन्द के साथ सड़क पर झगड़ा हो गया और उसने अरविन्द को झापड़ मार दिया। रामा नाइक का छोटा भाई उमाकान्त अपने भाई की इस बेइज़्ज़ती को सह नहीं सका। वह इस झगड़े में शामिल हो गया और तुरन्त ही कुन्दन और उमाकान्त के बीच मुक्केबाज़ी शुरू हो गयी। कुन्दन ने उमाकान्त को छुरा भोंक कर घायल कर दिया, जिसकी वजह से वह बाद में मर गया। कुन्दन को अगरीपाड़ा पुलिस द्वारा गिरफ़्तार कर लिया गया और ज़मानत पर

रिहा होने तक कुछ समय के लिए जेल भेज दिया गया।

इस घटना के साथ बीआरए गिरोह तथा भैया गिरोह के बीच हिंसक संघर्ष की शुरूआत हो गयी। इसके पहले तक, उनके झगड़े छोटी-मोटी सड़क छाप झड़पों और मुक्केबाज़ी तक ही सीमित रहे थे।

कुन्दन अब बीआरए गिरोह की हिट लिस्ट में था। जेल से उसके छूटने के बाद जल्दी ही वह एक दिन तारदेव में पारसी वाड़ी के एक जुए के अड्डे में जा घुसा और उसने वहाँ पर दो लोगों को मार दिया; उसके आतंक का साम्राज्य ग्राण्ट रोड इलाक़े में फैलने लगा, जिस पर इसके पहले तक उसके दोस्त, कोबरा गिरोह के मुखिया शशि रासम का कब्ज़ा हुआ करता था, जिससे उसकी मुलाक़ात जेल में हुई थी।

पुलिस द्वारा चुन-चुनकर उनके जुए के अड्डों पर किये गये हमलों ने उनकी अदावतों को और भी बढ़ा दिया; इसने बीआरए गिरोह को हताश कर दिया क्योंकि उनके विरोधी गिरोहों के अड्डों पर कभी भी छापे नहीं पड़ रहे थे। ज़ाहिर था कि दूसरे लोग पुलिस को ज़्यादा तादाद में हफ़्ता दे रहे थे। अरुण और रामा की मंशा कभी भी किसी गिरोह में शामिल होने की नहीं रही थी - वे खुशी-खुशी जुए और शराब के अपने अड्डों को चलाते रहते - लेकिन इन छापों से उनका ग़ुस्सा भड़क उठा। हताशा का यही अहसास था जिसने रामा नाइक, बाबू रेशिम और अरुण गवली को आपस में हाथ मिलाने पर मजबूर कर दिया।

बाबू रेशिम इन तीनों में सबसे सीनियर था और बाक़ी दोनों उसकी बहुद क़द्र करते थे, उससे चर्चा करके तमाम योजनाएँ बनाते थे और उसकी सलाह लेते थे। यह उसी की सलाह थी जिससे उन्होंने अपने गिरोह का नाम बीआरए रखा था। जल्दी ही उन्होंने जुए के अड्डों, शराब की दुकानों तथा तस्करी का सामान बेचने वालों से जबरन पैसे वसूलना शुरू कर बायकला इलाक़े के व्यापारियों को डराना शुरू कर दिया। बाद में, गिरोह में पैदल सिपाहियों की भर्ती के साथ नई इमारतों के निर्माण के लिए किरायेदारों से मकान खाली करवाने ज़मीन के मालिकों तथा कॉण्ट्रैक्टरों को बाहुबल मुहैया कराया जाने लगा। इसी के साथ रियल एस्टेट (ज़मीन-जायदाद-भवन-निर्माण) के कारोबार में उनकी घुसपैठ की शुरूआत हुई - अरुण गवली ज़मीन सम्बन्धी सौदों में लुत्फ़ उठाने वाला पहला डॉन था।

मुम्बई के कई दूसरे गिरोह सरगनाओं ने रियल एस्टेट के कारोबार में अपने हाथ आज़माने की कोशिशें की थीं। हाजी मस्तान ने, दाऊद और पठान गिरोहों की मदद से, रियल एस्टेट की कचौरी में अपनी अँगुलियाँ घुसेड़ने की

बहुत कोशिश की थी, लेकिन वह उसको सँभाल नहीं सका क्योंकि यह कारोबार लगातार मुब्तला रहने की माँग करता था। दाऊद इस क्षेत्र में बहुत बाद में आया था, शुरू में तो वह महालक्ष्मी डर्बी में घुड़दौड़ों में घपले करने और फ़िल्मों को फ़ायनेंस करने में ही सन्तुष्ट रहा करता था। लेकिन अरुण गवली ने भाँप लिया था कि रियल एस्टेट का कारोबार आने वाले वक़्त में बड़ी चीज़ होगी और उसने दक्षिण-मध्य मुम्बई या गिरगाँव के वर्ली, बायकला, चिंचपोकली, परेल, लालबाग़ इलाक़ों में अपनी ऊर्जा को झोंक दिया।

गवली ने इस कारोबार के लिए बाहुबल की ज़रूरत और उसकी अहमियत को समझा। उसने पैसों के लेन-देन सम्बन्धी झगड़ों के निपटारे करना और अपने कॉण्ट्रेक्टर दोस्तों को संरक्षण मुहैया कराना शुरू कर दिया। पैसों के लेन-देन सम्बन्धी झगड़ों के निपटारों के लिए वह सीधे-सीधे 50 फ़ीसदी फीस की माँग करता था या नयी-नयी बनी इमारत में फ़्लैटों की एक निश्चित संख्या की माँग करता था। पैसों के लेन-देन सम्बन्धी झगड़ों के निपटारों से वसूले गये पैसों में से 50 फ़ीसदी पैसे की माँग करने वाला भी वह पहला डॉन था। चूँकि इस क़िस्म के नागरिक मसलों में पुलिस दख़ल नहीं दे पाती थी और क़ानूनी अड़चनों की वजह से लेन-देन सम्बन्धी झगड़ों के निपटारों में हाथ नहीं डाल पाती थी, इसलिए गवली और दूसरे गिरोहबाज़ों ने अच्छा-ख़ासा पैसा बनाया। इन कारगुज़ारियों ने इमारतों के कॉण्ट्रेक्टरों और गिरोहबाज़ों के बीच एक सूत्र क़ायम कर दिया, और बीआरए गिरोह को तवज्जो देना लोगों की मजबूरी बन गयी।

इस बीच जब कुन्दन पाण्डे जेल में था, उसकी बहन को कोबरा गिरोह के मुखिया शशि रसम से इश्क़ हो गया। इस नुक़्ते पर शशि रसम ने महसूस किया कि उसको बीआरए गिरोह और एस-ब्रिज गिरोह के बीच समझौता क़ायम कराना चाहिए।

तभी एक दूसरे गिरोह के साथ हुई झड़प के नतीजे में रामा को जेल हो गयी और वहाँ उसकी मुलाक़ात शशि रसम के साथ हुई। दोनों ही 1977 में रिहा हो गये। जेल के दौरान, शशि ने रामा को मनाने की कोशिश की वह बीती बातों को भुला दे और कुन्दन प्रसंग को ख़त्म करे, और इसके लिए उसने उसको सलाह दी कि वह उमाकान्त नाइक की हत्या के मामले में कुन्दन के ख़िलाफ़ गवाही न दे।

लेकिन रामा का मन ऐसे किसी समझौते का नहीं था। उसने शशि को साफ़-साफ़ शब्दों में कह दिया कि ख़ून पानी से ज़्यादा गाढ़ा होता है और कुन्दन को अदालत द्वारा दी जाने वाली सज़ा तो भुगतनी ही पड़ेगी। जैसी कि उम्मीद

थी, मुकदमे के बाद कुन्दन को आजीवन क़ैद की सज़ा सुना दी गयी। शशि ग़ुस्से से उबल उठा और यही चीज़ उनकी दुश्मनी का सबब बन गयी। रामा की नज़रों में, शशि अब दोस्त नहीं रह गया था; इसकी बजाय वह भैयाओं का पिछलग्गू था क्योंकि वह पुष्पा दुबे से इश्क़ करता था, और इसीलिए वह सज़ा के लायक़ ही था। रामा के जेल से रिहा होने के बाद, उसने - छोटा बाबू और अरुण गवली के साथ मिलकर - शशि को बाम्बे सेण्ट्रल ब्रिज पर उस वक़्त बेरहमी के साथ छुरा भोंक दिया जब वह पुष्पा से मिलकर उसके घर से लौट रहा था। पुलिस ने रामा नाइक, चुग़ले और छोटा बाबू को गिरफ़्तार कर लिया, लेकिन रामा ने अरुण गवली का नाम नहीं उगला। इस बात ने गवली को न सिर्फ़ ताज्जुब में डाल दिया बल्कि ज़िन्दगी भर के लिए रामा का क़र्ज़दार बना दिया।

भैयाओं और घाटियों (भैया मराठी को उनका मज़ाक उड़ाने के तौर पर घाटी कहकर पुकारते थे) का संघर्ष उग्र होता चला गया। बीआरए गिरोह तमाम मटका अड्डों को हड़पना चाहता था, लेकिन यह प्रशान्त पाण्डे था जिसका हुक्म इन अड्डों पर चलता था। पाण्डे को बीआरए गिरोह की तरक्की में एक अड़चन की तरह देखा जाता था, इसलिए एक दिन गवली और उसके आदमी उसके अड्डे में घुसे और उन्होंने उसको गँडासे घोंपकर और तलवारों से उस पर हमला कर दिनदहाड़े सबकी नज़रों के सामने मार डाला। इस ख़ौफ़नाक हत्या ने न सिर्फ़ हर किसी को हिलाकर रख दिया, बल्कि मटका चलाने वाले दूसरे लोगों को भी डरा दिया, जिन्होंने तुरन्त ही बीआरए गिरोह के प्रति अपनी वफ़ादारियाँ जतानी शुरू कर दिया।

सरमलकर गिरोह उसके प्रतिद्वन्द्वियों के हाथों धीरे-धीरे उजड़ता जा रहा था। बेक़ाबू कुप्रचार और पुलिस वही कर रहे थे जो गवली हमेशा से चाहता रहा था। यह नहीं कि प्रशासन गवली का पक्ष ले रहा था; वह, बाबू रेशिम और रामा नाइक 1979 में मुम्बई से दो साल के लिए तड़ीपार कर दिये गये थे (शहर से निकाल दिये गये थे)। जेल में रहने के दौरान रामा नाइक डॉन वरदाराजन मुदलियार तथा राजन नायर (बड़ा राजन), जो तिलक नगर इलाक़े पर हुकूमत चलाने वाला डॉन था, से हाथ मिला चुका था। नायक की रिहाई के बाद उन्होंने अपनी नयी गुटबाज़ियों को भुनाने का फ़ैसला किया।

प्रशान्त के मर जाने और कुन्दन के उम्र क़ैद हो जाने के चलते सरमलकर ने मैदान छोड़ने का फ़ैसला कर लिया। गिरोह के बाक़ी सदस्यों - हरि शंकर मिश्र, मोहन गुप्त और दूसरे लोगों - ने भी अपने को दृश्य से ग़ायब कर लेना ही ठीक समझा। इस तरह उन्होंने गवली के हाथों में इलाक़े का पूरा कब्ज़ा सौंप

दिया और उसने उसको अपने नियन्त्रण में ले लिया।

भैया बोगी को बाद में शिव सेना और उसके बाद महाराष्ट्र नव निर्माण सेना ने हथिया लिया, जिन्होंने इसको मराठी-मानुष-बनाम-भैया संघर्ष में बदल दिया। मुद्दों की कमी ने सेना को इस बार अपनी एक नयी छवि गढ़ने को मजबूर कर दिया था। कोई नया रास्ता न पाकर पार्टी ने 'बाहरी व्यक्तियों की मुख़ालफ़त' का अपना पुराना राग अलापते हुए उत्तर भारत, ख़ासतौर से उत्तर प्रदेश के लोगों को अपना निशाना बनाना शुरू कर दिया।

2003 में सेना ने दावा किया कि रेलवे के इम्तिहानों में शामिल हुए 500 में से महाराष्ट्र के मात्र 10 प्रतिशत प्रत्याशी ही सफल हो सके क्योंकि ज़्यादातर नौकरियाँ बिहारियों ने हथिया ली थीं। उस साल इम्तिहानों के पहले शिव सेना ने ग़ैर-मराठी (जिसका मतलब था उत्तर भारतीयों) की बड़ी संख्या के ख़िलाफ़ विरोध प्रदर्शन करते हुए बान्द्रा के रेलवे भर्ती कार्यालय में तोड़फोड़ की थी; महाराष्ट्र में रेलवे की 2,200 नौकरियों की प्रतियोगिता में देश भर से कुल 6.5 लाख प्रत्याशी भाग लेने वाले थे। केन्द्र सरकार को ये इम्तिहान स्थगित करने को मजबूर होना पड़ा। शिव सैनिकों ने उस हर बिहारी को पीटा जो ये इम्तिहान देने मुम्बई आया था - उन्होंने कल्याण रेलवे स्टेशन पर उत्तर भारत से आने वाली रेलों से उतरते तमाम उत्तर भारतीयों को रोक दिया।

संगठित अपराध की दुनिया में यह मुद्दा दोबारा कभी नहीं उठाया गया था, लेकिन शिव सेना ने इसे अपने राजनीतिक अजेण्डा में एक महत्त्वपूर्ण औज़ार के तौर पर जगह दी।

3

गिरनगाँव : कारख़नों का गाँव

दक्षिण-मध्य मुम्बई के लगातार बदलते हुए क्षितिज के साथ उसके क़रीब के निम्न-मध्य-वर्गीय इलाक़े दोस्ताना महसूस करते नहीं लगते। आपको स्पाग़ेटी टॉप और जीन्स में कॉलेज या काम पर भागती किसी लड़की की बग़ल में ढीली-ढाली सूती मैक्सी में सब्ज़ी खरीदती हुई कोई मराठी स्त्री दिखायी दे सकती है। वर्ली से परेल तक, लाल बाग से चिंचपोकली तक, करी रोड पर, बॉम्बे सेण्ट्रल और बायकला में, महालक्ष्मी और लोअर परेल में हर कहीं यह सामाजिक विविधता देखने को मिल सकती है, जहाँ कपड़े के पुराने जर्जर कारख़ाने शानदार नयी इमारतों के लिए जगह देते जा रहे हैं। उदारतावाद के बाद वाली पीढ़ी, जिसकी नज़रों के सामने वे हंगामेदार घटनाएँ नहीं घटीं जिनके नतीजे में कपड़े के ये कारख़ाने बन्द हुए थे, दक्षिण-मध्य मुम्बई को हाई स्ट्रीट फ़ीनिक्स, कमला सिटी, वन इण्डिया बुल्स सेण्टर और इण्डिया बुल स्काई या पेनन्सुला टॉवर्स आदि लैण्डमार्कों से ही पहचानती है। यही वे मार्गदर्शक चिह्न हैं जो आज उस जगह को परिभाषित करते हैं जो कभी गिरनगाँव हुआ करता था; मराठी में गिरनी का अर्थ होता है, कारख़ाना, और गाँव याने गाँव।

बायकला से दादर और महालक्ष्मी से वर्ली तक का समूचा फैलाव एक ज़माने में गिरनगाँव के नाम से जाना जाता था। अँग्रेज़ों को इन नामों का उच्चारण करने में मुश्किल पेश आती थी, इसलिए वे इस समूचे इलाक़े को बायकला के नाम से पुकारते थे। एण्ड्रॉइड से चिपकी हुई आज की पीढ़ी को तो शायद इसकी भी ख़बर न होगी कि ये माल और गगनचुम्बी इमारतें किसी ज़माने में कपड़े के ख़ुशहाल कारख़ाने हुआ करते थे, जिन्होंने मुम्बई के विकास में योगदान किया था, उसकी शख़्सियत को एक पहचान दी थी, यहाँ तक कि उसके राजनीतिक और सांस्कृतिक इतिहास को एक शक्ल दी थी। लेकिन एक ज़माना था जब बायकला मुम्बई का मैनचेस्टर हुआ करता था।

जो नहीं जानते उनकी जानकारी के लिए, इण्डिया बुल स्काई, ज्यूपिटर मिल्स हुआ करता था, वन इण्डिया बुल्स सेण्टर, एल्फ़िनस्टोन मिल्स हुआ करता था और फ़ीनिक्स तो फ़ीनिक्स मिल्स की ख़ाक से पैदा हुआ है; कमला सिटी, कमला मिल्स हुआ करती थी, रघुवंशी मिल्स आज का के-लाइफ़स्टाइल है, मातुल्य मिल्स, सन पालाज़ों बन गया, न्यू इस्लाम मिल्स वन एविग़ना पार्क है, पीरामल स्पिनिंग ऐण्ड वीविंग मिल्स मैराथन नेक्स्टजेन बन चुका है, मॉडर्न मिल्स अब महिन्द्रा बेल्वेडेयर कोर्ट है, डॉन मिल्स आज का पेनिन्सुला टावर्स है, वग़ैरह वग़ैरह। दक्षिण-मध्य मुम्बई के अस्सी में से ज़्यादातर कारख़ानों का रूपान्तरण हो रहा है, कुछ का भव्य अपार्टमेण्ट्स में, कुछ का मीडिया और विज्ञापन ऐजेन्सियों के दफ़्तरों में, और कुछ का पाँच सितारा होटलों में।

इन इलाक़ों के बाशिन्दे, जो चालों और कारख़ानों के आसपास की एक कमरे वाली अपार्टमेण्ट इमारतों में रहा करते थे, यहाँ से निकलकर झुग्गी पुनर्विकास आवासों (स्लम रीडेवेलपमेंट होम्स) में फँसते जा रहे हैं। और जो 250,000 मर्द और औरतें इन कारख़ानों में काम करते थे वे इतिहास हो चुके हैं। कुछ मर गये, कुछ का मोहभंग हो गया, कुछ अन्य लोग सीधे-सीधे पागल हो गये। बहुतों ने खुदकुशी कर ली, कुछ चुपचाप धीरे-धीरे ग़ायब हो गये, कुछ अपने गाँवों में वापस चले गये - वहीं कुछ ऐसे भी हैं जो ठीक उन्हीं इमारतों के नीचे सब्ज़ियों के ठेले लगाते हैं जो कभी उनको रोज़ी-रोटी उपलब्ध कराती थीं। विडम्बना यह है कि ज़रूरी तालीम और आजीविका से वंचित उनके बच्चे कारख़ानों से तब्दील होकर बने इन मॉलों में बारह-बारह घण्टों की पारियों में काम करते हैं। वे बमुश्किल अपना जीवन बनाये रख पा रहे हैं और उनके पास रोज़गार की कोई सुरक्षा नहीं है।

अगले दस सालों में, कारख़ानों के उस युग के अकेले अवशेषों के तौर पर बची रह गयी चिमनियाँ, जो आसमान को छूती लगती हैं, ध्वस्त कर दी जाएँगी, जिनके साथ हमारी तवारीख़ का एक टुकड़ा हमेशा-हमेशा के लिए ख़त्म हो जाएगा, उस वक़्त का एक टुकड़ा जब इन कारख़ानों ने मुम्बई के औद्योगीकरण और विकास की अगुआई की थी, और हिन्दुस्तान भर से लोगों के हुजूमों को सपनों की इस नगरी में लाकर इकट्ठा किया था। सूत के ये कारख़ाने पिछले 150 सालों से इस शहर के परिदृश्य का अन्दरूनी हिस्से रहे थे। कपड़े के इन कारख़ानों की व्यापारिक चहल-पहल ने मुम्बई की शक्ल को इस क़दर बदल दिया था कि अँग्रेज़ों ने गेटवे ऑफ़ इण्डिया पर पट्टा लगवा दिया था जिसमें इस शहर को 'Urbs Prima in Indis' (हिन्दुस्तान का सबसे महत्त्वपूर्ण शहर) कहा गया था।

बॉम्बे स्पिनिंग ऐण्ड वीविंग कॅम्पनी नामक पहला कारख़ाना 1854 में तारदेव में एक पारसी महाशय कोवसजी नानाभाई डावर द्वारा स्थापित किया गया था। इस समय तक पहली ट्रेन को बोरी बन्दर (जिसे उस वक़्त विक्टोरिया टर्मिनस नाम दिया गया था और जो आज छत्रपति शिवाजी टर्मिनस के नाम से जाना जाता है) से ठाणे तक, और एक साल बाद कल्याण तक चलना शुरू हो चुकी थी। आवागमन की इस सुविधा ने उद्योगीकरण के सिलसिले को रफ़्तार दी। 1870 का साल आते-आते मुम्बई के दक्षिण-मध्य क्षेत्र में पच्चीस कॅम्पोज़िट मिलें स्थापित हो चुकी थीं। भारत के अँग्रेज़ साम्राज्यवादियों और मिल मालिकों दोनों ही को अहसास था कि हिन्दुस्तान में बने कपड़े के लिए एक बड़े बाज़ार की सम्भावना मौजूद है।

इन कॅम्पोज़िट मिलों के आगमन से पहले तक मुम्बई को अपना कपड़ा चरखों और हाथकरघों से हासिल हुआ करता था। आबादी का बीस फ़ीसदी से ज़्यादा हिस्सा हाथ से की जाने वाली कताई और बुनाई के माध्यम से कपड़ा तैयार करने के काम में लगा हुआ था। तैयार किये गये कपड़े की धुलाई और रँगाई एक और लम्बी प्रक्रिया थी, और इस सबके चलते तैयारशुदा माल बहुत मँहगा पड़ता था। दूसरा विकल्प अँग्रेज़ों से कपड़ा ख़रीदने का था। वे यहाँ का कपास लैंकाशायर तथा मैनचेस्टर ले जाते थे और तैयार कपड़ा बेचे जाने के लिए वापस हिन्दुस्तान भेज देते थे, तैयारशुदा माल जिसका दाम चुका पाना हिन्दुस्तान की आम जनता के लिए मुश्किल होता था। इसलिए, जब डवर ने पहला कारख़ाना लगाया, तो लैंकाशायर, मैनचेस्टर और दक्षिण इंग्लैण्ड के मिल मालिक भड़क उठे। उन्होंने हिन्दुस्तान में हुकूमत करते अपने मुल्क के लोगों से जानना चाहा कि हिन्दुस्तानियों को उनके अपने कारख़ाने स्थापित करने की इजाज़त क्यों दी जा रही है। उनको पक्के तौर पर लगता था कि हिन्दुस्तानियों को उनके अपने सूती कपड़ा कारख़ानों के लिए इजाज़त देना खुदकुशी करने के बराबर है, क्योंकि ज़ाहिर है कि हिन्दुस्तानी अपने यहाँ बने कपड़े ख़रीदने को प्राथमिकता देंगे, जो कि उनके लिए सस्ते भी पड़ेंगे। उनका कहना था कि इससे मैनचेस्टर मिलों का मुनाफ़ा हिन्दुस्तानी ले उड़ेंगे।

लेकिन हुक्मरानों ने लाचारी ज़ाहिर कर दी और उलटा जवाब दे दिया कि यूँ भी हिन्दुस्तानी इस टेक्नॉलॉजी में हाथ डाल ही इसलिए पाये हैं कि कपड़ा मशीनरी बनाने वाले योरोपीय, यहाँ तक कि अँग्रेज़ भी, अपने कपड़ा बुनाई के यन्त्र हिन्दुस्तानियों को बेचने के लिए उत्सुक रहे हैं।

कपड़ा कारख़ाने बढ़ते चले गये क्योंकि मराठी मानुष लोकमान्य बाल

गंगाधर तिलक जैसे उस ज़माने के सुधारवादी देसी उद्योगों की अहमियत पर ज़ोर दे रहे थे। वे अपने अख़बार *केसरी* में, 1885 में ही, स्वदेशी की वकालत और औद्योगिक विकास की चर्चा करते हुए, पुणे के पहले कपड़ा कारख़ाने को लेकर एक सम्पादकीय लिख चुके थे।

शुरूआत में, 12 किलोमीटर के दायरे में फैले गिरनगाँव नामक इलाक़े के इन कारख़ानों में कामगार बारह-बारह घण्टे की पारियों में काम करते थे। जब ये कारख़ाने दक्षिण-मध्य मुम्बई में प्रगट हुए, तो बन्दरगाह का पहुँच में होना इनके लिए एक बड़ा आकर्षण था। इसके अलावा, वहाँ पर ढेर सारी ज़मीन मौजूद थी और कुछ मिल मालिकों को 90 साल तक के लिए ज़मीन के पट्टे मिल गये थे। इनमें से ज़्यादातर मिल मालिक हिन्दुस्तानी थे : पारसी और मारवाड़ी, जिन्होंने व्यापारिक उछाल के इस दौर में कपड़ा तथा दूसरे मालों के धन्धे में लाखों रुपये बनाये थे। 1925 में, शहर के 53 कारख़ानों में से मात्र चौदह कारख़ाने ऐसे थे जो अँग्रेज़ों के स्वामित्व में थे। इन कारख़ानों पर जिन हिन्दुस्तानियों का मालिकाना हक़ था उनमें टाटा, पेटिट, वाडिया, करीमभाई, ठाकरसे, ससून, खटाऊ और गोकुलदास आदि शामिल थे।

कारख़ाने का इलाक़ा मध्य रेलवे की तरफ़ बायकला से दादर तक तथा पश्चिमी रेलवे की तरफ़ महालक्ष्मी और एल्फ़िन्स्टोन तक फैला हुआ था। यह पूरा इलाक़ा 1,000 एकड़ से कम नहीं था, और बाद में इसकी क़ीमत सोने के भाव हो गयी। लेकिन उन्नीसवीं सदी के आख़िरी दौर में, ये लहलहाते कपड़ा मिलों में लायी जाने वाली सूत की गठानें हुआ करती थीं जो सोने की क़ीमत रखती थीं।

कपड़ा उद्योग स्वभाव से ही चक्रवर्ती होता है; उसका प्रत्येक चक्र औसतन पाँच से सात साल तक चलने वाला प्रतीत होता है, और उछाल के दौर के बाद हमेशा मन्दी का दौर आता है। दो ऐतिहासिक घटनाएँ हैं जिन्होंने हिन्दुस्तान के सूत व्यापार और कारख़ानों को बहुत ज़्यादा बढ़त प्रदान की : अमेरिकी गृह युद्ध और अफ़गानिस्तान की लड़ाई।

इनमें से पहली घटना 1860 में हुई थी। गृह युद्ध के पहले, ब्रिटेन तो भारत और अमेरिका दोनों ही जगहों से कपड़ा ख़रीदता था। उन्नीसवीं सदी के शुरूआती हिस्से में एक मुकाम ऐसा आया जब वे बहुत बड़ी तादाद में हिन्दुस्तानी सूत ख़रीद रहे थे। लेकिन हिन्दुस्तानी सूत माल की उस विशाल तादाद की पूर्ति करने के क़ाबिल नहीं था जिसकी माँग ब्रिटेन में स्थापित कपड़ा उद्योग की नयी-नयी ईज़ाद की गयी मशीनरी कर रही थी। इसलिए अँग्रेज़ों

ने अमेरिकी सूत पर अपनी नज़रें जमानी शुरू कर दीं, जिसके बारे में उन्होंने पाया कि उसका दर्जा कहीं बेहतर था। लुइसियाना और आरकानसास जैसे दक्षिण अमेरिकी राज्य, जहाँ ग़ुलामी की प्रथा जारी थी, सबसे उम्दा क़िस्म का सूत इंग्लैण्ड के लिए निर्यात किया करते थे। जब 1861 में ग़ुलामी के मुद्दे पर गृह युद्ध छिड़ गया, तो दक्षिणी बन्दरगाहों पर यूनियन अवरोध खड़ा हो गया। ग़ुलामी के हिमायती, सूत उत्पादक राज्य एक महासंघ के तहत एकजुट हो गये और यूनियन ऑफ़ अमेरिका से अलग होने की उम्मीद करने लगे। स्वयं महासंघ ने सूत का निर्यात बन्द कर दिया, इस उम्मीद के साथ कि इस प्रतिबन्ध से ब्रिटेन प्रभावित होगा और इसलिए वह उस यूनियन से लड़ने में उनकी मदद करेगा जो ग़ुलामी की प्रथा के ख़िलाफ़ था।

लेकिन ब्रिटेन इस चारे में नहीं फँसा। बजाय इसके उन्होंने पूरब में हिन्दुस्तान और मिस्त्र की तरफ़ देखना शुरू कर दिया, जैसा कि फ़्रांस ने भी किया। सूत के व्यापारियों के लिए उछाल का यह पहला मौक़ा था। गृह युद्ध के उन चार सालों के दौरान सूत बेन्तिहा क़ीमती चीज़ बन गया। सूत का भूखा ब्रिटेन, हिन्दुस्तानी सूत को डकारे जा रहा था और भाटिया समुदाय तथा प्रेमचन्द रायचन्द जैसे दूसरे कपड़ा व्यापारी कपड़े के सबसे बड़े निर्यातक बन गये। रायचन्द को सूत का बादशाह (कॉटन किंग) कहा जाता था। उसने लाखों कमाये और देखते ही देखते अपनी माँ के नाम पर राजबाई टावर खड़ा किया, तथा चर्चगेट इलाक़े के जीर्णोद्धार में निवेश किया। रायचन्द के रसूख का अन्दाज़ा इस बात से लगाया जा सकता है कि उसने 1860 के दशक में टावर (जो आज मुम्बई विश्वविद्यालय के अहाते में है) के निर्माण के लिए अँग्रेज़ों को 2 लाख रुपये का दान दिया था।

दलदली समुद्री ज़मीन को उपयोगी बनाने वाली दूसरी निर्माण कम्पनियाँ रातों रात प्रगट हो गयीं। जनवरी 1865 तक बम्बई में 31 बैंक, 8 नवनिर्माण कम्पनियाँ, 20 बीमा कम्पनियाँ, और 62 जॉइंट स्टॉक कम्पनियाँ खुल चुकी थीं। इसे विशाल बम्बई धमाका के नाम से जाना गया। महज़ चार सालों के भीतर सूत से होने वाला इस शहर का मुनाफ़ा बढ़कर आठ करोड़ पाउण्ड स्टर्लिंग हो गया।

सूत मुख्यतः विदर्भ क्षेत्र से आता था, जो अब महाराष्ट्र में है। उस समय इस पर निज़ाम हैदराबाद की हुकूमत थी, जिनके नियन्त्रण में आज के तेलंगाना, विदर्भ, मराठवाड़ा और कर्नाटक के चार ज़िलों से मिलकर बना विशाल क्षेत्र था। अँग्रेज़ों की मदद के लिए तत्पर रहने वाले निज़ाम एक बार 1830 के दशक के आख़िरी सालों में अफ़गानिस्तान फ़तह करने की मंशा रखने वाली ईस्ट इण्डिया

कम्पनी के साथ अपनी फ़ौज भेजी थी। जब यह फ़ौज वापस आयी, तो कम्पनी ने निज़ाम को एक बिल थमा दिया। निज़ाम को भयंकर झटका लगा, क्योंकि वह मानकर चल रहा था कि उसने तो कम्पनी की मदद की थी। चूँकि वह भुगतान करने की हालत में नहीं था, इसलिए उसने उनको संरक्षित राज्य के तौर पर बेरार (विदर्भ) को सौंप दिया। बाद में जब ब्रिटेन के राजा ने ईस्ट इण्डिया कम्पनी की जगह ले ली, तो उसने उस बेरार को अपने इख़्तियार में ले लिया जिसकी समृद्ध, उपजाऊ मिट्टी सूत की पैदावार के लिए बेहद की उपयोगी थी।

सूत का गुब्बारा 1865 में उस वक़्त फूटा जब अमेरिकी गृह युद्ध समाप्त हो गया और अँग्रेज़ों ने अमेरिका से फिर से सूत ख़रीदना शुरू कर दिया। मिस्त्र और हिन्दुस्तान को भारी घाटा सहना पड़ा; कारोबार चौपट हो गया और पुनर्निर्माण कम्पनियाँ दिवालिया घोषित हो गयीं। प्रेमचन्द रायचन्द भी दिवालिया हो गये। बाद में, हालाँकि इन कारख़ानों की हालत में सुधार हो गया और सूत की माँग बढ़ना जारी रही।

अगला उछाल 1914 और 1918 के दरम्यान आया। पहले विश्वयुद्ध के दौरान अँग्रेज़ों ने अपनी सारी ऊर्जा लड़ाई के उद्यमों में लगा रखी थी और उनके जहाज़ों का इस्तेमाल हथियार और गोला-बारूद ढोने में किया जा रहा था। हिन्दुस्तान में विदेशी कपड़े की आमद रुक गयी थी, इसलिए कोई प्रतिस्पर्धा नहीं रह गयी थी। जब 1918 में लड़ाई ख़त्म हो गयी, तो ये कारख़ाने फिर जूझने लगे। 1919 की विराट मन्दी से भी हालात में कोई मदद नहीं मिल सकी। लेकिन 1925 तक आते-आते वे वापस अपने पैरों पर खड़े हो गये, और इस दफ़ा और भी कारख़ाने पैदा हो गये, और उनकी कुल संख्या बढ़कर 83 तक पहुँच गयी। (1925 और 1938 के दरम्यान, कारोबार के उतार-चढ़ाव के साथ तालमेल न बैठा पाने की वजह से, इनमें से 15 कारख़ाने बन्द हो गये थे।)

सितम्बर 1939 में दूसरा विश्व युद्ध छिड़ गया और ब्रिटेन अपने उपनिवेशों के साथ लड़ाई की तैयारियों में जुट गया। अ डिफ़ेंस ऑफ़ इण्डिया नामक अधिनियम लागू कर दिया गया। सूत को अनिवार्य उपभोक्ता वस्तुओं की श्रेणी में शामिल कर दिया गया। संगठित वस्त्र उद्योग - यानी, कॅम्पोज़िट मिलों - के अन्तर्गत उत्पादित होने वाले कुल कपड़े का 65 फ़ीसदी हिस्सा फ़ौज की माँग के लिए और बाक़ी कपड़ा आम लोगों के लिए आरक्षित कर दिया गया। आयात थम गये थे और अगले दस सालों के दौरान कपड़े के कारख़ानों ने भारी कमाई की। 1945 में लड़ाई ख़त्म हो गयी और योरोप पुनर्निर्माण के कामों में व्यस्त हो गया। हिन्दुस्तान के कपड़ा कारोबार के लिए निर्यात में उछाल का अब यह एक

सुनहरा अवसर था। लेकिन 1955 के आते-आते बाज़ार समतल पर आ गया और मन्दी ने एक बार फिर पैर जमा लिये; कपड़ा कारख़ाने घाटे में चलने लगे। ये कम्पोज़िट मिलें 1947 के बाद से ही ज़बरदस्त करों, सख़्त मज़दूर क़ानूनों, निर्यात-सम्बन्धी बन्धनों, कच्चे सूत की कमी तथा ऐसी ही दूसरी बाधाओं के अधीन रही थीं। इसके अलावा, आज़ादी के बाद औद्योगिक नीति में ढील दे दी गयी थी और औषधि, इंजीनियरी तथा खाद जैसे नये उद्योग अच्छा ख़ासा मुनाफ़ा कमा रहे थे और पूँजी को अपनी तरफ़ खींच रहे थे। 1948 तक एक नया धागा - विस्कोस - उपलब्ध हो गया था और उसने सूती कपड़े के साथ प्रतिस्पर्धा शुरू कर दी थी। 1955 तक नायलॉन तथा पॉलिएस्टर जैसे सिन्थेटिक धागों की आमद हिन्दुस्तान में हो चुकी थी। चूँकि कपड़ा उद्योग मुनाफ़े की हालत में नहीं था, इसलिए वह नयी कसौटियों के मुताबिक़ अपना आधुनिकीकरण करने में कामयाब नहीं हो सका और बन्द होने लगा।

1924 के बाद से ही हड़तालें लगातार होने लगी थीं। मुम्बई की एक कपड़ा हड़ताल के बारे में *लेबर मन्थली* की एक रपट आँखें खोल देने वाली है :

> तीस हज़ार औरतों और बच्चों समेत कारख़ानों के डेढ़ लाख कामगार पिछले लगभग तीन महीनों से हड़ताल पर रहे हैं और बम्बई के कपड़ा कारख़ानों में प्रवेश से वंचित रहे हैं। ज़िले के पूरे के पूरे 83 कारख़ाने बन्द कर दिये गये हैं। सबसे अहम मुद्दा कामगारों की सामान्य मज़दूरी के साथ-साथ उनके सालाना बोनस का है। पिछले साल जुलाई में मिल मालिकों ने एक नोटिस चस्पाँ किया था कि कामगारों को पिछले पाँच सालों से उनकी सामान्य मज़दूरी के साथ-साथ जो बोनस मिलता रहा है, और जिसको वे पूरक मज़दूरी के तौर पर लेते रहे हैं, वह अब नहीं दिया जाएगा। लोगों ने इस नोटिस पर ध्यान नहीं दिया, इसलिए भी कि उनमें से ज़्यादातर निरक्षर हैं, और जब तक कि साल के अन्त का वह समय नहीं आ गया जिस वक़्त बोनस दिया जाता है, तब तक उनका ध्यान इस मुद्दे पर नहीं गया। जनवरी के मध्य में हड़ताल की घोषणा कर दी गयी, जिसके जवाब में मिल मालिकों ने, कामगारों को बिना शर्त काम पर वापसी के लिए मजबूर करने की नीयत से, तुरन्त ही लॉक-आऊट घोषित कर दिया।
>
> दिन में दस घण्टे काम के लिए बम्बई के एक मिल कामगार की पगार मर्दों के लिए 35 रुपया और औरतों के लिए 17 रुपये महीना होती है। यह पैसा उनकी तन्दुरुस्ती और बल-बूते को बरकरार रखने या उनकी बुनियादी ज़रूरतों को पूरा करने के लिहाज़ से नाकाफ़ी है। इसी

वजह से, लड़ाई के बाद आये उछाल की सबसे ज़्यादा ऊँचाई के वक़्त के दौरान, जब कारख़ानों का मुनाफ़ा कई सौ फ़ीसदी बढ़ गया था, तो पूरक मज़दूरी के तौर पर सालाना बोनस मंज़ूर किया गया था। 1914 के बाद से जीवन-यापन की क़ीमतें (सरकारी आँकड़ों के मुताबिक़) 58 फ़ीसदी बढ़ चुकी है; मुनाफ़ा, 1922-23 के थोड़े से उतार को छोड़कर, 1917 के 674 लाख रुपयों से बढ़कर 1921 में 1,559 लाख रुपयों तक पहुँच चुका है। यह जानीमानी-सी बात है कि सूत कारख़ानों के कामगारों को बहुत ज़्यादा काम के बदले बहुत कम मेहनताना मिलता रहा है, जिसके नतीजे में वे साहूकारों के भारी कर्ज़ में डूबे हुए हैं। ट्रेड यूनियनों के रूप में संगठित होने के उनके हक़ को वैधानिक मान्यता नहीं दी गयी, और न तो उनके कोई स्थायी मज़दूर संगठन हैं और न यूनियन फ़ण्ड हैं। उनके नेता, मौजूदा हड़ताल के समय तक वकीलों, राजनेताओं, उपकारी और व्यावसायिक मज़दूर नेताओं आदि के उन बूर्ज़ुआ तबकों से आते रहे हैं जो हितों और सहानुभूतियों के मामले में कामगारों के मुक़ाबले रोज़गार उपलब्ध कराने वाले वर्ग के ज़्यादा क़रीब रहे हैं। वे कामगारों की हड़ताल की हर कोशिश के ख़िलाफ़ साज़िशें करते रहे, वे हर निर्णायक मुद्दे पर नियोक्ताओं का पक्ष लेते रहे, वे लोगों को काम पर लगाये रखने में और उनकी बेहतरी की कोशिशों में उनकी मदद करने की बजाय उनको पुरानी परिस्थितियों से सन्तुष्ट रखने में अपने प्रभाव का इस्तेमाल करते रहे हैं। सरकार ने, जो श्रम-विवादों के मामलों में अपनी तटस्थता बरकरार रखने का ढोंग करती है, ऐसे मौक़ों पर नियोक्ताओं की सम्पत्ति की रक्षा करने तथा हड़ताल को कुचलने हेतु नियोक्ताओं की मदद करने के लिए सशस्त्र पुलिस और सेना को बुलाने में कभी नहीं हिचकती।

चूँकि कामगार उचित मज़दूरी के लिए लड़ते रहे, इसलिए बम्बई के कपड़ा कारख़ानों में हर समय हड़तालें होती रहीं। शुरूआती सालों में, किसी क़िस्म का यूनियनवाद नहीं था। ये कम्यूनिस्ट नेता एस. ए. डांगे थे जिन्होंने कामगारों को कम्यूनिस्ट छत्र के तले संगठित किया और कामगारों के हक़ों की लड़ाई लड़ी। कई साल बाद, 1982 में, जब डॉ. दत्ता सामन्त ने कपड़ा कारख़ानों की हड़ताल का ऐलान किया, तो 250,000 कामगारों के मन में उम्मीद जागी कि दूसरे कारख़ानों के मज़दूरों की तरह उनकी मज़दूरी को भी तर्कसंगत रूप मिल सकेगा।

कारख़ानों में गिरावट का दौर दत्ता सामन्त के हड़ताल के ऐलान के बहुत पहले ही शुरू हो चुका था। कपड़ा कामगारों को अहसास था उनकी मज़दूरियाँ औषधि या इंजीनियरी उद्योग के कामगारों के मुक़ाबले में बहुत कम हैं, और इसलिए उन्होंने अपने मुद्दे को उठाने के लिए उनसे सम्पर्क किया था। वे उस

मान्यताप्राप्त औद्योगिक संगठन, राष्ट्रीय मिल मज़दूर संघ (आरएमएमएस) से थक चुके थे, जो काँग्रेस-आई से सम्बद्ध था लेकिन जो उनके हितों की लड़ाई को आगे बढ़ाने में नाकामयाब रहा था। डॉ. सामन्त दूसरे उद्योगों के कामगारों के पक्ष में लड़ चुके थे, और ज़बरदस्त रूप से लोकप्रिय थे क्योंकि उनकी हड़तालों के नतीजे हमेशा मज़दूरियों में अभूतपूर्व बढ़ोत्तरी के रूप में सामने आ चुके थे। कपड़ा कामगारों की हड़ताल के आवाहन को लेकर उनके मन में हिचक थी क्योंकि यह उनका कार्यक्षेत्र नहीं था। लेकिन कामगारों ने घाटकोपर के उनके घर को घेर लिया और उनकी रज़ामन्दी न मिलने तक वहाँ से हटने से इंकार कर दिया।

जावेद आनन्द, डॉ. सामन्त की प्रशस्ति में, इस ट्रेड यूनियन नेता के बारे में कहते हैं, 'सामन्त को कम्पनी की वे बैलेंस शीटें देखने के लिये तंग नहीं किया जा सकता था जिनको प्रबन्धक उनके सामने यह साबित करने के लिए पेश कर रहे थे कि उनके संगठन भुगतान करने की हालत में नहीं हैं। कामगारों की ही तरह, वे इस बात से सहमत थे कि सारी बैलेंस शीटें झूठे प्रचार के लिए तैयार की जाती हैं। जब बहुत-सी कम्पनियाँ, जो शुरू में ज़्यादा भुगतान करने को लेकर अपनी नाकाबिलियत का दावा कर रही थीं, बाद में ज़्यादा भुगतान करने पर राज़ी हो गयीं, तो इससे सामन्त के और कामगारों के इस निश्चय की ही पुष्टि हुई कि वे बैलेंस शीटों को अपनी "बेजा" माँगों के आड़े नहीं आने देंगे।

हड़ताल के समय कपड़ा कारख़ाने के एक कुशल कामगार को 1,500 रुपये मिलते थे जबकि अकुशल कामगार को 700/800 रुपये मिलते थे। हड़ताल को राष्ट्रीय स्तर पर प्रचार मिला। डॉ. सामन्त कुछ समय के लिए काँग्रेस-समर्थक रहे थे, लेकिन आपातकाल के दौरान इन्दिरा गाँधी को उनकी नाफ़रमानी पसन्द नहीं आयी और उनको जेल में ठूँस दिया गया। उनको लगा कि अगर कपड़ा कामगारों की माँगें मान ली गयीं, तो बन्दरगाहों और जहाज़ों पर काम करने वालों और तमाम अन्य कामगारों की माँगें भी माननी पड़ेंगीं। इसलिए, बाद में, जब ये कामगार मज़दूरी न बढ़ाये जाने के बावजूद महज़ इस शर्त पर अपनी हड़ताल वापस लेने के लिए तैयार हो गये कि सरकार बाम्बे इण्डस्ट्रियल ऐक्ट ऑफ़ 1947 को रद्द कर दे, तो उनकी इस माँग पर किसी ने भी ध्यान नहीं दिया। उनकी एकमात्र दूसरी माँग यह थी कि बॉम्बे इण्डस्ट्रियल ऐक्ट के अन्तर्गत कामगारों की एकमात्र अधिकृत यूनियन के तौर पर स्थापित आरएमएमएस की मान्यता रद्द कर दी जाए।

तत्कालीन हुकूमत टस से मस नहीं हुई और हड़ताल की औपचारिक समाप्ति की घोषणा कभी नहीं हुई। हिन्दुस्तान के मज़दूर इतिहास की सबसे लम्बे

अरसे तक चली यह अठारह महीने की हड़ताल उन कपड़ा कारख़ानों के लिए मौत का पैगाम साबित हुई जो पहले से ही अपने वजूद में बने रहने के लिए जूझ रहे थे। इनमें से ज़्यादातर कारख़ाने बन्द हो गये और तीन लाख कपड़ा कामगारों ने अपने रोज़गार गँवा दिये।

बीसवीं सदी के आते-आते लगभग कोई कारख़ाना ऐसा नहीं बचा था जो अपनी पूरी क्षमता के साथ चल रहा हो और फ़िनलेज़ कैलिको तथा बिनीज़ जैसे अन्तरराष्ट्रीय ब्राण्ड बीते ज़माने की चीज़ें बनकर रह गये। हालाँकि दोष हड़ताल के मत्थे मढ़ा गया था, लेकिन हर कारख़ाने के बन्द होने के पीछे उसकी अपनी वजहें थीं। कुछ उस प्रतिस्पर्धा की वजह से बन्द हुए थे जो भूमण्डलीकरण का नतीजा थी, कुछ इसलिए बन्द हुए क्योंकि वे मज़दूरों की बहुत बड़ी तादाद पर निर्भर थे और कुछ अपनी पारिवारिक कलहों की वजह से बन्द हुए थे।

इन कारख़ानों में काम करने वाले ज़्यादातर कामगार दक्षिण रायगढ़ तथा रत्नागिरि से आये मराठी लोग थे। कोंकण का तट उन दिनों बहुत ही ग़रीब हुआ करता था और किसानों को चावल की एक फ़सल और आमों का सहारा हुआ करता था। सूत के कारख़ाने बाहर से आये श्रमिकों की ज़िन्दगी का ताना-बाना थे। ट्रेड यूनियन के लिए उनका कम्यूनिस्टों के साथ जुड़ना ज़रूरी था, लेकिन कम्यूनिस्ट चूँकि मज़हब में विश्वास नहीं करते थे इसलिए कामगार जल्दी ही दक्षिण-पन्थी शिव सेना के प्रभाव में आ गये। शिव सेना के शुरूआती झण्डाबरदार मिलों में काम करने वाले कोंकण के कामगार ही थे।

हिन्दुस्तान के दूसरे सूबों के कामगार भी थे जिन्होंने आख़िरकार अपनी जड़ें वहाँ रोप ली थीं। धीरे-धीरे, कारख़ानों से मामूली-सी दूरी पर स्थित चालें साझा मध्यवर्गीय मूल्यों से प्रेरित बहुसांस्कृतिक क्षेत्र में बदल गयीं।

वर्ली की बीडीडी चाल जैसी इन चालों और दोमंज़िला इमारतों के छोटे-छोटे, तंग कमरों में कामगार ठुँसे रहते थे। शराबखोरी धड़ल्ले से जारी थी, उतने ही धड़ल्ले से उधारी का कारोबार जारी था। शराब का अवैध कारोबार और मटका अड्डे फलफूल रहे थे। इस कुत्सित माहौल से दूर रहने के लिए बालिग और बच्चे अपना ज़्यादातर वक़्त घर से बाहर बिताते थे। बच्चे उलटे-सीधे तरीक़ों से की गयी अपनी कमाई पर ज़िन्दा रहते थे और अक्सर, जब हड़तालें होती थीं, तो परिवारों को वापस उनके गाँवों में भेज दिया जाता था। इतिहासकार इन जगहों पर साम्प्रदायिकता के पनपने और इसी के लिए डॉ. सामन्त के गिरफ़्तार होने की बात करते हैं। लेकिन जो चीज़ यहाँ पनपी वह कुछ और थी। संगठित अपराध।

गवली, अपने माँ-बाप के पदचिह्नों पर चलते हुए, शक्ति मिल्स में काम करता था (आज की वह कुख्यात मिल्स जहाँ 28 अगस्त 2013 को एक नौजवान फ़ोटोजर्नलिस्ट के साथ सामूहिक बलात्कार किया गया)। नाइकों का परिवार दादर में सब्ज़ियाँ बेचता था, लेकिन उसके माँ-बाप ने कारख़ाने में काम किया था। गिरोहबाज़ डी. के. राव के माँ-बाप एक कारख़ाने में काम करते थे, जैसे कि अनिल परब के माँ-बाप भी। सबसे अहम बात यह है कि नब्बे के दशक के शुरू होने तक गिरनगाँव में पैसे की ख़ातिर छुरेबाज़ी और हत्याएँ कर माफ़िया की सीढ़ियाँ चढ़ते हुए पले-बढ़े मराठी और ग़ैर-मराठी लड़कों को अहसास हो गया था कि वे सोने की खदान पर बैठे हुए हैं।

दक्षिण मुम्बई लोगों से ठसाठस भरी हुई थी और उसके फैलाव के लिए कोई गुंजाइश नहीं बची थी। बान्द्रा-कुर्ला कॉम्प्लैक्स को विकल्प के तौर पर विकसित किया जा रहा था, लेकिन वह स्थान दक्षिण मुम्बई के क़रीब नहीं था। रियल-एस्टेट के उस्तादों, माफ़िया और सियासतदाँ लोगों ने महसूस किया कि मुम्बई की तरक्की का एक ही रास्ता है, और वह है दक्षिण-मध्य। मुम्बई के नये चेहरे के लिए, सम्भवतः शहर की आर्थिक गतिविधियों के अगले केन्द्र के लिए, गिरनगाँव को राह देना ज़रूरी हो चुका था। डॉ. सामन्त की हड़ताल को झेल चुके कारख़ाने एक-एक कर अपनी चिमनियाँ उतारने लगे। जो पैसा दाँव पर लगा हुआ था उसकी तादाद करोड़ों में थी। कुछ कारख़ाने 400 करोड़ से भी ज़्यादा रुपयों में बिके और कुछ की क़ीमत 600 से 900 करोड़ रुपये तक लगायी गयी।

नब्बे के दशक तक गिरनगाँव अगले कुरुक्षेत्र में बदल चुका था। दाऊद जैसे बड़े खिलाड़ियों ने बिल्डरों के साथ नाता जोड़ लिया, वहीं गवली और उस जैसे दूसरे लोग मिल मालिकों से जा मिले। सिवाय कामगारों के हर कोई मुनाफ़े में रहा। और अब माफ़िया और सूबे की राजनीति के - और शायद नयी दिल्ली की राजनीति के भी - बड़े खिलाड़ी गिरनगाँव के धन से निकलने थे।

4
पहली मुलाक़ात

कमरे में ख़ामोशी है, लेकिन चेहरे पर ख़ौफ़नाक हावभाव लिये तीन हट्टेकट्टे, बलिष्ठ आदमियों की प्रभावशाली उपस्थिति है। कमरे के बीचोंबीच एक आदमी आधी बाँह की कमीज़ पहने वीलचेयर पर बैठा है। उसकी अँगुलियाँ उसकी गोद में बिछे एक उजले नैपकिन पर फैली हैं। उसकी दाढ़ी है और ख़यालों में डूबी, लेकिन ग़ुस्से का इज़हार करती उसकी आँखें उसकी रूह की दिशा में खुली दो निर्लिप्त खिड़कियाँ हैं। साफ़ ज़ाहिर है कि हमारी मौजूदगी को पसन्द नहीं किया गया है। वह हमें घूर रहा है और क्षण भर को हमें लगता है कि उसने हमें और हमारी मंशा तथा इरादों को भाँप लिया है। उसके चेहरे पर झुर्रियाँ हैं, जो उसके सालों लम्बे मुश्किल जीवन की, उसके शंकालु स्वभाव और दुनिया के प्रति उसकी हद दर्जे की नफ़रत तथा अविश्वास की गवाही देती हैं। यह पचास साल की उम्र का अश्विन नाइक है, गिरोह सरगना अमर नाइक का भाई। भारी मानमनौअल और ख़ुशामद के बाद जाकर ही हमें उसके इस एकान्त में जाने की इजाज़त मिल सकी थी। यहाँ आने की छूट हर किसी को नहीं है।

मेज़ पर छह टेलिफ़ोन रखे हुए हैं। कहने की ज़रूरत नहीं कि यही वह तरीक़ा है जिससे वह क़ानून और उसका पालन कराने वालों को गुमराह करता है। आख़िर वे कितने फ़ोन टेप करेंगे?

अश्विन की अपनी अदाएँ हैं। वह ख़ास ढंग से रुक-रुक कर और वाक्य के बीच अजीब तरह से विराम देते हुए बात करता है, जैसे वह अपने मुँह से निकलते एक-एक शब्द को सावधानी के साथ तौलते और उन पर विचार करते हुए बोल रहा हो।

उसकी मेज़ के पीछे शिवलिंग की एक तस्वीर है, और उसके दाँयीं तरफ़ गणेश और लक्ष्मी की मूर्तियाँ रखी हुई हैं। जब वह हमें उन मूर्तियों का निरीक्षण करते देखता है, तो वह मुड़ता है, उनकी तरफ़ देखता है और कहता है, 'मेरे

माँ-बाप कहा करते थे : "देखो, भगवान हमारे पीछे ही तो हैं।"'

दूसरी बार देखने पर हमारी नज़र उन मूर्तियों की बग़ल में पड़े सचिन अहीर के विज़िटिंग कार्ड पर पड़ती हैं। अहीर एक विधायक है, महाराष्ट्र की मिलीजुली सरकार में कैबिनेट मन्त्री है, और अश्विन नाइक के घर में उसके कार्ड का होना हैरत में डालने वाला है, क्योंकि अहीर प्रतिद्वन्द्वी गिरोह सरगना गवली का भतीजा भी है। बहुत से सवाल हैं जो पूछे जाने का इन्तज़ार कर रहे हैं, लेकिन इस मसले को हम आगे की मुलाक़ातों के लिए मुल्तवी कर देते हैं - यानी, अगर हम उसको बहला-फुसलाकर उसके मुँह से कुछ और उगलवा सके तो - और फ़िलहाल हम उसके परिवार के बारे में, उसकी परवरिश के बारे में, और उन दिनों के बारे में बात करते हैं जिसने एक गिरोह सरगना के रूप में उसकी ज़िन्दगी को आकार दिया।

अश्विन नाइक अपने भाई अमर नाइक की मौत के बाद 1996 में उसके नौसिखिया गिरोह का डॉन बना था। अमर उसी बरस 10 अगस्त को हुई प्रसिद्ध पुलिस मुठभेड़ में विजय सलस्कर की गोली से मारा गया था।

अश्विन को भी 18 अप्रैल 1994 को सेशन कोर्ट के अहाते में गवली के निशानेबाज़ रवीन्द्र सावन्त की गोली लग चुकी थी - हालाँकि इस हमले में वह मारा नहीं जा सका था। इसने उसको चलने-फिरने के मामले में हमेशा-हमेशा के लिए वीलचेयर के हवाले कर दिया था।

जब हमारी बातचीत का रुख उसके बचपन और माँ-बाप की तरफ़ मुड़ता है, तो नाइक का चेहरा चमक उठता है। वह अपने माँ-बाप के बारे में उमंग से भरकर, मुस्कराते हुए, पूरी तफ़सील के साथ बात करता है। वह उनके धार्मिक विश्वासों के बारे में और उनकी शिक्षा की कमी के बारे में बताता है। वह बताता है कि किस तरह उन दोनों ने अपने बच्चों को लेकर बड़े-बड़े सपने पाल रखे थे और किस तरह उन्होंने निश्चय कर रखा था कि उनको अच्छी से अच्छी शिक्षा मिल सके।

अश्विन के दो भाई थे, अजीत और अमर, और बहन अल्का। सिर्फ़ अश्विन को ही पढ़ने और उच्चतर अकादमिक योग्यता हासिल करने का मौक़ा मिल सका। उसके कोई भी भाई-बहन मैट्रिक से आगे की पढ़ाई नहीं कर सके, हालाँकि उनके पिता मारुति नाइक उन सभी को पढ़ाना लिखाना चाहते थे।

अश्विन ने दादर में डॉ. अन्तोनियो द सिल्वा हाई स्कूल तथा जूनियर कॉलेज ऑफ़ कॉमर्स में पढ़ाई की थी। 8 वीं कक्षा से ही उसका झुकाव तकनीकी शिक्षा की ओर रहा था। हवाई जहाज़ों को लेकर उसके आकर्षण तथा इंजीनियरी

के प्रति उसके रुझान का ही नतीजा था कि वह विमानकीय (ऐरोनॉटिकल) इंजीनियरी की पढ़ाई करने लगा। हालाँकि, हिन्दुस्तान ऐरानॉटिक्स अकादमी में दाख़िला लेने के साल भर के भीतर ही उसको सीनियर छात्रों की बेरहम रैगिंग से तंग आकर इस अकादमी को छोड़ देना पड़ा। इसके बाद वह लन्दन गया जहाँ से उसने सिविल इंजीनयरी की डिग्री हासिल की।

आज अश्विन के साथ बहुत थोड़े-से लोग हैं, जिनमें उसका वकील भरत माने शामिल है, जो उसके विचारों को ज़ुबान देने में उसकी मदद करता है। कमरे के एक कोने में अख़बारों का एक गट्ठर जमा हुआ है। एक दूसरे कोने में एक टीवी है और वह लगातार न्यूज़ चैनलों को बदल-बदल का देखता रहता है। हमने महसूस किया कि हम पर भी सीसीटीवी कैमरों की चौकन्नी निगाहें लगी हुई हैं।

उसे बॉलीवुड की फ़िल्में बहुत पसन्द हैं, अश्विन हमें गर्व के साथ बताता है। उसने हाल ही में परेश रावल द्वारा अभिनीत फ़िल्म *ओ माइ गॉड* देखी है और वह उसे बहुत अच्छी लगी। आज उसका इरादा पीवीआर जुहू में एक्शन थ्रिलर *रेस 2* देखने जाने का है। जब वह हमारी भँवों को आश्चर्य से उठते देखता है, तो वह हमारा भ्रम दूर करते हुए हमें बताता है कि वह अपने बारह बेहद वफ़ादार आदमियों से घिरा होगा और थिएटर जैसी सार्वजनिक जगह में भी पूरी तरह से सुरक्षित होगा।

अश्विन बताता है कि वह बचपन से ही बॉलीवुड पर फ़िदा रहा है। वह स्कूल से चोरी-छिपे सिनेमा देखने जाया करता था और इसके लिए पूरे हफ़्ते अपने जेबख़र्च से 25 पैसे बचाया करता था। वह अपनी डायरी में अपनी ही ईजाद की हुई कोड-भाषा में बहुत बारीक़ी से अपने ख़र्च दर्ज़ किया करता था। उसकी ये आदत उसके साथ आज तक बनी हुई है। वह अपनी डायरी में जो नोट्स दर्ज करता है उनको सिवाय उसके और कोई नहीं पढ़ सकता। क्राइम ब्रांच के पुलिसियों को उसकी ख़ुफ़िया इबारतों को समझने में बहुत मशक्कत करनी पड़ी थी; पूछताछ के दौरान ज़्यादातर वक़्त उसकी डायरी में लिखी चीज़ों का मतलब निकालने में ही ख़र्च हो गया था।

अश्विन कहता है कि जब उसके पास सिनेमा देखने के लिए पैसे कम पड़ जाते थे, तो वह अपने दोस्तों और पड़ोसियों की साइकिलें सुधारने का काम किया करता था। लेकिन वह कबूल करता है कि वह ज़्यादातर मज़े में ही रहा क्योंकि उसके दोनों बड़े भाई उसके साथ बच्चे जैसा व्यवहार करते थे और उन्होंने लाड़-प्यार कर उसकी आदतें ख़राब कर रखी थीं।

सबसे बड़ा होने के नाते उसके घर और परिवार की सारी ज़िम्मेदारियाँ अजीत नाइक के कन्धों पर थीं। वह बहुत मेहनती आदमी था, और हर रोज़ सुबह 4 बजे से रात के 10 बजे तक मशक्कत करता रहता था। ऐसा एक भी दिन नहीं होता था जब वह दुकान पर न हो। दादर के बाज़ार में उसकी बहुत इज़्ज़त थी और हर कोई उसकी सच्चाई और ईमानदारी की वजह से बड़े सम्मान के साथ उसका नाम लेता था।

जबकि अमर शरारती था जिसका नतीजा मारपीट जैसी गतिविधियों में उसके मुब्तला होने में हुआ। अजीत ने उसको डाँटने-फटकारने और सुधारने की कोशिशें कीं, लेकिन कोई नतीजा नहीं निकला। बड़े भाइयों के बीच टकराव के बावजूद अमर और अश्विन के बीच अच्छी पटती थी। अँग्रेज़ी जैसे विषयों में बहुत क़ाबिल न होने के बावजूद अमर गणित में बहुत अच्छा था। आम धारणा के एकदम उलट, उसमें बहुत कम बुराइयाँ थीं - वह सिगरेट-बीड़ी और शराब तक नहीं पीता था - लेकिन अपनी बुरी संगतों वजह से वह बदनाम हो गया था। फिर अमर ने दुकान पर काम करना शुरू कर दिया, जिसकी देखरेख अब तक अजीत किया करता था। अश्विन अपनी आँखों में एक चमक के साथ याद करता है, कि यही वह मुकाम था जहाँ से समस्याएँ शुरू हुई थीं।

5

सब्ज़ी वाले की दुश्मनी

> शैतानियत के बारे में अपना मुँह बन्द रखकर, उसको अपने अन्दर इस क़दर गहरे दफ़ना कर कि सतह पर उसका कोई निशान तक दिखायी न दे, हम उसका बीज बो रहे हैं, और वह भविष्य में सौ गुना होकर उगेगा। जब हम गुनाह करने वालों को न तो सज़ा देते हैं और न ही उनकी निन्दा करते हैं, तो हम महज़ उनके क्षुद्र बुढ़ापे का बचाव भर नहीं कर रहे होते हैं, बल्कि इस तरह हम नयी पीढ़ी के नीचे से इंसाफ़ की बुनियाद को भी खोखला कर रहे होते हैं।
>
> – एलेक्ज़ैन्द्र सॉल्ज़नितसिन, *द गुलाग आर्किपेलेगो 1918–1956*

'कोई आदमी, अगर वह गाजर की तरह टुकड़े-टुकड़े कटने पर आमादा न हो, तो एक क़दम भी आगे न बढ़ाये,' उसने कुछ इस तरह ठण्डे, दो-टूक ढंग से कहा, मानों इंसानी जिस्म के टुकड़े करना उसका रोज़मर्रा का काम हो।

उसने गँडासे को कुछ तरह लहराया, मानों गाजर काटने की कार्रवाई की नुमाइश कर रहा हो और उसकी चुनौती को मंज़ूर कर क़दम आगे बढ़ाने की हिम्मत करने वाले किसी भी शख़्स पर टूट पड़ने के लिए तैयार हो।

अमर मारुति नाइक का इरादा पक्का था, और यह बात महज़ उसके शब्दों से नहीं बल्कि उसके अन्दाज़ से भी ज़ाहिर थी। अमर की आँखों में ख़ून उतरा हुआ था, वह अपने दाँत पीस रहा था, और उस क़दम को आगे बढ़ाने को तैयार था जो उसको एक झटके में एक साधारण नौजवान से एक अपराधी में बदल देने वाला था। तमाशबीन साफ़ तौर पर घबराये हुए थे। साफ़ ज़ाहिर था कि यह चौबीस साल का लड़का मारने या मरने पर आमादा था; उसकी आँखों में बेइन्तिहा नफ़रत और वहशत समायी हुई थी।

पाँच हट्टेकट्टे आदमी उसके सामने थे : ख़ौफ़नाक सड़क छाप गुण्डे,

असलियत में मिट्टी के शेर, शेखी बघारने में माहिर, लेकिन गुरदे के मामले में सिफ़र। वे समझ चुके थे कि उनमें से किसी की भी मामूली-सी चूक इस नौजवान को हरक़त में ला सकती है, और वह एक झटके में उनके सिर क़लम कर सकता है। उन्होंने अपनी ज़िन्दगी में कभी धेले भर के लिए भी काम नहीं किया था, और इस आदमी की मांसपेशियों को देखकर लगता था कि उसने बहुत कड़ी मशक्कत की है। इसने एक चुनौती पेश कर दी थी; वे अब तक उन दब्बू क़िस्म के सब्ज़ी बेचने वालों से ही पेश आते रहे थे जो कुड़कुड़ाते तो थे मगर आख़िर में उनकी माँगों के सामने हार मान लेते थे।

जब अमर ने पाया कि उसका कोई भी प्रतिद्वन्द्वी जोखिम उठाने और उसकी चुनौती का सामना करने को तैयार नहीं है, तो वह बाँया मुड़ा और बग़ल में फुटपाथ पर औंधे मुँह पड़े उस आदमी की तरफ़ अपना बाँया हाथ बढ़ा दिया जिसका सफ़ेद कुर्ता मिट्टी में लिथड़ा हुआ था और टूटा हुआ चश्मा बग़ल में पड़ा हुआ था।

'दादा, उठ दादा, माझाहाथधर, दादा उठ,' अमर ने दर्द से छटपटाते उस आदमी को पुकारा। वह अपने भाई की बाँह थामकर उसको उठाने के लिए झुका हुआ था, लेकिन उसकी निगाहें लगातार उन मवालियों पर जमी हुई थीं जो उसकी हरक़तों को देख रहे थे।

अजीत नाइक अपने भाई का सहारा लेकर उठने लगा, लेकिन वह इतना कमज़ोर लग रहा था कि खड़े होने की हालत में नहीं था; वह लड़खड़ाया और अमर, जो उसका सारा वज़न लगभग अपनी एक बाँह पर थामे हुए था, अपना सन्तुलन खो बैठा। इससे उसके प्रतिद्वन्द्वियों को पहली चाल चलने का मौक़ा मिल गया। उनमें से एक बगल से अमर पर झपट पड़ा, जबकि दूसरे ने उस पर पीछे से वार करने की कोशिश की।

लेकिन अमर उनसे ज़्यादा तेज़ था।

उसने तेज़ी से मुड़कर पीछे वाले पर झपट्टा मारते हुए अपना गँडासा उसको घोंप दिया और उसकी बाँह में एक गहरा घाव कर दिया। लेकिन हमलावर ने, जो कि उसकी गर्दन पर सवार था, उसे रोक दिया। उसने गँडासे को अपने दाँये हाथ से बाँये हाथ में लिया, लेकिन उस आदमी से छूट पाना उसको मुश्किल पड़ रहा था जो उसकी गर्दन पर लगातार दबाव डाले जा रहा था।

अगले ही पल में वह आदमी दर्द से चीख़ें मार रहा था। अमर ने उसी सदियों पुरानी चाल से काम लिया : उसने अपने हमलावर के अण्डकोषों को

पूरी ताक़त से मसल डाला। उस आदमी की दर्द की कराह से दादर का समूचा बाज़ार गूँज उठा।

एक की बाँह पर गहरा चीरा और दूसरे की यह दहशतज़दा चीख़ इन गुण्डों को उखाड़ने के लिए काफ़ी थी। उन्होंने भागने का फ़ैसला किया। लेकिन वे जैसे ही भागने को मुड़े, उनके लीडर ने कहा, अगर तू असल बाप की औलाद है, तो यहीं रुक, हम वापस आएँगे और तेरा कीमा बना देंगे। उन्होंने आपने घायल साथी को लिया और तुरन्त वहाँ से भाग गये।

अब तक अजीत अपने होशो-हवास में वापस आ चुका था, और उनकी धमकी सुन चुका था। उसने अमर की तरफ़ देखा, जो अब भी अपने प्रतिद्वन्द्वियों की तरफ़ देख रहा था।

अजीत ने उसको झकझोरकर उसकी ग़ुस्से-भरी बेसुधी को भंग किया। 'अमर, तू जा। हमारे बूढ़े माँ-बाप की ख़ातिर तू यहाँ से चला जा।'

लेकिन अमर ने अकेले वापस जाने से इंकार कर दिया। 'हम साथ चलते हैं,' उसने जवाब दिया।

अजीत का मन धन्धे के इस वक़्त दुकान को बन्द किये बग़ैर छोड़कर जाने को नहीं था, लेकिन वह अमर को उस जगह से हटाना चाहता था। वह जानता था कि वे आदमी पहले से बड़ी तादाद में और ज़्यादा हथियारों के साथ वापस लौटेंगे, और भलाई इसी में होगी कि अपने भाई को खोने की बजाय वह एक दिन के अपने धन्धे का नुक़सान उठा ले।

दोनों भाई उन गुण्डों से खुद को बचाने के लिए दुकान को सूना छोड़ बेमन से वहाँ से चले गये। उनको यह भी ठीक से मालूम नहीं था कि वे लोग किस गिरोह के थे : पोट्या, बबल्या या गवली गिरोह के।

जैसी कि उम्मीद थी, वे आदमी वापस लौटे, उन्होंने दुकान में तबाही मचायी, सब्ज़ियाँ ज़मीन पर फेंक दीं, उनके सामान की तोड़फोड़ की और जो कुछ उनको अपने काम का लगा, लेकर चले गये। 'अगर किसी ने भी नाइक के नक़्शे-क़दम पर चलने की कोशिश की, तो तुमको भगवान भी नहीं बचा पाएगा,' उन्होंने दूसरे सब्ज़ीवालों और दुकानदारों को चेतावनी दी।

दादर का सब्ज़ी बाज़ार दादर रेलवे स्टेशन के पश्चिम की तरफ़ स्टेशन के ठीक बाहर है। सत्तर और अस्सी के दशक में भी यह बाज़ार करोड़ों का कारोबार करता था। वाशी एग्रीकल्चरल प्रोडयूस मार्केट नामक थोक बाज़ार का उद्घाटन होना अभी बाक़ी था और नवी मुम्बई अभी भी अपनी शैशव अवस्था में थी।

शहर का सब्ज़ियों का कोटा मुख्यतः दो थोक और खुदरा बाज़ारों से आता था, दादर और बायकला बाज़ार। नब्बे के दशक में यहाँ का कारोबार बहुत ही चुस्त था, क्योंकि ये लोग समूचे शहर के लिए सब्ज़ियों की आपूर्ति करते थे। और परेल-दादर के बीच सक्रिय सदाबहार माफ़िया गिरोहों को अहसास था कि वे सब्ज़ी व्यापारियों और दुकानदारों में महज़ ख़ौफ़ जगाकर भी इस अच्छी-ख़ासी कमाई का एक हिस्सा हथिया सकते हैं।

पोट्या और बबल्या गिरोहों ने बाज़ार के चक्कर लगाने शुरू कर दिये, और दुकानदारों से अलग-अलग बहानों से वर्गानी (ख़ैरात) के तौर पर पैसे लेने लगे। इसकी शुरूआत सार्वजनिक गणेशोत्सव से हुई और यह सिलसिला होली, दीवाली और गोकुलाष्टमी जैसे त्यौहारों के नाम पर जारी रहा। सब्ज़ी विक्रेताओं और कारोबारियों को समझ में नहीं आ रहा था कि वे इस मुसीबत से कैसे निबटें, क्योंकि इन फेरियों और गिरोहबाज़ों की तादाद दिनोंदिन बढ़ती ही जा रही थी - और हर कोई कभी इस तो कभी उस डॉन का नाम लेता था। लेकिन उन्होंने अपनी गाढ़ी मेहनत की कमाई उनको देना जारी रखा, यह मानकर कि बाद में पछताने की नौबत आये इससे बेहतर अपनी हिफ़ाज़त की जाए। फिर एक ऐसा वक़्त आया जब पैसे ऐंठने का यह धन्धा नियमित हो गया, चाहे त्यौहार हों या न हों।

जिन्होंने बहुत ज़्यादा विरोध किया उनको बेरहमी के साथ पीटा गया, जिसके नतीजे में उनको अस्पतालों में भर्ती होना पड़ा और यूँ कई-कई दिनों या हफ़्तों के लिए अपनी रोज़ी से वंचित रहना पड़ा। ऐसे थोड़ी-सी वारदातें उन लोगों के लिए चेतावनी-भरे किस्से बन गयीं जो पैसे ऐंठने की इन कार्रवाइयों से बुरी तरह हताश होकर इनके ख़िलाफ़ आवाज़ उठाने के बारे में सोचते थे।

अमर को अभी कुछ ही हफ़्ते हुए थे जब उसने दुकान पर आना शुरू किया था; वह बेरोज़गार था और उसको कोई दूसरा काम नहीं मिल पा रहा था, इसलिए उसके बाप ने उससे दुकान पर बैठने को कहा था। इसी के चलते उसने अपने भाई अजीत के काम में हाथ बँटाना शुरू किया था, जिसको वह, तमाम मतभेदों के बावजूद, पूजता था। गणित में अमर की क़ाबिलियत का मतलब था कि वह दुकान का हिसाब-किताब सँभालता। तभी उसने पाया कि कुछ पैसा ऐसा है जो बग़ैर हिसाब में आये लगातार कम पड़ता रहता है। उसको नहीं लगता था कि उसके भाई में कोई बुराइयाँ हैं, इसलिए उसने इसके बारे में उससे पूछने का फ़ैसला किया।

शुरू में अजीत टालमटोल करता रहा। लेकिन जब उसको लगा कि अमर

आसानी से मानने वाला नहीं है, तो उसने बताया कि वह गिरोहों को वर्गानी देता रहा है।

एक दिन, अमर ने अपने भाई को साधारण गणित का इस्तेमाल करते हुए समझाया कि अगर ये मवाली हर दुकानदार से हर हफ़्ते 100 रुपये लेते हैं, तो वे बाज़ार की क़रीब 200 दुकानों से 20,000 से ज़्यादा रकम बना रहे हैं। और, अगर इसे दूसरी तरह से देखें, तो 100 रुपये सप्ताह का मतलब हुआ कि एक दुकानदार साल भर में त्यौहारों और फेरियों के मुताबिक़ 5000 से 10000 रुपयों के बीच भुगतान करता है। ये गिरोहबाज़ लाचार भाजीवालों को लूटकर अपनी जेबें भर रहे हैं। 'हमें इस तरह अपने शोषण की इजाज़त क्यों देनी चाहिए?' अमर ने तर्क दिया। अजीत ने उससे कहा कि वह इन बातों में न पड़े।

लेकिन अमर इस सरासर नाइंसाफ़ी को लेकर ग़ुस्से से बौखलाया हुआ था। मुट्ठी भर आदमी बाज़ार पर हुकूमत कैसे कर सकते हैं? उसने वर्गानी न देने का फ़ैसला कर लिया।

एक-दो बार ऐसा हुआ कि जब ये गुण्डे आये, अमर चिड़चिड़ाया और या तो उसको झापड़ खाने पड़े या उसका कुर्ता फाड़ दिया गया। उन लोगों ने उसे धकियाया, उसके साथ मारपीट की, सार्वजनिक रूप से उसको गालियाँ दीं और बेइज़्ज़त किया। अक्सर अजीत को बीचबचाव करना पड़ता और अपने भाई को बचाना पड़ता।

अजीत एक अमन पसन्द इंसान था और वह अमर की इस बग़ावत के पक्ष में नहीं था। उसने अमर से कहा कि अगर अमन-चैन बना रहता है, तो ये पैसे देते रहने में उसको कोई हर्ज़ नहीं दीखता। 'वाय शुड वी बेल द कैट,' वह अपनी अँग्रेज़ी पाठ्यपुस्तक की भाषा का इस्तेमाल करते हुए अक्सर कहा करता था।

लेकिन अमर सुनने के मूड में नहीं था। उसने अजीत की ग़ैरमौजूदगी में इन पैसा ऐंठने वालों से लड़ना शुरू कर दिया। उसने पाया कि ये गुण्डे कई गिरोहों से ताल्लुक रखते हैं और उसके अलावा कोई और इनका विरोध नहीं करता।

उसने पुलिस की मदद लेने का भी फ़ैसला किया। पुलिस पोट्या गिरोह के ख़िलाफ़ तो हरक़त में आयी लेकिन गवली गिरोह के ख़िलाफ़ की गयी शिकायतों के मामले में वह अन्धी बनी रही, क्योंकि इस गिरोह से उनको अच्छी ख़ासी रकम मिलती थी। जैसी कि भ्रष्टाचार और नाइंसाफ़ी की मुम्बई पुलिस

की परम्परा थी, वे उलटे शिकार के ही पीछे पड़ गये। जल्दी ही अमर पुलिस स्टेशन के चक्कर लगाने लगा क्योंकि पुलिस कभी इस तो कभी उस मामले में 'पूछताछ' के लिए सम्मन जारी करने लगातार उसकी दुकान पर आने लगी थी। इसके बाद ये सम्मन उस पर थोपे गये झूठे प्रकरणों की शक्ल लेने लगे। उसकी ग़ैरमौजूदगी में वे अजीत के साथ बदसलूक़ी करते, यहाँ तक कि उसके छोटे भाई अश्विन को भी वे डाँटते-धमकाते, जो अभी किशोर ही था।

आख़िरकार, अमर को लगा कि उसे इस ज़ुल्म का हमेशा के लिए खात्मा करना ही होगा। वह इस तरह की शिकस्त से भरी ज़िन्दगी नहीं जी सकता था, यह उसकी फ़ितरत में नहीं था। उसने अपनी आवाज़ बुलन्द करने और अपना हाथ उठाने का फ़ैसला कर लिया। वह तनकर खड़ा होने वाला था, और अगर इसका मतलब दुश्मन से टक्कर लेना था, तो वह इसके लिए तैयार था। उसका तर्क था कि उनको ठगने वाले ये गुण्डे इंसानियत के लिए कोई ईश्वर की सौग़ात नहीं हैं, बल्कि साधारण इंसान हैं, जिनमें बाक़ी लोगों के मुक़ाबले कहीं ज़्यादा बुराइयाँ भरी हुई हैं।

अमर ने सबसे पहले तो इन गिरोहों के ख़िलाफ़ समर्थन जुटाने की कोशिश की। एक सच्चे मेहनतकश मज़दूर नेता के अन्दाज़ में उसने 'कामगार अंचे घामचे दाम!' (कामगारों की गाढ़े पसीने की कमाई) की बात की। उसने यह नारा डॉ. दत्ता सामन्त से लिया था, जिन्होंने 1982 में सूत कारख़ाना हड़ताल के समय इसका इस्तेमाल किया था।

जिस दिन अमर ने उस गँडासे का इस्तेमाल किया था, उस दिन अजीत ने पोट्या के आदमियों को फेरी लगाते देख लिया था और तुरन्त ही अमर को किसी काम पर रवाना कर दिया था। भाई के भले इरादे से बेख़बर अमर उसकी आज्ञा मानकर चला गया, लेकिन जल्दी ही लौट आया और देखा कि अजीत पाँच हट्टेकट्टे आदमियों के हाथों पीटा जा रहा है जो उससे अमर का अतापता पूछ रहे हैं। दूसरे सब्ज़ीवाले दहशत में डूबे हुए थे; कोई भी दख़लन्दाज़ी नहीं करना चाहता था। लेकिन अमर की प्रतिक्रिया बहुत फुर्तीली थी, जिसका नतीजा यह हुआ कि उस दिन के बाद से उस पर निशान लग गया।

घर पर, मारुति ने लाठी उठायी और अमर को तब तक पीटना जारी रखा जब तक कि अजीत ने बीच में आकर उसका बचाव नहीं किया।

लेकिन बाज़ार में अमर की गाजर वाली मिसाल से सब्ज़ी वालों के बीच उसके कई मुरीद पैदा हो गये थे। इससे उसको कई ऐसे लड़के भी मिल गये जो उसकी एक आवाज़ पर उसके पीछे चल पड़ने को तैयार थे। उसका मकसद

सिर्फ़ एक ही था - गवली और पोट्या गिरोहों की मनमानी के ख़िलाफ़ लड़ना, लेकिन इसने लड़ाकों की एक पूरी पलटन खड़ी कर दी थी।

गवली और पोट्या गिरोह का यह अन्दाज़ा सही था कि जल्दी ही उनके ख़िलाफ़ लड़कों की एक फ़ौज आगे बढ़ेगी। अगर अमर को इसकी छूट दे दी गयी, तो इससे एक बुरी नज़ीर क़ायम होगी और बाज़ार में उनके रुतबे को बट्टा लगेगा। इसलिए उन्होंने कार्रवाई करने का फ़ैसला किया।

नाइक भाइयों में सबसे छोटे अश्विन को एक कमज़ोर शिकार के रूप में देखा गया, और इसलिए पोट्या गिरोह ने उसका अपहरण करने और बदले में अमर के आत्मसर्पण की माँग करने का फ़ैसला किया। वे उसको सार्वजनिक रूप से पीटना चाहते थे, उसका घमण्ड चूर करना चाहते थे और उसको ऐसा सबक़ सिखाना चाहते थे जिससे दूसरे लोगों को भी सीख मिल सके।

अश्विन का अपहरण कर लिया गया और उसे बन्धक के बतौर हिरासत में ले लिया गया। तब वह बमुश्किल बीस बरस का था और जानता था कि उसको उसके भाइयों के ख़िलाफ़ एक बड़ी लड़ाई में चारे के तौर पर इस्तेमाल किया जा रहा है। अगर अमर अजीत दादा का ख़ास चहेता था, तो अश्विन अमर का लाड़ला था; वह अपने भाई के दुश्मनों को इस बात की छूट नहीं दे सकता था कि वे उसके भाई के ख़िलाफ़ उसका फायदा उठाएँ। वह जानता था कि इसके पहले कि अमर को मजबूर होकर उनके सामने समर्पण करना पड़े, उसको कोई ठोस क़दम उठाना होगा।

गुण्डों की हिरासत में अश्विन की देखभाल ठीक से की जा रही थी। उनके छिपने के ठिकाने पर लाते वक़्त उसकी आँखों पर पट्टी नहीं बाँधी गयी थी, न ही उसको किसी तरह की यातना दी गयी थी या मारा गया था। लड़के को ऐसा लगा कि ये आदमी उसको कोई नुक़सान नहीं पहुँचाएँगे; वे उसका महज़ इस्तेमाल कर रहे थे। अगले दिन सुबह 4 बजे, उसने एक छोटी-सी खिड़की खोली और पहली मंज़िल से नीचे कूद गया। क़िस्मत से किसी ने उसके खिसकने की आहट नहीं सुनी और सुबह बहुत देर बाद ही उसके नदारद होने पर उनका ध्यान जा सका।

घर पर हर कोई हलाकान था। सबसे छोटा होने के नाते अश्विन परिवार का लाड़ला था। जब उसने, सुरक्षित, घर की दहलीज़ पर पाँव रखा, उस वक़्त बड़े पैमाने पर हमले की तैयारियाँ चल रही थीं। सब के सब ख़ुशी से उछल पड़े, और अमर ने चैन की साँस ली। उसने ईश्वर का शुक्रिया अदा किया और निर्णायक फ़ैसला लिया। उन लोगों ने उसके परिवार को हाथ लगाने की कोशिश

की थी और अगर उसने इसे जारी रहने की छूट दी, तो उनका जीवन दुखों से भरकर रह जाएगा।

बेहतर होगा कि उनसे निपट ही लिया जाए, उसने फ़ैसला किया। उसने अपने बाप से और अजीत से बात की, जो इस बार उससे सहमत लगे। उन्होंने नाइंसाफ़ी और अत्याचार झेला था। अब उठ खड़े होने का वक़्त था।

उनकी ख़ामोश रज़ामन्दी मिल चुकी थी। हालाँकि वह अपना बचाव करने तक ही सीमित थी। वे नहीं जानते थे कि इन्तकाम एक दुधारी तलवार होता है, और शिकारी तथा शिकार के बीच फ़र्क़ करने वाली रेखा बहुत आसानी से धुँधला सकती है। अपने बचाव की कोई भी कोशिश हिंसा से मुक्त नहीं होती।

अमर ने पोट्या और गवली गिरोहों से तकरार की सम्भावना के मद्देनज़र लड़कों को अपने पक्ष में इकट्ठा करना शुरू कर दिया। बदले की भावना उसके दिमाग़ पर सवार थी। उसको उनके साथ वही करना था जो उन्होंने उसके साथ किया था। उसको उनसे उनकी रोज़ी-रोटी और दौलत छीननी थी और उनकी रीढ़ तोड़नी थी। मटका अड्डे और ग़ैरक़ानूनी शराब के अड्डे उस ज़माने में बड़ी दौलत हुआ करते थे और वे माफ़िया के द्वारा संचालित होते थे या उसके संरक्षण में चला करते थे। ये अड्डे उसके पहले निशाने पर थे।

6

गवली का हौसला

गवली ने बायकला, परेल, और लालबाग के इलाक़े के एक उभरते हुए डॉन के रूप में प्रसिद्धि हासिल कर ली थी, और बेशक, दगड़ी चाल में भी, जो बहुत तेज़ी के साथ उसकी तमाम अपराध भरी गतिविधियों का अड्डा बनता जा रहा था। यह स्पष्ट नहीं है कि गवली ने व्यक्तिगत रूप से इस जगह को उसी तरह अपने मुख्य अड्डे के तौर पर चुना था या नहीं, जैसे कि हाजी मस्तान ने बैत-उल-सुरूर को और करीम लाला ने नॉवेल्टी थिएटर के पास ताहिर मंज़िल को चुना था, या जैसे दाऊद और सबीर ने मुसाफ़िरखाना को चुना था।

चाल पर नियमित बैठकें और दरबार आयोजित होते थे, और गवली उन सब की सदारत किया करता था। उस इलाक़े का एकमात्र दूसरा व्यक्ति रामा नाइक था जिससे गवली डरता था और जिसकी वह इज़्ज़त करता था।

गवली ने यहाँ सत्तर के दशक के दरम्यान बायकला के पैलेस सिनेमा में टिकिटों की ब्लैक मार्केटिंग के लिए एक टीम तैयार करने के साथ अपने कारनामों की शुरूआत की थी। इस गतिविधि को अंजाम देने वाला शख़्स था रज़ाक शेख, जिस पर यह सुनिश्चित करने की ज़िम्मेदारी थी कि पैसे की नियमित आमद जारी रहे।

शेख पूर्वी बायकला में स्थित उडुपी होटल के मालिक श्रीधर शेट्टी का क़रीबी दोस्त रह चुका था, जिनकी यह दोस्ती बाद में एक औरत को लेकर हुए आपसी संघर्ष की वजह से हमेशा-हमेशा के लिए टूट गयी थी। शेख को श्रीधर के साथ के इस झगड़े में गवली की मदद का पूरा भरोसा था, लेकिन गवली का दबदबा अभी परवान नहीं चढ़ा था। दूसरी तरफ़, श्रीधर का एक भाई था जो उडुपी होटल मालिकों के असोसिएशन में ख़ासी जान पहचान रखता था, जिसका मतलब था कि शेख के मुक़ाबले श्रीधर के सम्पर्क ज़्यादा तगड़े थे। अब सिर्फ़ उस खेल का खेला जाना बाक़ी रह गया था जिसमें श्रीधर के रुतबे की नुमाइश होती और शेख को पीछे हटना पड़ता।

और कुछ यूँ हुआ कि मार्च 1983 के एक गर्म दिन में शेख का पीछा करता हुआ श्रीधर दगड़ी चाल तक जा पहुँचा। जब वह गवली के दरबार में पहुँचा, तो उसने गवली की क़लई उतारने की मंशा से उस पर गालियों की बौछार कर दी। इस चाल ने अपना असर दिखाया और गवली गाली-गलौज से भरे शब्दों के इस हमले से अपमानित होकर रह गया। उस वक़्त तक, गवली कभी हथियारों के इस्तेमाल के लिए या सार्वजनिक तौर पर अपना आपा खोने के लिए नहीं जाना जाता था, लेकिन यह बिना किसी उकसावे के किया गया हमला था, और उसके अपने दरबार में उसको गालियाँ दी जा रही थीं।

आँख का एक इशारा मिलते ही गवली के सहयोगी तारामन घटकर ने प्रतिक्रिया दिखाते हुए श्रीधर को गँडासे से काटकर गिरा दिया। कहा जाता है कि इस जल्लादी हमले में स्वयं गवली शामिल था और उसने श्रीधर के मरने तक उस पर वार किये जाने में घटकर की पूरी मदद की थी। पुलिस रिकॉर्ड के मुताबिक़, दगड़ी चाल के अहाते में हुई यह पहली हत्या थी।

इस वारदात को सँभाल पाना शेख के लिए भारी पड़ा और उसने पुलिस के सामने आत्मसमर्पण कर दिया, जबकि गवली फ़रार हो गया। घटकर भी भाग गया था लेकिन बाद में वह पुलिस के हाथों पकड़ा गया। यह मामला क्राइम ब्रांच को सौंपा गया और पुलिस इंस्पेक्टर मधुकर ज़ेण्डे ने इसे अपने हाथ में ले लिया। ज़ेण्डे की ख्याति एक ज़िद्दी पुलिसवाले के रूप में थी, और गवली को सलाह दी गयी कि फ़रारी की यातना भोगने से बेहतर होगा कि वह आत्मसमर्पण कर दे; ज़ेण्डे अन्ततः उसको ढूँढ निकालेगा और इसकी सज़ा और भी बुरी होगी। महीने भर तक इस खयाल की जुगाली करने के बाद गवली ने आखिरकार ज़ेण्डे के सामने आत्मसमर्पण कर दिया।

दगड़ी चाल में श्रीधर की हत्या से पहले गवली, रेशिम और रामा नाइक के साथ, मटका चालक और स्थानीय गुण्डे पारसनाथ पाण्डे की हत्या में शामिल रह चुका था। पुलिस ने गवली और उसके गुरगों को गिरफ़्तार किया था, लेकिन वे सब के सब किसी तरह ज़मानत हासिल करने में कामयाब रहे थे और महीने भर के ही भीतर जेल से बाहर हो गये, जिससे गवली का क़द और बढ़ गया था। जैसा कि हिन्दुस्तान में अक्सर देखने को मिलता है, यह मामला भी सालों तक अदालत में घिसटता रहा।

1985 में जब मामला अदालत में सुनवाई के लिए आया, तो गवली को छोड़ बाक़ी सारे आरोपी बरी कर दिये गये। उसको इसलिए नहीं छोड़ा गया क्योंकि वह श्रीधर शेट्टी हत्याकाण्ड का आरोपी भी था, और इसने कम से कम

दो साल के लिए उसका जेल में रहना पक्का कर दिया था।

फ़रारी के दौरान अपराधियों को कैपुचिनो कॉपी पीते हुए सम्पर्क विकसित करने या इण्टरनेट नेटवर्किंग करने का अवसर नहीं मिलता। गुटबाज़ी करने या सौदों को पक्का करने के लिए जेल उनके लिए सबसे अच्छी जगहें होती हैं।

आपातकाल में जेल की सज़ा काटने के दौरान वरदराजन मुदलियार से हुई मुलाक़ात से रामा नाइक को उसमें अपना रहनुमा मिल गया था, जिसकी मार्फ़त वह शराब के अवैध धन्धे और तस्करी के कारोबार में आया था। इसी के आसपास, 1985 में बाबू रेशिम और रामा नाइक ने मुम्बई के उत्तरपूर्व उपनगर में, चेम्बूर के तिलक नगर इलाक़े में राजन नायर उर्फ़ बड़ा राजन नामक शख़्स के साथ अपने सम्पर्क विकसित किये थे। बाद के दिनों में राजन ने उनको दक्षिण मुम्बई के दाऊद-सबीर गिरोह तक ले जाने में सीढ़ी का काम किया था।

1986 में श्रीधर शेट्टी हत्या प्रकरण सुनवाई के लिए सेशन कोर्ट में आया और तीनों आरोपी - अरुण गवली, घटकर और शेख - बरी कर दिये गये। तीन साल का समय लेने के बाद भी आरोपी पक्ष अदालत के सामने हत्या में गवली की भागीदारी साबित करने में नाक़ाबिल रहा।

अरुण गवली दगड़ी चाल में लौट आया जहाँ उसका ज़ोरदार इस्तक़बाल हुआ। अकल्पनीय पैमाने पर हुआ यह स्वागत किसी राजनेता की जीत के जश्न जैसा था। कुछ लोगों का कहना था कि यह नाइंसाफ़ी के साथ जेल में डाल दिये गये किसी क्रान्तिकारी, किसी स्वतन्त्रता संग्राम सेनानी, की वापसी जैसा था; या, जैसा कि कुछ चमचों का कहना था, यह एक शहंशाह का उसकी प्रजा की ओर से किया गया शाही इस्तक़बाल था।

गवली का यह स्वागत प्रशासन के चेहरे पर एक तमाचा था; ये वो आदमी था जिसने इसी जगह पर एक होटल व्यवसायी को मारा था और यह बात हर कोई जानता था।

गवली की ग़ैरमौजूदगी में, रामा नाइक और बाबू रेशिम ने बहुत ही होशियारी के साथ गिरोह का काम सँभाला था। अब तक वे अपनी गिरफ़्त मटका और अवैध शराब के कारोबार तक फैला चुके थे।

गिरोह की कारस्तानियों का एक पाखण्डपूर्ण पहलू शहर की सांस्कृतिक गतिविधियों में उसकी भागीदारी का था। गणेश चतुर्थी और नवरात्रि जैसे त्यौहारों के भारी हर्षोल्लास के साथ मनाये जाने वाले उनके ये जश्न कई-कई दिन तक चलते थे और उनमें संगीत प्रस्तुतियाँ, सिनेमा और अन्य सामूहिक

गतिविधियाँ शामिल होती थीं। बड़ी संख्या में लोग इकट्ठा होते थे और नौजवान लड़के अपनी कॉलोनियों में अपने घरों पर रुकने तथा सामूहिक रूप से समय बिताने के लिए अपने काम या स्कूल से छुट्टियाँ लेते थे। इसके बाद गिरोह ने ऑर्केस्ट्रा और दूसरी गतिविधियों पर पैसा उलीचना शुरू कर दिया, जिनका प्रचार, ज़ाहिर है, उन विशालकाय बैनरों के माध्यम से किया जाता था जिन पर सराहना और आभार के अल्फ़ाज़ों के बीच गिरोह के लोगों के नाम चमकते थे। इसने दगड़ी चाल गिरोह (उन दिनों में यह इसी नाम से जाना जाता था) की लोकप्रियता को बढ़ाने में मदद की। इसने अरुण गवली के राजनीति के अखाड़े में उतरने के लिए माकूल वातावरण भी तैयार किया।

अब तक 200 से ज़्यादा बेरोज़गार नौजवान दगड़ी चाल में शामिल हो चुके थे। रामा नाइक और गवली के मन में तब एक ख़याल पैदा हुआ। उन्होंने इन नौजवानों से टीमें तैयार करने और बायकला के आसपास के होटलों, दुकानों और दफ़्तरों में जाकर हफ़्ता वसूलने को कहा। वसूली की ये माँगें कारोबार और माल की तादाद के मुताबिक़ 100 रुपये से 1000 रुपये के बीच कितने भी रुपयों की हो सकती थीं। जो लोग पैसा देने मना करते या लड़कों का विरोध करते, उनको सबक़ सिखाया जाता। उनकी दुकानों में तोड़फोड़ की जाती और दुकानदारों को इतनी बुरी तरह पीटा जाता कि दूसरे दुकानदार पूरी तरह दहशत में आ जाते। यही वह ढंग था जिससे गवली के आतंक का राज बायकला, मदनपुरा, चिंचपोकली और लालबाग में फैला। जल्दी ही, ये नौजवान और भी महत्त्वाकांक्षी होते गये और उन्होंने अपनी फेरियों का विस्तार परेल और दादर के बाज़ारों तक कर दिया। इस तरह हासिल किये गये पैसे का उपयोग गिरोह की इन मुहिमों में लगे सदस्यों को भुगतान करने पर किया जाता था।

गिरोह सम्पन्न हो गया और उसने और भी लोगों को अपनी ज़द में समेटना शुरू कर दिया। गवली की ताक़त सच्चे मानी में उठान पर थी।

7

मिथुन का जुनून

छोटा राजन मिथुन चक्रवर्ती का पुजारी था। मिथुन की अपनी एक ख़ासियत, अपना एक अन्दाज़ था और वह हरफ़नमौला था, जो ऐसी चीज़ें थीं जिनकी दूसरे अभिनेताओं में कमी थी, और डॉन ने जबसे उसकी फ़िल्म *सुरक्षा* देखी थी तभी से वह डांस और एक्शन के इस स्टार का बड़ा भारी मुरीद बन चुका था। मिथुन ने *वारदात* और *साहस* के साथ बॉक्स ऑफ़िस पर अपनी कामयाबी का सिलसिला जारी रखा। तीनों ही जासूसी फ़िल्में थीं जिनमें मिथुन ने जेम्स बॉण्ड जैसी भूमिकाएँ अदा की थीं। इसी में उसका आकर्षण था।

छोटा राजन का असल नाम राजेन्द्र निखलजे था। मराठी परिवारों में बच्चों को जल्दी ही कोई घरेलू नाम मिल जाता है और, जवान हों या बुज़ुर्ग, हर कोई उसको उसी नाम से पुकारने लगता है। राजेन्द्र के मामले में यह घरेलू नाम था, नाना।

नाना मिथुन को लेकर इस क़दर दीवाना था कि उसने जल्दी ही इस स्टार के जैसे ही कपड़े पहनने शुरू कर दिये; यहाँ तक वह अपने बाल भी मिथुन के अन्दाज़ में, बीच से माँग निकालते हुए, काढ़ने लगा। उसे लगता था कि वह इस स्टार जैसा दिख सकता है, जो (उसी जैसा) साँवला होते हुए भी छबीला था।

उसने इस नायक की लोकप्रियता का भी नाजायज़ फ़ायदा उठाना शुरू कर दिया; जब भी सहकार सिनेमा में मिथुन की कोई फ़िल्म शुरू होती, तो वह निजी तौर पर दिलचस्पी लेते हुए अपने लड़कों को टिकिटों की ब्लैक मार्केटिंग से बड़ी तादाद में पैसा कमाने के काम पर लगा देता।

तभी, एक दिन, भारी बखेड़ा खड़ा हो गया। *वारदात* के बाद जारी हुई फ़िल्म *साहस* को फ़िल्म के निर्देशक रविकान्त नगाइच ने मिथुन की तीन फ़िल्मों की श्रंखला की आख़िरी फ़िल्म घोषित किया था। उसके पहले ही शो की

शुरूआत 'हाउसफुल' के साथ हुई थी, जिसका मतलब था कि सारे टिकिट बिक चुके थे। शुक्रवार के दिन सिनेमाघर के अहाते में अफ़रातफ़री का माहौल रहा था। नतीजतन, आगे किसी और मुसीबत के मद्देनज़र शनिवार को सिनेमाघर में पुलिस तैनात कर दी गयी थी। लेकिन नाना तैयार था और घात लगाये घूम रहा था; पुलिस उसको उसके धन्धे से वंचित कर दे, यह वह नहीं होने दे सकता था।

जैसे-जैसे मैटनी शो ख़त्म होने को हुआ और अगले शो का वक़्त आता गया, वैसे-वैसे टिकिटों की क़ीमतें बढ़ती चली गयीं। मिथुन के दूसरे दीवानों के साथ की एक छोटी-मोटी बहस ने बढ़कर एक झड़प की शक्ल ले ली थी; नाना मिथुन की किसी फ़िल्म के टिकिटों की क़ीमत को कम करने को तैयार नहीं था। उसका मानना था कि टिकिटों की बिक्री से जितने भी रुपये बनाये जा सकते हैं उनमें से एक-एक रुपये पर उसका हक़ बनता है।

सिनेमाघर के बाहर की झड़प ने भारी उपद्रव की शक्ल ले ली। ड्यूटी पर तैनात पुलिस वाले मूक दर्शक नहीं बने रह सकते थे; टिकिट से वंचित ग़ुस्साये हुए दर्शक उनसे ब्लैक मार्केटिंग करने वालों की शिकायत कर रहे थे।

हालाँकि ये ब्लैक मार्केटिंग करने वाले मिट्टी के शेर निकले। पुलिस की लाठियों की थोड़ी-सी फटकारों से ही वे ढेर हो गये और भागने लगे। लेकिन नाना अपने लड़कों को इस बेरहमी के साथ पीटे जाते नहीं देख सका। उसने अपने अभिमान की रक्षा की ख़ातिर एक पुलिसवाले के हाथ से लाठी छीनी और उलटा उन पर टूट पड़ा।

ड्यूटी पर तैनात किसी वर्दीधारी पुलिस वाले पर हाथ उठाये जाने की बात अस्सी के दशक के पहले तक कभी नहीं सुनी गयी थी - यह काम सिर्फ़ बेलगाँव पठानों के ही बूते का था। लेकिन नाना की इस जाँबाज़ी ने उसके आदमियों का हौसला बढ़ाया और उन्होंने उस दिन पाँच कांस्टेबलों को पीटकर बेहाल कर दिया।

नाना के दुस्साहस ने मुम्बई अण्डरवर्ल्ड के हर व्यक्ति का ध्यान खींचा था। तब तक, तिलक नगर में सहकार प्लाज़ा सिनेमा पर फ़िल्मों के टिकिट बेचने वाले ठगों के गिरोह को जगदीश शर्मा या गूँगा के लड़कों के रूप में जाना जाता था (शर्मा हालाँकि बहरा नहीं था लेकिन उसको तब भी कम सुनायी देता था, इसलिए उसका यह उपनाम पूरी तरह से सही नहीं था।) उस दिन के बाद से नाना के लड़कों को उनकी अपनी पहचान मिल गयी।

नाना और काला बाज़ारी करने वाले उसके दल को बाद में पुलिस द्वारा गिरफ़्तार कर लिया गया और हवालात में बन्द कर उनकी पिटाई की गयी। लेकिन इलाक़े पर शासन करने वाले डॉन राजन नायर ने गूँगा को ख़ासतौर से

हिदायत देते हुए 'छोकरा लोग और उनकी ज़मानत' का ध्यान रखने को कहा था। कुछ ही दिनों के भीतर नाना और उसके छुटभैये ज़मानत पर छूट गये।

उन्होंने अब चूँकि इलाक़े में अपनी ख्याति क़ायम कर ली थी, नाना के गिरोह से हर कोई डरने लगा था। समूचे तिलक नगर और चेम्बूर इलाक़े ने नाना के बारे में दबी ज़ुबान में बतियाना शुरू कर दिया था।

इस समय, माफ़िया के परिदृश्य पर उत्तरपूर्वी उपनगर में राजन नायर का गिरोह - राजन-रामा कम्पनी - का सबसे ज़्यादा प्रभाव था। रामा नाइक बायकला, लालबाग, परेल, दादर और वर्ली को सँभालता था। अशोक जोशी के साथ भागीदारी के नाते उसके सम्पर्क भण्डुप और कंजरमार्ग में भी थे।

जब नाना जेल से बाहर आया, तो राजन नायर ने इस लड़के को बुलाकर सबके सामने उसकी जाँबाज़ी की खूब तारीफ़ की। 'अच्छा हीरोगिरी किया वो दिन,' उसने पुलिस की पिटाई की तरफ़ इशारा करते हुए कहा और उत्साहित नाना की पीठ ठोंकी।

राजन नायर ने जल्दी ही नाना को अपनी मण्डली में शामिल कर लिया, और गूँगा, जो शुरू में राजन नायर के गिरोह से सम्बद्ध था, राजन 'अन्ना' का क़रीबी बन गया। सत्तर के दशक में और अस्सी के दशक के शुरूआती दौर में भी, इस संयुक्त गिरोह को दाऊद इब्राहिम गिरोह या पठान माफ़िया से भी ज़्यादा ताक़तवर माना जाता था।

नाना मिथुन चक्रवर्ती को पूजने से भी पहले से राजन नायर की मूर्ति को पूजना शुरू कर चुका था। चेम्बूर से घाटकोपर तक, आरसीएफ़ से कुर्ला ईस्ट तक और सायन के कुछ हिस्सों तक उसका दबदबा था।

नाना का पिता सदाशिव ठाणे में हीश्ट में काम करता था। नाना के तीन भाई थे, प्रकाश, दीपक और आकाश, तथा दो बहने थीं, मालिनी और सुनीता। यह परिवार सतारा ज़िले के लोनार गाँव से ताल्लुक रखता था।

बेरोज़गार और पाँचवीं कक्षा से स्कूल छोड़ चुके नाना के पास उसका अपना कोई सम्मानजनक काम नहीं था। वह अपने परिवार के साथ तिलक नगर के निम्न-मध्यवर्गीय इलाक़े में रहता था। जिस दोमंज़िला इमारत में वे रहते थे, उसकी हर मंज़िल पर दस कमरे थे। हर मकान के हिस्से में दो कमरे, साझा गुसलखाना और साझा बरामदा थे।

स्कूल छोड़ने के बाद, राजन बुरी संगत में पड़ गया और गूँगा के लड़कों के गिरोह में शामिल हो गया।

अपनी किशोर उम्र से ही नाना साधु शेट्टी, विलास माने, मोहन कोटियन, अवधूत बोण्डे और अन्य लोगों के साथ तिलक नगर इलाक़े में क्रिकेट खेला करता था। इस इलाक़े में काफ़ी सारी खुली जगहें और बड़े मैदान थे। उन्होंने अपनी क्रिकेट टीम को डायमण्ड क्रिकेट क्लब नाम दे रखा था। गूँगा नाना का रहनुमा और तिलक नगर के चेम्बूर इलाक़े के बेरोज़गार नौजवानों के गिरोह का नेता था।

अस्सी के दशक के शुरूआती दौर में नौकरियाँ हासिल करना मुश्किल काम था और निम्न-मध्यवर्गीय कॉलोनियों के नौजवान हताश थे। जब उनको कोई टिकाऊ काम न मिलता, तो वे फ़िल्मों के टिकिटों की कालाबाज़ारी करने लगते। एक परदे वाले सिनेमाघरों और सीमित विकल्पों वाले उस इलाक़े में ब्लैक मार्केटिंग करने वालों की अच्छी बन आती थी और वे अच्छा ख़ासा पैसा बना लेते थे। नाना बमुश्किल पच्चीस साल का था लेकिन वह पुलिस को चकमा देने में माहिर था। वह अपने काम में बहुत चुस्त और फुर्तीला था।

कुछ समय बाद वह इतना चालाक हो गया कि गूँगा ने उसका ओहदा बढ़ाकर उसको सहकार पर टिकिटों की कालाबाज़ारी करने वाले दल का मुखिया बना दिया। आज की मल्टीप्लेक्स पीढ़ी को, जिसको इण्टरनेट पर बुकिंग करने की आदत है, उन दिनों में सिनेमा का टिकिट हासिल करने के बेहद मुश्किल काम ने हलाकान कर दिया होता। हर उपनगर में एक परदे वाले महज़ एक या दो सिनेमाघर हुआ करते थे और टिकिट हासिल करना टेढ़ी खीर हुआ करता था। हालाँकि घाटकोपर ईस्ट में ओडिऑन थिएटर था, लेकिन चेम्बूर का सहकार मेनखुर्द से सायन ईस्ट से चेम्बूर, शेल कॉलोनी, पन्त नगर, सिक्स्टी फ़ीट रोड, घाटकोपर ईस्ट के गरोडिया नगर और बेशक, तिलक नगर तक के ग्राहकों को पनाह देता था।

हर सिनेमाघर में दो टिकिट काउण्टर हुआ करते थे, एक तत्काल बुकिंग के लिए और दूसरा एडवांस बुकिंग के लिए। तत्काल बुकिंग काउण्टर पर दर्शक शो शुरू होने के ठीक पहले टिकिट ख़रीद सकते थे। अगर खिड़की बन्द हो, तो आप सिनेमाघर के बाहर टिकिटों की फेरी लगाते लड़कों की शरण में जा सकते थे। ये टिकिट बहुत मँहगे होते थे, कभी-कभी तो असल क़ीमत से दोगुनी, बल्कि तिगुनी क़ीमत तक के। समस्या तब खड़ी हो जाती थी जब, कभी-कभार, पुलिस उन पर अचानक छापा मार देती थी, ख़ासतौर से तब जब वे नयी रिलीज़ हुई फ़िल्म की लोकप्रियता के बारे में ग़लत अनुमान लगा बैठते थे। उस ज़माने में सिर्फ़ कोई बड़ी फ़िल्म, शायद राजेश खन्ना या अमिताभ

बच्चन जैसो की फ़िल्म ही एडवांस बुकिंग कर पाती थी और काला बाज़ारी करने वालों को ख़ुश कर पाती थी।

धीरे-धीरे, काला बाज़ारियों ने सिनेमा मालिकों की मिलीभगत से काम करना शुरू कर दिया। सिनेमा मालिक एडवांस बुकिंग की मार्फ़त थोड़े-से ही टिकिट बेचते और ताज़ा बुकिंग का काउण्टर थोड़ी-सी देर के लिए ही खोलकर रखते। टिकिटों का बड़ा हिस्सा कालाबाज़ारियों के लिए खिसका दिया जाता। मुनाफ़ा सिनेमा मालिकों और कालाबाज़ारियों के बीच बँट जाता, जिन्होंने अपना एक गुट बना रखा था। हर सिनेमाघर के साथ एक गुट सम्बद्ध होता था और बाहरी व्यक्तियों को वहाँ धन्धा करने की इजाज़त नहीं होती थी, या उनको तभी ऐसी इजाज़त मिलती थी जब वहाँ पर किसी बी-ग्रेड स्टार की कोई फ़िल्म चल रही होती थी।

गूँगा और राजन तथा उनके साथ डायमण्ड क्रिकेट क्लब के उनके साथियों का सहकार पर नियन्त्रण था। दूसरे सिनेमा मालिकों की ही तरह सहकार के प्रबन्धकों ने भी बिना किसी शोरशराबे के काला बाज़ारियों की इच्छाओं के सामने झुकने का फ़ैसला कर लिया था। ताज़ा बुकिंग का काउण्टर वे दिखावे भर के लिए खोलते थे, उससे होने वाली आमदनी पर समूचा गिरोह महीनों भर तक पलता रहता था। लाठी चार्ज की घटना के पहले तक यही सिलसिला जारी था।

सहकार के बाहर क़ानून के साथ हुए पहले टकराव के बाद से पिछले दो-एक सालों में नाना की कुख्याति बढ़ गयी थी। तभी, एक दिन राजन नायर के कट्टर दुश्मन अब्दुल कुंजू के इशारे पर एक रिक्शा चालक द्वारा एस्प्लानेड कोर्ट में नायर की हत्या कर दी गयी। नाना को भारी धक्का लगा और उसने ठान लिया कि अपने उस्ताद की हत्या का बदला लेने तक वह चैन से नहीं बैठेगा। राजन नायर उर्फ़ बड़ा राजन की हत्या ने उसको उठाकर एक बड़ी जमात के बीच फेंक विया। नाना का नया नामकरण संस्कार हुआ छोटा राजन के रूप में। और यह नाम हमेशा के लिए हो गया।

जो सबसे पहला काम राजन और उसके आदमियों ने घाटकोपर में तुरन्त किया वह था, ज़बरिया बन्द का आयोजन। सारे दुकानदारों को अपने-अपने शटर गिरा देने को कहा गया। बन्द के आयोजन उन दिनों शिव सेना या कम्यूनिस्टों के विशेषाधिकार हुआ करते थे - माफ़िया द्वारा कराया गया यह पहला बन्द था।

इस बीज कुंजू अपनी जान बचाता भाग रहा था। राजन उसके पीछे यमदूत की तरह लगा हुआ था; कुंजू कहीं भी जाता, लगता राजन को उसके छुपने

के ठिकाने का पहले से पता चल जाता। छोटा राजन ने गिरोह की ज़िम्मेदारी सँभाल ली थी, कुंजू को ढूँढ निकालना तथा मार डालना उसकी प्रतिष्ठा का प्रश्न बन गया था।

आख़िरकार, कुंजू ने पुलिस के सामने आत्मसर्पण कर दिया, यह सोचकर कि वह जेल में महफ़ूज़ रहेगा - लेकिन राजन ने पुलिस की हिरासत में भी उसका पीछा नहीं छोड़ा। उसने अपने लक्ष्य पर उस वक़्त निशाना साधा जब उसको अदालत से जेल में ले जाया जा रहा था। गोली से घायल होने के बावजूद कुंजू बच गया।

इसके बाद राजन ने जे.जे. अस्पताल में उस पर हमला किया, लेकिन, उस पर जैसे बिल्ली को मिले नौ ज़िन्दगियों के वरदान वाली कहावत चरितार्थ होती थी, वह फिर बच निकला।

राजन जिस तरह से कुंजू का पीछा कर रहा था उसके चलते उसने दाऊद इब्राहिम समेत शहर के कई माफ़िया सरगनाओं का ध्यान अपनी ओर खींचा। हालत यह थी कि उत्तरपूर्व मुम्बई के तमाम बड़े गिरोह राजन को अपने साथ करने की इच्छा करने लगे। कुंजू एक बार फिर से बच निकलने में कामयाब हो गया था, लेकिन उसका पीछा करने वाले की ज़िद ने दाऊद का ध्यान खींचा।

राजन के बारे में दाऊद ने तभी से सुन रखा था जब वह अमीरज़ादा की हत्या के सिलसिले में राजन नायर के सम्पर्क में था। जब उसने उसकी ज़िद, उसकी योजना और अमल करने के तरीक़े पर ग़ौर किया, तो उसको लगा कि इस लड़के के साथ काम करना फ़ायदेमन्द होगा। दाऊद के दिमाग़ में हर चीज़ की कोई न कोई वजह होती थी; उसके यहाँ अलग-अलग पृष्ठभूमियों से ताल्लुक रखने वाले लोग एक साथ आ सके थे तो इसके पीछे एक योजना और अजेण्डा था।

फुर्ती के साथ कार्रवाई करते हुए दाऊद ने राजन को मुसाफ़िरख़ाना में अपने गिरोह के मुख्य अड्डे पर बुलाया और फिर उसको अपने गिरोह में शामिल कर लिया। कहा जाता है कि दाऊद के निमन्त्रण को आज तक कभी किसी प्राणी ने ठुकराया नहीं है, और राजन के लिए तो यह उसके सपने का साकार होना था। ज़ाहिर है, दाऊद का क़द राजन नायर से तो हमेशा ही बड़ा था, और राजन चूँकि उन बॉलीवुड फ़िल्मों की खुराक पर ज़िन्दा रहा था जहाँ माफ़िया के डॉन कुछ ज़्यादा ही आकर्षक दिखायी देते थे, इसलिए दाऊद उसके लिए माफ़िया का शिखर था। उसमें एक ऐसी आब थी जो हिन्दी फ़िल्मों के माफ़िया सरगनाओं से मिलती थी।

उसी दाऊद ने उसको ऐसे दोस्ताना तरीक़े से आमन्त्रित किया था, इस बात से वह चकराया हुआ था। लेकिन अपनी इस ख़ुशी में राजन निहायत ही अकेला था। उसके गिरोह के एक भी सदस्य को दाऊद के साथ उसका जुड़ना रास नहीं आ रहा था।

उनको लगता था कि दाऊद से जुड़े न होने पर भी वे उस बड़ी जमात में शामिल थे, उस अपराधिक गिरोह का हिस्सा थे। उनका कहना था कि दाऊद से हाथ मिला लेने से उनकी हैसियत कम हो जाएगी - भले ही बेशक इससे उनका रुतबा बढ़ जाएगा। उनको यह बात समझाने में राजन को बहुत मुश्किल पेश आयी कि यह जुड़ाव उनको अपार दौलत से भरी तिजोरियों तक ले जाएगा। साथ ही, उनका इससे उनका क़द बढ़ेगा और वे सड़क छाप लफ़ंगों से ऊपर उठकर असल माफ़िया के आदमी कहलाने लगेंगे।

यह युक्ति कारगर रही। जल्दी ही राजन दाऊद गिरोह में शामिल हो गया और घाटकोपर में क्रिकेट खेलते हुए कुंजू को मरवाने में कामयाब रहा। राजन अब एक महत्त्वपूर्ण नाम बन चुका था।

जल्दी ही राजन का क़द बढ़ गया और वह दाऊद का दाँया हाथ बन गया - और डॉन ने फिर उसको दाँये हाथ की हैसियत से ऊपर उठाकर अपना बाँया दिमाग़ बना लिया। जब दाऊद ने 1986 में मुम्बई से पलायन किया, तो राजन अपनी जगह डटा रहा और ख़ासी दक्षता के साथ उसके आर्थिक और गिरोह सम्बन्धी मामलों को सँभालता रहा। वह इसमें माहिर था। अपने सयानेपन, अहंकार के अभाव और अपनी सीधी-सादी पृष्ठभूमि की वजह से वह लोगों को ठीक से बरतना जानता था।

दुबई जा बसने के बमुश्किल साल भर बाद ही दाऊद को लगा कि उसके मैनेजर का उसके साथ होना ज़रूरी है। यह भी एक वजह थी कि मुम्बई पुलिस ने गिरोह पर ज़बरदस्त हमला बोल रखा था और दाऊद जानता था कि वह राजन को जेल में नहीं जाने दे सकता।

1987 में राजन हिन्दुस्तान से भागकर दुबई में दाऊद के पास पहुँच गया। वहाँ भी उसने मैनेजरी की अपनी क़ाबिलियत का प्रदर्शन जारी रखा और मुम्बई में दाऊद के कारोबार को फैलाता रहा।

लेकिन जब राजन दुबई के एक जमावड़े में अपने चहेते अभिनेता से मिला, तो उसका एक वफ़ादार मुरीद होने के नाते उसको जैसा सन्तोष उस वक़्त मिला वैसा कभी नहीं मिला। स्टार के साथ की अपनी इस पहली मुलाक़ात से वह

इस क़दर चमत्कृत था कि वह हक्का-बक्का रह गया; उसने मिथुन चक्रवर्ती को बार-बार गले लगाया और उसकी बाँह थामे रहा।

चश्मदीदों को कहना है कि कि उन्होंने छोटा राजन को किसी के भी साथ इस तरह का आचरण करते कभी नहीं देखा था। उसने इस अभिनेता की इस क़दर खुशामद की कि खुद मिथुन जैसे व्यक्ति को यह अजीब-सा लग रहा था, जिसके लिये अपने दीवाने मुरीदों से घिरे रहना रोज़मर्रा की बात थी।

उस दिन नाना ने मिथुन के साथ अपना फ़ोटो खिंचवाया ताकि उसका तिलक नगर गिरोह देख सके कि वह कितनी महान शख़्सियत की संगत में है। अपने इस देवता की फ़िल्मों के टिकिट बेचने से शुरू कर उसके साथ एक मेज़ पर बैठकर खाना खाना - यह सच्ची कामयाबी की निशानी थी।

8

बापट की दीक्षा

1970 के दशक तक मराठी माफ़िया अपराध की दुनिया में अपनी मौजूदगी दर्ज नहीं करा पाया था। वर्चस्व, रुतबे या प्रभाव की असल अवधारणाओं से वे वाक़िफ़ नहीं थे, क्योंकि तब इन चीज़ों का उनके लिए कोई मतलब नहीं था।

मुम्बई पुलिस की फ़ाइलों में 1970 के शुरूआती सालों में अपनी कुख्याति का पहला आग़ाज़ कराने वाला गिरोह था, गोल्डन गैंग। इसकी शुरूआत उचक्कों की एक छोटे-सी मण्डली के रूप में हुई थी जो बायकला रेलवे स्टेशन के आसपास वारदातें किया करती थी, जहाँ से ये लोग खड़ी हुई मालगाड़ियों से सामान की चोरी किया करते थे। इस गिरोह की दो ग़ज़ब की खूबियाँ थीं : वे अपने कुकृत्य को अंजाम देने में बेहद चुस्त थे, और उससे भी ज़्यादा चुस्त थे गिरफ़्त से बच निकलने में। यह मण्डली, जिसका कोई मुखिया नहीं था, चाहती थी कि उसको एक गिरोह के रूप में जाना जाए, इसलिए उन्होंने यूँ ही अपना नाम 'गोल्डन गैंग' रख लिया।

यह नाम हमेशा के लिए हो गया। इस गिरोह के सदस्य बायकला, परेल, दादर और चिंचपोकली के थे। वे ऐसे मराठी नौजवान थे जो ठीकठाक तालीम हासिल नहीं कर सके थे और जो बेरोज़गार परिवारों से ताल्लुक रखते थे। उनकी ज़िन्दगियों में दूर-दूर तक 'गोल्डन' जैसा कुछ भी नहीं था, और वे मानते थे कि धन-दौलत से उनकी तक़लीफ़ें और भी बढ़ सकती हैं।

इसी तरह, अमर नाइक का बेनाम गिरोह मूलतः राम भट्ट का खड़ा किया हुआ था, जिसकी पकड़ काँग्रेस हाउस और कैनेडी ब्रिज के ग्राण्ट रोड इलाक़ों से लेकर दादर तक थी। अमर नाइक को जिस एक चीज़ का बहुत बेचैन करने वाला अहसास था वह यह था कि उसके पास गवली गिरोह से लड़ने के लिए साधनों की बहुत कमी है। चूँकि वह ज़ाहिर तौर पर पोट्या गिरोह और गोल्डन गैंग का भी विरोधी था, इसलिए उसने पाया कि स्थानीय ठग राम भट्ट के साथ हाथ

मिलाना एक सुरक्षित सौदा होगा। नायक का गिरोह मटका अड्डों पर प्रतिद्वन्द्वी गिरोह की पकड़ कमज़ोर करने की गुरिल्ला तकनीक के इस्तेमाल के लिए जाना जाता था। गिरोह ने एक टैक्सी की नम्बर प्लेट को कपड़े से ढँककर उसका एक भगोड़े वाहन के रूप में इस्तेमाल शुरू कर दिया था। वे तलवारें दिखाकर - हालाँकि किसी पर वार न करते हुए - मटका-अड्डों को लूटते थे। तलवारों का दिखना मात्र भी अड्डा-मालिकों को दहशत में डालने के लिए काफ़ी होता था और वे तुरन्त ही नाइक के गिरोह के सामने अपनी थैलियाँ उँड़ेल देते थे।

इन आसान जीतों से उनका हौसला लगातार बढ़ता गया, और फिर गिरोह शराब के अड्डों के पीछे पड़ गया। तलवार और थोड़ी-सी घुड़कियाँ - 'आमी बापट गैंग आहोत' (हम बापट गिरोह हैं) - काफ़ी होती थीं। उनकी निजी पहचानें गुप्त बनी रहती थीं क्योंकि वे दुकानों और अड्डों में घुसते हुए अपने चेहरे ढँककर रखते थे। जो एकमात्र सुराग पुलिस के पास था वह एक छोटी-सी लेकिन बहुत अहम कैफ़ियत थी - गिरोह के एक सदस्य को उसके साथ के लोग 'डॉक्टर' कहकर पुकारते थे।

यह डॉक्टर कोई भोगले नाम का आदमी था।

भाऊ टोर्सेकर, जो कॉलेज के दिनों में भोगले का सीनियर रहा था, यह क़िस्सा सुनाता है। वह उसी इलाक़े में रहता था जिसमें भोगले रहता था और वे अक्सर आपस में टकरा जाते थे। टोर्सेकर याद करते हुए बताता है कि एक दिन उसने भोगले को अमर नाइक के साथ एक रेस्तराँ में बैठकर मिसल पाव खाते हुए देखा। टोर्सेकर को नहीं मालूम था कि भोगले की बगल में बैठा आदमी अमर नाइक है, सो वह उसकी कारगुज़ारियों को लेकर उसे झिड़कने के इरादे से सीधा उसके पास जा पहुँचा।

उसने कहा, 'मैंने सुना है कि तुम मोहल्ले में दहशत फैला रहे हो।' ख़ामोशी छायी रही। भोगले एक शब्द भी नहीं बोल सका।

टोर्सेकर ने अपनी बात जारी रखते हुए कहा, 'और मैंने उस अमर नाइक नाम के आदमी के बारे में भी सुना है। नाइक तर लुक्खाच आहे, पण तुला अक्कल नाहीं का?' (नाइक तो एक बेवकूफ़ है लेकिन क्या तुझमें अकल नहीं है?)

अपने लिए *'लुक्खा'* सम्बोधन सुनकर नाइक तमतमा उठा। कहाँ तो उसका हमेशा से बड़ा भारी अरमान गिरोह का मुखिया होने का रहा था, और यहाँ ये मरियल मामूली-सा कायर उसको लुक्खा कह रहा था। नाइक टोर्सेकर पर हाथ उठाने खड़ा हो गया - लेकिन भोगले ने उसको रोक दिया।

उसने नायक को बताया कि वह और टोर्सेकर एक ही कॉलेज में पढ़ते हैं, और उससे कहा कि वह तो यूँ ही आदतन डाँट-डपट रहा था, गिरोह-सरगना की बेइज़्ज़ती करने का उसका कोई इरादा नहीं था।

नाइक वापस बैठ गया, लेकिन भोगले ने तय किया कि वह टोर्सेकर से ज़रूर पूछेगा कि उसने उसको लुक्खा क्यों कहा था। वे लोग डेलिसल रोड (चिंचपोकली स्टेशन के क़रीब) पर आनन्द भवन में थे, जब टोर्सेकर ने मुँह में मिसल पाव भरे हुए बताना शुरू किया कि क्यों वह उनको लुक्खा मानता है।

टोर्सेकर एक पढ़ा-लिखा आदमी था। खुद उसकी भी दिलचस्पी माफ़िया के क़िस्सों में थी और उसने सिसली के माफ़िया के बारे में विस्तार से पढ़ रखा था। वह लकी लूसियानो की ज़िन्दगी के बारे में और प्रख्याता गायक फ्रैंक सिनाट्रा के माफ़िया के साथ रिश्तों के बारे में जानता था। उसने अमर नाइक से दोटूक लहजे में कहा कि तुम्हारा गिरोह कुल मिलाकर छोटी-मोटी क़िस्म की चोरियाँ ही करता है, जो कोई सड़क छाप उचक्का भी कर सकता है, और तब भी तुम लोग तलवारों का इस्तेमाल करते हो। इससे अण्डरवर्ल्ड में तुम्हारी हैसियत में ज़रा भी इज़ाफ़ा होने वाला नहीं है।

इसके बाद टोर्सेकर ने न्यू यॉर्क के लापके गिरोह (*गैंग्स ऑफ़ न्यू यॉर्क* नामक काल्पनिक नाटक का हिस्सा) के बारे में बताना शुरू किया, जो शहर की ब्रेड फ़ैक्ट्रियों से बड़ी तादाद में पैसा ऐंठता था। न्यू यॉर्क हर रोज़ अपने भोजन में भारी मात्रा में ब्रेड का उपयोग करता है, और लापके गिरोह ने सुनिश्चित किया कि ब्रेड फैक्ट्रियों की समृद्धि उनकी समृद्धि पर निर्भर करेगी। लापके ने फैक्ट्री मालिकों से माँग की कि अगर वे चाहते हैं कि वे गिरोह से महफ़ूज़ रहें तो उनमें से हरेक अपने हर लदान के उत्पादन पर उनको एक सेण्ट का भुगतान करे। कुछ ही सालों में उसने बिना किसी ख़ूनख़राबे के अच्छी-ख़ासी दौलत खड़ी कर ली।

टोर्सेकर ने कहा कि यह किसी भी गिरोहबाज़ की क़ाबिलियत की निशानी है। खामोश तेवर, न कि हास्यास्पद तरीक़े से तलवार भाँजकर दुकानों में तोड़फोड़।

टोर्सेकर की दलील में नाइक को दम दिखायी दिया, और उसने पीछे मुड़कर देखना शुरू किया कि किस तरह वह तस्वीर के इस बड़े पहलू को समझने में नाकायाब रहा है। गिरोह सरगना ने इस नये-नये सीखे क़ायदे को आनन-फ़ानन में दादर के सब्ज़ी बाज़ार में आज़माना शुरू कर दिया। उसने 'बापट' दाम की शुरूआत की, जो माल की मूल क़ीमत का 40 फ़ीसदी हुआ करती थी। इस

तरह बापट दर दादर इलाक़े में एक रिवाज़ बन गयी - और नाइक दौलत की और उसकी मार्फ़त इज़्ज़त की फ़सल काटने लगा।

अब, नाइक एक गुण्डा था और वह दादर बाज़ार से गुज़रने वाली या प्लाज़ा सिनेमा जाने वाली हर औरत पर नज़रें गड़ाने लगा। वह ख़ासतौर से एक ब्राह्मण लड़की के प्रति आकर्षित था जो नियमित रूप से बाज़ार आया करती थी। उसकी चाल में जादू था। टोर्सेकर याद करता है, 'वह कुछ ऐसी थी जैसे कोई सुपर मॉडल रैम्प पर चल रही हो।'

उसकी चाल ने, बदक़िस्मती से, नाइक गिरोह के आदमियों के सबसे बदतर रूप को भी सामने ला दिया। नाइक उस बेचारी लड़की का मज़ाक उड़ाने के मामले में ख़ासतौर से घटियापन पर उतरा हुआ था। उसका कहना था कि उस लड़की की चाल इसलिए वैसी है क्योंकि उसने अपने पिछवाड़े के बीच 50 पैसे का सिक्का खोंस रखा है। लड़की बापट नाम से पुकारी जाने लगी। जब भी वह बाज़ार आती, तो सीटियाँ बजने लगतीं, फ़ब्तियाँ कसी जाने लगतीं, और 'ऐ बापट, कुठे चालली ? ऐ बापट, बघ कशी चालते! ऐ बापट, बोलावते माला! (ओ बापट, कहाँ चली ? देखो बापट कैसे चलती है! ओ बापट, क्या तुमने मुझे बुलाया ?) जैसी टीका-टिप्पणियाँ की जाने लगतीं।

जब हम अश्विन नाइक से मिले तो हमने उससे इस क़िस्से के बारे में पूछा था, लेकिन वह महज़ मुस्करा कर रह गया, उसने इस क़िस्से से न तो इंकार किया न उसकी ताईद की।

1983 में 'डॉक्टर' भोगले किसी तरह एक देसी कट्टा हासिल करने में कामयाब हो गया और जल्दी ही यह बात कानोंकान फैल गयी कि अमर नाइक के गिरोह में एक निशानेबाज़ मौजूद है। कोई नहीं जानता था कि भोगले तो सीधे-सीधे भी गोली चलाना नहीं जानता था।

धीरे-धीरे नाइक के रुतबे और सम्पर्कों में इज़ाफ़ा हुआ। 1985 में, उसने इलाक़े के दूसरे गिरोहों के साथ कुटिलतापूर्ण गठजोड़ शुरू कर दिये। उसका पहला गठजोड़ प्रभादेवी इलाक़े के वालजी पालजी ब्रदर्स के साथ हुआ था। ये दोनों कुख्यात थे और अपनी बेरहमी के लिए जाने जाते थे। किसी अज्ञात वजह से उन्होंने अमर नाइक के साथ मिलीभगत से काम करने का निश्चय किया था।

नाइक के इतने अच्छे सम्पर्क क़ायम हो गये थे कि 1985 के निगम के चुनावों के दौरान उसके गिरोह ने एक पारसी पार्षद को धमकी दी थी कि अगर उसने गिरोह को पैसे नहीं दिये तो उसको चुनाव नहीं लड़ने दिया जाएगा। और

उसने शिव सेना को दादर में एक भी बैनर लगाने तथा चुनावी रैलियाँ करने की इजाज़त नहीं दी थी, बावजूद इसके कि वह शिव सेना का मजबूत गढ़ हुआ करता था।

जब वह स्वतन्त्र उम्मीदवार पारसी पैसे भुगतने को तैयार हो गया, तो उसको उस इलाक़े से चुनाव लड़ने की इजाज़त दी गयी। वह अकेला ऐसा उम्मीदवार साबित हुआ जिसने दादर में रैलियाँ की थीं। किसी और को चुनाव-प्रचार के लिए इलाक़े में घुसने की इजाज़त नहीं दी गयी, और पुलिस मूक दर्शक बनी रह गयी।

उसकी तमाम साज़िशों के बावजूद शिव सेना ने चुनाव जीता और तब जाकर अमर नाइक को शिव सेना के असल प्रभाव का अहसास हुआ। उसने पाया कि अगर उसको ताक़तवर बने रहना है तो उसको उनके साथ नाता जोड़ना होगा। उसका तर्क था कि यह चीज़ उसके लिए राजनीतिक तौर पर फ़ायदेमन्द होगी – इससे उसके गिरोह को अपनी ताक़त बढ़ाने की गुंजाइश भी मिलेगी।

अमर नहीं जानता था जो तलवार ताक़त देती है, वही मार भी सकती है।

9

बायकला कम्पनी

एक हत्यारे के रूप में उसको सौंपी गयी यह पहली ज़िम्मदारी थी। इसके पहले तक उसने अपने हाथ में कभी बन्दूक नहीं थामी थी।

छोटा राजन के गिरोह में शामिल हुए उसको कुछ साल बीत चुके थे, लेकिन उसे कभी कोई ज़िम्मेदारी नहीं सौंपी गयी थी। उसे खुद को रॉबिन के नाम से पुकारा जाना पसन्द था, जो कि उसका असली नाम नहीं था। यह एक मुखौटा था जो उसके असली रूप पर से ध्यान हटाने के काम आता था। उसकी छोटी-सी और निहायत ही बेअसर क़द काठी ने उसको तीखे क़िस्म के मज़ाकों का विषय बना रखा था, और लोग उसको वांग्या - बैंगन - कहकर पुकारते थे।

आज उसने अपने अतीत को नये सिरे से गढ़ने की योजना बनायी थी। उसने निश्चय कर लिया था कि आज के बाद से उसका नाम शहर के हर शख़्स के दिमाग़ में ख़ौफ़ जगाएगा और गिरोह के अन्दर उसका ओहदा कई गुना ऊँचा उठ जाएगा।

उसने एक टैक्सी ड्राइवर से उसकी ख़ाकी वर्दी उधार ले ली थी और रिवॉल्वर को अपनी पतलून में कमर के ऊपर खोंस लिया था, जैसा कि उसने बॉलीवुड में अभिनेताओं को करते हुए देखा था।

वह दोपहर 2 बजे किसी तरह अँधेरी के मेट्रोपॉलिटन कोर्ट में दाख़िल होने में कामयाब रहा। किसी सुरक्षाकर्मी ने, किसी पुलिसवाले ने, किसी वकील ने उसको रोकने की कोशिश नहीं की, न ही उसकी गतिविधियों को शक की नज़र से देखा। उसकी बौनी काठी का कुछ तो फ़ायदा हुआ।

ठीक 2.10 पर, जब अदालत की कार्रवाई चल रही थी, यह बौना शख़्स भरपूर आत्मविश्वास के साथ अन्दर घुसा, उसने अपना रिवॉल्वर निकाला और गवाह के कटघरे के क़रीब खड़े एक आदमी - हंसराज शाह - पर गोलियाँ चला दीं।

इस कृत्य के साथ ही अनिल परब उर्फ़ वांग्या ने मुम्बई माफ़िया के नाकामयाब निशानेबाज़ों की यादगार फ़ेहरिस्त में अपना नाम दर्ज करवा दिया।

शाह घायल हुआ था लेकिन घातक रूप से नहीं। हालाँकि सब इंस्पेक्टर अब्दुर रऊफ़ शेख और कांस्टेबल यश महादेव नामक दो चौकन्ने पुलिसकर्मी फुर्ती से हरक़त में आ गये और परब पर झपटे, पर वह उनकी पकड़ से भाग निकला और तमाशबीनों के बीच से होता हुआ आगे निकल गया। पुलिसवालों ने उसका पीछा किया। उनको रोकने के लिए उसने उन पर गोली चलायी और उन्होंने उस पर गोलियाँ चलायीं। परब को गोली लगी, जिससे उसके भागने की रफ़्तार कम हो गयी और पलक झपकते ही उसको धर दबोचा गया और उसके हाथ से रिवॉल्वर छीन ली गयी।

परब को गिरफ़्तार कर हत्या की कोशिश के जुर्म में जेल भेज दिया गया। कुछ महीने जेल में बिताने के बाद वह ज़मानत पर छोड़ दिया गया।

हंसराज शाह, जिसको उसने निशाना बनाया था, मुम्बई के उत्तरपूर्वी उपनगर कंजरमार्ग का रहने वाला था। उसने उस इलाक़े पर हुकूमत करने वाले डॉन अशोक जोशी, जो गवली के लिए बड़े भाई जैसा था, के ख़िलाफ़ गवाह बनने का अनुकरणीय साहस किया था। जोशी ने दाऊद इब्राहिम के इशारे पर शाह के भाई नानजी की हत्या की थी और शाह ने जोशी के ख़िलाफ़ गवाही देना मंज़ूर कर लिया था। दाऊद शाह का मुँह बन्द करना चाहता था और उसी ने छोटा राजन से किसी निशानेबाज़ का इन्तज़ाम करने को कहा था।

शाह को पुलिस द्वारा सुरक्षा मुहैया करायी गई थी और वह पूरे समय पुलिस के पहरे में रहता था। उस पर निशाना साधने का एकमात्र वक़्त वही था जब वह अदालत के अहाते में था। तब मुम्बई की अदालतों में सुरक्षा के कोई ख़ास इन्तज़ाम नहीं हुआ करते थे। मुम्बई माफ़िया पहले भी अदालत के अहाते में हत्या की दो कोशिशें कर चुका था, और दोनों बार कामयाब रहा था।

6 सितम्बर 1983 को दाऊद के ही इशारे पर डेविड परदेसी ने अमीरज़ादा को गोली मारी थी। यह वारदात दाऊद के बड़े भाई सबीर इब्राहिम कस्कर की हत्या के इन्तकाम के तौर पर की गयी थी। तब राजन नायर ने निशानेबाज़ का इन्तज़ाम कर दाऊद के लिए यह काम किया था।

अमीरज़ादा की जिस तरह से हत्या की गयी थी उससे आलमज़ेब और पठान गिरोह बहुत ग़ुस्साये हुए थे। उन्होंने तुरन्त राजन नायर को अदालत के भीतर ही ख़त्म करने के लिए अब्दुल कुंजू को पकड़ा था। तीन हफ़्तों के

ही भीतर, 24 सितम्बर 1983 को, कुंजू को चन्द्रकान्त साफ़ालिका नामक एक रिक्शा चालक मिल गया जिसको उसने कस्टम ऑफ़ीसर की पोशाक में अदालत के अन्दर भेजकर उससे नायर की हत्या करवा दी। दोनों ही बार गोली का शिकार व्यक्ति अस्पताल पहुँचने के पहले मर चुका था।

छोटा राजन को पूरा भरोसा था कि अदालत का बन्द कमरा एक काम की जगह होगी और उसके मन में इस बात को लेकर कभी सन्देह पैदा नहीं हुआ था कि जोशी की हत्या की यह कोशिश नाकामयाब हो सकती है। लेकिन अनाड़ी परब ने न सिर्फ़ काम बिगाड़ दिया था बल्कि पुलिस के सामने मुँह खोलकर गिरोह से कई नुक़सान पहुँचाये थे।

परब का जन्म, 1964 में हुआ था। औपचारिक तालीम में उसकी कभी कोई दिलचस्पी नहीं रही थी और उसने एक म्युनिसिपल स्कूल में जैसे-तैसे कक्षा 7 तक पढ़ाई करने के बाद स्कूल छोड़ दिया था। किसी ने भी विरोध नहीं किया। परब का पिता रामचन्द्र, मोरारजी मिल्स में काम करता था और उसे घर में सात सदस्यों का पेट भरना पड़ता था।

मोरारजी मिल्स के बन्द हो जाने के बाद परब 1983 में लालबाग के कारख़ानों के इलाक़े से कंजरमार्ग में आ गया। इस समय उत्तरपूर्वी क्षेत्र का भण्डुप-कंजरमार्ग-विखरोली वाले हिस्से का एक सिरा गिरोहबाज़ अशोक जोशी का और दूसरा सिरा कृष्णा पिल्लई का इलाका हुआ करता था। जोशी एक स्थानीय गुण्डा था जो रामा नाइक और अरुण गवली से सम्बद्ध था। ये 1980 के दशक का शुरूआती दौर था और दाऊद इब्राहिम के गिरोह ने अब तक सिर्फ़ पठानों के साथ ही टक्कर ली थी।

दूसरे सारे स्थानीय गिरोह, जिनमें से कई मराठी लड़कों के थे, दाऊद से जुड़े हुए थे। दाऊद हालाँकि एक मुसलमान था, लेकिन उस वक़्त तक वह भावनात्मक तौर पर मराठी या कोंकणी मुसलमान ज़्यादा हुआ करता था, उन पठानों के विपरीत जो उत्तर भारत की मुस्लिम रवायतों को मानते थे। उसका परिवार रत्नागिरि, महाराष्ट्र के खूबसूरत अंचल मुमका से ताल्लुक रखता था, और घर पर सारे लोग मराठी में बात करते थे।

रामा नाइक, बाबू रेशिम, अशोक जोशी, राजन नायर और छोटा राजन - जो इन लोगों के साथ बाद में आया था - सब के सब एक ही गिरोह का हिस्सा थे जिसे बायकला कम्पनी के नाम से जाना जाता था। इस कम्पनी के भीतर दाऊद को डोंगरी का सबसे बड़ा डॉन माना जाता था, रामा नाइक को बायकला में पूजा जाता था, जबकि अशोक जोशी का वर्चस्व कंजरमार्ग में था। जोशी ने

दाऊद पर कभी भरोसा नहीं किया और उससे आखिर तक सतर्क बना रहा। तब भी उनके बीच एक क़िस्म की रज़ामन्दी थी जिसके चलते वह उसके कहे पर चलता था।

जो भी हो, कंजरमार्ग और भण्डुप में अगर किसी की बायकला कम्पनी में शामिल होने की दिलचस्पी होती थी, तो उनको जोशी के प्रति वफ़ादारी का ऐलान करना होता था। परब ऐसा ही एक नौजवान था, जिसको दाऊद के गिरोह में अशोक जोशी द्वारा भर्ती कराया गया था।

परब मात्र 19 का था जब उसने उस ताक़त स्वाद लेना शुरू कर दिया था जो गिरोहबाज़ों के साथ मेलजोल रखने से आती थी, और उस खौफ़ का आनन्द भी जिसे वह आम लोगों के मन जगाने में कामयाब हो गया था। उसको लगने लगा था कि पुलिसवाले तक उससे दूरी बनाकर रखते हैं और उसके छोटे-मोटे गुनाहों को नज़रअन्दाज़ कर देते हैं।

लेकिन अब परब मिलीजुली प्रतिक्रियाओं का सामना कर रहा था। उसके कंजरमार्ग लौटने पर कुछ लोग अदालत में उसकी दर्दनाक नाकामयाबी पर हँस रहे थे। हालाँकि कुछ लोग ऐसे भी थे जो पुलिस पर गोली चलाने और महीनों जेल में बिताने के लिए उसको बहादुर कह रहे थे। शर्मशार, हालाँकि थोड़ा-सा खुश, परब अपनी खोयी हुई अज़मत वापस हासिल करना चाहता था और अपराध की दुनिया में आगे बढ़ना चाहता था। वह हत्या की ज़िम्मेदारी उठाने के लिए मरा जा रहा था।

इस समय, सुनील दत्ताराम सावन्त, उर्फ़ सौत्या, अण्डरवर्ल्ड का एक उभरता हुआ शख़्स था। उसके दुस्साहस और वहशत की ख़बरें दूर-दूर तक फैल चुकी थीं। वह बमुश्किल सोलह बरस का था जब उसने पहला अपराध किया था। वह पैसे की ख़ातिर किया गया अपराध नहीं था; उसने शिव सेना के एक शक्तिशाली नेता के भाई भाऊ मराठे का बेरहम क़त्ल किया था। सेना उस वक़्त अपने पंख फैला रही थी और एक प्रभावशाली क्षेत्रीय पार्टी बन चुकी थी। ऐसी पार्टी के एक सदस्य को नुक़सान पहुँचाना दुस्साहस और जाँबाज़ी का काम था। लेकिन सौत्या अपनी ज़िन्दगी में बहुत थोड़ी-सी चीज़ों से ही डरता था। उसकी काठी किसी बैल की तरह थी और मजबूत विशाल कन्धों से युक्त वह 5 फ़ीट 8 इंच लम्बा था। उसके बाँये हाथ की अनामिका उँगली में विकृति थी जिसको पुलिस ने उसके पहचान की निशानी के तौर पर दर्ज कर रखा था।

सौत्या का जन्म 26 जनवरी, 1965 को हुआ था। उसका बाप दत्ताराम सावन्त सिन्धुदुर्ग में करारेवाडी का रहने वाला था और मुम्बई में रेलवे टिकिट

चेकर था। सौत्या ने दक्षिण मुम्बई में गिरगाँव, चर्नी रोड स्थित चिकित्सक हाई स्कूल से मैट्रिक पास किया था।

बचपन से ही सौत्या का रुझान अपराध की तरफ़ रहा था। जब वह माध्यमिक कक्षा का छात्र था तब उसने अपराधिक प्रवृत्ति के मराठी लड़कों का एक गिरोह तैयार किया था। मनोज कुलकर्णी, विजय थोराट, बच्ची आप्टे तथा सन्तोष लाड उसके गिरोह के शुरूआती सदस्यों में से थे। वे हट्टेकट्टे और मजबूत लड़के थे और शराब का कारोबार करने वाले सेठों से पैसे ऐंठते थे।

यह गिरगाँव ही था जहाँ भाऊ मराठे के साथ सौत्या की पहली मुठभेड़ हुई थी। भाऊ मराठे का भाई चूँकि शिव सेना से जुड़ा हुआ था इसलिए सौत्या के साथ अपनी तकरारों में वह ज़्यादातर भारी पड़ता था। इस बात ने सौत्या को इतना क्षुब्ध कर रखा था कि उसने उसको ख़त्म कर देने का फ़ैसला कर लिया। आख़िरकार 11 फ़रवरी 1982 को उसने मराठे का क़त्ल कर दिया।

मराठे की हत्या के बाद किसी में भी सौत्या के सामने खड़े होने की हिम्मत नहीं रही। मराठे की हत्या के दो सालों के भीतर ही गिरोह ने दक्षिण मुम्बई के गिरगाँव इलाक़े में अपना ज़बरदस्त दबदबा क़ायम कर लिया। तब रामा नाइक गिरगाँव और वी. पी. रोड से परे के इलाक़े का डॉन हुआ करता था और बहुत से मराठी गिरोहबाज़ उसको अपना उस्ताद मानते थे; अरुण गवली की ही तरह सौत्या भी नाइक की बहुत इज़्ज़त करता था।

लेकिन उस पर किसी और की नज़रें जमी हुई थीं। दाऊद हमेशा उन लोगों पर अपना ध्यान गड़ाया करता था जो अपने ख़यालों और गतिविधियों में असामान्य रूप से बदअमन होते थे। छोटा राजन को शामिल करने के बाद, जिसका वह एक मैनेजर के तौर पर ज़्यादा इस्तेमाल करना चाहता था, उसने एक ऐसे शख़्स की तलाश शुरू कर दी थी जिसको हत्या की ज़िम्मेदारियाँ निभाने में किसी क़िस्म की हिचकिचाहट न हो।

गिरगाँव में दिनदहाड़े हुई एक हत्या ने उसका ध्यान सौत्या की तरफ़ खींचा। पैसे ऐंठने के सौत्या अभियानों के दौरान सत्यवान परब नामक शराब के एक तस्कर ने अपना बटुआ ढीला करने से इंकार कर दिया था। इस बेइज़्ज़ती और शर्मिन्दगी से क्रोधित होकर सौत्या ने उसी जगह उसकी हत्या कर दी थी, और इस तरह उस इलाक़े में अपने वर्चस्व का ऐलान कर दिया था। दाऊद सौत्या के इस ख़ूंख़ार रवैये से आकर्षित था और वह उसको अपने गिरोह में लाना चाहता था।

मुम्बई के उत्तरपूर्वी उपनगरों में राजन नायर भी क़हर बरपा रहा था और उसको भी तुरन्त ही दाऊद द्वारा खींचा जा चुका था। उसकी मार्फ़त दाऊद ने सौत्या को मौन निमन्त्रण भेजा जिसका सौत्या ने बहुत ही अदब के साथ जवाब दिया। लेकिन वह खुद को दाऊद के मुक़ाबले अमर नाइक के ज़्यादा क़रीब महसूस करता था और वह बिना कप्तान की इजाज़त के जहाज़ से उतरना नहीं चाहता था। नाइक के गिरोह के भीतर सौत्या की हैसियत की एक गारण्टी थी और उसके रुतबे में अच्छी खासी बढ़ोत्तरी हो रही थी।

सौत्या के गिरोह में कोई भी ग़ैर-मराठी लड़का नहीं था, और मराठी संस्कृति की वह बहुत कद्र करता था। इसलिए जब दाऊद ने उसके पास सन्देश भेजा, तो उसने इस पेशकश को न तो ठुकराया और न ही उसको मंज़ूर किया; वह उसको एक झटके में ख़ारिज़ भी नहीं कर सकता था, ख़ासतौर से इसलिए कि उसके लिए यह एक ऐसे गिरोह में शामिल होने का मौक़ा था जिसकी जड़ें उसके अपने गिरोह की जड़ों से मिलती-जुलती थीं।

दाऊद समझ गया। वह जानता था कि सौत्या को अपने पाले में कैसे लाया जा सकता है - उसको महज़ सही मौक़े का इन्तज़ार करना था। सौत्या, शरद शेट्टी उर्फ़ अन्ना का हुक्म मानता था और अपने को उसके क़रीब महसूस करता था; दाऊद ने इस सम्पर्क का इस्तेमाल करने का फ़ैसला किया। जब सौत्या किसी टुच्चे अपराध के सिलसिले में गिरफ़्तार हुआ, तो अन्ना ने उसको ज़मानत पर रिहा कराया। बाद में उसने खुलासा किया कि दरअसल यह दाऊद का हस्तक्षेप था जिससे सौत्या की ज़मानत हो सकी। नौजवान गिरोहबाज़ दाऊद का क़र्ज़दार हो गया। नाइक, जिसको वह अपने रहनुमा के रूप में देखता था, ने ज़मानत दिलाने में उसकी मदद नहीं की, लेकिन दाऊद ने की थी। वह डॉन के लिए कुछ भी कर गुज़रने को तैयार था।

परब ने, जो कि सौत्या की ही उम्र का था, उसके साथ मिलकर काम करने का फ़ैसला किया था। इस साझेदारी से दोनों को लाभ हुआ, शायद इसलिए भी कि दोनों एक ही कोंकणी मराठी पृष्ठभूमि से ताल्लुक रखते थे। (महाराष्ट्र के तटीय इलाक़े, कोंकण क्षेत्र, के मराठीओं की अपनी ख़ास ज़ुबान और खानपान की ख़ास तहज़ीबें हैं - उन लोगों से बिलकुल अलग जो ग़ैर-तटीय, पहाड़ी उत्तर-पश्चिम में रहते हैं। उनकी बहुत अच्छी पटने लगी।

दाऊद ने सौत्या और परब को उनकी पहली ज़िम्मेदारी सौंपी। करीम लाला की फ़रमाबरदारी करने वाले, पठान गिरोह के दो गिरोहबाज़, छेनू और पप्पू ज़्यादा इतराने लगे, तो दाऊद ने उनका सफ़ाया करने का निश्चय कर लिया

था। सन्देश एकदम साफ़ था : उनको नागपाड़ा के उनके गढ़ में मारा जाए। सौत्या और परब ने काम पूरा किया। उन्होंने अपेक्षाकृत आसानी के साथ दोनों को मारा और अपनी मोटरसाइकल पर सवार होकर ग़ायब हो गये।

इस बीच, तमाम महत्त्वपूर्ण गिरोहों की तरह, बायकला कम्पनी बहुत बड़ी और दुस्साध्य हो चुकी चुकी थी और बड़े-छोटे के मुद्दों को लेकर उसमें अड़चनें पैदा होने लगी थीं। कम्पनी के भीतर असन्तोष पनप रहा था। लेकिन उसमें बग़ावत का विस्फोट होना अभी बाक़ी था। दाऊद ने, जो तब तक दुबई के चक्कर काटना शुरू कर चुका था, गिरोह को डी-कम्पनी के रूप में आगे बढ़ाना शुरू कर दिया था। वह बिग बॉस बनना चाहता था, और ज़्यादातर वक़्त उसका नकचढ़ा रवैया दूसरे लोगों को अखरने लगा था।

रामा नाइक, अशोक जोशी, बाबू रेशिम और अरुण गवली दाऊद के इस एकाधिकारवादी रवैये से ख़ुश नहीं थे। वे कम्पनी को इतालवी माफ़िया के धड़ों की तरह चलाना चाहते थे, और चाहते थे कि कोई भी फ़ैसला लिये जाने के पहले सबके बीच सलाह-मशविरा और चर्चा होनी चाहिए। लेकिन महत्त्वाकांक्षी डॉन किसी भी क़िस्म की दख़लन्दाज़ी को बरदाश्त करने को तैयार नहीं था और उनसे कभी सलाह-मशविरा नहीं करता था। उसका मानना था कि वह गिरोह का संस्थापक है और इसलिए उस पर उसका विशेषाधिकार है। नाइक और गवली कम्पनी को एक आदमी की शख़्सियत से बाँध देने पर राज़ी नहीं थे, लेकिन उन्होंने कुछ समय तक ख़ामोश बने रहने का फ़ैसला किया। व्यापक हितों को देखते हुए और इसलिए भी कि कम्पनी को व्यक्ति से ऊपर माना जाता था, उन्होंने गिरोह का हिस्सा बने रहना जारी रखा, भले ही बेमन से। लेकिन इस सिलसिले की आख़िरी घटना ने हालात को जारी रखना मुश्किल बना दिया।

1987 में, रामा नाइक और शरद शेट्टी के बीच मुम्बई के पश्चिमी उपनगरों की किसी ज़मीन को लेकर ज़बरदस्त विवाद खड़ा हो गया। मसला मध्यस्थता के लिए दाऊद के पास पहुँचा। दाऊद ने शरद शेट्टी के पक्ष में फ़ैसला सुना दिया और रामा नाइक इस फ़ैसले को मंज़ूर नहीं कर सका; उसने गिरोह से ज़ुदा होने का फ़ैसला कर लिया। दूसरे मराठी लड़के भी इस बेइज़्ज़ती को नहीं झेल सके और उन्होंने भी नाता तोड़ने का मन बना लिया।

बायकला कम्पनी अब कई धड़ों में बँट चुकी थी। दरारें साफ़ दिखायी दे रही थीं और विभाजन एकदम सीधा था हालाँकि वह अभी भी साम्प्रदायिक आधारों पर नहीं था।

जहाँ अरुण गवली, बाबू रेशिम और अशोक जोशी ने रामा नाइक के साथ

गठबन्धन कर लिया और वे एक गिरोह के रूप में एकजुट हो गये, जिसको आज बीआरए गिरोह के नाम से जाना जाता है, वहीं सतीश राजे, सौत्या, अनिल परब और छोटा राजन ने दाऊद से हाथ मिला लिये। इस तरह ताक़त का एक नया ढाँचा तैयार हुआ।

10

दूसरी मुलाक़ात

आज मारुती इन्फ्रास्ट्रक्चर ऑफ़िस में अश्विन नाइक के साथ हमारी दूसरी मुलाक़ात है। अश्विन अपना कारोबार इसी कम्पनी की मार्फ़त करता है जिसका नामकरण उसने अपने पिता के नाम पर किया है। हमारी पिछली मुलाक़ात एक पहरेदारी के माहौल में हुई थी, जिसमें विश्वास का कम और शक का इज़हार ज़्यादा था। अब वह हम पर भरोसा करना चाहता है। वह पहले के मुक़ाबले ज़्यादा दोस्ताना और शान्तचित्त है और हमें अपनी ज़िन्दगी में थोड़ा-सा झाँकने की गुंजाइश देने को तैयार है। और हम उसके बोलने का बेक़रारी के साथ इन्तज़ार कर रहे हैं।

लेकिन आज वह जल्दी में है। इसलिए नहीं कि उसे कोई ज़रूरी काम पर जाना है। उसकी योजना एक और फ़िल्म देखने की है। हम वीलचेयर से बँधे इस गिरोह सरगना को लेकर अब भी थोड़ा-सा हैरान हैं जो हर फ़िल्म को उसके रिलीज़ होने के पहले ही दिन देखना चाहता है और वह भी किसी मल्टीप्लेक्स में जहाँ पर वह ख़ासतौर से शिकार बनाया जा सकता है। हमें यक़ीन है कि उसके पास इतना पैसा है कि वह आसानी से अपने घर में होम थिएटर लगवा सकता है, लेकिन हम अपना मशविरा अपने ही पास रखने का फ़ैसला करते हैं।

पिछली दफ़ा जब हम यहाँ थे, तो वह *रेस 2* देखने जाने की तैयारी में था। आज, अभिषेक कपूर की फ़िल्म *काई पो चे* फ़ेहरिस्त में है। ऐसा माना जाता है कि जब भी कभी वह किसी सार्वजनिक जगह पर होगा, तो दस-बारह लोग उसकी सुरक्षा में होंगे। वह एक बार फिर *ओह माई गॉड* का ज़िक्र करता है। उसका मानना है कि यह बॉलीवुड के अस्तबल से निकली सबसे अच्छी फ़िल्मों में से एक है।

वह अपने चहेते अभिनेता आमिर खान के बारे में भी लगातार बात करता है। उसको आमिर की फ़िल्म *थ्री ईडियट्स* बेहद पसन्द आयी थी। 'आमिर खान

गुणी इंसान है और यह चीज़ उसकी अदाकारी में दिखायी देती है,' वह कहता है। शाहरुख और सलमान खान को वह निरा मनोरंजन करने वाले कहकर ख़ारिज़ करता है, वह उनको अभिनेता नहीं मानता।

फ़िल्में और क्रिकेट अश्विन की फ़ेहरिस्त में सबसे ऊपर हैं। वह कहता है कि वह सचिन तेन्दुलकर का बड़ा मुरीद है लेकिन विवियन रिचर्ड्स उसका हमेशा से पसन्दीदा क्रिकेट खिलाड़ी रहा है। 'विवियन रिचर्ड्स जैसा कभी कोई नहीं होगा,' वह सच्चे दिल से कहता है। उसको ज़्यादातर क्रिकेट मैच उनकी पूरी बारीकियों के साथ याद हैं – जैसे कि वह लाजवाब नैटवेस्ट 2002 फ़ायनल जब मोहम्मद कैफ़ और युवराज सिंह ने क्रिकेट के इतिहास में अपना नाम दर्ज़ किया था और उनका नाम घर-घर में लिया जाने लगा था। इस मैच के बारे में वह घण्टों बात कर सकता था।

हम उसकी प्रेयसी, चौदह साल तक उसकी बीवी रही और उसके दो बड़े बच्चों की माँ नीता नाइक के बारे में बात करने को बेताब हैं। लेकिन हम डर रहे हैं कि पता नहीं वह कैसी प्रतिक्रिया करेगा। आख़िरकार वह उसकी हत्या का मुख्य आरोपी था। हम सावधानीपूर्वक इश्क़ के मसले पर बात करने लगते हैं, इस उम्मीद में कि इससे शायद कुछ निकलकर आये। आमतौर से जज़्बातों को छिपाकर रखने वाली अश्विन की आँखें चमक उठती हैं।

वह उस समय के बारे में बताता है जब उसकी ज़िन्दगी में कई लड़कियाँ आने को थीं। लॉरेन थी जिसके साथ उसने एक बार रोमांस किया था। वह उसी के साथ जुड़ा हुआ था जब उसने एक और महिला की तरफ़ खिंचाव महसूस किया, जो समुन्दर किनारे बैठी चित्र बना रही थी। उसने ढेर सारे ज़ेवर पहन रखे थे। उसने उसके पास जाकर उसको आगाह किया : 'इस जगह पर इतना सारा ज़ेवर पहनकर आना सुरक्षित नहीं है, आपको कोई लूट सकता है।'

उस महिला का नाम रीटा पंजाबी था। वह आधी हिन्दुस्तानी और आधी लेबनानी थी। उसको अश्विन आकर्षक लगा, जैसे कि वह अश्विन को लगी थी। उसने अश्विन के लिए लन्दन का एक टिकिट भेज दिया। उन्होंने बहुत कोशिश की कि वह रिश्ता जारी रह सके। लेकिन जल्दी ही उनको अहसास हो गया कि ढेर सारे ऐसे मुद्दे हैं जिनको लेकर उनके संसार एकदम जुदा हैं। तहज़ीबी मतभेद भी थे, और नतीजतन उसे लगा कि इस ख़याल को छोड़ देना ही बेहतर है। तीस साल बीत जाने के बाद आज भी रीटा के ज़िक्र-मात्र से अश्विन की आँखें चमक उठती हैं। वियोग में डूबा हुआ हृदय हमेशा ही अपने प्रेम की मीठी स्मृतियों की चाहना करता है।

क्या वह नीता के बारे में भी ऐसे ही अनुराग के साथ बात करेगा? हमने पिछले दरवाज़े से घुसने वाला तरीक़ा आज़माया। उसके सियासी रुझान क्या हैं? वह हमें बहुत खुशी-खुशी बताता है कि वह बाल ठाकरे को पूजता है। 'बाल ठाकरे मराठी का सच्चे अर्थ में एकमात्र मसीहा था और शिव सेना अकेली वह पार्टी है जिसको मराठी-भाषी लोगों की खुशहाली की परवाह है।'

'क्या इसी वजह से आपने नीता नाइक को शिव सेना में शामिल होने के लिए प्रेरित किया था?' हम पूछते हैं। अश्विन जवाब नहीं देता। वह इस पर आगे बात करने से मना कर देता है और नीता के ज़िक्र से क्षुब्ध दिखायी देता है। वह इस बातचीत को और जारी रखने के मूड में नहीं है।

वह अपने आदमियों को बुलाता है और उनसे फ़िल्म के लिए निकलने की तैयारी करने को कहता है। अजीब बात है। कोई इंसान इतना रोमाण्टिक भी हो सकता है और साथ ही जिस औरत को उसने इतना प्यार किया उसके विषय से इतना कटा हुआ भी हो सकता है। हमें अहसास हो गया था कि नीता-अश्विन प्रेम कहानी के लिए हमें कोई और सूत्र तलाशने होंगे।

11
अपराधी में बदला सिविल इंजीनियर

कारें वेस्टर्न एक्सप्रेस हाइवे पर आराम से चली जा रही थीं। अश्विन और नीता बैंगलोर के सफ़र से लौट रहे थे।

अश्विन अपने चचेरे भाई-बहनों और दोस्तों के साथ एक कार में बैठा हुआ था, जबकि नीता अपने ससुर मारुति के साथ दूसरी कार में थी। थोड़ी देर पहले, हवाई अड्डे पर दोनों की बाँछें खिली हुई थीं, जैसे उन्होंने कोई अहम फ़ैसला कर लिया हो।

यह नीता नाइक थी जिसने सबसे पहले उन बलिष्ठ लोगों को खेरवाडी जंक्शन पर देखा था। खेरवाडी जंक्शन वेस्टर्न एक्सप्रेस हाइवे का सबसे व्यस्त चौराहा है जिसके एक तरफ़ निर्मल नगर है तो दूसरी तरफ़ गवर्नमेण्ट कॉलोनी और चेतना कॉलेज हैं। बत्ती को लाल से हरी होने में लगे साठ सेकेण्ड के दौरान नीता ने उन कुछ लोगों को देखा था जो अपनी मोटरसाइकलों से उतर रहे थे और अपनी कारों से बाहर आ रहे थे। उनके हाथों में पिस्तौलें थीं और वे तेज़ी से उसके पति की कार की तरफ़ बढ़ रहे थे। घबरायी हुई वह तुरन्त अपनी कार से उतर मदद के लिए चिल्लाने लगी।

'हैल्प! हैल्ल्ल्प! अरे कोई बचाओ!' नीता अश्विन की कार की तरफ़ भागती हुई पुरज़ोर आवाज़ में चीख़ी।

बन्दूकधारी उसको और एक उम्रदराज़ आदमी (उसके ससुर) को हाइवे पर भागते देखकर दंग थे। यह एक ऐसा इत्तफ़ाक़ था जिसके लिए उन्होंने कोई तैयारी नहीं कर रखी थी। तब तक सिग्नल हरा हो चुका था और कारों ने सरकना शुरू कर दिया था। बन्दूकधारियों के पास अब बिल्कुल भी बेकार वक़्त नहीं था इसलिए उन्होंने अश्विन की कार की विण्डस्क्रीन पर बेतहाशा गोलियाँ बरसानी शुरू कर दीं। अश्विन ने फुर्ती से प्रतिक्रिया दिखायी और कार के पीछे जा दुबकने के लिए दरवाज़ा खोला।

सिग्नल पर अफ़रातफ़री का दृश्य था : एक हताश औरत अपने पति को बचाने की कोशिश कर रही थी और हर गुज़रती कार वाले से गुज़ारिश कर रही थी। कारें उसको पीछे छोड़ तेज़ी से गुज़रती जातीं, उनके ड्राइवर किसी तरह की मुसीबत में नहीं फँसना चाहते थे इसलिए वे दूसरी तरफ़ मुँह फेर लेते।

नाइकों की दोनों कारें सड़क के बीचोंबीच खड़ी यातायात में बाधा डाल रही थीं। अश्विन की कार की तहसनहस हालत से उसकी मौत को पक्का मानकर हत्यारे तेज़ी से अपनी कारों और मोटरसाइकलों पर सवार हुए और बान्द्रा ईस्ट में कलानगर तथा चेतना कॉलेज की तरफ़ जाती गलियों के रास्ते भाग गये।

पुलिस, जो कि एक वायरलैस वैन में पास ही कहीं थी, शोरशराबे से चौकन्नी होकर घटनास्थल की तरफ़ भागी। यह चमत्कार ही था कि अश्विन को ज़रा भी चोट नहीं आयी थी। वह सही समय पर दुबक गया था, लेकिन हवाई अड्डे से उसके साथ आये उसके साथी घायल हो गये थे।

शुरूआती झटके से उबरने के बाद अश्विन सुबकती हुई नीता की तरफ़ बढ़ा, उसको तसल्ली दी और उसको कार में ले गया। फिर उन्होंने अपना सफ़र जारी रखा। नीता अभी भी डर से काँप रही थी और लगातार सुबक रही थी।

बैंगलोर से लौटते हुए वे बहुत ख़ुश थे। उन्होंने फ़ैसला कर लिया था कि वे अब मुम्बई को हमेशा के लिए छोड़ देंगे और किसी और जगह जाकर रहने लगेंगे। पुलिस और माफ़िया के बीच फँसे-फँसे वे थक चुके थे। हर बार जब भी अमर कोई ग़लती करता पुलिस अश्विन को धर लेती, बावजूद इसके कि वह एक डिग्रीधारी इंजीनियर था और उसका चालचलन एकदम बेदाग़ रहा था। और जब उसका भाई अपने दुश्मनों पर भारी पड़ता तो बदले के लिए अश्विन सबसे आसान शिकार होता।

उसकी हत्या की यह विशेष कोशिश छोटा राजन की थी, जो उन दिनों दाऊद के साथ था। इस वारदात ने नाइकों के लिए और मराठी माफ़िया के बीच के समीकरण को हमेशा के लिए बदलकर रख दिया। नीता के मन में अश्विन की हिफ़ाज़त को लेकर गहरी असुरक्षा की भावना घर कर गयी थी और उसने अपने विकल्पों पर विचार करना शुरू कर दिया था। यह अश्विन की ख़ुशक़िस्मती थी कि वह इस बार बिना किसी खरोंच के बच निकला था, लेकिन क्या उसकी ख़ुशक़िस्मती हर बार उसका साथ दे पाएगी?

आख़िरकार नीता ने अपना पक्का मन बनाया और अश्विन से कहा कि वह अमर की राय की परवाह किये बिना गिरोह में शामिल हो जाए। उसको

लग गया था कि अश्विन कभी भी एक सामान्य ज़िन्दगी नहीं जी पाएगा और उसके लिए अपने रक्षाकवच के तौर पर पूरे वक़्त गिरोह की ज़रूरत है।

'अश्विन मेरी साँस है। मुझे भोजन-पानी की ज़रूरत नहीं है। मुझे ज़िन्दा रहने के लिए सिर्फ़ ऑक्सीजन और उसकी मीठी यादों की ज़रूरत है,' उसने मुझसे कहा था जब मैं उससे कई बरस बाद चिंचपोकली के उसके नये सिरे से सुसज्जित फ़्लैट में मिला था।

'उस दिन मुझे लग गया था कि मेरा पति सुरक्षित नहीं है। मैंने अश्विन से कहा कि मैं उसको ज़िन्दा देखना चाहती हूँ मरा हुआ नहीं। और अगर वह अपने भाई से हाथ मिलाकर उसके गिरोह में शामिल होना चाहता, तो मुझे कोई ऐतराज़ नहीं था,' उसने कहा।

नीता उस एक सच्चे प्यार को हासिल करने की कई नाकामयाब कोशिशों के बाद अश्विन की ज़िन्दगी में आ टपकी थी। अश्विन नाइक रवायती तौर पर वैसा सुन्दर नहीं था जैसा कि उसका कुख्यात भाई अमर नाइक था। वह एक साँवला नौजवान था और उसकी आँखें बल्ब जैसी गोल थीं। लेकिन वह आकर्षक और आत्मविश्वास से भरपूर था, तथा उसमें अक़्ल का ऐसा पैनापन तथा खुशमिजाज़ अन्दाज़ था जो औरतों को उसकी ओर खींचता था।

नीता को वह संयोग से मिल गया था। अपनी उभरी हुई गाल की हड्डियों और बड़ी-बड़ी, ख़ूबसूरत, हिरणी जैसी आँखों वाली नीता मैगी जिलेनहाल जैसी दिखती थी। अश्विन से उसकी मुलाक़ात तब हुई थी जब एक दिन वह अपने दोस्तों के साथ एल्फ़िन्स्टोन कॉलेज में भटक रहा था; वह सोफ़िया में पढ़ती थी और दोनों के साझा दोस्त थे। पहली मुलाक़ात में ही वे एक दूसरे की तरफ़ आकर्षित हो गये थे। रीटा पंजाबी के साथ के अपने प्रेम प्रसंग की नाकामयाबी से मायूस अश्विन के लिए नीता से यह मुलाक़ात शुरू में तो रोमांस ही थी। लेकिन बहुत जल्दी ही अश्विन नीता के हसीन चेहरे और अल्हड़ शख़्सियत के इश्क़ में गर्क हो गया। दूसरी तरफ़, नीता अश्विन की सादगी से आकर्षित थी। अश्विन उसको अपने तमाम दोस्तों में सबसे ज़्यादा संजीदा और ईमानदार लगता था, और इस चीज़ ने उसके लिए चुम्बक जैसी भूमिका निभायी। देखते ही देखते उनका अंकुरित होता हुआ रिश्ता गहरी सोहबत में बदल गया और ये प्रेमी युगल एक दूसरे से मिलने के लिए बेताब रहने लगे।

फ़िल्मों के प्रति अश्विन के लगाव का मतलब था कि उन दोनों ने कई फ़िल्में साथ-साथ देखीं, और इसके पहले कि उनको पता चल पाता, कामदेव ने उन पर अपने तीर चला दिये। जब वे स्नातक की परीक्षाएँ पास करने ही वाले

थे, तभी उनको लगा कि अब वक़्त आ चुका है जब उनको अपने इस रिश्ते के बारे में कोई फ़ैसला ले लेना चाहिए।

उन्हें एक दूसरे से बहुत गहरा इश्क़ था, इसमें शक की कोई गुंजाइश नहीं थी। और सामंजस्य बैठाने को लेकर भी कोई मुश्किल नहीं थी। नीता एक रूढ़ीवादी गुजराती परिवार से ताल्लुक रखती थी, जबकि अश्विन जाति से महाराष्ट्र का एक माली था। नीता के पिता हरिलाल जेठवा हवाला के कारोबार में शामिल थे जबकि अश्विन का परिवार, बेशक, मुम्बई के अण्डरवर्ल्ड का हिस्सा था। गठजोड़ का फ़ैसला लेने में जाति, सम्प्रदाय या धर्म की कोई बाधा नहीं थी। अश्विन और नीता की तुरन्त शादी हो गयी।

अभी उनकी शादी को बहुत दिन नहीं हुए थे, जब उन्होंने महसूस किया कि उनको गुनाहों के गटर में घसीटा जा रहा है। वे नये सिरे से ज़िन्दगी की शुरूआत करना चाहते थे, किसी महफ़ूज़ जगह पर जाकर रहना चाहते थे। उन्होंने चेन्नई और बैंगलोर जैसे दक्षिणी शहरों की यात्राएँ कीं, और अन्ततः गर्मजोशी और उमंग से भरे शहर बैंगलोर को अपना घर बनाकर वहाँ बस गये।

सालों बीत गये थे और अमर लगातार फ़रारी में था। इस दौरान वह मुम्बई की और मुम्बई से बाहर की यात्राएँ करता रहता था। पुलिस ने अजीत और अश्विन को, बीते दिनों की तरह ही, सताना जारी रखा हुआ था।

वेस्टर्न एक्सप्रेस हाइवे पर 1992 में हुई गोली चलने की वारदात निर्णायक थी। पहली बार, मुम्बई माफ़िया को अपनी दुनिया के लिए एक सिविल इंजीनियर मिला था।

12
घात

3 दिसम्बर 1988

रात शहर के मुक़ाबले जंगल में हमेशा ही कुछ ज़्यादा भुतही महसूस होती है। तब और भी ज़्यादा जब हवा में मौत मँडरा रही हो। लेकिन यह कोई घना जंगल नहीं था, यह बॉम्बे-पुणे हाइवे था। सड़कों की रोशनी नहीं थी, इसलिए घुप अँधेरा था। समूचे दृश्य पर एक अजीब-सी ख़ामोशी छायी हुई थी।

जिस मारुति ओमनी वैन ने कुछ घण्टे पहले कंजरमार्ग छोड़ा था वह पनवेल पेट्रोल पम्प के क़रीब धीमी होती जा रही थी। ड्राइवर ने डिपर का सिग्नल दिया, जो इसलिए विचित्र-सी बात थी क्योंकि वहाँ पर और कोई था ही नहीं।

अशोक जोशी, जो कि गवली के लिए भाई जैसा था, ड्राइवर की बग़ल में बैठा हुआ था। वह अचानक शक से भर उठा। उसने अपनी पिस्तौल निकाली और ड्राइवर की कनपटी पर गोली चला दी, जिससे वह तुरन्त ही मर गया। इसके बाद उसने अपनी एके-56 सँभाली और अपने साथ के आदमियों से कहा कि वे तुरन्त अपने-अपने हथियार निकाल लें। ऐसे मौक़ों पर एक पल भी आपके दुश्मनों को नेस्तनाबूत करने या आपका जनाज़ा उठाने के लिए काफ़ी हो सकता है।

लेकिन अशोक जोशी और उसके तीनों दोस्तों ने, प्रतिक्रिया दिखाने में अपनी फुर्ती के बावजूद, थोड़ी देर कर दी थी। सौत्या, परब, संजय मेहर, नरेश जुकार, दिवाकर चुरी और दिनेश से मिलकर बना छोटा राजन का हत्यारा दस्ता उस कार पर टूट पड़ा और उस पर गोलियों की बौछार करने लगा। जोशी ने जूझने की कोशिश की, लेकिन उनके प्रतिद्वन्द्वियों और उनके हथियारों की तादाद के सामने जोशी के साथी और उनके हथियार कम पड़ गये। लगातार पाँच मिनट तक चली 200 राउण्ड से ज़्यादा गोलियों ने कार के अन्दर के पाँचों

लोगों को मार गिराया। सौत्या की टीम में कोई हताहत नहीं हुआ, किसी को गम्भीर चोट तक नहीं लगी।

यह हत्याकाण्ड राजन के आदमियों की अचूक योजना का नतीजा था। उन्होंने ठीक वही तरीक़ा अपनाया था, और उन्हीं मोहरों का इस्तेमाल किया था, जो कुछ हफ़्ते पहले गवली के गुण्डों ने दाऊद के फ़ायनेंस मैनेजर सतीश राजे की हत्या के लिए अपनाया था। सबने एकमत होकर फ़ैसला लिया था कि रामा नाइक की मौत के बदले में राजे को मरना चाहिए, और यह उसी वारदात का दहशतनाक अंजाम था।

राजे इस बात को लेकर चौकन्ना था कि दुबई भागते समय दाऊद अपने पीछे ढेरों दुश्मन छोड़ गया है। उस जैसे इंसान का असिस्टेन्ट होना आसान काम नहीं था, लेकिन दाऊद का पीर-बावर्ची-भिश्ती-खर होने में उसको आनन्द आता था। खुद माफ़िया का एक आदमी होने के नाते वह निशानेबाज़ों द्वारा अपनाये जाने वाले हथकण्डों से अच्छी तरह से वाक़िफ़ था। वे अक्सर, जो व्यक्ति उनके निशाने पर होता था, उसकी कार के आगे किसी सिग्नल पर अपनी कार रोक देते, उस पर गोलियों की बौछार करते और आगे बढ़ जाते थे।

इसलिए राजे ने सावधानी के तौर पर अपनी कार की ज़बरदस्त क़िलेबन्दी करते हुए उसमें काले बुलटप्रूफ़ शीशे लगवा रखे थे। इसके अलावा, वह दो अंगरक्षकों के बीच बैठता था, जबकि ऐसा ही एक अंगरक्षक आगे की सीट पर बैठा होता था। इससे उसको हिफ़ाज़त में होने का अहसास होता था। ये अंगरक्षक जिस्मानी तौर पर प्रभावशाली और हथियारों से सुसज्जित होते थे; वे अकेले अपनी दम पर एक दर्जन आदमियों से निपटने की क्षमता रखते थे। धीरे-धीरे राजे अपनी हिफ़ाज़त के इन्तज़ाम को लेकर आत्मतुष्ट होता गया और मानकर चलने लगा कि उसको कोई व्यक्ति हाथ नहीं लगा सकता, जब तक कि वह व्यक्ति खुद ही मरने पर आमादा न हो।

गवली की टीम ने राजे के इस अब तक अभेद्य बने रहे सुरक्षा-घेरे में सेंध लगा दी। 21 नवम्बर 1988 को गवली गिरोह के सदानन्द पावले उर्फ़ सदा पावले, विजय टण्डेल, पॉल न्यूमेन, गणेश वकील और दगड़ी चाल के अन्य गिरोहबाज़ों ने राजे पर नागपाड़ा जंक्शन के क़रीब हमला करने की पूर्वयोजना के तहत उसका परेल के उसके अड्डे से ही पीछा करना शुरू कर दिया था। जब राजे की कार मज़गाँव-नागपाड़ा जंक्शन पर पहुँची, तो दो कारों ने आगे निकलकर उसका रास्ता रोक लिया। गिरोहबाज़ों ने अपनी योजना पर पूरी बारीक़ी के साथ अमल किया और मिनट भर के भीतर दफ़ा हो गये। राजे पर

नौ गोलियाँ दागी गयीं और उसके अंगरक्षकों को भी ढेर कर दिया गया था। बुलेटप्रूफ़ खिड़कियाँ भी कोई मदद नहीं कर पायीं। विण्डस्क्रीन्स को पहले हथौड़ों से तोड़ा गया और इसके बाद टूटी हुई खिड़कियों से बन्दूकें अन्दर घुसा दी गयीं। महाबली अंगरक्षक और उनकी बन्दूकें राजे को नहीं बचा सकीं।

इस चाल के साथ ही गवली ने दाऊद के ख़िलाफ़ जंग का ऐलान कर दिया था। इसके बाद दाऊद ने अपने सबसे क़ाबिल आदमी छोटा राजन से बात की। उसके निर्देश बहुत ही मुख़्तसर थे : हिसाब चुकता करो, और गवली को ज़्यादा से ज़्यादा नुक़सान पहुँचाओ। यह पलटवार दो हफ़्तों से भी कम वक़्त में कर दिया गया था, जैसा कि अण्डरवर्ल्ड में आमतौर से देखने को नहीं मिलता था।

श्याम सुन्दर नायर बायकला में दगड़ी चाल के क़रीब एक फ़ैब्रीकेशन यूनिट में काम करता था और गुप्त रूप से माफ़िया के लिए ड्राइवरी भी करता था। यही वह शख़्स था जो हत्या की उस रात को राजे की कार चला रहा था। बाद में उसको गवली गिरोह में भर्ती कर लिया गया था और दगड़ी चाल के क़रीब नौकरी पर रख दिया गया था।

छोटा राजन ने भी वही युक्ति अपनायी थी जिसका इस्तेमाल गवली ने किया था। उसने श्याम सुन्दर नायर से सम्पर्क किया, जो अब गवली के आदमियों के लिए ड्राइवरी करने लगा था। छोटा राजन और परब ने उसको तरह-तरह की चीज़ें और नकदी देकर ख़रीद लिया और अपने पाले में कर लिया।

एक दिन अशोक जोशी ने अपनी गाड़ी पुणे ले चलने के लिए नायर से कहा। नायर ने, जो अब दाऊद के गिरोह से मिल चुका था, तुरन्त इसकी सूचना परब को दी जिसने यह ख़बर राजन तक पहुँचा दी। कुछ ही घण्टों के अन्दर जोशी को नेस्तनाबूत करने के लिए दस्ता तैयार हो चुका था।

नायर को हिदायत दी गयी थी कि जोशी की कार में अपर्याप्त मात्रा में पेट्रोल होना चाहिए। योजना के मुताबिक़, जब ईंधन की सुई नीचे की तरफ़ जाने लगी, तो मारुति वैन चला चला रहे नायर ने अपने बॉस से कहा कि उनको पेट्रोल भरवाना होगा। ओमनी वैन ने, जो उन दिनों गिरोहबाज़ों के भागने के लिए उनका सबसे चहेता वाहन हुआ करता था, पनवेल के पेट्रोल पम्प की तरफ़ बढ़ना शुरू कर दिया।

सौत्या ऐके-47 से लैस था और उसके दस्ते में दस से ज़्यादा आदमी शामिल थे, जो हमले के लिए तैयार थे। जैसे ही पाँच कारों ने पुणे हाइवे पर गति पकड़नी शुरू की, सबके लिए बन्दूक़ें बाँट दी गयीं।

दाऊद जोशी को सिर्फ़ मारना नहीं चाहता था, वह चाहता था कि यह इन्तकाम उतना ही ख़ौफ़नाक हो जितनी ख़ौफ़नाक सतीश राजे की हत्या थी। और ऐसी ही हुआ। परब बाद में ढींग हाँकता पाया गया कि जोशी की हत्या उसके मुकुट में पंख जैसी थी। यह बैंगन-नुमा हत्यारा अपने बायोडाटा में इज़ाफ़ा कर रहा था और धीरे-धीरे खुद को एक कामयाब हत्यारे में बदलता जा रहा था।

जब गवली ने दाऊद के सबसे जिगरी लोगों को घेरने की योजना बनायी थी जिनकी बदौलत उसकी तिजोरियाँ उफनती रहती थीं, तब उसको अन्दाज़ा नहीं था कि वह किस चीज़ को उकसा रहा है। उसने सोचा था कि शहर में दाऊद का मोर्चा सँभाल रहे सतीश राजे को मारकर वह दाऊद को वित्तीय रूप से नुक़सान पहुँचाएगा। उसने अशोक जोशी की मौत का अनुमान नहीं किया था, जो कि बीआरए गिरोह के लिए समान स्तर की भावनात्मक क्षति और एक बहुत बड़ी शिकस्त थी।

इन्तकाम के इस चक्र की शुरूआत रामा नाइक और शरद शेट्टी की अदावत और नाइक के ख़िलाफ़ दाऊद की मध्यस्थता के साथ हुई थी। जब नाइक ने बग़ावत का झण्डा फहराया, तो दाऊद ने उसकी हत्या का हुक्म जारी कर दिया। विडम्बना यह थी कि रामा नाइक खुद एक पुलिस मुठभेड़ में सब इंस्पेक्टर राजेन्द्र कटधरे के हाथों मारा गया था। कटधरे 1975 में पुलिस की नौकरी में आया था और मुठभेड़ में रामा नाइक को मारने के पहले तक उसने कोई बड़ा करतब करके नहीं दिखाया था।

24 जुलाई 1987 को वह दक्षिण मुम्बई में नागपाड़ा पुलिस स्टेशन के अपने दफ़्तर में बैठा था जब उसको रामा नाइक के अते-पते की खुफ़िया जानकारी मिली थी। जैसा कि बताया जाता है, नाइक चेम्बूर के एक सैलून में अपने बाल कटवा रहा था। कटधरे ने दिये गये पते की तरफ़ भागने में ज़रा भी देर नहीं की।

बाद की घटनाएँ आज भी एक रहस्य बनी हुई हैं। मीडिया ने उनको कई अलग-अलग शक्लों में पेश किया, और वारदाद की कई पृष्ठभूमियाँ पेश कीं। खुद कटधरे का कहना था कि उसने नाइक को आगाह करते हुए आत्मसमर्पण करने को कहा था, लेकिन उस गिरोहबाज़ ने उस पर गोलियाँ चलानी शुरू कर दीं थीं और भागने की कोशिश की थी। कटधरे को मजबूर होकर आत्मरक्षा में गोली चलानी पड़ी जिससे नाइक की मौत हो गयी।

लोगों का अनुमान था कि नागपाड़ा पुलिस तक नाइक का पता पहुँचाने

का इन्तज़ाम दाऊद द्वारा करवाया गया था। आमतौर से, इस तरह के प्रकरणों में, पुलिस के लोग ख़बर देने वाले आदमी की शिनाख़्त के लिए नहीं ठहरती क्योंकि उनके पास वक़्त की कमी होती है; वे महज़ ख़ुफ़िया जानकारी का अनुसरण करते हैं।

यही एक संगीन भूल साबित हुई थी। कटधरे को इस मेगा हिट पर ईनाम मिलने की उम्मीद थी, लेकिन, विडम्बना यह थी कि अपने वक़्त की इस सबसे सनसनीखेज़ हत्या पर न्यायिक जाँच समेत कई तरह की जाँचें बैठा दी गयीं। जिस मुकाम पर कटधरे का करियर अपनी सबसे बड़ी उठान महसूस कर रहा था, उसीपर उसका अन्त हो गया, और मुम्बई के पुलिस बल के सिर पर काले साये मँडराने लगे।

कटधरे भले ही अपनी कामयाबी की ख़ुशी न मना पाया हो, लेकिन दूसरों ने ज़रूर मनायी थी : दुबई के वाइट हाउस में जश्न मनाया जा रहा था। शरद शेट्टी अपने प्रतिद्वन्द्वी के ख़ात्मे से फूला नहीं समा रहा था और उत्साहित था कि यह काम उसने इस तरह किया था कि कोई भी उस पर सवाल या अँगुली नहीं उठा सकता था।

लेकिन एक ऐसा शख़्स ज़रूर था जो जश्न के मूड में नहीं था; वह शोक मना रहा था। वह अकेला बैठा था, और घटनाक्रम को सिलसिलेवार तरतीब में रखते हुए, इस घटना के बारे में सोच रहा था। अरुण गवली ने अभी वह पहली चाल देखी थी जो उसके गिरोह को कमज़ोर करने के लिए दाऊद ने चली थी। बीआरए गिरोह का 'आर' अब इस दुनिया में नहीं था। दाऊद के गढ़ नागपाड़ा में राजे का ख़ात्मा, जोशी की हत्या के साथ छोटा राजन द्वारा तेज़ी से लिया गया इन्तकाम : युद्ध के पक्ष साफ़-साफ़ तय हो चुके थे, और यह साफ़ हो चुका था कि अब उसी का राज चलेगा जो सबसे ज़्यादा ताक़तवर होगा।

जिस बात को गवली नहीं समझ पाया था वह यह थी कि दाऊद ने दुबई में बैठकर अपने प्रतिद्वन्द्वियों का सफ़ाया करना शुरू कर दिया था, और यह चीज़ नाइक और शेट्टी के बीच विवाद खड़ा होने के पहले ही शुरू हो चुकी थी। बीआरए गिरोह का आइडिया उसको उसके वजूद में आने के दिन से ही रास नहीं आ रहा था, और उसने 'बी' के साथ ही शुरूआत कर दी थी।

उसका पहला निशाना था बाबू गोपाल रेशिम, गिरोह का 'बी'। यह आदमी एक बहुत ही निर्दयी अपराधी था, लेकिन उसने अपने लिए उसी वक़्त मुसीबतें खड़ी कर ली थीं जब उसने कंजरी समुदाय की एक औरत पर हाथ डालने की कोशिश की थी जो बायकला वेस्ट में कंजरवाडा के अपने कामचलाऊ गुसलखाने

में नहा रहा थी। औरत ने शोर मचा दिया और बाबू रेशिम को वहाँ से भागना पड़ा, लेकिन समूचा समुदाय इस बदसुलूकी से नाराज़ था।

जब समुदाय के बुज़ुर्गों ने इंसाफ़ के लिए दगड़ी चाल में गुहार लगायी, तब भी बाबू ने अपनी हेकड़ी दिखाना जारी रखा और इंसाफ़ माँगने आये उस समूह के एक ठिगने से नौजवान पर उसने बेरहमी से हमला कर दिया क्योंकि उसको लग रहा था कि वह कुछ ज़्यादा ही अकड़ दिखा रहा है। 26 साल का यह लड़का, विजय उटेकर जिस वक़्त दर्द से छटपटा रहा था उसी वक़्त उसने बदला लेने की क़सम खा ली थी।

उटेकर ने बाबू से हिसाब चुकता करने की कई कोशिशें कीं, लेकिन यह गुण्डा हर बार बच निकलता था। आख़िरकार, अपनी जान गवाँ देने की आशंका से भरकर उसने पुलिस के सामने आत्मसमर्पण कर दिया; उसे लगा कि वह जेल में कहीं ज़्यादा महफ़ूज़ रहेगा। लेकिन वह ग़लती पर था।

कोई कल्पना भी नहीं कर सकता था कि एक आदिवासी लड़के और बाबू के बीच की यह लड़ाई इतना भयानक रूप ले सकती है। गवली ने भी इसको गिरोह के आदमियों के बीच की आपसी तकरार मानकर ख़ारिज़ कर दिया था। इस क़िस्म के शक के लिए उसके पास कोई वजह नहीं थी कि विजय उटेकर के तार डी-कम्पनी से जुड़े हो सकते हैं। किसके मन में यह ख़याल आ सकता था कि दाऊद विजय उटेकर को ढूँढ निकालेगा और दोनों के साझा दुश्मन को ख़त्म करने की उसकी कोशिश में उसका सहयोग करेगा!

उटेकर भड़का हुआ था और, कई नाकामयाबियों के बाद, बाबू को मारने के लिए किसी भी हद तक जाने को तैयार था। जब उसने सुना कि उसकी सज़ा का अवश्यम्भावी हक़दार जेकब सर्कल में एक कोठरी में बन्द है, तो उसने एक दुस्साहसिक योजना बना डाली। वह सबसे पहले छोटा राजन से मिला जिसने उससे वादा किया वह कि रेशिम को ख़त्म करने की उसकी हर कोशिश में उसका साथ देगा।

उटेकर 5 मार्च 1987 को रात 1.30 बजे जगदीश खण्डवाल, किशोर महेशकर, रवि ग्रोवर और राजू शंकर के साथ दबे पाँव जेकब सर्कल में दाखिल हुआ। चूँकि उसके पास खुद का कोई वाहन नहीं था, उसने उन सबको लाने के लिए दो टैक्सियों का इन्तज़ाम किया था। एक व्यक्ति को टैक्सियों को बन्दूक की नोक पर रोके रखने के लिए बाहर तैनात किया गया था, ताकि फ़रार होने के लिए वाहन एकदम तैयार रहें। पहले तो विजय ने पहरेदार उत्तम गर्टे से बात करके उसको भरोसा दिलाने की कोशिश की कि वह रेशिम के पास शराब

पहुँचाना चाहता है। पहरेदार ने जब इस जाल में फँसने से इंकार कर दिया, तो विजय आगबबूला होकर पीछे हटा और ग्रैनेड फेंककर फाटक को टुकड़े-टुकड़े कर दिया।

पाँचों आदमी दनदनाते हुए जेल में घुसे, और ग्राउण्ड फ़्लोर पर बनी 1 नम्बर कोठरी की तरफ़ तेज़ी से भागे, जिसमें रेशिम क़ैद था। विजय ने हथौड़े से कोठरी के दरवाज़े का ताला तोड़ा, और लगा जैसे शुरूआत में रेशिम उत्साहित हो उठा - उसने निश्चय ही सोचा होगा कि कोई उसका उद्धार करने आया है।

कल्पना करें कि उस वक़्त उसको कैसी दहशत हुई होगी जब उसको पता चला होगा कि उसके दरवाज़े पर कोई और नहीं बल्कि उसका दुश्मन विजय है! उसने खुद को कोठरी की दीवार से कसकर सटा लिया, लेकिन विजय ने फुर्ती के साथ तीन गोलियाँ दागीं और रेशिम तुरंत मर गया।

विजय उसको इतनी जल्दी विदा नहीं लेने देना चाहता था। उसने हथौड़ा उठाया और रेशिम के भेजे का कचूमर निकाल दिया। कोठरी के ठण्डे पथरीले फ़र्श और विजय के कपड़ों पर बिखरे चकनाचूर हड्डियों और भेजे के मलीदे के टुकड़ों के सिवाय और कुछ भी बाक़ी नहीं रहा।

अपने कृत्य से सन्तुष्ट विजय अपने सहअपराधियों के साथ रात के अँधेरे में खो गया। लेकिन पुलिस को अगली सुबह अपनी तहस-नहस छवि के साथ लोगों के सामने आना था। उनकी नाक के नीचे ऐसी नृशंस हत्या! सरकार ने उस रात की घटनाओं की जाँच के लिए एक आयोग बैठाया और पुलिस उटेकर को पकड़ने की बेतहाशा कोशिशों में जुट गयी। उसके साथी गुर्गों ने, फँसने के डर से, उसके साथ किसी भी तरह का रिश्ता होने से इंकार कर दिया। अब वह पूरी तरह से अकेला था और अपनी जान बचाता भाग रहा था।

आखिरकार, वह उसी साल अक्टूबर में दादर के एक होटल में दूध बेचने वालों का भेष धारण किये दो पुलिस वालों, वसंत ढोबले और किशोर फ़डनीस द्वारा घेर लिया गया और गोली से उड़ा दिया गया। उसके पास से थैला भर विस्फोटक भी बरामद किये गये।

बहुत बाद में, जब तूफान थमने लगा था, तो खबरी नेटवर्क उस व्यक्ति को लेकर हरक़त में आया जिसने इस वारदात में मुख्य भूमिका निभायी थी लेकिन जो परदे के पीछे बना रहा था : दाऊद इब्राहिम कस्कर। बताया जाता है कि उस पूरी योजना का खाका उसी ने तैयार किया था, और उसके बाद वह पीछे की सीट पर बैठकर सारा तमाशा देखता रहा था।

पुलिस की एक डायरी बताती है : 'जब यह सच्चाई सामने आयी कि बाबू रेशिम की हत्या की योजना दाऊद ने तैयार की थी, तो दाऊद गिरोह और रामा नाइक, अरुण गवली गिरोह के बीच की दुश्मनी और भी बढ़ गयी।'

दाऊद ने रेशिम से छुटकारा पाने के लिए उटेकर का एक प्यादे की तरह इस्तेमाल किया था, और वह कामयाब रहा था। अरुण गवली को जब यही बात गिरोहों के बीच सक्रिय भेदियों के अपने नेटवर्क की मार्फ़त मालूम पड़ी तो वह बौखला उठा।

अगर गवली राजे को मारने में कामयाब रहा था, तो दाऊद ने अपराध की दुनिया के उसके साथियों और साझेदारों - जोशी, नाइक, बाबू - का क़रीब-क़रीब सफ़ाया कर दिया था। एक के बदले तीन। बुरी तरह कमज़ोर हो चुके बीआरए गिरोह का अब वह एकमात्र बचा हुआ व्यक्ति था।

गवली ध्वस्त हो चुका था और उसने खुद को समेटकर एक खोल में बन्द कर लिया। इस सलाह पर कि चूँकि वह दाऊद की ताक़त का मुक़ाबला नहीं कर सकेगा इसलिए उसको हिंसा से कुछ समय के लिए तौबा कर लेनी चाहिए, उसने एक क़दम पीछे हटने का फ़ैसला कर लिया था। लेकिन वह यह भी नहीं दिखना चाहता था कि वह डर गया है। वह निर्णय नहीं ले पा रहा था कि उसको सुलह का सफ़ेद झण्डा उठाना चाहिए या दोबारा से तैयार हो जाने पर पलट वार करना चाहिए।

लेकिन दाऊद ने, जो हमेशा ही कई क़दम आगे चलता है, अभी अपना काम पूरा नहीं किया था। वह जानता था कि उसे गवली पर आख़िरी घातक प्रहार करना होगा, उसके बाद ही वह चैन से बैठ पायेगा।

अण्डरवर्ल्ड में एक कहावत प्रसिद्ध है, 'जिसकी नज़र गेम से हटी, वो गेम से हटा।' गवली अपने गिरोह को निगल जाने के दाऊद के शैतानी मंसूबों से ग़ाफ़िल हो गया था, और इसकी उसे क़ीमत चुकानी पड़ी।

13

मंचेकर और माँ

आज, परेल बन चुका है अपर वर्ली और फ़ीनिक्स ने दुनिया भर के लक्ज़री ब्राण्ड हर आदमी की पहुँच में ला दिये हैं। लेकिन बहुत पहले, जब कारख़ानों की गगनचुम्बी चिमनियाँ इस इलाक़े की एकमात्र पहचान हुआ करती थीं, और हर कोई महान टेक्स्टाइल मिलों के मिथक में जी रहा था, तब वे नौजवान, जिनकी ज़िन्दगियों में न तो कोई उम्मीदें थीं और न कमरतोड़ मशक्कत और ग़रीबी के सिवाय किसी और चीज़ का इन्तज़ार होता था, स्थानीय दादाओं की नक़ल करने की कोशिशें किया करते थे।

दाऊद के मुरीदों ने डोंगरी की गलियों को भर रखा था, रामा नाइक के अनुयायी लालबाग की सड़कों पर उस सुनहरे मौक़े की उम्मीद में धमाचौकड़ी मचाते रहते थे जो उनकी निम्न-मध्यवर्गीय ज़िन्दगी से ऊपर उठने में उनकी मदद कर सके।

कुछ लड़के अनचाहे-अनजाने ही अपराध में जा गिरते हैं और फिर उसके जाल में फँसकर रह जाते हैं, लेकिन कुछ हैं जो शुरू से ही अपनी राह के बारे में पक्के तौर पर जानते हैं। अपनी किशोरावस्था से बाहर क़दम रखते ही, महज़ अठारह बरस की उम्र में, सुरेश मंचेकर अपने इलाक़े - दादर-परेल-लालबाग-बायकला पट्टी - का सबसे बड़ा गिरोहबाज़ बनने की ख़्वाहिश से भर उठा था।

1964 में उसका जन्म हुआ था और 1982 में वह अपराध की दुनिया में कूद पड़ा। चूँकि अभी वह जवान था और ऊपर से उसने स्कूल छोड़ दिया था, इसलिए उसको कोई ठीकठाक काम नहीं मिल सका और उसने सेवरी में एक गैराज में काम करना शुरू कर दिया। लेकिन जल्दी ही उसने यह काम छोड़ दिया और मिलकर काम करने की पेशकश लेकर गुरु साटम के पास पहुँच गया, जो उस इलाक़े में अपनी अपराधिक साख पहले ही क़ायम कर चुका था। साटम ने

उसकी सरपरस्ती करने का फ़ैसला कर लिया।

मंचेकर सोचता था कि लोगों में अपना ख़ौफ़ जगाने का एकमात्र तरीक़ा यह है कि छोटे-से-छोटा बहाना ढूँढकर लोगों को चाकू मार दिया जाए, और इसको उसने अपना ढर्रा बना लिया। जैसे ही उस पर लोगों का ध्यान जाना शुरू हुआ, वह बापट गिरोह के साथ और फिर गोल्डन गिरोह के बब्या के साथ मिलकर काम करने की चाह लेकर उनके पास पहुँचा, लेकिन दोनों ने ही उसके प्रति बेरुख़ी दिखाते हुए उसको चलता कर दिया। वह बहुत ही कम उम्र लगता था, और उसमें कुछ ऐसा था जो आपत्तिजनक था। उसके घुँघराले बाल थे, उसकी आँखों में आश्चर्य का एक सदाबहार भाव मौजूद रहता था, उसकी भाव-भंगिमा में आत्मविश्वास की गम्भीर कमी दिखायी देती थी - वह निहायत ही मामूली क़िस्म का लड़का था। माफ़िया की दुनिया में दिलेरी बुनियादी काबिलियत मानी जाती है, और यही वो चीज़ थी जो इस 18 साल के लड़के में नहीं थी।

इसलिए, संगठित माफ़िया में हाथ-पैर मारने की नाकामयाब कोशिशों के बाद मंचेकर ने अपना खुद का गिरोह खड़ा करने का निश्चय किया। उसको गुरु साटम की मदद के बिना रामा नाइक की शोहरत को पीछे छोड़ना ज़रूरी था। उसने बाकायदा लोगों को निशाना बनाना और इलाक़े में दहशत फैलाना शुरू कर दिया। जल्दी ही, जैसे-जैसे उसकी दहशतगर्दी की ख़बर फैलने लगी, वैसे-वैसे उसके पास पैसा आने लगा। एक बार, जब मंचेकर गुरु साटम के साथ बैठकर पी रहा था उसने दादागिरी दिखानी शुरू कर दी और वह बॉस होने का दावा करने लगा। साटम को, जो कि उम्र में उससे बड़ा था, उसका यह ख़याल बेवकूफ़ी-भरा लगा। एक अठारह साल का नौसिखिया उससे गद्दी छोड़ने को कहे और खुद को गिरोह का मुखिया बताये, यह कैसे मुमकिन था! जल्दी ही बहस ने हाथापाई की शक्ल ले ली, और नौजवान तथा शरीर से चंगा मंचेकर नशे में धुत साटम को पीटने में कामयाब रहा।

साटम बौखलाया हुआ था और उसने मंचेकर को सबक़ सिखाने का फ़ैसला कर लिया था लेकिन अपने इन्तकाम की यह स्वीट-डिश वह ठण्डी करके खाना चाहता था। जल्दी ही वह छोटा राजन के उस गिरोह में शामिल हो गया जिसने अस्सी के दशक के उन बाद के दिनों में उभरना शुरू ही किया था। और उसने क़सम खायी कि अपने नये बॉस के लिए पूरी तरह से काम करना शुरू करने से पहले वह मंचेकर को ख़त्म करेगा।

वह पुलिस का मुख़बिर बन गया और मंचेकर के गुप्त ठिकानों, उसके

आदमियों ओर सहयोगियों के बारे में पुलिस को ख़बरें देने लगा। मंचेकर तो राजन और दाऊद की तरह नहीं था जो इतने चालाक थे कि वे पुलिस को अपनी जेब में रखते थे। वह नौसिखिया था और उसको इस धन्धे के गुर सीखना अभी बाक़ी था।

उसको तो इस बात तक का अहसास नहीं था कि साटम से दुश्मनी करके उसने बर्र के छत्ते को छेड़ दिया है। लेकिन अब, क़ानून का पालन करवाने वाले उसके और उसके गिरोह के पीछे थे।

साटम अब मंचेकर के गिरोह का लगातार पीछा कर रहा था और जो भी छोटी से छोटी सूचना उसके हाथ लगती, वह पुलिस को दे देता था। स्थानीय पुलिस और क्राइम ब्रांच के बीच, मंचेकर और उसका गिरोह परेल से लगभग पूरी तरह से खदेड़े जा चुके थे।

लेकिन मंचेकर को इस बात का अहसास हो चुका था कि अपराध उसकी ख़ास काबिलियत है और उसको उसके परेल के अड्डे से हटा देने मात्र से उसको बदला नहीं जा सकता। वह डॉन बनने की अपनी ख़्वाहिश के साथ पूरी ताक़त से आगे बढ़ने जा रहा था। उसको किसी ऐसी जगह की तलाश थी जो रोशनी के घेरे से दूर हो, जहाँ से वह सुरक्षित तरीक़े से अपनी गतिविधियाँ चला सके। अस्सी के दशक के बाद के उन दिनों में अभी कल्याण-डोम्बीवली इलाक़े में बड़े स्तर के निर्माण कार्य का उछाल देखने में नहीं आया था। बहुत सारे मध्यवर्गीय मराठे और दक्षिण भारतीय डोम्बीवली में रह रहे थे और एक तरफ़ बहुत बड़ी औद्योगिक पट्टी थी। सुरेश मंचेकर ने निश्चय किया कि वह इसी जगह को अपना अड्डा बनाएगा, परेल पर अपनी मजबूत पकड़ को ढीला किये बग़ैर।

पुलिस की लगातार कार्रवाई और क़रीब के लोगों द्वारा बारबार किये गये विश्वासघात ने उसको दो बातें सिखायी थीं। बाहर के आदमी पर कभी भरोसा मत करो, और अपने गिरोह के सदस्यों की असली पहचान को छिपा कर रखो। अपने आप में ख़ास, और अपनी तरह की पहली चाल चलते हुए मंचेकर ने माफ़िया व्यापार को पारिवारिक उद्यम में बदल दिया। उसने अपनी साठ साल की माँ लक्ष्मी मंचेकर और अपनी अविवाहित बहन सुनीता को गिरोह के क्रमशः वित्तीय प्रबन्धक और मानव संसाधन प्रबन्धक के रूप में नियुक्त कर दिया। उसका बाप धनजी पहले ही मर चुका था, नहीं तो उसे भी कहीं लगा लिया गया होता।

अपने भाई रमेश के विरोध की परवाह न करते हुए मंचेकर ने सुनिश्चित किया कि लक्ष्मी और सुनीता लोगों से पैसे ऐंठना और अपने आदमियों को

काम पर लगाना शुरू करें। वह जानता था कि वह उन पर भरोसा कर सकता है - वे उसको धोखा नहीं देंगे और उसके छुपने के अड्डों के बारे में पुलिस को नहीं बताएँगे। उनको वफ़ादार बनाये रखने और इस बात को पक्का करने कि आगे चलकर किसी क़िस्म की समस्याएँ खड़ी न हों, परिवार के सदस्यों के बीच किसी क़िस्म की तनातनी या ईर्ष्या की स्थिति पैदा न हो, उसने शादी न करने का फ़ैसला किया। उसका मानना था कि बहू और सास या ननद के बीच की तकरारें उसकी तबाही का सबब बन सकती हैं। अपने गिरोह के निर्विघ्न ढर्रे में वह किसी क़िस्म की रुकावटें नहीं चाहता था।

लक्ष्मी और सुनीता उसके लेनदेन सम्बन्धी मामलों पर पूरे नियन्त्रण को लेकर निश्चिन्त थीं, और वे उसके साथ मिलकर काम करने लगीं। इस तरह उनका भरोसा और वफ़ादारी सिर्फ़ मंचेकर के हित में ही नहीं थीं, बल्कि उनके औरत होने के नाते पुलिस उनको थाने में कुछ घण्टों से ज़्यादा के लिए नहीं रोक सकती थी और उनको तीसरे दर्जे की यातना नहीं दे सकती थी। और इस तरह मंचेकर इन्कॉर्पोरेटेड ने मुम्बई में पहले ऐसे माफ़िया की शुरूआत की जिसको परिवार द्वारा संचालित किया जाता था, और पुलिस इस फ़ैशनेबल गिरोह सरगना की चालाकी के सामने कमज़ोर पड़ गयी।

गुरु साटम के साथ काम करने के तजुर्बे ने इस नौजवान को एक और चालाकी सिखायी थी। पुलिस उसके गिरोह को सूँघने से दूर रहे इसके लिए उसने एक नयी युक्ति के तौर पर पैसे ऐंठने वाले छद्म लोगों को नियुक्त किया। उसने सिर्फ़ ऐसे कलेक्शन एजेण्टों और दलालों को रखा जो पूरी तरह से छद्मवेश में होते थे और जिन पर गिरोहबाज़ों के गुरगे होने का कभी कोई शुबहा नहीं किया जा सकता था। यह सिलसिला वर्षों तक तब तक जारी रहा जब तक कि पुलिस ने उसके कवच को भेद नहीं लिया और अपने मुखबिरों को कुछ और गहरे खोदने के काम पर नहीं लगा दिया।

मसलन, अशोक परदेशी परेल में वाडिया अस्पताल में वार्ड बॉय के रूप में काम करता था। यह आदमी दिन में पेरामेडिक और रात में मंचेकर लेफ़्टिनेण्ट हुआ करता था। बिल्डरों और ज्वेलरों को धमकाया जाता और कहा जाता कि वे परदेशी की ड्यूटी के दौरान अपने क़ीमती सामान या पैसों के थैले जनरल वार्ड में रखें।

ऐसा ही एक और छद्म व्यक्ति परेल का मनोहर ज़िंगारे उर्फ़ मान्या था। ज़िंगारे परेल में करदार स्टुडियो के अहाते में संगीत और ऑडियो कैसेट के वितरण का अपना कारोबार चलाता था। वह परेल की करदार गैराजों में लोगों

से पैसे इकट्ठे कर मंचेकर के पास पहुँचाता था।

डोम्बीवली-कल्याण में आ जाने ने नौजवान मंचेकर को और भी ताक़तवर बना दिया था। उसकी दौलत और रुतबे में इज़ाफ़ा होने लगा और परेल तथा डोम्बीवली-कल्याण दोनों ही जगहों पर व्यापारी और दुकानदारों का समुदाय लगातार भय के माहौल में रहने लगा। मंचेकर अपने शुरूआती दिनों के तजुर्बे से जानता था कि अपने नियन्त्रण को क़ायम रखने के लिए उसको ख़ूनख़राबा करना होगा : भय इस कारोबार की जान है। पहले वह अपने दुश्मनों को छोटे से छोटे बहाने से चाकू घोंप चुका था, लेकिन अब उसको लगा कि उसको कुछ ख़ास योजना बनानी चाहिए जिससे कि लोगों का ध्यान खींच सके।

मंचेकर ने चारों तरफ़ देखा और दक्षिण-मध्य मुम्बई के सेवरी इलाक़े के पार्षद विनायक वाबले पर अपनी नज़र टिका दी, जो लगातार उसकी राह का काँटा बना हुआ था। वाबले ने सेवरी में ग़ैरक़ानूनी झुग्गियों के ख़िलाफ़ एक अभियान की शुरूआत की थी; ये झुग्गियाँ मंचेकर द्वारा बनावायी गयी थीं और इनके लिए उसने झुग्गीवासियों से बड़ी मात्रा में पैसा वसूला था। वाबले की पहल की वजह से नगर निगम को सेवरी इलाक़े की समूची झुग्गी पट्टी को ढहाना पड़ा था। मंचेकर की धमकियों के बावजूद पार्षद ने झुकने से इंकार कर दिया था। मंचेकर ने, छह अन्य लोगों के साथ मिलकर, 13 मार्च 1991 को वडाला में रफ़ी अहमद किदवई मार्ग पर गोली मारकर वाबले की हत्या कर दी। इस हत्या में मंचेकर की निजी तौर पर भागीदारी ने शिव सेना और पुलिस को भड़का दिया। मंचेकर के अलावा बाक़ी सब गिरफ़्तार कर लिये गये थे; तब तक लोग इतने डर चुके थे कि किसी भी चश्मदीद गवाह ने उसके ख़िलाफ़ गवाही नहीं दी। उसके छहों आदमी अदालत द्वारा बरी कर दिये गये।

इस बीच, मंचेकर ने अपनी एक्सटॉर्शन की दरें बढ़ा दी थीं और लोग अब भी बिना कोई शिकायत किये पैसे दे रहे थे। उसने व्यापारियों और बिल्डरों के बीच के विवादों में मध्यस्थता करनी शुरू कर दी और झुग्गियों का निर्माण तथा उनका विस्तार शुरू कर दिया। वह परेल का निर्विवाद डॉन बन चुका था। लोग, बिना कोई सवाल पूछे, उसके एजेण्टों को पैसे देने लगे।

पुलिस के पास मंचेकर या उसके सहयोगियों को ढूँढ निकालने का कोई उपाय नहीं था। मोबाइल फ़ोन अभी हिन्दुस्तान में आये नहीं थे, और मंचेकर द्वारा इस्तेमाल किये जाने वाले लैण्डलाइन फ़ोन टेप नहीं किये जा सकते थे क्योंकि गिरोह सार्वजनिक टेलीफ़ोन बूथों का इस्तेमाल करता था। टेलीफ़ोन लैण्डलाइन्स पर किये जाते थे और उगाही के सम्बन्ध में, बिना कोई सुराग़ छोड़े, विशिष्ट

निर्देश दिये जाते थे। मंचेकर जिस तरीक़े से अपना कारोबार चला रहा था, उससे क्राइम ब्रांच हैरान थी और मंचेकर के दुश्मन चकराये हुए थे। वे उसको ढूँढ निकालने की दिशा में कोई ख़ास प्रगति नहीं कर पा रहे थे।

आख़िर में, वह गुरु साटम था जिसने स्थिति को पुलिस के पक्ष में मोड़ दिया। गुरु साटम ने सोचा था कि उसने मंचेकर को परेल से बाहर खदेड़ दिया है, लेकिन यह उसके लिए चिन्ता की बात थी कि मंचेकर का प्रभाव बहुत बढ़ चुका था। परेल पूरी तरह से उसके अधीन था और गुरु साटम के लिए यह बुरी ख़बर थी। मंचेकर ने उसकी जो बेइज़्ज़ती की थी वह उसको नहीं भूल सकता था। उस लौंडे की यह मज़ाल कि वह उस जगह के सबसे बड़े दावेदार के रूप में उभर रहा है जो कभी उसके पिछवाड़े के आँगन जैसी हुआ करती थी! साटम को वाडिया अस्पताल के जनरल वार्ड और संगीतकार (ज़िंगारे) के बारे में ख़ुफ़िया जानकारी मिली थी। उसने मंचेकर की दूसरी गतिविधियों का पता लगाने अपने ख़ुफ़िया तन्त्र को सक्रिय किया और अपने बॉस छोटा राजन को परदेशी और ज़िंगारे के बारे में जानकारी दे दी। राजन भी मंचेकर को क़ाबू में लाने की कोशिश में था क्योंकि वह उसके अपने गिरोह की ताक़त के आधार को कमज़ोर करता जा रहा था।

राजन ने इन छद्म गुरगों की हत्या का ज़िम्मा अपने दो सबसे ख़ूंख़ार हत्यारों को सौंप दिया। रक्त पिपासु काली के भक्त बाबा रेड्डी के नेतृत्त्व में इस हत्यारे दस्ते ने इन दोनों आदमियों को ढूँढ निकाला और चार महीने के भीतर उनको ख़त्म कर दिया।

14

दाऊद की हत्यारी मशीन

'शिवाजी मेरे हीरो हैं और मैं उसी मराठी वीर के उसूलों पर चलता हूँ,' दाऊद से फ़ोन पर बात करते हुए सौत्या गरजा। डॉन अपने सबसे बड़े लेफ़्टिनेण्ट को बहादुर इंसानों के लक्षणों पर मराठी में भाषण देते हुए सुन रहा था।

सौत्या ने मराठी माध्यम के स्कूल में पढ़ाई की थी और वह शिवाजी का भक्त था, उन ज़्यादातर मराठी की ही तरह जिन्होंने साहस के उनके फ़लसफ़े को एक पन्थ में बदल लिया था।

'माघार घेणे मराठ्यांच्या रक्तात नाही, मी त्यांची माय बहिण एक करीन (पीछे हटना मराठी के ख़ून में नहीं, मैं उनकी माँ-बहन एक कर दूँगा),' फ़ोन काटते हुए सौत्या ने कहा।

उसकी इस लम्बी तकरीर के पीछे एक मकसद था। इस समय तक सौत्या शहर में अपने कई दुश्मन पैदा कर चुका था। दाऊद के सारे विरोधी उसके पीछे थे, दाऊद ने राजन को कह दिया था कि उसको तुरन्त मुम्बई से निकालकर दुबई ले आया जाए। जब सौत्या ने यह सुना, तो वह अपने बॉस के हुक्म को टालना नहीं चाहता था लेकिन वह शहर भी नहीं छोड़ना चाहता था। राजन ने उससे कहा कि वह सीधे दाऊद से बात करे। सौत्या आमतौर से सीधे-सीधे दाऊद को फ़ोन नहीं करता था, लेकिन क्योंकि उसको लगा कि शहर से उसके भागने को उसकी बुज़दिली समझा जाएगा, इसलिए उसने दाऊद को मनाने का निश्चय किया था।

गिरोह में खड़ी दरार पड़ने के साथ ही डी-कम्पनी के मराठी तबके का क़द और रुतबा बढ़ा था। छोटा राजन मुख्य कमाण्डर बन गया था और सौत्या क़रीब-क़रीब एक हत्यारी मशीन बन गया था। राजन ने बड़े पैमाने पर भर्ती अभियान चलाते हुए तिलक नगर और चेम्बूर के बहुत से लड़कों को काम पर रख लिया था। लगता था जैसे उसने तिलक नगर के तमाम बेरोज़गार नौजवानों

को आजीविका उपलब्ध कराने का निश्चय कर लिया था। उसको पूरी आज़ादी मिली हुई थी कि वह जिसको चाहे भर्ती कर सकता था, और अपनी पसन्द के मुताबिक़ उनको ज़िम्मेदारियाँ सौंप सकता था। इसके अलावा उसने साधु शेट्टी को मुम्बई के बियर बारों की देखरेख के काम में लगा दिया था, और शेट्टी ने जल्दी ही रोकड़ के धनी अपने पूरे समुदाय को डी-कम्पनी की सरपरस्ती में ला दिया था।

मुम्बई के 3,000 बारों से जो हफ़्ता आना शुरू हुआ था वही करोड़ों में था। कल्पना करें कि अगर हर महीने हर बार से 10,000 रुपये भी आते होंगे, तो 3,000 बारों से उनका गुणा करने पर 30 करोड़ रुपये महीने की विशाल रकम खड़ी होती होगी। इस मोटे अनुमान के मुताबिक़ गिरोह सालाना 360 करोड़ रुपये बटोर लेता था।

राजन इकट्ठी की गयी यह समूची राशि दाऊद को दे देता था, फिर अपने आदमियों पर होने वाले ख़र्च के तौर पर उसमें से एक हिस्सा काट लेता था। साधु शेट्टी को भी उसके द्वारा लाये जा रहे पैसे का एक निश्चित हिस्सा दिया जाता था, और इसने उसको इतना दौलतमन्द बना दिया था कि खुद उसने तीन बार ख़रीद लिये थे : आगर महल में श्रीदेवी, सायन-ट्रॉम्बे रोड पर गुरुप्रसाद और चेम्बूर की सिन्धी कॉलोनी में आकाश बार।

शेट्टी अपनी बहन को बहुत स्नेह करता था, इसलिए कुछ बार उसने अपने बहनोई प्रकाश शेट्टी के लिए भी हासिल कर लिये थे। इस तरह, समूची शेट्टी बिरादरी पर और तिलक नगर के ज़्यादातर मकानों पर लेडी लक ने मुस्कराना शुरू कर दिया।

शेट्टी ने अपने लिए एक बँगला और अपने गृहनगर मेंगलोर में ज़मीन का एक बड़ा पट्टा ख़रीद लिया। राजन के बढ़ते हुए कारोबार और दौलत का इन्तज़ाम देखने वाला मेंगलोर का एक और व्यक्ति मोहन कोटियन था। कोटियन ने राजन के लिए एक मछली-पालन कम्पनी शुरू की थी तथा अंकिता ट्रेडर्स के नाम से एक निर्यात फ़र्म तैयार की थी। उसने राजन के रियल-एस्टेट निवेशों की व्यवस्था देखना भी शुरू कर दिया था।

माफ़िया में तख़्तापलट के डर के चलते सबसे ऊपर के संचालकों पर बहुत सख़्त निगाह रखी जाती है। लेकिन दाऊद ने राजन को पूरी तरह से आज़ादी दे रखी थी।

इस बीच, सौत्या दाऊद के यमराज के रूप में कुख्यात होता जा रहा था। उसको लोगों की हत्याएँ करने में मज़ा आने लगा था; उनके ख़ून को बहते देखने

में, दर्द और दहशत से भरी उनकी चीख़ें सुनने में उसको सुख मिलता था।

जल्दी ही ख़ूनख़राबे में उसकी मदद के लिए उसको एक पार्टनर उपलब्ध कराने की पहल की गयी। उसने खार के सुभाष सिंह ठाकुर नामक आदमी को चुना। बारहवीं कक्षा तक पढ़ा ठाकुर पहले श्रीनिवास कॉटन मिल में एक मशीन ऑपरेटर के रूप में काम कर चुका था। वह एक किसान परिवार से आया था।

ठाकुर शुद्ध रूप से इसलिए अपराधी बन गया था क्योंकि मुम्बई पुलिस ने उसको खार में हुई कुछ हत्याओं के सिलसिले में जबरन फँसा लिया था। जब भी कभी कोई हत्या होती, उसको और दूसरे नौजवानों को घेरा जाता और जेल में ठूँस दिया जाता। क्राइम ब्रांच के एक पुलिसवाले ने तो उसे एक मुठभेड़ में मारने तक की कोशिश की थी, लेकिन वह बच गया था। हत्या के लिए किसी न किसी को गिरफ़्तार करने की हताश ज़रूरत ने ठाकुर को उस अपराधी में बदल दिया था जो वह नहीं था - और वह भी ऐसा ख़ून का प्यासा और वहशी अपराधी जो वह नहीं ही था। कहावत है, 'इंसान अपने दोस्तों के रास्ते पर चलता है।' बारबार की अपनी जेल यात्राओं के दौरान, ठाकुर कई संगीन अपराधियों से मिला था। इसका असर उस पर होना ही था। वह करीम लाला से जाकर मिला और उससे पठान गिरोह में शामिल होने की अपनी ख़्वाहिश ज़ाहिर की, लेकिन लाला ने उसको छोटा राजन के पास भेज दिया, जिसने उसे सौत्या से मिलवाया।

सौत्या, जो कि उसको जेल में जाते और बाहर आते हुए देखता रहा था, इस बात से अच्छी तरह से वाक़िफ़ था कि ठाकुर के मन में पुलिस के प्रति गहरी खुन्नस है। उसने ठाकुर से अपना साथी बनने का आग्रह किया। ठाकुर जानता था कि उसका बारबार जेल जाने का मतलब है कि वह अपनी पूरी साख और शरीफ़ कहलाने का हक़ गँवा चुका है। सौत्या के साथ हाथ मिलाना उसको अक़्लमन्दी का एकमात्र विकल्प लगा। तय था कि गिरोह उसे उसकी ग़रीबी से और पुलिस के शिकंजे से निजात दिलायेगा। ठाकुर सौत्या से जा मिला और अपराध-कर्म में उसका बेशक़ीमती शिष्य बन गया। वर्ल्ड रेस्लिंग फ़ेडरेशन के एक पहलवान द्वारा खुद को अण्डरटेकर नाम दिये जाने के बहुत-बहुत पहले ठाकुर ने अपनी टीम को अण्डरटेकर्स की संज्ञा दी थी।

इस पूरे दौरान दाऊद ने गवली गिरोह पर अपना हमला जारी रखा था और अपने जोश में माफ़िया के एक बुनियादी उसूल को तोड़ा था। ख़ून पेट्रोल से ज़्यादा सस्ता है, लेकिन परिवार पवित्र होता है। धन्धे में भले ही गन्दगी पैदा हो जाए, लेकिन ख़ून की पाकीज़गी की हिफ़ाज़त की जानी चाहिए। लेकिन

दाऊद गवली को ख़त्म करना चाहता था – उसके दिमाग़ जिस्मानी ताक़त और ख़ून को।

गवली अपने बड़े भाई किशोर दादा उर्फ़ पप्पा गवली को प्यार करता था। अपने बहुत सारे क़रीबी विश्वासपात्रों को गँवा चुकने के दुख से भरा हुआ गवली किशोर के सान्निध्य में सान्त्वना महसूस करता था। चूकि किशोर किसी क़िस्म की अपराधिक गतिविधियों में मुब्तला नहीं था, इसलिए उसको अपनी जान का कोई ख़ौफ़ नहीं था और वह आज़ादी से हर कहीं आता-जाता था – जब तक कि दाऊद ने उसकी हत्या का इन्तज़ाम नहीं कर लिया था।

22 जनवरी 1990 को किशोर को माहिम में शीतलादेवी मन्दिर के बाहर एक नौसिखिया निशानेबाज़ श्रीरंग पवार द्वारा गोली से उड़ा दिया गया, जिसका रिश्ता दाऊद के साथ जोड़कर कभी नहीं देखा जा सका। हत्यारे को गिरफ़्तार तो किया गया लेकिन उस पर टाडा के तहत लगे आरोपों को एक रिव्यू के बाद ख़ारिज़ कर दिया गया और नतीजतन वह हत्या के आरोप से बरी कर दिया गया।

ग़मज़दा गवली को इस क़त्लोग़ारत ने पागल करके रख दिया था जिसने उसके अज़ीज़ों को निगल लिया था। उसको यक़ीन नहीं हो पा रहा था कि किशोर की हत्या माफ़िया की कारस्तानी हो सकती है। यह एक अघोषित नियम था कि परिवार के लोगों की हत्या नहीं की जानी चाहिए। इस हत्या की बुनियाद पता लगाने के लिए उसने पीछे की ओर मुड़कर देखना शुरू किया।

चूँकि सौत्या दाऊद की मौत के दस्ते की कमान सँभाल रहा था, गवली को लगा कि वह किसी न किसी रूप में इसमें शामिल होगा। इसलिए उसने सबसे पहले सौत्या के एक साथी रवि कामठी को पकड़ा, जिसको दगड़ी चाल की कालकोठरी में यातना दी गयी। कामठी ने कहा कि यह तो वह नहीं जानता कि सौत्या इसमें शामिल है या नहीं, लेकिन उसने मनोज कुलकर्णी को कुछ हथियार देने के बावत हिदायतें ज़रूर दी थीं।

जब गवली के आदमी कुलकर्णी को पकड़ने गये, तो उन्होंने पाया कि उसकी बहन की शादी का कार्यक्रम चल रहा है और पाण्डाल कई गुण्डों की हिफ़ाज़त में है। गवली इन्तज़ार करने के मूड में नहीं था। वह हर मुमकिन तरीक़े से बन्दूक की लड़ाई के लिए पक्का मन बना चुका था।

उसने कॉन्स्टेबल प्रकाश जोगलेकर से बात की, और चेतावनी सिग्नल वाली दो ऐम्बैसडर कारों का इन्तज़ाम करने के लिए उसको घूस दी। उसके आदमी इन कारों में गये और मनोज के पिता सदानन्द कुलकर्णी से मिले।

उन्होंने क्राइम ब्रांच के बिना वर्दी के पुलिस के आदमी होने का ढोंग करते हुए सदानन्द को परोक्ष धमकी दी। उन्होंने कहा कि अगर उनका लड़का अगले दिन हाज़िर होने का वादा नहीं करता, तो वे शादी के जश्न में अडंगा खड़ा कर देंगे।

सदानन्द किसी भी सूरत में शादी के जश्न में अड़ंगा नहीं चाहता था। उसने तुरन्त ही अपने लड़के को बुलाया, जो पड़ोसी के घर में छिपा हुआ था। इन नक़ली क्राइम ब्रांच के आदमियों ने उसके बाप को भरोसा दिलाया कि वे उसको पूछताछ के लिए ले जाएँगे और कुछ ही घण्टों में वापस पहुँचा देंगे।

वे सरकारी दिखने वाली ऐम्बैसडर कारें कुलकर्णी को दगड़ी चाल ले गयीं, जहाँ पर उसको बेरहमी से मारा-पीटा गया। आख़िरकार उसने उगल दिया कि उस गोली काण्ड में वह सौत्या और परब का सहयोगी रहा था। कुलकर्णी को मारकर सड़क पर फेंक दिया गया, और सदानन्द को इत्तला दी गयी कि 'आपके बेटे को कुछ घण्टों बाद छोड़ दिया गया है।'

इस बीच, मुम्बई के अण्डरवर्ल्ड में समीकरण और गठबन्धन तेज़ी से बदल रहे थे। अपने-अपने इलाक़ों में वर्चस्व रखने वाले तमाम छोटे-छोटे विभाजित गिरोह सोच रहे थे कि उनको दाऊद या गवली में से किसी के गिरोह में शामिल हो जाना चाहिए। यह चीज़ उनको हैसियत और सुरक्षा प्रदान करेगी।

सतीश राजे के जीवन-काल में दाऊद ने दादर, परेल और लालबाग के इलाक़ों की तरफ़ देखने की चिन्ता कभी नहीं की थी। यहाँ छोटे-छोटे समूह सक्रिय थे। अब, एन. एम. जोशी मार्ग की गोल्डन गैंग का बब्या खोपड़े और परेल का गुरु साटम दाऊद से मिल गये थे, जबकि इनके सीधे प्रतिद्वन्द्वी, एन. एम. जोशी मार्ग का अमर नाइक गिरोह और परेल का पप्पा नायर गिरोह अरुण गवली से मिल गये थे।

दाऊद ने तुरन्त अपने सहयोगियों को मजबूत करने का फ़ैसला किया और अमर नाइक गिरोह को निशाना बनाने का हुक्म जारी कर दिया। छोटा राजन ने इस काम में सौत्या को लगा दिया। छोटा राजन से आदेश हासिल करने के बाद सौत्या ने सुभाष ठाकुर के साथ मिलकर अँधेरी में शशि सिंह ठाकुर की हत्या कर दी।

कुछ ही दिनों के अन्दर सौत्या ठाकुर को एक और काम पर ले गया। मौत के दस्ते के अन्य सदस्यों के साथ उन्होंने जुहू स्थित सन-एन-सैण्ड होटल में लालू महादेव को मार दिया। ये दोनों ही आदमी अमर नाइक गिरोह के थे और इनकी हत्याएँ इनके बढ़ते हुए आतंक को क़ाबू करने के मक़सद से की गयी थीं। ठाकुर ने अण्डरवर्ल्ड में अपना खाता खोल लिया था।

चूँकि अमर नाइक के ये दोनों सहयोगी गवली से जुड़े हुए थे, उनकी हत्याएँ दगड़ी चाल के डैडी की व्यक्तिगत तौहीन थी। सौत्या की दाऊद के प्रति बढ़ती हुई वफ़ादारी भी गवली गिरोह को तकलीफ़ पहुँचाने वाली थी और वे सौत्या को सबक़ सिखाने की योजनाएँ बनाते रहते।

उनको उसका रवैया गद्दारी-भरा लगता था। अगर सौत्या के दिल में मराठी मानुष की सच्ची भावना थी, तो फिर वह दाऊद के गिरोह का हिस्सा क्यों था? आखिरकार वह और गवली दोनों रामा नाइक के साझा चेले थे। इस समय राजन और सौत्या डी-गिरोह के दो सबसे मुख्य स्तम्भ थे, और इनमें से कम से कम एक का ख़ात्मा ज़रूरी था। राजन तो दुबई में सुरक्षित क़िलेबन्द था और उसकी पहुँच से बाहर था, इसलिए वह सौत्या को मारने की योजनाएँ बनाने में जुट गया।

दाऊद ने, जिसके जासूस दगड़ी चाल के भीतर मौजूद थे, गवली के इरादों को सूँघ लिया और तुरन्त ही सौत्या को आगाह कर दिया। सौत्या भी गवली की साज़िश के बारे में सुनकर भड़क उठा। वह पीछे नहीं हटना चाहता था। पहले उसने दुबई के अपने बॉस को राज़ी किया और फिर अपने दुश्मनों से निपटने की तैयारियों में जुट गया।

अण्डरवर्ल्ड में कहा जाता है कि बचाव का सबसे अच्छा रूप आक्रमण होता है। सबसे अच्छा तरीक़ा था कि गवली गिरोह के नये आदमियों का सफ़ाया कर उसको अपंग बनाकर छोड़ दिया जाए, इसलिए सौत्या ने गवली के आदमियों को बाकायदा निशाना बनाना शुरू कर दिया। उसका पहला शिकार था पॉल पैट्रिक न्यूमेन, जिसको 28 जुलाई 1990 को बेलार्ड पियेर में मारा गया था। न्यूमेन गवली का दाँया हाथ था। यह गवली के लिए एक और बड़ा धक्का था, उतना ही बड़ा जितना रामा नाइक, रेशिम और जोशी की हत्याओं से लगा था।

दूसरा बड़ा हमला कंजर गाँव पर था, जो अब भी गवली के साथ होने की डींग हाँकता था और अशोक जोशी के नाम की क़समें खाता था। ठाकुर और दूसरे लोगों के साथ सौत्या अपनी एके-47 से गोलियाँ बरसाता हुआ गाँव में जा घुसा। इस हमले में रवीन्द्र फड़के, जोसेफ़ परेरा और चार अन्य लोग मारे गये। गवली गिरोह को क़रीब-क़रीब पूरी तरह से नेस्तनाबूत कर देने के चलते सौत्या अब दाऊद का और भी क़रीबी हो गया था।

1990 तक क्राइम ब्रांच दाऊद के निज़ाम में सौत्या की बढ़ती हुई अहमियत को समझ चुका था। उन्होंने उसकी धरपकड़ के अभियान की योजनाएँ बनायीं, लेकिन सौत्या हमेशा एक क़दम आगे होता था। वह जानता था कि शहर में इतनी

सारी हत्याओं की वजह से पुलिस दबाव में है और वे लोग पूरी तेज़ी से उसका पीछा करेंगे। इस बार उसको देश छोड़ना ही पड़ा। चूँकि हवाई अड्डों पर उसकी तस्वीरों के साथ तलाशी के नोटिस लगे हो सकते थे और सारे महत्त्वपूर्ण रेलवे स्टेशनों पर सुरक्षा इन्तज़ामों के इज़ाफ़े की सम्भावना थी, सड़क मार्ग उसका सबसे सुरक्षित दाँव था। उसने सोचा कि नेपाल की सरहद में घुसने की इतनी गुंजाइश है कि प्रभावशाली लोग उसमें आसानी से घुसपैठ कर सकते हैं।

नेपाल की सरहद के क़रीब बिहार की रक्सौल नामक जगह वह मुकाम था जहाँ से उसने सरहद पार की। यहाँ से उसने और उसके साथियों ने काठमाण्डू तक की यात्रा की। सौत्या दाऊद के गिरोह का पहला आदमी था जिसने इस शहर में अपना मुख्य अड्डा क़ायम किया। बाद में उसने प्रसाद खाडे तथा बच्ची सिंह जैसे अपने क़रीबी सहयोगियों को भी अपने पास बुला लिया। सुभाष ठाकुर ने सौत्या के साथ मिलकर जो बहुत सारे अपराध किये थे उनके चलते उसके ख़िलाफ़ कई पुलिस प्रकरण बन चुके थे; अब तक दोनों में से हरेक के नाम 20 से ज़्यादा हत्या के प्रकरण दर्ज थे। इसलिए उसने भी सोचा कि जब तक पुलिस उसका पीछा करना बन्द नहीं कर देती और शहर में सामान्य माहौल बहाल नहीं हो जाता तब तक उसे भी काठमाण्डू में सुस्ता लेना चाहिए।

दूसरी तरफ़ गवली अपने भाई की हत्या की वजह से शोक के एक लम्बे दौर से गुज़र चुका था। उसके एकान्तवास ने उसके गिरोह को भारी नुक़सान पहुँचाया था। गिरोह के आदमी मारे जा रहे थे और दाऊद के ग़ुस्से से बचाव का उनके पास कोई उपाय नहीं था।

लेकिन उनका इन हत्याओं पर प्रतिक्रिया करना ज़रूरी था अन्यथा उनका पूरी तरह से सफ़ाया हो जाने वाला था। आख़िरकार, गवली और उसके लड़कों ने पलटवार करने का निश्चय कर लिया। उन्होंने तय किया कि वे दाऊद के कुनबे के उसके क़रीबी किसी ऐसे व्यक्ति को मारेंगे जिसकी हत्या से दाऊद का गिरोह हमेशा के लिए लड़खड़ा कर रह जाए। पप्पा गवली के मरने के क्षण से ही गिरोह ने इसको अपनी निजी क्षति की तरह देखने का फ़ैसला कर लिया था, और इसीलिए डी-कम्पनी के किसी ऐसे सदस्य की तलाश शुरू कर दी थी जो दाऊद के परिवार से भी क़रीबी ताल्लुक रखता हो। यह एकदम सटीक निशाना उनको इब्राहिम पारकर में दिखायी दिया।

पारकर की शादी दाऊद की बहन हसीना से हुई थी। वह एक जूनियर फ़िल्मी कलाकार था, और साथ ही नागपाड़ा की अरब गली में कादरी होटल का मालिक भी था। 26 जुलाई 1992 को वह अपने होटल में कैश रजिस्टर पलटते

हुए अकाउण्ट की जाँच कर रहा था। वह दोपहर बाद अपने ड्राइवर सलीम पटेल के साथ होटल से बाहर निकला। वक़्त आ चुका था।

चार आदमी अपनी कमीज़ों के अन्दर से बन्दूकें निकालते हुए तेज़ी से उसके पास पहुँचे और उस पर तथा पटेल पर गोलियाँ दागते हुए भाग गये। पारकर ने सेण्ट जॉर्ज हॉस्पिटल तक पहुँचने के पहले रास्ते में ही दम तोड़ दिया।

अरुण गवली को पलटवार करने में क़रीब-क़रीब दो साल लग गये थे, लेकिन आख़िरकार वह हमला करने में कामयाब रहा। अब मातम मनाने की बारी दाऊद और उसके गिरोह की थी। डोंगरी से दुबई तक मायूसी का कोहरा छा गया।

पारकर की मौत ने लगातार जारी हिंसा को विराम ज़रूर दिया, लेकिन लम्बे अरसे के लिए नहीं।

15
रावण

नाइक भाइयों में सबसे बड़ा अजीत नाइक, जो अब तक सब्ज़ियाँ ही बेचता था और जिसका अपराधों से कभी कोई वास्ता नहीं रहा था, शिव सेना में शामिल हो गया और विधायक रमेश मोरे के साथ मिलकर काम करने लगा। मोरे तथा भारतीय कामगार सेना के दत्ताजी साल्वे के साथ नाइक की अच्छी पटरी बैठती थी। ये सम्पर्क नाइक परिवार को शिव सेना के क़रीब ले गये थे और इसने राज्य की सियासत में इस परिवार की पकड़ की सम्भावनाएँ भी विकसित की थीं।

सेना के प्रति बढ़ती हुई निकटता अमर नाइक को कई तरह से लाभकारी साबित हो रही थी, हालाँकि वह निश्चय नहीं कर पा रहा था कि वह इस सम्पर्क को ठीक-ठीक किस तरह भुना सकता है। इस बीच खुद उसने भी लालू महादेव और कृष्णा पिल्लई के साथ हाथ मिला लिये थे। महादेव और पिल्लई दोनों ही ख़ासा रुतबा रखते थे और बाहुबल से सम्पन्न थे। चूँकि वे दाऊद या अरुण गवली से जुड़े हुए नहीं थे, यह गठबन्धन उन सभी के लिए लाभप्रद था। इसके अलावा, विखरोली इलाक़ा पिल्लई का गढ़ था जिससे मुम्बई के उत्तरपूर्वी उपनगरों तक में अमर की पहुँच पक्की होती थी।

लेकिन जब दाऊद ने अपने प्रतिद्वन्द्वियों का सफ़ाया करने का फ़ैसला किया, तो उसने महादेव और पिल्लई को अपना निशाना बनाया। महादेव को पश्चिमी उपनगर के एक पाँच सितारा होटल में सौत्या ने मारा था, जबकि पिल्लई को सुभाष मकड़वाला ने गोली मारी थी।

पिल्लई का एक बेटा था कुमार पिल्लई जो अपनी दुनिया में मगन रहने वाला था और जो गिरोह की दुनिया की गतिविधियों से जुड़ा हुआ नहीं था। लेकिन जब उसने अपने बाप की मौत देखी, तो उसने बदला लेने की क़सम खा ली। उसने क़सम खायी कि जब तक वह अपने पिता के हत्यारों को मार नहीं डालेगा तब तक वह न तो हजामत बनायेगा न ही जूते पहनेगा। इसके बाद

वह अमर नाइक के साथ मिल गया, जिसकी मदद से, उसको उम्मीद थी कि वह अपने पिता के हत्यारों को ढूँढ निकालेगा। वह ख़ासा पढ़ा-लिखा आदमी तो था ही, इसलिए वह अश्विन नाइक के साथ भी अच्छी ख़ासी पटरी बैठाने में सफल रहा। माना जाता है कि यह कुमार पिल्लई था जिसने लिबरेशन टाइगर्स ऑफ़ तमिल ईलम (एलटीटीई) के साथ पहली बार उनको जोड़ा और उनसे आधुनिकतम हथियार हासिल करने में अमर की मदद की।

महादेव और कृष्णा पिल्लई के नुक़सान के बाद अमर ने गिरगाँव के क्रान्ति नगर के दशरथ रहाणे से दोस्ती गाँठ ली थी। उसको भरपाई के तौर पर लोगों की ज़रूरत थी। रहाणे की हुकूमत गिरगाँव के वीपी रोड पर थी और सौत्या के साथ उसकी अक्सर झड़पें होती रहती थीं, जो पहले ही उस इलाक़े में अपना दबदबा दिखाता रहता था। रहाणे और सौत्या दोनों ही स्टील मोर्केट में बड़ा हिस्सा चाहते थे और चूँकि दोनों के बीच बैर का रिश्ता था इसलिए ऐसा कोई उपाय नहीं था जिस पर शान्तिपूर्वक पहुँचा जा सकता। गिरगाँव में रहाणे का बढ़ता हुआ दबदबा सौत्या के लिए खीझ से भर देने वाला था और इसलिए उसने उसको मारने का फैसला कर लिया।

इस हत्या को अंजाम देने के लिए सौत्या ने जिस शख़्स को चुना वह था अवधूत बोण्डे। बोण्डे ने सावधानीपूर्वक योजना बनाकर 19 अक्टूबर 1990 को लालबाग़ की गणेश टॉकीज़ के क़रीब रहाणे की हत्या कर दी। रहाणे और उसका दोस्त सुरेन्द्र अभी-अभी एक बार से निकले ही थे कि हत्यारों का गिरोह, जो उनके इन्तज़ार में था, भी बाहर आ गया। रहाणे और नायर इतनी पिये हुए थे कि वे कोई प्रतिक्रिया कर पाते या अपने बचाव के बारे में सोच भी पाते इसकी कोई गुंजाइश नहीं बची थी। दो बन्दूकों से उगलती हुई आग ने घटना-स्थल पर ही उनका मरना सुनिश्चित कर दिया।

यह घटना अमर नाइक पर बुरा असर डाल सकती थी क्योंकि रहाणे उसका बेहद क़रीबी सहयोगी था, लेकिन उसकी आर्थिक स्थिरता ने उसको मजबूत बनाये रखा।

अमर इस वक़्त उन्तीस बरस का था, और उसके माँ-बाप उस पर अमन-चैन की ज़िन्दगी बसर करने के लिए दबाव डाल रहे थे। अमर खुद भी शादी करने के लिए उत्सुक था। 1 दिसम्बर 1992 को उसने अंजली अरु के साथ गाँठ जोड़ ली। अंजली खालसा कॉलेज की स्नातक थी और चूनाभट्टी के एक चिकित्सक श्रीराम अरु की बेटी थी। शादी के कुछ ही सालों बाद अमर ने अंजली को सफ़ेद रंग की एक मारुति 1000 का तोहफ़ा दिया।

अश्विन ने भी अपनी बीवी नीता को वैसी ही कार तोहफ़े में दी थी। दोनों ही कारें गुजरात में एक ही सीरियल नम्बर से पंजीकृत थीं। (अंजली की कार का पंजीयन नम्बर था जीजे-15-टी-7732, जबकि नीता की कार का नम्बर था जीजे-15-टी-7766।)

इसके बाद जल्दी ही अमर के अपराधिक रिकॉर्ड ने विस्फोटक रूप ले लिया। विभिन्न अपराधों के सिलसिले में उसके नाम कोई 26 मामले दर्ज थे। वह 1986 में नैशनल सिक्योरिटी ऐक्ट के अन्तर्गत भी गिरफ़्तार हुआ था, हालाँकि बाद में वह उच्च न्यायालय द्वारा रिहा कर दिया गया था।

अपराध की दुनिया में अमर के नये प्रयोग असाधारण थे। काम कारगर तरीक़े से चलता रहे इसके लिए उसने हर इलाक़े में क्षेत्रीय कमाण्डर नियुक्त किये हुए थे। अरुण जगताप दक्षिण मुम्बई के लिए नियुक्त था, तो सुरेश तारदेव में हुकूमत करता था। इसी तरह, अप्पा पाटिल, उस्मान मटवनकर और कुमार पिल्लई क्रमशः बायकला, माहिम और विखरोली का काम देखते थे। सेट-अप में लाये गये इस बदलाव के बाद नाइक के पास समूची मुम्बई के लिए 20 से ज़्यादा क्षेत्रीय कमाण्डर थे। इनका काम पैसे इकट्ठे कर उसके लिए फ़ण्ड प्रवाहित करते रहना था।

अमर के पास अलग-अलग नामों से रजिस्टर्ड पाँच पासपोर्ट थे जिनके माध्यम से वह दुनिया भर में घूमता था : सिंगापुर, हांगकांग, बैंकॉक, सेन फ्रांसिस्को, न्यू ऑरलीन्स, डेट्रॉइट, वॉशिंगटन डीसी, शिकागो, अटलाण्टा, न्यू यॉर्क, ऐम्स्टरडम, ब्रुसेल्स, ज़्यूरिख़, स्टेन्फ़ोर्ड और कई दूसरी जगहों पर। (पुलिस इस्तगासा के मुताबिक़ उसका एक पासपोर्ट चौपाटी के प्रभु कृष्ण शिन्दे के नाम से भी था। दूसरा उस्मानाबाद के पी. शिन्दे के नाम से था। तीसरा भी पी. शिन्दे के नाम से था, लेकिन उसका नम्बर अलग था। चौथा पुणे निवासी जयवन्त हनुमन्त राव पायगुड़े के नाग से था। और पाँचवा पंजाबी बाग़ नयी दिल्ली के अजय बाफ़ना के नाम से था।) वह मुम्बई और दिल्ली से विदेश यात्राएँ किया करता था और तीन अलग-अलग पहचानों के अन्तर्गत अपने टिकिट बुक करता था तथा कारोबार करता था।

अमर ने भवन-निर्माण तथा ग़ैरक़ानूनी हवाला लेनेदेन को बहुत ही कुशलता के साथ आपस में मिला रखा था। इसके चलते कई व्यापारी उसके दोस्त बन गये थे क्योंकि हवाला लूटपाट की मार्फ़त स्थानान्तरित पैसा भवन-निर्माण के कामों में झोंका जाता था, जबकि भवन-निर्माण के कारोबार से हिन्दुस्तान में कमाया गया पैसा हवाला कण्ट्रोलरों की मदद से बहुत आसानी से विदेशों में

सुरक्षित जमा कर दिया जाता था। दोनों कारोबार साथ-साथ फलते-फूलते थे और अमर इन गतिविधियों के लिए ज़रूरी साजोसामान मुहैया कराते हुए ज़्यादा से ज़्यादा मुनाफ़ा बटोर लेता था।

अमर ने दादर और परेल इलाक़ों में तेज़ी के साथ जमीन-जायदाद खरीदना शुरू कर दिया। पुणे के कोथरूड में भी उसके नाम अच्छी-ख़ासी जायदाद दर्ज़ थी। लेकिन आदमी इतना चालाक था कि पुलिस कभी भी उसकी जायदाद की एक पूरी सूची तैयार नहीं कर सकी। नीता नाइक के नाम से भी कई विदेशी हुण्डियाँ पुलिस की निगाहों से गुज़री थीं जिनके बारे में उनको शक था कि इनकी जड़ें नाइक के ड्रग कारोबार में थीं। उन्होंने पाया कि अंजली नाइक ने जनवरी 1991 और जनवरी 1992 के बीच $60,000 (उस समय के 15 लाख रुपये) का भुगतान प्राप्त किया था। हालाँकि उसने आयकर अधिकारियों के समक्ष द रेमिटेंस इन फ़ॉरेन एक्सचेंज इम्यूनिटीज़ स्कीम 1991 के तहत इस राशि की घोषणा की थी। अमर की कई विदेश यात्राओं ने पुलिस को दुनिया भर में फैले प्रभावशाली ड्रग कम्पनियों के समूहों के साथ उसकी दोस्ती के संकेत तो दिये ही थे।

पुलिस ने उसके अवैध ड्रग कारोबार के बारे में पहली बार शिर्बद हाजी खान से सुना था, जो नार्कोटिक्स ड्रग ऐण्ड साइकोट्रॉपिक सब्स्टेंसेज़ ऐक्ट (एनडीपीएस) के उल्लंघन के लिए आर्थर रोड जेल में सज़ा काट रहा था। पता चला था कि खान की रिहाई का इन्तज़ाम नाइक ने किया था जिसमें उसने उच्च न्यायालय के कर्मचारियों की तथा एक सरकारी वकील की मदद ली थी।

पुलिस को दूसरी चीज़ों साथ-साथ आधुनिकतम बन्दूकों को लेकर उसके आकर्षण की जानकारी भी मिली। उसके पास एक ऑस्ट्रियाई .9एमएम ग्लॉक थी, जो स्पेशल प्रोटेक्शन ग्रुप (एसपीजी) के पुलिसकर्मियों का आम निजी हथियार है। पुलिस ने फ़ोर्ट स्थित फ़ोर्जेट स्ट्रीट पर ज़रीर दोराब नल्ला शेठ के घर से हथियारों का एक बड़ा ज़खीरा बरामद किया जिसमें .9एमएम पिस्तौलों के अलावा इज़राइल निर्मित कई .9एमएम यूज़ेडआई पिस्तौलें, जर्मनी में निर्मित .9एमएम की स्वचालित कार्बाइनें, रिवॉल्वर तथा करीब 500 राउण्ड कारतूस शामिल थे।

ये हथियार अमर नाइक के क़रीबी सहयोगी बेहरोज कैकशरु फ़ार्शित ने ज़रीर दोराब को हिफ़ाज़त से रखने के लिए दिये थे। अमर के ढेर सारे पारसी समर्थक थे, जो एक ऐसी चीज़ थी जो इसके पहले तक कोई गिरोह हासिल नहीं कर सका था। दोराब और कैकशरु के अलावा रूसी सेवक असली नामक एक

शख़्स उसके गिरोह का सदस्य भी था जो गिरोह के लिए हथियारों का इन्तज़ाम किया करता था। जाँच-पड़तालों से यह बात सामने आयी है कि गिरोह कानपुर से 35 किलोमीटर दूर स्थित शाकीपुर मीना बाज़ार के चाँद भाई की मार्फ़त पाकिस्तान से बन्दूकों की तस्करी किया करता था। हथियारों की आपूर्ति करने वाला दूसरा शख़्स अहमदाबाद का हथियारों का कारोबारी जहाँगीर पटेल था।

पटेल के साथ अमर के गठबन्धन को पठान गिरोह के साथ गठबन्धन क़ायम करने की उसकी कोशिश के रूप में देखा गया था। इसके बाद उसने अब्दुल लतीफ़ तथा नरी खान के साथ दोस्ती हासिल की, जिन्होंने बाद में पठान माफ़िया के साथ गठबन्धन क़ायम करने में मदद की थी। ये गठबन्धन जिस किसी के साथ भी रहे हों, वे चाहे पारसी समुदाय के व्यापारी वालजी पालजी ब्रदर्स हों, नरी खान हो या पठान माफ़िया हो, पुलिस कभी भी इस बात को नहीं समझ पायी कि अमर इस क़दर कारगर गठबन्धन कैसे क़ायम कर सका होगा।

हालाँकि लोगों का ख़याल है कि पठान माफ़िया और नरी खान के साथ के उसके गठबन्धन ही उसके पतन की वजहें साबित हुए थे।

अब्दुल लतीफ़ तो दाऊद इब्राहिम का जानामाना वफ़ादार था और अहमदाबाद में उसकी अच्छी-ख़ासी पकड़ थी। इसी रास्ते क्राइम ब्रांच तथा मुम्बई पुलिस को यह बात समझ में आयी कि अमर नाइक अब दाऊद इब्राहिम के साथ क़रीबी सम्पर्क बनाकर काम कर रहा था। जितने आला दर्जे के हथियार उसके गिरोह के पास थे, पुलिस को सन्देह था कि वे हथियार दो ही स्रोतों से आ सकते थे। एक स्रोत पठान माफ़िया हो सकता था, जो सीमापार, अफ़गानिस्तान से हथियारों की तस्करी करता था, और दूसरे के बारे में अफ़वाह थी कि वह एलटीटीई था। अश्विन का सहयोगी कुमार पिल्लई चेन्नई के एक होटल पेनिन्सुला का मालिक था, और यही इस अटकल का आधार था कि उसके तार एलटीटीई के साथ जुड़े हुए थे।

हालाँकि जहाँ तक अमर के सम्पर्कों और प्रभावों का सवाल है, उनमें और भी काफ़ी-कुछ था। बावजूद इसके कि वह अण्डरवर्ल्ड के रसूखदार लोगों के साथ अपने सम्पर्कों और अपने रुतबे को क़ायम रखने में मुब्तला रहता था, वह अपनी जड़ों से जुड़ा हुआ था। पुलिस यह देखकर हैरान थी कि मुम्बई पुलिस के निचले पायदान के बहुत सारे लोग उसके साथ सहानुभूति रखते थे। स्थानीय सशस्त्र बल के दस्ते का श्रीकान्त दत्ताराम लाड भी नाइक गिरोह के सन्देशवाहक की भूमिका निभाते हुए पकड़ा गया था। एक और पुलिसवाला था खार पुलिस थाने का ए. क़दम, जिसे गिरोह को उसके ख़िलाफ़ पुलिस की मुहिमों की सूचना

देने के लिए पकड़ा गया था। नाइक पर छापों के दौरान पुलिस को उसकी एक डायरी मिली थी। उसमें कई पुलिस अफ़सरों, जिनमें आईपीएस अधिकारी शामिल थे, के साथ-साथ कई सियासतदानों और बिल्डरों के फ़ोन नम्बर दर्ज थे। यह डायरी शिव सेना के साथ नाइक के क़रीबी रिश्तों का खुलासा करती थी और उसके बढ़ते हुए दबदबे के बारे में बताती थी। पुलिस ने पाया कि इसके पहले कि नाइक उनके नियन्त्रण से बाहर निकल जाए तुरन्त ही उसके पर कतरना ज़रूरी है।

पुलिस सबसे ज़्यादा उसकी झाँसेबाज़ी से परेशान थी। जहाँ अरुण गवली को आसानी से गिरफ़्तार किया जा सकता था और दाऊद के आदमी उनको ज़्यादा समय तक चकमा नहीं दे पाते थे - ज़्यादातर गिरोहबाज़ आगे-पीछे पुलिस के फन्दे में फँस ही जाते थे - वहीं नाइक हर बार पुलिस को चकमा देने में कामयाब रहता था।

अमर के अपने कोई विश्वासपात्र नहीं थे, जैसे कि दूसरे गिरोह सरगनाओं के होते थे। वह अपने में डूबा रहने वाला इंसान था जो किसी पर भरोसा नहीं करता था; उसके कोई संगी-साथी, साथ बैठकर पीने वाले नहीं थे, और वह हमेशा इत्तला दिये बग़ैर प्रगट हो जाता था। पुलिस को उसके ख़िलाफ़ जाल बिछाने या उसके गिरोह में किसी भेदिये को घुसा देने का कोई तरीक़ा नहीं सूझता था।

अमर एक मोटर साइकल का इस्तेमाल करता था, हमेशा हैल्मेट पहनता था, अपनी तरफ़ ध्यान खींचने की कभी कोई हरक़त नहीं करता था और भीड़ में घुल-मिल जाता था। वह जिस तरह कपड़े पहनता था और जिस तरह पेश आता था, उसको देखकर किसी के लिए भी यह सन्देह कर पाना मुश्किल था कि वह एक अपराधी था। वह ज़्यादातर किसी व्यापारी या धन्धेबाज़ व्यक्ति के रूप में दिखायी देता था।

वह भेष बदलने में भी माहिर था और गिरगिट की तरह अपना रूप बदल सकता था। उसकी शख़्सियत के दूसरे पहलुओं के साथ-साथ यही वह लक्षण था जिसकी वजह से उसको *रामायण* के आदि-खलनायक के नाम पर रावण की उपाधि मिली हुई थी, जो खुद भी कपटवेष धारण करने में उस्ताद हुआ करता था।

अमर को यह नयी उपाधि पसन्द आने लगी थी - यहाँ तक कि उसने रावण शब्द का एक कोड की तरह इस्तेमाल करना शुरू कर दिया था। एक बार जब किसी ने उसको पुलिस के सामने जाकर भाग निकलने का साहस करने के

लिए उकसाया तो उसने अपनी इस क़ाबिलियत के लिए बहुत मँहगी शर्त लगा ली थी। वह एम. एन. जोशी मार्ग गया और पुलिस थाने से किसी अधिकारी के निकलने का इन्तज़ार करने लगा। जब वह पुलिसवाला बाहर आया और पास की चाय की गुमटी पर सिगरेट पीने के लिए रुका, तो अमर जाकर उसके क़रीब खड़ा हो गया।

'साहेब, नमस्कार,' उसने कहा।

पुलिसवाले ने उसकी तरफ़ देखा; वह सामने खड़े इस आदमी को पहचानने की भरसक कोशिश कर रहा था।

'नमस्कार, मैं आपको पहचाना नहीं, आप...'

'मैं ख़ासा नामचीन आदमी हूँ, साहेब... मेरा नाम रावण है,' अमर ने सीधे पुलिसवाले की आँखों में झाँकते हुए कहा।

'रावण...' अधिकारी ने धीरे से दोहराया; वह याद करने की कोशिश कर रहा था कि यह नाम उसने आख़िरी बार कहाँ सुना था।

सहसा उसके दिमाग़ में एक पहचान कौंधी और उसने सामने खड़े व्यक्ति को देखा।

अमर ने तुरन्त ही अपना हैल्मेट चेहरे पर गिराया, मोटर साइकिल को गति दी और चम्पत हो गया। उसने शर्त जीत ली और पुलिसवाले को हक्का-बक्का कर दिया।

कुछ साल पहले का यह शर्मीला-सा सब्ज़ीवाला लम्बा रास्ता तय कर चुका था। आज वह न सिर्फ़ एक पुलिसवाले की निगाह को अपने ऊपर टिकने दे सकता था बल्कि वह उसको चुनौती देकर उसकी नाक के नीचे से भाग सकता था।

अमर नाइक एक बहुत बड़ा ख़तरा बन चुका था और पुलिस के लिए उसको अपनी गिरफ़्त में लेना अनिवार्य हो गया था। वे उसको इस क़दर खुलेआम अपना मज़ाक बनाने की छूट नहीं दे सकते थे।

तलाशी अभियान की रफ़्तार बढ़ा दी गयी और इस काम में और भी दलों को लगा दिया गया। दुनिया अमर के लिए छोटी से छोटी होती चली गयी।

16

मुम्बई के मिकी और मेलोरी

मर्द को औरत की तरफ़ खींचने वाली चीज़ दुनिया का सबसे बड़ा रहस्य है। ट्रॉय की हेलेन की तरह बहुत-सी ऐसी औरतें रही हैं जिन्होंने अपनी ख़ूबसूरती से मर्दों को पागल किया है। लेकिन अण्डरवर्ल्ड में, जैसे कि अन्यत्र भी, औरतें अपने मर्दों और उनके क्रियाकलापों को प्रेरित करने वाली शक्ति के रूप में जानी जाती रही हैं।

गवली के सबसे बड़े डॉन बनने की शुरूआत उसके बाद ही हुई जब उसने ज़ुबैदा मुजावर से शादी की, जिसने हिन्दू धर्म स्वीकार कर लिया था और जो आशा गवली या मम्मी के रूप में प्रसिद्ध हुई। यह आशा का नैतिक समर्थन ही था जिसने गवली को वह मजबूती प्रदान की कि वह मुम्बई पुलिस, शिव सेना की सरकार और अपने कट्टर दुश्मन दाऊद इब्राहिम का सामना कर सका।

यह नीता नाइक थी जिसने अपने पति अश्विन को उसके भाई के गिरोह में शामिल होने के लिए प्रोत्साहित किया, एक ऐसी चीज़ जिसके अमर और अश्विन वर्षों से सख़्त ख़िलाफ़ रहे थे। और सौत्या की क्रूरता उनीता के साथ उसके जुड़ने के बाद ही परवान चढ़ी थी।

सुनील सावन्त उर्फ़ सौत्या एक ख़ूंख़ार हत्यारा तो पहले से ही था, लेकिन वहशत की ऊँचाइयों को उसने तब छुआ जब उसने औरतबाज़ी शुरू की। औरतों के प्रति उसकी हवस और ख़ूनख़राबे के लिए उसकी प्यास हमेशा बेक़ाबू हो जाया करती थी। उसके आसपास के लोग जानते थे कि सौत्या के ज़्यादातर कृत्य ईर्ष्या या लालच से प्रेरित होते थे। लेकिन औरतों की उसकी हवस दोस्ती के बन्धनों समेत उसके दूसरे तमाम जज़्बातों पर भारी पड़ती थी, जिसके ख़तरनाक नतीजे होते थे।

सौत्या का सबसे अच्छा दोस्त पप्पी शिरसेकर हत्या के जुर्म में गिरफ़्तार कर जेल में डाल दिया गया था। शिरसेकर की बीवी उनीता प्रजापति ने क़ानूनी

मसलों और आर्थिक मदद के सिलसिले में सौत्या के साथ मिलना-जुलना शुरू कर दिया।

सौत्या, जो इसके पहले उससे कभी मिला तक नहीं था, अब उसके प्रति इस क़दर आकर्षित था कि उस पर उसका कोई वश नहीं रहा। सुभाष सिंह ठाकुर को सौत्या का उनीता के प्रति यूँ लार टपकाना अच्छा नहीं लगा - न सिर्फ़ यह कि वह एक ब्याहता औरत थी, बल्कि वह सौत्या के दोस्त की बीवी थी। ठाकुर एक ऐसे परिवार से ताल्लुक रखता था जो मर्यादा को बहुत अहमियत देता था, जिसमें शालीनता, क़ायदा और वफ़ादारी सब कुछ शामिल थे। जल्दी ही उसके और सौत्या के बीच उनीता को लेकर बहसें होने लगीं।

ये नब्बे का दशक था और सुनील सावन्त तथा सुभाष सिंह ठाकुर दाऊद की सबसे क्रूर हत्यारी मशीनें हुआ करते थे। वे हर लिहाज़ से एक दूसरे की कमियों को पूरा करते थे और विरोधी पक्ष के पास इस हत्यारे जोड़े का कोई जवाब नहीं था। दोनों का मिजाज़ एक दूसरे से हालाँकि बिल्कुल अलग था। जहाँ सौत्या अपनी शराब के बिना ज़िन्दा नहीं रह सकता था वहीं ठाकुर शिव का परम भक्त था। सौत्या की ताक़त गैलनों अल्कोहल से आती थी; ठाकुर का भरोसा अपनी आस्था पर था।

सौत्या समझ चुका था कि वह उनीता के साथ अपना नाजायज़ रिश्ता जारी नहीं रख सकता क्योंकि उसका दोस्त इसकी इजाज़त नहीं देगा, और यह भी कि इससे गिरोह के अन्दर बग़ावत भड़क सकती थी। उसने एक ऐसा समाधान निकाला, जो एक निहायत ही बेरहम अपराधी के दिमाग़ की ही उपज हो सकती थी।

सबसे पहले सौत्या ने चालाकीपूर्वक जेल से शिरसेकर की रिहाई का जाल रचा। उसने आला दर्जे के वकील किये, कुछ चश्मदीद गवाह ख़रीदे और उसकी रिहाई के लिए जीतोड़ कोशिश की। जैसे ही शिरसेकर के ख़िलाफ़ प्रकरण कमज़ोर होने लगा, वैसे ही तुरन्त अदालत द्वारा उसको ज़मानत पर रिहा कर दिया गया। वह और उसकी बीवी उनीता सौत्या के प्रति बेहद एहसानमन्द और शुक्रगुज़ार होकर उसकी महानता के भजन गाने लगे।

सौत्या के मन में हालाँकि कुछ और ही चल रहा था जिसके बारे में उसके सबसे क़रीबी दोस्त भी नहीं जानते थे। उसने अपने भरोसेमन्द साथियों को शिरसेकर के पास भेजकर उसको एक दारूपार्टी में शामिल कराया, और यूँ उसको कमज़ोर और पूरी तरह से असावधान हालत में ला पहुँचाया। जब वे पीकर लौट रहे थे, तो सौत्या के एक गुर्गे ने इस मौक़े का फ़ायदा उठाकर

उसके भेजे को गोलियों से छलनी किया और भाग गया। शिरसेकर के पियक्कड़ साथियों को भी हत्यारे की पहचान के बारे में कोई सुराग़ नहीं मिल सका और हत्या को गवली और सौत्या के अन्य दुश्मनों के मत्थे मढ़ दिया गया।

सौत्या एक बार फिर परोपकारी फ़रिश्ता बनकर आगे आया। उसने शिरसेकर की अन्त्येष्टि का अच्छा इन्तज़ाम किया, उनीता को तसल्ली देने का ढोंग किया और उसकी मुसीबत के इस पूरे दौर में उसका मददगार और उसके प्रति सहानुभूतिशील बना रहा। इसके बाद उनीता के साथ दो घटनाएँ हुईं जिसने उसको एक अलग ही क़िस्म के इंसान में बदल दिया।

अभी उसके पति की चिता की राख ठण्डी भी नहीं हुई थी कि उसको अपने इस सरपरस्त से इश्क़ हो गया और वह उसके साथ शादी करने को राज़ी हो गयी। किसी ने उनीता को आगाह करने की कोशिश की कि उसके पति की हत्या में सौत्या का हाथ था, लेकिन वह कुछ भी सुनने को तैयार नहीं थी। और कौन जाने कि वह हमेशा से ही मन ही मन उसकी बीवी होने की हसरत पाल रही हो!

उनीता प्रजापति कोई साधारण औरत नहीं थी। बाद की घटनाओं से यह बात साबित हुई कि उसका कायाकल्प पूरी तरह से हो चुका था। वह एक गिरोहबाज़ की असहाय बीवी से एक ख़ूंख़ार अपराधी की ताक़तवर संगिनी में बदल चुकी थी। उसने सौत्या की ख़ून की प्यास में हिस्सा लेना शुरू कर दिया। दरअसल मुम्बई क्राइम ब्रांच कई चश्मदीद गवाहों के उन बयानों से हिल उठी थी जिनमें बताया गया था कि मौक़ा-ए-वारदात पर उनीता सौत्या के साथ मौजूद थी। यह भयानक था। आख़िर एक वाण्टिड गिरोहबाज़ अपनी पीठ पर एक फ़ालतू वज़न क्यों लादे फिरता है, जिससे उसकी रफ़्तार धीमी पड़ सकती है और पुलिस द्वारा पीछा किये जाने की हालत में उसकी गिरफ़्तारी की वजह बन सकती है ?

उनीता दिल्ली से काठमाण्डू तक की लम्बी सड़क यात्रा के दौरान भी सौत्या के साथ थी। सौत्या ने उनीता के साथ के अपने रिश्ते की प्रकृति के बारे में कभी कुछ नहीं कहा, लेकिन सुभाष सिंह ठाकुर ने पुलिस को दिये गये अपने बयानों में यह तथ्य उजागर किया था कि सौत्या उसके बग़ैर खुद को अधूरा महसूस करता था। इसलिए जब कभी सौत्या, प्रसाद खाडे और ठाकुर कार से गोण्डा या नई दिल्ली जैसी किसी जगह के लम्बे सफ़र पर जाते थे, तो सौत्या हमेशा उनीता को आग्रहपूर्वक अपने साथ ले जाता था। एक वकील ने, अपना नाम उजागर न किये जाने की शर्त पर मुझे बताया कि उनीता को ख़ून का स्वाद

लग चुका था। इस क़दर कि उसने न सिर्फ़ अण्डरवर्ल्ड के बुनियादी उसूलों - घोड़ा दबाने के बाद रुकना नहीं - का उल्लंघन किया था, बल्कि उसने सौत्या को भी नियम तोड़ने के लिए मजबूर कर दिया था।

एक हत्यारे निशानेबाज़ से उम्मीद की जाती है कि वह अपने शिकार पर गोलियाँ बरसाने के बाद जल्दी से जल्दी भाग खड़ा हो। लेकिन उनीता को घटना-स्थल पर बने रहना अच्छा लगता था ताकि वह मरते हुए इंसान की आख़िरी साँस तक उसके जिस्म से जान निकलते देख सके। यह जोड़ा घटना-स्थल पर मँडराता रहता था, कभी-कभी खुले में, बशर्ते कि पकड़े जाने का तत्काल जोखिम उनके सर पर न हो। दूसरे मौक़ों पर वे अपने फ़रारी वाहन के स्याह काँच के पीछे बने रहना पसन्द करते थे। उनके पहले कोई भी ऐसा नहीं हुआ जो अपने शिकार के अन्तिम रूप से मरने तक रुका रहता हो। वे ऑलिवर स्टोन की क्राइम-ऐक्शन फ़िल्म *नेचुरल बॉर्न किलर्स* (बचपन में हुए मानसिक आघातों के शिकार दो लोगों की कहानी जो प्रेमी-युगल और हत्यारों में तब्दील हो जाते हैं) के मिकी और मेलोरी थे।

इस सबके बीच, सौत्या अपने दोस्तों से कटता गया। सौत्या के प्रति ठाकुर की वफ़ादारी भी लड़खड़ाने लगी और वह धीरे-धीरे उससे दूर रहने लगा। उसको लगता था कि सौत्या को अपराध के लिए अब एक और साथी मिल गया है - और उसने मर्यादा को खिड़की के बाहर फेंके जाते देख लिया था।

17

गिरोहबाज़ की मर्यादा

माफ़िया हर तरह के लोगों को आकर्षित करता है। ऐसे स्वभाव के लोगों को भी जो खुद उनकी मण्डली के सदस्यों को झकझोर कर रख दें। वे जो मज़े के लिए हत्याएँ करते हैं, वे जो अपने हुनर को तराशते हैं लेकिन जो अपने लिए सौंपी गयी ज़िम्मेदारी को निभाते हैं और अपना काम करते हैं। उनमें से कुछ, जैसे कि सुभाष सिंह ठाकुर जैसे लोग, मज़हबी होते हैं और हत्यारे होने के बावजूद अपने कृत्य को बड़ी नैतिक अहमियत देते हैं, इस विश्वास के साथ कि अगर उन्होंने किसी को ज़ुबान दी है, तो उनको उसे निभाना चाहिए, फिर चाहे उसमें कितनी ही मुश्किलें क्यों न आएँ।

ठाकुर एक लक्ष्य पर अपना ध्यान केन्द्रित रखता था। अण्डरवर्ल्ड में शायद ही कोई ऐसा इंसान देखने में आया होगा जो कलाश्निकोव को एक हाथ से उठा सकता हो, उसको एक हाथ से दागने की बात तो छोड़ ही दें। ठाकुर, जो खानपान और व्यायाम सम्बन्धी रोज़मर्रा नियम-क़ायदों का बड़ा पाबन्द था और अपनी क़दकाठी पर बहुत फ़ख्र करता था, इन दोनों की क़ाबिलियत रखता था। वह देखते ही देखते सौत्या से कहीं ज़्यादा घातक और ख़तरनाक निशानेबाज़ बन गया था।

जो सितारा जितना ज़्यादा चमकता है, उतना ही वह बिग बॉस का ध्यान अपनी तरफ़ खींचता है। जल्दी ही, दाऊद के साथ ठाकुर की पटरी बैठने लगी और वह सीधे दाऊद से निर्देश प्राप्त करने लगा। दाऊद ने, जो उस समय दुबई में था, उसको मुलाक़ात के लिए बुलावा भेजा। ठाकुर ने तुरन्त ही राजकुमार के नाम से मुम्बई पासपोर्ट ऑफ़िस द्वारा जारी किया गया एक पासपोर्ट हासिल किया और वह दुबई जाकर दाऊद से मिला। वह वहाँ दिल्ली दरबार नामक होटल में हफ़्ते भर तक रुका। वाइट हाउस में दुबई के उसकी बिरादरी के बाक़ी सारे लोगों से उसकी मुलाक़ात करायी गयी और वह गिरोह के हर तबके

के आदमी से मिला। वहाँ उसका स्वागत ईर्ष्या, आतंक तथा सीधी नफ़रत की मिलीजुली भावनाओं के साथ किया गया, क्योंकि हर कोई जानता था कि अगर दाऊद ने उसको बुलाया है, तो वह निश्चय ही कोई ख़ास आदमी होगा।

सबसे ज़्यादा तीख़ी निगाहें थीं छोटा राजन और उसके मराठी कुनबे की, और ठाकुर को खुद को एक बाहरी आदमी महसूस करते देर नहीं लगी। यह कि सूती कारख़ाने की उसी पृष्ठभूमि से वह भी आया था जिससे ये लोग आये थे और उन्हीं मुसीबतों को उसने झेला था जिनको इन लोगों ने झेला था, इस बात से इन मराठी भाषी लड़कों को फ़र्क नहीं पड़ता था। लेकिन ठाकुर ने तय किया कि वह इन बातों से परेशान नहीं होगा। उसने इस ठण्डेपन को कन्धे झटककर उड़ा दिया।

जब बिग बॉस आपको दुबई में बुलाता है, तो निचले तबके पर उसका असर हैरतअंगेज़ होता है। सहसा मुम्बई और दिल्ली में माफ़िया से बाहर के लोगों का ध्यान उसकी तरफ़ गया और उनको लगा कि अगर वह बॉस का ख़ास वफ़ादार है, तो उसके साथ सम्पर्क बनाये रखना ठीक होगा। मदद की ज़रूरत पड़ने पर लोग उसके पास आने लगे। ठाकुर अब अपने आप में शक्ति का एक केन्द्र बन गया था।

धीरे-धीरे ठाकुर ने उन सारे सम्पर्कों को भुनाना शुरू कर दिया जिनसे उसका परिचय सौत्या ने कराया था और इन सम्पर्कों को अपना बनाना शुरू कर दिया। उसने बी. बी. सिंह से दोस्ती गाँठी, जो उत्तर प्रदेश के गोण्डा ज़िले का विधायक था। वह दिल्ली के एक उद्योगपति का भी दोस्त बन गया। इसी तरह, उसने उत्तर भारत के सियासतदानों से भी अच्छे रिश्ते बना लिये; इन रिश्तों को मज़बूत करने में इस बात का काफ़ी योगदान था कि वह वाराणसी का रहने वाला थां।

काठमाण्डू के रैनचोर इलाक़े में एक शाही बँगला था जिसको सौत्या और ठाकुर ने अपने अड्डे की तरह बरतना शुरू कर दिया था। चूँकि उसमें दाऊद का पैसा लगा हुआ था, इसलिए राजन समेत उसके गिरोह के सारे लोग जब कभी कोई हत्या कर फ़रार होते थे, तो वे इस बँगले को एक अभयारण्य की तरह बरतते थे। काठमाण्डू मुम्बई अण्डरवर्ल्ड के ज़्यादातर कारसाज़ों का एक अतिरिक्त अड्डा बन चुका था, सिवाय गवली के आदमियों के, जो महाराष्ट्र में रहकर ही सन्तुष्ट थे।

इस बीच, दाऊद के आदमियों ने मुम्बई में राजन की बजाय सौत्या और ठाकुर से सम्पर्क करना शुरू कर दिया। राजन को गिरोह की मर्यादा का यह

उल्लंघन अच्छा नहीं लगता था, लेकिन वह कुछ कर नहीं सकता था। भण्डुप से शिव सेना का एक पार्षद हुआ करता था, किम बहादुर थापा, जो ठाकुर का भारी महिमामण्डन करता था। थापा सेना की बड़ी शख़्सियतों का क़रीबी था और वह डींग हाँकता था कि ठाकुर के साथ अपनी दोस्ती की वजह से वह खुद को अपराजेय महसूस करता है।

सफ़ारी सूट धारी थापा (लगता नहीं था कि वह कभी कुछ और पहनता होगा) का समूचे भण्डुप इलाक़े में दबदबा था। उस समय भण्डुप में बहुत सारी झुग्गी बस्तियाँ हुआ करती थीं और वहाँ अन्तरराष्ट्रीय कम्पनियाँ भी थीं। वहाँ एक बहुत बड़ा वेश्या बाज़ार था और अच्छी-ख़ासी ग़ैर-मराठी, ख़ासतौर से पंजाबी, आबादी भी थी। थापा पैसे ऐंठने समेत माफ़िया से सम्बन्धित तमाम तरह के अपराधों में मुब्तला था। लेकिन वह बहुत अक़्लमन्द भी था। उसने भण्डुप के अपने प्रभाव का इस्तेमाल सियासत में घुसने के लिए किया। उसने तीन बार परिषद का चुनाव लड़ा और वह तीनों बार जीता। शिव सेना को थापा की राजनीतिक महत्त्वाकांक्षाओं का पोषण करने को लेकर कोई आपत्ति नहीं थी, बावजूद इसके कि वे जानते थे कि वह दाऊद से जुड़ा हुआ है। सियासतदाँ और माफ़िया कुदरती तौर पर साथ होते हैं। शिव सेना जानती थी कि थापा अपने चुनाव के लिए खुद ही पैसे इकट्ठा कर सकता है और वह शिव सेना के टिकिट के बदले में पार्टी को उदारतापूर्वक दान देता था। सेना के अन्दर के लोग कभी नहीं समझ पाते थे कि बाल ठाकरे, दाऊद के साथ थापा के रिश्तों को नज़रअन्दाज़ क्यों करते हैं। कुछ लोगों का कहना था कि ये नेपाल के थापाओं को धन्यवाद कहने का उनका ढंग था। (उनका हरफ़नमौला सहयोगी चम्पा सिंह थापा नेपाल का था जिसने मृत्युपर्यन्त उनकी सेवा की थी।)

सौत्या और ठाकुर के बढ़ते हुए दबदबे पर राजन ख़ामोशी के साथ निगाह रखे हुए था, लेकिन उसने ओट में बने रहना ही ठीक समझा था। फिर, एक दिन, उसने किम बहादुर थापा को फ़ोन कर उससे उसकी ग़ैरक़ानूनी वसूली की रकम (एक्सटॉर्शन मनी) की माँग करते हुए आग्रह किया कि वह यह रकम उसके द्वारा किये जा रहे निर्माण कार्यों में शेयर के तौर पर उसको दे दे। थापा ने उसको ठेंगा दिखा दिया। राजन यह तौहीन बर्दाश्त नहीं कर सका और अन्ततः उसको कार्रवाई करनी पड़ी। आख़िरकार, गिरोह की तिजोरियों को भरापूरा रखना उसका काम था। उसने थापा को उखाड़ फेंकने का फ़ैसला कर लिया और अपने इस इरादे को उसने छुपाकर नहीं रखा।

जहाँ जक इस नेपाली सूरमा का सवाल था, उसने गिरोहबाज़ की धमकियों

के सामने झुकने से इंकार कर दिया और ठाकुर को राजन की धमकी के बारे में बता दिया।

ठाकुर ने थापा को काठमाण्डू के अपने अभयारण्य में बुलाया और उसको शान्त करने की कोशिश की। उसने दाऊद से भी उसकी बात करायी जिसने उसको उसकी जान की हिफ़ाज़त का आश्वासन दिया। गिरोह के लोगों के बीच ख़बर फैल गयी कि थापा अब दाऊद इब्राहिम की हिफ़ाज़त में है। राजन को अपने क़दम पीछे खींच लेने पड़े।

लेकिन भण्डुप के राजन के आदमियों ने क़ाबू में आने से इंकार कर दिया। अवधूत बोण्डे नाम का एक स्थानीय गिरोहबाज़ था जिसने अपने वर्चस्व का दावा करने की कोशिश करते हुए टेकरी पर थापा जैसा ही एक मकान बनवाया था। बोण्डे के आदमियों ने उस इलाक़े के थापा के आदमियों से झगड़ना शुरू कर दिया।

दाऊद से अभयदान हासिल करने के बाद थापा की हिम्मत इतनी बढ़ गयी थी कि उसने राजन के फ़ोन रिसीव करना ही बन्द दिया था। वह पुलिस को अवधूत बोण्डे की गतिविधियों के बारे में भी लगातार ख़बरें देता रहता था। और जैसे इतना ही काफ़ी न हो, उसने सार्वजनिक तौर पर राजन का मज़ाक बनाना भी शुरू कर दिया। यह हरक़त राजन के लोगों को पच नहीं सकी। यह धन्धे के लिए अच्छी बात नहीं थी। राजन ने थापा से कहने की कोशिश की कि उनके बीच सुलह हो चुकी है और अब उसे उसके बारे में अनाप-शनाप बकना बन्द कर देना चाहिए, लेकिन थापा की हिमाक़त जारी रही।

नतीजतन जो हुआ उसने मुम्बई के अण्डरवर्ल्ड का रुख ही मोड़ दिया। दोस्त दुश्मनों में बदल गये, पिछलग्गुओं ने अपने रहनुमाओं के ख़िलाफ़ बग़ावत कर दी और दुनिया के सबसे ज़्यादा ताक़तवर माफ़िया गिरोह में दरारें उभर आयीं। थापा की हिमाक़त से उन लोगों को इशारा मिल गया जिनको लगता था कि वे दाऊद के क़रीब हैं और उनको राजन या उसके गुर्गों के सामने गिड़गिड़ाने की ज़रूरत नहीं है। राजन के आदमियों ने, जो खुद को लगातार बेअसर होता महसूस कर रहे थे और शहर के सेठों द्वारा नज़रअन्दाज़ किये जाने लगे थे, फ़ैसला किया कि थापा को सबक सिखा दिया जाए।

पेट्रोल पम्प या गैस स्टेशन मुम्बई के निशानेबाज़ों की सबसे पसन्दीदा जगहें होती थीं क्योंकि उन्हें लगता था कि यहाँ पर उनको अपने वाहनों को अन्दर-बाहर करने में जगह की विशेष गुंजाइश मिल जाती है और आसपास के कम लोगों के हताहत होने की सम्भावना होती है। दाऊद का भाई सबीर

कस्कर प्रभादेवी पेट्रोल पम्प पर मारा गया था और गवली के रहनुमा अशोक जोशी का अन्त पनवेल पेट्रोल पम्प पर हुआ था। किम बहादुर थापा को मई 1992 में दिनदहाड़े भण्डुप के मंगतराम पम्प पर राजन के लड़कों द्वारा मार दिया गया। ये वो शख़्स था जिसको दाऊद की ओर से हिफ़ाज़त का आश्वासन मिला हुआ था। इस हत्या से समूचे शहर को बुरी तरह से झटका लगा क्योंकि थापा दाऊद का जानामाना पिछलग्गू था और वह अपने दुश्मनों के हाथों नहीं बल्कि दाऊद के ही लैफ़्टिनेण्ट के हाथों मारा गया था। तमाम घटनाओं की बारीक़ से बारीक़ जानकारी रखने वाले दुकानदार और व्यापारी इस घटना को लेकर बड़ी उलझन में थे।

दाऊद के मन में थापा को लेकर हालाँकि कोई चाह नहीं थी, लेकिन इस हत्या को उसने उदारतापूर्वक नहीं लिया। यह साफ़तौर पर मुँहज़ोरी थी। जिस व्यक्ति को डॉन का संरक्षण मिला हुआ हो उसको छूने की इजाज़त किसी को नहीं दी जा सकती। दाऊद ने राजन की खिंचाई की और राजन ने उसको कैफ़ियत देने की कोशिश की कि उसके लड़के उत्तेजना में आकर अपना क़ाबू खो बैठे थे और वह उनकी तनख़्वाह के लिफ़ाफ़ों और दूसरी सुविधाओं में कटौती करके उनको माकूल सज़ा देगा। लेकिन वह हत्यारों के अपने समूचे दल को तो नहीं मार सकता था - ये लोग उसके प्रति जी-जान से वफ़ादार और उसके काम के आदमी थे।

दाऊद महज़ एक हत्या की वजह से राजन के साथ अपने रिश्ते को तोड़ तो नहीं सकता था, लेकिन वह मन ही मन ग़ुस्से से खौल रहा था।

हालात उस वक़्त बद से बदतर हो उठे जब थापा की बहन ने काठमाण्डू में ठाकुर को फ़ोन लगाया और वह फ़ोन पर फूटफूटकर रो पड़ी। ठाकुर इस बात को भूल नहीं सकता था कि उसने थापा को अभयदान का वादा किया था। उसने थापा की बहन से वादा किया कि उसको अपना बदला लेने का मौक़ा मिलेगा।

इसके बाद ठाकुर ने दाऊद को फ़ोन किया और राजन के आदमियों के ख़िलाफ़ इन्तकाम की अपनी मुहिम के लिए उससे इजाज़त माँगी। दाऊद ने इजाज़त दे दी। यह कॉर्पोरेट मैनेजमेण्ट नीति का एक स्थापित पक्ष है, जो कि अण्डरवर्ल्ड में भी उतना ही कारगर है। सरदार उस वक़्त सबसे ज़्यादा सुरक्षित और ताक़तवर महसूस करता है जब उसके ठीक नीचे के मैनेजर आपस में लड़ते हैं और अपनी कारगुज़ारियों में अपने प्रतिद्वन्द्वी को पीछे छोड़ देने की कोशिश करते हैं। इस तरह, वे अपनी सारी ताक़त और क़ाबिलियत अपने प्रतिद्वन्द्वी का सफ़ाया करने में लगा देते हैं और चोटी का व्यक्ति सुरक्षित बना

रहता है। ऐसे माहौल में बॉस को गद्दी से हटाने का ख़्वाब देखने की भी किसी को फुर्सत नहीं होती। इसलिए जब दाऊद ने सुना कि ठाकुर राजन के आदमियों को मारना चाहता है, तो वह एक ही पत्थर से एक साथ कई परिन्दों को मरते देख पा रहा था।

ठाकुर ने थापा के हत्यारों से हिसाब चुकता करने की पूरी योजना पहले से ही बना रखी थी। उसने सौत्या के साथ भले ही दूरी बना ली थी लेकिन वह जानता था कि थापा के हत्यारों को, जो सबके सब सौत्या की ही तरह मराठी बोलने वाले थे, दबोचने के लिए उसको अपने मराठी दोस्तों का इस्तेमाल करना होगा। उसने सौत्या से मदद की गुहार की और सौत्या ने उससे वादा किया कि जो लोग उसके निशाने पर हैं उनको वह थाली में परोकर उसके सामने रख देगा; उसको ख़ुशी हुई कि ज़रूरत के इस लम्हे में उसके दोस्त ने उसको याद किया। फिर, राजन से निपटने की सौत्या की अपनी वजहें भी थीं। सियासत की तरह अण्डरवर्ल्ड में भी न तो कोई स्थायी दोस्त होते हैं और न ही कोई स्थायी दुश्मन होते हैं। गठबन्धन हर वक़्त गढ़े और तोड़े जाते रहते हैं, उनका सुधार और पुनरुद्धार होता रहता है।

जब थापा के हत्यारों के दल के सदस्य दिवाकर चूरी, संजय रग्गड़ और अमर अवतू मुम्बई की धरपकड़ मुहिम के शान्त होने के इन्तज़ार में काठमाण्डू में छिपे हुए थे, सौत्या ने ठाकुर से उनकी चुग़ली कर दी। ठाकुर उस वक़्त दिल्ली में बी.बी. सिंह के घर में रह रहा था। ठाकुर और सौत्या ने इन तीनों को मारने की योजना बनायी; उसने कहा कि वह उनको लेकर गोण्डा पहुँचेगा और ठाकुर को भी गोण्डा में प्रधान सिंह के घर पहुँचना होगा।

ठाकुर ने तुरन्त ही नई दिल्ली से वैशाली एक्सप्रेस पकड़ी और सुबह वह गोण्डा पहुँच गया। बन्दूकों और हथियारों का इन्तज़ाम सिंह द्वारा पहले ही किया जा चुका था। ठाकुर निर्धारित जगह पर पहुँचा और इसके पहले कि वे तीनों एक शब्द भी बोल पाते, उसने उन पर गोलियाँ बरसानी शुरू कर दीं - और तब तक बरसाता रहा जब तक कि उसका गोला-बारूद चुक नहीं गया।

अपना वादा निभाने के बाद सौत्या उनीता के साथ काठमाण्डू लौट गया, और ठाकुर, एक बार फिर वैशाली एक्सप्रेस पकड़कर, दिल्ली लौट आया। लाशें प्रधान सिंह के घर, जो दरअसल एक सांसद का मकान था, के अहाते में सड़ने के लिए छोड़ दी गयीं।

कुछ दिनों बाद जब ठाकुर ने सिंह को फ़ोन करके वारदात के बारे में ताज़ा जानकारी माँगी, तो उसको बताया गया कि लाशें ठिकाने लगायी जा चुकी हैं;

तीनों को बोरों में भरकर पास की सरयू नदी में बहा दिया गया था।

सरयू एक पवित्र नदी मानी जाती है और हिन्दू धर्मग्रन्थों में उसका कई जगह पर ज़िक्र आता है। कहा जाता है कि उसमें एक डुबकी लगाने मात्र से आत्मा सारे पापों से शुद्ध हो जाती है। लेकिन माफ़िया के पापों को धोने के लिए शायद दुनिया की सारी नदियाँ भी कम पड़ेंगी।

18

डॉन का तलाक़

जब सुभाष सिंह ठाकुर ने उत्तर प्रदेश के गोण्डा ज़िले में राजन के तीन लेफ़्टिनेण्टों को मारा था, तब वह नहीं जानता था कि वह मुम्बई के सबसे हिंसक गिरोह-युद्ध (गैंग वार) के लिए ज़मीन तैयार कर रहा है। ठाकुर ने उन गिरोहबाज़ों को अपनी निजी तसल्ली की ख़ातिर मारा था, न कि गिरोह के व्यापक हित में।

जब राजन ने अपने तीन आदमियों की बेरहम हत्या के बारे में - और जिस तरह से उनकी लाशों को ठिकाने लगाया था उसके बारे में - सुना, तो वह पगला उठा। ठाकुर और सौत्या उसकी अपनी बिरादरी के लोग थे, तब भी उन्होंने उसके आदमियों का उचित दाह संस्कार करने तक की भलमनसाहत नहीं दिखायी।

राजन ने दाऊद से शिकायत की, जो वैसे ही शान्त और अप्रभावित बना रहा जैसे वह इससे पहले की हत्याओं के बारे में बना रहता था। इसने राजन का पूरी तरह से मोहभंग कर दिया।

उसने महसूस किया कि उसकी दस साल लम्बी वफ़ादारी और फ़रमाबरदारी की दाऊद ने कोई क़द्र नहीं की और वह मेरे मुक़ाबले में ठाकुर जैसे हाल ही में आये शख़्स की तरफ़दारी कर रहा है। राजन अपने में खोया रहने लगा और उसने शराब पीना शुरू कर दिया। वह कुण्ठित और पस्त था। वह जानता था कि जबसे वह कम्पनी में आया है तभी से कम्पनी ने दिन दूनी रात चौगुनी तरक्की की है। उसकी कोशिशों ने ही उसकी अपार आर्थिक सफलता का रास्ता साफ़ किया है।

राजन ने गिरोह को एक विशाल कारोबारी कम्पनी का ढाँचा प्रदान किया था, और उसको गिरोह के हर स्तर की उलझी हुई परतों से ताक़त हासिल कर एक कॉर्पोरेट की तरह तरक्की करते देखा था। बाहुबल और धन दोनों ही

मामलों में गिरोह की लगातार तरक्की एक ऐसी चीज़ थी जिसकी उम्मीद न तो दाऊद ने की थी और न ही उसके दूसरे गुरगों ने की थी।

राजन खुद अपने विश्वसनीय लोगों को डी-कम्पनी में लाया था और इस तरह उसने कम्पनी को अपराजेय बनाया था। गिरोह आज अपने 5000 सदस्यों के होने का दावा करता था। राजन की वजह से ही साधु शेट्टी, मोहन कोटियन, गुरु साटम, रोहित वर्मा, भरत नेपाली, ओ.पी. सिंह, मामा और ऐसे ही कई लोगों ने दाऊद के गिरोह के साथ ख़ुद को जोड़ा था।

राजन ने कराची के मोहाजिर माफ़िया तथा तुर्की-सायप्रस अण्डरवर्ल्ड के रूप में नये सहयोगी भी तैयार किये थे। दाऊद के केन्द्र में होने की वजह से दुनिया भर के मुस्लिम माफ़िया को डी-कम्पनी के साथ तालमेल बैठाना आसान लगता था। और गिरोह पर राजन के नियन्त्रण की वजह से मराठी लड़कों ने भी गिरोह की तरफ़ खिंचना शुरू कर दिया था।

लेकिन गिरोह के थोड़े से लोगों की जलन की भावना राजन के प्रति दाऊद के रुख को बदलने के लिए काफ़ी थी। राजन, जो कभी-कभी बहुत ज़्यादा पी लेता था, दाऊद के बहनोई इब्राहिम पारकर की उनके प्रतिद्वन्द्वियों द्वारा की गयी हत्या के मामले में उचित जवाबी कार्रवाई कर पाने में नाकामयाब रहा था। पारकर को जुलाई में गोली मारी गयी थी लेकिन राजन अभी सितम्बर तक भी बदले की योजना बनाने में ही लगा हुआ था। राजन-विरोधी लॉबी ने आग में घी डालने के इस मौक़े का फ़ायदा उठाया। उन्होंने दाऊद का ध्यान खींचा कि अपने बहनोई की मौत के बाद से वह जो तक़लीफ़ लगातार झेल रहा है, राजन को उसकी कोई परवाह नहीं है।

इसी नुक़्ते पर सौत्या ने अपना मौक़ा देखा और पारकर की हत्या का बदला लेने के लिए दाऊद की इजाज़त माँगी। इसके बाद जो हुआ था उसको जे.जे. हॉस्पिटल गोलीकाण्ड के नाम से जाना जाता है।

पारकर गवली के हत्यारे निशानेबाज़ों, शैलेष हलदनकर तथा बिपिन शेरे, के हाथों मारा गया था, और ये दोनों ही पुलिस की हिरासत में थे। कुछ लोगों ने उनको वी.पी. रोड पर पकड़कर उनकी पिटाई की थी, और वे पुलिस द्वारा गिरफ़्तार कर जे.जे. अस्पताल ले जाये गये थे।

दाऊद ने इसे सौत्या और ठाकुर की अग्निपरीक्षा के रूप में देखा। अगर ये लोग इब्राहिम की मौत के लिए ज़िम्मेदार आदमियों को मारने में कामयाब रहते हैं तो पूरी सम्भावना है कि ये लोग गिरोह के पायदान पर ऊपर पहुँच

जाएँ। अगर नहीं तो इनको अपनी महत्त्वाकांक्षाओं को अलविदा कहना होगा। और यह बात उसने उनके सामने साफ़ कर दी थी। दोनों बदले की अपनी योजना बनाने में जुट गये।

सौत्या और ठाकुर ने 12 सितम्बर 1992 को जे.जे. हॉस्पिटल हमले की अगुवाई की। इस दुस्साहसिक हमले में एके-47 रायफ़ल्स का नुमाइशी इस्तेमाल किया गया। इसमें हलदनकर और दो पुलिसवाले मारे गये थे और एक पुलिस अधिकारी घायल हुआ था।

राजन का इस हमले से दूर-दूर तक कोई ताल्लुक नहीं था। यह बात लगातार साफ़ होती जा रही थी कि दाऊद अब उसको अपना ख़ास सहयोगी नहीं मानता था; हो सकता है कि राजन तो दाऊद को न छोड़ना चाहता हो, लेकिन गिरोह में बैठे उसके दुश्मनों ने उसका मरसिया लिखने की ठान ली थी।

उनके बीच तलाक़ को रफ़्तार देने में, मानो किसी दैवी योग से, कुछ दूसरी चीज़ें भी काम कर रही थीं। दाऊद और राजन अपने रिश्ते के बारे में आख़िरी फ़ैसला लेते, इसके पहले उनके आसपास की दुनिया में विस्फोट हो गया।

6 दिसम्बर 1992 को दक्षिणपन्थी हिन्दू कार्यकर्ताओं द्वारा बाबरी मस्जिद ढहा दी गयी। इसके बाद देश के इतिहास के सबसे बदतर साम्प्रदायिक दंगे भड़क उठे। दिसम्बर 1992 और जनवरी 1993 के बीच हज़ारों हिन्दुओं और मुसलमानों की जानें उन मुट्ठी भर लोगों की महत्त्वाकांक्षाओं की बलि चढ़ गयीं जो अपने राजनीतिक स्वार्थ साधने में लगे थे।

पाकिस्तान तो हिन्दुस्तान में साम्प्रदायिक आग भड़काने के ऐसे मौक़े का इन्तज़ार कर ही रहा था। बाबरी ध्वंस के एक महीने बाद, 30 नौजवान हिन्दुस्तान से उड़ान भरकर पाकिस्तान पहुँचे और वहाँ उन्होंने लड़ाई का तथा उच्च तकनीकी बन्दूकों और आरडीएक्स बमों के इस्तेमाल का प्रशिक्षण हासिल किया। उनको गुजरात दंगों के दौरान सूरत में हुए मुसलमान औरतों के सामूहिक बलात्कार की वीडियो रिकॉर्डिंग दिखायी गयीं। इन नौजवानों ने मुम्बई पर ज़बरदस्त हमला कर बदला लेने की क़सम खायी। समूचे हमले की योजना बनाने और उसको क्रियान्वित करने का काम टाइगर मेमन द्वारा किया गया। दाऊद की इसमें हाशिये की ही भूमिका थी।

मुम्बई पर हुए नब्बे के दशक के इस सबसे बड़े हमले की योजना के दौरान राजन को दरकिनार करके रखा गया था। वह यह देखकर हैरान था कि दाऊद बड़ी तादाद में बैठकों में शामिल हो रहा था, और लगता था कि इन बैठकों में

शकील उसके साथ शामिल होता था - जिससे राजन और भी चिन्ता में पड़ा हुआ था। समूचे अभियान की अगुवाई के लिए टाइगर मेमन और मोहम्मद डोसा को चुना गया था।

12 मार्च 1993 को मुम्बई अण्डरवर्ल्ड के साथ साँठगाँठ कर पाकिस्तान की इण्टर-सर्विसेज़ इण्टेलीजेंस (आईएसआई) ने शहर पर अब तक का सबसे बड़ा आतंकवादी हमला किया। टाइम-बमों के एक के बाद एक दस धमाकों तथा दो ग्रैनेड हमलों ने 257 लोगों की जानें लेकर तथा 700 से अधिक लोगों को घायल कर मुम्बई शहर को तारतार कर दिया।

1993 में मुम्बई और समूचे देश को हिलाकर रख देने वाले इन धमाकों के लिए टाइगर मेमन और दाऊद इब्राहिम को ज़िम्मेदार ठहराया गया। शिव सेना के नेता बाल ठाकरे ने अपनी पार्टी के मुखपत्र *सामना* में तीखे सम्पादकीय लिखकर दाऊद को देशद्रोही करार दिया।

राजन जानता था कि इन धमाकों में दाऊद किस हद तक शामिल था। लेकिन उसने अपने दोस्त और बॉस के प्रति अपनी वफ़ादारी साबित करने के लिए इस घटना का इस्तेमाल करने का फ़ैसला किया। उसने दाऊद के बचाव में अख़बारों को टेलिफ़ोन किये और फ़ैक्स भेजे। उसने इन धमाकों में दाऊद की हिस्सेदारी के आरोपों को बेबुनियाद और मज़हबी पूर्वग्रहों से प्रेरित बताया। दरअसल, उसने खुद ठाकरे को आड़े हाथों लिया और उनको सन्देश भेजा कि वे अपने काम से काम रखें और अपना ध्यान राजनीति में लगाएँ, और यह कि दाऊद कोई देशद्रोही नहीं है और उसके लिए ठाकरे के प्रमाण-पत्र की ज़रूरत नहीं है। उसके साहसिक बचाव से डॉन ख़ुश हुआ, लेकिन यह बहुत कम था और इसमें बहुत देर हो चुकी थी। दाऊद जानता था कि राजन गिरोह को सँभालने के मामले में पूरी तरह से क़ाबिल है, लेकिन अगर वह उसका समर्थन करने की कोशिश करता है, तो उसको बड़े स्तर पर अपने ही लोगों की बग़ावत का सामना करना पड़ेगा। अन्त में उसने फ़ैसला किया कि वह वर्चस्व के विवाद पर कान नहीं देगा और अपने आदमियों को समझदारी से पेश आने की हिदायत देने के लिए एक बैठक बुलायी।

यह बैठक दुबई के वाइट हाउस के कॉन्फ्रेंस रूम में बुलायी गयी थी। दाऊद ने बैठक में मौजूद सभी लोगों को समझाइश दी कि उसके लिए किसी भी दूसरी चीज़ के मुक़ाबले कारोबार ज़्यादा अहमियत रखता है, और गिरोह की इन बेमतलब खीचातानियों से कारोबार पर बुरा असर पड़ेगा। कमरे में मौजूद किसी व्यक्ति ने यह कहते हुए आपत्ति उठाने की कोशिश की कि राजन

ने गिरोह के पुराने सदस्यों के बीच दरारें पैदा करने की कोशिश की है। दाऊद ने कहा कि वह सुनिश्चित करेगा कि हर व्यक्ति के पास बराबर के अधिकार और दूसरों के प्रति विनम्रता की भावना हो, और यह कि अन्ततः हर व्यक्ति उससे सीधे सम्पर्क करे।

राजन तो दाऊद की इस दख़लन्दाज़ी से ख़ुश था। लेकिन शकील और सौत्या नाख़ुश थे। मुम्बई के साम्प्रदायिक दंगों और बम धमाकों के बीच के वक़्त में बहुत सारी बैठकें हुई थीं। ये बैठकें धमाकों के बाद भी जारी रही, और इनका आयोजन शकील करता रहा था जिनसे वह राजन को जानबूझकर दूर रखता आया था। जब लोग उसकी ग़ैरमौजूदगी के बारे में पूछते, तो उनको कहा जाता कि वह एक काफ़िर है और मुस्लिम सरगनाओं के बीच फ़िट नहीं बैठता।

इससे राजन को चोट पहुँचती थी और वह इस नाइंसाफ़ी की तरफ़ दाऊद का ध्यान खीचना चाहता था। लेकिन दाऊद एक डॉन के रूप में और ताक़त के एक विश्वस्तरीय खिलाड़ी के रूप में अपनी हैसियत को मजबूत बनाने में लगा हुआ था और वह इन टुच्चे झगड़ों में पड़कर अपना वक़्त बरबाद नहीं करना चाहता था।

अब तक शकील और सौत्या ने गिरोह के भीतर अपनी हैसियत को मजबूत करना शुरू कर दिया था। सौत्या ने पचास से ज़्यादा आदमियों को भर्ती कर लिया था और ये सुनिश्चित कर लिया था कि उसका काम बिना किसी रुकावट के चलता रहे। इस नये गिरोह के साथ बिल्डरों, रियल एस्टेट ऐजेण्टों तथा शराब के अड्डों से पैसे ऐंठकर दाऊद की तिजोरियों में लाखों रुपये पहुँचाते हुए सौत्या ने बान्द्रा से लेकर दहीसर तक पश्चिमी उपनगरों में दहशत का साम्राज्य क़ायम कर लिया था। पुलिस के भूतपूर्व कमिश्नर महेश नारायण सिंह द्वारा तैयार की गयी फ़ाइल के मुताबिक़ 'पश्चिमी उपनगरों में रियल एस्टेट और ज़मीन-जायदाद के लेनदेन से ताल्लुक़ रखने वाली ज़्यादातर हत्याएँ किसी और के द्वारा नहीं बल्कि सौत्या के द्वारा अंजाम दी गयी थीं।'

उसकी बढ़ती हुई ताक़त ने उसकी मर्दानगी को भी बढ़ा दिया था। वह उनीता और उसकी माँगों से ऊबने लगा था और अब उसने उससे परे देखना शुरू कर दिया था। उत्तर प्रदेश की अपनी एक यात्रा के दौरान उसकी मुलाक़ात रज़िया से हुई, जो कानपुर के रहने वाले गिरोहबाज़ हनीफ़ कुत्ता की बहन थी। हनीफ़ दाऊद का बचपन का दोस्त था इसलिए उसको रास्ते से हटाना उतना आसान न होता जितना शिरसेकर के मामले में रहा था। कोई भी ग़लत क़दम दाऊद को भड़का सकता था।

रज़िया की तरफ़ सौत्या का झुकाव हनीफ़ को पसन्द नहीं था। सौत्या ने फिर हनीफ़ के पास जाकर रज़िया से शादी करने की अपनी ख़्वाहिश ज़ाहिर की। लेकिन हनीफ़ ने साफ़ तौर पर कह दिया कि वह एक हिन्दू के साथ अपनी बहन की शादी नहीं कर सकता, और उससे माँग की कि वह पहले इस्लाम क़बूल करे। सौत्या तब तक रज़िया के इश्क़ में सिर से पैर तक डूबा हुआ था और इसलिए वह धर्मान्तरण के लिए राज़ी हो गया। उसने रज़िया से शादी कर ली। बताया जाता है कि यह नया-नया मुसलमान बना सौत्या अपनी बातचीत में अक्सर इस्लाम की, ख़ासतौर से उसकी बहुपत्नी प्रथा की, तारीफ़ किया करता था। इससे उसके दोस्त हैरान थे। क्या यह वही सौत्या था जो किसी ज़माने में अपने मराठी होने पर गर्व करता था और शिवाजी को अपना हीरो मानता था? क्या वही आदमी महज़ एक मुसलमान औरत से शादी करने की ख़ातिर इस क़दर पलटा खा सकता है? उसके दोस्त उसके इन मौक़ापरस्त आदर्शों का मज़ाक उड़ाते थे।

इस बीच, मुम्बई पुलिस ने जे.जे. हॉस्पिटल गोलीकाण्ड के हमलावरों की तलाशी का देशव्यापी अभियान शुरू कर दिया था। बहुत सारी खुफ़िया सूचनाओं पर काम करते हुए कोडेड सामग्री की जाँच-पड़ताल करते हुए उन्होंने सौत्या के छिपने के ठिकाने के बारे में कुछ जानकारी हासिल कर ली। लेकिन उनकी ज़्यादातर कोशिशें बेकार साबित हुई थीं और नई दिल्ली के ग्रेटर कैलाश तथा कानपुर के एक फ़ार्म हाउस तक हो आने के बाद उनके पास आगे बढ़ने का कोई रास्ता नहीं बचा था। कुछ लोगों का कहना था कि पुलिस को तब तक कोई कामयाबी नहीं मिली जब तक कि वे सौत्या की भूतपूर्व बीवी उनीता से नहीं मिल लिये। उनका दावा था कि ईर्ष्या से भरी हुई परित्यक्त उनीता ने क्राइम ब्रांच के गुप्तचरों को एकदम सटीक सूचना उपलब्ध करायी थी। उसके द्वारा उपलब्ध करायी गयी सूचना ने मुम्बई पुलिस के लिए जैसे बाँध के दरवाज़े खोल दिये। उनकी तहकीकात उन्हें गोण्डा में बी.बी. सिंह के मकान तक ले गयी, जहाँ से उन्होंने सौत्या के सबसे ज़्यादा भरोसेमन्द लोगों को गिरफ़्तार किया, जिनमें प्रसाद खड़े और बच्ची सिंह शामिल थे।

बाद में उन्होंने एक अन्य ठिकाने से सुभाष सिंह ठाकुर को गिरफ़्तार किया और उससे उन्हें सौत्या के वित्तीय संसाधनों के बारे में चौंका देने वाले तथ्यों की जानकारी मिली। सौत्या ने ज़ाहिर तौर पर अपनी बहन सुनीता परब की मार्फ़त अच्छे ख़ासे निवेश किये हुए थे, जिसको बाद में टाडा के अन्तर्गत गिरफ़्तार कर लिया गया। इन गिरफ़्तारियों ने और उसके वित्तीय ढाँचे की तोड़फोड़ ने सौत्या को अपाहिज़ बना दिया और उसे समझ में आ गया कि वह अब मुम्बई में यानी

हिन्दुस्तान में आसानी से रहना जारी नहीं रख सकता। वह दुबई भाग गया।

सौत्या का दुबई जाकर रहना राजन के ताबूत में आख़िरी कील साबित हुआ।

सौत्या और शकील दोनों ने मिलकर राजन को अन्ततः अलग-थलग कर पीछे धकेल दिया। दरअसल वे एक क़दम और आगे बढ़ चुके थे और राजन की हत्या की योजना बना रहे थे। वे राजन को मारकर एक जहाज़ से नीचे फेंक देना चाहते थे।

क़िस्मत से, राजन को उनकी योजना की भनक लग गयी और उसे समझ में आ गया कि अब दाऊद से दख़लन्दाज़ी करने का आग्रह करने का कोई मतलब नहीं रह गया है। क्या पता कि वे खुद दाऊद का वरदहस्त हासिल करके ही उसकी हत्या का षडयन्त्र रच रहे हों! राजन ने तय किया कि अगर उसको बाद में जाकर लड़ना है, तो आज उसका ज़िन्दा रहना ज़रूरी है।

उसने आड़े वक़्त के लिए तैयार कर रखे अपने संसाधनों को जुटाया और आनन-फानन में एक हिन्दुस्तानी पासपोर्ट जुगाड़ा। बताया जाता है कि युद्ध से हारे राजन को ज़रूरी कागज़ात और सुरक्षित ठिकाना मुहैया कराने में एक अन्तरराष्ट्रीय ख्याति प्राप्त सिन्धी व्यापारी ने मदद की थी। राजन दुबई से नेपाल भागा और फिर मलेशिया के कुआला लुमपुर में। अब, उसकी ज़िन्दगी का एक ही मक़सद रह गया था - दाऊद और उसके साम्राज्य का विनाश।

पीछे मुड़कर देखें तो राजन की उपेक्षा और उसकी बढ़ती हुई हताशा दाऊद की सबसे बड़ी ग़लती थी। दाऊद के बहुत से दुश्मन रहे थे, लेकिन जैसा कि कहा जाता है, इंसान का सबसे ख़तरनाक दुश्मन वह होता है जो कभी उसका सबसे क़रीबी दोस्त रहा हो।

19

अश्विन का प्रहार

1993 तक, अश्विन नाइक अपने भाई के गिरोह में औपचारिक तौर पर शामिल हो चुका था और गिरोह की योजना, रणनीति तथा प्रबन्ध का हिस्सा बन चुका था। दूसरे देशों की उसकी यात्राओं, उसकी इंजीनियरी की डिग्री और उसके पैने दिमाग़ ने जल्दी ही उसे एक ऐसी ताक़त में बदल दिया जिसको नज़रअन्दाज़ करना मुमकिन नहीं था।

माफ़िया की दुनिया में किसी गिरोह-सरगना की काबिलियतों की परख इस बात से होती है कि वह किस तरह की चालें चलता है और किस तरह के गठबन्धन क़ायम करता है। अश्विन ने सबसे पहला काम विखरोली के कुमार पिल्लई को ढूँढ निकालने का किया। कुमार पिल्लई विखरोली-कंजरमार्ग इलाक़े के ताक़तवर गिरोह-सरगना कृष्णन पिल्लई का बेटा था। केरल के ज़्यादातर लोगों की ही तरह कृष्णन भी अपने बेटे को शिक्षा के क्षेत्र में आगे बढ़ते देखना चाहता था। उसने कुमारन को अमेरिका भेजा जहाँ से उसने टेक्नॉलॉजी में स्नातकोत्तर डिग्री हासिल की। ऊँची तालीम के अलावा पिल्लई और अश्विन में कुछ और भी चीज़ें समान थीं। दोनों को ही जब इस बात का अहसास हो गया कि वे अपने बूते पर, बिना किसी संरक्षण के ज़िन्दा नहीं रह पाएँगे, तो दोनों ही गिरोह में शामिल हो गये थे।

अश्विन अब गिरोह के वित्तीय पक्ष पर ध्यान केन्द्रित करना चाहता था। वह मुनाफ़े में बढ़ोत्तरी करना चाहता था, चार्टर्ड अकाउण्टेण्ट की मदद से नहीं बल्कि उन लोगों की मदद से जो असल दुनिया में पैसे और उसके बन्दोबस्त के बारे में जानते थे; उसके मन में उद्यमी गुजरातियों का ख़याल आया। मदद भी किसी और रूप में नहीं बल्कि उसके अपने ही परिवार के गुजराती, यानी उसके ससुर के रूप में मिल गयी, जो कि एक जानामाना हवाला कारोबारी भी था। हरिलाल जेठवा अपनी हवाला गतिविधियाँ दुबई तथा दूसरे खाड़ी देशों में

चलाता था। जेठवा की मदद से अश्विन ने अपने मुनाफ़ों में ज़्यादा से ज़्यादा बढ़ोत्तरी की। उसने उस सबको काट-छाँट दिया जो ग़ैर-ज़रूरी था, और इस बार लगा कि गिरोह वित्तीय रूप से स्थिर है। गवली, जो इस नयी आमद के बारे में सूचनाओं को लगातार सूँघ रहा था, घबराया हुआ था। पहले कुमार पिल्लई और अब जेठवा के साथ ये गठबन्धन नाइक के गिरोह को मज़बूत बनाते जा रहे थे। ज़रूरी हो गया था कि उसको कमज़ोर करने के लिए उसके वित्तीय सूत्रों को काट दिया जाए। उसने अपने विश्वसनीय सहयोगी तानाजी (तान्या कोली) से कहा, 'जेठवा चा पोटलाकर।' (जिसका सीधा-सीधा अर्थ था, जेठवा का बोरा बना दो।) उसका कहने का मतलब था, जेठवा को मार दो।

22 मई 1993 को तान्या कोली ने दूसरे हत्यारे निशानेबाज़ों के साथ मिलकर जेठवा को मार दिया। इस हत्या से नाइक परिवार को गम्भीर झटका लगा। नीता नाइक शोक में डूब गयी और हत्या को नाइक गिरोह की एक बहुत बड़ी शिकस्त के रूप में देखा गया।

नीता को लगा मानों यह वह क़ीमत है जो उसको अपने पति को उसके भाई के गिरोह में शामिल होने को राज़ी करने के बदले में चुकानी पड़ी है। वह अश्विन के गले लगकर रो पड़ी, 'मुझे लगा था कि तुम गिरोह के भीतर हिफ़ाज़त से रह सकोगे। और मेरे पिता चले गये। अगर वे तुम्हारी जान लेने पर भी आमादा हो गये तो क्या होगा?'

अश्विन ग़ुस्से से पागल था। वह मानकर चलता रहा था कि परिवार के जिन सदस्यों का गिरोह से कोई लेना-देना नहीं होता उनको बख़्श दिया जाता है, पर यह निहायत ही निजी हमला था। वह उस शख़्स पर पलटवार करना चाहता था जिसने उसकी बीवी से उसके पिता को छीन लिया था।

जब उसने तान्या कोली को ख़त्म कर देने के अपने मंसूबे के बारे में अमर को बताया, तो उसके भाई ने उसको रोकने की कोशिश की। अमर ने अपनी ज़िन्दगी में बहुत-सी मुश्किलें झेली थीं और वह जानता था कि जो रास्ता उसने चुना है वह ख़ूनख़राबे से भरी मौत की तरफ़ ले जाने वाला है। लेकिन वह नहीं चाहता था कि उसका छोटा भाई भी उसी रास्ते पर चले। शुरू में जब अश्विन गिरोह की गतिविधियों में मुब्तला हुआ था, तो अमर ने यह सोचकर उसको ऐसा करने की छूट दी थी कि वह ख़ूनख़राबे से दूर रहेगा। लेकिन अब, अश्विन अपने हाथ ख़ून से रंगना चाहता था।

आख़िरकार अमर ने उस वक़्त हथियार डाल दिये जब उसने हत्यारे को टपकाने की अश्विन की लम्बी-चौड़ी योजना के बारे में सुना और उससे यह

वादा करवा लिया कि वह खुद इस हत्या के दौरान मौजूद नहीं रहेगा।

आज के मकोका (एमसीओसीए) की तरह टाडा (टीएडीए) नाम के बर्बर क़ानून का इस्तेमाल राज्य सरकार द्वारा उन तमाम लोगों के ख़िलाफ़ किया जाता था जो अण्डरवर्ल्ड की संगठित हत्याओं में मुब्तला हुआ करते थे। जेठवा की हत्या के तुरन्त बाद तान्या कोली गिरफ़्तार कर लिया गया था और उस पर टाडा के अन्तर्गत मुकदमा चल रहा था। उसको अमरावती जेल में रखा गया था क्योंकि जहाँ मुम्बई की आर्थर रोड जेल दाऊद के गिरोह के बहुत से लोगों से भरी हुई थी, वहीं ठाणे की जेल गवली के दूसरे प्रतिद्वन्द्वियों से भरी हुई थी।

अदालत की हर सुनवाई के लिए तान्या कोली को तयशुदा तारीख़ को पुलिस के सख़्त पहरे में रेलगाड़ी से मुम्बई लाया जाता था और उसी दिन वापस अमरावती ले जाया जाता था। अश्विन जानता था कि तान्या को मारना एक मुश्किल, चुनौती-भरा काम होगा क्योंकि वह एक जगह ठहरा हुआ लक्ष्य नहीं था। वह अमरावती जेल से लाये जाने से लेकर वापस ले जाये जाने तक लगातार गतिशील रहता था। सिर्फ़ अदालत ही एक ऐसी जगह थी जहाँ उसे अपेक्षाकृत आसानी से निशाना बनाया जा सकता था। अमीरज़ादा और बड़ा राजन की हत्याओं के बाद गिरोहबाज़ों की हिफ़ाज़त के इन्तज़ाम सख़्त कर दिये गये थे और अगर ढेर सारे पुलिस कॉन्स्टेबलों से घिरे आदमी को मारने की कोशिश की जाती, तो हताहतों की संख्या बढ़ सकती थी। फिर, इतने सारे पुलिसवालों की मौजूदगी के चलते वारदात के दौरान मारे जाने, घायल होने या पकड़े जाने की सम्भावनाएँ भी थीं।

लम्बे-चौड़े सोचविचार के बाद अश्विन ने तय किया कि हत्या को अंजाम देकर भागने का एकमात्र रास्ता यही हो सकता है कि वे कोली को उस वक़्त निशाना बनाएँ जब वह रेलगाड़ी में हो। इस तरह, उन्होंने रास्ते का और रास्ते के स्टेशनों का मुआयना किया, और वारदात के लिए कल्याण को चुना, जहाँ पर रेलगाड़ी, मुम्बई से अमरावती के अपने बारह घण्टे के सफ़र के दौरान दस मिनट के लिए रुका करती थी।

17 सितम्बर 1993 को तान्या कोली को सब-इंस्पेक्टर दिलीप निरापुरे, कॉन्स्टेबल मनकर और हैड कॉन्स्टेबल भाटकर के पहरे में मुम्बई की सत्र अदालत में लाया गया। जैसी कि हमारे यहाँ सुनवाइयाँ स्थगित होने और मामलों के लगातार लटकते रहने की रवायत है, कोली को पुलिस की हिरासत में रखे जाने की इजाज़त देते हुए सुनवाई को 1 अक्टूबर तक के लिए स्थगित कर दिया गया। अश्विन में इतना धीरज नहीं था कि वह तान्या कोली को मारने

के लिए एक और पखवाड़े का इन्तज़ार करता। वैसे भी जेठवा की हत्या हुए चार महीने बीत चुके थे। उसने फ़ैसला किया कि कोली को योजना के मुताबिक़ उसी दिन मरना होगा।

जब विदर्भ एक्सप्रेस कल्याण स्टेशन में दाख़िल हुई तब तक अँधेरा हो चुका था। अश्विन ने कल्याण का चुनाव इसलिए किया था क्योंकि वह जानता था कि कई सारे प्लेटफ़ॉर्मों वाला यह टर्मिनस बहुत बड़ा है; दोनों, उपनगरीय और बाहर आने-जाने वाली रेलगाड़ियाँ यहाँ रुकती हैं, और बड़ी संख्या में लोग लगातार अन्दर-बाहर होते रहते हैं। हत्यारे यहाँ से ज़्यादा आसानी से ग़ायब हो सकते थे, ख़ासतौर से अँधेरे का लाभ उठाकर।

चार हत्यारे रेलगाड़ी में कोली और पुलिस दल के पीछे लगे हुए थे। आरोपी इंजन के ठीक पीछे लगेज कम्पार्टमेण्ट की खिड़की से हथकड़ियों से बँधा था। हत्यारों ने इनकी बैठक व्यवस्था को विक्टोरिया टर्मिनस रेल्वे स्टेशन पर ही नोट कर लिया था, जहाँ से ये लोग चढ़े थे। यह पक्का करने कि बैठक व्यवस्था में कोई फेरबदल तो नहीं हुआ है, उन्होंने ठाणे में रेलगाड़ी के रुकने पर कम्पार्टमेण्ट में झाँककर देख लिया था। वे इस बारे में भी निश्चिन्त होना चाहते थे कि लगेज कम्पार्टमेण्ट में कोई और न चढ़ गया हो। उन्होंने देखा कि कोली अभी भी खिड़की की सलाखों से बँधा हुआ है। कॉन्स्टेबल भाटकर सामने की सीट पर बैठा था। सब-इंस्पेक्टर दिलीप निरापुरे और कॉन्स्टेबल मनकर कोली की बग़ल में बैठे हुए थे। रेलगाड़ी रात ९ बजे कल्याण स्टेशन पर पहुँची और हत्यारे अपने शिकार पर टूट पड़े। उन्होंने कोली पर अन्धाधुन्ध गोलियाँ दाग दीं। उस आदमी ने गोलियों की बौछार से बचने की कोशिश की लेकिन हथकड़ियों ने उसको असहाय बना रखा था। वह जल्दी ही ध्वस्त हो गया, उसका निर्जीव शरीर लड़खड़ाया और अंग-अंग से ख़ून के फव्वारे छूट पड़े। भाटकर और मनकर को भी चोटें आयीं। निरापुरे ने दिमाग़ी फुर्ती दिखायी और वह हत्यारों को पकड़ने कम्पार्टमेण्ट के दरवाज़े की तरफ़ भागा, लेकिन वह रेलगाड़ी से नीचे उतरता इसके पहले ही वे ग़ायब हो चुके थे। निरापुरे ने उन भागते हुओं पर गोलियाँ चलायीं और इस अफ़रातफ़री को देख रेल्वे पुलिस घटना-स्थल पर आ पहुँची। वे हमलावरों का पीछा जारी रखने के साथ-साथ तुरन्त हताहतों को लेकर उल्हासनगर सेण्ट्रल हॉस्पिटल पहुँचे।

निरापुरे का हरक़त में आना बेकार नहीं गया। नगर पुलिस और रेल्वे पुलिस दोनों ने मिलकर भागते हुए हत्यारों का पीछा किया। कल्याण के कोल्सेवाड़ी थाने से सम्बद्ध सब-इंस्पेक्टर मोहिते स्टेशन पर मौजूद था। उसने

एक आदमी का पीछा करना शुरू किया जिसकी शिनाख़्त बाद में नीलेश अजगाँवकर के रूप में की गयी। मोहिते हिन्दी सिनेमा के उन पुलिसवालों की तरह नहीं था जो हीरो द्वारा लड़ाई सम्पन्न किये जाने के बाद मौक़ा-ए-वारदात पर नमूदार होते हैं; उसने एक प्लेटफ़ार्म से दूसरे प्लेटफ़ार्म तक और रेल की पटरियों पर अजगाँवकर का पीछा किया, और अन्ततः उसको पकड़ लिया। प्लेटफ़ार्म नं. 5 पर कल्याण रेल्वे पुलिस का सब-इंस्पेक्टर कामोठे पीछा करने वालों में शामिल हुआ। उसने दीपक नाइक का पीछा किया और उसको गिरफ़्तार कर लिया। लगता था हत्यारों ने कोई संकटकालीन योजना नहीं बनायी हुई थी और अगर बनायी भी थी तो वे उसको भूल चुके थे। वे घबराये हुए थे और उनको समझ में नहीं आ रहा था कि कहाँ भागना है, और ऊपर से रेल्वे लाइन ख़तरनाक थी। वे किसी रेलगाड़ी के नीचे आ सकते थे।

उनमें से एक बहुत तेज़ी से कल्याण के अन्दरूनी हिस्से की तरफ़ भागा और संयोग से कोलसेवाड़ी पुलिस थाने की ओर चला गया जो स्टेशन से एक किलोमीटर से ज़्यादा की दूरी पर था। कॉन्स्टेबल क़दम, ओवल और बीजापुरे ने सघन तलाशी शुरू की और अन्ततः एक और हत्यारा उनके हाथ लग गया जो कोल्सेवाड़ी की दो नम्बर की सुरंग में छिपा हुआ था।

कॉन्स्टेबलों ने एक घायल हमलावर को उसके दो साथियों द्वारा ढोकर ले जाए जाते हुए देखा। जैसे ही निशानेबाज़ों को लगा कि उनका पीछा किया जा रहा है, उन्होंने अपने घायल साथी को पुलिस के हाथों पकड़े जाने के लिए छोड़ा और अपनी जान बचाकर भाग गये।

इस बीच कोल्सेवाड़ी के पुलिस स्टाफ़ को उस वक़्त अपनी ज़िन्दगी का सबसे बड़ा अचरज हुआ जब उन्होंने देखा कि एक घायल आदमी पुलिस को चकमा देकर भागने के बाद पुलिस थाने में लँगड़ाता हुआ घूम रहा है। ज़ाहिर था कि वह अव्वल दर्ज़े की बेवकूफ़ी के चलते पुलिस थाने को सरकारी अस्पताल समझने की भूल कर बैठा था!

उस आदमी के शरीर से बेतहाशा ख़ून बह रहा था और वह अपना होशोहवाश गँवा बैठा था। कॉन्स्टेबलों ने उसको अपने कब्ज़े में लिया और पता चला कि वह हत्याकाण्ड में शामिल निशानेबाज़ों में से एक मनीष उर्फ़ गोट्या था।

वहाँ, अस्पताल में कोली को ले जाने पर मृत घोषित कर दिया गया। कॉन्स्टेबल इलाज के लिए भर्ती किये गये, और वहीं बाद में हैड कॉन्स्टेबल भाटकर की भी मौत हो गयी।

कोली की हत्या से माफ़िया की दुनिया को गम्भीर झटका लगा। इसके पहले कभी किसी गिरोहबाज़ को पुलिस की हिफ़ाज़त में रेलगाड़ी में गोली नहीं मारी गयी थी। अश्विन ने आखिरकार, अपने आदमियों के नुक़सान के बावजूद, अपने तमगे हासिल कर लिये थे। अरुण गवली को यक़ीन नहीं आ रहा था कि अश्विन जैसे नये-नये रंगरूट ने उसके सबसे ताक़तवर हत्यारे की जान ले ली थी। अश्विन अब अपने बड़े भाई की जगह लेकर अरुण गवली का पहले नम्बर का दुश्मन बन चुका था।

गवली अश्विन की तालीम और अक़्लमन्दी से डरता था। अश्विन अपने दिल से नहीं सोचता था, वह अपना दिमाग़ लगाता था। मुम्बई पुलिस ने भी इस नवागन्तुक को लक्ष्य किया, और अश्विन को क्राइम ब्रांच द्वारा तुरन्त ही गिरफ़्तार कर लिया गया।

अब जबकि अश्विन नाइक कुछ समय के लिए सलाख़ों के पीछे था और उस पर लगाम लगी हुई थी, गवली ने फ़ैसला किया कि वह नाइक के फ़ायनेंसरों पर हमले जारी रखेगा। सदा पावले को नाइक के गिरोह को कमज़ोर करने और अन्ततः ख़त्म कर देने की ज़िम्मेदारी सौंपी गयी। बॉस की हिदायतों का पालन करते हुए पावले ने ग्राण्ट रोड के शीतल स्टोर्स के मालिक बाबूभाई शाह को दगड़ी चाल में तलब किया, लेकिन उसने आने से मना कर दिया। पावले ने उसको यह कहने के लिए बुलाया था कि वह अब नाइक की बजाय गवली के प्रति वफ़ादार हो और उसी को पैसे दिया करे।

शीतल स्टोर्स अपने तरह की सबसे आलातरीन चीज़ों का अड्डा था और यह दुकान भारी पैसा बना रही थी। शाह ने सोचा कि चूँकि वह अमर नाइक को जानता है इसलिए उसको सदा पावले जैसे छोटे-मोटे गुण्डे से डरने की ज़रूरत नहीं है। लेकिन शाह के इंकार ने पावले और गवली को ग़ुस्से से भर दिया, और उन्होंने, माफ़िया के ख़ास अपने अन्दाज़ में, शाह को उसकी इस अकड़ की क़ीमत चुकाने को मजबूर करने की योजना बना ली।

6 मार्च 1994 को शाह को पावले और उसके आदमियों द्वारा बेरहमी से मार दिया गया। जिसके बाद उसके बेटे वीरेन शाह ने 25 लाख रुपये गवली के हवाले कर दिये। मुम्बई पुलिस ने इस हत्या के आरोप में गवली को गिरफ़्तार कर लिया। लेकिन कारनामा किया जा चुका था और सन्देश पहुँचाया जा चुका था : अरुण गवली फिसड्डी नहीं है और वह अकेले अपनी दम पर सारे नाइकों की एकजुट ताक़त का मुक़ाबला कर सकता है।

शाह की हत्या ने नाइक गिरोह को भड़का दिया। अश्विन और अमर

गवली गिरोह को नेस्तनाबूत कर देने की योजनाएँ बनाने लगे। अमर उसी अन्दाज़ से गवली पर पलटवार करना चाहता था जैसे गवली ने किया था - वह उसकी वित्तीय ताक़त पर प्रहार करना चाहता था। लेकिन अश्विन पुलिस की हिरासत में था और लड़ाई को गवली के शिविर तक ले जाने की ज़िम्मेदारी अमर के कन्धों पर थी।

अमर नाइक जानता था कि गवली की निधि का सबसे बड़ा हिस्सा दगड़ी चाल के इलाक़े के आसपास के मिल मालिकों के यहाँ से आता था। नाइक ने गवली के सरपरस्तों पर बड़ा हमला करने की योजना बनायी। उसने फ़ैसला किया कि उसका अगला निशाना वे मिल मालिक होंगे जिनकी गवली और उसके भतीजे सचिन अहीर के साथ मिली भगत है।

20

कारख़ाने और छुटभैये

बायकला का खटाऊ माकनजी स्पिनिंग ऐण्ड वीविंग मिल 1869 में, यानी हिन्दुस्तान की 1857 की ऐतिहासिक क्रान्ति के मात्र बारह साल बाद, और शहर में पहले सूती कारख़ाने की स्थापना के पन्द्रह साल बाद स्थापित हुआ था। तेरह एकड़ के विशाल क्षेत्र में निर्मित और मुम्बई की क्षितिज-रेखा को बदल डालने की कुख्यात पहचान रखने वाले इस कारख़ाने ने दो माफ़िया गिरोहों की नियति को गढ़ने में प्रमुख भूमिका निभायी और यह दूसरी चीज़ों के साथ-साथ एक दर्जन से ज़्यादा लोगों की हत्याओं के लिए किसी न किसी रूप में ज़िम्मेदार रहा है। इसने उन कई मन्त्रियों के करियर को भी समृद्ध किया जो राज्य में काँग्रेस के सहयोगी रहे।

क़िस्से की शुरूआत 1990 के दशक से होती है जब 5,700 कामगारों की संख्या वाले इस कारख़ाने में साल दर साल 54 करोड़ से ज़्यादा रुपयों का घाटा होना शुरू हो गया। कारख़ाने के चेयरमैन और मैनेजिंग डायरेक्टर सुनीत खटाऊ ने इस घाटे को पूरा करने, कारख़ाने की ज़मीन को बेचने और कारख़ाने को उपनगर में, बोरीवली की कम ख़र्चीली ज़मीन पर ले जाने का फ़ैसला किया।

पचपन वर्षीय अक़्लमन्द व्यापारी सुनीत खटाऊ अपने साथियों तथा प्रतियोगियों के मुक़ाबले कहीं ज़्यादा चतुर था। ये वे दिन थे जब कारख़ानों के मालिकों के दिमाग़ में धीरे-धीरे यह ख़याल पकने लगा था कि वे बहुमंज़िला इमारतें खड़ी कर सकते हैं और यूनियनों के साथ समझौते का रास्ता निकालकर कामगारों को कूड़ेदान में फेंक सकते हैं। खटाऊ पहले ही बोरीवली में चालीस एकड़ का प्लॉट ख़रीद चुका था। इस उद्योगपति की एक और योजना थी जो व्यापार की दृष्टि से कहीं ज़्यादा बेहतर थी। उसका सोचना था कि वह कारख़ानों को महद गाँव में ले जा सकता है, जो मुम्बई से 170 किलोमीटर की दूरी पर था, जहाँ ज़मीन मुँहमाँगी क़ीमत पर उपलब्ध थीं। वह सोचता था कि इस चाल

के साथ वह कारोबार में नये सिरे से जान डाल सकेगा।

खटाऊ को यह साहसिक क़दम उठाने की प्रेरणा 1992 में केन्द्र सरकार द्वारा लागू की गयी उदारीकरण की नीतियों से मिली थी, साथ ही इस तथ्य से भी कि उसको अरुण गवली का सहारा मिला हुआ था। कारख़ाने को इस तरह एक जगह से दूसरी जगह ले जाने की मंज़ूरी हासिल करने के लिए, सरकारी प्रक्रिया के मुताबिक़, उसको बोर्ड फ़ॉर इण्डस्ट्रियल ऐण्ड फ़ायनेन्शियल रिकन्स्ट्रक्शन (बीआईएफ़आर) से सम्पर्क करना ज़रूरी था। बीआईएफ़आर भारत सरकार की एक एजेन्सी है और वित्त मन्त्रालय का अंग है। इसके उद्देश्य औद्योगिक कम्पनियों की सेहत का निर्धारण कर सम्भावनाशील कम्पनियों के पुनरुद्धार में सहयोग करना और उन कम्पनियों को बन्द करना है जिनके पुनरुद्धार की कोई सम्भावना नहीं है।

खटाऊ ने मन्त्रालय के और बोर्ड ऑफ़िस के चक्कर लगाने शुरू कर दिये, और जो दस्तावेज़ उसने पेश किये उनमें 50,000 वर्ग मीटर के प्लॉट की क़ीमत को कम आँकते हुए उसे मात्र 80 करोड़ रुपये दर्शाया। जब सरकार ने, कारख़ाने के कॉम्प्लैक्स के इर्दगिर्द की जायदाद के आधार पर, उस ज़मीन की वास्तविक क़ीमत निर्धारित करने के लिए अपना सर्वेक्षण किया, तो पाया कि उस ज़मीन की क़ीमत कम से कम 300 करोड़ रुपये थी।

काफ़ी मशविरों और बहस मुबाहिसों के बाद राज्य सरकार ने योजना को मंज़ूरी तो दे दी, लेकिन इस अड़ंगे के साथ कि मान्यता प्राप्त यूनियन को भी इससे सहमत होना ज़रूरी होगा। खटाऊ मिल की ज़मीन की बिक्री पहली ऐसी चीज़ थी जिसको बीआईएफ़आर की हरी झण्डी मिली थी। शरद पवार महाराष्ट्र के मुख्यमन्त्री थे और सरकार उस समय आधुनिकीकरण के लिए पूँजी खड़ी करने के लिए कारख़ानों के लिए उनकी अतिरिक्त ज़मीन को बेचने या उसको विकसित करने की इजाज़त देने को उतावली थी। ऐसे आरोप थे कि सरकार खटाऊ मिल्स के बहाने हालात का जायज़ा लेना चाहती है, और यह कि बाद में वह सारे कारख़ानों को उनकी जगह से हटाकर दूसरी जगह ले जाना चाहती है। खटाऊ को अपनी परियोजना के लिए हरी झण्डी मिल गयी, उन कई सारी अड़चनों के बावजूद जिन्होंने दूसरे उद्योगपतियों को मुश्किल में डाल दिया होता।

अपनी इस कामयाबी से प्रोत्साहन पाकर खटाऊ ने मिल यूनियन आरएमएमएस से सम्पर्क किया जिसके नेता हरिभाऊ नाइक हुआ करते थे। शहर के सूती वस्त्र कारख़ानों के हितों की नुमाइन्दगी औद्योगिक स्तर का यह यूनियन आरएमएमएस उन दिनों काँग्रेस द्वारा नियन्त्रित हुआ करता था। द बाम्बे

इण्डस्ट्रियल रिलेशन्स ऐक्ट, 1946 ने यह व्यवस्था निश्चित की हुई थी कि सिर्फ़ एक ही संगठन कारख़ाना कामगारों के हितों की नुमाइन्दगी कर सकेगा। खटाऊ प्रसंग के समय आरएमएमएस में 150,000 कामगार सदस्य थे, 917 नुमाइन्दों का एक बोर्ड था और चौसठ लोगों की एक प्रबन्ध समिति थी। खटाऊ योजना में कामगारों के पुनर्वास के लिए उचित पैकेज के न होने की वजह से हरिभाऊ नाइक इस योजना के ख़िलाफ़ थे। यह हज़ारों लोगों की आजीविका का सवाल था। हरिभाऊ ने एक ऐसी योजना का हिस्सा बनने से इंकार कर दिया जिसमें इतने सारे परिवारों की ज़िन्दगियों पर ख़तरा मँडरा रहा था।

खटाऊ को लग गया था कि नाइक को रिश्वत देकर ख़रीदना या डराना मुमकिन नहीं है, तो उसने यूनियन के अगले चुनाव में उसकी हार पक्की करने का षडयन्त्र रचा। इसके लिए, वह अरुण गवली के साथ हाथ मिलाकर धमकी और हिंसा के हथकण्डे तक अपनाने को तैयार था। इस बीच, यूनियन लीडर बनने का ख़्वाब देख रहे शंकरराव जाधव को खटाऊ ने अपने पाले में पहले ही मिला लिया था। जाधव, जिसको खटाऊ-योजना की हाँ में हाँ मिलाने के बदले भारी रकम मिलने का आश्वासन मिला हुआ था, ने इस सुनहरे मौक़े का फ़ायदा उठाया। लेकिन खटाऊ जानता था कि हरिभाऊ को आसानी से नहीं हराया जा सकता था क्योंकि वह आम कामगारों के बीच भारी लोकप्रिय था।

इस बात का कोई रिकॉर्ड उपलब्ध नहीं है कि सुनीत खटाऊ कब और कैसे दगड़ी चाल में अरुण गवली के अड्डे पर जा पहुँचा, जो खटाऊ मिल्स से मामूली-सी दूरी पर ही था। यह जानीमानी-सी बात थी कि बायकला और उसके आसपास के इलाक़ों में गवली का राज चला करता था। बताया जाता है कि खटाऊ ने उसको 3 करोड़ रुपये पेशगी के तौर पर दिये थे और बिक्री की क़ीमत का 5 प्रतिशत देने का वादा किया था। बताया जाता है कि गवली ने भावताव करते हुए इसे 10 प्रतिशत करा लिया था।

संख्याओं के सरकारी आकलन का तो कोई रिकॉर्ड मौजूद नहीं है, लेकिन जानकार लोगों द्वारा लगाया गया अनुमान बताता है कि खटाऊ ने 500 करोड़ रुपये बनाये होंगे। गवली ने अच्छे ख़ासे 50 करोड़ कमाये होंगे जिसने उसको मुम्बई का सबसे रईस गिरोहबाज़ बना दिया होगा। कारख़ाने के इलाक़े की ज़मीन की क़ीमत उस समय प्रति एकड़ 10 और 20 करोड़ रुपये के बीच थी।

गवली ने कामगारों के यूनियन पर काम करना शुरू कर दिया। उसकी पहली चाल थी अपने भाई विजय अहीर तथा भतीजे सचिन अहीर को कामगारों में शामिल कर देना। विजय और सचिन क्रमशः निजी बॉडीगॉर्ड तथा मुख्य

सहायक के तौर पर खटाऊ के आगे-पीछे रहने लगे। कामगारों के समूहों को धमकाया, डराया, डाँटा जाने लगा और कारख़ाने के स्थानान्तरण के ज्ञापन पर सहमति के दस्तख़त करने के लिए दबाव डालने के हर तरह के तरीक़े अपनाये जाने लगे। कामगार इस उम्मीद में प्रतिरोध बरत रहे थे कि हरिभाऊ आगामी चुनावों में शंकरराव जाधव को पटखनी खिला देगा। लेकिन, काँग्रेस-नियन्त्रित आरएमएमएस के इतिहास में पहली बार ऐसा हुआ कि अरुण गवली ने यूनियन पर कब्ज़ा कर लिया। अप्रैल 1994 में 54 कारख़ानों के प्रतिनिधियों पर दबाव डालकर जाधव को दिखावटी अध्यक्ष तथा गवली के भतीजे सचिन अहीर को एक सचिव के तौर पर नियुक्त करवा दिया गया।

जैसे ही आरएमएमएस में शंकरराव जाधव ने हरिभाऊ नाइक की जगह ली, वैसे ही विजय अहीर और सचिन अहीर कामगारों द्वारा हस्ताक्षरित वह घोषणापत्र हथियाने में कामयाब रहे जो कारख़ाने की ज़मीन को बेचने तथा कारख़ाने को दूसरी जगह स्थानान्तरित करने की इजाज़त देता था। लेकिन खटाऊ की यह फ़तह ज़्यादा दिन के लिए नहीं थी।

यूनियन नेता डॉ. दत्ता सामन्त और हरिभाऊ नाइक ने इस मामले में सरकार के हस्तक्षेप की माँग की थी, क्योंकि उनको लगता था कि यह मामला इसी क़िस्म की अन्य बिक्रियों का उदाहरण बन सकता था। लेकिन सरकार ने मुँह फेर लेना ही बेहतर समझा।

डैरिल डमॉन्ट, जिन्होंने *रिपिंग द फ़ैब्रिक : द डिक्लाइन ऑफ़ मुम्बई ऐण्ड इट्स मिल्स* में मुम्बई के कारख़ानों की ज़मीन का क़िस्सा दर्ज किया है, लिखते हैं, 'रिपोर्टों के मुताबिक़ उसने (खटाऊ ने) एक निर्माण कम्पनी के साथ अपना सौदा क़रीब-क़रीब तय ही कर लिया था। यह कम्पनी दरअसल उस दाऊद इब्राहिम के गिरोह का एक मुखौटा थी जिसने दुबई में अपना अड्डा बना रखा था। डॉ. दत्ता सामन्त ने यह आरोप खुले आम लगाया था, यह कहते हुए कि सौदा 400 करोड़ रुपये में तय किया गया था। उन्होंने कहा था कि यूनियनों में अपराधिक तत्त्वों की घुसपैठ के लिए राजनेता और मिल मालिक ज़िम्मेदार हैं।'

खटाऊ मिल्स की घटनाओं से सिर्फ़ दत्ता सामन्त और कामगार ही चिन्तित नहीं थे। अमर नाइक भी ग़ुस्साया हुआ था, क्योंकि अरुण गवली उस चीज़ के मुनाफ़ों पर एकाधिकार करने वाला था जिसको वह अपनी जागीर समझता था।

1994 में 50 करोड़ रुपये की विशाल राशि कमाने वाला गिरोह वाक़ई शहर को चला सकता था। अमर को गवली की राजनीतिक महत्त्वाकांक्षाओं की जानकारी थी, और वह उस भारीभरकम गोलाबारूद और राजनीतिक दबदबे से

आशंकित और परेशान था जो गवली इस धनराशि से ख़रीद सकता था। उसका अपना गिरोह बरबाद हो सकता था।

अमर नाइक ने फ़ैसला कर लिया कि जब तक खटाऊ इस केक का एक हिस्सा उसको नहीं देता तब तक उसको आसानी से नहीं निकलने दिया जाएगा। उसने गवली की तरफ़ दोस्ती के संकेत भेजे और खटाऊ को सन्देश भेजना शुरू कर दिया।

मिल मालिक, जो अभी-अभी एक बहुत बड़े संकट से उबरा था, दृश्य में अमर की घुसपैठ से बुरी तरह खीज उठा। उसने ऐसा कोई हिसाब नहीं लगाया हुआ था कि गवली के साथ तालमेल क़ायम कर लेने के बाद उसको किसी और डॉन से निपटना पड़ेगा। उसने यह भी देखा था कि पिछले कुछ सालों में गवली ने अपने तमाम दुश्मनों को बेअसर कर दिया था। गवली ने कामगारों के नाज़ुक मसले को हल करने के लिए जिस तरह से विजय और सचिन को तैनात किया था उससे खटाऊ प्रभावित था, इसलिए उसको कमीशन देने में उसे कोई समस्या नहीं थी। लेकिन अमर नाइक को पैसा देने में उसको समस्या थी। महज़ इसलिए कि आसपास - चिंचपोंकली और करी रोड इलाक़ों में - इस गिरोहबाज़ का दबदबा था, उसके लिए हिस्सा देना ज़रूरी नहीं था, या कम से कम उसका ऐसा सोचना था।

खटाऊ ने अरुण गवली से जोड़ने वाले अपने सूत्रों के साथ विकल्पों पर चर्चा शुरू कर दी। गवली उस वक़्त यरवदा जेल में था, और जैसी कि परम्परा थी, सलाख़ों के पीछे से गिरोह को किसी तरह चला रहा था। जब अहीरों ने उसको खटाऊ के डर के बारे में बताया, तो गवली ने उनसे कहा कि वे खटाऊ से कहें कि वह नाइक की धमकियों पर ध्यान न दे।

अमर के भेदिये समूचे घटनाक्रम पर क़रीब से निगाह रखे हुए थे। उन्होंने ख़बर दी कि खटाऊ चाहे जब दगड़ी चाल में जाते हुए दिखायी देता है। नाइक गिरोह भी जल्दी से था। अमर को लग गया कि खटाऊ चालबाज़ी कर रहा है और उसके सन्देशों का जवाब देने से इंकार कर रहा है।

गिरोह के सदस्यों ने एक बैठक की और अमर नाइक ने आशंका जतायी कि खटाऊ का पैसा मिलने के बाद अण्डरवर्ल्ड में अरुण गवली की हैसियत नम्बर वन हो जाने वाली है। गिरोह के तमाम सदस्यों ने तय किया कि अगर खटाऊ अपने माल में उनके साथ हिस्सा-बाँट नहीं करता, तो वे गवली को भी पैसे नहीं मिलने देंगे। फ़ैसला लिया गया कि अगर उनको खटाऊ-गवली सौदे पर रोक लगानी है, तो खटाऊ को मरना होगा।

जिस तरह से दगड़ी चाल में नाइक के भेदिये घुसे हुए थे, वैसे ही चिंचपोकली के 144 अपार्टमेण्ट्स में गवली के घुसपैठिये मौजूद थे, जहाँ अमर का वर्चस्व था। जब उसने सुना कि नाइक ने खटाऊ को मारने का मंसूबा बना लिया है, और वे लोग उसका पीछा करना शुरू कर चुके हैं, तो गवली ने उसकी इस चाल पर रोक लगाने के लिए नाइक गिरोह पर हमला बोलने का फ़ैसला कर लिया। यह ज़िम्मेदारी उसने ख़ूंख़ार सदानन्द पावले उर्फ़ सदा मामा को सौंपी।

सदा पावले एक महत्त्वाकांक्षी गिरोहबाज़ था जो गवली के अलावा किसी की भी ताक़त या वर्चस्व को अहमियत नहीं देता था। उसकी निर्भीकता और दुस्साहस के क़िस्से मशहूर थे; वह समझाइश या बातचीत की ताक़त में भरोसा नहीं करता था। वह दूसरे गिरोहबाज़ों की तरह नहीं था जो अपनी पिस्तौल अपनी कमर के पीछे रखा करते थे; वह अपनी पिस्तौल हमेशा अपने बैल्ट के नीचे खोंसकर चलता था।

सदा यरवदा जेल में जाकर अपने उस्ताद गवली से मिला और उससे दोटूक शब्दों में बोला कि नाइक गिरोह के निशानेबाज़ों को मारने से कोई फ़ायदा नहीं होगा। इस पर गवली ने उसको अमर को ख़त्म करने के लिए हरी झण्डी दे दी। लेकिन सदा अश्विन को मारने के लिए कहीं ज़्यादा लालायित था क्योंकि अश्विन तान्या कोली की हत्या के लिए ज़िम्मेदार था, जो कि उसके साथ बैठकर पीने वाला उसका क़रीबी हुआ करता था। उसने कहा कि वे एक ही झटके में कोली की हत्या का बदला भी ले लेंगे और खटाऊ के पीछे से नाइक को हटा भी देंगे।

सदा पावले ने यरवदा छोड़ते हुए गवली से वादा किया कि अश्विन की हत्या करके उसको एकदम खरा आनन्द मिलेगा।

21

तीसरी मुलाक़ात

हमारी तीसरी मुलाक़ात के समय तक अश्विन नाइक हमको लेकर काफ़ी सहज और उत्साहित हो चुका था।

पहले वह हमारे सवालों के मुताबिक़ एक रूखी मुस्कराहट और ग़ुस्से के मूड के बीच डोलता रहता था। अब वह धीरे-धीरे ज़्यादातर सवालों पर मुस्कराना शुरू कर रहा है।

वह हमें बताता है कि गोवा का सफ़र उसको अच्छा लगता है क्योंकि वहाँ के समुद्र-तट और मौसम उसे राहत देते हैं। उसे सादे पानी के साथ स्कॉच पसन्द है, जो वह हर शाम लेता है। उसे लगता है वह सोचने में उसकी मदद करती है। उसे स्थानीय मदिरा उराक भी पसन्द है।

'मुझे अपनी वील चेयर पर शिवाजी पार्क इलाक़े के आसपास घूमना अच्छा लगता है, उसका मुझ पर सुकून पहुँचाने वाला असर होता है। वहीं पर मैं सबवे सैण्डविच और सलाद का आनन्द लेता हूँ।'

हम उससे पूछते हैं कि क्या उसके मन में कभी अपनी आत्मकथा लिखने का ख़याल आया। वह खुलकर मुस्कराता है। 'कौन अपने पैरों पर कुल्हाड़ी मारेगा?' वह अचानक परेशान हो उठता है।

'ये मीडिया के लोग मेरे और मेरे परिवार के बारे में अटकलें लगाते रहते हैं,' वह कहता है। उसका मानना है कि मीडिया ने उसके द्वारा किये जाने वाले सामाजिक कामों की परवाह किये बग़ैर हमेशा उसको ग़लत रोशनी में पेश किया है। वह शहर के एक रंगीन अखबार की मिसाल देता है जिसने एक स्टोरी की थी जिसमें एक ज़माने के उसके कट्टर दुश्मन अरुण गवली के बेटे के साथ उसकी बेटी की शादी की सम्भावना ज़ाहिर की गयी थी।

'पत्रकारों को व्यक्ति की प्राइवेसी की इज़्ज़त करनी चाहिए। इस झूठी

ख़बर का खण्डन करने मुझे और मेरी बेटी को प्रेस कॉन्फ्रेंस बुलानी पड़ी थी।'

अश्विन हमें बताता है कि मुम्बई पुलिस ने सामाजिक काम करने की उसकी कोशिशों में हमेशा अड़चनें पैदा की हैं। ऐसे वक़्त में जबकि वह महज़ लोगों की मदद कर रहा था, उन्होंने उसके ख़िलाफ़ पैसे ऐंठने और उत्पीड़न करने का मामला दर्ज किया। 'अतुल पोटनिस नाम के एक शख़्स ने मुझे एक तथाकथित बिजनेस इन्वेस्टमेण्ट के सिलसिले में 6 करोड़ रुपयों का चूना लगाया था। अगर मैंने इस जैसे आदमी के साथ कुछ नहीं किया जिसने मुझको बेवक़ूफ़ बनाने की कोशिश की थी, तो मैं किसी ऐसे आदमी को तक़लीफ़ क्यों पहुँचाऊँगा जिसकी मैं मदद करने की कोशिश कर रहा हूँ?'

यह बात यक़ीन के क़ाबिल नहीं लगती कि अश्विन ने एक ऐसे आदमी को इतनी आसानी से माफ़ कर दिया होगा जिसने उसके साथ इतनी बड़ी रकम की ठगी की। अपनी अकादेमिक पृष्ठभूमि के साथ वह अभी भी माफ़िया के साथ क्यों जुड़ा रहना चाहता है, हम पूछते हैं। वह हमें इस बारे में ज़्यादा कुछ नहीं बताता, लेकिन इस सवाल से जुड़ी हुई दूसरी बातें करता रहता है।

'मैं टेक्नॉलॉजी के मामले में बहुत अच्छा हूँ,' वह कहता है। नाइक और कुमार पिल्लई माफ़िया के दो ही ऐसे लोग हैं जो धाराप्रवाह अँग्रेज़ी बोल सकते हैं और जिन्होंने अच्छी तालीम हासिल की है। नाइक ऐसी-ऐसी रणनीतियाँ तैयार कर सकता है कि चालाक से चालाक दिमाग़ भी शरमा जाएँ।

हालाँकि यह गिरोहबाज़ चीज़ों को छिपाता है, लेकिन तब भी वह हमें एक ऐसी छूट देता है जिसकी हमें ज़रा भी उम्मीद नहीं थी : वह अपने जिस्म पर पड़े गोलियों के निशान दिखाता है। अश्विन शहर के उन थोड़े से गिरोहबाज़ों में से है जो अपने ऊपर कई हमले झेलने के बाद भी ज़िन्दा बना रहा, और वह गोलियों के निशानों को कुछ इस तरह दुलारता है जैसे वे कोई ट्रॉफ़ियाँ हों। वह हमें उनमें से हर निशान के पीछे का क़िस्सा सुनाता है। लेकिन उस दिन की यादें उसके दिमाग़ में साफ़-साफ़ अंकित हैं जब गवली के आदमियों ने 1994 में सत्र अदालत के अहाते में उस पर हमला करके उसे हमेशा-हमेशा के लिए अपाहिज बना दिया था।

22

अपाहिज कर देने वाली गोली

नब्बे के दशक के नौजवान पिछली पीढ़ियों के उन नौजवानों से अलग थे जो सड़कें नापते हुए सरकार के बेरोज़गार कार्यालय में छोटी-मोटी नौकरी की तलाश में भटकते रहते थे। नब्बे के दशक के नौजवानों के लिए कहीं ज़्यादा अवसर उपलब्ध थे। इस दशक में उदारीकरण के साथ धीरे-धीरे तरक्की की शुरूआत होने लगी थी। पर्याप्त शैक्षणिक योग्यता, ज़िन्दा बने रहने का जज़्बा और अगले व्यक्ति पर भारी पड़ने की क़ाबिलियत रखने वाला कोई भी व्यक्ति प्रतियोगिता पर खड़े किसी भी सम्भावनाशील क्षेत्र में नौकरी पा सकता था। लेकिन जो लोग दक्षिण मुम्बई के सूती कारख़ानों के इलाक़े में पले बढ़े थे, उनके लिए नौकरियों के उतने अवसर नहीं थे - ख़ासतौर से इसलिए कि उनके पास स्कूल से आगे की पढ़ाई करने के लिए साधनों का अभाव था। 1982 की हड़ताल ने एक समूची पीढ़ी की ज़िन्दगी के सामाजिक तानेबाने, आजीविकाओं, बचपनों, रिश्तों और मानसिकताओं को तहसनहस कर दिया था। नौजवानों को स्कूलों से निकाला जा रहा था, बेरोज़गार पिता शराब की शरण ले रहे थे, औरतें अपने पतियों को छोड़ रही थीं, और हर कोई हर किसी को काटने को दौड़ रहा था। मूल्यों और नैतिकताओं का क्षरण हो रहा था और नौजवान लोग भोजन जुटाने लायक पैसे के लिए कुछ भी करने को तैयार थे।

गिरनगाँव का रवीन्द्र सावन्त ऐसा ही एक हताश, बेरोज़गार नौजवान था। उसने भी दक्षिण मुम्बई के रोज़गार कार्यालय के कई चक्कर लगाये थे। उसकी अधूरी शिक्षा का मतलब था कि वह हज़ारों दूसरे लोगों की तरह, हमेशा-हमेशा के लिए प्रतीक्षा-सूची में बना रहने वाला था, चपरासी जैसी नौकरी के लिए भी, जिसके लिए किसी ख़ास क़ाबिलियत की दरकार नहीं थी।

दो साल तक यहाँ-वहाँ भटकते रहने के बाद सावन्त ने अपने एक दोस्त से माफ़िया के रास्ते पैसे बनाने की सम्भावना के बारे में सुना। और ज़्यादा पूछताछ

करने पर उसे पता चला कि तेज़ी से पैसा बनाने का एक तरीक़ा निशानेबाज़ बन जाना है। अगर यह काम हाथ लग जाए, तो वह कम से कम एक साल ज़िन्दा बना रह सकता है।

उसने जितना ही सोचा उतना ही यह ख़याल उसे पसन्द आता गया। उसके दोस्त अनिल गावकर ने उससे वादा किया कि वह मध्य मुम्बई के डॉन 'डैडी' अरुण गवली से उसकी मुलाक़ात करवा देगा।

दोनों यरवदा सेण्ट्रल जेल गये जहाँ गवली और सदा पावले सज़ा काट रहे थे। उन्होंने जेल के रजिस्टर में ग़लत-सलत नाम-पता दर्ज किया और गवली से मिले। गवली ने हमेशा की तरह इस बार भी अपने लिए एक विशेष कोठरी हासिल कर रखी थी और उसे ऐसी बहुत-सी सुविधाएँ मिली हुई थीं जिनका दूसरे क़ैदी महज़ ख़्वाब ही देख सकते थे। वह दगड़ी चाल के अपने निवास पर भव्य बैठकें करने के लिए मशहूर था, जिनमें वह लोगों से यूँ मुखातिब होता था जैसे कोई बादशाह अपनी रैयत की शिकायतें सुन रहा हो। ये बैठकें 'दरबार' के नाम से जानी जाती थीं - एक शाही लफ़्ज़ जिसका इस्तेमाल गिरोह सरगनाओं की बैठकों के लिए एक ऐसी उपमा के तौर पर किया जाता था जो कम से कम ताक़त के मामले में एकदम सही बैठती थी।

सावन्त से मिलने के बाद गवली ने सदा पावले की तरफ़ इशारा करते हुए उसको समझाया कि किस तरह उसको काम के सिलसिले में पावले के सम्पर्क में रहना होगा क्योंकि वह जल्दी ही जेल से रिहा होने वाला था। सावन्त इस मुलाक़ात से बहुत ख़ुश था। उसे लग रहा था जैसे साक्षात ईश्वर से उसकी मुलाक़ात हो गयी हो। वह अपनी बेरोज़गारी के दिनों के सुखदायी अन्त का ख़्वाब देखने लगा। रिहा होने के बाद पावले ने सावन्त को दगड़ी चाल में तलब किया। उनकी नियमित मुलाक़ातें होने लगीं और पावले उसको उसके रोज़मर्रा के ख़र्च के लिए पैसे देने लगा। दगड़ी चाल के अहाते में सावन्त की मुलाक़ात उसी की तरह सोचने वाले कुछ और लोगों से हुई जिनमें से एक नागेश मोहिते भी था। जल्दी ही दोनों में दोस्ती हो गयी और दोनों साथ-साथ दगड़ी चाल में आने लगे।

एक दिन, गवली का हुक्म पाकर पावले ने सावन्त और मोहिते को बुलाया और उनको अश्विन नाइक को ख़त्म कर देने का हुक्म दिया। अश्विन को तान्या कोली हत्याकाण्ड में टाडा के अन्तर्गत गिरफ़्तार कर कल्याण की आधारवाड़ी जेल में रखा गया था। उसे पुरानी इमारत में पाँचवीं मंज़िल पर स्थित सेशन्स कोर्ट नम्बर 33 में नियमित रूप से पेश किया जाता था। पावले ने मोहिते से कहा कि वह अश्विन के अदालत के कार्यक्रम तथा सुनवाई से सम्बन्धित लम्बी प्रक्रियाओं

और औपचारिकताओं का बारीक़ी से अध्ययन कर सारी कैफ़ियतें जुटाये।

जहाँ नागेश मोहिते पुलिस के लोगों तथा अश्विन को अपने पहरे में लाने-लेजाने वाली पार्टी की गतिविधियों पर निगाह रखने की कोशिश में लगा हुआ था, वहीं सावन्त दगड़ी चाल के एक कमरे में निशानेबाज़ी के अभ्यास में लगा हुआ था। पावले ने उसको बन्दूक मुहैया करा दी थी और वह निशानेबाज़ के तौर पर अपने हुनर को पैना करने में लगा था।

आख़िरकार, वह दिन आ पहुँचा। वह 18 अप्रैल 1994 का दिन था। नागेश ने अश्विन को सुनवाई के लिए ग्राउण्ड फ़्लोर के हॉल में इन्तज़ार करते हुए देखा। उसके साथ लक्ष्मण थोरावट तथा भाग्यवान निकम नाम के कॉन्स्टेबल और भागवत सोनदने तथा संजय भिंगरदिबे नामक कमाण्डो थे जो कार्बाइन बन्दूकों से लैस थे। वह भागता हुआ दगड़ी चाल पहुँचा जहाँ उसने पावले को ख़बर दी कि अश्विन इन्तज़ार में बैठा हुआ है और सुनवाई के पहले वहाँ काफ़ी देर तक रहने वाला है। पावले ने फ़ैसला किया कि अश्विन को ख़त्म करने का दिन आ चुका है। उसने सावन्त को सफ़ेद शर्ट और वकीलों वाला काला कोट दिया। उसने उसे एक बन्दूक, कुछ गोलियाँ, और साफ़-साफ़ निर्देश भी दिये : अश्विन के एकदम क़रीब से सीधे उसके सिर में गोली मारनी है, और घटना-स्थल से भागने के पहले इस बात को पक्का करना होगा कि अश्विन मर चुका हो। अगर वह भाग न पाए, तो वह तुरन्त अपनी बन्दूक गिरा दे और पुलिस के सामने आत्मसमर्पण कर दे ताकि वह पुलिस की गोली का शिकार न हो। इन हिदायतों के बाद सावन्त सेशन्स कोर्ट के लिए चल पड़ा।

मोहिते और सावन्त कोर्ट नं. 33 में घुस गये और सुनवाई शुरू होने का इन्तज़ार करने लगे। जब नाइक ने अदालत में प्रवेश किया, तो मोहिते ने उसकी पहचान की साक्षात पुष्टि करते हुए चतुराईपूर्वक उसकी तरफ़ इशारा किया।

सावन्त अब हमले के मौक़े का इन्तज़ार करने लगा। उसके लक्ष्य को जिस तरह बड़ी संख्या में लोगों ने घेर रखा था उसकी तैयारी उसने नहीं की थी और उसे काफ़ी देर तक इन्तज़ार में बैठना पड़ा। दोपहर बाद क़रीब 3 बजे अश्विन और पाँच अन्य आरोपियों को अदालत के सामने पेश किया गया। सावन्त की बदक़िस्मती से, सुनवाई लगभग तुरन्त ही 22 अप्रैल 1994 के लिए स्थगित कर दी गयी।

सावन्त ने आज के दिन के लिए अपनी सारी हिम्मत जुटा ली थी, लेकिन लगता था कि उसका निशाना उसे चकमा दे रहा था। वह नाइक को अन्य पाँच लोगों के साथ ग्राउण्ड फ़्लोर पर ले जाए जाते हुए देखता रहा। उनको वापस

कल्याण ले जाने के लिए बाहर एक वैन खड़ी हुई थी। मोहिते ने सावन्त पर दबाव डालना शुरू कर दिया कि वह तत्काल नाइक पर निशाना साधे - नहीं तो यह मौक़ा हमेशा के लिए हाथ से जाता रहेगा। सावन्त, जो इतना लम्बा इन्तज़ार करते-करते त्रस्त हो चुका था, सीढ़ियों से नीचे भागा और अपने लक्ष्य के सामने एक जगह पर खड़ा हो गया।

वकील के लिबास में एक खम्भे के पीछे खड़े सावन्त की तरफ़ किसी ने भी ध्यान नहीं दिया। जैसे ही अश्विन उस खम्भे की तरफ़ बढ़ा, सावन्त ने उसके सिर पर निशाना साधा लेकिन उसका निशाना चूककर अश्विन की गरदन पर लगा। अश्विन को हथकड़ियाँ तो लगी ही हुई थीं, वह तुरन्त ज़मीन पर गिर गया। सावन्त सुनिश्चित करना चाहता था कि उसका काम पूरा हो इसलिए वह अश्विन पर लगातार गोलियाँ दागता रहा। इस चक्कर में उसने कॉन्स्टेबल थोरावट और निकम के पैरों को भी घायल कर दिया। जिस वक़्त यह सब चल रहा था, तभी कमाण्डो भागवत सोनदने ने सावन्त पर गोलियाँ दागनी शुरू कर दीं थीं जिससे ज़बरदस्त शोरगुल का माहौल बन गया। सोनदने ने अपनी कार्बाइन से पच्चीस राउण्ड से ज़्यादा गोलियाँ चलायी थीं। सावन्त को उसकी गरदन के दाँयीं तरफ़ गोली लगी और वह भी ढेर हो गया। वह तब भी गोलियाँ बरसाता रहा।

इस बीच मोहिते मौक़े का फ़ायदा उठाकर भाग गया। उधर सोनदने और सावन्त फ़र्श पर एक दूसरे से गुत्थमगुत्था हो रहे थे। सोनदने ने सावन्त के हाथों से बन्दूक छीन ली। इस अफ़रातफ़री ने अदालत में मौजूद अन्य कर्मचारियों का भी ध्यान अपनी तरफ़ खींच लिया था। इंस्पेक्टर रतन सिंह राठौड़ और भागवत, जो किसी अन्य सुनवाई के सिलसिले में टाडा अदालत में मौजूद थे, घटना-स्थल की तरफ़ भागे। सावन्त कमज़ोर पड़ गया था और राठौड़ ने उसको गिरफ़्तार कर लिया। उसे उसके शिकार को लेकर आयी वैन में पटक दिया गया और पुलिस हिरासत में ले लिया गया।

सावन्त को कफ़ परेड पुलिस थाने ले जाते हुए राठौड़ ने इस बात का विशेष ख़याल रखा था कि मुख्य गवाह सोनदने भी उस वैन में हो। मुम्बई पुलिस में विभिन्न पुलिस थानों के अधिकार-क्षेत्र को लेकर हमेशा विवाद बना रहा है। जब राठौड़ का दल कफ़ परेड पुलिस थाने पहुँचा, तो हदबन्दी के मुद्दे पर मुम्बई पुलिस के ख़ास अन्दाज़ में उनका स्वागत किया गया : 'आम्च्या हद्दीत नाहीं आहे!' (हमारे अधिकार-क्षेत्र में नहीं है!) उनसे कहा गया कि वे सावन्त को कोलाबा पुलिस थाने में लेकर जाएँ। वहाँ उसे ड्यूटी ऑफ़िसर के रूप में तैनात इशाक़ बागवान के सुपुर्द कर दिया गया।

इस बीच, अश्विन और दूसरे घायलों को विक्टोरिया टर्मिनस पर स्थित सेण्ट जॉर्ज हॉस्पिटल ले जाया गया। अश्विन को बाद में सैण्डहर्स्ट रोड स्थित जे.जे. हॉस्पिटल में भेज दिया गया क्योंकि उसके घाव बहुत गहरे थे। लेकिन यह कोई चमत्कार ही था कि वह अभी भी ज़िन्दा बचा था।

मोहिते वापस भागकर सदा पावले के पास पहुँचा और उसको सारा क़िस्सा कह सुनाया। पुलिस ने अश्विन को अपनी हिफ़ाज़त में लाने-ले जाने वाले दल तथा सावन्त के बयान तो दर्ज कर लिये, लेकिन अश्विन का बयान वह नहीं ले सकी क्योंकि वह बोलने की हालत में नहीं था। जल्दी ही क्राइम ब्रांच के अधिकारी तथा कोलाबा डिवीज़न के एसीपी वसन्त गोसावी घटना-स्थल पर भागे और उन्होंने वारदात का विस्तृत पंचनामा तैयार किया। उन्होंने टाडा के अन्तर्गत, जो उन दिनों भी प्रभावशाली था, एफ़आईआर दर्ज की। सावन्त के कपड़ों की त्वरित तलाशी में उन्होंने पाँच ख़ाली और एक भरा हुआ कारतूस उसके उस .38 रिवॉल्वर से बरामद किये जिससे उसने अश्विन नाइक पर गोलियाँ चलायी थीं। उसके कपड़ों पर ख़ून के दाग़ थे और, बेशक, वहाँ कई चश्मदीद गवाह भी थे जो सावन्त की पहचान कर सकते थे।

विचित्र बात थी कि मुकदमे के दौरान सावन्त जुर्म के अपने उस इक़बालिया बयान से साफ़ मुकर गया जो उसने पुलिस हिरासत में दिया था। उसने कहा कि वह तो दरअसल रोज़गार कार्यालय में अपना पंजीयन कराकर लौट रहा था और किसी व्यक्ति ने उसकी गरदन पर गोली चला दी थी जिससे वह बेहोश होकर वहीं गिर पड़ा था। सरकारी पक्ष को उसके इन दावों को झूठा साबित करने में कोई मुश्किल पेश नहीं आयी और उन्होंने बहुत आसानी से यह साबित कर दिया कि वह रोज़गार कार्यालय से नहीं लौट रहा था और यह कि वह घटना-स्थल पर मौजूद था और घटना का मुख्य आरोपी था। सावन्त को अश्विन नाइक को गोली मारने के जुर्म में आजीवन कारावास की सज़ा सुनायी गयी। उसे पन्द्रह बरस जेल में रहने के बाद रिहा कर दिया गया।

अश्विन को डेढ़ साल तक इलाज कराना पड़ा। इस दौरान वह कोई भी बयान उपलब्ध कराने के क़ाबिल नहीं रहा। जैसे ही वह आने-जाने के क़ाबिल हुआ, वह हिन्दुस्तान से भाग गया। गवली और नागेश मोहिते निर्दोष करार दे दिये गये; सरकारी पक्ष उनकी कार्रवाइयों को साज़िश साबित करने में असमर्थ रहा। यह भी हुआ था कि मुकदमे के दो सालों के दौरान बहुत से गवाह पलट गये थे। अनाड़ी गिरोहबाज़ ने, ख़राब तरीक़े से ही सही, जैसे-तैसे काम कर ही दिखाया था। अपराध की दुनिया में यह उसका श्रीगणेश साबित हुआ।

23

खटाऊ को मार दो

'खटाऊ को मार दो!' इन चार शब्दों ने हिन्दुस्तान के शीर्ष उद्योगपति सुनीत चन्द्रकान्त खटाऊ की मौत के वारण्ट पर हस्ताक्षर कर दिये थे।

बेइज़्ज़ती को बर्दाश्त करने में असमर्थ और अपने भाई पर किये गये हमले का बदला लेने के लिए बेताब अमर नाइक ने इस सेठ की हत्या की ज़िम्मेदारी अपने दो बेहद भरोसेमन्द सहयोगियों, दिनेश मिठबाउकर तथा उस्मान फ़कीरा को सौंप दी थी, और उन्होंने शहर की तारीख़ के अब तक के सबसे ज़्यादा हिंसक अध्याय को लिखने की तैयारियाँ शुरू कर दी थीं। उन्होंने कुछ और लोगों को भी मदद के लिए तैयार कर लिया था और उन्हें काम सौंप दिये थे। अब उन्होंने संजीदगी के साथ योजनाएँ बनानी शुरू कर दी थीं। उन्होंने तय कर लिया था कि कौन मुख्य निशानेबाज़ होंगे, कौन सहयोगी निशानेबाज़ होंगे, और कौन लोग अतिरिक्त सहयोगियों के दल में होंगे। उन लोगों ने हथियारों और दूसरे साज़ोसामान का इन्तज़ाम करना शुरू कर दिया और खटाऊ की रोज़मर्रा आवाजाही पर नज़र रखने लगे। हत्या को अंजाम देने की सम्भावित जगहों को लेकर बहसें की गयीं, भागने के रास्तों पर चर्चाएँ की गयीं।

खटाऊ ने हर किसी को अपने पक्ष में कर लिया था। आरएमएमएस, इण्डस्ट्रियल बोर्ड, सरकार, मन्त्री, गवली और सचिन अहीर - वह खुद को अपराजेय महसूस कर रहा था। अपने इस जश्न के मूड में खटाऊ अपने आसपास के माहौल पर ध्यान नहीं दे सका। उसने उन दो दुपहिया चालकों पर ग़ौर नहीं किया जो तभी से सावधानी के साथ उसकी मर्सिडीज़ बेंज़ के पीछे लगे हुए थे जब वह बायकला स्थित खटाऊ मिल्स के विशालकाय फाटक से बाहर निकली थी और, भारी ट्रैफ़िक के बीच से अपना रास्ता बनाते हुए वर्ली की तरफ़ बढ़ी थी।

खटाऊ को गवली का तरीक़ा ठीक नहीं लगा था और जब उसने अश्विन

पर किये गये घातक हमले के बारे में सुना था, तो सचिन के सामने सख़्त ऐतराज़ जताया था। लेकिन उसका मुँह यह कहकर बन्द कर दिया गया था कि यह एक गन्दा काम है और इसको कैसे किया जाए इस बारे में उनको उसकी सलाह की ज़रूरत नहीं है। खटाऊ को साफ़-साफ़ लफ़्ज़ों में कह दिया गया था कि अश्विन पर जिस तरह से हमला किया गया था वह गवली के रुतबे को दर्शाता है।

अश्विन जैसी बड़ी मछली पर दिन-दहाड़े, अदालत के अहाते के भीतर किये गये हमले से पुलिस, अण्डरवर्ल्ड और ख़ासतौर से अमर को बहुत बड़ा झटका लगा था, इसलिए भी कि यह हमला तब किया गया था जबकि वह पुलिस के सुरक्षा घेरे में था। मुम्बई माफ़िया की डायरी में अश्विन पर किया गया हमला, जिसमें हालाँकि वह बच गया था, एक बहुत बड़ी घटना के रूप में दर्ज है, वैसी ही बड़ी घटना जैसी दाऊद के भाई सबीर इब्राहिम, गवली के भाई किशोर और दाऊद के बहनोई इब्राहिम पारकर की हत्याएँ मानी जाती हैं।

रात की ख़ामोश घड़ियों में, जब किसी की नज़र नहीं पड़ रही होती थी, अमर अपने भाई से मिलने अस्पताल जाया करता था। अक्सर वह वहाँ से आँखों में आँसू लिये हुए लौटा करता था। अमर को इस बात का अहसास था कि अश्विन ने अपने बड़े भाई की गतिविधियों में ज़रा भी मुब्तला न होने के बावजूद अपनी किशोरावस्था से ही बहुत तकलीफ़ें झेली हैं। पुलिस के लोग अक्सर उसको थाने में घसीटकर ले जाते और कई-कई घण्टे बन्द रखते, या जब उसके दुश्मनों ने अमर पर दबाव डालने के लिए उसका अपहरण कर लिया था - तब भी अश्विन ने अपने भाई से कभी झगड़ा नहीं किया था। अमर अपने भाई को प्यार करता था और इस बात को लेकर चिन्तित था कि उसके अपाहिज़ हो जाने का उसके दिमाग़ पर न जाने क्या असर होगा। लेकिन वह अश्विन को जानता था और उसको यक़ीन था कि उसका भाई बच जाएगा और इस नुक़सान को झेल जाएगा। उसकी सबसे बड़ी ख़्वाहिश उन लोगों को ख़त्म करने की थी जिन्होंने उसके भाई की यह दशा बना दी थी।

भाई पर किये गये हमले के दो दिन के भीतर अमर ने पहली चाल चल दी थी। उसका पहला निशाना था शंकरराव जाधव। जाधव ने, जो अभी कुछ महीने पहले तक एक नाचीज़-सा इंसान हुआ करता था, न सिर्फ़ हरिभाऊ नाइक को पीछे छोड़ दिया था बल्कि, अमर के दुश्मन गवली की मेहरबानी से आरएमएमएस का अध्यक्ष बन गया था। अमर ने तय कर लिया था कि गवली का मुख्य सहयोगी होने के नाते उसको सज़ा मिलनी ही चहिए।

20 अप्रैल 1994 को नाइक के आदमियों ने ईस्टर्न एक्स्प्रेस हाइवे पर, कुर्ला ईस्ट चौराहे के ठीक पहले, जाधव की कार को रोका। दुपहिया वाहन पर सवार दो आदमियों ने गोलियाँ बरसायीं और अपनी इस हरक़त के नतीजे को जाने बग़ैर वे फुर्ती से भाग गये। जाधव घायल हुआ लेकिन इस दर्दनाक किस्से को सुनाने के लिए बच गया। जब अमर ने सुना कि जाधव बच गया है, तो वह ग़ुस्से से भर उठा। उसने उबलते हुए कहा कि मैं अण्डरवर्ल्ड के भीतर बहुत तेज़ी के साथ हँसी का पात्र बनता जा रहा हूँ। एक ऐसा गिरोह-सरगना जो अपने भाई तक का बदला नहीं ले सकता! अमर के लिए अपने अभिमान की रक्षा करना ज़रूरी हो गया था। यही वह नुक़्ता था जब उसने समस्या की जड़ पर ही प्रहार करने का इरादा पक्का कर लिया था।

अमर ने क़ातिलों की अपनी टीम को इकट्ठा किया और उनके साथ अगली कार्रवाइयों के बारे में चर्चाएँ शुरू कर दीं। वह गवली को ख़त्म करना चाहता था, जो एक ऐसा ख़याल था जिस पर सभी एकमत थे। लेकिन एक बहुत बड़ी बाधा थी। गवली टाडा के तहत गिरफ़्तार होकर पुणे की यरवदा जेल में पूरी हिफ़ाज़त के साथ क़िलेबन्द था। उसे अदालती सुनवाइयों के लिए गाहे-ब-गाहे ही शहर में लाया जाता था।

किसी ने सचिन का नाम सुझाया, लेकिन अमर को लगा कि उसकी ऐसी अहमियत नहीं है कि उसकी चमड़ी उधेड़ी जाए। जाधव के मामले में उसकी हाल की नाकामयाबी ने उसको रूखा बना दिया था; वह एक बड़ा हाथ मारना चाहता था जो अश्विन पर हुए हमले की भरपाई भी कर सके और, इसी के साथ-साथ, गवली के गिरोह को गम्भीर नुक़सान भी पहुँचा सके।

आख़िरकार एक नतीजे पर पहुँचते हुए उसने खटाऊ को नेस्तनाबूत करने का फ़ैसला कर लिया। 'खटाऊ को मार दो!' उसने अचानक कहा।

मिठबाउकर और फ़कीरा ने अमर के चेहरे को ग़ौर से देखा, क्योंकि उन्हें लग रहा रहा था कि कहीं वह दारू के नशे में तो नहीं बहक रहा है। इसके बारे में वे पहले बात कर चुके थे, लेकिन चलताऊ ढंग से। खटाऊ बहुत बड़ा मगरमच्छ था।

'उसको ज़िन्दा रहने का कोई हक़ नहीं,' अमर ने खटाऊ की क़िस्मत पर मुहर लगाते हुए और हत्यारे निशानेबाज़ों को अन्तिम रूप से आदेश देते हुए आख़िरी फ़ैसला सुनाया।

बन्दूकधारियों ने एक हफ़्ते से ज़्यादा समय तक खटाऊ का पीछा किया और उसकी गतिविधियों का अध्ययन किया। खटाऊ के पास कोई पुलिस-सुरक्षा

नहीं थी। अपने अहंकार के चलते गवली ने भी उसकी हिफ़ाज़त का कोई इन्तज़ाम नहीं किया था। इसका मतलब था कि खटाऊ की हत्या करना बाँये हाथ का खेल था।

जैसे ही उनको हत्या की कामयाबी का भरोसा हो गया, दुपहियों पर सवार तीन जोड़ा आदमी खटाऊ की सफ़ेद मर्सिडीज़ का पीछा करने को तैयार हो गये। 7 मई 1994 को, अश्विन पर हुए हमले के बमुश्किल बीस दिन बाद, हत्यारों ने खटाऊ पर निशाना साध लिया। जब मर्सिडीज़ रेस कोर्स के सामने, महालक्ष्मी के रेल्वे सिग्नल पर रुकी, दुपहिया-सवार एकदम क़रीब पहुँच गये। एक कार के ठीक बगल में जाकर खड़ा हो गया और एक सामने।

चश्मदीद गवाह बताते हैं कि दोनों दुपहियों के पीछे सवार लोगों ने अचानक एक-एक हथौड़ा उठाया और एक साथ कार की विण्डस्क्रीन और खिड़कियों पर दे मारा। इसके पहले कि पास से गुज़रते लोग घटना पर कोई प्रतिक्रिया भी कर पाते, दोनों दुपहिया-सवारों ने झटके से अपनी बन्दूकें निकालीं, उनकी नलियों को फिट करने के लिए टूटे हुए काँचों के बीच जगह बनायी, और एक के बाद एक कई राउण्ड गोलियाँ दाग दीं। सारे शोरगुल के बावजूद वहाँ मौजूद हर किसी ने खटाऊ और उसके ड्राइवर की हृदय-विदारक चीख़ें सुनीं।

एक गोली टकराकर लौटी और एक दुपहिया-सवार की जाँघ में लगी जिससे वह अपने दुपहिया से नीचे जा गिरा। दूसरे हत्यारे और उसके साथी ने तुरन्त उसे उठाकर दुपहिया की पिछली सीट पर पटक लिया। पूरी कार्रवाई में मुश्किल से नब्बे सेकेण्ड लगे होंगे।

सिग्नल हरा हुआ और वाहन सरकने लगे। खटाऊ के ड्राइवर ने कमाल की अक़्लमन्दी दिखायी और कार को तेज़ी के साथ नायर हॉस्पिटल की तरफ़ दौड़ा दिया। लेकिन काफ़ी देर हो चुकी थी। खटाऊ वहाँ पहुँचने के पहले ही मर चुका था। उसकी लाश को पुलिस की हिरासत में सौंपे जाने के लिए मुरदाघर में रख लिया गया।

व्यापार की दुनिया के एक नेता की हत्या राज्य सरकार के लिए बेहद नुक़सानदायक साबित हो सकती है। दूसरे व्यापारी और कारोबारी उस पर दबाव बनाते हैं, क्योंकि वे महसूस करते हैं कि प्रशासन ने शहर को अपराधों से मुक्त न रखकर उनको निराश कर दिया है। मन्त्रीगण भी अगली चुनावी मुहिम के दौरान उद्योगपतियों से मिलने वाले चन्दे से हाथ धो बैठने की सम्भावना से डरते हैं।

आमतौर से ऐसा होता है कि प्रकरण स्थानीय पुलिस थाने द्वारा दर्ज किये जाते हैं और इसी के साथ-साथ क्राइम ब्रांच के ख़ुफ़िया प्रभाग द्वारा या सीआईडी

की डीसीबी द्वारा जाँच-पड़ताल का काम जारी रहता है। इस मामले में भी, तारदेव पुलिस थाने ने अज्ञात हत्यारों के ख़िलाफ़ हत्या का मामला दर्ज किया था। लेकिन खटाऊ तहकीकात का काम क्राइम ब्रांच ने पहले दिन से ही अपने हाथ में ले लिया था और कई पुलिसवालों को इस काम में लगा दिया गया था। क्राइम ब्रांच की तमाम बारह की बारह इकाइयाँ रात-दिन मामले पर काम करने में जुटी हुई थीं। सैकड़ों गवाहों और दूसरे लोगों से पूछताछ की गयी, लेकिन पुलिस के जासूस कोई प्रगति नहीं कर सके।

पुलिस के पास कोई सुराग़ नहीं था, सिवाय इस एक तथ्य के कि एक हमलावर गोली लगने से घायल हुआ था। उसको निश्चय ही इलाज़ के लिए शहर के किसी अस्पताल, किसी नर्सिंग होम या मेडिकल सेण्टर में जाना पड़ा होगा। पुलिसवालों ने बहुत सावधानी के साथ आसपास के अस्पतालों की छानबीन शुरू कर दी। चार दिनों के भीतर उन्होंने शहर भर के 200 से ज़्यादा नर्सिंगहोम और मेडिकल सेण्टरों में जाकर पता लगाया, लेकिन घायल बन्दूकधारी का कोई सुराग़ उन्हें नहीं मिल सका।

1994 में कोई मोबाइल फ़ोन नहीं हुआ करते थे। यहाँ तक कि पेजर भी नहीं होते थे। चौराहों पर किसी क़िस्म की इलेक्ट्रॉनिक निगरानी का, सर्किट टेलिविज़न का या ऐसी किसी भी चीज़ का इन्तज़ाम नहीं हुआ करता था जो उनकी पड़ताल में मदद कर सकती। उनके पास ले देकर जो एकमात्र तोपख़ाना था वह था ख़बरियों का पुरानी चाल का इंसानी खुफ़िया तन्त्र (ह्यूमन इण्टेलिजेंस नेटवर्क, जिसको अमेरिकी एजेन्सियाँ 'ह्युमिण्ट' कहकर पुकारती हैं)। उनकी सारी उम्मीदें किसी ऐसे ख़बरिये पर निर्भर थीं जो जानकारी को तश्तरी में लाकर उनके सामने रख देता।

आख़िरकार, दुर्लभ 'सिमसिम' पुलिस के लिए खुल ही गयी - एक छोटी-सी जानकारी के साथ। बताया गया कि एक हत्यारा वाशी की एक बार-बाला से बेतहाशा इश्क़ करता है। (तब तक नेशनलिस्ट काँग्रेस पार्टी [एनसीपी] पैदा नहीं हुई थी और लोगों ने अभी उस आज़ाद ख़याल राजनेता आर.आर. पाटिल के बारे में नहीं सुना था, जो बाद में महाराष्ट्र के डांस बारों के लिए क़हर साबित हुआ था।)

पुलिस ने वाशी के बार के अन्दर तथा उसके आसपास उस गिरोहबाज़ के इन्तज़ार में अपने आदमियों को तैनात कर दिया जो अपनी चहेती बाला से मिलने आने वाला था। कई दिन बीत गये लेकिन उससे मिलने कोई नहीं आया। पुलिस इस निगरानी से थक गयी थी और डांस फ़्लोर पर नाचती बालाओं पर

पैसा लुटाते रईसों का ढोंग करते-करते तंग आ चुकी थी।

तभी अचानक कामयाबी हाथ लगी। पुलिसवालों ने ग़ौर किया कि एक वेटर हर रोज़ दवाइयाँ लाता था और रोस्तराँ के बन्द होने पर वे दवाइयाँ बार-बाला को थमा देता था। पुलिसवाले तुरन्त पास की दवा की दुकान पर पहुँचे और उनने पाया कि वे घावों के भरने के लिए इस्तेमाल की जाने वाली दवाएँ थीं जिनमें ऐण्टीबॉयटिक्स, तेज़ दर्दनिवारक और ऐण्टीसेप्टिक्स शामिल थे। लॉटरी!

निगरानी की सातवीं रात, जब वेटर ने दवाइयाँ बार-बाला को दीं, जो एक साधारण-सी युवती थी जिसने साफ़तौर पर अहसानमन्दी के भाव से वह पैकेट उसके हाथ से लिया था, तो पुलिसवालों की नज़रें आपस में मिलीं। लड़की का पीछा करते हुए वे वोइला के एक कमरे वाले अपार्टमेण्ट में जा पहुँचे - उनको उनका पहला आरोपी मिल गया था। यह सन्तोष पागरकर था। उसके शरीर पर भारीभरकम पट्टियाँ बँधी थीं और वह बिस्तर पर पसरा हुआ था।

पागरकर की गिरफ़्तारी ने गिरफ़्तारियों की बाढ़-सी ला दी, और कुछ ही दिनों के भीतर पुलिस ने दस लोगों को गिरफ़्तार कर लिया जिनमें अमर नाइक गिरोह के चार हत्यारे निशानेबाज़ भी शामिल थे। लगभग पूरे के पूरे नाइक गिरोह को जाल में फाँस लेने के बाद वे उम्मीद कर रहे थे कि वे जल्दी ही अमर को भी गिरफ़्तार कर लेंगे। लेकिन अमर मुल्क से भागकर लन्दन में पनाह ले चुका था। उसकी योजना मँहगी साबित हुई थी, और वह आगे कोई और जोखिम उठाने की हालत में नहीं रह गया था।

दसों आरोपियों पर टाडा के तहत मुकदमा चलाया गया और पुलिस उम्मीद कर रही थी उनका गुनाह साबित होगा। लेकिन जो हुआ उससे हर किसी को ज़ोरदार झटका लगा।

समूची वारदात के दस्तावेज़ के तौर पर उपलब्ध पुलिस की एक डायरी के पृष्ठ 171 पर लिखा है : 'लेकिन, आरोपी टाडा अदालत द्वारा बरी कर दिये गये क्योंकि मृतक की बीवी (पन्ना खटाऊ) ने कानून का साथ नहीं दिया।'

पन्ना खटाऊ का असहयोग, हत्या के दसों आरोपियों का बरी होना, मुम्बई की न्यायव्यवस्था की नाकामी और शहर से अमर नाइक का बिना किसी रोकटोक के भाग जाना - ये ऐसी चीज़ें थीं जिसने हर किसी को चक्कर में डाल दिया था। पुलिस को यक़ीन नहीं आ रहा था कि मुजरिमों को तलाशने, गिरफ़्तार करने और उन पर टाडा के तहत मुकदमा दायर करने के लिए जो कठोर परिश्रम उसने किया था वह इस तरह अकारथ जा सकता है।

यरवदा जेल की कोठरी में बैठा गवली घटनाक्रम पर बेचैनी के साथ निगाह रखे हुए था। खटाऊ की हत्या ने माफ़िया के अन्दर के समीकरणों को बदल दिया था; इसने उसकी तिजोरियों पर असर डाला था और हत्यारों का बरी हो जाना चकरा देने वाला था। यह तथ्य कि अमर विलायत भाग गया है, भी अन्दर ही अन्दर रेत रहा था; गवली को डर था कि कहीं वह एक और दाऊद साबित न हो, जो दुबई में ऐशोआराम की ज़िन्दगी जीता हुआ वहाँ से अपनी सल्तनत पर हुकूमत कर रहा था। ऐसे दुश्मन से लड़ना मुश्किल होगा।

गवली समृद्धि के बेहद क़रीब, लगभग हाथ भर की दूरी पर था। लेकिन खटाऊ की हत्या अमर की कहीं ज़्यादा बड़ी चाल साबित हुई थी।

गवली का एक गुरगा, जिसने जेल में सरगना के साथ पहली मुलाक़ात की थी और उसको पिछले कुछ हफ़्तों के घटनाक्रम की जानकारी दी थी, बताता है, 'ख़ला में ताकते हुए डैडी लगातार सिर्फ़ एक ही लफ़्ज़ बोले जा रह थे : "बहन...!"'

24

मराठी माफ़िया का ईसवी : 1994-95

दक्षिण पन्थी शिव सेना के संस्थापक बाल ठाकरे ख़ासे अजीब इंसान थे। वे कभी किसी सार्वजनिक या निजी जलसे में शामिल नहीं हुए। सिर्फ़ एक ही चीज़ थी जो वे 1966 के बाद से लगातार करते रहे। वे मध्य मुम्बई के शिवाजी पार्क ग्राउण्ड में दशहरे के सालाना जमावड़े को सम्बोधित करते थे। कुछ अवसरों को छोड़ दें, तो वे बिला नागा इस जलसे में आते रहे, जहाँ से वे अपने विपक्ष पर दहाड़ते थे और माटी-पुत्रों को उठ खड़े होने तथा 'स्थानीय लोगों के रोज़गार हड़पते दक्षिण भारतीयों' के ख़िलाफ़ लडने के लिए ललकारते थे, या अपना प्रिय नारा लगाते थे – 'मुसलमानों पाकिस्तान जाओ', या उस वक़्त जो भी कोई उनकी नफ़रत के निशाने पर होता था उसके ख़िलाफ़ अपनी भड़ास निकालते थे। शिव सेना का यह दशहरा जमावड़ा सैनिकों को दिशा-निर्देश देता था। (यह काफ़ी बाद की बात है जब बाल ठाकरे ने यह फ़ैसला किया कि उनके नज़रियों की पैरवी करने वाला एक दैनिक समाचार पत्र शिव सेना की विचारधारा को आगे बढ़ाए।)

कई सालों तक यह दशहरा जमावड़ा एक ऐसी चीज़ हुआ करता था जिसका न सिर्फ़ मराठी बल्कि दूसरे सियासतदाँ भी उत्सुकता के साथ इन्तज़ार किया करते थे। विपक्षी दल बाल ठाकरे का भाषण सुनने के बाद अगले चुनावों की तैयारियाँ तेज़ कर देते थे। राष्ट्रीय दल तक उनके दशहरा भाषण को ध्यान से सुनते थे। कश्मीर से कन्याकुमारी तक हर कोई इसके बारे में बात करता था।

ठाकरे के भाषण लफ़्फ़ाजी, कटूक्तियों और मराठी-भाषी समुदाय के लिए मशविरे की ख़ुराक से भरे होते थे। वे उनमें मराठी गौरव का संचार करते थे, लेकिन घुमाऊदार तरीक़े से। वे लोगों को उनके ढीलेपन के लिए लताड़ते थे और उनको आक्रामक बनने के लिए ललकारते थे। उनकी तुर्श लफ़्फ़ाजी और ज़हर बुझी तकरीरें हर बार अगले दिन तमाम राष्ट्रीय दैनिकों की सुर्ख़ियाँ बनती थीं।

24x7 टेलिविज़न समाचारों से पहले के उस ज़माने में मराठी लोग हज़ारों की संख्या में ठाकरे को सुनने शिवाजी पार्क में इकट्ठा होते थे। कुछ भी ऐसा नहीं था जो उन्हें अपने इस सबसे अज़ीज़ नेता को सुनने से रोक सकता। एक भी आदमी अपनी जगह से हिलता नहीं था, भले ही अचानक बारिश आ जाए या साउण्ड सिस्टम ख़राब हो जाए। पाकिस्तानी मज़ाक उड़ाते थे कि यह जमावड़ा एकमात्र ऐसी जगह है जहाँ पर बम रखे होने की अफ़वाह काम नहीं करती। इस मंच से ठाकरे कई सारे सनसनीख़ेज़ और अपमानजनक बयान देकर साफ़ बच निकलते थे।

शिव सेना के मुखपत्र *सामना* के प्रकाशन (23 जनवरी 1988) से भी पहले ठाकरे ने इस दशहरा जमावड़े का इस्तेमाल अपनी पार्टी का रंग बदलने – उसको एक उग्र क्षेत्रीय पार्टी के स्थान पर एक हिन्दू राष्ट्रवादी पार्टी के रूप में स्थापित करने – के लिए कर लिया था।

1994 का साल था। समारोह-स्थल वही था, मध्य मुम्बई का शिवाजी पार्क। एक लाख से ज़्यादा श्रोता, जिनमें शिव सेना के सक्रिय सदस्य और आम मराठी-भाषी लोग शामिल थे। शिव सेना, जनवरी 1993 में, बाबरी मस्जिद के गिराये जाने के बाद, मुम्बई में साम्प्रदायिक हिंसा की सबसे बदतर वारदातों की अगुआई कर चुकी थी। शहर अब भी उस संगठित साम्प्रदायिक हिंसा के बाद मार्च 1993 में हुए बम धमाकों के असर से लड़खड़ाया हुआ था। इसलिए, जब ठाकरे ने ऐलान किया कि 'अगर उनके [मुसलमानों के] पास दाऊद है, तो हमारे [हिन्दुओं के] पास गवली है। ये [अमर नाइक और अरुण गवली] आमची मुले [हमारे लड़के] हैं,' तो इस बात पर, ठाकरे का वाक्य पूरा होने के पहले ही, ज़बरदस्त तालियाँ गूँज उठीं। यह कुछ ऐसा था मानों श्रोताओं ने गवली को दाऊद की ताक़त को चुनौती देने वाले के रूप में मान्यता दे दी हो। ठाकरे अपने लड़कों के बारे में, और उन स्थानीय गिरोहबाज़ों की बदहाली के बारे में बोलते रहे, जिनका लगातार पीछा किया जा रहा था और जिनको चुन-चुनकर पुलिस मुठभेड़ों में या पुलिस की ग़ैरक़ानूनी कार्रवाइयों में मारा जा रहा था।

उस दिन के बाद से दाऊद के लिए मुम्बई के जवाब के तौर पर अरुण गवली और अमर नाइक का अभिषेक हो गया। राजनीतिक पर्यवेक्षक अटकलें लगा रहा थे कि उन्होंने एक और मराठी-भाषी गिरोहबाज़ छोटा राजन का महिमामण्डन क्यों नहीं किया जो शिकार के माल के सबसे बड़े टुकड़े के लिए आपस में लड़ते रहने वाले गवली और नाइक से अलग, वह शख़्स था जिसने

दाऊद इब्राहिम के ख़िलाफ़ खुलेआम बग़ावत की थी और उसको घुटने टेकने पर मज़बूर करने की कोशिश की थी।

ठाकरे की तकरीर से राजन के नाम के नदारद होने को लेकर कई तरह की कैफ़ियतें पेश की गयीं। बहुतों का कहना था कि ठाकरे इन दोनों मराठी गिरोहों के बीच के झगड़े को ख़त्म करना चाहते थे और नाइक तथा गवली को दाऊद की ताक़त के ख़िलाफ़ एकजुट करना चाहते थे।

कुछ का कहना था कि उन्होंने छोटा राजन का नाम इसलिए नहीं लिया क्योंकि वे उससे नाराज़ थे; बम धमाकों के तुरन्त बाद जब सेना सुप्रीमो ने दाऊद को देशद्रोही करार दिया था, तो राजन ने उनके साथ मुँहज़ोरी की थी। उसने अपने मूल नाम, राजेन्द्र निखलजे के दस्तख़तों के साथ मुम्बई के अख़बारों को फ़ैक्स के माध्यम से ख़त भेजे थे। उसने कहा था कि दाऊद को किसी के प्रमाणपत्र की दरकार नहीं है और ठाकरे को सियासत पर ध्यान देना चाहिए। इस बदतमीज़ी के लिए ठाकरे ने राजन को कभी माफ़ नहीं किया। बाद में, दाऊद से अलग होने के बाद, छोटा राजन ने ग़लती सुधारने की कोशिश की थी। उसने अपने कई साक्षात्कारों में ठाकरे के प्रति अपनी गहरी श्रद्धा जतायी थी, लेकिन बाल ठाकरे का बान्द्रा-स्थित अधिकृत निवास मातोश्री राजन के प्रति वैमनस्यपूर्ण ही बना रहा।

1994 का साल अविस्मरणीय बन गया, सिर्फ़ ठाकरे के उस भाषण की वजह से नहीं बल्कि कई दूसरे कारणों से भी। मुम्बई माफ़िया के सन्दर्भ में यह ईसवी या ऐनो डॉमिनी (हमारे प्रभु का वर्ष, जैसा कि इसे जूलियन या ग्रेगोरियन कैलेण्डर में जाना जाता है) बन गया।

मुम्बई माफ़िया अपने आप में एक दुनिया है; इसके अपने नियम-क़ायदे, कैलेण्डर, उसूल और सज़ाएँ हैं। 1994 तक माफ़िया 1986 में दाऊद के दुबई पलायन को सन्दर्भ-बिन्दु की तरह बरतता था : 'जब दाऊद मुम्बई में ही था;' 'दाऊद के दुबई पलायन के बाद।' यह बात पुलिस, वकीलों, प्रेस संवाददाताओं, राजनेताओं, अकदमिक जानकारों तथा उन सभी लोगों पर भी लागू होती थी जो अपराध की दुनिया के बारे में बात करते थे। 1994 के बाद मुस्लिम माफ़िया और दाऊद के सहयोगियों ने तो उसके दुबई जाने को सन्दर्भ-बिन्दु की तरह बरतना जारी रखा लेकिन, ख़ासतौर से मराठी माफ़िया के बीच, और भी दूसरे, उतने ही अहम, मील के पत्थर वजूद में आ गये।

मार्च 1993 में शहर के तेरह अलग-अलग स्थलों पर हुए बम-धमाके दुनिया के इस हिस्से में हुए सबसे भयानक आतंकवादी हमलों में शामिल थे,

जिन्होंने बाम्बे स्टॉक एक्सचेंज और एयर इण्डिया बिल्डिंग, कई होटल, बैंक, बाज़ार, यहाँ तक कि शिव सेना का मुख्यालय जैसी ख़ास जगहों को अपना निशाना बनाया था। 257 लोग मारे गये थे। छोटा राजन ने शुरूआत में तो अपने बॉस का बचाव करने की कोशिश की, लेकिन बाद में उसने उसके ख़िलाफ़ बग़ावत कर दी और उसके शिविर से बाहर हो गया। इस विच्छेद ने गिरोह को बीच से दो-फ़ाँक कर दिया और माफ़िया को पहली बार साम्प्रदायिक आधार पर विभाजित कर दिया।

राजन ने इन्तकाम की एक सूरत तो हासिल कर ही ली थी। दाऊद को लोगों ने अब एक डॉन या तस्कर के रूप में देखना बन्द कर दिया था। उसको अब साफ़तौर पर एक आतंकवादी और आइएसआइ तथा पाकिस्तान के एक साथी के रूप में देखा जाने लगा था। इस नज़रिये को बल तब मिला था जब उसने अपना अड्डा डेइरा, दुबई के पर्ल टावर से हटाकर क्लिफ़्टन, कराची में जमा लिया था।

लगता था, दाऊद अब हर तरफ़ से घिर चुका था। हिन्दुस्तान उसके सिर की माँग कर रहा था, छोटा राजन नाइंसाफ़ी की चीख़पुकार मचा रहा था और अरुण गवली अपने चाकू पैने कर रहा था। हिन्दुस्तान में, लगता था, देसी सरगनाओं ने कहीं ज़्यादा ताक़त हासिल कर ली थी। गवली, जो कि 1992 से ही टाडा के तहत जेल की हवा खा रहा था, अब भूतपूर्व विधायक ज़ियाउद्दीन बुखारी की हत्या का षडयन्त्र रचने का आरोपी था। बुखारी एक ज़माने में मुख्य मन्त्री शरद पवार के क़रीबी रह चुके थे।

बुखारी की हत्या का रहस्य कभी नहीं सुलझ सका, हालाँकि बड़े पैमाने पर ऐसी अफ़वाहें थीं कि इस हत्या के लिए गवली के लोगों से सम्पर्क किया गया था। मौत के एक दिन पहले, बुखारी को मन्त्रालय में एक मन्त्री को धमकी देते सुना गया था। बताया जाता है कि वे यह कहते हुए गरज रहे थे कि 'अगर आपने मेरी माँगें पूरी नहीं कीं, तो मैं आपका और माफ़िया के साथ आपके रिश्तों का भण्डाफोड़ कर दूँगा।' बताया जाता है कि मन्त्री का चेहरा भावहीन बना रहा था। और इसका सरंजाम तुरन्त बाद देखने में आया था। बुखारी बायकला फ़ायर ब्रिगेड के पास मृत पाये गये थे। बाद में गवली के आदमियों को टाडा के तहत गिरफ़्तार कर लिया गया था।

संयोग से बुखारी वह शख़्स था जिसने यंग पार्टी को जन्म दिया था और दाऊद को उसके शुरूआती दिनों में इस पार्टी का मुखिया बनाया था। बाद में, दाऊद और उसके भाई गुण्डागर्दी में मुब्तला हो गये और बुखारी ने यंग पार्टी

को ख़त्म कर दिया तथा उसकी जगह वे मुस्लिम लीग में शामिल हो गये। गवली द्वारा बुखारी की हत्या को काँग्रेस, शरद पवार तथा दाऊद के ख़िलाफ़ जारी उसकी लड़ाई के एक और हमले के रूप में देखा गया था, भले ही क्रम यही न रहा हो। गनीमत थी कि उनकी हत्या को साम्प्रदायिक हमले के तौर पर नहीं देखा गया, बावजूद इसके कि बुखारी एक मुसलमान मौलवी थे और ओशीवारा, अँधेरी में मिल्लत नगर नामक मुसलमान बस्ती के संस्थापक थे।

1994 में गवली की बीवी ने मुम्बई मराठी पत्रकार संघ में एक प्रेस कॉन्फ्रेंस आयोजित की और आरोप लगाया कि दाऊद ने उसके पति की हत्या के लिए शहर की पुलिस को पैसे दिये हैं और उसका पति जल्दी ही किसी पुलिस मुठभेड़ में मारा जा सकता है। उसने कहा कि गवली को बुखारी मामले में ज़बरदस्ती फ़ाँसा जा रहा है।

इस बीच, अरुण गवली और अमर नाइक की दुश्मनी बढ़ गयी थी और हत्याएँ भी ज़्यादा हुईं थीं। जहाँ गवली ने अश्विन नाइक को मारने की कोशिश की थी और उसको सिर्फ़ अपाहिज ही बना पाया था, नाइक ने सुनीत खटाऊ की हत्या करके साफ़तौर पर उसकी वित्तीय स्थिति को कमज़ोर कर दिया था। नाइक उससे आगे था, कम से कम फ़िलहाल तो था ही।

इस बीच, शिव सेना, जो धीरे-धीरे विधान सभा में अपना भगवा झण्डा फ़हराने की दिशा में पहले ही बढ़ना शुरू कर चुकी थी, ने अन्ततः राज्य की विधान सभा का चुनाव जैसे-तैसे जीत लिया था और अगले पाँच साल सरकार चलाने के लिए मन्त्रालय में अपनी जगह बना ली थी। इसके पहले अपने उन्तीस साल के इतिहास में यह पार्टी स्थानीय नागरिक निकाय के शासन से आगे नहीं बढ़ सकी थी।

शिव सेना के सत्ता में आने के बाद जल्दी ही नाइक गिरोह की क़िस्मत ने पलटा खाया। अमर तो पहले ही इंग्लैण्ड भाग चुका था, और अश्विन भी, जो (चिकित्सकीय आधार पर हासिल की गयी ज़मानत पर) जे.जे. अस्पताल में अपना इलाज़ करा रहा था, अपने गिरोह को दोहरा जीवन-दान देता हुआ भाग गया। और जैसे इतना ही काफ़ी नहीं था, सेना ने अपनी इन्तिहाई उदारता दिखाते हुए अश्विन की बीवी नीता नाइक को नगर निगम के चुनाव के लिए टिकिट दे दिया।

नीता - जिसका पिता हवाला का कारोबारी और पति तथा जेठ गिरोह सरगना थे - ने चुनाव जीत लिया क्योंकि वह स्मार्ट थी, अँग्रेज़ी बोलती थी और बहुत ही अक़्लमन्द थी। चुनाव के पहले दिये गये साक्षात्कारों में उसने कहा था

कि वह इसलिए चुनाव लड़ रही है क्योंकि वह अपने परिवार को पुलिस द्वारा प्रताड़ित किये जाने पर रोक लगाना चाहती है। 'मैं मुम्बई पुलिस की आधी रात की दस्तकों से थक चुकी हूँ। निगम की सदस्य होकर मैं अपने परिवार को इस रोज़-रोज़ की प्रताड़ना से बचा सकूँगी,' उसने कहा था।

गवली ने भी अपनी बीवी आशा के मामले में ऐसी ही उदारता दिखाये जाने की उम्मीद लगा रखी थी, लेकिन शिव सेना के मुखियाओं ने शाही अन्दाज़ में उसकी उपेक्षा कर दी। गवली ने इसे सौतेले रवैये की तरह देखा। एक तरफ़ तो वह 'अपने लड़कों' में से एक था, और दूसरी तरफ़ उसके जानी दुश्मन नाइक सेना की दरियादिली के अकेले हक़दार बन रहे थे। उसने महसूस किया कि उसका इस्तेमाल किया जा रहा है और उसको शक्कर में पगी तसल्लियों से बहलाने की कोशिश की जा रही है; जब इनाम का मौक़ा आया, तो वे उसके दुश्मनों के पक्ष में चले गये।

गवली अब ईर्ष्या से जल रहा था। नाइक के परिवार की शान में इज़ाफ़ा हो रहा था और अश्विन तथा अमर दोनों फ़रार थे। इस चीज़ ने बाल ठाकरे के इस 'मुँहबोले लड़के' या 'लाड़ले गिरोहबाज़' के दिमाग़ में ख़ामोश बग़ावत के बीज बो दिये।

सियासत की ही तरह अण्डरवर्ल्ड में भी आपका बना रहना सब कुछ होता है। सिर्फ़ परिवार ही होता है जिसकी मर्यादा का लिहाज़ किया जाता है, बाक़ी के लोगों की कोई अहमियत नहीं होती। और इस तरह इस समानान्तर दुनिया के निरन्तर विकास के अगले पायदान पर पहुँचने की शुरूआत हुई।

25

विध्वंसक दस्ता

वे कराची की सऊदी मस्जिद में सामूहिक नमाज़ के शुरू होने का इन्तज़ार करते दूसरे अक़ीदतमन्द पाकिस्तानी मुसलमानों जेसे ही दिखते थे। असलियत में वे तीन आदमी छोटा राजन के हिन्दुस्तानी गुरगे थे - और वे वहाँ पर नमाज़ के बाद मस्जिद से बाहर निकलते दाऊद पर दुस्साहसिक हमला करने के लिए मौजूद थे।

फ़रीद तनाशा, विकी मल्होत्रा और बण्टी पाण्डे ने पठानी पोशाकें और टोपियाँ पहन रखी थीं। ये 1998 की गर्मियाँ थीं और दाऊद को उसके अपने सुरक्षागार में जाकर ख़त्म कर देने की यह अपनी तरह की पहली साज़िश थी। इसके पहले, उसके प्रतिद्वन्द्वियों ने मुम्बई में ही उस पर हमले किये थे। बाद में वह शहर छोड़कर दुबई जा बसा था और फिर वहाँ से कराची आकर रहने लगा था। इसके पहले उसके इतने क़रीब तक कोई नहीं पहुँच पाया था।

हमलावरों के इस दल ने डॉन की आवाजाही पर नज़र रखी थी और पता लगा लिया था कि वह जब भी कराची में होता था, तो बिला नागा जुमे की नमाज़ में ज़रूर शामिल होता था।

इसके पहले, इनका इन्तज़ाम देख रहे अधिकारियों द्वारा इन तीनों को झूठी पहचानों वाले हिन्दुस्तानी पासपोर्ट मुहैया कराये गये थे। अपने सारे दुरुस्त दस्तावेज़ों के साथ उन्होंने दुबई होते हुए कराची तक का सफ़र किया था, जैसे कि वे वहाँ कारोबार के सिलसिले में आये हों। वे नहीं चाहते थे कि दस्तावेज़ों सम्बन्धी लापरवाही की वजह से उनकी मुहिम नाकामयाब हो।

उनको पाकिस्तान में रहते हुए अब एक पखवाड़े से ज़्यादा का वक़्त हो चुका था जिस दौरान वे क्लिफ़्टन बीच के क़रीब स्थित दाऊद के शाही बँगले, मोइन विला पर लगातार नज़र रखे हुए थे। यह महल किसी गढ़ जैसा था, जिस तक जाने वाली गली पर पाकिस्तानी रेंजरों का पहरा था। मुख्य द्वार पर हमेशा चमचों की भीड़ लगी रहती थी और बाक़ी सारे प्रवेश-द्वारों पर भारी पहरा

होता था। इस बँगले पर दाऊद पर हमले की नियति नाकामयाबी के अलावा और कुछ नहीं हो सकती थी।

उसको लपकने की सबसे ज़्यादा सम्भावनाएँ मस्जिद पर ही थीं, भले ही वह वहाँ भी भारी सुरक्षा के घेरे में होता था। एक अकेला हत्यारा ही शायद उसके इतने क़रीब तक पहुँच सकता था कि वह उसको मार सकता और भाग जाता। तय किया गया था कि दाऊद को मारने का हथियार दाऊद के पहुँचने के बाद आख़िरी क्षणों में ही लाया जाएगा।

जैसे ही दाऊद नमाज़ के लिए मस्जिद पर पहुँचा, उन्होंने अपने आदमी को फ़ोन करके उससे हथियार लाने को कहा। मुम्बई के अण्डरवर्ल्ड में ऐसा ही होता है और यही तरीक़ा उन्होंने पाकिस्तान में भी अपनाया। यहाँ फ़िल्मों की तरह नहीं होता जिनमें हत्यारे को अपनी पतलून के पीछे पिस्तौल खोंसे हुए दिखाया जाता है; यहाँ आमतौर से निशानेबाज़ को हत्या की ज़िम्मेदारी सौंपे जाने के बाद, यहाँ तक कि कभी-कभी मुहिम के दौरान ही, हथियार दिखायी देता है।

इस टीम ने इस तथ्य को लेखे में नहीं लिया था कि यह एक अनजान शहर था। जिस दौरान दाऊद वुज़ू, नमाज़ और दूसरी रस्में निपटाता रहा, उस दौरान ये लोग मस्जिद में बैठे इन्तज़ार ही करते रहे; वे कुछ कर ही नहीं सके क्योंकि उनका नौकर अभी भी रास्ते में ही था।

आख़िरकार, दाऊद ने नमाज़ ख़त्म की और वह पाक पैगम्बर को रवायती सलाम किये बग़ैर ही वहाँ से चला गया। डॉन को मस्जिद में आकर वापस जाने में पूरे पच्चीस मिनट लगे, और हथियार अभी तक सम्भावित हत्यारों के पास नहीं पहुँचे थे। वे झख मारते रह गये। निराश होकर वे जल्दी ही हिन्दुस्तान वापस लौट गये।

यह हत्यारा दस्ता ख़ासतौर से दाऊद तथा उसके गुरगों को मारने के लिए छोटा राजन द्वारा खड़ा किया गया था। यह इस क़िस्म की पहली बड़ी मुहिम थी जिसको, मुम्बई क्राइम ब्रांच के अफ़सरों के मुताबिक़, इण्टेलीजेंस ब्यूरो (आइबी) का पूरा सहयोग मिला हुआ था। दाऊद को मारने की कई कोशिशें हुई थीं - एक 1995 में आईबी के सहयोग के बग़ैर हुई थी - लेकिन 1998 की यह घुसपैठ इस एजेंसी की मदद से की गयी थी।

राजन ने जबसे दाऊद से अपना नाता तोड़ा था, तबसे ही इन्तकाम की आग उसे अन्दर ही अन्दर खाये जा रही थी। लेकिन छोटा राजन दाऊद इब्राहिम और उसके गिरोह के ख़िलाफ़ अकेला खड़ा था। उसके अभियान के दो ही मक़सद थे : दाऊद और दूसरे गिरोहबाज़ों से अपनी जान बचाये रखना और

पलटवार करना। वह गिरोह के उन तमाम लोगों को मिटा देना चाहता था जो 1993 में मुम्बई बम धमाकों में मुब्तला रहे थे और न्यायिक तन्त्र की कमज़ोरियों का फ़ायदा उठाकर क़ानून के लम्बे हाथों से बचते रहे थे।

उसने बहुत सावधानी के साथ उन लोगों की क़ानून के दायरे से बाहर रहकर की गयी हत्याओं की साज़िशें रची थीं जिनको बरी कर दिया गया था। आइबी के अन्दर के राजन के नियन्त्रक उन शर्तों को लेकर बहुत साफ़ थे जिन पर राजन पर की गयी मेहरबानी और उसकी हिफ़ाज़त क़ायम रहने वाली थी। इनमें सबसे मुख्य शर्त यह थी कि राजन को दाऊद गिरोह के आदमियों का सफ़ाया करना होगा। जिस दिन वह इन शर्तों से हटा, उसकी सुरक्षा वापस ले ली जाएगी।

राजन ने एक योजना तैयार कर ली थी और ऐसे नाचीज़ लोगों की एक फ़ौज खड़ी करने का फ़ैसला कर लिया था जो पल भर के लिए भी सोच-विचार किये बग़ैर उसके आदेशों को अमल में ला सकें और जो उपयोगी निगहबान भी साबित हों। उसको यह बात समझ में आ चुकी थी कि उसके पास ऐसे वफ़ादार लोगों का एक दल होना ज़रूरी है जो उसके मक़सद, यानी दाऊद को टपकाने, में विश्वास रखते हों।

अन्ततः जिस दस्ते को उसने तैयार किया था उसमें कई ख़ौफ़नाक आदमी शामिल थे। बालू डोकरे, सुशील हदकर, संजय वाटकर, बाबा रेड्डी, बाबा मायेकर और विनोद मटकर इस दल के ख़ास लोग थे। डोकरे को इस दल का मुखिया बनाया गया था।

ये ऐसे गिरोहबाज़ थे जो लोगों में बहुत ही गहरी दहशत जगाते थे और वे सब के सब ठाणे नाम के उस शहर के रहने वाले थे जो महानगर की परिधि पर स्थित, मुम्बई से कहीं ज़्यादा बड़ी बस्ती थी। वे निहायत ही सख़्त निशानेबाज़ों के रूप में कुख्यात थे और वे सब छोटा राजन के प्रति वफ़ादारी महसूस करते थे।

बाबा रेड्डी इन सबमें सबसे ज़्यादा भयानक था। वह काली का भक्त था और, जैसा कि काली के बारे में माना जाता है, वह भी कच्चा मांस खाता था और ख़ून पिया करता था। ये लोग इस क़दर ख़ून के प्यासे हुआ करते थे कि कहा जाता था कि वे जब तक किसी मासूम आदमी, औरत या बच्चे की हत्या नहीं कर लेते थे तब तक उनको रात में चैन की नींद नहीं आती थी। बाद के दिनों में ठाणे पुलिस द्वारा विध्वंसक दस्ते के नाम से पुकारे जाने वाले इस गिरोह ने ठाणे में ऐसा आतंक फैलाया था कि वह बयान के बाहर है। ये लोग नौपाड़ा, ठाणे के एक तन्दूरी कोने पर अपनी साप्ताहिक बैठकें जमाया करते

थे, जहाँ वे अपने अगले शिकार के बारे में योजनाएँ बनाते थे और फिर नये सिरे से दहशत फैलाते थे।

नयी-नयी हासिल की गयी ताक़त के मद में चूर और क़ानून को अपने ठेंगे पर रखने वाले इस गिरोह ने ठाणे नगर पुलिस स्टेशन के क़रीब की एक बड़ी दुकान को निशाना बनाया। ये लोग इसके पहले दुकान के मालिकों को धमका चुके थे और उनसे पैसे देने को कह चुके थे, लेकिन दुकानदारों ने साफ़ तौर पर मना कर दिया था। इसी से क्षुब्ध होकर ये गिरोहबाज़ एक दिन पैसे की माँग करते हुए स्टोर में घुस गये। यहाँ तक कि उन्होंने इलाक़े पर अपने वर्चस्व की डींग हाँकते हुए दुकानदारों को यह चुनौती तक दे डाली कि अगर उनमें हिम्मत हो तो वे पुलिस को बुला लें। उन्होंने कहा कि पुलिस उनको हाथ तक नहीं लगा सकती। 'पुलिस हमारा क्या कर लेगी,' उन्होंने कहा।

एक दुकानदार अपने सामने खड़े ठग पर यक़ीन करने को तैयार नहीं था, सो उसने पुलिस थाने में फ़ोन कर वारदात की रिपोर्ट कर दी। कुछ ही मिनटों में एक पुलिस अधिकारी, विपिन हसबने और दो कॉन्स्टेबल दुकान पर जा पहुँचे। उनको बताया गया कि गिरोहबाज़ अभी-अभी चले गये हैं। उन्होंने पीछा किया और थोड़ी ही दूर पर उनको ये डींगें हाँकने वाले आदमी मिल गये। वे पैदल थे और उनको देखकर नहीं लगता था कि उनको इस बात की कोई परवाह है कि पुलिस उनका पीछा कर रही है; अपने पीछे पुलिस दल को देखकर उन्होंने बिना झिझके गोलियाँ चलानी शुरू कर दीं।

हसबने और उनके आदमी तुरन्त ज़मीन पर दुबक गये। बदक़िस्मती से 12 वीं कक्षा में पढ़ने वाले सत्रह साल के एक लड़के को गोली लगी। विध्वंसक दस्ते को, ज़ाहिर है, इससे कोई फ़र्क़ नहीं पड़ा और वे भाग गये।

एक बार और, यह गिरोह रात के ग्यारह बजे एक व्यापारी के घर में घुस गया। वे एक के बाद एक अपनी बन्दूकें निकालकर उसके सामने लहराने लगे। इसके बाद जो हुआ उसको देखकर यह व्यापारी अपने होशोहवास खो बैठा। एक बन्दूक की नली उसके मुँह में घुसा दी गयी, दूसरी उसकी नाक में और तीसरी उसके कान में घुसा दी गयी। दो और बन्दूकों की नलियाँ बाक़ी बचे छेदों में घुसा दी गयीं। इसके बाद उन्होंने तुरन्त 5 लाख रुपये की माँग की। उन्होंने उसको चेतावनी दी कि अगर उसने ना-नुकुर करने की कोशिश की, तो उसके जिस्म में धँसी बन्दूकें एक-एक कर चल पड़ेंगीं। दहशत में डूबे व्यापारी ने अगले दिन पैसे देने का वादा किया और गिरोहबाज़ों के जाते ही वह ठाणे की क्राइम ब्रांच की तरफ़ भागा।

उन दिनों में ठाणे क्राइम ब्रांच का ऑफ़िस एक जीर्ण-शीर्ण-सी चाल में हुआ करता था। एक फ़्लैट का इस्तेमाल हथियार रखने के लिए किया जाता था, दूसरे का मनोरंजन सम्बन्धी उद्देश्यों के लिए होता था और बाक़ी को कार्यालयों की तरह बरता जाता था। जब वह व्यापारी मदद के लिए वहाँ पहुँचा, उस वक़्त एक मुहिम शुरू होने वाली थी और अधिकारीगण उसी की तैयारियों में लगे थे। उस आदमी को ऑफ़िस के कर्ताधर्ता, इंस्पेक्टर कैलाश डावखरे के पास भेज दिया गया, जो उसकी बात सुनने में वाक़ई कोई दिलचस्पी नहीं रखता था क्योंकि वह मानकर चल रहा था कि फ़रियादी वही रोज़मर्रा की शादी में बेवफ़ाई सम्बन्धी या वैसी ही कोई दूसरी शिकायत लेकर आया होगा। आख़िरकार जब व्यापारी ने किसी तरह उसको अपनी बात सुनने के लिए राज़ी कर लिया और अपना क़िस्सा बयान करना शुरू किया, तो इंस्पेक्टर स्तब्ध रह गया। उसने अपनी टीम के लोगों को इकट्ठा किया ताकि वे लोग भी यह ख़ौफ़नाक दास्तान सुन सकें।

जैसे ही वे अफ़सर वहाँ इकट्ठे हुए, उन्होंने कमरे में मल की ज़ोरदार, घिनौनी बदबू महसूस की। वे यह सोचते हुए आसपास देख रहे थे कि निश्चय ही कोई ऑफ़िस के बाहर किसी गन्दी चीज़ पर पैर रखकर अन्दर आ गया है, कि तभी उनको बुरी तरह झटका लगा जब व्यापारी ने उनके सामने कबूल किया कि दरअसल उसने ही डर के मारे मल त्याग दिया है! डावखरे के आदमियों ने व्यापारी से वादा किया कि वे उसकी हिफ़ाज़त करेंगे और गिरोहबाज़ों को पकड़कर उनको सज़ा देंगे। इस मौक़े को चूकने नहीं दिया जाएगा।

जहाँ तक गिरोहबाज़ों को जाल में फ़ँसने या मुठभेड़ों में मार गिराने का सवाल था, ठाणे क्राइम ब्रांच को इस मामले में मुम्बई पुलिस जितना क़ाबिल नहीं समझा जाता था। फिर भी अगले दिन एक जाल बिछाया गया। मुश्किल यह थी कि वह जाल इतना ज़ाहिर-सा था कि कोई नौसिखिया गिरोहबाज़ भी उसको आसानी से देख सकता था। विध्वंसक दस्ता व्यापारी के घर पर पहुँचा, लेकिन उनको तुरन्त ही लग गया कि कहीं कुछ गड़बड़ है। उन्होंने अपने क़दम वापस लिये और फिर उस व्यापारी को यातना देने कभी वापस नहीं आये। व्यापारी ने चैन की साँस ली। लेकिन वे कभी पकड़े नहीं गये।

यह विध्वंसक दस्ता बेरहम भले ही था, लेकिन इन लोगों ने हिन्दुस्तान के बाहर की अपनी पहली बड़ी हत्या के साथ रहस्यमय क़िस्म की देशभक्ति का परिचय दिया था। नेपाल की प्रजातन्त्र पार्टी का सांसद मिर्ज़ा दिलशाद बेग, दाऊद का दोस्त था और उसने अपने बँगले पर दाऊद के कई आदमियों को

पनाह दी थी। राजन यह बात अरसे से जानता था, और अब उसने बेग को ख़त्म करने अपने दस्ते को उसके बँगले पर भेजा था।

साज़िश रचने वालों ने बेग को बँगले से बाहर आने का लालच देने के लिए एक हिन्दुस्तानी लड़की का चारे की तरह इस्तेमाल किया। बेलगाँव औरतबाज़ बेग अपने बँगले से निकलकर सीधा अपने दरवाज़े पर खड़े इस दस्ते की बाँहों में जा गिरा। उसको बेरहमी से गोली मार दी गयी। विध्वंसक दस्ते ने बेग पर महज़ एक सप्ताह नज़र रखी थी और उसका काम तमाम कर दिया था। इस हत्या ने न सिर्फ़ दाऊद को हिलाकर रख दिया, बल्कि उसने काठमाण्डू के उसके सहयोगी अड्डे को भी ख़त्म कर दिया।

बाद में इस दस्ते ने मजीद खान और मोहम्मद जिन्द्रन की हत्या को भी अंजाम दिया था। ये दोनों मुम्बई बम धमाकों के आरोपी थे। फिर, मुम्बई पुलिस की ओर से खोजबीन की किसी तरह की कोशिशें न किये जाने से उत्साहित होकर और राजन की शाबाशी पाकर इन्होंने धमाकों के एक और आरोपी फ़िल्म निर्माता हनीफ़ कड़ावाला की भी हत्या कर दी।

राजन के हत्यारे दस्ते ने कम से कम छह ऐसे लोगों को मारा था जिन पर धमाकों में शामिल होने के आरोप थे, और इस तरह उन्होंने उसके दुश्मनों के दिलों को ख़ौफ़ और पागलपन से भर दिया था। राजन राष्ट्रीय टेलिविज़न पर प्रगट होकर इण्टरव्यू देने लगा जिनमें वह बयान देता था कि वह एक देशभक्त डॉन है जिसने गद्दार दाऊद और उसके आदमियों को ख़त्म कर देने का बीड़ा उठा रखा है।

इसका एक नतीजा यह भी हुआ कि धमाकों के कुछ आरोपियों ने अपनी मौत से बचने के लिए राजन को पैसे देकर उसके साथ समझौता कर लिया।

तब तक दाऊद राजन के हत्याओं के जश्न और कराची की सऊदी मस्जिद पर की गई नाकामयाब कोशिश के बारे में सुन चुका था। उसकी सुरक्षा बढ़ा दी गयी और उसकी आवाजाही को सीमित कर दिया गया। डॉन को अपने अगले क़दम के बारे में सोचविचार करने से पहले अपने क़िले को बचाना ज़रूरी था।

दाऊद का दाँया हाथ शकील, राजन की इस बढ़ती हुई हिमाक़त से बौखलाया हुआ था। वह जानता था कि उसको राजन पर जल्दी ही एक पलटवार की शुरूआत करनी होगी नहीं तो शहर के अन्दर डी-कम्पनी का दबदबा और ताक़त बुझने लगेंगे। वह एक ऐसे हत्यारे की तलाश में जुट गया जो धीरज के साथ जिस किसी भी दक्षिणपूर्वी एशियाई शहर से राजन को ढूँढ निकाले और उसे मार डाले। इसी में उनके बचे रहने की सबसे बेहतर उम्मीद थी।

26

दुबई में मौत का नाच

सुनील सावन्त उर्फ़ सौत्या की ज़िन्दगी बदल चुकी थी और वह पूरे 180 डिग्री पर घूम चुकी थी। वह गिरगाँव की तंग और सँकरी गलियों से निकलकर काठमाण्डू और फिर वहाँ से दुबई पहुँच गया था। दुबई की विशाल सड़कों को देखकर उसका दिमाग़ चकरा गया था। वह पहली बार अपने मुल्क से बाहर आया था। दुबई को उसने सिर्फ़ फ़िल्मों में ही देखा था और अपने दोस्तों से उसके बारे में सुना था। वह इतनी जल्दी उसका अपना शहर बन गया था।

दुबई उन दिनों लगातार तरक्की कर रहा था। पहली ऊँची इमारत 1991 में खड़ी हुई थी। उसके बाद जल्दी ही निर्माण के क्षेत्र में ज़बरदस्त उछाल आया और ऊँची इमारतों में बेइन्तिहा इज़ाफ़ा हुआ। शहर के मुम्बई से भी छोटे इलाक़े में 900 से ज़्यादा ऊँची इमारतें खड़ी हो गयीं। धन और समृद्धि में डूबा हुआ हर शख़्स वहाँ रहना पसन्द करता था।

सौत्या भी दुबई में ज़िन्दगी के मज़े लूटने लगा। शराब, दौलत और औरतों की वहाँ कोई कमी नहीं थी, इसलिए उसकी अय्याशियाँ बेलगाँव जारी रहीं। दुबई एक बहुत बड़ा शहर तो था ही, लेकिन इससे भी ज़्यादा अहम बात यह थी कि वह वहाँ पर किसी भगोड़े के रूप में नहीं रह रहा था। वह दुनिया के नागरिक की तरह आज़ाद घूम सकता था। वहाँ उसका पीछा करने के लिए पुलिस के कोई महकमे या कोई एजेंसियाँ नहीं थीं। दाऊद उससे ख़ुश था। डी-कम्पनी के पायदान में उसको बॉस के मुख्य सहयोगियों में गिना जाता था।

सौत्या को लगता था कि वह दुनिया के शीर्ष पर है और पूरी तरह अपराजेय है। लेकिन माफ़िया की दुनिया में कोई शख़्स जितनी ही ज़्यादा ऊँचाई पर चढ़ता जाता है, उतनी ही बुरी तरह गिरता है।

सौत्या, जो कि इस्लाम कबूल कर लेने के बाद सुलेमान बन गया था, अब दुबई में बस जाने के मंसूबे बाँध रहा था। वह पछताता था कि उसने दुबई

आने में इतनी देर क्यों कर दी; उसको भी अपने उन साथियों शरद शेट्टी और अनिल परब की ही तरह पहले ही आ जाना चाहिए था, जो छोटा राजन के साथ मिल जाने की बजाय दाऊद के साथ ही बने रहे थे। दोनों ने ही दुबई में अच्छी ख़ासी दौलत खड़ी कर ली थी।

शेट्टी ने खुद को एक होटल-व्यवसायी के रूप में विकसित कर लिया था और वह यूएई में होटलों की एक समूची श्रंखला का मालिक था। दुबई में उसके दो होटल - रीजेण्ट पैलेस होटल तथा रीगल होटल - थे और वह रैमी ग्रुप्स ऑफ़ होटल्स का भी मुखिया था। अबू धाबी के कई रेस्तराओं, नाइटक्लबों तथा होटलों के साथ भी उसके व्यावसायिक हित जुड़े हुए थे।

परब ने अब्दुल रहमान अल रईस नामक एक अरब के साथ मिलकर व्यापार शुरू कर एक फ़ैंसी डिपार्टमेण्ट स्टोर खोल लिया था। वह डेइरा में सौक अल वसार पर स्थित एक इलेक्ट्रॉनिक्स की दुकान का भी मालिक था। तिलक नगर के इस मामूली-से ठग ने अपनी बेहतर स्थिति बना ली थी; अब उसके पास कई मर्सिडीज़ बेंज और बीएमडब्ल्यू थीं।

सौत्या अपने इन दोस्तों की ऐशोआराम और शाही जीवन-शैली से ईर्ष्या करता था। वह भी अपने लिए एक सुकून की ज़िन्दगी और स्थिर कारोबार चाहता था, और उसने इस दिशा में पूरी एकाग्रता के साथ कोशिशें शुरू कर दी थीं। वह अमीरात के एक स्थानीय स्पॉन्सर कफ़ील के साथ मिलकर दुबई में एक साथ कई शोरूम खोलने के बारे में सोच रहा था। एक एस्टेट एजेण्ट उसको शारजाह ले गया था, जो सस्ता लेकिन बहुत ही तरक़्क़ी करता हुआ बाज़ार था। निजी तौर पर सौत्या को डेइरा पसन्द था, जो दुबई का आलीशान रईसी इलाक़ा था जिसकी तुलना मुम्बई के बान्द्रा से की जा सकती थी।

सौत्या जानता था कि दाऊद उसके लिए अरब सल्तनत का कोई भी दरवाज़ा खोल सकता है। दूसरी जगहों के साथ-साथ वह हयात रिजेंसी बाज़ार के इलाक़े में भी अपने नेपाली दलाल दोस्त के साथ गया था, जो उसको शहर घुमा रहा था। दुबई में अभी मॉल नहीं खुले थे। मॉल से पहले के उस युग में दुबई में विशालकाय डिपार्टमेण्ट स्टोर या पाँच सितारा होटलों में शॉपिंग कॉरिडोर हुआ करते थे।

दुबई में जहाँ हिन्दुस्तानियों और पाकिस्तानियों ने सरकारी या आलातरीन कम्पनियों की नौकरियों में अपनी पैठ बना रखी थी, वहीं बांग्लादेशी वेटरों का काम करते थे या बहुराष्ट्रीय कम्पनियों में निचले स्तर की नौकरियाँ किया करते थे। नेपाली और फ़िलिपीनी ज़्यादातर मज़दूरी करते थे और शॉपिंग सेण्टरों तथा

होटलों में नौकरों के रूप में काम करते थे। काठमाण्डू की अपनी बार-बार की फेरियों के दौरान सौत्या की कई नेपाली लोगों से दोस्ती हो गयी थी। ये वफ़ादार नेपाली अब उसके ख़ास मददगार थे; साथ ही साथ वे उसके अंगरक्षकों, ड्राइवरों, सहयोगियों, घरेलू नौकरों का भी काम करते थे, और रियल-एस्टेट दलालों की भूमिका भी निभाते थे। ऐसे कई उसके इर्दगिर्द हुआ करते थे, लेकिन शंकर उसका सबसे ज़्यादा चहेता था।

हयात का चक्कर लगाने के बाद शंकर उसको होटल तूफ़ान ले गया। टोयोटा कार होटल तूफ़ान के प्रवेश-द्वार तक पहुँचने के लिए शारे'नईफ़ में दाख़िल हुई। सौत्या कार से उतरा और होटल की तरफ़ चल पड़ा। शंकर ने कार पार्क की और उसके पीछे हो लिया। जगह की तलाश में पूरे दिन यहाँ से वहाँ भटकते हुए सौत्या थक चुका था। वह होटल में बैठकर थोड़ी-सी शराब और खाने के लिए इस क़दर बेताब था कि जब एक कार चिंचियाती हुई उसके पास आकर रुकी तो उसकी आवाज़ की तरफ़ उसका कोई ख़ास ध्यान नहीं गया।

जब सौत्या ने हाथों में बन्दूकें थामें कार से उतरते हुए लोगों को देखा तो वह हक्का-बक्का रह गया। कोई वजह नहीं थी कि उसके मन में यह शक पैदा होता कि उसका पीछा किया जा रहा है; यह दुबई शहर था, उसके अपने घर से बहुत दूर। वह सामने खड़ी अपनी ही मौत के इस मुक़ाबले के लिए ज़रा भी तैयार नहीं था। यह इंसान जिसका दाऊद की हत्यारी मशीन के रूप में ढिंढोरा पीटा जाता था, अपनी मौत के भय से काँप उठा था - जैसा कि अक्सर होता है।

सौत्या पर तीन लोगों ने एक साथ गोलियाँ चलायीं। उसकी बाँह में और कन्धे में गोलियाँ लगीं और उसने अपने नेपाली दोस्त के पीछे दुबकने की कोशिश की। लेकिन बेहतर निशाने के लिए क़रीब आते हुए उन आदमियों के हाथों गोलियों की बौछार जारी रही। सौत्या अब तक हताश हो चुका था और इस बात को लेकर ख़बरदार था कि वे गोलियाँ आगे-पीछे उसको ख़त्म कर देंगी, सो उसने अपने वफ़ादार दोस्त को उस हथियारबन्द तिकड़ी के सामने धकेला और खुद सड़क पर भागने लगा।

बन्दूकधारियों को यक़ीन नहीं आ रहा था कि सौत्या अपनी बुज़दिली में इतना नीचे गिर सकता है। उन्होंने दो गोलियाँ शंकर में झोंकीं और मुड़कर सौत्या के पीछे भागे। उनमें से एक कार में सवार हुआ और बाक़ी दो पैदल उसका पीछा करने लगे।

सौत्या के हाथों बेरहमी से मारे गये सारे परिवारों के लिए नईफ़ रोड पर सौत्या की वैसी बेरहम हत्या यक़ीनन राहत पहुँचाने वाली रही होगी।

भारीभरकम जिस्म से ख़ून बहाता सौत्या दुबई की व्यस्त सड़क से लगे फुटपाथ पर भागने का संघर्ष कर रहा था और एक कार तथा दो ठिगने आदमी बिना किसी हड़बड़ी के उसका पीछा कर रहे थे।

कमज़ोर कर देने वाली दुबई की तपिश, ख़ून की भारी बरबादी और थकान ने सौत्या की चाल को धीमा कर दिया। उसने सहारे के लिए एक खम्भे से टिकने की कोशिश की। जब उसका पीछा करने वाले उसके क़रीब आ पहुँचे, तो सौत्या उनको देखकर ज़ोर-ज़ोर से गालियाँ बकने लगा। वह जानता था कि अब बचना मुश्किल है। उसने उनको एक-एक कर लड़ने के लिए ललकारा। लेकिन सौत्या के हत्यारे, जिसकी बाद में गुरु अंचन उर्फ़ पंड्या के नाम से पहचान की गयी, ने चुपचाप कुछ और गोलियाँ सौत्या के जिस्म में झोंक दीं। सौत्या खम्भे को पकड़े रहा, वह अपनी पकड़ ढीली नहीं होने दे रहा था। तब पंड्या उसके पीछे गया, उसने झटके से एक चाकू निकाला और सौत्या के गले को, उसकी कण्ठ-शिरा को चीर दिया। सौत्या फुटपाथ पर ढेर हो गया, और अपने ही ख़ून के तालाब में पड़ा रहा। बड़े-बड़े ख़्वाब देखने वाला गिरोहबाज़ ख़त्म हो चुका था, उसके सपनों की दुनिया में ही उसके सपनों का अन्त हो गया।

सौत्या पर पहली गोली चलने के बाद कुछ ही मिनट बीते होंगे कि शुर्ता या दुबई पुलिस को चौकन्ना कर दिया गया था। जब हत्यारों ने पुलिस वैन को आते देखा, तो उन्होंने भागने की कोशिश की। उनमें से दो किसी तरह अपनी कार में सवार होकर भागने में कामयाब रहे, जबकि पंड्या को तुरन्त निहत्था कर गिरफ़्तार कर लिया गया। कार में भागे दो लोगों को भी पुलिस ने पीछा कर गिरफ़्तार कर लिया, जिनकी शिनाख़्त श्याम सुन्दर और बाबू के रूप में की गयी।

हिन्दुस्तानियों ने जिस तरह से, दिन दहाड़े, लोगों से भरी एक व्यस्त सड़क पर इस हत्या को अंजाम दिया था, और वह भी इतने ख़ौफ़नाक तरीक़े से, उसको देखकर लैफ़्टिनेण्ट जनरल धाही खल्फ़ान अल तमीम, जो दस से भी ज़्यादा वर्षों से शुर्ता के पुलिस चीफ़ थे, ग़ुस्से से भड़क उठे। तमीम ने अपने सबसे क़ाबिल आदमी, क्रिमिनल इन्वेस्टिगेशन डिपार्टमेण्ट (सीआइडी) के प्रभारी शेख अब्दुल जलील को प्रकरण की ज़िम्मेदारी सौंपी।

बाद का घटनाक्रम कुछ ऐसा था कि उसने समूचे दाऊद गिरोह को अचम्भे में डाल दिया और हर कोई लम्बे अरसे तक भ्रम की हालत में बना रहा।

जाँच के दौरान पंड्या ने जलील को बताया कि उन्होंने सौत्या की हत्या दो हिन्दुस्तानी व्यापारियों, शरद शेट्टी तथा अनिल परब के कहने पर की थी।

उसने पुलिस को यह भी बताया कि परब ने ही उनको दो रिवॉल्वर मुहैया कराये थे, और दो और बन्दूकें उसके पास थीं। सीआइडी तुरन्त हरक़त में आयी और उसने शरद शेट्टी को उसके होटल की लॉबी से तथा परब को उसके शोरूम से गिरफ़्तार कर लिया।

दाऊद हक्का-बक्का था। उसको यक़ीन नहीं आ रहा था कि उसके दो वफ़ादार सहयोगियों ने सौत्या की हत्या की साज़िश रची थी, जो कि उन दोनों का क़रीबी दोस्त हुआ करता था।

दाऊद कराची में था, लेकिन उसने किसी तरह सीआइडी के लॉक-अप में बन्द शरद को फ़ोन पर तलब करते हुए उससे कैफ़ियत माँगी। शरद ने अब तक साज़िश का रहस्य समझ लिया था, सो उसने दाऊद को कैफ़ियत दी। उसने दाऊद को यक़ीन दिलाया कि सौत्या की हत्या छोटा राजन की करामात है, जिसने डी-कम्पनी के भीतर अपने किसी भेदिये की मदद से यह हत्या करवायी है। किसी भेदिये की मदद के बग़ैर पहली बार दुबई आने वाले एक आदमी के लिए ग़ैरक़ानूनी तरीक़े से हथियार जुटाना और सौत्या के ठिकाने का पता लगाना मुमकिन नहीं था।

शरद ने जो कहा दाऊद ने उस पर यक़ीन किया और सुनिश्चित किया कि शरद उसी दिन रिहा हो जाए, लेकिन यह भलमनसाहत उसने परब के प्रति नहीं दिखायी। परब को लेकर उसका शक बरकरार रहा, जिसकी जड़ें तिलक नगर गिरोह में रही थीं और उसको राजन की मार्फ़त दाख़िला मिला था। राजन ने उसको दुबई में धन्धा शुरू करने के लिए 50,000 अरब एमिरेट्स दिरहम (एइडी) भी उधार दिये थे। परब भेदिये की भूमिका के लिए फ़िट था, और इसके लिए उसको दुबई की जेल में तीन महीने गुज़ारने पड़े।

परब दाऊद के सामने लगातार अपना पक्ष रखता रहा; वह दुबई की हुकूमत के भीतर दाऊद के रुतबे से वाक़िफ़ था। दाऊद ने उसके भेजे तमाम सन्देशों को नज़रअन्दाज़ कर दिया। आख़िरकार परब के ख़िलाफ़ किसी ठोस साक्ष्य के अभाव में सीआइडी ने उसको रिहा कर दिया।

पंड्या से की गयी पूछताछ के दौरान यह बात सामने आयी कि राजन ने हत्यारों को सौत्या की पृष्ठभूमि के बारे में कुछ नहीं बताया था। उनको सिर्फ़ इतना कहा गया था कि उसकी हत्या इसलिए की जानी है क्योंकि वह एक पाकिस्तानी एजेण्ट है जो हिन्दुस्तान के ख़िलाफ़ काम कर रहा है। उनसे यह भी कहा गया था कि हत्या के बाद उनको डेइरा से बमुश्किल दस मिनट की दूरी पर, बर दुबई में, दुबई क्रीक की तरफ़ बढ़ना है जहाँ समुद्र की सँकरी

खाड़ी में पानी की टैक्सी के रूप में इस्तेमाल की जाने वाली एक अब्रा (लकड़ी की नाव) उनका इन्तज़ार कर रही होगी। दुबई पुरानी तरह की पानी की नावों पर निर्भर करता है जो ईरान और इज़राइल समेत तमाम पड़ोस के मुल्कों तक माल ढोकर ले जाने के काम में लायी जाती हैं। ये अब्राएँ आज भी तस्करी के कारोबारियों द्वारा माल को ईरान पहुँचाने के लिए इस्तेमाल की जाती हैं। ये अच्छा ख़ासा मुनाफ़ा कमाती हैं क्योंकि यह कारोबार, ख़ासतौर से ईरान के ख़िलाफ़ संयुक्त राज्य अमेरिका द्वारा थोपी गयी सख़्त आर्थिक बन्दिशों के चलते, बहुत ही हरभरा है।

हत्यारों को कहा गया था कि अब्रा उनको गुजरात के तट पर पहुँचा देगी। इस सफ़र में कुछ दिन लगने वाले थे। राजन ने उनसे वादा किया था कि वह उनके भागने के पुख़्ता इन्तज़ाम के लिए तस्कर मण्डली के अपने लोगों से बात करेगा। योजना का दूसरा पहलू यह था कि अगर वे गिरफ़्तार कर लिये जाते हैं, तो उनको परब और शेट्टी का नाम लेना होगा जो कि उसके दुबई में रहने वाले दोस्त हैं। तीनों हत्यारों को कहा गया था कि वे दोनों (शेट्टी और परब) उनको ज़मानत पर रिहा कराने के लिए राज़ी कर लिये गये हैं। ऊपरी तौर पर पुख़्ता लगने वाले इन इन्तज़ामों ने इन लोगों हिम्मत बढ़ा दी थी और इन्हें लापरवाह बना दिया था। यही वजह थी कि काम को निपटाने और मौक़ा-ए-वारदात से भागने के मामले में उन्होंने कोई जल्दबाज़ी नहीं दिखायी थी। उन्होंने धीरज के साथ सौत्या का पीछा किया था और उस पर गोली चलाने के बाद भी दिनदहाड़े उसका गला चीरने के लिए पूरा समय लिया था।

इस तरह, 5 अगस्त 1995 तक हिन्दुस्तानी माफ़िया की लड़ाइयाँ दुबई तक पहुँच चुकी थीं। हिंसा और ख़ूनख़राबा कारोबार के लिए अच्छे नहीं होते, और शेख मोहम्मद शहर में कारोबार को आकर्षित करने के लिए बहुत उत्सुक थे। वे नहीं चाहते थे कि दुबई के बारे में लोग उस तरह की बातें करें जैसी कराची या मुम्बई के बारे में की जाती थीं। तमीम ने उनसे वादा किया था कि वे किसी को भी ऐसा कोई काम करने की छूट नहीं देंगे जिससे कि सख़्त नियन्त्रण वाली इस अरब हुकूमत के अमन और हिफ़ाज़त में कोई ख़लल पैदा हो।

तहकीकात के दौरान सीआइडी ने पाया कि उनको सुनाये गये क़िस्से पूरी तरह से झूठे हैं। ये हत्यारों को काम करने को राज़ी करने के लिए राजन द्वारा गढ़े गये लम्बे-चौड़े किस्से हैं। दुबई के तटों पर कोई अब्र इन्तज़ार नहीं कर रही थी, और परब तथा शेट्टी का इस साज़िश में कोई हाथ नहीं था।

तमीम ने प्रकरण को फुर्ती से निपटाने के निर्देश दिये और दुबई में सक्रिय

हिन्दुस्तानी गिरोहों को सख़्त चेतावनी जारी की। तीनों हत्यारों को मौत की सज़ा सुनायी गयी। यह उनको और उनके परिवारों के लिए बहुत बड़ा झटका था कि जब वे दुबई की जेल में सड़ रहे थे, तो राजन की तरफ़ से उन्हें कोई मदद नहीं मिली। आख़िरी कोशिश के तौर पर, तीनों ने इस्लाम कबूल कर लिया और दुबई सरकार के सामने माफ़ी की याचिका पेश की। लेकिन तमीम ने सुनिश्चित किया कि उन पर किसी तरह का रहम न किया जाय।

पुलिस के मुखिया ने इस हत्या की साज़िश के लिए राजन के ख़िलाफ़ इण्टरपोल वारण्ट भी जारी करवाया। राजन ने दुबई में क़रीब-क़रीब पूरा एक दशक बिताया था और वह हिन्दुस्तान में कई हत्याओं के पीछे रह चुका था, लेकिन उसके ख़िलाफ़ इण्टरपोल का रेड अलर्ट वारण्ट कभी जारी नहीं हुआ था। इस वारण्ट ने भविष्य की सक्रियताओं के उसके मंसूबों पर पानी फेर दिया।

राजन क्षुब्ध होने के बावजूद फ़तहमन्द महसूस कर रहा था और इस बात से तसल्ली हासिल कर रहा था कि आख़िरकार वह दाऊद के एक आला दर्जे के आदमी को, उसी के अड्डे पर मारकर दाऊद के गिरोह को ज़बरदस्त नुक़सान पहुँचाने में तो कामयाब रहा। लेकिन यह महज़ एक शुरूआत थी। समन्दर पार मौत का सफ़र तो अभी शुरू ही हुआ था।

27

गिरोहबाज़, गोलियाँ और गणपति

अपराधी आमतौर से अक़ीदतमन्द इंसान होते हैं, लगभग पागलपन के स्तर पर मज़हबी। उनको आमतौर से लगता है कि सारी दुनिया उन्हें ग़लत समझती है; सिर्फ़ ईश्वर ही उनको सही ढंग से समझता है। मुम्बई का अण्डरवर्ल्ड गिरोहबाज़ों की धार्मिकता और उनकी अडिग आस्था के क़िस्सों से भरा पड़ा है।

वरदाराजन मुदलियार अपनी भक्तिभावना का बिना छिपाये, सार्वजनिक इज़हार करने वाला पहला डॉन था। वह हर साल वीटी स्टेशन पर बिस्मिल्लाह शाह बाबा की दरगाह पर आयोजित होने वाले सालाना उर्स के दौरान 1,000 श्रद्धालुओं को भोजन कराता था। माटुंगा स्टेशन पर उसके गणेश पाण्डाल में की जाने वाली रोशनी को देखने हर साल समूचा शहर आता था। उसकी शुरूआत माटुंगा स्टेशन के बाहर एक छोटे-से पाण्डाल के रूप में हुई थी, लेकिन जैसे-जैसे उसके क़द और रसूख़ में इज़ाफ़ा होता गया, पाण्डाल स्टेशन के बाहर की सार्वजनिक जगह के बड़े हिस्से को निगलता हुआ उतना ही बड़ा होता गया। पाण्डाल की सजावटी रोशनी को देखने भीड़ उमड़ पड़ती थी, और आज शहर के सबसे ज़्यादा भीड़ आकर्षित करने वाले पाण्डाल लालबागचा राजा की तरह वरादाराजन के गणेश हर साल श्रद्धालुओं के लिए अनिवार्य आकर्षण का केन्द्र हुआ करते थे।

पाण्डाल को देखने दूसरे लोकप्रिय व्यक्तियों की तरह फ़िल्मी सितारे भी अक्सर आया करते थे। 1982 में जब अमिताभ बच्चन ब्रीच कैण्डी अस्पताल में अपनी ज़िन्दगी के लिए जूझ रहे थे, तब जया बच्चन वहाँ अक्सर जाया करती थीं।

जब पुलिस ने वरदाराजन के पर कतरने और उसके प्रभाव को कम करने का निश्चय किया, तो उन्होंने उससे उसके पाण्डाल के भारीभरकम आकार को छोटा करने को कहा। नतीजतन उसको 100 वर्ग फ़ुट कर दिया गया। तब तक

गणेश पाण्डाल वरदाराजन के कम होते रुतबे का प्रतीक बन चुका था। उसने अपमानित महसूस किया और चेन्नई वापस चला गया जहाँ वह उसके बाद जल्दी ही हार्ट अटैक से मर गया।

वरदाराजन की ही तरह गवली भी दुर्गा का कट्टर भक्त है और वह भी हर साल नवरात्रि पर दिल खोलकर पैसा ख़र्च करता है। जब तक शिव सेना के साथ उसकी दोस्ती रही तब तक वह अपने दुर्गा पाण्डाल में बाल ठाकरे और उनकी धर्मपत्नी मीना ठाकरे की तस्वीरों की नुमाइश करता रहा। जब उसने सेना के ख़िलाफ़ लड़ाई का ऐलान कर दिया, तो ये तस्वीरें तुरन्त हटा ली गयीं।

एक बार फिर पुलिस ने प्रतिक्रिया दिखायी और पाण्डाल के आकार को छोटा कराया तथा रात 10 बजे के बाद संगीत पर रोक लगा दी।

जब छोटा राजन ने दाऊद के साथ हाथ मिलाया और उसकी जायदाद खड़ी की, तो जो सबसे पहला काम उसने किया वह था 1987 में तिलक नगर के गणेशोत्सव में पूजा का आयोजन। बाद में जल्दी ही उसको दुबई भाग जाना पड़ा। लेकिन उसने इस बात का पुख़्ता इन्तज़ाम किया कि उसके लड़के तिलक नगर के मैदान में हर साल एक ज़ोरदार पाण्डाल खड़ा करें और पूरा गणेशोत्सव बड़े पैमाने पर मनाया जाए।

कुछ ही सालों के भीतर, इस उत्सव की भव्यता शहर भर में चर्चा का विषय बन गयी। राजन के लोगों ने अपने गणपति पाण्डालों को लाल क़िला, मैसूर पैलेस, अजन्ता-ऐलोरा की गुफाएँ, यहाँ तक कि डिज़नीलैण्ड जैसी जानीमानी इमारतों के मॉडल पर बनाना शुरू कर दिया। 2013 में उन्होंने फ़िल्म नगरी की झाँकी तैयार की थी। लम्बे अरसे से वे धीरे-धीरे अपना बजट बढ़ाते गये और अब चूँकि वह छोटा राजन की प्रतिष्ठा का मसला बन चुका है इसलिए वे उस पर लाखों रुपये ख़र्च करते हैं।

आयोजक ऐसा स्वाँग करते हैं कि यह पैसा उनको तिलक नगर के निवासियों से वर्गानी (चन्दा) के रूप में प्राप्त होता है। लेकिन हर कोई जानता है कि ये राजन के गणपति हैं और उसने अपने इस पाण्डाल के उत्सव के पैमाने और भव्यता को लेकर कभी समझौता नहीं किया।

नब्बे के दशक के शुरूआती दौर में सह्याद्रि क्रीड़ा मण्डल नाम से प्रसिद्ध तिलक नगर के इस पाण्डाल की दीवारों पर दुस्साहसिक तरीक़े से छोटा राजन के हस्ताक्षरों की नुमाइश की जाती थी। हालाँकि जब मुम्बई पुलिस ने माफ़िया के ख़िलाफ़ जंग छेड़ी तो यह प्रथा समाप्त हो गयी।

2003 में पुलिस ने पाण्डाल का एक हिस्सा गिरा दिया था। पुलिस का कहना था कि उसका आकार उससे कहीं बड़ा था जितने की इजाज़त दी गयी थी। क्राइम ब्रांच के एक वरिष्ठ अधिकारी का कहना था कि 'पाण्डाल के आकार का सिकुड़ना छोटा राजन के घटते हुए रुतबे की तरफ़ एक इशारा है।' *टाइम्स ऑफ़ इण्डिया* की एक रिपोर्ट, 'राजन के गणपति की ताक़त की नुमाइश का क्षरण,' के मुताबिक़ 2001 में एमसीओसीए कोर्ट के न्यायाधीश ए.पी. भंगाले द्वारा स्वप्रेरित जाँच के आदेश दिये जाने के बाद पुलिस ने आयोजकों पर धावा बोला था। श्री भंगाले ने यह आदेश वह लेख पढ़ने के बाद दिया था जिसमें कहा गया था कि आयोजकों ने पाण्डाल की साज-सज्जा और जश्न पर 30 लाख रुपये ख़र्च किये थे। यह जाँच राजन और सह्याद्रि क्रीड़ा मण्डल के बीच कोई सूत्र स्थापित करने में नाकामयाब रही थी। सिर्फ़ एक ही बार ऐसा हुआ था जब इस पाण्डाल पर मायूसी के बादल मँडराते देखे गये थे, अन्यथा तिलक नगर गणेशोत्सव के उत्साह में कभी कमी नहीं आयी।

दुबई में सौत्या की हत्या के बाद छोटा शकील ने निश्चय किया कि वह राजन की माली ताक़त पर हमला बोलकर उसके साथ हिसाब चुकता करेगा। चेम्बूर का बिल्डर ओमप्रकाश कुकरेजा राजन का जानामाना हितैषी हुआ करता था। पुलिस के मुताबिक़, वह सह्याद्रि क्रीड़ा मण्डल गणेशोत्सव के लिए 50 लाख रुपये देता था। पुलिस की डायरी बताती है कि कुकरेजा राजन के लिए हथियार भी रखता था। शकील ने छोटा राजन को मिलने वाली कुकरेजा की माली इमदाद को काटने का निश्चय कर लिया। वह सौत्या की हत्या का बदला लेना चाहता था और राजन के गणपति की तड़कभड़क को भी बरबाद कर देना चाहता था।

18 सितम्बर 1995 को, सौत्या की हत्या के एक महीने बाद, तीन बन्दूकधारियों ने कुकरेजा के ऑफ़िस में घुसकर अन्धाधुन्ध गोलियाँ चलानी शुरू कर दीं। पुलिस को शक है कि इस हमले में एके-47 का इस्तेमाल किया गया था, जिसके नतीजे में कुकरेजा और उसके दो कर्मचारी दीपक बिल्किया और मोहम्मद अंसारी मारे गये।

राजन के गिरोह में मातम छा गया और इसने गणेशोत्सव पर भी फ़ौरी तौर पर असर डाला। मुम्बई पुलिस ने आज तक न तो इस मामले को हल किया और न ही गोली चलाने वाले हत्यारों को गिरफ़्तार किया; 11 नवम्बर 1996 को फ़ाइल बन्द कर दी गयी और उसको 'ए' से चिह्नित कर दिया गया जिसका मतलब होता है, सत्य किन्तु कोई खोजा नहीं जा सका।

राजन जानता था कि कुकरेजा की हत्या उसको माली तौर पर कमज़ोर

बनाने के लिए की गयी है। उसने भी इसी स्तर पर पलटवार करने का फ़ैसला कर लिया।

13 नवम्बर 1995 को राजन के आदमियों ने ईस्ट-वेस्ट एयरलाइन्स के प्रबन्ध निदेशक थकिउद्दीन वाहिद की गोली मारकर हत्या कर दी। यह एयरलाइन हिन्दुस्तान की पहली निजी घरेलू एयरलाइन थी और इसने बहुत ही तेज़ रफ़्तार से अपना विस्तार किया था। राजन का हमेशा से मानना रहा था कि दाऊद ने इस एयरलाइन्स में भारी तादाद में पैसा लगाया हुआ है। हालाँकि वाहिद और उसके परिवार के लोग इस दावे का खण्डन करते रहे थे।

एक नये युग में धन से सम्पन्न मुम्बई में वर्चस्व दाँव पर लगा हुआ था। दाऊद साबित करना चाहता था कि वह सबसे बड़ा बॉस है, जबकि राजन ने यह साबित करने की ठान रखी थी कि वही है जिसकी मुम्बई में चलती है। राजन एक क़दम और आगे निकल गया था और उसने अरुण गवली से आख़िरकार हाथ मिला लिया था। उन दोनों ने मिलकर शहर से दाऊद के गिरोह को उखाड़ फेंकने का निश्चय कर लिया था।

पुलिस यह तो मानती थी कि वाहिद की हत्या राजन की करामात थी, लेकिन अपने इस दावे को सही साबित करने के लिए कोई गिरफ़्तारी करने में नाकामयाब रही थी। अनुमान यह लगाया जा रहा था कि शायद खुद दाऊद ने इस हत्या का हुक्म दिया था क्योंकि वाहिद ने पैसे की माँगों पर ध्यान देना बन्द कर दिया था। *द वीक* ने तो 'दाऊद के किसी अज्ञात सहयोगी' के साथ बातचीत तक प्रकाशित कर दी थी जिसका यह दावा था कि यह उसी गिरोह की कारामात हो सकती है। उसी बातचीत में शिव सेना मुखिया बाल ठाकरे को मारने की भी धमकी दी गयी थी।

तस्वीर तब जाकर साफ़ हो सकी जब 1996 में हिन्दुस्तान के सबसे साहसी खोजी पत्रकारों में से एक हरिन्दर बावेजा ने एक सनसनीखेज़ खुलासा किया। उसने किसी तरह छोटा राजन को मलेशिया के कुआला लुम्पुर में ढूँढ निकाला और उससे बात की। उसे पत्रकारिता के क्षेत्र में आये हुए बमुश्किल दसेक साल ही हुए थे और वह *इण्डिया टुडे* की विशेष संवाददाता के तौर पर काम कर रही थी जब उसने राजन के साथ यह बातचीत की थी। पेश हैं इस बातचीत के कुछ हिस्से :

सवाल : *आपने दाऊद को क्यों छोड़ दिया?*

जवाब : वह इस लायक़ नहीं है कि उसके बारे में बात की जाए। उसने दोनों

के साथ गद्दारी की है - मेरे साथ भी और देश के साथ भी। उसने मेरी ताक़त को कम करने के लिए मेरे तीन आदमियों को मरवाया है। उसने उनकी हत्याओं के लिए सबसे बदतर तरीक़ा अपनाया - पहले उनसे दोस्ती की, उनको बुलाया और उनके साथ खाना खाया। वह सोचता है कि उसने मेरी ताक़त और पकड़ को कमज़ोर कर दिया है, लेकिन जहाँ मेरे साथ हज़ार दूसरे लोग हैं, वहाँ तीन आदमियों के न रहने से मुझे कोई फ़र्क़ नहीं पड़ता। उसने जिस तरह से काम किया उससे गद्दारी की बू आती है।

सवाल : *और आपने ये क्यों कहा कि उसने देश के साथ गद्दारी की?*

जवाब : उन मुम्बई बम धमाकों के पीछे उसी का दिमाग़ काम कर रहा था जिनमें सैकड़ों मासूमों की जाने गयी थीं।

सवाल : *आप एक बहुत ही गम्भीर आरोप लगा रहे हैं। आप कैसे जानते हैं कि वह इन धमाकों में मुब्तला था?*

जवाब : क्योंकि उस वक़्त (मार्च 1993 में) मैं दुबई में था और दाऊद कराची में था। जब वह धमाकों के दो-तीन दिन बाद लौटा तो वह बधाई के टेलीफ़ोनों से सराबोर था। मैंने उससे इस वारदात में उसके शामिल होने के बारे में पूछा और, बेशक, उसने इंकार किया। देखिये, मार्च के आते-आते यूँ भी हमारे एक-दूसरे के साथ झगड़े होने लगे थे। मेरे तीन साथियों की हत्या के साथ ही हमारे बीच मतभेद पैदा हो चुके थे, और मैं बन्द कमरों की उन बहुत-सी बैठकों में हिस्सेदार नहीं रहा था जिनमें टाइगर मेमन और दाऊद साथ हुआ करते थे। लैन्डिंग्स की बात भी मेरी मौजूदगी में हुई थी।

सवाल : *आप इस साज़िश का हिस्सा क्यों नहीं थे?*

जवाब : मैं अन्दरूनी मण्डली का हिस्सा नहीं रह गया था और अगर मुझको ज़रा-सी आहट रही होती, तो मैंने यह होने न दिया होता। शायद दाऊद को इस बात की आशंका थी।

सवाल : *आप उन धमाकों को कैसे रोक पाते जिनके बारे में कहा जाता है कि वे पाकिस्तान की मदद और समर्थन से किये गये थे? वह किसी एक आदमी का किया काम तो था नहीं।*

जवाब : मैंने डिपार्टमेण्ट को बताया होता या भारत सरकार के किसी व्यक्ति से सम्पर्क किया होता। मैं अपने आदमियों को भी इस काम में लगाता।

सवाल : *आप आख़िर में गिरोह को छोड़कर दुबई से कैसे भागे थे? वे लोग तो आप पर निगाह रखे होंगे।*

जवाब : सिर्फ़ इतना ही नहीं। मेरा पासपोर्ट रिन्यूअल के लिए हिन्दुस्तानी दूतावास में गया था और वह मुझे कभी वापस नहीं मिल पाया।

सवाल : *लेकिन क्या आपके पास रसीद नहीं थी?*

जवाब : रसीद मेरे पास थी - बल्कि, वह तो अब तक मेरे पास है, लेकिन दाऊद ने मुझसे कहा था कि दूतावास को मेरा पासपोर्ट रिन्यू न करने के निर्देश दिये गये हैं। सच्चाई, हालाँकि, ये है कि उसने उसको रिन्यू करा लिया था लेकिन मुझे वापस नहीं दिया था। मेरे साथ-साथ उसने अपने भाई नूरा का पासपोर्ट भी दिया हुआ था, जो रिन्यू होकर आ चुका था। ये मुझको दबाव में रखने का उसका तरीक़ा था। ख़ैर, हो सकता है उसके लिए यह चौंकाने वाली बात हो, लेकिन मेरे पास दुबई से जारी किया गया एक हिन्दुस्तानी पासपोर्ट अब भी मौजूद है।

सवाल : *उसने उसको रिन्यू कैसे कराया था? क्या आप ये कहना चाहते हैं कि हिन्दुस्तानी दूतावास में भी उसके सम्पर्क हैं?*

जवाब : हाँ, इस धन्धे में पैसा बहुत ज़्यादा मायने रखता है और आप कुछ भी ख़रीद सकते हैं।

सवाल : *फिर आपने दुबई कैसे छोड़ा?*

जवाब : मैंने अपने लिए एक दूसरा पासपोर्ट हासिल किया। लेकिन ये मत पूछिये कि कैसे किया, क्योंकि इस बारे में मैं ज़ुबान नहीं खोलूँगा।

सवाल : *विस्फोटों के बाद आप आख़िरकार कम्पनी से अलग हो गये और अब आप उसके दुश्मन बन गये हैं। मुम्बई पुलिस का यक़ीन है कि ईस्ट-वेस्ट एयरलाइन्स के मैनेजिंग डायरेक्टर थकीयुद्दीन वाहिद की हत्या के पीछे आपके आपके गिरोह का हाथ है।*

जवाब : वाहिद की हत्या के निर्देश मैंने दिये थे। वह हिन्दुस्तान में दाऊद का फ़ायनेंसर था। मैंने उसको मरवाया क्योंकि मैं बम धमाकों के लिए दाऊद से बदला लेना चाहता था। उसके पहले, दाऊद के एक और बहुत क़रीबी गुरगे सुनील सावन्त को दुबई की सड़कों पर टपकाया गया था। मैं उन तमाम लोगों को नेस्तनाबूत कर देना चाहता हूँ जिन्होंने बम्बई को उड़ाने की साज़िश रचकर देश को नीचे गिराया।

सवाल : *लेकिन माना जाता है कि दाऊद का मुख्य अड्डा दुबई है। वह वहाँ रहकर पिछले कई सालों से मुम्बई के अण्डरवर्ल्ड को चला रहा है।*

जवाब : दाऊद महज़ एक मीडिया डॉन है और अब उसको पाकिस्तान में रहते हुए दो साल से ज़्यादा वक़्त हो चुका है, क्येंकि उसमें दुबई वापस जाने की हिम्मत नहीं है। मेरे अपने सम्पर्क और अपने साधन हैं और मैंने साबित कर दिया है कि मैं उस तक पहुँच सकता हूँ, यहाँ तक कि दुबई में मुहिम रचकर भी पहुँच सकता हूँ। सावन्त दाऊद का मुख्य हत्यारा था और उसके तमाम सुरक्षाकर्मियों के रहते हुए भी हमने उसको मार गिराया। अब मैं दाऊद की तलाश में हूँ।

सवाल : *लेकिन आप कह रहे हैं वह पाकिस्तान में है...*

जवाब : उससे क्या होता है? मुझे मालूम है कि वह कहाँ है और हम कराची में ही उसकी जान लेने की कोशिश एक बार कर चुके हैं। पाकिस्तान में कई ऐसे तस्कर हैं जो उसके ख़िलाफ़ हैं क्योंकि वह उनके चरागाह में पाँव रख रहा है। उसको लगता होगा कि पाकिस्तान उसके लिए महफ़ूज़ जगह है क्योंकि वह एक इस्लामी मुल्क है, लेकिन वहाँ ऐसे लोग हैं जो उसकी जान के उतनी ही बेताबी से भूखे हैं जितना मैं हूँ। मैं तब तक चैन से नहीं बैठूँगा जब तक कि उसको नेस्तनाबूत नहीं कर देता। वह मेरे देश का दुश्मन है और उसको सबक़ मिलना चाहिए।

सवाल : *आप उससे कहाँ अलग हैं? आख़िरकार आप भी तो देश के ख़िलाफ़ काम कर रहे हैं।*

जवाब : मैंने कभी देश को नुक़सान नहीं पहुँचाया। मेरी लड़ाई दाऊद से है।

सवाल : *लेकिन आप भी तो एक हत्यारे, एक अपराधी हैं...*

जवाब : मैं दाऊद के आदमियों को मार रहा हूँ। दरअसल, मैं पुलिस का काम आसान कर रहा हूँ और देश को उन लोगों से छुटकारा दिलाकर उसकी भलाई कर रहा हूँ जिन्होंने उसको अस्थिर बनाने की साज़िश की थी।

सवाल : *यह बात कुछ अजीब-सी लगती है कि आप देश की रट लगाये जा रहे हैं जबकि आप इस बात को स्वीकार कर रहे हैं कि आप हत्याओं में मुब्तला रहेंगे। वाहिद की हत्या के बारे में आप क्या कहेंगे?*

जवाब : वाहिद की हत्या के निर्देश मैंने दिये थे। वह हिन्दुस्तान में दाऊद का फ़ायनेंसर था। ईस्ट-वेस्ट एयरलाइन्स का मालिक दरसल दाऊद ही है। वाहिद

अक्सर दुबई आया करता था - जहाँ पर मैं भी उससे मिला था - और दाऊद ने मुझे बताया था कि वह एक एयरलाइन शुरू करने वाला है। वाहिद की हत्या करना एक अहम ज़रूरत थी क्योंकि वह दाऊद की ताक़त को कम करने का ही एक तरीक़ा था।

सवाल : *तो कुकरेजा की हत्या का बदला लेने के लिए, जो आपका फ़ायनेंसर माना जाता था, आपने वाहिद की हत्या कर दी।*
जवाब : वो मेरा फ़ायनेंसर नहीं था। ये सब महज़ फ़िल्मी कहानियाँ हैं। मैं ज़िन्दगी में कभी भी ओमप्रकाश कुकरेजा से नहीं मिला था। उसका भाई मोहन मेरा एक दोस्त था और उससे मैं कभी-कभी फ़ोन पर बात करता था।

सवाल : *मुम्बई पुलिस ने वाहिद के हत्यारों के बारे में जानकारी उपलब्ध कराने वाले को 2 लाख रुपये का इनाम देने का ऐलान किया है। आप क्यों नहीं इस इनाम का दावा करते?*
जवाब : मुझे वह पैसा नहीं चाहिए। मुहिम कामयाब रही यही यही बहुत बड़ा मुआवज़ा है। इससे बड़ी और कोई तसल्ली नहीं हो सकती।

सवाल : *हत्याओं के अलावा आपकी और कौन सी दूसरी गतिविधियाँ हैं? पुलिस का मानना है कि आप नशीले पदार्थों की तस्करी भी करते हैं।*
जवाब : मैंने अपनी ज़िन्दगी में कभी भी नशीले पदार्थों को छुआ तक नहीं है। मैं लोगों की ज़िन्दगियाँ बरबाद करके और उनको चोट पहुँचा कर पैसे कमाने में विश्वास नहीं रखता।

सवाल : *आपने वाहिद के परिवार को तो चोट पहुँचायी है।*
जवाब : उन सैकड़ों लोगों और उनके परिवारों के बारे में क्या कहेंगी जो धमाकों में मारे गये थे? वे वाक़ई बेकुसूर थे। वाहिद को खुद को दाऊद के साथ कभी नहीं जोड़ना चाहिए था।

सवाल : *आप भी तो उसके बहुत क़रीबी थे दो साल पहले तक...*
जवाब : हाँ, और सिर्फ़ इसी बात का मुझे अफ़सोस है। इस बात का नहीं कि मैं अण्डरवर्ल्ड का हिस्सा हूँ बल्कि इस बात का कि मैंने खुद को दाऊद जैसे आदमी के साथ जोड़ा।

सवाल : *क्या आपको पक्की जानकारी है कि वह कराची में है?*
जवाब : हाँ। शुरू में दुबई छोड़ने के ठीक पहले, मेरे पास उसका वहाँ का टेलिफ़ोन

नम्बर था और मैंने यह पता लगाने के लिए कि मेरे लिए सही नम्बर दिया गया है या नहीं, मैंने उस नम्बर पर फ़ोन तक किया था। ज़ाहिर-सी बात है कि वह नम्बर बदल चुका है लेकिन मुझे अपने सूत्रों की मार्फ़त इस बात की जानकारी है कि वह अभी भी वहीं है। वह नम्बर मुझे दरअसल सुनील सावन्त द्वारा दिया गया था। मैंने उसको उसकी सालगिरह (26 दिसम्बर) पर बधाई देने के लिए फ़ोन किया था। वह कभी-कभार ही पाकिस्तान के बाहर सफ़र करता है लेकिन कराची उसका स्थायी ठिकाना है। वे दिन गये जब नामीगिरामी लोग उससे मिलने को ललचाते थे। जब चन्द्रास्वामी जैसे सन्त भी उससे मिलना चाहते थे।

सवाल : *चन्द्रास्वामी ने जैन कमीशन के सामने क़सम खाकर बयान दिया है कि वे दाऊद से कभी नहीं मिले।*

जवाब : इससे बड़ा झूठ मैंने नहीं सुना। 1989 के आख़िरी और 1990 के शुरूआती दौर में मैं दाऊद की मण्डली का हिस्सा हुआ करता था जब चन्द्रास्वामी दुबई आये थे। मैं खुद उनको लेने एयरपोर्ट गया था। वे दुबई में तीन-चार दिन तक छोटा शकील (दाऊद का क़रीबी सहयोगी) के घर पर रुके थे, जहाँ दाऊद उनसे मिलने आया करता था।

सवाल : *उन मुलाक़ातों में क्या हुआ था?*

जवाब : मुझे नहीं मालूम क्योंकि वे एक अलग कमरे में अकेले मिला करते थे। चन्द्रास्वामी ज्योतिषी होने का नाटक करते थे और वे इस नियम के पक्के थे कि वे भविष्य ज़रूर बताएँगे लेकिन अकेले में।

सवाल : *क्या उन्होंने आपका भी भविष्य बताया था?*

जवाब : हाँ, उन्होंने मुझसे कहा था कि मुझे दाऊद से तो कोई समस्या नहीं होगी लेकिन उसके भाइयों से मेरा झगड़ा होगा। ज़ाहिर है वह सब कुछ ग़लत था।

सवाल : *आपकी लड़ाई दाऊद के भाइयों से नहीं है?*

जवाब : अभी तक तो मेरे मन में उनके ख़िलाफ़ कुछ नहीं है और मैं जानता हूँ कि दाऊद ने अपने भाइयों को उस साज़िश में शामिल नहीं किया था। जो भी हो, हम दोनों ही अपने परिवारों को इस लड़ाई में शामिल नहीं करना चाहते। मेरे भाई गाँव में हमारी माँ के साथ सुख से हैं।

सवाल : *दाऊद और चन्द्रास्वामी क्यों मिले थे?*

जवाब : मैं इसके ब्यौरे तो नहीं जानता लेकिन इतना जानता हूँ कि दाऊद

अदनान खाशोगी से मिलने को बहुत उत्सुक था। दाऊद और चन्द्रास्वामी हवाई जहाज़ से साथ-साथ दुबई से अमेरिका गये थे। उनके साथ मुझको भी जाना था लेकिन मुझे वीसा नहीं मिल सका था।

सवाल : *क्या वे लौटे भी साथ ही थे?*

जवाब : नहीं। दाऊद तीनों की साथ-साथ खींची गयी ढेर सारी तस्वीरें लेकर लौटा था और मुझे याद है कि वह चन्द्रास्वामी की निन्दा करते हुए कह रहा था कि वह कोई महात्मा नहीं है, वह हर वक़्त योजनाओं की और पैसे की बातें करता रहता है।

सवाल : *दाऊद और चन्द्रास्वामी के बीच की यह मुलाक़ात क्या बबलू श्रीवास्तव ने करायी थी?*

जवाब : नहीं। यह बैठक दाऊद के बम्बई के दोस्तों ने करायी थी। चन्द्रास्वामी हवाई जहाज़ से दुबई आये थे और मैं उनको लेने एयरपोर्ट गया था। लेकिन अब ये सब गुज़रे ज़माने की बातें हो चुकी हैं, क्योंकि अब तो दाऊद पाकिस्तान में भी आज़ादी के साथ नहीं रह रहा है। उसे हमेशा छिपकर रहना पड़ता है। लेकिन ये चूहे कब तक ज़मीन के नीचे छिप कर रहेंगे? मैं इनको सबक़ सिखाकर रहूँगा, चाहे इसके लिए मुझे अपनी जान की क़ीमत ही क्यों न चुकानी पड़े।

सवाल : *आप बम्बई के ज़मीन-जायदाद सम्बन्धी कारोबार में बड़े पैमाने पर मुब्तला हैं। आकलन के मुताबिक़ आप हत्याओं के ठेके, ज़मीन-जायदाद के कारोबार और व्यापारियों द्वारा आत्मरक्षा के लिए किये जाने वाले भुगतानों की मार्फ़त कई करोड़ रुपये बनाते हैं।*

जवाब : साल में कई करोड़, न कि एक दिन में।

सवाल : *इतने सारे पैसे का आप क्या करेंगे?*

जवाब : मुझको दाऊद के गिरोह को कमज़ोर बनाने के लिए पैसे की ज़रूरत है।

सवाल : *आप आत्मसमर्पण करके तथा पुलिस के साथ सहयोग करके भी तो उसको कमज़ोर कर सकते हैं...*

जवाब : मैं सरकार पर भरोसा नहीं करता क्योंकि उसके अन्दर के कई लोग मिले हुए हैं। दाऊद में इतनी क़ूवत है कि वह सरकार के लोगों को ख़रीद कर उनको मेरे ख़िलाफ़ कर सकता है।

सवाल : *आप भी वैसे ही हथकण्डे अपनाते होंगे – पुलिस में और राजनीतिक हलकों में अपने ताल्लुकात बनाना।*

जवाब : मैं पैसे का इस्तेमाल नहीं करता क्योंकि जो शख़्स मुझसे पैसे लेता है वह खुद को दाऊद समेत किसी के लिए भी बेच सकता है। न ही राजनेताओं के बीच मेरे कोई गॉडफ़ादर हैं। हाँ, मैं भाजपा और शिव सेना का समर्थक ज़रूर हूँ। हाल ही में दाऊद के एक गुरगे ने कहा था कि बाल ठाकरे उनकी हिट लिस्ट में सबसे ऊपर हैं। मैं सिर्फ़ इतना ही कहूँगा कि अगर ज़रूरत पड़ी तो हम सुरक्षा उपलब्ध कराएँगे। ठाकरे साहब को कोई हाथ नहीं लगा सकता। अगर दाऊद ठाकरे को हाथ लगाने की कोशिश करता है, तो इससे वह अपने मुसलमान भाइयों का कोई भला नहीं करेगा, उल्टे उनके लिए मुसीबतें ही खड़ी करेगा।

सवाल : *तो आपने शिव सेना से सम्पर्क क़ायम किया हुआ है।*

जवाब : नहीं। मैंने नहीं किया है। लेकिन उनको इशारा भर करने की ज़रूरत है और हम उनकी सेवा में हाज़िर हो जाएँगे।

सवाल : *तो ये बात सच है कि अण्डरवर्ल्ड में भी एक क़िस्म का साम्प्रदायिक विभाजन है?*

जवाब : नहीं मेरे दिमाग़ में ऐसा नहीं है। मेरे साथ अब भी बहुत से मुसलमान काम कर रहे हैं और मैं सारे मुसलमानों को अपना भाई समझता हूँ। दाऊद के यहाँ भी उसकी अन्दरूनी मण्डली तक में शरद शेट्टी और अनिल परब जैसे हिन्दू लोग मौजूद हैं।

सवाल : *आप मज़हब और हिन्दू-मुसलमान भाईचारे की बातें क्यों कर रहे हैं? जहाँ तक पुलिस का सवाल है, आप अण्डरवर्ल्ड के एक भाड़े के हत्यारे हैं जो ज़मानत पाकर भागा हुआ है।*

जवाब : अण्डरवर्ल्ड के हम सभी लोग भाड़े के हत्यारे हैं। और मैं अपने देश के पक्ष में बात क्यों नहीं कर सकता? मैं बम धमाके करके और साम्प्रदायिक दंगे उकसा के देश को अस्थिर बनाने में दिलचस्पी नहीं रखता।

सवाल : *मतलब ये कि ध्येय अगर निजी हिसाब-किताब बराबर करना है तो हत्याएँ करने में कोई बुराई नहीं?*

जवाब : मुझको दाऊद ने नुक़सान पहुँचाया है। इस बात से मुझको उतनी चोट नहीं पहुँची जितनी कि बम धमाकों से पहुँची है। मैं दाऊद और टाइगर मेमन को ख़त्म करके ही दम लूँगा और इस मुहिम को पूरा करने के लिए मैंने अपने

लिए एक साल का लक्ष्य निर्धारित किया है।

सवाल : *आप रिमोट कण्ट्रोल से यह सब कैसे कर पाते हैं?*

जवाब : ये कम्युनिकेशन का ज़माना है। टेलिफ़ोन मेरा हथियार है।

सवाल : *क्या आप टाइगर मेमन से मिले हैं?*

जवाब : कई बार। वह दाऊद से मिलने अक्सर दुबई आया करता था। वह 1988 में मेरी शादी के कार्यक्रम में शामिल होने भी आया था। दाऊद ओर मेमन के लम्बे ताल्लुकात रहे हैं। वह दंगों के दौरान और धमाकों के पहले भी दुबई में था; टाइगर और दाऊद साथ-साथ कराची गये थे जहाँ वे तौफ़ीक़ जलियावाला के मकान में ठहरे थे।

सवाल : *दाऊद ने खुद को एक डॉन के रूप में खड़ा किया है और डॉन का तमगा हासिल किया है। आप एक ऐसे शख़्स को सबक़ सिखाने के बारे में इतने भरोसे के साथ बात करते हैं जो कभी आपका बॉस रह चुका है।*

जवाब : मुझको बहुत भरोसा है। ये तो प्रेस के आप जैसे लोग हैं जिन्होंने एक टुच्चे तस्कर और अपराधी को डॉन बना रखा है। बम्बई में आज मेरा हुक्म चलता है, न कि उसका। दाऊद दरअसल बहुत दबाव में है। उसके आदमी बम्बई में छिपे हुए हैं और हम अगर दुबई तक में सेंध लगा सकते हैं, जहाँ कभी उसका एकछत्र राज्य हुआ करता था, तो फिर वह काहे का डॉन हुआ? वह अब महज़ एक भगोड़ा है जो बहुत समय तक नहीं भाग पाएगा। अकेला मैं ही नहीं हूँ, अरुण गवली भी है, क्योंकि हमने हाथ मिला लिये हैं और हम एकजुट होकर मुम्बई में भी कहीं ज़्यादा ताक़तवर हुए हैं। हमारी सारी कार्रवाइयाँ और कार्यकलाप सुनियोजित हैं, क्योंकि अब हम मिलजुलकर काम कर रहे हैं।

सवाल : *आप भी तो फ़रार हैं। क्या आप दाऊद से डरे हुए हैं?*

जवाब : मैं उससे नहीं डरता। मैं तो बल्कि उससे आमने-सामने दो-दो हाथ करने तक को तैयार हूँ। अगर मैं छिपकर रह रहा हूँ तो सिर्फ़ इसलिए कि मेरा काम अभी पूरा नहीं हुआ है। जिस दिन मैं उसके साथ हिसाब चुकता कर लूँगा मैं हिन्दुस्तान वापस आ जाऊँगा और आत्मसमर्पण कर दूँगा। आप ऐसा सोच सकती हैं कि मैं छुपकर रह रहा हूँ, लेकिन जहाँ तक मेरा सवाल है, मैं व्यावहारिक तरीक़ा अपना रहा हूँ। मैं क्यों खुद को उनके सामने परोस कर रख दूँ जबकि मैं जानता हूँ कि वे भी मेरी तलाश में होंगे? आख़िरकार वे भी मेरे दोस्तों को और सहयोगियों को मारने में कामयाब रहे हैं।

सवाल : *सुभाष ठाकुर, जो दाऊद का एक गुरगा है और इस समय हिरासत में है, उसने कहा है कि दाऊद चाहता था कि वह (सुभाष) आपको ख़त्म कर दे।*
जवाब : ये सही है और मैं ये बात जानता था। उन्होंने तो, दरअसल, मुझको नाव से उठाकर फेंकने की योजना बना रखी थी लेकिन मैं उस नाव-पार्टी में गया ही नहीं। मेरे तीन साथियों के मारे जाने के बाद मैंने एक दूरी बना ली थी और आख़िरकार जुलाई 1993 में मैंने दुबई को छोड़ दिया।

सवाल : *आप छुपकर रहना कब तक जारी रखेंगे? क्या आप तंग नहीं आ गये हैं इस तरह की ज़िन्दगी से? क़ानून से भागना भी अपने में एक गुनाह है।*
जवाब : मैं तब तक सामने नहीं आ सकता जब तक कि मेरी ज़िन्दगी ख़तरे में है। मेरा काम पूरा होते ही मैं वापस लौट आऊँगा और तब मैं अदालती कार्रवाई का सामना करने और ज़रूरी हुआ तो जेल जाने को तैयार हूँ। लेकिन दाऊद को सबक़ सिखाने के बाद ही।

सवाल : *क्या आपका परिवार इसके लिए तैयार है?*
जवाब : वे भी तो आखिर अपने देश में लौटना और एक सामान्य ज़िन्दगी जीना चाहते हैं।

सवाल : *आपने कोई नौकरी करने के बारे में कभी नहीं सोचा?*
जवाब : मैं जर्मन दवा कम्पनी हीश्ट के साथ काम कर रहा था जहाँ मेरे पिता ने भी एक स्टोर कीपर के रूप में काम किया था। बाद में, जिस तरह की संगत में मैं पड़ गया था, उसके चलते मैं अण्डरवर्ल्ड में मुब्तला हो गया। ये एक लम्बा सफ़र रहा है। सिनेमा के टिकिट ब्लैक करने से लेकर दक्षिण एशिया के सफ़र तक।

(*इण्डिया टुडे*, 31 जनवरी 1996 से साभार)

28

अफ़गानी आफ़त

मौत किसी भी शक्ल में आ सकती है : किसी व्यापारिक सहयोगी की शक्ल में, किसी दोस्त की शक्ल में, यहाँ तक कि किसी मादक ख़ूबसूरती की शक्ल में भी।

आयशा क़न्दहारी एक अवर्णनीय सुन्दरी थी, बेदाग़ त्वचा, बड़ी-बड़ी काली आँखों, लम्बी बरौनियों, मोहित कर लेने वाली मुस्कान और जिस्म की एकदम ठीक-ठीक बनावट वाली एक अफ़गान स्त्री। ऐसी कि मर्द उसको हासिल करने के लिए हत्याएँ कर देते। लेकिन लगता था कि जो कोई भी उसके साथ सोता था वह एक निश्चित मौत मरने को अभिशप्त होता था।

हिन्दुस्तान का सबसे बड़ा ड्रग सरगना नरेयी खान उर्फ़ नरी खान, जो हेरोइन का सौदागर था, उसके हुस्न का पूरी तरह से दीवाना हो चुका था। (संयोग से, पश्तो ज़ुबान में नरेयी का मतलब होता है 'जन्नत की राह पर'।) नरी का मानना था कि आयशा से मिलने के बाद ही उसका नाम सार्थक हुआ है। वह उसके इश्क़ की ख़ातिर उस पर दौलत लुटाता था।

नरी की ऐशोइशरत और बचकानेपन ने आयशा का ध्यान खींचा। आयशा जन्नत गुल क़न्दहारी की बीवी थी जो एक पैसा वाला पठान था लेकिन जो धन-दौलत के मामले में नरी खान के स्तर का नहीं था।

उनकी ज़िन्दगियों में नरी खान के आने के पहले तक उनका वैवाहिक जीवन सुखपूर्वक कट रहा था। यह सब कुछ उस दिन बदल गया जिस दिन पठानों के एक समागम के दौरान नरी की नज़रें आयशा की खूबसूरती पर जमकर रह गयीं। वह उसके लिए दीवाना हो उठा और उससे तुरन्त शादी करने की ख़्वाहिश से भर उठा।

आयशा नरी की दौलतमन्दी से चौंधियाई हुई थी, इसलिए वह अपने पति को छोड़ने को राज़ी हो गयी। गुल एक सीधा-साधा पठान था जो आयशा से

इस क़दर प्यार करता था कि वह आयशा को महज़ इतनी-सी बात पर तलाक़ नहीं देना चाहता था कि वह किसी दूसरे मर्द के ख़्वाब देख रही थी। वह ज़रा भी नहीं चाहता था कि वह उससे दूर हो जाए। यह देखकर कि आयशा नरी की दौलत और उसके ठाटबाट से प्रभावित है, गुल ने अपने फ़्लैट, कार और दूसरी चीज़ों समेत, अपनी समूची दौलत उसके नाम कर दी ताकि वह उसको छोड़कर न जाए। लेकिन आयशा पर गुल की इस अदा का कोई असर न हुआ। शिकस्तादिल गुल ने शराब का सहारा लिया और उसकी हालत देवदास जैसी हो गयी।

आयशा ने नरी के साथ उफ़नता हुआ प्रेम-प्रसंग शुरू किया और गुल ने आख़िरकार उसको छोड़ दिया और अकोला जाकर आगा मियाँ की दरगाह में पनाह ले ली। यह जानकारी नहीं है कि उसने उसको औपचारिक तौर पर तलाक़ दिया था या नहीं दिया था। जो भी हो, आयशा और नरी एक दूसरे में इस क़दर मुब्तला थे कि उनको इसकी परवाह भी नहीं थी। लेकिन यह क़िस्सा अपशकुनी तरीक़े से जारी रहा। गुल की बरबादी के बाद अब नरी की बारी थी।

1994 के आख़िरी दिनों में नरी ने हेरोइन की तब तक की सबसे बड़ी खेप, 355 किलोग्राम, का सौदा करने की कोशिश की, और वह पकड़ा गया। नार्कोटिक्स कण्ट्रोल ब्यूरो (एनसीबी) के खुफ़िया दस्ते ने दक्षिण मुम्बई में डोंगरी के क़रीब, मज़गाँव स्थित उसके घर पर छापा मारा और यह नाजायज़ माल ज़ब्त कर लिया। उन्होंने उसके ख़िलाफ़ नार्कोटिक्स ड्रग ऐण्ड साइकोट्रॉपिक सब्स्टेंसेज़ (एनडीपीएस) ऐक्ट के तहत मामला दर्ज कर लिया। नरी का पतन शुरू हो चुका था।

आयशा अब तक नरी को छोड़ना नहीं चाहती थी। उसने क़ानूनी दस्तावेज़ तैयार कराने के सिलसिले में अपने वकील के साथ सम्पर्क करना शुरू कर दिया। नरी - उसकी दूरन्देशी से अनजान - उसकी वफ़ादारी से बहुत ख़ुश था और उसके प्रति उसकी चाहत जस की तस बनी रही।

जल्दी ही, एनडीपीएस के लोगों को आयशा के प्रति नरी की दीवानगी के बारे पता चल गया। यह एक दूसरे के साथ बहुत क़रीब से जुड़े हुए लोगों का समूह था जो दक्षिण मुम्बई में फ़ोर्ट के क़रीब सिटी सिविल ऐण्ड सेशन्स कोर्ट के अहाते में एनडीपीएस की तीन विशेष अदालतों में नियमित रूप से आया-जाया करते थे : वकील, एनसीबी या मुम्बई पुलिस के ऐण्टी नार्कोटिक्स सेल के अधिकारी, अर्दली, वकीलों के मददगार और प्रकरणों से ताल्लुक रखने वाले दूसरे लोग।

अक्सर, एनडीपीएस के प्रकरणों की सुनवाई दो अदालतों में हुआ करती थी, जबकि तीसरी अदालत ख़ाली पड़ी रहती थी। पुलिस इस जगह का इस्तेमाल अपने खाने-पीने के लिए, और ऐसी जगह के रूप में करने लगी थी जहाँ बैठकर आरोपी इन्तज़ार कर सकते थे या जहाँ अभियुक्तों से उनके रिश्तेदार मिल सकते थे। नरी ने कॉन्स्टेबलों को रिश्वत खिलाकर अदालत का यह कमरा पूरी तरह से अपने और आयशा के लिए सुरक्षित करा लिया था; उसने उनसे कहा कि वे दरवाज़े को बाहर से बन्द कर वहाँ पहरा दिया करें। नरी और आयशा के इश्क़ का यह घोंसला उन दूसरे अभियुक्तों की क़ीमत पर लहलहाता रहता जिनको इस ख़ाली अदालती कमरे की राहत से वंचित कर दिया जाता था। हर बार जब भी नरी को अदालत में सुनवाई के लिए तलब किया जाता, आयशा और वह उस ख़ाली अदालती कमरे में प्रेम-क्रीड़ा करते। जैसा कि नरी खान ने अपने वकील को बताया था, ये थका देने वाले सम्भोग उसको पूरी तरह से निचोड़ कर रख देते थे लेकिन इसी के साथ उसको जीवन से भर देते थे। जब तक वह अपनी इस जान से मिल सकता था तब तक उसको अपने मुकदमे के लम्बे खिंचते चले जाने को लेकर कोई मलाल नहीं था। कई महीने बाद, एक हिम्मती वकील को इस ख़ाली अदालती कमरे के नाजायज़ इस्तेमाल का पता चल गया और उसने न्यायाधीश से इसकी शिकायत कर दी, जिसने तुरन्त ही उस सिलसिले का अन्त कर दिया।

आयशा ने नरी के भरोसे को इस क़दर जीत लिया था कि उसने उसको अपने बैंक खाते से पैसे निकालने का या अपनी सम्पत्तियों को बेचने का क़ानूनी हक़ दे दिया। वह इसी पल का इन्तज़ार कर रही थी।

इसी के आसपास आयशा बान्द्रा के एक बड़े सेठ के खूबसूरत नौजवान बेटे ख़ालिद उस्मान के प्रति आकर्षित हो चुकी थी। ख़ालिद अक्सर उसको अपनी मर्सिडीज़ में बैठाकर घुमाने ले जाता था और उस पर भरपूर पैसे ख़र्च करता था। बहुत वक़्त नहीं लगा जब आयशा नरी के प्रति उदासीन हो गयी, उससे ऊब गयी। नरी उसके इस अचानक बदलाव से हैरान रह गया।

नरी को ऑर्थर रोड जेल में रखा गया था। उसकी कोठरी का साथी क़ैदी याद करते हुए बताता है कि 'उस औरत की बेवफ़ाई ने उसको इस क़दर दीवाना कर दिया था कि वह घण्टों रोता रहता था – इतना कि उसकी लम्बी दाढ़ी आँसुओं से भीग जाती थी।' वह हफ़्तों और महीनों इस दर्द को पाले रहा और उम्मीद लगाये रहा कि शायद एक दिन आयेगा जब आयशा को इस बात का अहसास होगा कि उसने उसको जितना प्यार किया है उतना कोई और नहीं

कर सकता, और वह उसके पास वापस लौट आएगी। लेकिन उसके रोने-धोने का कोई फ़ायदा नहीं हुआ। आयशा उसको हमेशा के लिए उसे छोड़ चुकी थी और अब वह कभी भी उसके पास वापस नहीं आने वाली थी।

अब, नरी कोई जन्नत गुल खान तो था नहीं जो सूफ़ी सन्त की दरगाह में जा बसता। वह अन्तरराष्ट्रीय स्तर के सम्पर्क रखने वाला एक ड्रग सरगना था, जिसके पास ज़बरदस्त साधन और ताक़तवर सम्पर्क थे। नशीले पदार्थों के एक बहुत बड़े और भगोड़े कारोबारी नवेद खान ने नरी खान और अमर नाइक की एक दूसरे से मुलाक़ात करा दी थी। नाइक और नरी के बीच व्यावसायिक ताल्लुकात थे और वे अक्सर अहमदाबाद में मिला करते थे जहाँ पठान गिरोह का ज़बरदस्त दबदबा था और वह उनका सुरक्षित अड्डा तथा छिपने की जगह थी। नरी के साथ साँठगाँठ की बदौलत ही नाइक महाराष्ट्र का होने के बावजूद ड्रग के कारोबार में बहुत ज़्यादा कामयाब हो सका था।

जेल की कोठरी में नरी के साथ अमर नाइक गिरोह के आदमी थे जो उद्योगपति सुनीत खटाऊ की हत्या के आरोपी थे और वे उसके साथ बहुत इज़्ज़त से पेश आते थे। अपनी एक सुनवाई के दौरान नरी नाइक गिरोह के एक सन्देशवाहक छोकरे से मिला और उसने उसको एक हत्या का आर्डर दिया : उसने ख़ालिद उस्मान तथा आयशा की हत्या के लिए उनको सुपारी दे दी।

अब फ़जीहत भोगने की बारी ख़ालिद की थी। एक ऐसा शख़्स जिसने अपनी ज़िन्दगी में कभी बदनामी नहीं झेली थी और जो एक इज़्ज़तदार ख़ानदान से ताल्लुक रखता था, उसने ख़ानदान की उसी इज़्ज़त को मिट्टी में मिला दिया था।

यह ख़बर क्राइम ब्रांच तक जा पहुँची कि नरी ने ख़ालिद और आयशा के सर पर इनाम रखा है। वे जानते थे कि जो गिरोह खटाऊ जैसे उद्योगपति की हत्या करने से नहीं हिचकिचाया उसे किसी को भी मारने में कोई हिचकिचाहट नहीं होगी। ख़ुफ़िया सूचना तगड़ी थी, इसलिए उन्होंने वही सदियों पुराना, अपने मुखबिरों की हिफ़ाज़त करने के लिए अपनाये जाने वाला तरीक़ा चुना - उनको जेल में डाल देने का तरीक़ा।

पुलिस ने आयशा से कहा कि ख़ालिद को बचाने का एकमात्र तरीक़ा यह है कि उसको एनडीपीएस के झूठे मामले में हिरासत में ले लिया जाए। उसको बाद में छोड़ दिया जाएगा और वह आज़ादी से घूम-फिर सकेगा। आयशा इतनी डरी हुई थी कि वह इस इन्तज़ाम से इंकार नहीं कर सकी। इसके बाद क्राइम ब्रांच की पुलिस ने ख़ालिद को एनडीपीएस के झूठे मामले में फँसा और सलाखों के पीछे डाल दिया।

ख़ालिद बच गया था, लेकिन आयशा अभी भी ख़तरे में थी। एक वरिष्ठ पुलिस अधिकारी ने उससे दोस्ती कर ली और उसके साथ वक़्त गुज़ारने लगा। कहा जा सकता है कि इस बार आयशा खुद को अपने परित्यक्त प्रेमी से बचाने की कोशिश कर रही थी और इस पुलिस वाले के प्रति पैसे की ख़ातिर आकर्षित नहीं थी।

ख़ालिद का परिवार इस घटनाक्रम से बहुत दुखी था। उन्होंने अपने बेटे को रिहा कराने के लिए एनडीपीएस के आला दर्ज़े के वकील लगाये। ये एडवोकेट अयाज़ खान थे जिन्होंने ख़ालिद पर से झूठा मामला हटवाया और उसको रिहा कराया। लेकिन तब तक ख़ालिद कई महीने पुलिस की हिरासत में रह चुका था।

नरी इन्तकाम की आग से जल रहा था। यह बात उसके बरदाश्त के बाहर थी कि आयशा ज़िन्दा थी और अपनी मर्ज़ी के लोगों के साथ सो रही थी और उसके पैसों पर ऐश कर रही थी। वह अपनी सम्पत्ति को वापस हासिल करना चाहता था और जितना बन सके उतने ख़ौफ़नाक तरीक़े से आयशा को मारना चाहता था। उसने सबसे मँहगे वकीलों की फ़ौज लगायी जो उसको या तो बरी करा दें या ज़मानत पर छुड़वा दें।

जब आयशा ने अपने पुलिस दोस्त से नरी के मंसूबों के बारे में सुना, तो उसने एक ऐसी योजना पर काम करना शुरू कर दिया जिससे कि नरी को हर हालत में सज़ा हो जाए। वह चाहती थी कि नरी की बाक़ी पूरी ज़िन्दगी जेल में ही गुज़रे। उसने एक बेहद शैतानियत से भरी योजना तैयार की, जिसे सुनकर उसका पुलिस दोस्त भी प्रभावित था। उसने कहा कि अगर न्यायाधीश को किसी तरह नरी के नाम पर धमकाया जाय, तो न्यायाधीश को गुमराह कर इस नतीजे पर पहुँचने के लिए उकसाया जा सकता है कि नरी वाक़ई गुनहगार है, और इस तरह वह उसको सज़ा दे देगा।

उन्होंने इस योजना पर काम करना शुरू कर दिया, लेकिन आयशा, जिसने बहुत से लोगों को बेवक़ूफ़ बनाया था, न्यायपालिका के साथ धोखा नहीं कर सकी। उसकी योजना का भण्डाफोड़ हो गया और न्यायाधीश ने नरी खान को एनडीपीएस के आरोपों से बरी कर दिया।

नरी अब एक आज़ाद इंसान था और ख़ालिद, आयशा तथा उसके ताज़ा आशिक़ की हत्याओं को अंजाम देने को तैयार था। उसने अपने दोस्त नाइक के ख़ूंख़ार गुरगों का इस्तेमाल करने का फ़ैसला किया और आयशा के साथ बलात्कार करने तथा उसकी शक्ल बिगाड़ने के बाद उसकी हत्या करने की साज़िश रचने में लग गया।

नरी ने अब तक नाइक गिरोह के भीतर अपनी पैठ क़ायम कर ली थी और वह गिरोह के ज़्यादातर लोगों को जानने लगा था। चूँकि अमर नाइक ड्रग्स के करोबार में मुब्तला था और अहमदाबाद के पठान गिरोह के ड्रग व्यापारियों के सम्पर्क में था, वह नरी की मदद करके और इस प्रक्रिया में उसके साथ नज़दीकी बढ़ा के बहुत खुश था।

यह आपसी मुनाफ़े के लिए की गयी मिलीभगत थी। नरी को आयशा और उसके आशिक़ों की हत्या के लिए अमर की ज़रूरत थी, तो अमर को अपने ड्रग के कारोबार को और आगे बढ़ाने के लिए नरी की ज़रूरत थी। दोनों के मन में एक दूसरे के प्रति अन्दरूनी भरोसा था जो उनकी ज़रूरतों से पैदा हुआ था।

लेकिन जब क़िस्मत का चक्का घूमना शुरू कर देता है, तो कोई नहीं जानता कि किसकी जीत होगी और किसकी हार।

29

शिव सेना के ख़िलाफ़ गवली की जंग

महाराष्ट्र के इतिहास में पहली बार, मार्च 1995 के विधान सभा चुनावों में काँग्रेस-आइ को हार का सामना करना पड़ा। शिव सेना, जिसने पिछले 29 सालों से इस पल का महज़ सपना भर देखा था, ने अपनी सहयोगी पार्टी भाजपा के साथ मिलकर फ़तह हासिल की। राजनीतिक विश्लेषकों का मत था कि भाजपा-शिवसेना के गठबन्धन की यह जीत उस साम्प्रदायिक लहर पर सवार होकर हासिल की गयी थी जो बाबरी मस्जिद के ध्वंस के बाद पैदा हुई थी जिसने राज्य में और पूरे मुल्क में साम्प्रदायिक ध्रुवीकरण किया था। राज्य के मराठी-भाषी लोग ख़ासे उत्साहित थे; उनको कई तरह के लाभ मिलने की और एक स्वच्छ प्रशासन की उम्मीद थी। विशेष रूप से तटीय कोंकण पट्टी के लोगों को यह अपनी निजी जीत महसूस हो रही थी, क्योंकि वे काँग्रेस-आइ के राज में हमेशा उपेक्षित महसूस करते रहे थे। काँग्रेस-आइ की सरकार का झुकाव पश्चिमी महाराष्ट्र और शक्कर-पट्टी की तरफ़ ज़्यादा था। बाल ठाकरे के समर्थकों का थोक हिस्सा उन्हीं तटीय क्षेत्रों - रत्नागिरि, सिन्धुदुर्ग, सावन्तवाड़ी आदि - से आता था और उनमें से ज़्यादातर लोग कारख़ानों के कामगार थे।

गवली को भी माटी-पुत्रों को और ज़्यादा ताक़त दिये जाने के शिव सेना के वादे में भरोसा था, भले ही ये माटी-पुत्र क़ानून की उलट राह पर क्यों न हों। इसलिए जब उसने किसी तरह ज़मानत हासिल कर यरवदा जेल छोड़ी, तो वह घर पहुँचने पर कहीं ज़्यादा आत्मविश्वास से भरा हुआ और ख़ुश दिख रहा था। दगड़ी चाल उसके स्वागत में दुल्हन की तरह सजी हुई थी। शिव सेना ने संरक्षण का जो वादा किया हुआ था उसको गवली भुनाना चाहता था। उसने ठाकरे का महिमामण्डन करना शुरू कर दिया था और वह सेना सुप्रीमो के प्रति अपनी श्रद्धा का इज़हार करने का कोई मौक़ा नहीं चूकता था। दगड़ी चाल के तमाम सार्वजनिक जलसों में ठाकरे की तस्वीर पूरी अहमियत देते हुए प्रदर्शित

की जाती थी। पहली बार था जब गिरोह एक गॉडफ़ादर का आशीर्वाद पाकर अपराजेय महसूस कर रहा था।

गवली जानता था कि भले ही सेना की सरकार उसके ख़िलाफ़ नाजायज़ मामले तैयार न कर उसको बख़्श दे, लेकिन तब भी वह दाऊद की साज़िशों से सुरक्षित नहीं है। उसके थिंक टैंक - उसकी बीवी और गिरोह के शीर्षस्थ लोगों - ने उसको सलाह दी कि उसको दाऊद से अपने बचाव के लिए सरकार से पुलिस-सुरक्षा की माँग करनी चाहिए। गवली को ख़याल पसन्द आया। अगर उसके इर्दगिर्द पुलिस रहेगी, तो दूसरे गिरोह के लोग तो उसको नहीं ही छू पाएँगे, बाक़ी पुलिस बल भी उससे दूर रहेगा। उसने सुरक्षा घेरा हासिल करने के लिए सेना के बॉस की सहमति माँगी। जैसी कि उम्मीद थी, मातोश्री से उसको हरी झण्डी तो मिल गयी, लेकिन उसे कहा गया कि वह पुलिस और गृह विभाग में एक औपचारिक आवेदन पेश कर दे।

सुरक्षा के ऐसे तमाम आवेदन जाँच की, और मुम्बई पुलिस की अपराध और सुरक्षा शाखाओं समेत विभिन्न विभागों की रज़ामन्दी की प्रक्रिया से गुज़रते हैं, और इस क्रम में कई आला अफ़सरों के हाथों से गुज़रते हैं। इसके बाद ये आवेदन अतिरिक्त मुख्य सचिव के कार्यालय को भेजे जाते हैं जो उनको गृह मन्त्री के समक्ष पेश करता है।

भाजपा के महारथी गोपीनाथ मुण्डे भाजपा-शिव सेना गठबन्धन सरकार में गृह मन्त्री होने के साथ-साथ उप मुख्य मन्त्री भी थे, और वे अपने विभाग के प्रशासन के मामले में बहुत सख़्त थे। बावजूद इसके कि इस गठबन्धन में सेना की हिस्सेदारी भाजपा के मुक़ाबले बड़ी थी, मुण्डे मानते थे कि वे सरकार में एक ऐसे दल की नुमाइन्दगी करते हैं जिसको अपनी राष्ट्रीय छवि की चिन्ता है। उनका यह भी मानना था कि सेना में राजनीति के व्यापक मुद्दों के प्रति गम्भीर दृष्टिकोण का अभाव है। उन्होंने गवली की फ़ाइल वाक़ई दरवाज़े के बाहर फेंकते हुए अपने अधिकारियों को लताड़ लगायी कि वह फ़ाइल उनकी मेज़ तक पहुँच भी कैसे सकी। उन्होंने स्पष्टीकरण माँगा : इस तरह का दुस्साहसिक आवेदन इतने सारे विभागों से होकर कैसे गुज़र सका जबकि उसको शुरूआती स्तर पर ही रद्द कर दिया जाना चाहिए था? अधिकारी और नौकरशाह सिर्फ़ इतना ही बुदबुदाकर रह गये कि उन्होंने यह कार्रवाई सेना के नेताओं की सिफ़ारिश पर की थी। लेकिन मुण्डे ने साफ़ कर दिया कि अपराधिक अतीत रखने वाले किसी भी व्यक्ति को राजकीय सुरक्षा उपलब्ध नहीं करायी जाएगी, भले ही उसकी सिफ़ारिश कितने ही ऊँचे हल्कों से क्यों न आयी हो।

जब मायूस गवली ने मातोश्री से सम्पर्क किया, तो उसको बताया गया कि उसका अनुरोध मुण्डे द्वारा ठुकरा दिया गया है। तब गवली ने अपने एक रिश्तेदार, मध्य प्रदेश के भाजपा के एक विधायक, से हस्तक्षेप कराया। जब मुण्डे को पड़ोसी राज्य के इस नेता द्वारा घेरा गया, तो उनको समझ नहीं आया कि इस जंजाल से कैसे बाहर निकला जाय। इसलिए उन्होंने एक दूसरा तरीक़ा अपनाया। उन्होंने उस विधायक को यक़ीन दिलाया कि गवली की सुरक्षा के आग्रह को सीधे सेना सुप्रीमो के आदेश से ठुकराया गया है। यह साफ़तौर पर एक छल था लेकिन गवली कान का इस क़दर कच्चा था कि उसने सहज ही विश्वास कर लिया, और सेना के इस दोगलेपन से बहुत नाराज़ हो उठा।

इसके बाद मुण्डे ने अपने पुलिस तन्त्र को कहा कि वे किसी न किसी बहाने से गवली को सलाखों के अन्दर करें। मुण्डे जानते थे कि इस डॉन की सही जगह जेल में है, और वहीं पर वह सबसे ज़्यादा सुरक्षित रहेगा। इसके पहले कि गवली सेना के नेताओं से और जिसको वह उनका दोगलापन मानता था उससे टक्कर लेता, उसे मार्च 1996 में गिरफ़्तार कर औरंगाबाद की हर्सुल जेल में डाल दिया गया।

गवली अपने प्रति राज्य सरकार के रुख में एक बारीक़ बदलाव महसूस कर रहा था। जहाँ अश्विन नाइक को चिकित्सकीय आधार पर ज़मानत दे दी गयी थी, और जिसका फ़ायदा उठाकर वह देश से भाग गया था, वहीं गवली को दाऊद के हाथों मरने के लिए जेल में पटक दिया गया था। उसे निहायत कमज़ोर आधारों पर गिरफ़्तार किया गया था और एक अति सुरक्षित जेल में धकेल दिया गया था।

गवली के जेल में रहने के दौरान कुछ और भी ऐसे संयोग घटित हुए जिसने शिव सेना के साथ उसके तलाक़ पर अन्तिम रूप से मुहर लगा दी। गवली नियमित रूप से अपने आदमियों का दरबार लगाया करता था और उनसे बराबर मुलाक़ातें करता रहता था ताकि गिरोह के सदस्यों को निर्देश जारी किये जा सकें। उसका खुफ़िया तन्त्र, जिसमें दूसरे गिरोहों में घुसे हुए उसके भेदिये और जासूस शामिल थे, बिना किसी रुकावट के काम कर रहा था। ऐसा ही एक शख़्स ललित शाह था, जो पिछले पन्द्रह सालों से उसका विश्वासपात्र और निगहबान था।

गवली, शाह पर भरोसा करता था। वह अमर नाइक का एक व्यापारिक साझेदार था और वे दोनों मिलकर माटुंगा में एक वीडियो लायब्रेरी चलाते थे। शाह हालाँकि दोनों गिरोह सरगनाओं का क़रीबी था, लेकिन वह चलता गवली

के कहने पर था। वह उसके साथ सीधे सम्पर्क में रहता था और उसको कहीं ज़्यादा ताक़तवर और दौलतमन्द डॉन समझता था, इसलिए वह उसके प्रति वफ़ादार बना रहा था।

गवली शाह के मशविरों की क़द्र करता था, और उसकी सिफ़ारिश पर बड़ी मात्रा में अपने पैसे को जोखिम में डालने को तैयार था। जब शाह ने उसको रघुवंशी मिल्स में 30 लाख रुपये का निवेश करने की सलाह दी, तो गवली ने आँखें मीचकर यह पैसा मिल मालिक को देने के लिए सदा पावले को कह दिया। रघुवंशी मिल्स वल्लभ ठक्कर की मिल्कियत थी और ठक्कर ने वादा किया था कि वह पैसा साल भर में दुगुना हो जाएगा।

ललित शाह गवली से हर्सुल जेल में बराबर मिलता रहता था। ऐसी ही एक मुलाक़ात के दौरान शाह ने उसको यह ख़ुफ़िया सूचना दी कि सेना सरकार उसका तबादला अमरावती जेल में करने की योजना बना रही है। अमरावती जेल मुम्बई से 690 किलोमीटर या चौदह घण्टे की दूरी पर थी। मुम्बई से बारह घण्टे की दूरी पर स्थित हर्सुल जेल में गवली आराम से रहने लगा था। जेल के माहौल को अपने रहने लायक़ बनाने में लम्बा वक़्त लगता है, और अमरावती में उसका कोई अड्डा भी नहीं था, इसलिए वह इस तबादले के ख़िलाफ़ था। यह एक लम्बी प्रक्रिया होती है : जेल के अधिकारियों को ख़रीदना, उनको धमकाना, दूसरे साथी क़ैदियों को डराना और सरकारी तन्त्र को अपना हुक्म मानने के लिए पालतू बनाना। फिर गवली को इस तबादले के पीछे की सही वजह भी समझ में नहीं आ रही थी। उसने ललित शाह से कहा कि वह इस तबादले को रुकवाने के लिए मन्त्रालय के अपने सम्पर्कों का इस्तेमाल करे, और शाह ने उसको आश्वस्त किया कि वह इसके लिए एड़ी-चोटी का ज़ोर लगा देगा।

लेकिन अपनी अगली मुलाक़ात में शाह ने जैसे बम ही पटक दिया। उसने बताया कि अमरावती जेल के लिए तबादला नहीं रुकवाया जा सका क्योंकि इस तबादले का हुक्म सीधे जयन्त जाधव की तरफ़ से आया था, जो कि बाल ठाकरे के मानस-पुत्र जैसा था। यह बात गवली की समझ से परे थी कि इसमें जाधव की क्या भूमिका हो सकती थी। वह तो जाधव को जानता तक नहीं था। लेकिन लगता था कि शाह को इस साज़िश की पूरी अन्दरूनी जानकारी थी।

उसने गवली को बताया कि जाधव अमर नाइक का दोस्त है, और यह तबादला दरअसल नाइक के कहने पर कराया गया है। शाह ने उसको बताया कि नाइक ने गवली को हर्सुल से अमरावती जेल के सफ़र के दौरान मरवा देने की योजना बना रखी है। गवली हक्का-बक्का रह गया। ऐसा तो काँग्रेस-आइ

के ज़माने तक में नहीं हुआ था कि उन्होंने कभी गवली की हत्या की सुनियोजित साज़िश रची हो। और यहाँ उसके अपने गॉडफ़ादर की शिव सेना थी जो उसके ख़ून की प्यासी थी। उसने जाधव को टपकाने का फ़ैसला कर लिया। (अण्डरवर्ल्ड में ऐसे लोगों के प्रति कोई मुरव्वत नहीं बरती जाती जो किसी परिस्थिति में दिलचस्पी का केन्द्र बन जाते हैं, भले ही उस परिस्थिति से उनका कोई सरोकार न हो। इसकी इन्तिहाई मिसाल यह है कि बस स्टॉप पर खड़ी दो लड़कियों को इसलिए गोली मार दी गयी थी कि वे हँस रही थीं और यह बात एक गिरोहबाज़, दिलीप बुआ, को अच्छी नहीं लगी।)

30 अप्रैल 1996 को जाधव को दादर के कामदार पार्क स्थित निवास पर गोली से मार दिया गया। पुलिस, मीडिया और राजनीतिक विश्लेषकों के लिए यह एक चक्कर में डाल देने वाला मामला था। वे यक़ीन ही नहीं करना चाह रहे थे कि गवली में इतनी हिम्मत हो सकती है कि वह सत्ताधारी शिव सेना की ताक़त से टक्कर ले सके। ठाकरे के मानस-पुत्र की हत्या करना स्वयं सेना के मुखिया पर हमला करने जैसा था। पुलिस ने सात लोगों को गिरफ़्तार किया, ओर गवली के ख़िलाफ़ भी इस हत्या का मामला दर्ज किया गया।

पुलिस ने गृह मन्त्रालय को एक रिपोर्ट भेजी जिसमें कहा गया कि गवली जेल के अन्दर कुछ ज़्यादा ही आराम भोग रहा है - इस क़दर कि वहाँ बैठे-बैठे वह इतने बड़े स्तर की हत्या की साज़िश रचने और उस पर अमल करने में कामयाब रहा है। उन्होंने उसका तबादला तुरन्त किसी दूसरी जेल में किये जाने की सिफ़ारिश की। सरकार ने उसको पुणे की यरवदा जेल में भेजने का निर्णय लिया।

गवली बौखलाया हुआ था। यूँ तो यरवदा जेल उसके लिए एक और घर जैसी ही थी, लेकिन इन दिनों वह सिर्फ़ शिव सेना से बदला लेने के बारे में ही सोच सकता था। सेना पर वह अपना पहला हमला तो बोल ही चुका था; वह भरसक तेज़ी के साथ इस पार्टी के ख़िलाफ़ जाना चाहता था जिसने उसको सहारा देने का वादा किया था लेकिन उसकी पीठ में छुरा भोंका था और उसके साथ इन्तिहाई धोखाधड़ी की थी।

एक दिन, शाह यरवदा जेल में एक चौंका देने वाले मुलाक़ाती को लेकर आया : शिव सेना की मज़दूर शाखा कामगार सेना के एक आदमी जितेन्द्र दाभोलकर को। उसकी हुकूमत चलती थी ओबेरॉय होटल पर, जहाँ के कर्मचारी उसके यूनियन के आदेशों का आँख मूँदकर पालन करते थे। दाभोलकर जानता था कि एक राजनीतिक दल कैसे काम करता है और वह उसका प्रबन्धन

करने तथा उसको आगे बढ़ाने में सिद्धहस्त था। गवली और उसने एक नया राजनीतिक दल खड़ा करने के लिए आपस में हाथ मिलाये। दाभोलकर ने कारख़ाने की ज़मीन वाले इलाक़े के बीचोंबीच, लालबाग़ में ऑफ़िस खोला और एक योजना पर काम करना शुरू कर दिया।

कुछ ही महीनों के भीतर गवली ने जयन्त जाधव हत्याकाण्ड में ज़मानत हासिल कर ली और दगड़ी चाल में लौट आया। दाभोलकर ने जल्द ही एक नये दल का श्रीगणेश किया जिसका नाम रखा गया अखिल भारतीय सेना (एबीएस)। गवली को उसका अध्यक्ष बनाया गया और दाभोलकर उसका सचिव बना। गवली की बीवी आशा इस पार्टी की नरी शाखा की मुखिया थी। दाभोलकर ने छगन भुजबल के एक ख़ास आदमी भरत म्हात्रे को एबीएस में शामिल होने के लिए राज़ी कर लिया। म्हात्रे पार्टी के उपाध्यक्ष बन गये। एबीएस शिव सेना के कुछ असन्तुष्ट कार्यकर्ताओं को भी अपने पाले में खींचने में कामयाब रही। एबीएस के सदस्यों तथा पार्टी में शामिल होने वाले भूतपूर्व शिव सैनिकों की संख्या तेज़ी से बढ़ती गयी।

गवली के विद्रोह ने सेना नेताओं को चकित कर दिया। उनको ज़रा भी अन्दाज़ा नहीं था कि उसको उसके पुराने समर्थकों के ख़िलाफ़ खड़े होने के लिए भड़काया गया है। वे नहीं जानते थे कि शिव सेना द्वारा अमर और अश्विन नाइक को मिल रहे समर्थन की वजह से गवली ने यह नया राजनीतिक दल खड़ा किया था। लेकिन अब, गवली सेना और उसकी ग़लत नीतियों के ख़िलाफ़ खुले आम बोलना शुरू कर चुका था।

दोटूक बात करने वाले ठाकरे ने पूरी कैफ़ियत देते हुए अपनी स्थिति साफ़ कर दी। 'हमारे ताल्लुक़ात हुआ करते थे। गवली काँग्रेस के राज में जेल गया था और अब वह मेरे ख़िलाफ़ लड़ रहा है। लेकिन हमें याद रखना चाहिए कि अगर आज वह ज़िन्दा है, तो बाल ठाकरे की वजह से।' अन्त में उन्होंने कहा, 'गवली कुछ महीने पहले मुझे छोड़कर चला गया।'

30

ज़ोर आज़माइश

दक्षिण मुम्बई के बीच स्थित नागपाड़ा पुलिस थाने का छोटा-सा कमरा प्रेस रिपोर्टरों और ख़बर-खोजियों से ठसाठस भरा हुआ था। वे सब उस पीछा करने की प्रक्रिया के बारे में सीधे-सीधे पुलिस की ज़ुबानी जानकारी हासिल करने इकट्ठा हुए थे जिसका हश्र गिरोहबाज़ अमर नाइक की मौत में हुआ था। मुम्बई माफ़िया के इतिहास में इसके पहले कभी भी कोई आला दर्जे का डॉन पुलिस के हाथों धराशायी नहीं हुआ था। जिस शख़्स पर सबकी निगाहें गड़ी हुई थीं, जिसने यह कारनामा किया था, वह था असिस्टेन्ट पुलिस इंस्पेक्टर विजय सलस्कर।

अख़बारों के संवाददाता, जिनकी संख्या टेलिविज़न के संवाददाताओं से कहीं ज़्यादा थी, बेचैन हो रहे थे और चाहते थे कि सलस्कर तुरन्त बोलना शुरू कर दे। यह एक अनौपचारिक जमावड़ा था। हर कोई मुँहज़ुबानी ख़बर पाकर आ गया था। जब बोलने के आग्रह का शोरशराबा बहुत ज़्यादा बढ़ गया, तो सलस्कर ने हाथ उठाकर ख़ामोश होने का इशारा किया और हमेशा की तरह बिना मुस्कराये उठ खड़ा हुआ। उसकी आँखों ने अभी तक भरोसा करना नहीं सीखा था, और आप यह सोचे बिना नहीं रह सकते थे कि वह अपने चेहरे पर ग़ुस्से का भाव लेकर ही पैदा हुआ था।

ख़ास पुलिसिया अन्दाज़ में उसने मुम्बई के सबसे चकमेबाज़ अपराधी के शिकार का और उसको पटखनी देने का क़िस्सा बयान करना शुरू किया।

'हमें पहले ही यह इत्तला मिल चुकी थी कि अमर नाइक आधी रात के बाद मदनपुरा इलाक़े में आने वाला है। मेरे दल ने और मैंने उसके लिए जाल बिछाया और लम्बा इन्तज़ार शुरू कर दिया। हममें से कोई नहीं जानता था कि वह किस तरह का दिखता है। फिर हमने एक सफ़ेद फिएट कार को उस जगह की तरफ़ धीरे-धीरे बढ़ते देखा। एक आदमी कार से उतरा। चूँकि उसको पहचानने का कोई दूसरा तरीक़ा हमारे पास नहीं था, हमें अपराधी को चौंका

देने की अपनी घिसी-पिटी तरकीब अपनानी पड़ी। मेरे एक अधिकारी ने अपनी जगह से सिर हिलाकर मुझे इशारा किया। उसने अपनी आवाज़ में भरपूर जानपहचान का भाव लाते हुए अमर को पुकारा :

"कई रे अमर, तू इथे?" (अरे अमर, तू यहाँ?)

'वह आदमी चौंक पड़ा और बग़ैर सोचे उस अधिकारी की तरफ़ बढ़ा जिसने सादे कपड़े पहन रखे थे। उस आदमी पर नज़र पड़ते ही अमर समझ गया कि वह पुलिसवाला है। अगले ही स्वचालित पल में, जो अपनी तेज़ गति की वजह से धुँधला गया था, अमर ने अपनी ग्लॉक निकाली और उस आदमी पर गोली चला दी। पुलिसवाले ने त्वरित बुद्धि से काम लिया और उछलकर एक वाहन की ओट में आ गया, जिससे उसकी जान बच गयी, हालाँकि उसका कन्धा ज़ख़्मी हो गया।

'अमर ने भागना शुरू कर दिया। मैं एक पल की भी देर किये बग़ैर वाहन में सवार हुआ और उसका पीछा करने लगा। पीछा करते हुए मैं उसको आवाज़ भी लगाता जा रहा था : "अमर रुको...अमर्र्र्र...!" लेकिन वह रुका नहीं। रात का सन्नाटा पसरा हुआ था और दिन भर चहल-पहल से भरा रहने वाला मदनपुरा-अग्रिपाड़ा का इलाक़ा एकदम ख़ामोश था। उस वक़्त हर कोई गहरी नींद में सोया हुआ था।

'वह साल्वेशन आर्मी की इमारत से आगे निकल गया और मैं उसका पीछा करता रहा। वह मेरी मौजूदगी और मेरे बिछाये जाल के प्रति चौकन्ना हो चुका था। इसके बाद वह वाइएमसीए की तरफ़ जाने वाली सड़क पर मुड़ गया और मेरी कार, जो फुटपाथ पर चढ़ गयी थी, रुक गयी।

'मैं बाहर कूद पड़ा। अचानक, वह मुड़ा और उसने गोली चलायी। मैं तुरन्त ही फुटपाथ पर झुककर बैठ गया। मैंने बुलेटप्रूफ़ जैकेट पहन रखी थी; गोली मेरी जैकेट को ख़रोंचती हुई दूर निकल गयी। मैंने उसके पैरों पर निशाना साधकर गोली चलायी। गोली उसकी पीठ में लगी। वह दर्द के मारे दोहरा हो गया और भागने की कोशिश करने लगा, लेकिन दर्द ने उसकी प्रतिक्रियाओं को धीमा कर दिया।

'मैं बन्दूक को उसकी तरफ़ ताने हुए उठा। अचानक, मैंने देखा कि वह फिर से मुड़ा और उसके चेहरे पर एक रोशनी कौंधी। मैं उस चेहरे को कभी नहीं भूल पाऊँगा। वह अपने दाँत पीस रहा था, और उसकी आँखें जैसे आग उगल रही थीं। वह एक ऐसे शख़्स का चेहरा था जो अपना इरादा पक्का कर

चुका था, जिसको यह बात समझ में आ चुकी थी कि अगर उसने तुरन्त ही मुझे गोली नहीं मारी, तो वह मारा जाएगा।

'अपनी समूची ज़िन्दगी में मैं मुठभेड़ों के बारे में पल भर से भी कम समय में फ़ैसले लेता रहा हूँ। मैं जानता था कि यह फ़ैसले की घड़ी है। या तो वह या मैं। मैंने मरने से इंकार कर दिया। मैंने अपनी बन्दूक तानी और इसके पहले कि वह मुझ पर गोलियाँ बरसाना शुरू करता मैंने उस पर गोली चला दी, जिसका उद्देश्य उसको मारने से कहीं ज़्यादा अपनी जान बचाना था। उसको ज़मीन पर गिरते देखकर मुझे राहत मिली। तब तक मेरी टीम के दूसरे लोग भी आ गये थे। मैं उसके क़रीब पहुँचा और उसके हथियार छीन लिये। उसकी जेब में एक और बन्दूक थी। वह ज़मीन पर चित पड़ा था, और जगह-जगह से उसके ज़ख़्मों से ख़ून बह रहा था। उसकी आँखों में चमक थी, जबड़े अभी भी भिंचे हुए थे। मैंने अपनी टीम से उसको फुर्ती से नायर हॉस्पिटल ले चलने को कहा। लेकिन हम उसको बचा नहीं सके।'

मुठभेड़ की जीती-जागती कैफ़ियत बयान करते हुए सलस्कर लगातार अपने हाथों से इशारे कर रहा था।

जब उसका क़िस्सा पूरा हो गया, तो सवालों की शुरूआत हुई। *इण्डियन एक्सप्रेस* का रिपोर्टर सबसे आगे था। 'ये कैसे मुमकिन है कि ग्लॉक का इस्तेमाल करने के बावजूद अमर नाइक आपको या आपकी टीम के किसी आदमी को घायल तक नहीं कर सका, जबकि आप एक साधारण-से रिवॉल्वर के सहारे उसको मारकर साफ़ बच निकले?'

कमरे में ख़ामोशी छा गयी। हर किसी को लग रहा था कि रिपोर्टर ने उसको घेर लिया है। लेकिन सलस्कर शान्ति की मूर्ति बना बैठा रहा। एक व्यंग्यात्मक हँसी के साथ उसने ख़ामोशी को तोड़ा। 'एक पुलिस अधिकारी के रूप में मैं तेरह साल का तजुरबा रखता हूँ। मैं एक प्रशिक्षित पुलिसवाला हूँ, पुलिस के विशेष दस्ते का हिस्सा। ऐसा महारथी जिसने पचास मुठभेड़ें की हैं। मैंने कठोर से कठोर अपराधियों के साथ बन्दूकों की लड़ाई लड़ी है। अपराधी अपराधी होते हैं। वे कोई प्रशिक्षित निशानेबाज़ नहीं होते। कभी-कभी तो वे एकदम सीध में भी गोली नहीं चला पाते। आपके पास ऑटोमैटिक हथियार का होना बहुत मानी नहीं रखता। महत्त्वपूर्ण वह आदमी होता है जो उस हथियार के पीछे होता है। अमर ने अपनी ज़िन्दगी में कितने लोगों को मारा है? वह हत्याएँ करने का काम अपने आदमियों से करवाता था। मैं उस मैदान में काम करता हूँ जहाँ पर मुझे रोज़ ही मौत के क़रीब होने के ऐसे तजुरबों से गुज़रना

पड़ता है। मैं बुज़दिल नहीं हूँ कि गिरोहबाज़ों से निपटने के लिए अपने आदमियों को भेज दूँ। मैं दूसरों को सीख देने की बजाय खुद उस पर अमल करता हूँ।'

संवाददाताओं का झुण्ड ख़ामोश था। 'लेकिन आपने उसके पैर या बाँह में गोली क्यों नहीं मारी ताकि आप उसकी जान लेने की बजाय उसको ज़िन्दा पकड़ पाते?' एक मराठी अखबार के संवाददाता ने कोशिश की।

'देखिये श्रीकान्त, हम मेज़ के दोनों तरफ़ शान्तिपूर्वक बैठकर कोई कारोबारी सौदा नहीं कर रहे थे जिसके लिए हमारे पास सोचने, योजना बनाने, प्रस्तावों पर प्रतिक्रियाएँ करने का भरपूर वक़्त होता। हम आमने-सामने की लड़ाई में मुब्तला थे। हम दोनों के पास बन्दूकें थीं। हम अगर पहले से अपने बचाव की कार्रवाई न करते तो वह हमपर गोलियों की बौछार करने से न हिचकता। हम कभी भी मारना नहीं चाहते, लेकिन ऐसा हो जाता है।'

संवाददाताओं का बहुरंगी समूह सन्तुष्ट लगा। उनमें से कुछ ने सलस्कर को बधाई दी और चले गये। पहली रिपोर्ट तो वे 11 अगस्त 1996 को छाप ही चुके थे, जिस दिन अमर नाइक मुठभेड़ ज़्यादातर अख़बारों की मुख्य या दूसरे नम्बर की सुर्ख़ियों में छपी थी। अमर नाइक का मारा जाना मुम्बई पुलिस के मुकुट का सबसे चमकीला नग था। यह उनकी सबसे बड़ी ट्रॉफ़ी थी। अमर नाइक एक गिरोहबाज़, एक ड्रग सरगना, और एक ऐसे गिरोह का मुखिया था जिसमें कई पढ़े-लिखे नौजवान शामिल थे। अगर वह कुछ दिन और ज़िन्दा रहता, तो इसमें कोई शक नहीं कि उसने मुम्बई माफ़िया के इतिहास को एक बिल्कुल नयी ही शक्ल दे दी होती।

अख़बारनवीसों के उस अनौपचारिक जमावड़े में, जहाँ सलस्कर को बधाइयाँ और शाबाशियाँ मिल रही थीं, वहीं मुठभेड़ में शामिल दूसरे पुलिसवाले किसी क़दर उपेक्षित कर दिये गये थे। इनमें पुलिस इंस्पेक्टर अजीत वाघ, सब-इंस्पेक्टर सतीश मायेकर और सब-इंस्पेक्टर दिनेश अहीर शामिल थे। जैसा कि बताया गया था, दिनेश अहीर ने ही अमर नाइक को पहचाना था और उसको आवाज़ दी थी।

संवाददाताओं से बात करते हुए सलस्कर ने खुलासा किया था कि अमर नाइक उनको पहले कई बार ऐन उस मौक़े पर चकमा दे चुका था जब उनको लगता था कि वह उनकी पकड़ में आ गया है। जिस वक़्त उन्होंने उसे मारा उस वक़्त उसके पास एक पेजर, 10,000 रुपये नगद, थाइलैण्ड के एक होटल का कार्ड और बैंकॉक के कुछ दस्तावेज़ मौजूद थे। यह पहली बार था जब पुलिस ने मुम्बई के एक ऐसे अपराधी के बारे में सुना था जिसके तार थाइलैण्ड की

राजधानी से जुड़े हुए थे। अमर के पास दो पिस्तौलें थीं – एक ऑस्ट्रेलियाई ग्लॉक और एक चीनी .9एमएम स्टार पिस्तौल। हथियारों के प्रति उसके लगाव से पुलिस वाक़िफ़ थी, जैसे कि माफ़िया के लोग भी इस बात को जानते थे। सलस्कर को साफ़तौर पर इस बात का डर था कि कहीं वह उज़ी सब-मशीनगन भी अपने साथ न लिये हो। नाइक का हमेशा से ऐसा यक़ीन रहा था कि अगर उसके पास बड़ी मात्रा में बारूदी हथियार मौजूद होंगे तो वह अपने प्रतिद्वन्द्वियों पर और पुलिस पर भारी पड़ेगा। लेकिन उसका अन्त फीका था, एक ऐसे डॉन के लिहाज़ से तो कुछ ज़्यादा ही फीका था जो आला दर्ज़े का बाज़ीगर और भेष बदलने के मामले में उस्ताद था। लगता था कि उसकी बन्दूकों ने उसे धोखा दे दिया था। पुलिस के मुताबिक़ नाइक ने छह राउण्ड गोलियाँ चलायी थीं जबकि पुलिस दल ने सत्रह राउण्ड गोलियाँ चलायी थीं।

अखबारों ने इसकी तुलना कोलम्बियाई ड्रग सरगना पाब्लो एस्कोबार की पुलिस मुठभेड़ में हुई मौत से की थी जिसकी सम्पत्ति का मूल्य 227 बिलियन डॉलर था। बताते हैं कि एस्कोबार को दिसम्बर 1993 में, ख़ासतौर से उसी को पकड़ने/मारने के लिए तैयार किये गये 200 पुलिसकर्मियों के एक विशेष दस्ते, सर्च ब्लॉक, द्वारा मारा गया था। उसका पकड़ा जाना इस क़दर अकल्पनीय था कि ऐसे भी दावे किये गये थे कि एस्कोबार ने आत्महत्या कर ली थी। इसी तरह यह बात भी गले उतरती नहीं लगती थी कि नाइक मुट्ठी भर पुलिस अधिकारियों द्वारा मारा जा सकता है। जहाँ तक दौलत तथा कुख्याति का सवाल था, वह एस्कोबार की कोटि में कहीं नहीं था। लेकिन दोनों की कुछ समानताओं के चलते अखबारों ने एस्कोबार के साथ उसकी तुलना की थी। दोनों ही इंसान ड्रग-सम्राट थे और दोनों की ही सरकार में घुसपैठ थी। इस क़दर कि खुद सरकार को उस ख़तरे का ख़ात्मा करने का फ़ैसला करना पड़ा। अमर के मामले में, यह शिव सेना-भाजपा गठबन्धन की सरकार थी।

जहाँ अख़बारों के ज़्यादातर लोगों ने सलस्कर को हीरो बना दिया था, वहीं मुम्बई के दो संवाददाता ऐसे भी थे जिनका अलग ढंग का सोचना था। इनमें एक था *इण्डियन एक्सप्रेस* का संवाददाता और दूसरा था प्रेम शुक्ला, जो हिन्दी पत्र *दोपहर का सामना* का मुख्य संवाददाता था। अमर नाइक मुठभेड़ को लेकर इन दोनों के दावे अलग थे। शुक्ला ने नाइक की मौत पर कई स्टोरियाँ की थीं। *इण्डियन एक्सप्रेस* के संवाददाता ने भी अपनी तरह से छानबीन की थी और सरकारी विवरण से अलग नतीजे तक पहुँचा था।

यह नतीजा कुछ इस तरह था : ड्रग का सम्राट नरी खान, जो एनडीपीएस

की विशेष अदालत द्वारा बरी कर दिया गया था, 9 अगस्त को आर्थर रोड जेल से रिहा हो गया था। नरी जेल के परिसर से खाली हाथ निकला था। उसने अपना आरामदायक बिस्तर तक अपने साथी क़ैदी अस्कन्दर शाह को दान कर दिया था, जो जेल की कोठरी में लम्बे समय तक उसके साथ रहा था। जेल के बाहर इस करोड़पति ड्रग सम्राट का इन्तज़ार करने वाला एक भी आदमी नहीं था। जिस औरत को उसने प्यार किया था वह उसको चकमा देकर चली गयी थी जिससे वह बुरी तरह टूट चुका था। वह जेल से बाहर निकला और थोड़ी ही देर में अमर नाइक गिरोह के मुख्य अड्डे, 144 अपार्टमेण्ट्स से लगे सिग्नल पर पहुँच गया। वहाँ उसके पास से एक लड़का गुज़रा जिसने उसको सन्देश देते हुए उससे विले पार्ले स्थित शबरी बार में किसी शख़्स से मिलने को कहा। इस बात से बेख़बर कि उसका पीछा किया जा रहा है, नरी पूरे दिन फ़ालतू घूमता रहा और शाम को उस बार में जा पहुँचा।

पुलिस की टीम ने नाइक के साथ नरी के इस मिलन को देखा, और उन पर लगातार नज़र रखे रही जिस दौरान दोनों देर तक बातचीत करने के बाद एक साथ बार से निकले। चूँकि अमर नाइक ने अपने चेहरे का रूप-रंग बदलवा लिया था, इसलिए पुलिस उसको तब तक पहचान नहीं पायी जब तक कि आख़िरकार नरी ने अपना मुँह खोलकर उनके सामने उगल नहीं दिया कि उसका वह साथी कौन था। पुलिस ने आख़िरकार नाइक को ढूँढ निकाला था लेकिन उनको लगा कि नरी खान जैसे चश्मदीद गवाह को ज़िन्दा रखना अक़्लमन्दी नहीं होगी। उन्होंने मुठभेड़ में पहले अमर को मारा, और नरी को दो दिनों तक किसी गुप्त जगह पर छिपाये रखा। अचानक, जब नरी खान 'एक किलो हेरोइन ले जा रहा था' उसको विखरोली पर एक अन्य मुठभेड़ में मार दिया गया।

ऐण्टी नार्कोटिक्स सेल तथा क्राइम ब्रांच के अधिकारियों ने नरी का पीछा क्यों किया, इसकी एक और भी कैफ़ियत मौजूद थी। आयशा की अब भी अपने उस पुलिस वाले माशूक़ पर पकड़ बनी हुई थी जो उसको लेकर दीवाना था। उसने उसके ताज़ा माशूक़ को किसी तरह सलाख़ों के पीछे पहुँचा दिया था और उसे डर था कि नरी खान, जिसने बदला लेने की क़सम खा रखी थी, उसको ढूँढ निकालेगा, इसलिए उसने यह पूरी की पूरी साज़िश रची थी। सलस्कर ने ऐण्टी नार्कोटिक्स सेल में एक वक़्त गुज़ारा था और अब नाइक को उसके सामने बतौर इनाम पेश किया गया था बशर्ते कि वह उन दोनों को मारने पर राज़ी होता।

इसको लेकर भी क़िस्से थे कि किस तरह सलस्कर को किसी और के द्वारा नहीं बल्कि शिव सेना-भाजपा सरकार द्वारा हरा सिग्नल दिया गया था। एक

रपट में कहा गया था कि मुठभेड़ के कई दिनों पहले अमर मन्त्रालय में सेंध लगाकर सीधे छठवीं मंज़िल पर पहुँचकर अपने दोस्त के ऑफ़िस में घुस गया था। उसको देखकर मन्त्री का पसीना छूट गया था, इसलिए नहीं कि वह अमर नाइक से डरता था, बल्कि इस डर से कि कहीं ऐसा न हो डॉन के उसके केबिन में होने की ख़बर मीडिया को लग जाए।

नाइक साफ़ तौर पर उसे ब्लैकमेल करने और उससे एक निहायत ही नाजायज़ माँग करने गया था। मन्त्री के केबिन तक उसकी बेरोक-टोक पहुँच उनकी नज़दीकी की तरफ़ इशारा करती थी जो कि सबसे बड़ा शाप था। मुम्बई के इस आला राजनेता के पास उसे अगले दिन अपने घर पर बुलाने के सिवाय और कोई चारा नहीं रहा। उसने सलस्कर को भी बुलावा भेजा जो कि सेना का जाना-माना वफ़ादार था। सलस्कर ने नाइक को मन्त्री के घर से उठाया और फिर बायकला में एक मुठभेड़ में मार दिया।

हिन्दी पत्रकार प्रेम शुक्ला ने इस सनसनीखेज़ नाइक मुठभेड़ के क़िस्से का पीछा करते हुए एक बेहद विवादास्पद रुख अख़्तियार किया। उसके अख़बार ने मुखपृष्ठ पर जो क़िस्सा छापा वह कुछ इस प्रकार था : अमर नाइक द्वारा मिल मालिक सुनील खटाऊ की हत्या किये जाने के बाद से ही व्यापारियों का समुदाय दहशत की गिरफ़्त में आ गया था। व्यापारियों के एक समूह ने, जिनमें खटाऊ के रिश्तेदार भी शामिल थे, एक अनौपचारिक संगठन तैयार कर एक फ़ण्ड तैयार किया जिसमें नाइक को मारने वाले को 10 करोड़ रुपये का इनाम देने का प्रावधान था। शुरू में उन्होंने नाइक के सबसे पहले प्रतिद्वन्द्वी रह चुके गोल्डन गिरोह के बब्या खोपड़या के बॉस चन्द्रकान्त खोपड़े से सम्पर्क किया। इतनी बड़ी रकम की पेशकश के बावजूद बब्या ने इस प्रस्ताव को मंज़ूर कर पाने में अपनी असमर्थता ज़ाहिर की; उनके पास ऐसे साधन नहीं थे जो नाइक जैसे चकमेबाज़ का पता भी लगा सकते, उसको मारना तो दूर की बात थी।

लेकिन उसने एक क़ीमती सलाह दी। उसने कहा कि नाइक को मुठभेड़ में महारथ रखने वाले किसी आदमी के हाथों ढुँढवाकर मरवाया जा सकता है। हिन्दी पत्र के इस संवाददाता की रपट के मुताबिक़ शहर के कई मुठभेड़-विशेषज्ञों को सुपारी की पेशकश की गयी, और सलस्कर ने यह चुनौती मंज़ूर की।

इस क़िस्से के कई संस्करण मिलकर इसको धुँधलाते हैं। लेकिन इनमें सबसे ज़्यादा यक़ीन दिलाने वाला क़िस्सा पुलिस द्वारा नरी की मार्फ़त नाइक तक पहुँचने का था। नरी ने अपनी चौकसी ढीली कर दी और पुलिस की टीम को अनजाने ही नाइक के गुप्त ठिकाने तक ले गया जिसका अन्त उस मुठभेड़ में

हुआ। यही वह क़िस्सा था जिसके ब्यौरे *इण्डियन एक्सप्रेस* में दिये गये थे और जिसे बाद में दूसरे अख़बारों ने भी उठाया था।

नाइक की मौत के बाद डेलिसल रोड, चिंचपोकली, महालक्ष्मी तथा परेल के इलाक़ों के दुकानदारों और कारोबारी संस्थानों ने कुछ दिन तक बन्द का आयोजन किया। लेकिन उसके गिरोह के लोग उसके घर के आसपास या उसके अन्तिम संस्कारों में दिखायी देने से कतराते रहे। नाइक के दाह संस्कार में चिंचपोकली-बायकला इलाक़े के बमुश्किल पन्द्रह-बीस लोग ही शामिल हुए। लेकिन इनमें एक ध्यान देने लायक़ शख़्स शामिल था जो दाह संस्कार के दौरान आख़िर तक मौजूद रहा : शिव सेना सांसद मोहन रावले। रावले ने पुलिस द्वारा बयान किये गये मुठभेड़ के क़िस्से की भी ज़ोरदार स्वर से आलोचना की थी।

लेकिन नरी खान की मौत कहीं ज़्यादा दर्दनाक थी। उसकी लाश जे.जे. अस्पताल के मुर्दाघर में 10 से भी ज़्यादा दिनों तक लावारिस पड़ी रही। उसे इस्लामी दस्तूर के मुताबिक़ दफ़्न करने कोई भी आगे नहीं आया। आख़िरकार पुलिस ने पख़्तून जिरगाए हिन्द से सम्पर्क किया जो हिन्दुस्तान में आ बसे पठानों की संस्था थी। पख़्तून की स्थापना खान अब्दुल गफ़्फ़ार खाँ ने की थी जिनको हिन्दुस्तानी लोग फ्रंटियर गाँधी के नाम से भी जानते हैं। लेकिन पख़्तून के अधिकारियों ने नरी की लाश को लेने के पुलिस के आग्रह को इस आधार पर सख़्ती के साथ ठुकरा दिया कि वह एक गुनहगार और ड्रग बेचने वाला था। सवाल ही नहीं उठता था कि वह संगठन उसकी अन्तिम क्रियाएँ करके उसे इज़्ज़त बख़्शता।

किसी ज़माने में 400 करोड़ रुपयों की दौलत का मालिक रह चुका नरी खान एक भिखारी की मौत मरा।

31
खुली छूट

ऐसा हर दिन नहीं होता कि किसी पुलिस इंस्पेक्टर को सरकार के किसी आला मन्त्री द्वारा तलब किया जाए। असिस्टेन्ट पुलिस इंस्पेक्टर सलस्कर घबराया हुआ, बेचैन और अनिश्चय की हालत में था।

एपीआइ सलस्कर जो आमतौर से अपनी .38 सर्विस रिवॉल्वर अपने थैले में और तीन मोबाइल फ़ोन अपनी जेबों में रखा करता था, आज कुछ भी लिये हुए नहीं था। इस बँगले पर वह इसके पहले सिर्फ़ एक ही बार आया था। थोड़े-से इन्तज़ार के बाद उसे अन्दर बुलाया गया। सलस्कर उस विशाल कक्ष में पहुँचा जिसमें सत्ता की गन्ध भरी हुई थी।

मन्त्री सोफ़े पर बैठा था।

'या, विजय, या,' उसने कमरे में उसका स्वागत करते हुए मराठी में कहा।

सलस्कर ने सलाम ठोका और फिर विनम्र मुद्रा में हाथ जोड़ दिये। 'नमस्कार, सर।'

मन्त्री ने उसको बगल में पड़ी कुर्सी पर बैठने का इशारा किया।

सलस्कर ने देखा कि कमरे में वही अकेला है। यह उन दूसरे मन्त्रियों के साथ होने वाली उसकी मुलाक़ातों से अलग थी जो हमेशा ढेर सारे लोगों से घिरे रहते थे।

मन्त्री ने यहाँ-वहाँ की बातों के साथ शुरूआत की। बातचीत पुलिस महकमे से पदस्थापनाओं और शहर की क़ानून और व्यवस्था की हालत पर भटकती रही। इसके बाद मन्त्री ने सलस्कर को उसकी तारीफ़ कर के चौंकाते हुए कहा कि वह क्राइम ब्रांच के नार्कोटिक्स सेल में काम करने के वक़्त से लेकर नागपाड़ा पुलिस थाने में आने तक लगातार अच्छा काम कर रहा है। सलस्कर ने मुस्कराते हुए उसे शुक्रिया कहा।

'मैं चाहता हूँ कि तुम अपना यह अच्छा काम जारी रखो,' मन्त्री ने कहा।

सलस्कर ने उसकी तरफ़ देखा। यह बात आमतौर से की जाने वाली हौसलाअफ़जाई जैसी नहीं लगती थी। मन्त्री मुस्करा नहीं रहा था। वह सीधे सलस्कर की आँखों में घूर रहा था। इस अनुभवी पुलिसवाले को, जो कई सख़्त अपराधियों से नज़रें मिला चुका था, इस थकी हुई आँखों वाले मन्त्री के बदलते हुए भावों को पढ़ पाना मुश्किल लग रहा था। इस बात ने उसे विचलित कर दिया और उसने 'हाँ सर' कहते हुए ख़ामोशी को तोड़ा।

'मैं चाहता हूँ कि तुम पूरी ताक़त के साथ गवली गिरोह के पीछे लग जाओ,' मन्त्री ने ऐलान किया।

'हाँ सर,' जवाब आया।

'जिस तरह तुमने अमर नाइक को हासिल किया है?'

ये सवाल था या हुक्म, या फिर दोनों ही। लेकिन सलस्कर समझ गया था।

'यस सर, मैं पूरी कोशिश करूँगा,' उसने कहा।

'तुमको जिस किसी भी रूप में ज़रूरत होगी, हम पूरी मदद करेंगे।'

'हाँ सर।'

'मैं प्रदीप शर्मा से कहूँगा कि वह छोटा राजन और दाऊद गिरोह के पीछे लग जाए।'

सलस्कर ने सिर हिलाया।

मन्त्री ने मुलाक़ात ख़त्म होने का इशारा किया।

सलस्कर खड़ा हुआ, उसने एक बार फिर से सलाम किया और दरवाज़े से बाहर हो गया। उसकी समझ में नहीं आ रहा था कि उसको अपने साथी पुलिसकर्मियों के साथ इस अजीबो-ग़रीब-सी मुलाक़ात का साझा करते हुए उसका जश्न मनाना चाहिए, उस पर हँसना चाहिए, या नहीं। फ़िलहाल, हालाँकि, उसको खुशी हो रही थी कि एक मन्त्री ने उस पर इतना भरोसा किया है कि बजाय उसके वरिष्ठों या साहबों से बात करने के उसने उसको सीधे बुलाया और खुद उसको निर्देश दिये।

सलस्कर मुम्बई पुलिस का एक सबसे कामयाब अफ़सर था। उसने मुम्बई अण्डरवर्ल्ड के अपराधियों को मार गिराने के मामले में ऐसा रिकॉर्ड क़ायम किया था जिससे लोगों को उससे ईर्ष्या होती थी : उसने अब तक तीस से ज़्यादा गिरोहबाज़ों को मारा था और क्राइम ब्रांच के ऐण्टी-नार्कोटिक्स सेल में काम

करने के दौरान वह नशीले पदार्थों की धरपकड़ के कई बड़े मामलों में शामिल रहा था।

मन्त्री द्वारा दी गयी खुली छूट असाधारण अहमियत रखती थी, और सलस्कर ने इसको भुनाने का मन बना लिया।

सलस्कर जानता था कि गवली और नाइकों ने मन्त्री को मजबूर कर दिया था। वे लक्ष्मण-रेखा को लाँघ चुके थे। सत्ताधारी शिव सेना को यक़ीन हो चुका था कि ख़ासतौर से गवली को उनकी पार्टी से जुड़े अहम लोगों के प्रति गावज़ोरी बरतने के लिए सज़ा मिलनी ही चाहिए।

मातोश्री ने जयन्त जाधव के शोक का मातम अभी पूरा भी नहीं किया था कि गवली ने शिव सेना को सीधे चुनौती देने वाली एक राजनीतिक पार्टी की शुरूआत कर उनके सामने एक और गुगली फेंक दी थी। सत्ताधारी पार्टी गवली की सियासी ख़्वाहिशों को नज़रअन्दाज़ करना चाहती थी, लेकिन मुम्बई की म्युनिसिपिल कॉर्पोरेशन के चुनावों में गवली की बाहुबली चालों ने उन्हें परेशान कर दिया था।

गवली ने दादर, परेल और बायकला इलाक़ों में एबीएस के प्रत्याशी खड़े किये थे। उसने इन चुनाव-क्षेत्रों के सेना प्रत्याशियों को डराना-धमकाना शुरू कर दिया था। जब यह चाल भी काम नहीं आयी, तो गवली के आदमियों ने हिंसा का सहारा लेकर सेना के कार्यकर्ताओं को मारना-पीटना शुरू कर दिया। तमाम चुनाव-क्षेत्रों में गहरा भय व्याप्त था। गवली के आदमियों ने मुख्य मन्त्री मनोहर जोशी तक के चुनाव-क्षेत्र के मतदाताओं को धमकियाँ दे डालीं। जब दादर के चुनाव-परिणाम घोषित किये गये, तो एबीएस प्रत्याशी और गवली के कुख्यात हत्यारे निशानेबाज़ विजय टण्डेल की पत्नी मीनाक्षी टण्डेल शिव सेना प्रत्याशी विशाखा राऊत के मुक़ाबले में दूसरे नम्बर पर आयीं; काँग्रेस प्रत्याशी, जिसकी दोवेदारी मज़बूत थी, उसे तीसरा स्थान प्राप्त हुआ।

पुलिस फुर्ती से सक्रिय हुई और उसने अरुण गवली को नैशनल सिक्योरिटी ऐक्ट (एनएसए) के तहत गिरफ़्तार कर लिया। लेकिन लगता था कि सेना के आला नेताओं के बीच गवली के प्रति सहानुभूति रखने वाले लोग अब भी मौजूद थे। मोहन रावले को यह गिरफ़्तारी निहायत नाइंसाफ़ी लगी। उन्होंने मुम्बई पुलिस द्वारा अरुण की इस गिरफ़्तारी का विरोध किया और वे अग्रीपाड़ा पुलिस थाने के सामने भूख हड़ताल पर बैठ गये। रावले ने आठ दिन बाद जाकर गवली की माँ के हाथों शरबत पीकर अपना उपवास तोड़ा।

इस बीच, गवली सरकार के पलटवार के लिए अच्छी तरह से तैयार

हो चुका था। आशा गवली ने बम्बई उच्च न्यायालय की नागपुर बेंच में एक समादेश याचिका (रिट पेटीशन) दाखिल करते हुए एनएसए के अन्तर्गत की गयी अपने पति की गिरफ़्तारी को चुनौती दी। महाराष्ट्र के भूतपर्व एडवोकेट जनरल अरविन्द बोब्ड़े गवली के पक्ष से पेश हुए। उच्च न्यायालय ने इस गिरफ़्तारी को न सिर्फ़ अनुचित पाया और उसको रद्द कर दिया, बल्कि गिरफ़्तारी आदेश पर हस्ताक्षर करने वाले मुम्बई के पुलिस कमिश्नर तथा राज्य के अतिरिक्त मुख्य सचिव पर 25,000 रुपये का ज़ुर्माना भी ठोक दिया। आला दर्ज़े के प्रशासनिक अधिकारियों ओर पुलिस के मुखिया की इतनी कड़ी आलोचना और ज़ुर्माना अभूतपूर्व घटनाएँ थीं। इनसे सरकार की भारी फ़जीहत हुई।

बुलन्द-हौसला गवली पूरे गाजे-बाजे के साथ दगड़ी चाल में लौट आया और नयी चुस्ती तथा शिद्दत के साथ एबीएस को मजबूत बनाने के काम में जुट गया। इस बार वह दादर से बायकला के बीच की पट्टी से आगे तक और अन्ततः समूचे सूबे तक अपने पाँव फैलाना चाहता था।

18 जुलाई 1997 को गवली ने राज्य सरकार के सामने एक बहुत बड़ी चुनौती पेश की जब उसने घाटकोपर पूर्व में दलित प्रदर्शनकारियों पर पुलिस द्वारा गोली चलाये जाने की निन्दा करते हुए एक मोर्चा आयोजित किया और एक बड़ा जुलूस लेकर हुतात्मा चौक तक गया। मीडिया ने ख़बर दी कि इस मोर्चे में दो लाख से ज़्यादा लोगों ने भाग लिया था, और गवली ने अपनी 'पक्षधर पार्टी' के बारे में लोगों की राय को बदल दिया। उसे अब एक विद्रोही सियासतदाँ और परिवर्तन का अग्रदूत बताया जा रहा था।

मीडिया द्वारा एक अपराधी के इस क़िस्म के ऐसे महिमामण्डन तथा सरकार के ख़िलाफ़ उसकी चालों को लेकर राजनीतिक विश्लेषक हैरान थे। स्पेशल ब्रांच की एक रिपोर्ट के मुताबिक़ गवली ने इस मोर्चे के आयोजन पर और उसको एक बड़ी कामयाबी में बदलने के लिए 1.5 करोड़ रुपये से ज़्यादा ख़र्च किये थे।

मीडिया की रिपोर्टों, जनता की बदलती हुई धारणा तथा न्यायपालिका के समर्थन के अभाव आदि चीज़ों ने मिलकर गवली के ख़िलाफ़ सरकार की मुहिम का दम घोंट दिया। ऐसा महसूस किया जा रहा था कि बचाव करने वालों की तादाद कुछ ज़्यादा ही हो गयी है और हालात के रुख के मुताबिक़ ही उससे निपटना बेहतर होगा।

लेकिन हुतात्मा चौक रैली के ठीक एक महीने बाद, 18 अगस्त 1997 को, जब सरकार अभी भी सार्वजनिक अपमान का दंश झेल रही थी, गवली ने नरीमन पॉइंट के अभिजात व्यावसायिक इलाक़े में दिन दहाड़े शीर्षस्थ बिल्डर

नटवरलाल देसाई की हत्या करवा दी। यह इस इलाक़े की पहली इतनी बड़ी हत्या थी, और दक्षिण मुम्बई के महाबली इससे बहुत विचलित थे। नरीमन पॉइंट वह जगह थी जहाँ पर ज़्यादातर बहुराष्ट्रीय कम्पनियों तथा विदेशी ब्राण्डों के ऑफ़िस थे, और इस हत्या को राज्य सरकार तथा केन्द्र सरकार दोनों की प्रतिष्ठा पर धब्बे के रूप में देखा जा रहा था। इसका हड़कम्प संसद तक में महसूस किया गया।

सरकार तो जैसे इसी चूक का इन्तज़ार कर रही थी, अगले दिन पुलिस ने ज़रूरी वारण्ट तैयार किये और धावा बोल दिया। 20 अगस्त को पुलिस ज़ोन II के डिप्टी कमिश्नर परम बीर सिंह के नेतृत्व में दगड़ी चाल के विशाल फाटक पर दस्तक दे रही थी। उन्होंने उस पूरी जगह को तहस-नहस कर दिया; छोटे से छोटे हिस्से की तलाशी ली गयी।

उनकी यह बारीक़ी काम आयी। नटवरलाल देसाई के हत्यारे मकान के अन्दर छुपे हुए पाये गये : रसोई के सिंक के नीचे विशेष रूप से तैयार किये गये खोखल में जिसको एलपीजी गैस सिलेण्डर से ढँका गया था; पूजा के कमरे की एक दरार में; बाथरूम के नीचे के एक छेद में। उन्होंने एक सुरंग भी ढूँढ निकाली जो दगड़ी चाल से बाहर जाने के एक रास्ते से जुड़ी हुई थी। ये कुछ ऐसा था जैसे साँपों का बिल उनके हाथ लग गया हो।

डीसीपी सिंह की टीम का देसाई के हत्यारों से सामना हुआ, जिनमें विजय मुचवा, विजय शिरोडकर और पंकज पाण्डे शामिल थे। बाद में तीनों एक 'मुठभेड़' में पुलिस की गोलियों से मारे गये।

सबसे अहम बात यह थी कि पुलिस को अपनी तलाशी के दौरान 'मुख्य व्यक्ति' भी हाथ लग गया था। जब उन्होंने एक पलंग-पेटी को तोड़ा, तो उन्होंने उसके अन्दर गवली को, एक छोटी रायफ़ल के साथ, छिपा हुआ पाया। क़िस्मत से गवली ने बन्दूक को छूने की कोई कोशिश नहीं की।

पुलिस को और भी खुफ़िया सूचनाएँ मिलीं और उसने बायकला के एन. एम. जोशी मार्ग स्थित कबूतरखाना के एक और गुप्त ठिकाने पर छापा मारा। दो पेटियों भर अदालती दस्तावेज़ ओर हलफ़नामें प्राप्त हुए, जिनमें से कुछ में नाम भरे हुए थे और कुछ में नामों की जगहें खाली छूटी हुई थीं। गवली ने अदालती मामलों का इन्तज़ाम देखने के लिए सुरेश भास्कर को नौकरी पर लगा रखा था; वे किसी भी आकस्मिक ज़रूरत के लिए इस तरह के दस्तावेज़ तैयार रखते थे।

गवली ने अपने ख़िलाफ़ हर मुकदमा पूरी ताक़त के साथ लड़ा। उसे समझ में आ चुका था कि सरकार और पुलिस के ख़िलाफ़ न्यायपालिका एक

अच्छा हथियार है। जब भी कभी सरकार उसके ख़िलाफ़ कोई क़दम उठाती, वह उच्च न्यायालय में समादेश याचिकाएँ दायर कर देता। उसने और उसकी बीवी ने राष्ट्रीय मानवाधिकार आयोग के सामने तथा सरकार में ऊँचे ओहदों पर बैठे लोगों के साथ-साथ उच्च न्यायालय के न्यायाधीशों के सामने अर्ज़ियाँ भी पेश कीं।

दगड़ी चाल पर छापे के बाद सरकार ने गवली-गिरोह से दो-दो हाथ करने के लिए पुलिस के विशेष दस्ते को छोड़ दिया। लगता था जैसे सरकार ने गिरोह के ख़िलाफ़ अघोषित युद्ध छेड़ दिया था।

उसी रात, क्राइम ब्रांच ने ट्रॉम्बे पर एक मुठभेड़ में गिरोहबाज़ जीतू माने को मार दिया। लेकिन गवली के ये गिरोहबाज़ निहायत ही कमज़ोर थे; इनकी हत्याओं से गिरोह के बारूदघर पर कोई ख़ास फ़र्क़ नहीं पड़ता था। गिरोह पर गाज गिरने की असल शुरूआत हुई विजय सलस्कर के साथ। उसने एक के बाद एक तीन निशानेबाज़ों को ध्वस्त कर दिया।

नरीमन पॉइंट पर हुई देसाई की हत्या के बमुश्किल तीन दिन बाद सलस्कर ने कुर्ला ईस्ट में गणेश भोसले उर्फ़ वकील को मार गिराया। भोसले की हत्या से गवली गिरोह को बहुत बड़ा झटका पहुँचा - वह उनकी मशीनरी का एक अहम पुरज़ा था। इसके पहले कि वे इस झटके से उबर पाते, सलस्कर ने फिर से आघात किया।

26 सितम्बर को उसने घाटकोपर ईस्ट की एक और मुठभेड़ में गवली के सबसे बड़े हत्यारे निशानेबाज़ों सदा पावले और विजय टण्डेल को मार गिराया। सलस्कर ने जब एक व्यस्त, भीड़ भरी सड़क पर पावले से टक्कर ली तो उसकी जीप में एके-47 पायी गयी। इन मौतों ने लगभग गिरोह की कमर तोड़कर रख दी।

पावले और टण्डेल की हत्याओं ने गवली को हिलाकर रख दिया। अब वह सलस्कर के हाथों मारे जाने के जानलेवा ख़ौफ़ के साथ रह रहा था। यहाँ तक कि उसने अदालतों से दख़लन्दाज़ी करने के अनुरोध के तौर पर अपने वकीलों से दस्तावेज़ भी तैयार करवा लिये थे। हालात का सबसे बदतर पक्ष यह था कि सरकार उसके ख़िलाफ़ लगातार सलस्कर का इस्तेमाल कर रही थी। उन्होंने दगड़ी चाल के ठीक सामने एक विशेष पुलिस चौकी खड़ी कर दी थी और उस चौकी में सलस्कर को नियुक्त कर दिया था। बताया जाता है कि जब भी सलस्कर गश्त पर होता था, तो गवली दगड़ी चाल के लोहे के फाटक के बाहर क़दम भी नहीं रखता था।

32
गोली राज

मुम्बई पुलिस की अपराध सभा पूरे ज़ोरों पर थी। मुम्बई की अलग-अलग कोतवालियों के सारे डीसीपी मौजूद थे। ज़्यादातर को इन भाषणबाज़ियों से भरी बैठकों से नफ़रत थी; ये बैठकें बोर करती थीं और इनसे शायद ही कभी कोई नतीजा निकलता था।

1995 के उस ख़ास बुधवार को, पुलिस कमिश्नर रामदेव त्यागी ने इन ऊँघते हुए आइपीएस अफ़सरों को उस वक़्त उनके ख़्वाबों की दुनिया से बाहर ला पटका, जब उन्होंने ऐलान किया कि हर ज़ोन को मुठभेड़ों में कम से कम दस अपराधियों को मारना होगा। 'आख़िर मुठभेड़ें क्राइम ब्रांच का ही विशेषाधिकार क्यों होना चाहिए ? सभी ज़ोन्स को भी भाग लेना चाहिए,' उन्होंने ऐलान किया।

एक अफ़सर ने टोकने की कोशिश की। 'मुठभेड़ों में अपराधियों को ख़त्म करना हमेशा मुमकिन नहीं होता।' त्यागी ने उसकी तरफ़ एक अश्लील नज़र से देखा और अपना प्रसिद्ध जुमला दे मारा, जिसको बाद में कई डीएसपी अफ़सरों ने मज़ाक बनाते हुए दोहराया था। 'अपने बाप को मत सिखाओ,' उसने कहा। इससे पूरे कमरे में ख़ामोशी छा गयी।

रामदेव त्यागी मुम्बई के सबसे दबंग और शायद सबसे ज़्यादा विवादास्पद पुलिस कमिश्नर के रूप में जाना जाता था। वह सेना की पृष्ठभूमि से आया था। वह बहुत बेबाक और बेरहमी की हद तक मुँहफट था। जब मुम्बई की ज़ेवरों की दुकानों में डकैती की कई वारदातों ने शहर के व्यापारी समुदाय को हिला दिया, तो त्यागी एक आनन-फानन समाधान लेकर हाज़िर हो गया। उसने ज़वेरी बाज़ार के क़रीब एक आम सभा आयोजित कर व्यापारियों के समुदाय के सामने ऐसी तकरीर पेश की कि लोग उसको कभी नहीं भूलेंगे।

'मेरा आप सबसे अनुरोध है कि आप अपनी दुकानों में एक-एक हॉकी स्टिक रखें और जब डकैत आएँ तो इनसे अपना बचाव करें। उनको मार-मारकर

काला-नीला कर दें। अगर डकैत मर जाता है तो पुलिस आपका साथ देगी, मैं आपसे वादा करता हूँ,' उसने कहा।

हॉकी वाली इस टिप्पणी को लेकर, जो इण्डियन एक्सप्रेस में भी छपी थी, ख़ासी बहस छिड़ गयी और लोगों ने उसका मज़ाक उड़ाया। उसको एक ऐसे कमिश्नर के रूप में देखा जाने लगा जो लोगों को क़ानून-व्यवस्था हाथ में लेने तथा लोगों की हत्या करने की सलाह देता है।

उसका अतीत उसके बारे में बताता था। राम देव त्यागी मन्त्रालय, यानी राज्य के प्रशासनिक केन्द्र, में नौकरशाह रह चुकने के बाद पुलिस कमिश्नर बना था। मन्त्रालय के अपने कार्यकाल के पहले त्यागी जॉइंट कमिश्नर, क्राइम के रूप में काम कर चुका था। 1993 के साम्प्रदायिक दंगों के दौरान उसने अपने आदमियों को सुलेमान बेकरी के ऊपर स्थित एक मस्जिद पर हमला बोलने का हुक्म दिया था, जिसके नतीजे में नौ निहत्थे मुसलमान मारे गये थे।

शायद उसका यह आक्रामक रवैया ही था जो बाल ठाकरे को भाता था। त्यागी उनका चहेता था लेकिन गृह मन्त्री गोपीनाथ मुण्डे उससे नफ़रत करते थे।

त्यागी ने एक ऐसे वक़्त में चार्ज लिया था जब गिरोहों की आपसी लड़ाइयाँ बहुत बढ़ गई थीं और मुम्बई बड़ी तेज़ी से मुल्क की आर्थिक राजधानी से अपराध की राजधानी में बदलती जा रही थी।

शहर इस माफ़िया से छुटकारा पाने के लिए बेचैन था जिसने रियल एस्टेट से लेकर बॉलीवुड और हर उस जगह तक अपना शिकंजा फैला रखा था जहाँ उसे पैसे की गन्ध मिलती थी। नब्बे के इस दशक में बहुत कम लोग थे जो अपनी दौलत का दिखावा करते थे क्योंकि लोग उस पर माफ़िया की निगाह पड़ने से डरते थे जो बिना देर किये फ़ोन पर 'पैसे दो या मरो' का हुक्म देने से नहीं चूकता था। त्यागी का मानना था कि गिरोहबाज़ और डकैत हिंसा की भाषा ही समझते हैं; उनके प्रति सज्जनता नहीं बरती जा सकती। यह शायद उसकी सेना की पृष्ठभूमि ही थी जिसने उसको 'आँख के बदले आँख' पर यक़ीन करना सिखाया था।

त्यागी अपराधियों के ज़ेहन में मौत का डर भर देना चाहता था। उसने एक बार फिर पुलिस के शस्त्रागार का एक पुराना हथियार आज़माना शुरू किया : मुठभेड़। यूँ भी, 1993 के मुम्बई के साम्प्रदायिक दंगों के बाद मुठभेड़ें या पुलिस द्वारा की जाने वाली अवैध हत्याएँ आम वारदातें बन चुकी थीं। लेकिन ये त्यागी था जिसने पुलिस मुठभेड़ों को अधिकृत तौर पर हरी झण्डी दी थी।

एकबारगी पुलिस कमिश्नर का आशीर्वाद प्राप्त हो जाने के बाद सभी ज़ोन्स के डीसीपी अफ़सरों ने अपने विशेष दस्ते तैयार करने में ज़रा भी देर नहीं की। इन दस्तों के लोगों ने अपना एक अभिजात समूह तैयार कर लिया था। इनके अपने ऑफ़िस थे और वे अपनी रफ़्तार से काम करते थे। वे कई-कई दिनों, यहाँ तक कि महीनों तक, अपने शिकार का पीछा या उसकी ख़ुफ़िया निगरानी कर सकते थे।

ये डीसीपी अब अपने काम के लिए बेहतर आदमी हासिल करने एक दूसरे के साथ होड़ करने में लगे थे।

सत्यपाल सिंह, जो ज़ोन VII - बान्द्रा से अँधेरी तक फैला हुआ इलाक़ा - का डीसीपी था, ने एक विशेष दस्ता तैयार किया था और प्रदीप शर्मा को उसका मुखिया बना दिया था। ज़ोन II - जिसके विस्तार में दक्षिण मुम्बई का लगभग आधा हिस्सा शामिल था - के डीसीपी परम बीर सिंह ने प्रफुल्ल भोसले और विजय सलस्कर के नेतृत्व में दो विशेष दस्ते तैयार किये थे।

ये तीनों अफ़सर महाराष्ट्र पुलिस सर्विस के 1983 बैच के थे। इस बैच के अफ़सरों में कुछ ख़ास बात थी। इनको हत्याएँ करते हुए कोई झिझक नहीं होती थी और ये निहायत ही बेख़ौफ़ जिगर वाले थे। क़रीब-क़रीब सारे के सारे मुठभेड़-विशेषज्ञ इसी बैच से थे।

ऊपर से मिले निर्देशों के मुताबिक़, ज़ोन II के सलस्कर और भोसले, अरुण गवली और उसके आदमियों के पीछे थे जबकि शर्मा ने शकील गिरोह की ज़िम्मेदारी सँभाल रखी थी। इन तीनों ने 300 से ज़्यादा गिरोहबाज़ों को ख़त्म किया था। अकेले शर्मा ने ही 110 गिरोहबाज़ों को मारा था, जिनमें तीन एलइटी के आतंकवादी भी शामिल थे। भोसले ने 90 से ज़्यादा गिरोहबाज़ों को मारा था जिनमें गवली तथा राजन गिरोह दोनों के ही लोग शामिल थे। सलस्कर सिर्फ़ साठ को ही निपटा सका था, लेकिन ये थीं अहम हत्याएँ: उसने गवली गिरोह के प्रमुख बाहुबलियों का सफ़ाया किया था।

1993 से 2003 तक, दस सालों के भीतर मुम्बई में लगभग 600 अपराधी मारे गये थे। हर बार जब भी किसी गिरोहबाज़ की घण्टी बजती, यह पुलिसवाला होता था जिसकी अख़बारों में वाहवाही होती थी। सिर्फ़ उन्हीं मामलों में पुलिसवाले अपने शिकार से पीछे रह जाते थे जब शिकार अमर नाइक, सदा पावले या सुरेश मंचेकर जैसा कोई बड़ा मगरमच्छ होता था।

आख़िरकार, त्यागी, जो गृह मन्त्री के सामने कभी नहीं झुका था, को पुलिस कमिश्नर के पद से चुपचाप खिसका दिया गया। बाल ठाकरे समर्थित

अधिकारी के रूप में की गयी उसकी कूटनीतिपूर्ण पदस्थापना किसी काम न आ सकी।

पुलिस चीफ़ के रूप में त्यागी की जगह ली सुभाष मल्होत्रा ने। मल्होत्रा के पास क्राइम ब्रांच या ज़ोन्स के कार्यकाल की उपलब्धियों और कामयाबियों का कोई रिकॉर्ड नहीं था, लेकिन उसने चूँकि 'पहले गोली फिर बात' की त्यागी की नीति को कारगर होते देखा था, उसने मुठभेड़ों को जारी रहने दिया। पुलिस को यक़ीन था कि इन मुठभेड़ों से माफ़िया को सीख मिलती है, क्योंकि ये दुस्साहसी गिरोहबाज़ों के मन में ख़ौफ़ जगाती हैं। फिर, प्रेस का एक हिस्सा मुठभेड़ों में मुब्तिला पुलिसवालों को हीरो के रूप में पेश करते हुए उनका महिमामण्डन भी करता था।

मीडिया को ख़ासतौर से दया नायक के बारे में लिखने में बहुत आनन्द आया था। उसके क़िस्से में किसी परीकथा के सारे तत्त्व मौजूद थे : येन्नेहोल नामक मंगलूर के एक लगभग अदृश्य-से गाँव का छोटा-सा बच्चा जो एक उडुपी होटल में नौकर के रूप में काम करने आया था, और जो पुलिस की नौकरी में आने से पहले दिन में फ़र्श साफ़ करता तथा बर्तन माँजता था और रात के एक स्कूल में पढ़ाई करता था। नायक को मुम्बई में भी और मंगलूर के उसके उस गाँव में भी हीरो माना जाता था जहाँ अमिताभ बच्चन ने उसके लाखों रुपये लगाकर बनाये गये स्कूल का उद्घाटन किया था।

विजय सलस्कर ने बड़े-बड़े मगरमच्छों का शिकार किया था जिस वजह से वह निर्भीक प्रतीत होता था। सलस्कर उस तरह मीडिया का लाड़ला तो नहीं था लेकिन उसके बारे में पर्याप्त अच्छी रिपोर्टें छपी थीं।

सलस्कर और दया नायक के क़िस्सों से कई पुलिसवालों को प्रेरणा मिली थी। वे सब के सब प्रसिद्ध होना चाहते थे और सब के सब मुठभेड़-विशेषज्ञ बनना चाहते थे। इस तरह मुठभेड़-विशेषज्ञों की फ़ेहरिस्त में घोड़ा दबाने में आनन्द लेने वाले और-और पुलिसवालों के नामों के जुड़ते चले जाने के साथ-साथ हत्याओं का सिलसिला जारी था। अब अख़बारों में उनके फ़ोटो छपते थे जिनमें वे डर्टी हैरी की शैली में मोर की तरह इतराते हुए अपनी बन्दूकों के साथ खड़े दिखायी देते थे। *टाइम्स* पत्रिका के भारतीय उपमहाद्वीप के ब्यूरो चीफ़ ऐलेक्स पेरी ने मुम्बई पुलिस की मुठभेड़ों पर एक पूरे पेज का लेख लिखा था जिसमें उसने इन अफ़सरों को 'अर्बन काउबॉय' की संज्ञा दी थी।

शुरूआती मुठभेड़ों के बारे में पुलिस की ओर से अख़बारों को जारी की जाने वाली सूचनाएँ (प्रेस नोट्स) हमेशा एक जैसी ही होती थीं : 'पुलिस को

ख़बर मिली कि अमुक शख़्स अमुक अपराध करने वाला है और हमने एक जाल बिछाया। अपराधी सफ़ेद रंग की मारुती 800 में आया और हमने कार को दूर से ही देख लिया। हमने अपराधी को पहचान लिया और उसका नाम लेकर उसे आवाज़ दी। लेकिन उसने अपनी एके-47 से हमपर गोलियाँ चला दीं और हमें अपने बचाव में बन्दूकों का सहारा लेना पड़ा। इस तकरार में अपराधी घायल हो गया और हम उसे सबसे क़रीब के अस्पताल में लेकर गये लेकिन वह अस्पताल पहुँचने से पहले ही मर गया।'

शुरू में जनता शहर को अपराधियों से छुटकारा पाते देख खुश होती थी और पुलिस का समर्थन करती थी। उन्हें इस बात की ख़ुशी होती थी कि मुट्ठी भर वर्दीधारियों ने मुम्बई के चरित्र को बदलकर उसे माफ़िया शहर की जगह ख़ास सुरक्षित शहर बना दिया है। मुश्किलें तब शुरू हुईं जब ये मुठभेड़-विशेषज्ञ बेक़ाबू हो उठे। उनका यह तरीक़ा अब प्रसिद्धि हासिल करने का शॉर्ट कट बन चुका था। कुछ बेईमान अफ़सर अनसुलझे मामलों को अपने मुठभेड़ के शिकारों के मत्थे मढ़कर उन मामलों का पता लग जाने और सुलझ जाने का दावे करने लगे।

मानवाधिकार एजेन्सियाँ इस प्रवृत्ति को देख रही थीं। शुरू में तो वे मूक दर्शक बनी रहीं, लेकिन जब उन्होंने पाया कि मुठभेड़ें अपवाद की बजाय दस्तूर बन गयी हैं, तो उन्होंने चीख़-पुकार मचानी शुरू कर दी।

टेलीग्राफ़ को दिये गये एक इण्टरव्यू में कमेटी फ़ॉर प्रोटेक्शन ऑफ़ डेमोक्रैटिक राइट्स (सीपीडीआर) के पी. सेबैस्टियन ने कहा कि जब वे एक समादेश याचिका के सिलसिले में मुठभेड़ों में हुई मौतों की जाँच कर रहे थे, तो उन्होंने पाया कि अपराधियों को हमेशा सिर और छाती में गोलियाँ मारी गयी थीं, जिससे इस बात का संकेत मिलता था कि पुलिस का इरादा अपने शिकार को घायल करने का नहीं बल्कि जान से मारने का था। सेबेस्टियन ने 137 मौतों की जाँच की थी और याचिका दायर करते हुए उसमें कहा था कि इन मौतों को दण्डनीय मानव-हत्या की तरह बरता जाना चाहिए। अदालतों ने उनकी बात अनसुनी कर दी जिससे उनकी याचिका ख़ारिज़ हो गयी। लेकिन उनका मानना है कि 'यह क़िस्सा कि अपराधी एके-47 से लैस था सबसे ज़्यादा मनगढंत है। एके-47 युद्ध का एक हथियार है और वह एक समूची भीड़ को ध्वस्त कर सकता है। उससे एक सेकैण्ड में दस गोलियाँ और एक मिनट में 600 गोलियाँ दागी जा सकती हैं। लेकिन एके-47 का सामना करने वाले ये पुलिसवाले तो बिना किसी अपवाद के हर बार ज़रा-सी भी खरोंच लगे बग़ैर गुलाब का फूल

सूँघते हुए इस पूरी वारदात से बाहर आ जाते हैं, जबकि अपराधी पूरी तरह से मर जाते हैं।'

फिर, पुलिसवालों की ख़ून की प्यास पौराणिक राक्षस बकासुर जैसी होती जा रही थी। वह बुझने का नाम नहीं ले रही थी। अच्छी बात ये थी कि पहली बार ऐसा हो रहा था जब वे नौजवान, जिनको आसानी से अपराध की ज़िन्दगी की तरफ़ फुसलाया जा सकता था, अपने विकल्पों के बारे में नये सिरे से सोच रहे थे। वे नहीं चाहते थे कि वे मुठभेड़-विशेषज्ञों की गिनती में इज़ाफ़ा करते हुए मारे जाएँ।

इस बीच, टेलिविज़न इन हत्याओं के, ख़ून और मांस-मज्जा के दृश्य दिखा रहा था, और यह बेहद तक़लीफ़देह अनुभव था। जल्दी ही सरकारी विज्ञप्तियों पर लोगों ने भरोसा करना बन्द कर दिया : हर दफ़ा जब भी कोई शख़्स मारा जाता, लोग उसके मकसद के बारे में सोचने लगते।

इस बदनामी के सिलसिले की पड़ताल करते हुए जॉइंट कमिश्नर, क्राइम - राकेश मारिया ने एक इण्टरव्यू में कहा कि 'शुरू में मुठभेड़ें करने वाले पुलिसवाले माफ़िया की सबसे ऊँची पायदान के लोगों को अपना निशाना बनाया करते थे, उन लोगों को जिनके पास ताक़त होती थी। फिर उन्होंने तीसरे और चौथे पायदान के लोगों को निशाना बनाना शुरू कर दिया, और इसके बाद चोर-उचक्कों की बारी आ गयी। और इसके बाद लोगों को मालूम ही नहीं होता था कि किसको गोली मारी गयी है और हर कोई सन्दिग्ध हो उठा। और जल्दी ही बहुत सारे निगहबान उठ खड़े हुए - इलेक्ट्रॉनिक मीडियम, प्रेस, समाज, मानवाधिकार कार्यकर्ता।'

यह 12 अगस्त 1997 को हुई संगीत के क्षेत्र के बड़े व्यवायी गुलशन कुमार की हत्या और उसके बाद हुई पुलिस मुठभेड़ थी जिसने पुलिस की ज़्यादतियों पर लोगों का ध्यान खींचा था। गुलशन कुमार की हत्या के बाद, पुलिस के क्राइम विभाग के जॉइंट कमिश्नर रंजीत सिंह शर्मा को मीडिया की निगाहों का सामना करना मुश्किल हो गया था। उसका रोज़मर्रा कार्यक्रम इतना व्यस्त होता था कि जो लोग उसकी हैसियत पर नज़र गड़ाये हुए थे उनको भी लगता था कि अच्छा ही है कि वे उसकी जगह पर नहीं हैं। उसको लगातार मुख्य मन्त्री और गृह मन्त्री समेत कई सारे मन्त्रियों के टेलिफ़ोनों का जवाब देना होता था। हर बार जब भी किसी भारी वजनी आदमी का फोन आता, उसको इस बात की सफ़ाई देनी पड़ती और वजह बतानी पड़ती कि उसको अब तक कामयाबी न मिल पाने की क्या वजह है।

पुलिस अभी गुलशन कुमार की हत्या के अंजामों से ठीक से उबर भी नहीं पायी थी कि माफ़िया ने एक बार फिर चोट करते हुए 18 अगस्त 1997 को नरीमन पॉइंट पर, मन्त्रालय के दूसरी तरफ़, तुलसियानी चेम्बर्स के सामने बिल्डर नटवरलाल देसाई को गोली मार दी। अगले दिन के अख़बार चीख़ पड़े : 'मन्त्रालय की नाक के नीचे हत्या!'

जोशी और मुण्डे मीडिया और व्यापारी समुदाय की तीख़ी आलोचना का विषय बन गये। उनको लगा कि पुलिस मशीनरी उनको डुबाने पर तुली है और अब उसमें बदलाव लाने का वक़्त आ चुका है। मुण्डे को लगा कि सुभाष मल्होत्रा पुलिस टीम का नेतृत्व करने में अक्षम हैं और इसलिए, हत्या के दो हफ़्ते बाद उनको चुपचाप पुलिस के हाउज़िंग और वेल्फ़ेयर विभाग के कमिश्नर के उपेक्षित से पद पर चलता कर दिया गया। उसका नाम पुलिस के इतिहास में एक बड़े आदमी की हत्या की वजह से तबादले की बेइज़्ज़ती झेलने वाले पहले चीफ़ के रूप में दर्ज रहेगा। 28 अगस्त को रोनाल्ड हाइसिन्थ मेन्डौंका को मुम्बई का पुलिस कमिश्नर नियुक्त कर दिया गया।

जिस दिन मेन्डौंका पुलिस कमिश्नर बना ठीक उसी दिन बैले पिएर पर एक विवादास्पद मुठभेड़ हुई जिसमें जावेद फावड़ा नाम का आदमी मारा गया। असिस्टेन्ट पुलिस कमिश्नर वसन्त ढोबले ने इस मुठभेड़ की अगुवाई की थी, और उसके आदमियों ने यह ख़बर चुपचाप अख़बारों के अपने दोस्तों को दे दी थी। अख़बारों की हेडलाइनें थीं : 'गुलशन कुमार का हत्यारा एक मुठभेड़ में मारा गया', 'क्राइम ब्रांच का उसके अपने अन्दाज़ में जवाब, गुलशन कुमार के हत्यारे को मार गिराया गया।'

प्रेस ने, ख़ास तौर से मराठी प्रेस ने, ढोबले के साहस की तारीफ़ की। लेकिन क्राइम ब्रांच के मुख्यालय में जश्न का मूड दूर-दूर तक नहीं था। अबू सयामा अबू तालिब शेख, जो जावेद के नाम से भी जाना था, का 'फावड़ा' उपनाम अपने बाहर निकले हुए दाँत की वजह से पड़ा था। बदक़िस्मती से, ढोबले ने जिस आदमी को मारा था वह असली जावेद फावड़ा गिरोहबाज़ नहीं, बल्कि मूँगफली बेचने वाला एक दूसरा अबू सयामा था।

उसकी बहन रुबीना, जो बान्द्रा की झुग्गी बस्ती में रहती थी, ने तूफ़ान खड़ा कर दिया। उसकी शिकायत थी कि उसका भाई बान्द्रा रेलवे स्टेशन के क़रीब मस्जिद के बाहर मूँगफलियाँ बेचता था और 26 अगस्त से ग़ायब था, जिसके चलते उसने पुलिस में गुमशुदगी की शिकायत दर्ज करायी हुई थी। 29 अगस्त को उसे अपने भाई की छिन्न-भिन्न लाश की शिनाख़्त करने तलब

किया गया। पोस्टमार्टम से पता चला कि उसे बहुत क़रीब से गोलियाँ मारी गयी थीं। उसे किसी वाहन से भी कुचला गया था, उसकी पसलियाँ चक्कों के नीचे आकर कुचल गयी थीं।

समाजवादी पार्टी, जो खुद को मुसलमानों के मसीहा के रूप में पेश करने की कोशिश कर रही थी, ने एक मासूम मुसलमान की हत्या का बड़ा भारी मुद्दा खड़ा कर दिया। मुम्बई में पार्टी के मुखिया अबू आसिम आज़मी ने पूरे जोश के साथ पुलिस प्रशासन को घेरा। इसने पुलिस को एक अलग ही मुसीबत में डाल दिया। डीसीपी के. एल. प्रसाद और उनके चीफ़ आर. एस. शर्मा ने मीडिया और मानवाधिकार से जुड़े लोगों को भरसक समझाने की कोशिश की कि उन्होंने एक अपराधी को ही मारा है, किसी सीधे-सादे मूँगफली वाले को नहीं।

मुठभेड़ के तीन दिन बाद, क्राइम ब्रांच के मुखिया ने उम्मीद की कि उनका यह भण्डाफोड़ प्रेस का ध्यान भटकाने में कामयाब रहेगा कि दुबई में गिरोह सरगना अबू सलेम ने संगीत का बड़ा भारी जश्न आयोजित किया था जिसमें नदीम-श्रवण तथा बॉलीवुड के कई और नामी लोग और गुलशन कुमार के प्रतिद्वन्द्वी शरीक हुए थे। गुलशन कुमार की हत्या की साज़िश इसी ख़ास पार्टी में रची गयी थी, पुलिस ने बताया। प्रेस कॉन्फ्रेंस के बाद पुलिस कमिश्नर का ऑफ़िस फ़िल्मी सितारों के प्रशंसकों से घिर गया; वे सब अपने चहेते सितारों को एक नज़र देखने आये थे जो वहाँ अपने बयान दर्ज कराने आये थे।

प्रेस फावड़ा को भूल गया - लेकिन शर्मा नहीं भूले। उसके बाद लम्बे समय तक कोई मुठभेड़ें नहीं हुईं।

मुठभेड़ों को रोकने के लिए बम्बई उच्च न्यायालय में दायर की गयी कई जनहित याचिकाओं ने भी इस प्रक्रिया को गति दी थी। इन याचिकाओं में यह बात ज़ोर देकर कही गयी थी कि ये मुठभेड़ें दरअसल निर्मम हत्याएँ थीं, और इनके शिकार हुए लोगों को बिना मुकदमे के मौक़ा-ए-वारदात पर ही मौत की सज़ा दे दी गयी थी। उच्च न्यायालय ने पुलिस की बुरी तरह ख़बर ली थी और उसे अपनी बन्दूकें उनके खोलों में बन्द रखने के लिए मजबूर कर दिया था। फावड़ा मुठभेड़ और उसके बाद सदा पावले मुठभेड़ के इर्दगिर्द की याचिकाओं ने मुम्बई पुलिस की क़ानून की हद से बाहर जाकर की जाने वाली हत्याओं पर लगाम कसी - और जब 1997-98 में विवादास्पद मुठभेड़ों की सच्चाई की जाँच के लिए बम्बई उच्च न्यायालय ने एक डिवीज़न बेंच नियुक्त कर दी, तो पुलिस पूरी तरह से हताशा की हालत में आ गयी।

सेशन्स कोर्ट के न्यायाधीश अलॉयसियस स्टानिस्लॉस एग्विअर इस जाँच

समिति के अध्यक्ष थे। कई महीनों की जाँच-पड़ताल के बाद उन्होंने 223 पृष्ठों की एक रिपोर्ट पेश करते हुए घोषणा की कि जावेद फावड़ा तथा सदा पावले की पुलिस मुठभेड़ें नक़ली थीं और वे बयानों के दौरान पुलिस द्वारा दिये गये विवरणों से मेल नहीं खातीं।

मेन्डौंका, जो अपनी ईमानदारी के लिए जाने जाते थे, का उन तरीक़ों पर यक़ीन नहीं था जो इस क़िस्म की मुठभेड़ों के दौरान अपनाये जाते थे। महीनों उन्होंने महाराष्ट्र प्रिवेन्शन ऑफ़ डेंजरस पीपल्स ऐक्ट जैसे कहीं ज़्यादा दण्डात्मक क़ानूनों के साथ प्रयोग किया, जिनमें ज़मानत आसानी से नहीं मिलती थी।

मुठभेड़ों पर लगी इस लगाम के साथ, एक दशक से भी ज़्यादा समय तक भय के माहौल में रहने के बाद, अपराधियों ने चैन की साँस ली और वे जश्न की मुद्रा में आ गये, यानी एक के बाद एक हत्याएँ करने लगे। 1998 के साल में गोलीकाण्ड की सबसे ज़्यादा वारदातें हुईं : 100 से ज़्यादा लोग अण्डरवर्ल्ड के आदमियों की गोलियों से या तो मारे गये या बुरी तरह ज़ख़्मी हुए। पुलिस की ज़ुबान में 'गोलीकाण्ड' (शूटआऊट) का मतलब होता है एक ऐसी वारदात जिसमें कोई बन्दूकधारी शिकार पर उसकी हत्या के इरादे से गोली चलाता है; अगर शिकार क़िस्मतवाला हुआ, तो वह बच सकता है। हर तीसरे दिन पुलिस के रजिस्टर में एक गोलीकाण्ड दर्ज होने लगा। क्राइम ब्रांच को चैन नसीब नहीं था, और पुलिस का मनोबल बुरी तरह गिरा हुआ था। उच्च न्यायालय में मुठभेड़ों की सच्चाई के सवाल पर गरम बहस जारी थी।

पुलिस को लग चुका था कि उसे हताश कर दिया गया है और अब पलटवार करने की ज़रूरत है। वे गिरोहबाज़ों के इस खुलेआम वहशीपन की इजाज़त नहीं दे सकते थे, क्योंकि माफ़िया का हर गोलीकाण्ड उनकी मौजूदगी का और मेन्डौंका के तीस साला करियर का मज़ाक था। क़ानून-व्यवस्था के इस अभाव को देखकर मन्त्रियों और मन्त्रालयों ने ख़तरे की घण्टी बजाना शुरू कर दी थी।

और तभी ऐसा कुछ हुआ जिसकी ज़रा भी उम्मीद नहीं की गयी थी : पुलिस के लिए जैसे लाल सागर के बीच रास्ता खुल गया। उच्च न्यायालय की एक डिवीज़न बेंच ने एग्विअर की रिपोर्ट को ख़ारिज़ कर दिया और घोषणा कर दी कि मुठभेड़ें नक़ली नहीं थीं।

मेन्डौंका ने हमेशा के लिए अपनी भलमनसाहत तजने का निश्चय किया। उन्होंने भारतीय सेना के स्पेशल ऑपरेशन्स में कर्नल रह चुके महेन्द्र प्रताप चौधरी को पुलिस को अण्डरवर्ल्ड के साथ बन्दूक-युद्ध में प्रशिक्षित करने के लिए

आमन्त्रित किया। उन्होंने एक प्रेस कॉन्फ्रेंस आयोजित कर माफ़िया के ख़िलाफ़ 'गोली के जवाब में गोली' की अपनी नीति का ऐलान किया। इस योजना के दो पहलू थे : मनोवैज्ञानिक युद्ध और गुप्त अभियान।

मुठभेड़-विशेषज्ञ पुलिसकर्मी वापस अपने काम में लग चुके थे। लगभग एक साल के अन्तराल के बाद इन विशेषज्ञों ने हत्याओं के इरादे से गोलियाँ चलानी शुरू कर दीं। बॉलीवुड तक ने उनको सलामी देने का फ़ैसला कर लिया। फ़िल्म-निर्माता एन. चन्द्रा तथा राम गोपाल वर्मा ने अपनी फ़िल्मों, क्रमशः *कगार* तथा *अब तक छप्पन* में मुठभेड़-विशेषज्ञों को अपना मुख्य चरित्र बनाया।

33

एक डॉक्टर की मौत

एक नया साल आ चुका था लेकिन मज़दूर संघ के नेता डॉ. दत्ता सामन्त ख़ुश नहीं थे। वे कारख़ाने की लगातार जारी हड़ताल से बहुत परेशान थे। दो दिन बाद हड़ताल के उनके पहले आवाहन (18 जनवरी 1982) को ठीक पन्द्रह साल होने वाले थे।

कुछ ही दिन पहले उन्होंने अपनी भावुकता का सार्वजनिक इज़हार करते हुए कहा था कि 'मैं समझता हूँ मैं एकमात्र बेवकूफ़ मज़दूर नेता हूँ जो कामगारों के हितों की लड़ाई लड़ रहा हूँ और जानता हूँ कि मैं एक गुमनाम हीरो की मौत मरने जा रहा हूँ।' ऐसी भावुकता उनमें आमतौर से देखने में नहीं आती थी। उन्हें उनकी जीप में पोवई के उनके घर से साकी नाका के उनके ऑफ़िस में ले जाया जा रहा था।

जब सामन्त के ड्राइवर भीमराव ने आइआइटी पवई के क़रीब पद्मावती रोड पर जीप को मोड़ा, तो न जाने कहाँ से एक रिक्शा प्रगट हुआ और वह जीप की तरफ़ बढ़ने लगा। इस या उस मामले में सामन्त की मध्यस्थता चाहने वाले कारख़ाने के कामगार, पार्टी के कार्यकर्ता, या ऐक्टिविस्ट, या इंजीनियरी के तथा दूसरी कम्पनियों के कामगार उनको अक्सर रोक लेते थे। सामन्त उनसे संक्षिप्त-सी मुलाक़ात कर आगे बढ़ जाया करते थे। उनके इर्दगिर्द हर वक़्त चार से लेकर 40 तक तरह-तरह के लोग मौजूद होते थे। ये जमावड़े हमेशा 'डॉ. सामन्त ज़िन्दाबाद' के ज़ोरदार नारे के साथ ख़त्म होते थे।

16 जनवरी 1997 के उस ख़ास दिन, जब उन्होंने उनकी जीप के रास्ते में रुकावट पैदा करने वाले उन चार लोगों को देखा, तो उन्हें उसमें कुछ भी अजीब नहीं लगा। जैसी कि उनकी आदत थी, उन्होंने अपने ड्राइवर से रुकने को कहा। वे लोग जीप के पास पहुँचे और उनको हक्का-बक्का करते हुए उन पर सत्रह गोलियाँ दाग दीं।

सामन्त मर गये जबकि उनका ड्राइवर भीम राव बच गया। मामला शुरू में साकी नाका पुलिस थाने द्वारा दर्ज किया गया और बाद में क्राइम ब्रांच ने उसे अपने हाथ में ले लिया। यह क्राइम ब्रांच द्वारा बरते गये प्रकरणों में सबसे ज़्यादा उलझा हुआ प्रकरण था और इंस्पेक्टर तेजा चवान इस हत्या के पीछे की साज़िश को आंशिक रूप से ही उजागर कर पाने में कामयाब हो सके।

मूलतः कोंकण, महाराष्ट्र के सिन्धुदुर्ग के रहने वाले डॉ. दत्तात्रेय नारायण सामन्त बीस साल से भी कम समय में दुनिया के एक सबसे ज़्यादा लोकप्रिय और ताक़तवर मज़दूर नेता बन गये थे। सामन्त अपने उन मरीज़ों की दुर्दशा से विचलित हुए थे जिनमें से ज़्यादातर ठाणे-डोम्बीवली पट्टी के खदान मज़दूर थे, और उन्होंने उन नाइंसाफ़ियों तथा विपत्तियों के ख़िलाफ़ लड़ाई लड़ी थी जो इन मज़दूरों पर ताक़तवर उद्योगपतियों ने बरसाई थीं।

एक ऐसे वक़्त में जब मज़दूर संगठनों पर कम्यूनिस्टों की, प्रबन्धन की हाँ में हाँ मिलाने वाली शिव सेना की और काँग्रेस की पकड़ बनी हुई थी, मज़दूर विवादों को लेकर अपने ताज़गी भरे और व्यावहारिक दृष्टिकोण के चलते सामन्त मज़दूरों के बहुत प्रिय बन गये थे। हालाँकि उन्होंने अपनी सियासी पारी की शुरूआत काँग्रेस के साथ की थी जब उन्होंने 1972 में मुलुन्ड से विधानसभा का चुनाव लड़ा और जीता था, लेकिन काँग्रेस की तानाशाही के साथ उनकी बनी नहीं और वे उससे अलग हो गये। आपातकाल के दौरान, जब शिव सेना क़रीब-क़रीब इन्दिरा गाँधी के भजन गाने में लगी थी, सामन्त अपने विचारों को लेकर बहुत ज़्यादा जुझारू तथा मुखर होने की वजह से सलाखों के पीछे थे। इन्दिरा गाँधी की हत्या के बाद हुए 1984 के लोक सभा चुनावों में काँग्रेस को लेकर सहानुभूति की ज़बरदस्त लहर मौजूद थी - लोग मज़ाक करते थे कि उस साल अगर कोई कुत्ता या गधा भी काँग्रेस के टिकिट पर चुनाव लड़ता, तो वह भी खड़े-खड़े जीत जाता। लेकिन काँग्रेस, जिसने पूरी मुम्बई को जीत लिया था, एक सीट पर हारी थी, और वह सामन्त से हारी थी। जीत की लहर ने तमाम काँग्रेस-विरोधी पार्टियों को अपमान से भर दिया था। इनमें भाजपा भी शामिल थी जो समूचे मुल्क में मात्र दो सीटें जुटा पायी थी, और सीपीआई (एम) भी शामिल थी जिसका पश्चिम बंगाल के उसके घरेलू चारागाह से सफ़ाया हो गया था।

डॉक्टर साहेब द्वारा आयोजित की गयी ज़्यादातर हड़तालें अपने तार्किक अन्त तक पहुँची थीं लेकिन कपड़ा कारख़ाना हड़ताल अधिकृत तौर पर कभी वापस नहीं ली गयी। वह धीरे-धीरे कमज़ोर पड़ती गयी और शहर के मज़दूर

आन्दोलन पर से सामन्त की पकड़ ढीली होती गयी। नतीजतन सियासत में भी उन्हें ज़ोरदार मार पड़ी। उन्होंने कामगार अगाड़ी पार्टी शुरू की थी, लेकिन वे तीनों चुनाव हार गये जो उन्होंने दक्षिण-मध्य मुम्बई के उसी कामगार वर्ग के कारख़ाना क्षेत्रों से लड़े थे।

सामन्त के प्रभाव को उखाड़ फेंकने में काँग्रेस का हाथ था; इण्डियन नैशनल ट्रेड यूनियन काँग्रेस (आइएनटीयूसी) और आरएमएमएस ने एक बार फिर प्रबन्धन का पिछलग्गू बनकर मरते हुए कपड़ा कारख़ानों पर अपना शिकंजा कस लिया था।

जब खटाऊ मिल्स के सुनीत खटाऊ ने कारख़ाने की अतिरिक्त ज़मीन बेचकर बड़ी भारी दौलत खड़ी करने के लिए सचिन अहीर के साथ हाथ मिला लिया, तो वे सामन्त के साथ तीखे संघर्ष के रिश्ते में आ गये। हालाँकि मई 1994 में खटाऊ की हत्या के बाद राज्य सरकार ने अतिरिक्त ज़मीन को बेचने की प्रक्रिया को लटका दिया था, तब भी दोनों मज़दूर यूनियनों के बीच की दुश्मनी जारी रही। जल्दी ही अहीर ने सामन्त को मोदीस्टोन से सेवरी यूनिट से हटवा दिया और अपने आदमी को अध्यक्ष बनवा दिया। उसने सामन्त को शहर की उन तमाम यूनियनों से भी बेदखल करना शुरू कर दिया जिनमें उनका प्रभाव था।

जब 1996 में प्रीमियर ऑटोमोबाइल्स लिमिटेड (पीएएल) के लॉकआऊट के दौरान सामन्त को पीछे धकेल दिया गया था, तो इसके पीछे अहीर की चालों की तरफ़ अँगुलियाँ उठी थीं। पीएएल में सामन्त की यूनियन तथा शिव सेना ने हड़ताल का आवाहन किया था, लेकिन आइएनटीयूसी यूनियन ने काम करना जारी रखा था। पीएएल के दो संयन्त्र थे, एक कुर्ला में और एक डोम्बीवली में। सियासी चालाकियों के नतीजे में सामन्त के दो सहयोगी उनसे अलग हो गये : कुर्ला में एकनाथ आँगरे और डोम्बीवली में रतन पाटिल, जो कि सामन्त के दाँये और बाँये हाथ समझे जाते थे। नतीजतन सामन्त ने पीएएल के दोनों संयन्त्रों पर से अपनी पकड़ खो दी। इसने विभिन्न यूनियन नेताओं के बीच ज़बरदस्त नफ़रत और दुश्मनी पैदा कर दी।

सामन्त की हत्या पर पुलिस की डायरी आँख खोल देने वाली है। 'तहकीकात के दौरान यह बात सामने आयी कि दत्ता सामन्त ने उनकी यूनियन से अलग होने वालों को तथा विरोधी यूनियन के नेता को ख़त्म करने के लिए अण्डरवर्ल्ड के गिरोहबाज़ों को भाड़े पर लिया था। सामन्त के इस मंसूबे की जानकारी मिलने पर रतन पाटिल के बेटे रमेश पाटिल ने छोटा राजन गिरोह के एक शख़्स भरत नेपाली की मार्फ़त छोटा राजन से बात की थी।

क्राइम ब्रांच ने इस प्रकरण के सिलसिले में सैकड़ों लोगों से पूछताछ की थी, जिनमें सचिन अहीर भी शामिल था जिससे कई घण्टों तक पूछताछ की गयी थी। ग्यारह महीनों की तहकीकात के बाद पुलिस तीन निशानेबाज़ों तथा कुछ यूनियन नेताओं समेत छह अन्य लोगों को गिरफ़्तार करने में कामयाब हो सकी। लेकिन सज़ा सिर्फ़ तीन हत्यारे निशानेबाज़ों को ही मिल सकी, साज़िश के बाक़ी आरोपी साक्ष्यों के अभाव में बरी कर दिये गये। सामन्त की हत्या पर रहस्य छा गया; उनकी हत्या को ऐक्टिविस्ट शंकर गुहा नियोगी के वध से जोड़कर देखा गया जिनको 1991 में भिलाई में मारा गया था। विश्लेषकों ने दोनों हत्याओं के बीच की समानताओं की तरफ़ ध्यान खींचा और सत्ताधारी भाजपा तक की तरफ़ आरोप की अँगुलियाँ उठायीं, क्योंकि दोनों यूनियन नेता भाजपा के शासनकाल में ही मारे गये थे।

कई तरह की साज़िशों की चर्चा थी। कुछ इसको नाराज़ प्रबन्धनों से जोड़कर देखते थे, कुछ शिव सेना से, तो कुछ आरएमएमएस पर आरोप लगाते थे और कुछ काँग्रेस के बड़े लोगों पर, और कुछ, निश्चय ही, छोटा राजन गिरोह की मशीन के पुरज़ों पर।

सोलह लोगों की गिरफ़्तारी और तीन की सज़ा के बावजूद डॉ. दत्ता सामन्त की हत्या एक अनसुलझा प्रकरण बनकर रह गयी। हत्या के पीछे की असली साज़िश और सच्चाई का पता शायद कभी नहीं चल पाएगा। लेकिन इसने छोटा राजन के इन दावों के खोखलेपन को ज़रूर उजागर कर दिया कि वह एक देशभक्त डॉन और कमज़ोर तबके के लोगों का मसीहा है, क्योंकि डॉ. सामन्त निश्चय ही वह शख़्स था जो जनता का प्रतिनिधित्व करता था।

सामन्त की शवयात्रा में हज़ारों कामगार शरीक हुए जो 'डॉ. दत्ता सामन्त ज़िन्दाबाद' तथा 'जोशी-मुण्डे आज के गुण्डे' के नारे लगा रहे थे। उत्तर-पश्चिम उपनगरों का, यातायात के सबसे ज़्यादा शोर में डूबा साकी नाका चौराहा सामन्त का स्मारक बन चुका है। अब इसको कामगार अगाड़ी चौक के नाम से जाना जाता है। कारख़ानों के छप्परों के ऊपर बँधी मुट्ठी का प्रतीक, सामन्त और उनके अन्तहीन संघर्ष को अमर बनाता है।

सामन्त की हत्या ने सचिन अहीर के संरक्षण में कारख़ानों की ज़मीन के नये सिरे से विकास का रास्ता साफ़ कर दिया। परेल बेशक़ीमती बन गया और अपर वर्ली - करी रोड, चिंचपोकली, बायकला और सेवरी, जहाँ मज़दूरों की आबादी के ऊपर चिमनियाँ खड़ी हुआ करती थीं - में सबसे ज़्यादा टावर खड़े हो गये हैं।

दुखद यह है कि कपड़ा कारख़ानों की हड़ताल ने मुम्बई के तमाम

औद्योगिक तथा उत्पादन क्षेत्रों पर व्यापक प्रभाव डाला है। कामगार अब एक उपेक्षित समूह हैं। ऐसी कोई असल ट्रेड यूनियनें नहीं हैं जो उनके हितों की परवाह कर सकें। जो हैं वे प्रबन्धन द्वारा नियुक्त हैं। इतिहास डॉ. दत्ता सामन्त को हिन्दुस्तान में उद्योगपतियों के ख़िलाफ़ कामगारों की अन्तिम बड़ी लड़ाई की अगुवाई के लिए याद करेगा। वह उनको मुम्बई के दक्षिण-मध्य कारख़ाना क्षेत्रों की गति, भूगोल और चरित्र को बदलने के लिए भी याद करेगा।

34

शकील का सेना को भरमाना

जब बाल ठाकरे ने कारख़ानों के अन्दरूनी क्षेत्रों तथा मुम्बई के दूसरे हिस्सों से 'आमची मुले' और 'हमारे बच्चे' अपना लिये तथा दाऊद गिरोह को पाकिस्तानी और मुसलमान (ठाकरे हिन्दुस्तानी मुसलमानों को हमेशा पाकिस्तानियों की बराबरी पर रखते थे) कहना शुरू कर दिया, तो माफ़िया भी मज़हबी आधारों पर बँट गया।

डी-कम्पनी के कराची स्थित गिरोहबाज़ इन आरोपों से नाराज़ थे और सेना को चोट पहुँचाना चाहते थे। लेकिन डी-कम्पनी खुद ही बिखर रही थी; मुम्बई के 1993 के बम धमाकों के बाद हालात पहले जैसे नहीं रह गये थे। छोटा राजन की ग़ैरमौजूदगी बेतरह खल रही थी जो अलग-अलग धड़ों को गिरोह के अन्दर एकजुट करके रखा करता था। सौत्या दुबई चला गया था और सुभाष सिंह ठाकुर, जिसने बॉस को रिझाकर उनके दिल में अपनी जगह बनायी थी, गिरफ़्तार हो चुका था (और अब गुजरात के साबरमती जेल में आराम से पड़ा हुआ है)। दाऊद को कराची के सुरक्षागार में जाकर बसना पड़ा था और वह आइएसआइ का चमचा बनने की कोशिश में बुरी तरह लगा हुआ था। ये थे वे हालात जिनमें शकील बौबुमिया शेख उर्फ़ छोटा शकील ने कमान सँभाली थी - वह शख़्स जिसने एक स्थानीय गुण्डा होने से शुरूआत कर दाऊद इब्राहिम की अन्दरूनी मण्डली तक का सफ़र पूरा किया था।

दाऊद के आदमी शकील की इज़्ज़त करते थे और उसी से निर्देश प्राप्त करते थे क्योंकि वे जानते थे कि वह दरअसल कम्पनी का मुख्य कर्ताधर्ता बन चुका है।

पार्टी की सालाना दशहरा सभा के दौरान ठाकरे की 'हमारे बच्चे' वाली लफ़्फ़ाजी का गिरोह जवाब देना चाहते था। लम्बी-चौड़ी योजनाएँ बनायी गयीं, रणनीतियों पर चर्चा की गयी और, कई सारी मन्त्रणाओं के बाद उन्होंने शिव

सेना को एक पार्टी के तौर पर अपना निशाना बनाने का फ़ैसला किया। उन्होंने कई मुमकिन और नामुमकिन-सी भावी रूपरेखाओं के बारे में बात की।

वे सब इस पर राज़ी हुए कि बाल ठाकरे या उनके परिवार के सदस्यों को ख़त्म करना उन मुसलमानों के लिए बुरा साबित होगा जो 1992-93 के साम्प्रदायिक विस्फोट और उसके बाद के अंजामों से अब भी लड़खड़ाये हुए हैं। आख़िरकार, शिव सेना के विभिन्न नेताओं को मारने के विचार के इर्दगिर्द भटकने के बाद वे इस नतीजे पर पहुँचे कि वे उन सेना नेताओं को निशाना बनाएँगे जिन्होंने 1992-93 के साम्प्रदायिक दंगों में आगे बढ़कर हिस्सा लिया था।

हालाँकि दाऊद के बारे में मुम्बई पुलिस द्वारा तैयार की गयी फ़ाइल शिव सेना पर हमले की एक बड़ी, सीमा-पार साज़िश का आरोप लगाती है। 'इण्टर-सर्विस इण्टेलिजेंस (आइएसआइ) देश में साम्प्रदायिक उथल-पुथल पैदा करना चाहती थी इसलिए आइएसआइ ने, दाऊद इब्राहिम तथा छोटा शकील के साथ मिलकर, शिव सेना के पदाधिकारियों पर हमला करने की एक साज़िश रची थी। छोटा शकील ने अपने गिरोहबाज़ों को निर्देश दिये थे कि वे शिव सेना के पदाधिकारियों के पीछे लग जाएँ और उनकी हत्याएँ करें। वह इतना उतावला था कि उसने अपने गिरोहबाज़ों को यह निर्देश तक दे डाले थे कि अगर वे मुम्बई के शिव सैनिकों को ख़त्म करने में कामयाब नहीं हो पाते तो महाराष्ट्र के दूसरे हिस्सों के शिव सैनिकों को मारें। छोटा शकील ने अपने हत्यारे निशानेबाज़ों को हथियारों की खेप और पैसे पहुँचाने का इन्तज़ाम किया था। इसका परिणाम शहर और शहर के आसपास के शिव सेना के कई पदाधिकारियों पर हुए हमलों और हत्याओं के रूप में सामने आया था।' ('संगठित अपराध', दाऊद इब्राहिम फ़ाइल्स, पृ. 43)

बहरहाल, पुलिस का कहना जो भी हो, एक बात निश्चित थी। डी-गिरोह चुपचाप पीछे बैठकर अपने नामचीन सदस्यों के ख़िलाफ़ बाल ठाकरे की बकवास सुनने वाला नहीं था। वे बाल ठाकरे द्वारा हिन्दू होने मात्र से देशभक्ति के जामे पर कब्ज़ा जमा लेने की प्रवृत्ति से तंग आ चुके थे। वे दंगों के बारे में उनके रोज़-रोज़ के उपदेशों और उनकी अप्रिय भूमिका से तंग आ चुके थे।

शिव सेना के जिस पहले नेता को शकील के आदमियों ने निशाना बनाया था वह थे मुम्बई के भूतपूर्व मेयर मिलिन्द वैद्य। साम्प्रदायिक दंगों की जाँच के लिए गठित न्यायमूर्ति बी. एन. कृष्णा कमीशन द्वारा वैद्य को माहिम इलाक़े में मुसलमानों के ख़िलाफ़ हिंसा भड़काने के लिए फटकार लगायी गयी थी। 17 दिसम्बर 1998 को वैद्य अपनी टाटा सफ़ारी में यात्रा कर रहे थे। जैसे ही उनका

वाहन बान्द्रा से गुज़रा, दाऊद गिरोह के छह आदमियों ने विण्डस्क्रीन के रास्ते उन पर गोलियाँ चलाकर उनको घायल कर दिया। हालाँकि वे इस हमले को झेल गये। बेहूदा तरीक़े से की गयी इस कोशिश से शकील बहुत ख़फ़ा हुआ और उसने वैद्य को फिर से निशाना बनाने का हुक्म दिया। तीन महीने के भीतर नौ आदमियों की एक टीम तैयार की गयी। इस बार के हथियार बेहतर थे - हत्यारों को एके-56 दी गयीं। इरादा वैद्य पर इतनी ज़्यादा गोलियाँ बरसाने का था कि उनके बचने की कोई गुंजाइश ही न रह जाए। 4 मार्च 1999 को वैद्य माहिम के अपने मोरी रोड स्थित मकान के पोर्च में अपने दोस्तों के साथ बैठे हुए थे जब मारुति 800 में सवार हत्यारे वहाँ जा पहुँचे। उन्होंने वैद्य और उनके दोस्तों पर अन्धाधुन्ध गोलियाँ चलायीं और तुरन्त भाग गये। सारे घायलों को तुरन्त पास के हिन्दुजा अस्पताल ले जाया गया। वैद्य को जैसे कई ज़िन्दगियों का वरदान मिला हुआ था; हालाँकि उनके तीन दोस्त मारे गये और छह दोस्त ज़ख़्मी हुए, लेकिन वे यह क़िस्सा सुनाने के लिए बचे रह गये।

एसीपी प्रदीप सावन्त ने मामले की तहकीकात की और सारे हमलावरों को गिरफ़्तार कर लिया। उन्होंने अपराध के लिए इस्तेमाल की गयी एके-56 रायफ़लें और ऑटोमैटिक पिस्तौलें बरामद कीं। इस शिकार के परिणामस्वरूप नौ के नौ आदमियों को विशेष एमसीओसीए अदालत द्वारा सज़ा सुनायी गयी। बाद में, सावन्त को सर्वश्रेष्ठ ख़ुफ़िया पड़ताल के लिए दीपक जोग ट्रॉफ़ी से नवाज़ा गया।

तब भी जबकि विशेष अदालत में वैद्य मामले का मुकदमा जारी था, शकील ने सात आदमियों को शिव सेना शाखा प्रमुख विवेक केलकर की हत्या की मुहिम पर रवाना कर दिया। केलकर एक स्थानीय केबल ऑपरेटर भी था। 9 दिसम्बर 1999 को जब यह आदमी एमआइडीसी अँधेरी (ईस्ट) के अपने ऑफ़िस में बैठा हुआ था, उसका भेजा उड़ा दिया गया।

केलकर की हत्या के कुछ ही महीनों के भीतर, 19 अप्रैल 2000 को, शकील के आदमियों ने एक उपनगरीय रेलवे स्टेशन पर एक और शाखा प्रमुख चालीस वर्षीय शिवाजी चव्हाण को मार दिया। चव्हाण रिज़र्व बैंक ऑफ़ इण्डिया का कर्मचारी था। वह ज़मीन के कई विवादास्पद सौदों में शामिल था जो उसने शिव सेना-भाजपा के शासनकाल में उनकी सरकार की मदद से किये थे। अपने काम के सिलसिले में उसको अक्सर शहर से बाहर रहना पड़ता था और वह पार्टी के कार्यालय में लम्बा वक़्त बिताने के लिए भी जाना जाता था। उसने गोरेगाँव रेलवे स्टेशन के बाहर अपना स्कूटर पार्क किया ही था कि तभी

उसे एकदम क़रीब से गोली मारी गयी। चव्हाण की हत्या का रहस्य, हालाँकि अनसुलझा रह गया।

इन हत्याओं का अपेक्षित प्रभाव पड़ा। शिव सेना के नेता शकील के आदमी के हाथों मारे जाने के जानलेवा ख़ौफ़ में रहने लगे। समूचे शहर के सेना शाखा प्रमुखों में आतंक फैल गया। उनमें से कोई भी रात के वक़्त अकेला नहीं निकलता था। कुछ ने निजी सुरक्षाकर्मी लगा लिये और इस पुख़्ता इन्तज़ाम के साथ रहने लगे कि किसी भी तरह के हमले को विफल करने के लिए उनके आसपास लोग मौजूद हों।

यह एक कुटीर उद्योग बन चुका था। इस हत्यारे दस्ते का मेहनताना माफ़िया से सम्बन्धित दूसरी हत्याओं के मुक़ाबले कहीं ज़्यादा होता था। इसने इन मुहिमों में शरीक होने के लिए बहुत से नौजवानों को उकसाया।

राजू प्लम्बर के उपनाम से जाना जाने वाला मुजाहिद शेख आसाम से आया था और वह दादर टीटी इलाक़े के अपने स्टाल पर एक प्लम्बर के रूप में काम करते हुए अपनी आजीविका चलाता था। जब उसने सुना कि शकील के आदमी शिव सेना के लोगों को मारने के लिए निशानेबाज़ों की तलाश में मँडरा रहे हैं तो उसने हत्यारे के रूप में अतिरिक्त काम करने के लिए खुद को पेश कर दिया।

जब अगले दिन अख़बार और मीडिया चव्हाण की हत्या की ख़बरों की रिपोर्टें पेश कर रहे थे, शकील के आदमियों ने फिर से चोट की। मलवानी मलाड इलाक़े का एक शाखा प्रमुख बबन आत्माराम सुर्वे स्थानीय मुसलमान रहवासियों को डराने-धमकाने के लिए जाना जाता था। लोग उससे इस क़दर डरते थे कि वह अपने आप में एक क़ानून बन गया था। सुर्वे आदतन अपने घर के सामने शराब की महफ़िलें जमाता था और उनमें अपने दोस्तों को बुलाया करता था। उसके पड़ोसियों में इस हुड़दंगबाज़ी को लेकर गहरा असन्तोष था, लेकिन वे उसको रोक पाने में असहाय थे।

21 अप्रैल को जब सुर्वे अपने दोस्त बजाज के साथ पियक्कड़ी के हंगामेदार दौर में था, राजू प्लम्बर ने अचानक अपने दुपहिया पर आकर उन पर गोलियाँ चला दीं। वह सुर्वे के आख़िरी साँस लेने तक वहीं अड़ा रहा। हालाँकि यह मँहगा पड़ा, क्योंकि इससे राजू पहचान लिया गया और गिरफ़्तार कर लिया गया, और उसके सहारे साज़िश में शामिल दूसरे लोग भी गिरफ़्तार कर लिए गये। अन्त में अदालत ने उसको हत्या का दोषी ठहराया।

24 सितम्बर 2000 को शकील गिरोह के विवेक काँबले ने एक और शिव सैनिक रमाकान्त हड़कर की हत्या कर दी। हत्या को लेकर पुलिस की प्रतिक्रिया ख़ासतौर से बहुत ही फुर्तीली रही। जब शुरू में शिव सेना की हत्याएँ हुई थीं तो वे गिरोहबाज़ों पर एमसीओसीए नाम के बर्बर - और ग़ैर-ज़मानती (विशेष परिस्थितियों को छोड़कर) क़ानून के तहत मामले दर्ज किया करते थे, लेकिन जब उन्होंने पाया कि यह क़ानून भी रोक लगाने में कामयाब साबित नहीं हो रहा है, तो वे वापस अपने पसन्दीदा पुलिसिया तरीक़े पर लौट आये : क़ानून की हद के बाहर जाकर हत्या।

क्राइम ब्रांच के अफ़सरों ने विवेक काँबले को ढूँढ निकाला, और जिस दिन उसने हदकर को मारा था उसके चार दिन बाद, 29 सितम्बर को, उसको ख़त्म कर दिया। इसने शिव सेना के लोगों की हत्याओं के उस दौर को विराम दिया।

कई महीनों तक अमन चैन क़ायम रहा और सेना के आदमियों ने आख़िरकार चैन की साँस ली। लेकिन जिस वक़्त वे, यह सोचकर कि बुरे दिन बीत चुके हैं, अपनी सुरक्षा को लेकर ढीले पड़ रहे थे, तभी 11 अप्रैल 2001 को साकी नाका इलाक़े के शाखा प्रमुख राम अगाले की उस वक़्त गोली मारकर हत्या कर दी गयी, जब वह अपनी युवा बेटी के साथ दवाई की दुकान की तरफ़ जा रहा था। इंस्पेक्टर प्रफुल्ल भोसले की अगुवाई में एक विशेष दस्ते ने हत्यारों को ढूँढ निकाला, और हत्या के अगले ही दिन, अगाले की अन्त्येष्टि के भी पहले, उनके दोनों हत्यारों को मुलुन्ड में मार गिराया।

हत्यारे निशानेबाज़ों को ढूँढ निकालने तथा उनको मार गिराने के पुलिस के पक्के इरादे ने शकील के आदमियों को डरा दिया और आख़िरकार उनका रथ रुक गया।

लेकिन सेना नेताओं की हत्याओं को मंज़ूर करने में मुम्बई को बहुत लम्बा समय लगा। अदावती मौतों के चक्र ने इस महानगर को साधारण लागों के लिए असुरक्षित बना दिया था। शकील के पहले, छोटा राजन ने यह सिलसिला शुरू किया था जिसमें तथाकथित प्रतिशोध-हत्याओं के नाम पर कम से कम छह लोगों को मारा गया था, जिनमें लगभग सबके सब 1993 के बम धमाकों के दोषी मुसलमान थे।

बाद में, मीडिया को दिये गये एक इण्टरव्यू में छोटा शकील ने दावा किया था कि अगर छोटा राजन खुद को हिन्दू डॉन का ताज़ पहना सकता है, तो छोटा शकील को भी क्यों उन मुसलमानों का इन्तकाम नहीं लेना चाहिए जिनको साम्प्रदायिक दंगों के दौरान काटा गया था? चूँकि शिव सैनिकों ने इन

साम्प्रदायिक दंगों में खुलकर भागीदारी की थी, मैं उनको निशाना बनाऊँगा।

वैद्य पर हुए हमले के अलावा ज़्यादातर हत्याएँ समझ से परे थीं। पहले के पुलिस के मुलाज़िमों, जो शकील को अच्छे से जानते थे, का कहना था कि वह उसी की हत्या करता है जो कम्पनी के प्रति खुल्लमखुल्ला दुश्मनी रखता है और जो कम्पनी को किसी तरह का नुक़सान पहुँचा सकता है। शकील 1987 से दुबई में था, लेकिन 1993 के बम धमाकों में उसकी भागीदारी का कोई सरकारी रिकॉर्ड नहीं था।

बाल ठाकरे का आरोप था कि ये हत्याएँ काँग्रेस-एनसीपी गठबन्धन के इशारों पर हो रही हैं। नारायण राणे, जो उस वक़्त शिव सेना के साथ थे, का भी यही आरोप था। उनका कहना था कि इन हत्याओं के पीछे काँग्रेस-एनसीपी के नेतृत्व वाली लोकतान्त्रिक मोर्चे की सरकार है। लेकिन छोटा शकील ने इन्तकाम का चक्र तब भी जारी रखा था जब राज्य में शिव सेना-भाजपा सत्ता में थीं। तब शिव सेना के छह कार्यकर्ताओं की हत्याएँ हुई थीं।

शहर में रह रहे दाऊद के वफ़ादार हत्याओं के इस जश्न की एक और कैफ़ियत देते हैं। 1996 में गवली द्वारा एबीएस की स्थापना के बाद उसका राजनीतिक दल तेज़ी से बढ़ने लगा था। यह बढ़त इतनी तेज़ थी कि भाजपा और शिव सेना का सत्ताधारी गठबन्धन तक उससे आतंकित हो उठा था।

गवली ने महाराष्ट्र के 31 ज़िलों में पार्टी की 650 शाखाएँ खड़ी कर ली थीं जिनमें से 109 मुम्बई में थीं। शुरूआती तौर पर पार्टी ने महानगर पालिका के चुनाव लड़े थे और उनमें अच्छा प्रदर्शन किया था। उनके अगले निशाने पर विधान सभा चुनाव थे।

क्राइम ब्रांच के एक संयुक्त कमिश्नर ने मुम्बई की इण्डो-अमेरिकन सोसायटी में दिये गये अपने एक भाषण में कहा था कि गवली की पार्टी जिस तरह आगे बढ़ रही थी उसे देखते हुए गवली की ताक़त उसे गृह मन्त्री की कुर्सी तक ले जा सकती है। राज्य प्रशासन और पुलिस मशीनरी उत्तरोत्तर असुरक्षित और लाचार महसूस कर रहे थे। हताशा सत्ता के गलियारों में साफ़ दिखायी दे रही थी।

यह वह माहौल था जिसमें शकील ने एबीएस के पदाधिकारियों के ख़िलाफ़ एक मोर्चा खोला था। पहला हमला उसने एबीएस के संस्थापक सचिव जितेन्द्र दाभोलकर को निशाना बनाते हुए किया था।

शकील ने दाभोलकर को ख़त्म करने अपने दो सबसे ख़ौफ़नाक निशानेबाज़ों

को छोड़ा हुआ था। ये दो निशानेबाज़ थे मुन्ना झींगड़ा और सादिक़ कालिया। झींगड़ा का मतलब है झींगा मछली जैसा, और उसका यह उपनाम उसके छोटे-से गोल चेहरे के कारण पड़ा था। झींगड़ा एक ख़तरनाक आदमी और इतना भरोसेमन्द निशानेबाज़ था कि उसको बैंकॉक में राजन को मारने का काम सौंपा गया था। वह कोई छोटा-मोटा झींगा नहीं था कि उसको तवज्जो न दी जाती। कालिया पहले गवली गिरोह में हत्यारे का काम कर चुका था, लेकिन शकील उसको फुसलाने में कामयाब रहा था और अब वह शकील का वफ़ादार बन चुका था। यह कालिया की टोह और नेटवर्क का नतीजा था कि वे एक हफ़्ते तक दाभोलकर का पीछा कर सके।

आख़िरकार, 4 अक्टूबर 1997 को शकील की टीम ने खार सब-वे के क़रीब दाभोलकर की कार को रोका और उसको मार दिया। दोनों तरफ़ से हुई इस गोलीबारी में पास खड़ा एक मासूम व्यक्ति भी मारा गया। दाभोलकर की हत्या एबीएस के लिए एक बड़ा भारी धक्का था। वह संस्थापक था, और ऐसी धारणा थी कि पार्टी समाप्त हो सकती है क्योंकि उसकी ग़ैरमौजूदगी में गवली उसे खड़ा नहीं रख पाएगा। लेकिन गवली ने इस दबाव तले टूटने से इंकार कर दिया; आखिर वह इस तरह के झटके पहले भी उस समय झेल चुका था जब उसके सारे के सारे श्रेष्ठ निशानेबाज़ मारे गये थे। माफ़िया की दुनिया की तरह, जिसमें वह प्रतिद्वन्द्वी गिरोहों के द्वारा चकनाचूर कर दिये जाने के बावजूद बार-बार उठ खड़ा हुआ था, राजनीति में भी वह उठ खड़ा हुआ।

दाभोलकर की मौत के छह महीने बाद तक एबीएस नेता के अभाव में लड़खड़ाती रही। अन्त में उसने खुद को नये सिरे से संगठित किया और दाभोलकर के सहयोगी रहे पार्टी सचिव भरत म्हात्रे से कमान सँभालने को कहा। म्हात्रे पहले भूतपूर्व शिव सेना नेता छगन भुजबल के क़रीबी रह चुके थे, और राजनीतिक पार्टियों के कामकाज का उनको पर्याप्त अनुभव था। वे एक महत्त्वाकांक्षी आदमी थे और कुछ समय से अपनी बारी के इन्तज़ार में थे; उन्होंने इस प्रस्ताव को तपाक से मंज़ूर कर लिया।

लेकिन इसी के साथ उनका विनाश शुरू हो गया। जैसे ही म्हात्रे को दाभोलकर का उत्तराधिकारी घोषित किया गया, शकील ने एक बार फिर से झपट्टा मारा। म्हात्रे ने अभी पार्टी की योजनाओं की रूपरेखा तैयार करनी शुरू ही की थी कि 18 मई 1998 को नागपाड़ा में शकील के छह आदमियों की टीम ने गोली मारकर उनकी हत्या कर दी।

एक महीने के भीतर ही, 9 जून को, शकील के आदमियों ने एक और

एबीएस नेता धरमदास सोलंकी को गोरेगाँव में मार दिया। पुलिस के दस्तावेज़ संकेत करते हैं कि मुमकिन है कि इस बार उसे अश्विन नाइक गिरोह से सहयोग मिला हो।

16 दिसम्बर को एबीएस के ही सुधाकर लोने बायकला में शकील के बन्दूकधारी के हाथों मारे गये। इसके बाद के कुछ ही हफ़्तों के भीतर, 27 जनवरी 1999 को उन्होंने अग्रीपाड़ा में प्रकाश मायेकर को मार दिया। इस पर मुम्बई पुलिस हरक़त में आयी और उसने दोनों हत्यारे निशानेबाज़ों को एक मुठभेड़ में मार गिराया।

लेकिन तब तक, डर के मारे एबीएस के कार्यकर्ताओं के हाथ-पैर ठण्डे पड़ चुके थे। पार्टी का प्रशासन बिखराव की हालत में था। शकील ने वह चीज़ हासिल कर ली थी जिसको हासिल करने की उसने ठानी थी - गवली की राजनीतिक महत्त्वाकांक्षाओं की भ्रूण हत्या।

जब शकील एबीएस के आदमियों का सिलसिलेवार तरीक़े से सफ़ाया करने में लगा था, तभी सियासी हलकों में, बियर बारों में, सभाओं और गुप्त बैठकों में एक अफ़वाह फैलनी शुरू हुई : क्या एबीएस के संहार में शकील की अचानक दिलचस्पी के पीछे सिर्फ़ माफ़िया दुश्मनी है? उस सूरत में तो उसको गवली के गुरगों को मारना चाहिए था, फिर वह राजनीतिक कार्यकर्ताओं को निशाना क्यों बना रहा है? ऐसी अटकलें लगायी जा रही थीं कि शकील को किसी राजनीतिक दल की ओर से यह ठेका दिया गया है।

जैसे कि हमारे मुल्क की पुलिस और राजनीतिक पार्टियाँ दोनों ही राज्य के औपचारिक ढाँचे के अन्दर और बाहर काम करने के लिए जानी जाती हैं, इन दोनों ही अफ़वाहों में सच्चाई का अंश प्रतीत होता है।

35

अश्विन का संचालन

जब लैण्डलाइन की घण्टी बजी तब अश्विन लॉस ऐंजिलिस के अपने मँहगे अपार्टमेण्ट में अपनी रोज़मर्रा शराब के घूँट लेता बैठा हुआ था। फ़ोन का नम्बर देखने के लिए वह अपनी वीलचेयर का चक्का घुमाता हुआ फ़ोन की तरफ़ बढ़ा। चिंचपोकली से आने वाले फ़ोन वैसे भी ख़ुशनुमा नहीं होते थे, एकमात्र उनकी वजह से ही उसका दिल लगातार धड़कता था। लेकिन इस बार, न जाने किस वजह से, फ़ोन की तरफ़ बढ़ते हुए वह एक ठण्डी-सी जकड़न महसूस कर रहा था।

अमर की बीवी अंजली फ़ोन पर थी और वह रोये जा रही थी। 'उन लोगों ने उसे ख़त्म कर दिया। वह चला गया। पुलिस ने पिछली रात उसे मार डाला!'

कितनी विचित्र बात है, अश्विन सोच रहा था, उसका दिल उसकी छाती में धुकधुक कर रहा था। उसके वफ़ादार सहयोगी अमित मुखर्जी और किशोर राजपूत चकराये हुए उसको देख रहे थे। क्या उसको हार्टअटैक आ रहा है? गड़बड़ क्या है?

अश्विन मुड़ा और उनसे बोला, 'उन लोगों ने दादा को मार दिया।'

फिर वह बुरी तरह रोने लगा, उस इंसान की तरह जिसने अपना आख़िरी सहारा खो दिया हो। 'दादा, तुम मुझे छोड़ के कहाँ चले गये?' वह लगातार विलाप करता जा रहा था।

बाद में उस रात उसने अपने दोस्तों से बात की जो उसके सबसे ज़्यादा बुरे दिनों के अकेले सहारे रहे थे। 'भले ही उनको सलस्कर ने मारा है, लेकिन मैं दावे से कह सकता हूँ कि इसके पीछे गवली का हाथ है। मेरी समझ में नहीं आ रहा है कि दादा ने ऐसी असावधानी कैसे बरती होगी। वे तो इतने चौकन्ने रहते थे।' अश्विन ने अपने लाचार अंगों की ओर देखा और अन्दर ही अन्दर

ग़ुस्से से उबलने लगा : पहले तो गवली ने मुझे अपंग बनाकर रख दिया और अब मेरे भाई को मार दिया। उसने नाइक ख़ानदान को तबाह कर दिया।

'मैं तेरी जान ले लूँगा, गवली, चाहे ये मेरी ज़िन्दगी का आख़िरी काम ही क्यों न साबित हो!' उसने क़सम खायी और फिर से रोने लगा। वह अनाथ महसूस कर रहा था। उसके भाई उसके अपंग हो जाने के बाद भी उसकी ढाल बना रहा; अमर ने जाली पासपोर्ट की मदद से उसको हिन्दुस्तान से बाहर निकाला था और अच्छे से अच्छे इलाज़ के लिए उसे कैनेडा और अमेरिका तक ले गया था। वह उम्मीद कर रहा था कि उसका भाई चलने-फिरने के क़ाबिल हो जाएगा, लेकिन डॉक्टरों ने दुर्भाग्यपूर्ण फ़ैसला सुना दिया कि उसे अपना बाक़ी जीवन वीलचेयर पर काटना होगा।

'मुम्बई माफ़िया की तारीख़ में दादा जैसा कोई नहीं हुआ। पुलिस उन पर कभी हाथ नहीं डाल पाती थी; वे साबुन की तरह हाथों से फिसल जाने वाले थे। दादा कभी किसी दोस्त के सम्पर्क में नहीं रहते थे और उनकी बीवी और बच्चों तक को पता नहीं होता था कि वे कब चुपचाप उनसे मिलने आ जाएँगे।' अश्विन उस रात अपने भाई के बारे में बात करते हुए बताता रहा।

हमारे साथ हुई बातचीत में अश्विन ने अपने भाई की मौत के बारे में बात की थी। 'पुलिस का कहना था कि वह एक मुठभेड़ थी, लेकिन हर कोई जानता है कि मेरे भाई को मरवाने के लिए अरुण गवली ने कितना पैसा दिया था। उन्होंने (अमर ने) मेरे लिए बहुत किया। मैं उनकी मौत का बदला लिये बिना नहीं रहूँगा। इसके अलावा, गिरोह के लड़कों का ख़याल रखना भी तो ज़रूरी है। शो जारी रहना चाहिए।'

बिस्तर पर, नींद उससे कतराती थी। 'यह बेरहम हत्या है,' उसका दिमाग़ उससे कह रहा था। वह उस घटनाक्रम के बारे में सोचता रहा जिसने उसको एक भगोड़े में बदल दिया था और उसको उसके मारे गये भाई की अन्तिम क्रिया के हक़ से वंचित कर दिया था। 'मुझे अपने दादा के पास होना चाहिए था, उनको अपनी गोद में लेकर उनका सिर थामे हुए। इसकी बजाय मैं यहाँ हूँ, इस अजनबी, पराये देश में, जहाँ न मेरा परिवार है और न कोई कन्धा जिस पर मैं सिर रखकर रो सकूँ।'

उसको अपने प्रिय दादा और चिंचपोकली के 144 अपार्टमेण्ट्स की याद बहुत सताती थी। उसको अपने मुल्क की हर चीज़ याद आती थी और उसका मन करता था कि वह तुरन्त उड़कर वापस चला जाए और एक सहज ज़िन्दगी जीना शुरू कर दे। बेशक, अगर वह वापसी की उड़ान लेता, तो उसका स्वागत

उसके परिवार की बाँहों में नहीं मुम्बई पुलिस की बाँहों में होता। यह पहली बार नहीं था जब वह उस दिन को याद करके कलप रहा था जब स्थानीय गुण्डों ने दादर के सब्ज़ी बाज़ार के उसके अमन-चैन भरे मध्यवर्गीय वजूद में तोड़फोड़ कर उनकी ज़िन्दगी को हमेशा के लिए उलट-पुलटकर रख दिया था।

अगर उसकी ज़िन्दगी में वह दख़लन्दाज़ी न हुई होती, तो वह शायद आज गेंदबाज़ बलविन्दर सन्धू और बल्लेबाज़ चन्द्रकान्त पण्डित के साथ क्रीज़ पर होता। ये वे खिलाड़ी थे जिन्होने उसके साथ शिवाजी पार्क पर नेट पर अभ्यास किया था - उन महान रमाकान्त आचरेकर के मार्गदर्शन में जिन्होंने उस्ताद बल्लेबाज़ सचिन तेन्दुलकर की प्रतिभा को तराशा था। दादा का बहुत मन था कि अश्विन क्रिकेट में जाए, लेकिन जब सामने गोलियाँ हों तो गेंद के पीछे भागने का सवाल ही कहाँ उठता है।

भाई की मौत की ख़बर मिलने की अगली सुबह अश्विन की आँखें लाल थीं। उसे अमेरिका में रहने के आकर्षण से अचानक उकताहट होने लगी। उसने नज़रें घुमाकर अपनी शरणस्थली को देखा। वह एक गुनगुनी और आरामदेह जगह थी, और सुरक्षित भी। यह दो साल से उसका घर रहा था; यहाँ वह दिसम्बर 1995 में ज़मानत को लाँघकर भागने के बाद कनाडा से सीधा आ गया था। शुरू में नीता किसी तरह कहीं बीच के रास्ते में मिलने की जुगत भिड़ा लिया करती थी। लेकिन अब वह सिलसिला भी बन्द हो चुका था।

कोई और चीज़ भी थी जो उसको खाये जा रही थी। नीता, उसकी प्यारी बीवी और अब शिव सेना की पार्षद, उसके प्रति कुछ समय से बेरुख़ी बरत रही थी। उसके भाई की मौत भी नीता को उसकी भावनाओं के प्रति पिघला नहीं सकी थी। उसने उससे हिम्मत बढ़ाने वाला या ढाढस बँधाने वाला एक शब्द भी नहीं कहा था।

अश्विन जानता था कि उसको परिवार और कारोबार की ज़िम्मेदारी सँभालनी होगी - नहीं तो ये दोनों ही खुद को और अपने वर्चस्व को क़ायम रखने की दौड़ में हार जाएँगे। पिछले कुछ सालों में अमर ने एक अपराधी गिरोह खड़ा किया था जो अफ़गानी ड्रग व्यापारियों से लेकर एलटीटीई तथा पीपल्स लिबरेशन ऑफ़ तमिल इलम (पीएलओटीई) जैसे श्रीलंकाई तमिल समूहों तक फैला हुआ था।

अश्विन की मदद से अमर नाइक मुम्बई का सबसे ज़्यादा साधन सम्पन्न डॉन बन गया था। दाऊद और छोटा राजन को छोड़ दें, तो किसी और गिरोहबाज़ में उस जैसा आत्मविश्वास नहीं था और कारोबार की एकदम

शुरूआत में ही वह समझ गया था कि बड़ा पैसा कहाँ है : ड्रग, हथियार और, बेशक, रियल एस्टेट।

अमर में ज़बरदस्त आकर्षण और ताक़त भी थी। वह निहायत ही पेचीदगी से भरे पठानों में सेंध लगाने में कामयाब रहा था जो ग़ैर मुसलमानों के साथ शायद ही कभी लेनेदेन करते थे। दाऊद के बाद सिर्फ़ अमर ही था जिसने ड्रग के कारोबार की मिलीभगत में मुब्तिला पठान गिरोह के उस व्यापारी गुट में अपनी पैठ क़ायम की थी जो अफ़ग़ानिस्तान के काबुल, पाकिस्तान के पेशावर ओर गुजरात के अहमदाबाद तक फैला हुआ था।

गुजरात के अब्दुल लतीफ़ खान, मुम्बई के नरी खान तथा अन्तरराष्ट्रीय स्तर के ड्रग के अवैध कारोबारी नवेद खान के साथ भी अमर की साठगाँठ थी। फिर उसको बन्दूकों का बड़ा आकर्षण था। उसने निजी तौर पर कभी किसी की हत्या नहीं की थी लेकिन बन्दूक के साथ जुड़ा हुआ ताक़त का अहसास उसे अच्छा लगता था। हिन्दुस्तान में ऑस्ट्रियाई ग्लॉक की तस्करी करने वाला वह पहला शख़्स था। जब वह अपने गिरोह के लिए इज़राइली उज़ी सब और दूसरे हथियार ख़रीद रहा था, तभी उसके मन में यह ख़याल आया था कि वह अपने नेटवर्क का इस्तेमाल ज़रूरतमन्दों के लिए हथियारों की आपूर्ति के लिए कर सकता है। वह अपरिहार्य रूप से बन्दूकों की तस्करी की ओर खिंचता चला गया, जो ड्रग-आतंकवाद की पूरक है।

कृष्णा पिल्लई और उसके बेटे कुमार पिल्लई के साथ अमर के सम्पर्क मुनाफ़े के साबित हुए। पिल्लई बाप-बेटे ने एलटीटीई के आदमियों के साथ उसका सम्पर्क कराया था, और वह उसके आकाओं के साथ तालमेल क़ायम करने में कामयाब रहा था। एलटीटीई के लिए अमर नाइक एक ज़ाहिर-सा विकल्प था; हथियारों की तस्करी की जानकारी रखने वाला हर कोई उसके हथियारों के ज़ख़ीरे तथा उसके नेटवर्क के बारे में बात कर रहा था। कोई और गिरोहबाज़ होता तो पठानों और एलटीटीई के साथ सौदे करना उसके लिए खरगोश के साथ दौड़ने और शिकारी कुत्तों के साथ शिकार करने जैसा असम्भव काम होता। लेकिन अमर नाइक इसे कर गुज़रा था। उसने अपने भाई को भी दोनों ही जमातों के आला कमाण्डरों से मिलवाया था – इसी के बाद अश्विन की मुसीबतों की शुरूआत हुई थी।

वह 1997 के शुरूआती दिनों की शाम थी और सूरज अभी डूबा ही डूबा था जब अश्विन नाइक बिहार के पूर्वी चम्पारण ज़िले के रक्सौल क़स्बे के रास्ते हिन्दुस्तान पहुँचा। रक्सौल घुसपैठ के मामले में बहुत सुगम था। जब

वह हिन्दुस्तान से बाहर निकला था तब उसने पश्चिम बंगाल के उत्तरी चौबीस परगना को चुना था। (उस समय रक्सौल और उत्तरी चौबीस परगना उन लोगों के मनपसन्द दरवाज़े थे जो पुलिस को चकमा देकर सीमा पार जाना चाहते थे - उत्तरी चौबीस परगना का इस्तेमाल मुख्यतः बांग्लादेशी शरणार्थियों द्वारा किया जाता था जो बेहतर ज़िन्दगी की तलाश में हिन्दुस्तान आते थे।)

एक बार हिन्दुस्तान की ज़मीन पर वापस आ जाने के बाद अश्विन ने अपने लिए उपलब्ध विकल्पों को तौला। मुम्बई पुलिस पर भरोसा नहीं किया जा सकता था। उन लोगों को घोड़ा दबाने में मज़ा आने लगा था, और उन्होंने अमर को मार डाला था, इसके बावजूद कि नीता स्थानीय निकाय में एक अहम हैसियत रखती थी और बाल ठाकरे की क़रीबी मानी जाती थी। अश्विन को अहसास था कि उसकी लाचार हालत के चलते उसको आसानी से निशाना बनाया जा सकता है। मुम्बई फ़िलहाल उसके लिए नहीं थी। उसने नयी दिल्ली में ही रुकने का फ़ैसला किया। इससे वह अपने गिरोह के साथ-साथ अपने परिवार के क़रीब भी बना रह सकेगा, और वह मुम्बई पुलिस के राडार से बाहर भी बना रह सकेगा। नीता भी लोगों के मन में शक पैदा किये बग़ैर जब चाहे दिल्ली आ सकेगी।

अश्विन ने दिल्ली में कुछ जायदाद ख़रीद रखी थी जिसमें एक शानदार बँगला और कुछ फ़ार्म हाउस शामिल थे। यह जायदाद नीता के नियन्त्रण में थी। चूँकि वह राज्य सरकार में शामिल थी इसलिए उसकी जायदाद की ओर कोई आँख उठाकर देखने वाला नहीं था।

वह दक्षिण दिल्ली के वैभवशाली इलाक़े में स्थित गीतांजलि एन्क्लेव के अपने फ़्लैट में रहने लगा। वह सोचता था कि जिस तरह वह अमेरिका में गुमनाम तरीक़े से रह लिया था, वैसे ही दिल्ली में भी किसी को भी उसका अता-पता मालूम नहीं पड़ पाएगा। दो साल तक वह गुप्त बना रहा और, अगर घटनाओं के विचित्र ढंग से मोड़ लेने की वजह से उसका भेद खुल न गया होता, तो शायद गवली और उसकी सल्तनत को ख़त्म करने का उसका सपना साकार हो गया होता।

लेकिन पुराने पाप अपना असर दिखाते हैं। मुसीबत उस जगह से आयी जहाँ से उसके आने की कोई उम्मीद नहीं थी।

7 जून 1999 को पश्चिमी दिल्ली के नांग्लोई इलाक़े में किन्हीं अज्ञात हमलावरों ने एलटीटीई कमाण्डो श्रीराम उर्फ़ लम्बू की गोली मारकर हत्या कर दी और उसके सहयोगी शिवरमन को घायल कर दिया। तहकीकात के दौरान

दिल्ली पुलिस ने उनके छिपने के अड्डे से कोई पन्द्रह किलोग्राम ड्रग बरामद किये। आगे की तहकीकात पुलिस को ड्रग-साम्राज्ञी हेमलता मनकू की गिरफ़्तारी तथा ४० करोड़ रुपये मूल्य की हेरोइन की ज़ब्ती तक ले गयी। हेमलता दिल्ली की सबसे बड़ी ड्रग-सौदागर थी जिसके तार एलटीटीई से जुड़े हुए थे। छापों के दौरान ज़ब्त किये गये दस्तावेज़ों में कुछ फ़ोन नम्बर दर्ज थे जिनके सहारे दिल्ली पुलिस चेन्नई तक पहुँची और वहाँ से एलटीटीई तथा पीएलओटीई के प्रशिक्षण शिविरों तक पहुँची। दिल्ली पुलिस उस वक़्त चकित रह गयी जब उसको पता चला कि एलटीटीई ने अपने प्रतिनिधियों के मार्फ़त लड़ी जा रही अपनी लड़ाई की माली इमदाद की ख़ातिर मुम्बई के ड्रग कारोबारियों से हाथ मिला रखा था और अश्विन उनका मुख्य माध्यम था।

श्रीराम की हत्या अश्विन के लिए दोहरा अभिशाप साबित हुई। श्रीराम तो गवली को मारकर अमर की हत्या का बदला लेने की योजना बना रहा था। उसकी मौत ने न सिर्फ़ अमर के इन्तकाम की योजना पर पानी फेर दिया बल्कि उसके बॉस को दिल्ली पुलिस के जाल में ला छोड़ा।

मालूम हुआ कि अश्विन अपने पाकिस्तानी सम्पर्कों से ड्रग जुटाता था और एलटीटीई को दे देता था जो इस माल को इज़रायल तथा पश्चिम एशिया के अपने अन्य सहयोगियों को बेचकर उसके बदले में उनसे अत्याधुनिक हथियार हासिल करता था। जैसे ही ये ड्रग राजस्थान की सरहद के रास्ते दिल्ली पहुँचते थे वैसे ही उनको फ़ोल्डिंग टेबलों की अन्दरूनी जगहों में छिपाकर श्रीराम और शिवरमन की मार्फ़त चेन्नई भेज दिया जाता था। वहाँ से वे रामेश्वरम जाते थे और नावों में लादकर श्री लंका पहुँचा दिये जाते थे। अश्विन तो पठानों और एलटीटीई के बीच का माध्यम था, और दिल्ली पुलिस समझ गयी कि अगर वह देश की राजधानी के बीच में बैठकर दो इतने ख़तरनाक गुटों के साथ जोड़तोड़ कर सकता है, तो निश्चय ही वह बेन्तिहा चालाक खिलाड़ी होगा।

दिल्ली पुलिस मुम्बई पुलिस की तरह नहीं थी जो तुरन्त हरक़त में आ जाने के लिए जानी जाती थी; दिल्ली पुलिस ने थोड़ा वक़्त लिया। उनको अभी क़ानून की हद के बाहर जाकर हत्या करने की दीक्षा प्राप्त नहीं हुई थी, और उन्होंने एक के बाद एक क़दम उठाने का फ़ैसला किया। सबसे पहले उन्होंने अश्विन नाइक के रहने के ठिकाने का पता लगाया, फिर उन्होंने उसके फ़ोन टेप किये। जब उनको मुल्क से भागने की उसके मंसूबों की जानकारी मिली, तो उन्होंने उसे घेर लिया। जब वह और उसके सहयोगी अमित मुखर्जी तथा किशोर राजपूत पश्चिम बंगाल की सरहद पार करने की कोशिश कर रहे थे,

पुलिस ने तीनों को गिरफ़्तार कर लिया।

6 अगस्त 1999 को हुई अश्विन की गिरफ़्तारी ने मुम्बई पुलिस की गफ़लत को उजागर कर दिया। उनको ख़ुफ़िया सूचना मिली थी कि अश्विन नाइक दो साल पहले हिन्दुस्तान लौट आया है, लेकिन ज़ाहिर था कि किसी चीज़ या किसी व्यक्ति ने उनको उनकी ज़िम्मेदारी निभाने से रोका था।

द वीक के साथ एक बातचीत में अश्विन ने समय के ग़लत चुनाव को लेकर पछतावा व्यक्त किया था। 'अगर मैं उस दिन किसी तरह निकल गया होता, तो मैं कभी वापस न आता।'

अश्विन नाइक पर हत्या, एक्सटॉर्शन तथा फ़ौजदारी के 16 मामलों का आरोप लगाया गया। अपने आलीशान फ्लैट की आरामदेह ज़िन्दगी के बाद अब वह तिहाड़ जेल की एक ठण्डी कोठरी में था।

36

माफ़िया मलिका की हत्या

ठीक दोपहर के 12.15 का वक़्त था। 144 अपार्टमेण्ट्स की ज़्यादातर कामगार आबादी की आवासीय इमारतों वाले उस इलाक़े में लोग अपने रोज़मर्रा के कामों में मशगूल थे।

एक मसाला चक्की की घरघराहट जारी थी। बच्चे पैदल स्कूल जा रहे थे और बहुत थोड़े से राहगीर थे जिन्होंने शायद ही ध्यान दिया हो कि एक कार शुभाशीष नामक अपार्टमेण्ट के क़रीब बढ़ती जा रही है। कुछ मिनटों बाद एक औरत एक टैक्सी से उतरी और उस इमारत की तरफ़ चल पड़ी। वह अकेली थी।

नीता नाइक शिव सेना की एक रैली में शामिल होकर नागपुर से लौट रही थी। जैसे ही वह तेज़ डग भरती हुई आगे बढ़ी, इमारत की सबसे ऊपर की मंज़िल से उसको देख रहे तीन आदमियों ने चैन की साँस ली। उनमें से एक ने बहुत हलके-से सिर हिलाकर बाक़ी दो को काम में लग जाने का इशारा किया।

जैसे ही वह दूसरी मंज़िल के अपने फ़्लैट पर पहुँची, वे लोग भी सँकरी सीढ़ियों से उतरकर 12 नम्बर फ़्लैट तक आ पहुँचे। औरत ने उनमें से एक आदमी को देखा लेकिन उसको नज़रअन्दाज़ कर दिया और सीढ़ियाँ चढती गयी। वह उसको देर तक देखता रहा, बन्दूक बाहर निकालते हुए उसकी आँखें आश्चर्य से भरी हुई थीं। वह बुत की तरह तराशी हुई औरत थी जो अपनी पोशाक - ज़्यादातर मँहगी साड़ियाँ - खूबसूरत ढंग से पहनती थी। औरत ने उसे देखा और उस पर एक उपेक्षाभरी नज़र डाली। बन्दूकें उसे नहीं डरा पाती थीं। आख़िर वह माफ़िया से ब्याही गयी थी। उसको लगा कि यह एक और चाल है, उसको उनके कहे अनुसार चलाने के लिए उनके द्वारा अपनाया गया एक पैंतरा। तभी उसने बाक़ी दो आदमियों को देखा, सबके सब उसके अपने गिरोह के लोग। उसके मन में एक सवाल आया लेकिन इसके पहले कि वह उसको अपनी ज़ुबान पर ला पाती, पहले आदमी ने उसकी तरफ़ बन्दूक तानी

और दो राउण्ड गोलियाँ दाग दीं। उसको चीख़ने तक का मौक़ा नहीं मिल सका और उसकी खोपड़ी और दिमाग़ के टुकड़े दीवारों और सीढ़ियों पर छितरा गये। नीता नाइक ढेर हो गयी।

जिस आदमी ने बन्दूक का घोड़ा दबाया था उसका नाम था सुनील जाधव उर्फ़ इक्का। इक्का एक ख़ूंख़ार हत्यारा था। ये उसकी पहली सुपारी नहीं थी। उस पर ख़ून का कोई असर नहीं होता था। वह एक हत्यारी मानव-मशीन था जो बिना किसी जज़्बात के अपना काम करता था। उसके दिमाग़ में यह ख़याल भरा गया था कि उसका शिकार अपने बुरे कर्मों की वजह से मरने के ही क़ाबिल है। लेकिन जब नीता नाइक सीढ़ियों पर लँगड़ी गुड़िया की तरह लुढ़क गयी, तो वह खुद को नहीं रोक सका।

वह भागता हुआ उस तक पहुँचा और उसको अपनी बाँहों में ले लिया। 'वहिनी माला माफ करा, वहिनी माला माफ करा! (मुझे माफ़ कर दे भाभी, मुझे माफ़ कर दे भाभी),' वह पुकार उठा और उसकी निर्जीव काया को थामे हुए फूट-फूट कर रोने लगा।

उसके साथ आये दूसरे हत्यारों, सन्तोष भालेकर तथा मनोज पगारकर, को उसे नीता की ख़ून से सराबोर लाश से अगल करना पड़ा। इस चीख़पुकार ने पड़ोसियों को चौकन्ना कर दिया था और वे इस शोरशराबे के बारे में जानने के लिए अपने दरवाज़े खोल रहे थे।

उन्हें जल्दी ही पता चल गया। नीता नाइक को किंग एडवर्ड मेमोरियल अस्पताल ले जाया गया जहाँ उसे पहले-से-ही-मृत घोषित कर दिया गया।

भालेकर और पगारकर को जब यह काम सौंपा गया था तो उन्हें एकबारगी समझ में ही नहीं आया था कि वे किस तरह की प्रतिक्रिया व्यक्त करें। वे नीता को पूजते थे, और जो स्त्री उनके लिए इतना मायने रखती थी, उसकी हत्या करना उनकी कल्पना के परे था। इक्का ने तब उनको फ़ोटाग्राफ़ दिखाया। इसमें नीता और अश्विन की शादी की तस्वीर के बरक्स कान्स्टेबल लक्ष्मण ज़ीमन के साथ नीता की तस्वीर को रखा गया था। ज़ीमन उसका अंगरक्षक था जो उसे मुम्बई पुलिस द्वारा उसकी हिफ़ाज़त के लिए उपलब्ध कराया गया था। इस दूसरी तस्वीर से ज़ाहिर होती दोनों के रिश्ते की प्रगाढ़ता ने भालेकर और पगारकर की मध्यवर्गीय मानसिकता पर गहरी चोट की। इक्का ने इसके बाद उन्हें हाथ का लिखा एक ख़त दिखाया जो साफ़ तौर पर अश्विन द्वारा लिखा गया था, जिसमें हरेक से उसके निर्देशों का पालन करने को कहा गया था।

इक्का ने उनको अश्विन के प्रति नीता की बेवफ़ाई के बारे में बताया, उस

आदमी के प्रति बेवफ़ाई जिससे वह एक वक़्त में अपने वजूद की अन्तरतम गहराई से प्यार करने का ऐलान करती थी।

अश्विन नाइक जब एक वीलचेयर में हिन्दुस्तान आया तो जल्दी ही उसकी ज़िन्दगी और प्रेम औंधे मुँह जा गिरे। नीता को उसी के ज़िम्मे पर छोड़ दिया गया था। शुरू के सालों में वह उसके लिए तड़पती थी और उसकी आज्ञा मानने को तत्पर उसकी वफ़ादार बीवी हुआ करती थी। लेकिन जैसे-जैसे एक नगर पार्षद के रूप में समाज में उसके क़द और हैसियत में इज़ाफ़ा होता गया, वैसे-वैसे दुनिया को देखने का उसका एक अलग ही नज़रिया बनता गया। यह उसकी ज़िन्दगी का सबसे दुखदायी दौर था जब वह अपनी ख़्वाहिशों और क़ाबिलियतों को एक विरासत में मिली हुई पदवी और एक ऐसी ज़िन्दगी में फ़िट करने की कोशिश कर रही थी जिसकी उसने कामना नहीं की थी। शुरू में जब उसने राजनीति का विकल्प चुना था तो उसके ध्येय उसके मन में बहुत साफ़ थे। *आफ़्टरनून डिस्पैच ऐण्ड कूरियर* को दिये गये एक साक्षात्कार में अपने पार्षद बनने की ख़्वाहिश की वजहों की कैफ़ियत देते हुए उसने कहा था, 'मैं पुलिस वालों की आधी रात की दस्तकों से तंग आ चुकी हूँ, जो हमारे घर में घुस आते हैं और हमारे बच्चों की ज़िन्दगी में ख़लल पैदा करते हैं। अगर मैं राजनीति में आ जाती हूँ, तो मैं अपने परिवार को इस तकलीफ़ से बचा सकूँगी। हम अमन-चैन भरी रातें चाहते हैं।'

महानगर पालिका का चुनाव उसने और अंजली (अमर नाइक की बीवी) दोनों ने लड़ा था, लेकिन नीता की ऊर्जा और उत्साह ने उसे जिता दिया था। अंजली, जो कहीं ज़्यादा शान्त क़िस्म की थी, चुनाव हार गयी थी।

शुरूआती दिनों में नीता उस बच्ची की तरह थी जिसको अभी-अभी अपने पंख होने के बारे में पता चला हो। उसने एक कार ख़रीदी और कार चलाना सीखा, और वह तेज़ कार चलाती थी। 'मैं चिंचपोकली के अपने घर से कैम्प्स कॉर्नर पर बीएमसी की इमारत तक ज़िप, ज़ैप, ज़ूम करती हुई जाती हूँ,' वह कहा करती थी। वह दोटूक और ईमानदार थी, और उसने एक अच्छी राजनेता बनने की भरसक कोशिश की थी। शिव सेना उससे खुश थी क्योंकि वह उन गुरु-गम्भीर, उबाऊ औरतों से अलग थी जो आमतौर से परिषद में चुनकर आ जाया करती थीं। वे पार्टी के लिए उससे बेहतर जन सम्पर्क अधिकारी की उम्मीद नहीं कर सकते थे; वह समझदार और सुन्दर थी और उसमें भाषण देने तथा नेतृत्व करने की ज़बरदस्त क्षमता थी। वह उनसे ज़्यादा कामयाब थी जितने सारे मर्द और औरत पार्षद मिलकर हो सकते थे। वह दो बार स्टैन्डिंग

कमिटी की अध्यक्ष तक चुनी जा चुकी थी जो कि महानगर पालिका परिषद का एक बहुत महत्त्वपूर्ण पद है।

लेकिन अपने इस काम की चमकदमक के बावजूद वह अकेली थी। हालाँकि वह बहुत लोकप्रिय थी, लेकिन लोग उससे दोस्ती करने से डरते थे; कौन जाने कब 144 अपार्टमेण्ट्स के क़रीब की किसी गली में कोई गोली आपके सिर के पार हो जाए। एक बार, जब अश्विन अमेरिका में था, वह अकेली और उदास थी और उसने ज़ंजीर से बँधे अपने कुत्ते की तरफ़ इशारा करते हुए एक स्त्री संवाददाता से कहा था, 'मैं इस कुत्ते की तरह हूँ, बहुत अकेली।'

अश्विन के मुम्बई में रहने और उसको अपाहिज कर देने वाले गोलीकाण्ड के पहले तक वह एक सीधी-सादी बीवी हुआ करती थी। वह हमेशा अपने पति का साथ देती थी और पेशियों के दौरान टाडा अदालत में पहुँचने से कभी चूकती नहीं थी। लेकिन उसके अमेरिका चले जाने के बाद, उसकी मजबूरन ग़ैरमौजूदगी तथा इधर उसके बढ़ते हुए राजनीतिक क़द ने उनके वैवाहिक जीवन की चाल को बदल दिया। उस पर मुसीबतों का पहाड़ टूट पड़ा; उसे बच्चों को भी सँभालना था, अपने प्रतिष्ठित पद को भी सँभालना था और गिरोह को तो सँभालना ही था।

जैसे ही वह दिल्ली लौटा, वह और नीता एक दूसरे के सम्पर्क में रहने लगे थे, लेकिन उसकी गिरफ़्तारी के बाद नीता ने उसकी उपेक्षा शुरू कर दी थी और अश्विन ने अपने प्रति उसके रवैये में एक उत्तरोत्तर बदलाव महसूस करना शुरू कर दिया था।

एक वक़्त था जब वे एक दूसरे के बेहद क़रीब हुआ करते थे, यही वजह थी कि अश्विन ने बहुत जल्द उसके अलगाव को महसूस कर लिया। वह समझ चुका था कि अब नीता को उसकी परवाह नहीं रही। क्या वह किसी और आदमी में दिलचस्पी लेने लगी है?

हो सकता है उसे अकेलापन लगता हो, और वह किसी साथी की ज़रूरत महसूस करती हो, किसी ऐसे कन्धे की जिपर सिर रखकर वह रो सके। लेकिन वह उम्मीद करता था कि वह ईमानदारी से अपनी भावनाएँ सीधे-सीधे उस पर ज़ाहिर करती। यह धीरे-धीरे दूर होते जाना असहनीय रूप से तकलीफ़देह था।

अन्त में अश्विन ने उसके बॉडीगार्ड ज़ीमन के साथ उसके ज़ोरदार प्रेम-प्रसंग के बारे में सुना। ज़ीमन क्राइम ब्रांच के स्पेशल ऑपरेशन स्कवॉड का एक कमाण्डो कॉन्स्टेबल रहा था। उसने 1994 में पुलिस की नौकरी से इस्तीफ़ा दे दिया था और मुख्य मन्त्री नारायण राणे के निजी अंगरक्षक के रूप में काम

करने लगा था। नीता काम के सिलसिले में राणे से अक्सर मिलती थी और वहीं पर ज़ीमन से उसकी मुलाक़ात हुई थी। 1997 के बाद दोनों ने लोगों की परवाह छोड़कर एक दूसरे के साथ पूरी आज़ादी से, यहाँ तक कि खुलेआम वक़्त बिताना शुरू कर दिया था।

नीता की बेवफ़ाई की यह ख़बर उसको किसी और से नहीं बल्कि खुद नीता के भाई हितेश जेठवा से मिली थी। अश्विन हक्का बक्का रह गया। उसने अपनी लाचारी हितेश के सामने ज़ाहिर की जिसने उससे कहा कि वह नीता को एक बार चेतावनी दे। इसके पहले कि वह इस बेवफ़ाई को अपने मन में बैठा पाता, उसने पाया कि नीता के इस याराने के बारे में हर कोई जानता है। वह सोच रहा था कि काश उसने लोक-लाज ही बरती होती।

जून 2000 में जब नीता और बच्चे उससे जेल में मिलने आये थे, तब उसने दुखी मन से उससे कहा था कि वह ख़ानदान की इज़्ज़त को धूल में न मिलाये। नीता ने उसकी चेतावनी की तरफ़ कोई ध्यान नहीं दिया। जैसे-जैसे महीने बीतते गये, अश्विन उसके ढीठपन से और-और हताश होता गया। एक दिन तो इन्तिहा ही हो गयी जब अश्विन के बच्चे अपनी आया पद्मिनी नायडू के साथ उससे जेल में मिलने आये और अश्विन ने अपनी बेटी से कहा कि वह अपनी माँ से कहे कि वह अपने बॉयफ्रैंड को छोड़ दे।

शुरूआती आघात झेलने के बाद अश्विन अब लक्ष्मण ज़ीमन को मारना चाहता था। वह उससे छुटकारा पाने के तरीक़ों के बारे में लगातार सोचता रहा। इस आदमी ने उसी जिस्म को भ्रष्ट किया है जिसकी उसे हिफ़ाज़त करनी थी, वह ग़ुस्से से उबलता हुआ सोचता रहा। उसने अपने भरोसेमन्द गुरगे हेमन्त धुरी से लक्ष्मण को मारने को कहा।

इस बीच उसके गिरोह के इक्का, धुरी और लाली जैसे आदमियों ने जेल आकर उससे पैसे माँगना शुरू कर दिया। तब अश्विन को पता चला कि नीता ने लोगों से धमकी के बल पर पैसे वसूली [एक्सटॉर्शन] की जालसाज़ी शुरू कर दी थी और वसूली की शर्तें तय कर दी थीं, लेकिन वह अपने आदमियों को उनका मेहनताना देने की बजाय वसूली की सारी रकम अपनी जेब में रखती गयी थी। अश्विन को शक था कि इसके पीछे ज़ीमन का हाथ है। नीता की आर्थिक गड़बड़ी की वजह से गिरोह के भीतर असन्तोष और खीझ का माहौल बनता जा रहा था।

अश्विन ने नीता को ख़त लिखने शुरू कर दिये जिनमें वह अपने ग़ुस्से का इज़हार करते हुए उसे बुरे अंजाम की चेतावनियाँ देता था। वह उसको यहाँ

तक लिख चुका था कि अगर उसने अपना रवैया नहीं बदला तो वह उसे और बच्चों तक को मारने पर मजबूर हो जाएगा। लेकिन नीता इन धमकियों को हँसी में उड़ाती रही।

उसने अश्विन से जेल जाकर मिलना बन्द कर दिया था लेकिन उसकी बेटी विंकी और उसकी आया उससे मिलती रहती थीं। उसका बूढ़ा बाप मारुति, उसकी बहन अल्का और उसका पति सुरेश आदि सभी लोग उससे जेल में मिलने आने का वक़्त निकाल लेते थे; सिर्फ़ नीता ही थी जो इतनी व्यस्त रहती थी कि उसके पास उससे मिलने का वक़्त नहीं होता था। अश्विन अपनी बीवी की इस साफ़-साफ़ संगदिली को बरदाश्त नहीं कर सका।

इसी समय गिरोह के लोग क़रीब-क़रीब बग़ावत पर उतारू हो गये लगते थे; वे आर्थिक तंगी झेल रहे थे, और इक्का तथा लाली, नीता नाइक को लेकर बहुत खौल रहे थे। सुनीत खटाऊ की हत्या में उन्होंने मुख्य निशानेबाज़ों की भूमिकाएँ निभायी थीं और अण्डरवर्ल्ड में उनकी ख़ासी पूछ-परख थी लेकिन नीता ने उनके साथ धोखा किया था क्योंकि वह अपने बॉयफ्रैंड से मिलने वाली हिफ़ाज़त की वजह से बेफ़िक्र थी।

अश्विन नीता से मिलने और उससे बात करने को बहुत बेचैन था। लेकिन उससे मिलने दिल्ली आने के लिए उसको फुसलाने की एक ही तरकीब उसे सूझी कि उसे वहाँ ख़ैरात बाँटने के बहाने बुलाया जाए। उसने अपने ड्राइवर नीलेश मुखर्जी, जिसका भाई अमित पश्चिम बंगाल की सरहद पर उसके साथ गिरफ़्तार हुआ था, की मार्फ़त नीता को कहलावाया कि बेहतर होगा कि वह ख़ैरात के तौर पर तिहाड़ जेल के स्टाफ़ को कपड़े बाँटे। जब नीलेश ने नीता को यह सन्देश दिया, तो उसने यह कहते हुए साफ़ मना कर दिया कि इस तरह की साहबी दिखाने के लिए उसके पास न तो वक़्त है और न ही पैसा है।

अब तक यह ख़बर रिसकर बाहर पहुँच चुकी थी कि अश्विन द्वारा तिहाड़ में कपड़े बाँटे जाने की सम्भावना है। हालात तेज़ी से उसकी फ़जीहत की तरफ़ बढ़ रहे थे। जब नीलेश ने नीता की मनाही के बारे में बताया, तो अश्विन ने उसकी मार्फ़त नीता से विनती की कि वह पैसे जुटाने के लिए दिल्ली की जायदाद बेच दे। लेकिन जब नीलेश ने दोबार नीता से सम्पर्क किया तो उसने उसको यह कहकर झिड़क दिया कि 'मैं अश्विन को एक पैसा भी नहीं दूँगी!' उसकी यह ऊँची आवाज़ उस वक़्त वहाँ मौजूद गिरोह के दूसरे लोगों के कानों में भी पड़ी।

माफ़िया नीता की पहुँच और दबदबे से डरता था। उसकी मातोश्री तक सीधी पहुँच थी - इस क़दर कि उसको बेहद जोखिम वाली शख़्सियत के तौर

पर देखा जाता था और इसलिए चौबीसों घण्टे की सुरक्षा मुहैया करायी गयी थी। यह बात कि जिस ज़ीमन को उसकी हिफ़ाज़त की ज़िम्मेदारी सौंपी गयी थी वह नारायण राणे का सुरक्षाकर्मी रह चुका था, पार्टी के भीतर उसकी अहमियत और हैसियत को दर्शाती थी।

नीता ने अश्विन की धमकियों या उसके गिरोह के आदमियों के डर के सामने झुकने से इंकार कर दिया था। वह उनके प्रति आक्रामक व्यवहार करती थी, यहाँ तक कि उन्हें सार्वजनिक रूप से डाँट-डपट देती थी। कुछ बच्चे उसी के सामने बड़े हुए थे। उन्होंने उसे एक शर्मीली दुल्हन के रूप में उसी इमारत में पहली बार प्रवेश करते देखा था। वे उसको गिरोह की राजमाता की तरह देखते थे और उसको 'वहिनी' (भाई की बीवी के लिए दिया गया सम्मानजन पद) कहकर पुकारते थे। वह भी उनके प्रति वैसा ही स्नेह और सहानुभूति बरतती रही थी।

लेकिन अब वह वैसी नीता वहिनी नहीं रह गयी थी।

14 नवम्बर 2000 को नीता नाइक नामक उस दबंग औरत का दहशतनाक अन्त हो गया जो सिर्फ़ अपने पति को मुम्बई पुलिस के ग़ुस्से से बचाने के लिए लोगों के सामने आयी थी। नीता की दिनदहाड़े हत्या कई वजहों से दहलाने वाली थी। वह शिवसेना की एक प्रभावशाली पार्षद और अश्विन नाइक की बीवी थी। पुलिस कल्पना नहीं कर सकती थी कि कोई विरोधी गिरोह अश्विन नाइक की बीवी को इतनी आसानी से मार कर भाग सकता है, और उनका शक पड़ोसियों की आँखों देखी कैफ़ियत से और भी बढ़ गया। वे तुरन्त अश्विन से पूछताछ के लिए तिहाड़ जेल गये जिसने हत्या में अपने शामिल होने से साफ़ तौर पर इंकार कर दिया, हालाँकि उसने लाली और इक्का को लेकर अपना शक ज़रूर ज़ाहिर किया।

कई महीने बीत गये लेकिन पुलिस इस मामले में कुछ भी ठोस पता लगा पाने में कामयाब नहीं हो सकी। अन्त में, पाँच महीने बाद, 4 अप्रैल 2001 को उनको भालेकर को लालबाग़ से गिरफ़्तार करने में कामयाबी मिल सकी। नीलेश मुखर्जी को 24 मई को फ़रीदाबाद, हरियाणा में गिरफ़्तार किया गया। मुख्य हत्यारे निशानेबाज़ इक्का को वे परेल में 10 सितम्बर को गिरफ़्तार कर पाये।

क्राइम ब्रांच ने उन सभी के ख़िलाफ़ एमसीओसीए के अन्तर्गत मुकदमा दायर किया और अश्विन को भी साज़िश में शामिल होने का आरोपी बनाया। लेकिन दिल्ली के जज ने उसे मुम्बई पुलिस के हाथों में सौंपने से इंकार कर दिया क्योंकि उस पर नशीले पदार्थों की तस्करी के प्रकरण में मुकदमा चल रहा

था। उसके मुकदमे को बाकी आरोपियों के मुकदमे से अलग कर दिया गया और उसकी हिरासत के लिए दिल्ली पुलिस द्वारा उससे पूरी तरह निपटने तक मुम्बई पुलिस के लिए इन्तज़ार करना ज़रूरी हो गया।

दिसम्बर 2000 में मुम्बई पुलिस को दिये गये एक बयान में अश्विन ने नीता के प्रेम-प्रसंग को लेकर स्पष्ट तौर पर अपना रोष ज़ाहिर किया, लेकिन उसने यह भी कहा कि उसने उसे मारना कभी नहीं चाहा, वह सिर्फ़ ज़ीमन को मारना चाहता था। उसके इस इंकार के बावजूद उस पर हत्या की साज़िश रचने का आरोप लगाया गया।

दाऊद इब्राहिम के दृश्य में आने के पहले माफ़िया के भीतर यह अन्दरूनी समझ थी कि औरतों को नहीं मारा जाना चाहिए। जब दाऊद के आदमियों ने सपना दीदी का बेरहमी से क़त्ल किया तो उन्होंने उसूल ही बदल डाले। सपना एक दिलेर औरत थी जिसने दाऊद से अपने पति महमूद कालिया की हत्या का बदला लेने का निश्चय कर रखा था। बहरहाल, इन नये उसूलों के तहत माफ़िया औरतों के प्रति नीचतापूर्ण और वहशी हो गया। सिर्फ़ वही औरतें माफ़िया की नज़रों से खुद को बचा पाती थीं जो ख़ामोश और आँखें मूँदकर जीने वाली मानी जाती थीं। मराठी गिरोहबाज़ों के बीच किसी गिरोहबाज़ द्वारा अपनी बीवी को मारने की पहली घटना 1995 में सामने आयी थी जब दुबई-स्थित गिरोहबाज़ और दाऊद के गुरगे अनिल परब ने मुम्बई में अपने हत्यारे निशानेबाज़ों के माध्यम से अपनी बीवी नेहा पठारिया को मरवाया था।

परब ने अप्रैल 2003 में, उसे दुबई से मुम्बई लाये जाने के बाद, मुम्बई पुलिस को दिये अपने इक़बालिया बयान में अपनी बीवी की हत्या के मक़सद की जानकारी दी थी।

परब एक मराठी था जिसने घाटकोपर निवासी अपने पिता प्रेमजी पठारिया की मर्ज़ी के ख़िलाफ़ जाकर 1989 में एक कच्छी गुजराती लड़की नेहा से शादी की थी। उनके पास खुद का मकान नहीं था, और परब छोटा राजन द्वारा दिये गये जुहू के एक फ़्लैट में रहता था। इस फ़्लैट में दूसरे गिरोहबाज़ भी रहते थे। शादी के पहले ही साल में अपने रिश्तों से नाखुश होकर नेहा ने अपने पति की .9 एमएम पिस्तौल से अपने सीने में गोली मार ली। परब को इन्तिहाई आघात लगा और वह आतंकित हो उठा। वह अनुमान लगा सकता था कि वह एक ऐसे गुनाह के लिए आजीवन कारावास भोगने वाला है जो उसने नहीं किया था। पुलिस उसे फाँसने में ज़रा भी नहीं हिचकिचाएगी। उसने दुबई में अपने उस्ताद राजन से सम्पर्क किया जिसने उसे नेहा को घाटकोपर में श्रेयस टॉकीज़ के क़रीब

एक नर्सिंग होम ले जाने की सलाह दी। नर्सिंग होम के डॉक्टरों ने पुलिस को वारदात की ख़बर दिये बग़ैर उसका इलाज़ किया। परब तुरन्त दुबई चला गया। बाद में, जब नेहा पूरी तरह से ठीक हो गयी, तो उसके माँ-बाप ने उसे दुबई रवाना कर दिया। दोनों ने अपनी कभी-कभार की जूतमपैज़ार वहाँ जारी रखी।

तीन सालों में नेहा ने तीन बेटियों को जन्म दिया। परब के बयान के मुताबिक़ नेहा अपनी मनमानी के लिए बच्चों का इस्तेमाल करती थी और जब कभी दोनों की लड़ाई होती, तो बेटियों को सज़ा देना शुरू कर देती। वह छोटी-छोटी बच्चियों को गर्म लोहे से दाग देती या गरम पानी से भरे टब में छोड़ देती। हर बार वह ऐन मौक़े पर उन्हें बचाता था लेकिन बच्चों को उसकी दिमाग़ी बीमारी का शिकार होने से बचाने के लिए उसे पूरे वक़्त निगरानी रखनी होती थी। उसने उसे बम्बई वापस भेजने का फ़ैसला कर लिया।

वह मार्च 1995 में लौटी - अपने अन्तिम क्रिया-कर्म के लिए। ऐसा आरोप है कि राजन काबकोटी और दिलीप जाधव नामक परब के दो गुरगे ने नेहा को हवाई अड्डे से वकोला के एक ऑफ़िस में ले गये। वहाँ उससे कहा गया कि वह अपने पति को दुबई में फ़ोन करे। जब उसने फ़ोन किया तो परब ने उससे चलताऊ से ढंग से कहा कि तुम्हारे दिन पूरे हो चुके हैं। सुनकर नेहा हक्की-बक्की रह गयी और इसके पहले कि वह उसकी बात को ठीक से समझ पाती, काबकोटी ने किसी भारी भरकम चीज़ से उसके सिर पर वार कर दिया। परब नेहा की चीख़ सुन सकता था। उसकी हत्या कर दी गयी और उसकी लाश को सान्ताक्रूज़ में कलीना यूनिवर्सिटी कैम्पस के क़रीब फेंक दिया गया।

मराठी दैनिक *सामना* से इस क़िस्से में एक नया पेंच पैदा किये बिना नहीं रहा गया। उसने एक और पक्ष की तरफ़ इशारा किया : इश्क़ के त्रिकोण की तरफ़। अख़बार ने अटकल लगायी कि परब, जिसने नेहा से इश्क़ के चलते उससे शादी की थी, ने उसको इसलिए मारा क्योंकि उसका दाऊद के भाई नूरा के साथ चक्कर था। लेकिन पुलिस को दिये अपने इक़बालिया बयान में परब ने *सामना* की इस स्टोरी का ज़ोरदार खण्डन किया और कहा कि नेहा की हत्या सिर्फ़ इसलिए हुई कि वह अपनी बेटियों के प्रति क्रूरता बरतती थी।

हिन्दुस्तान लाये जाने के साल के भीतर 2004 में अनिल परब सेशन्स कोर्ट से बरी होने में कामयाब रहा। अदालत ने पुलिस द्वारा पेश किये गये साक्ष्यों को कमज़ोर बताया और चार अन्य लोगों को भी बरी कर दिया जिन पर हत्या का आरोप था।

बाद में परब को हंसराज शाह की हत्या की कोशिश के 1984 के एक

प्रकरण में सज़ा हुई थी : वह रिक्शा-चालक के भेष में मेट्रोपॉलिटन अदालत में चोरी से घुस गया था और वहीं पर उसने गोली चलाने की कोशिश की थी। उसे आजीवन कारावास की सज़ा हुई। पिछले एक दशक से ज़्यादा समय से वह उन मर्दों की बढ़ती हुई जमात का हिस्सा है जिन्होंने महाराष्ट्र के क़ैदखानों को अपना घर बना लिया है।

37

राजन का इन्तकाम

राजन अस्पताल के अपने बिस्तर में क़ैद था। उसके पेट पर भारी तादाद में पट्टियाँ बँधी थीं और एक सलाइन ड्रिप उसकी बाँह की नस से जुड़ी हुई थी। उसका ऑक्सीजन मास्क हटा लिया गया था, क्योंकि डॉक्टरों ने पाया था कि वह आसानी से साँस ले सकता है। उसकी निगाहें छत पर टिकी हुई थीं; बावजूद इसके कि उसका जिस्म बिना किसी हरक़त के अस्पताल के बिस्तर से बँधा हुआ था, उसका दिमाग़ तेज़ी से दौड़ रहा था।

उस वारदात को अब कुछ हफ़्ते बीत चुके थे जब बैंकॉक के सुखुमविट सोई स्थित उसके निवास, चारण कोर्ट में उस पर जानलेवा हमला किया गया था। 15 सितम्बर 2000 की वह तारीख़ उसकी स्मृति में जैसे उकेर दी गयी थी। यह वह दिन था जब उसने दोबारा जन्म लिया था। चार आदमी उसके लगभग सुरक्षित फ़्लैट में धड़धड़ाते हुए घुसे और उन्होंने उस पर अन्धाधुन्ध गोलियाँ बरसा दीं। आठ आदमी, जिनमें से दो थाई थे, काले सूट और चमड़े की जैकेट पहने हुए थे। वे एक बड़ा भारी केक लिये हुए थे और गेट पर पहरा दे रहे थाई सुरक्षा गार्ड को पीटकर गिराने के बाद अन्दर घुसे थे।

राजन के सहयोगी रोहित वर्मा ने घण्टी की आवाज़ पर दरवाज़ा खोला था और डर के मारे उसके प्राण सूख गये थे। जिस इंसान ने पिछले दस सालों में अपने जानेमाने हथौड़े तथा लम्बे बैरल की .45 पिस्तौल से कई ज़िन्दगियों को बुझाया था, उसके लिए भी इतने क़रीब से मौत को देखना निश्चय ही दहशत से भर देने वाला रहा होगा। लेकिन किसी और चीज़ पर ध्यान देने का उसे वक़्त ही नहीं मिल सका, क्योंकि गोलियों की बौछार ने अपनी ताक़त से उसे कमरे के लगभग दूसरी तरफ़ फेंक दिया था। पास खड़ी वर्मा की बीवी संगीता भी गोलीबारी से घायल हुई थी। राजन अपने सोने के कमरे में था और उसे इस शोरशराबे का रहस्य समझते देर नहीं लगी। उसने खुद को कमरे में अन्दर

से बन्द कर लिया और वे आदमी दरवाज़े को तोड़ने की कोशिश में ताले पर गोलियाँ दागते रहे। इसमें तो वे कामयाब नहीं हुए लेकिन एक भटकती हुई गोली किसी तरह दरवाज़े को भेदकर अन्दर आ गयी और उसने राजन के पेट को चीर दिया।

राजन ने पाया कि अगर वह कमरे में ही रहा तो उकडूँ बैठे रहने के अलावा उसके पास और कोई चारा नहीं होगा। हत्यारे थोड़ी देर में दरवाज़ा तोड़कर घुस आएँगे और उसे ख़त्म कर देंगे। उसने एक सोचा-समझा जोखिम उठाया और पहली मंज़िल की खिड़की से नीचे कूद गया। वह पूरे ज़ोर से पैरों के बल गिरा जिससे उसकी एड़ी की हड्डी टूट गयी, और घायल तथा ख़ून से सराबोर वह परिन्दे की तरह झाड़ियों में छिप गया।

हत्यारे अन्ततः दरवाज़े को तोड़ने में कामयाब हुए लेकिन राजन उनको नहीं मिला। कमरे में और खिड़की पर ख़ून के दाग़ देखकर उनको यक़ीन हो गया कि वह भाग गया है, लेकिन तब तक इतनी गोलियाँ चल चुकी थीं कि वे थाई पुलिस का ध्यान खींचने के लिए काफ़ी थीं। हत्यारों ने उसे ढूँढने का इरादा छोड़ा और भाग गये।

राजन पर हमला दाऊद इब्राहिम के साथ चल रही उस तकरार का हिस्सा था, जिसकी शुरूआत शकील ने की थी। उनको अलग हुए सात साल हो चुके थे लेकिन दुश्मन में बदल चुके ये दोस्त अब तक एक दूसरे के ख़ून के प्यासे बने हुए थे। राजन इस तथ्य को भुला नहीं पा रहा था कि शकील के आदमियों ने उसे बैंकॉक में ढूँढ निकाला, वे रोहित के घर तक पहुँच गये, और उन्होंने इतनी आसानी से सुरक्षा इन्तज़ामों को धता बता दिया। ये तो क़िस्मत का चमत्कार था कि वह मौत के इतने क़रीब पहुँच जाने के बावजूद बच गया था। अब वह बदला चाहता था। अब दाऊद को, शकील को, और उन लोगों को मारना चाहता था जिन्होंने उसके ठिकाने की जानकारी इन्हें दी थी।

राजन ने अपने सबसे भरोसेमन्द सहयोगी सन्तोष शेट्टी को अस्पताल में बुलवाया।

'मैं उसको मरा हुआ देखना चाहता हूँ,' उसने सन्तोष से कहा।

सन्तोष मुम्बई के गिरोह जगत के सबसे शातिर दिमाग़ों में से एक था। हट्टाकट्टा, ख़ूबसूरत और फ़र्राटेदार अँग्रेज़ी बोलने वाले सन्तोष को देखकर अगर किसी फ़िल्म स्टार नहीं तो किसी बड़ी कम्पनी का मालिक समझने की भूल तो की ही जा सकती थी। लेकिन उसकी असल औकात यह थी कि वह राजन के दाँये हाथ की भूमिका में था। राजन के साथ काम करते हुए उसे अब एक

दशक से ज़्यादा समय हो चुका था और दुबई में उसके कई अहम संपर्क मौजूद थे। ड्रग, एक्सटॉर्शन और कई बड़े अपराधों में सहभागिता के कई मामले उसके ख़िलाफ़ लम्बित थे।

हमले के समय सन्तोष की प्राथमिकता राजन को थाई और हिन्दुस्तानी पुलिस के चंगुल से छुड़ाने की थी। चूँकि राजन गम्भीर रूप से ज़ख़्मी था और चलने-फिरने के क़ाबिल नहीं था, यह एक चुनौती भरा काम था।

लेकिन राजन इन्तकाम के चक्र को अस्पताल छोड़ने से भी पहले, तत्काल हरक़त में लाये जाने पर ज़ोर दे रहा था। वह अपने दुश्मनों को जता देना चाहता था कि वह उस सूरत में भी बदला लेने की कूवत रखता है जबकि वह सौ फ़ीसदी स्वस्थ नहीं है।

'हम उसे ढूँढ निकालेंगे,' सन्तोष ने उसे भरोसा दिलाया। उसने पाया कि मुश्किल से आधा दर्जन लोग थे जिनको राजन के ठिकाने की जानकारी थी - और इन ख़ास लोगों में खुद वह और राजन का परिवार शामिल थे। एकमात्र दूसरा आदमी मुम्बई में रहने वाला राजन का होटल मालिक दोस्त विनोद शेट्टी था जो गोरेगाँव में सतीश हेगड़े के साथ मिलकर पैरिस बार चलाता था।

लेकिन सन्तोष महज़ शक के आधार पर शेट्टी को सज़ा नहीं देना चाहता था। सन्तोष खुद शेट्टियों के बण्ट समुदाय से था और जानता था कि इस समुदाय का नेटवर्क दूर-दूर तक फैला हुआ है - कोई भी ग़लत चाल उलटा नुक़सान पहुँचा सकती है। उसे सबसे पहले शेट्टी की गद्दारी को साबित करना होगा। इस आदमी की मित्रमण्डली और दूसरे सम्पर्कों पर ख़ामोशी से काम करते हुए कुछ बेहद चौंकाने वाली जानकारियाँ सन्तोष के हाथ लगीं।

यह होटल वाला अब राजन का नहीं बल्कि दुबई में रह रहे उसके दोस्त शरद (अन्ना) शेट्टी का वफ़ादार बन गया था। शरद अन्ना अपने मन में राजन के प्रति पिछले एक दशक से रंजिश पाले हुए था। सन्तोष यह पता नहीं लगा सका कि विनोद ने शरद शेट्टी के हाथों राजन को बेचकर बदले में क्या हासिल किया। पर शरद ने पाकिस्तान में शकील को यह ख़बर दी थी, जिसने कुछ ही हफ़्तों के भीतर हत्या की साज़िश रचकर हमले की योजना तैयार की थी।

राजन अपने इस पुराने दोस्त, जिस पर वह मन ही मन भरोसा करता रहा था, की धोखेबाज़ी से बहुत क्रोधित हुआ। वह अपने पेट के ज़ख़्म की वजह से ठीक से खड़ा भी नहीं हो पाता था, लेकिन वह इतना ग़ुस्सा था कि वह वाक़ई अपने बिस्तर से उठ खड़ा हुआ और उसने विनोद शेट्टी को जान से मारने का हुक्म दे दिया।

विडम्बना यह थी कि जिस शख़्स को विनोद के लिए चारा डालने का काम सौंपा गया था वह खुद भी एक शेट्टी था। मुम्बई के शेट्टी, जो रेस्तराँ और बियर बार चलाते थे, जहाँ रात-रात भर औरतें नाचती थीं, शुरू से ही छोटा राजन के क़रीबी रहे थे। फ़कीरा शेट्टी दस साल से ज़्यादा वक़्त से राजन के साथ था। उसने अपनी आजीविका की शुरूआत एक डकैत के रूप में की थी और वह अपने साथी डी. के. राव की मदद से बैंक की वैनों से भारी-भारी रकमें लूटने के लिए प्रसिद्ध था।

जग्गू फ़कीरा शेट्टी ने विनोद को फ़ोन किया और कहा कि राजन ने फ़ोन करके उसको एक ख़ास अकाउण्ट में पैसे ट्रांसफ़र करने के और मुम्बई में किसी व्यक्ति को नकदी रकम देने के निर्देश दिये हैं। क्या हम मुम्बई के बाहर किसी महफ़ूज़ जगह पर मिल सकते हैं? उन्होंने पनवेल के एक बियर बार में मिलने का फ़ैसला किया।

विनोद को ज़रा भी अन्दाज़ा नहीं था कि उसकी पोल खुल चुकी है। उसको तो अब भी यही यक़ीन था कि राजन उसको पसन्द करता है और सोचता था कि वह अभी कुछ और समय तक अपनी सौदेबाज़ी जारी रख सकता है - जब तक कि शकील अपनी अगली कोशिश में कामयाब नहीं हो जाता।

राजन पर हुए हमले के बमुश्किल डेढ़ महीने बाद, 2 नवम्बर 2000 को विनोद शेट्टी अपने सहयोगी सतीश हेगड़े तथा एक अन्य कारोबारी सहयोगी शंकर अय्यर के साथ पनवेल के लिए निकला। शेख शकील उनका ड्राइवर था। विनोद और उसके साथी पनवेल के टाइटन बार में फ़कीरा शेट्टी से मिले। वे सब के सब पीकर धुत्त हो गये। इसके बाद फ़कीरा अपनी कार में सवार हुआ और उसने विनोद से अपने पीछे आने को कहा। विनोद ने वैसा ही किया जैसा कि उससे करने को कहा गया था। हालाँकि वह थोड़ा-सा परेशान ज़रूर था लेकिन वह राजन के सन्देश-वाहक को नाराज़ नहीं करना चाहता था।

फ़कीरा उरान-पनवेल रोड के क़रीब के एक चौराहे पर पहुँचा और उसने चिंचपाड़ा गाँव के पास अपनी कार रोक दी। विनोद की चिन्ता बढ़ती जा रही थी। उसने अकेले कार से बाहर क़दम रखने से मना कर दिया। तब उसका सहयोगी हेगड़े उसके साथ हो लिया और वे दोनों चलते हुए उस जगह की ओर बढ़े जहाँ फ़कीरा उनकी तरफ़ पीठ किये खड़ा था। जैसे ही वे क़रीब पहुँचे, फ़कीरा मुड़ा और उसने फ़ायरिंग शुरू कर दी। हेगड़े अपने बचाव में उछला और एक गटर में कूद गया जबकि विनोद गोलियों से छलनी हो गया।

शंकर अय्यर तथा विनोद के ड्राइवर को भी गोली से उड़ा दिया गया।

बाद में उनकी लाशें कलमबोली पुलिस ने एक सुनसान-सी जगह से बरामद कीं। हेगड़े उस अस्तव्यस्त जगह में छुपे होने की वजह से बच गया, लेकिन पुलिस वारदात के कई साल बाद तक हत्यारों को गिरफ़्तार नहीं कर पायी।

एक साथ तीन लोगों की इस हत्या से माफ़िया को धक्का पहुँचा, लेकिन वे तुरन्त समझ गये कि इन हत्याओं में राजन का हाथ था।

अब राजन, शरद शेट्टी को ख़त्म करना चाहता था। लेकिन सन्तोष ने उसको किसी तरह समझाया कि दुबई में किसी व्यक्ति की हत्या करना मुम्बई के मुक़ाबले कहीं ज़्यादा मुश्किल काम होगा। और यह भी कि राजन को सबसे पहले थाई और हिन्दुस्तानी पुलिस के चंगुल से आज़ाद होना ज़रूरी है।

पनवेल की तिहरी हत्याओं में राजन की भागीदारी के लिए मुम्बई पुलिस राजन का प्रत्यर्पण कराना चाहती थी। लेकिन राजन ने सन्तोष के मशविरे को मानने का फ़ैसला कर लिया था : बैंकॉक से भागने का फ़ैसला।

24 नवम्बर को राजन अपने अस्पताल के बिस्तर से नदारद पाया गया। पर्वतारोहण सम्बन्धी चीज़ों के साथ-साथ दो रस्सियाँ खिड़की से लटकती पायी गयीं। राजन के भागने में किसने मदद की? रस्सी क्या महज़ एक झाँसा था? थाई पुलिस को लग रहा था कि राजन जैसे भारीभरकम तथा घायल शख़्स को रस्सी के सहारे नीचे उतारना, किन्हीं दक्ष हाथों की मदद से भी, लगभग असम्भव काम था।

वरदात के कई बरस बाद, जब सन्तोष शेट्टी का थाइलैण्ड से प्रत्यर्पण हुआ, तो उसने राजन के भागने तथा उसमें अपनी भूमिका पर से परदा हटाया।

क्राइम ब्रांच को दिये गये अपने बयान में, जिसकी जानकारी बाद में उसने मीडिया को भी दी थी, बताया कि बैंकॉक से राजन के भागने में थाई सेना ने मदद की थी। सन्तोष और उसके साथी भरत नेपाली ने पुलिस की टीम और अस्पताल के गार्ड को भरपूर शराब पिला दी थी और, कोई कसर न रह जाए इसके लिए, उनकी शराब में नींद की दवाएँ भी मिला दी थीं। इसके बाद असल, सबसे बड़ी चाल चली गयी। उन्होंने राजन को किसी तरह सेना के एक वाहन में सवार कराया, जिसमें सेना के कुछ अधिकारी भी मौजूद थे। सेना के ये लोग राजन को कम्बोडियाई सरहद तक ले गये। उस कम्बोडियाई सरहद से राजन को कम्बोडिया के गवर्नर द्वारा एक हेलीकॉप्टर से उठाया गया और फिर उसे सिएम रीप में छिपने के किसी सुरक्षित ठिकाने पर पहुँचाया गया। इसमें शक नहीं कि ऊँचे ओहदों पर बैठे लोगों के साथ उसके ताल्लुकात ही आख़िर उसके काम आये।

जब मीडिया का शुरूआती शोरशराबा थम गया, तो राजन एक नयी शिनाख़्त के साथ उड़ान भरकर ईरान की राजधानी पहुँच गया। तेहरान में सन्तोष ने डॉन के लिए एक खिदमतगार का इन्तज़ाम करवा दिया जो एक मुसलमान विधवा थी। जिस फ़्लैट में वे रहते थे उसके एक कमरे में बण्टी पाण्डे, भरत नेपाली तथा सन्तोष रहते थे और दूसरा कमरा राजन के लिए छोड़ दिया गया था जिसमें वह उस नर्स के साथ रहता था। इस औरत ने राजन की तीमारदारी और देखरेख की और इसी दौरान राजन को उससे इश्क़ हो गया। अपने बयान में सन्तोष ने यह भी कहा कि वह गर्भवती हो गयी थी और उसने एक बच्चे को जन्म दिया था। (बताया जाता है कि राजन ने कुछ समय बाद उस औरत के लिए एक फ़्लैट उपहार में दिया था।)

जब राजन फिर से चंगा हो गया तो उसने उसकी हत्या की साज़िश रचने वाले शख़्स यानी शरद शेट्टी से निपटने का निश्चय किया।

दाऊद से अलग होने के बाद राजन ने शेट्टी को अपने साथ मिलाने की कोशिश की थी। क्रिकेट की सट्टेबाज़ी करने वाले गिरोहों पर उसकी अच्छी पकड़ थी और इसलिए उसको लगता था कि अगर शेट्टी उसके साथ रहा तो वह अपनी दौलत के दुर्ग को और मजबूत कर सकेगा। लेकिन शरद शेट्टी (जिसे शरद अन्ना के नाम से भी जाना जाता था) ने राजन को कभी पसन्द नहीं किया था। जब भी उसने शरद से गिरोह में शामिल होने का प्रस्ताव किया, उसने साफ़ मना कर दिया था, और राजन को ख़त्म करने का मौक़ा हाथ लगते ही वह हरक़त में आ गया। तब भी अपनी जान लिये जाने की इस कोशिश से राजन हक्का-बक्का रह गया था। उनके बीच कोई सीधी दुश्मनी तो थी नहीं, महज़ रिश्तों का ठण्डापन था। लेकिन अब जबकि शेट्टी उसको मारने तक आ पहुँचा था, उसको बख़्शा नहीं जा सकता था।

सन्तोष के साथ मिलकर राजन ने अपने चार आदमियों को दुबई भेजा और इस बात का पक्का इन्तज़ाम किया कि उन्हें हथियार मिल जाएँ। ये चार हत्यारे निशानेबाज़ थे करण सिंह, मनोज कोटियन, विमल कुमार और अमर बम नामक एक नेपाली।

उन्होंने हफ़्ते भर तक शरद शेट्टी के आने-जाने पर बराबर निगाह रखी और उसकी जासूसी की। शेट्टी एक होशियार व्यापारी था। वह दुबई में दाऊद इब्राहिम के साथ कई सालों तक रह चुका था और उसने बहुत अक़्लमन्दी बरतते हुए रैमी ग्रुप ऑफ़ होटल्स समेत होटलों और रेस्तराओं की एक समूची श्रंखला में पूँजी लगायी थी। उसे अक्सर औद मेथा के अभिजात इण्डिया क्लब

में आराम फ़रमाते देखा जाता था।

पीछा करने वालों की इस टीम ने पाया कि उसे मारना सबसे ज़्यादा आसान तब होगा जब वह इस रईसाना क्लब में मौजूद हो। मनोज कोटियन बैंगलोर का था और कन्नड़ बोल सकता था, इसलिए उसने एक हिन्दुस्तानी कारोबारी का स्वांग रचकर क्लब में शेट्टी से मुलाक़ात करने और बातों-बातों में उससे दोस्ती गाँठ लेने वाले शख़्स की भूमिका निभायी।

19 जनवरी 2003 को जब शेट्टी, कोटियन के साथ गपियाता हुआ क्लब से निकला, तो दो लोगों ने उस पर गोलियाँ चला दीं। शेट्टी वहीं ज़मीन पर ढेर हो गया। निशानेबाज़ों ने एकदम क़रीब से उसके सिर में गोलियाँ मारीं। दुबई शुर्ता के मुताबिक़ 20 गोलियाँ दागी गयी थीं; शेट्टी को मौक़ा-ए-वारदात पर ही मृत घोषित कर दिया गया।

लेफ़्टिनेण्ट जनरल दाही खल्फ़ान को 1995 में हुई सौत्या की हत्या की याद हो आयी। उसने हत्यारों का पता लगाने के लिए अपनी पूरी ताक़त झोंक दी। दुबई पुलिस को उन्हें गिरफ़्तार करने में पाँच दिन लगे; वे उस वक़्त गिरफ़्तार किये गये जब वे हिन्दुस्तान जाने वाले एक जहाज़ में सवार होने की योजना बना रहे थे।

खल्फ़ान ने दुबई के अख़बारों को दिये गये अपने साक्षात्कारों में दुबई में अपनी गतिविधियाँ चलाने वाले हिन्दुस्तानी गिरोहों के ख़िलाफ़ अपना रोष ज़ाहिर किया। उसकी टीम द्वारा की गयी तहकीकात से यह बात साबित हुई कि विमल कुमार ने करण सिंह, मनोज और बम को दुबई का वीज़ा दिलाने में मदद की थी। इसके बाद कुमार ने उनको 0.38 पिस्तौलों से लैस किया था और इसके बाद निशानेबाज़ी में उनके पारंगत होने तक उनको निशानेबाज़ी के एक क्लब में प्रशिक्षण दिलाया था। उसने उन्हें हत्या-स्थल इण्डिया क्लब में बतौर मेहमान सदस्यता दिलाने में भी मदद की थी। आरोप पक्ष का कहना था कि उसने इन तीनों सन्दिग्धों को शरद की गतिविधियों का अध्ययन करने में भी मदद की थी और अन्त में उनको मारकर भागने की पूरी योजना मुहैया करायी थी।

एक आदमी जो इस पूरे झमेले में बेवजह ही फँस गया था, वह था नेपाली ड्राइवर जो अपने बेगुनाह होने की लगातार पैरवी करता रहा। बम का कहना था कि उसे हत्या के बारे में या किसी की हत्या किये जाने की योजना के बारे में कुछ भी पता नहीं था। उसको दुबई में ड्राइवर के रूप में काम करने के लिए नौकरी पर रखा गया था और उसको नौकरी देने वालों के अपराधिक इरादों के बारे में कोई जानकारी नहीं थी।

जब काठमाण्डू के पास के उसके गाँव के लोग बम से जेल में मिलने आये, तो उसने दुबई की पुलिस पर आरोप लगाया कि वह उससे जबरन जुर्म कबूल करवाने के लिए उसको यातनाएँ दे रही है। उसने यह भी शिकायत की कि ज़ुबान के आड़े आने की वजह से (वह अँग्रेज़ी या अरबी नहीं बोलता था) वह मामले को और उस पर लगाये गये आरोपों को ठीक से समझ ही नहीं पाया।

दुबई के अभियोक्ता वकीलों ने करण सिंह और कोटियन की ओर से दायर की गयी उस याचिका को ठुकरा कर दिया जिसमें कहा गया था कि बम ने हत्या में किसी भी रूप में भागीदारी नहीं की थी, और भागने के लिए इस्तेमाल की गयी कार को वह इस बारे में किसी भी जानकारी के बग़ैर ड्राइव करके ले गया था। बम की बीवी को उसके बचाव का ख़र्च उठाने के लिए अपने गहने गिरवी रखने पड़े।

खल्फ़ान चाहता था कि मामले में शामिल हर शख़्स को सज़ा मिले, उसके लिए इससे कोई फ़र्क़ नहीं पड़ता था कि अपराध में किसकी क्या भूमिका थी। नौ महीनों के भीतर चारों को यूएइ की अदालत द्वारा मौत की सज़ा दे दी गयी। करण चौंतीस साल का था, मनोज कोटियन बत्तीस का था और विमल कुमार राम छब्बीस साल का था।

शेट्टी मर चुका था, और राजन को तसल्ली मिल गयी थी। वह सन्तोष के प्रति बेहद अहसानमन्द महसूस कर रहा था, और उसने उसे किसी भी तरह के कारोबार में माली इमदाद देने के लिए अपनी तिजोरियाँ खोल दी थीं।

सन्तोष ने राजन की पेशकश का फ़ायदा उठाया और बोट्टम (इण्डोनेशिया) में मैण्ड्रैक्स तैयार करने का कारख़ाना शुरू करने उससे बीस लाख डॉलर उधार लिये। इस कारख़ाने में वह कोयलूड नाम का एक मादक ड्रग तैयार करता था जो दक्षिण अफ़्रीका में बड़े पैमाने पर बिकता था और जिससे उसने शुद्ध मुनाफ़ा कमाया।

ड्रग के कारोबार के अलावा सन्तोष जाली मुद्रा का कारोबार भी करता था; मुख्यतः अमेरिकी डॉलर छापने का काम। सन्तोष ने एक इण्टरव्यू में बताया था कि 'मुझे चीन और इण्डोनेशिया से जाली नोट मिलते थे और उनको मैं सिंगापुर में बेचता था। इस कारोबार से हुए मुनाफ़े का इस्तेमाल जकार्ता में एक रेस्तराँ ख़रीदने में किया गया था, जिसका नाम मैंने अपनी चीनी प्रेमिका नयताली के नाम पर रखा था।' (इण्डोनेशिया का उसका दौर उसके लिए काफ़ी फलदायी रहा। सन्तोष देखने में अच्छा था जिस वजह से एक चीनी लड़की नयताली उसकी तरफ़ आकर्षित हुई; उसने उसके लिए जकार्ता में काम किया। लड़की ने

उसको एक बेटा भी दिया जिसका नाम सूरज रखा गया।)

लेकिन उसके कारोबार को उस वक़्त भारी नुक़सान उठाना पड़ा जब क़रीब 1.2 अरब डॉलर मूल्य के उसके माल की एक खेप सिंगापुर में पुलिस द्वारा ज़ब्त कर ली गयी।

मुम्बई क्राइम ब्रांच को दिये अपने इक़बालिया बयान में सन्तोष शेट्टी ने राजन की निजी और उन व्यापारिक जालसाज़ियों का पूरा ब्यौरा दिया था जिनमें सन्तोष ने, खुद उसी के मुताबिक़, अहम भूमिका निभायी थी।

38

बैंकॉक में मुम्बई के गिरोहबाज़

सन्तोष शेट्टी का प्रत्यर्पण 12 अगस्त 2011 को हुआ। सन्तोष मुम्बई पुलिस के रिकॉर्ड में दर्ज सबसे ज़्यादा शालीन और ख़तरनाक गिरोहबाज़ों में से एक है। वह दूसरे गिरोहबाज़ों की तरह नहीं रहा जिन्होंने अपनी शुरूआत तंगी और ग़रीबी के बीच पलते-बढ़ते हुए की थी; उसका जन्म और लालन-पालन मुम्बई के वॉर्डन रोड नामक रईसों के इलाक़े में हुआ था।

जो छोटा राजन एक समय में सन्तोष का उस्ताद और बॉस रह चुका था उससे 2005 में पैसे सम्बन्धी विवाद की वजह से अलग हो जाने के बाद वह उसकी हत्या करने की महत्त्वाकांक्षा पाले हुए था। उसका प्रत्यर्पण इण्डियन इण्टेलीजेंस ब्यूरो और थाई पुलिस के संयुक्त अभियान का नतीजा था और इस प्रत्यर्पण से मुम्बई पुलिस का यह यक़ीन और भी पुख़्ता हुआ था कि बैंकॉक हिन्दू गिरोहबाज़ों के लिए वैसा ही अभयारण्य रहा है जैसा दुबई मुसलमान माफ़िया के लिए रहा है।

एक जड़हीन, ख़ानाबदोश होना, पनाह तलाशते हुए एक तट से दूसरे तट तक, एक मुल्क से दूसरे मुल्क तक भटकना, बेहद मुश्किल जीवन है। जब मुम्बई के माफ़िया ने शहर छोड़कर दूसरे समुद्री मुल्कों की ज़मीन से अपनी गतिविधियाँ चलाने का फ़ैसला किया था, तो उन्होंने सबसे पहले दुबई को चुना था। जब उनका कारोबार कई गुना तरक्की कर गया, तो उन्होंने जाली पासपोर्टों की मदद से ज़्यादातर उन मुल्कों की यात्राएँ कीं जिनके साथ वे कारोबार करते थे। ये एक ऐसा ज़माना था जब आप बहुत आसानी से, इण्टरपोल चेतावनियों तक से बचकर, जाली पासपोर्ट हासिल कर सकते थे। 9/11 का घटित होना अभी बाक़ी था और सन्दिग्ध लोगों की बहुत ज़्यादा जाँच-पड़ताल नहीं की जाती थी। नब्बे के दशक में आप बैंकॉक पहुँचकर पचास डॉलर के आसपास भुगतान कर वीसा हासिल कर सकते थे।

छोटा राजन को दुबई में अच्छा लगता था लेकिन 1992-93 में दाऊद से विरोध हो जाने के बाद वहाँ उसका दम घुटने लगा था। वह मलेशिया, कम्बोडिया और बैंकॉक जैसी जगहों की यात्राएँ करता रहा था। दुबई में दाऊद ने इस क़दर क़िलेबन्दी कर रखी थी कि भगोड़े छोटा राजन को दुबई या किसी दूसरे अमीरात के किसी भी कोने में छिप पाना नामुमकिन था। यहाँ वह अपने बिल से मरा हुआ ही निकाला जाता। इसलिए बैंकॉक सबसे पहले विकल्प के रूप में उसके सामने प्रगट हुआ।

एक पल को छोटा राजन ने विकल्प के तौर पर नेपाल तक के बारे में सोचा था, लेकिन उस वक़्त वह जगह दाऊद के सहयोगी तथा एक वक़्त में सियासतदाँ रह चुके मिर्ज़ा दिलशाद बेग के नियन्त्रण में थी। बाद में, राजन को मिर्ज़ा बेग की हत्या करवानी पड़ी थी। लेकिन नेपाल हिन्दुस्तान के बहुत क़रीब था और उसको डर था कि वह हिन्दुस्तान की क़ानून का पालन कराने वाली एजेंसियों का ध्यान अपनी तरफ़ आकर्षित कर सकता है।

सिंगापुर या मलेशिया जैसे संगठित देशों से भिन्न बैंकॉक, मुम्बई की तरह छोटी जगह है। थाई पुलिस की ख्याति मुम्बई पुलिस से बहुत भिन्न नहीं है और थाई मिज़ाज में हिन्दुस्तानी मिज़ाज की रंगतें देखी जा सकती हैं। इसके अलावा, थाइलैण्ड एक इस्लामी मुल्क नहीं है और यह छोटा राजन के लिए एक बड़ा आकर्षण था। हमारा इरादा थाइयों या बैंकॉक पुलिस की तौहीन करना नहीं है, लेकिन यह एक सच्चाई है कि मुम्बई माफ़िया को 1990 के दशक के दरम्यानी सालों से लेकर 2010 तक बैंकॉक में पूरी आज़ादी मिली हुई थी। वे बिना किसी ख़ास दख़लन्दाज़ी का सामना किये हत्याएँ करते थे, हाथ-पैर काटते थे, ड्रग का कारोबार चलाते थे।

दूसरी अच्छाइयों में से एक यह भी थी कि यह शहर रहने के लिहाज़ से दूसरे अनूठे शहरों के मुक़ाबले में सस्ता था। यह भी एक उपयोगी तथ्य था कि थाइलैण्ड पर्यटन पर फलता-फूलता था और थाई लोग हिन्दुस्तानियों के प्रति दोस्ताना रवैया रखते थे।

ख़ुफ़िया विभाग के अफ़सरों के मुताबिक़, ज़्यादातर हिन्दुस्तानी गिरोहबाज़ एक बेडरुम वाला फ़्लैट किराये से लिते थे और दूसरे हिन्दुस्तानियों के बीच अज्ञात ढंग से, किसी दूसरे नाम से रहते थे। उनको हिन्दुस्तानी चैनलों का प्रसारण करने वाले एक टेलिविज़न भर की ज़रूरत होती थी, और एक टेलिफ़ोन की, जिसका इस्तेमाल वे हिन्दुस्तान में धमकियाँ जारी करने के लिए करते थे। सन्तोष शेट्टी का नाम निकोल मदन शर्मा था, जबकि छोटा राजन का नाम विजय दमन था।

बैंकॉक को छोटा राजन द्वारा शरणस्थली बनाये जाने से बहुत-बहुत पहले यह अमर नाइक था जिसने माफ़िया की मंज़िल के रूप में इस शहर की खोज की थी। वह अपनी तरफ़ किसी का ध्यान आकर्षित किये बग़ैर उतनी ही आसानी से बैंकॉक में आवाजाही कर सकता था जितनी आसानी से बायकला में कर सकता था। उसके मारे जाने पर उसके पर्स में से बैंकॉक के ढेर सारे फ़ोन नम्बर और पते बरामद हुए थे।

छोटा राजन दाऊद से अलग हो जाने के बाद वहाँ पाँच साल रहा था और उसको यह जगह अपने को छुपा देने के लिहाज़ से आदर्श लगी थी। अपनी दाऊद-विरोधी मुहिम के लिए और मुम्बई के अपराधिक गिरोह को चलाने के लिए भी यह जगह उसको एकदम मुफ़ीद थी। 1994 में दाऊद से अलग होने के लगभग तुरन्त बाद उसके आदमी दाऊद का ड्रग का कारोबार देखने वाले आदमी फ़ीलू खान उर्फ़ बख़्तियार अहमद खान को छलपूर्वक बैंकॉक के एक होटल के कमरे में ले गये थे और उसे यातनाएँ दे-देकर मार डाला था।

राजन के बैंकॉक भाग जाने के बाद, दृश्य में उसकी ग़ैरमौजूदगी के बावजूद, गिरोहों का आपसी युद्ध सड़कों पर जारी था। मई 2003 में एजाज़ लकड़ावाला पर छोटा शकील के गिरोह द्वारा हमला किया गया। वह डिनर के लिए किसी रेस्तराँ की तरफ़ जा रहा था, तभी हत्यारों ने उस पर एकदम क़रीब से गोलियों की बौछार कर दी। एजाज़ दाऊद और छोटा राजन दोनों से जुड़ा हुआ था।

एक समय में राजन का दाँया हाथ रह चुके सन्तोष शेट्टी ने भी अपना अड्डा बैंकॉक में खड़ा किया था और वहीं पर वह एक अपराजेय गिरोहबाज़ के रूप में विकसित हुआ था।

बैंकॉक से छोटा राजन के नदारद हो जाने के बाद शेट्टी लोग कुछ समय तक उसके सहयोगियों के रूप में काम करते रहे। सन्तोष शेट्टी बैंकॉक से गतिविधियाँ चलाता रहा, और वहीं से मुम्बई में कुछ हत्याएँ करवायी गयीं जिनमें राजन के वफ़ादार गुरगे फ़रीद तनाशा और ऐक्टिविस्ट-वकील शाहिद आज़मी की हत्याएँ शामिल हैं।

भरत नेपाली, जिसके बारे में बताया जाता है कि उसने शाहिद आज़मी की हत्या की थी, की बाद में सन्तोष शेट्टी से अनबन हो गयी। बताया जाता है कि किसी वक़्त के अपने इस दोस्त को मरवाने के लिए राजन भरत नाइक के सम्पर्क में था। जब सन्तोष ने इस योजना के बारे में सुना, तो उसने जालसाज़ी कर नेपाली को अक्टूबर 2010 में बैंकॉक के एक होटल में बुलाया, उसे पिलाकर धुत्त किया और मार डाला।

आख़िरकार सन्तोष शेट्टी पर क़ानून का शिकंजा कसा गया और उसे 2011 में बैंकॉक में गिरफ़्तार कर लिया गया। उसने माफ़िया के सबसे अहम उसूल को तोड़ा था : अपनी तरफ़ कभी ध्यान मत खींचो। एक रात, एक शराबघर में कुछ व्यापारियों के साथ उसका झगड़ा हो गया। जब पुलिस ने उससे पासपोर्ट पेश करने को कहा, तो उसने जाली पासपोर्ट पेश कर दिया। बाद में पुलिस ने उसके घर से उसका असली पासपोर्ट ढूँढ निकाला और पाया कि उसका नाम इण्टरपोल की फ़ेहरिस्त में एक वाण्टिड शख़्स के रूप में दर्ज है। उसी साल अगस्त आते-आते सन्तोष शेट्टी प्रत्यर्पित होकर मुम्बई की ओर उड़ान भर रहे हवाई जहाज़ में सवार था। आजकल वह जेल में आराम फ़रमा रहा है।

सन्तोष शेट्टी के अविलम्ब प्रत्यर्पण से बैंकॉक पुलिस को उनकी ज़मीन पर जारी लड़ाई की गम्भीरता का अहसास हुआ। उनके पास दुबई के दाही खल्फ़ान जैसा पक्के इरादे का पुलिस अधिकारी नहीं था जो माफ़िया को उनके शहर से उखाड़ फेंकता। नतीजतन, अन्य शेट्टी और मुम्बई के दूसरे गिरोहबाज़ अभी भी बैंकॉक में मौजूद हैं और वहाँ से अपना कारोबार गुपचुप जारी रखे हुए हैं।

39

महाराज की तलाश

दो बन्दूकची अपनी जगह पर तैनात थे, उनकी रायफ़लों की लम्बी नालें मुम्बई के दक्षिण-मध्य उपनगर, दादर पूर्व के एक तीन सितारा होटल के पोर्टिको के फाटक की तरफ़ तनी हुई थीं। उनकी अँगुलियाँ बन्दूक के घोड़े पर थीं और वे गोली चलाने के लिए बेताब हो रहे थे।

क्राइम ब्रांच के पन्द्रह अफ़सरों की वह टीम हरक़त में आने के लिए एकदम तैयार थी, उसे इन्तज़ार था तो सिर्फ़ बॉस के इशारे का। कुछ अफ़सर होटल के हॉल में अख़बार पढ़ने का नाटक कर रहे थे, तो कुछ आपस में गपशप कर रहे थे - सिर्फ़ उनकी आँखें होटल के घूमने वाले दरवाज़े पर जमी हुई थीं।

दरबान के भेष में एक और पुलिसवाला चौकन्ना खड़ा था। उसकी पतलून के उभार का उसके पौरुष में दौड़ते ख़ून से कोई लेना-देना नहीं था।

'चौकन्नापन्न लिंग की उत्तेजना जैसी चीज़ है, वह 24 घण्टे तक नहीं बनी रह सकती,' एक आइपीएस अफ़सर कहता है, जो निगरानी का सबसे बड़ा विशेषज्ञ है। 'वह बारबार ढीला पड़ जाता है और खेल में बने रहने के लिए आपको उसे उतनी ही बार ऊर्जा से भरते रहना होता है।'

होटल के बाहर, और भी लोग थे, उतने ही चौकन्ने। दो आदमी बस स्टॉप पर, एक चाय की दुकान पर, और एक अपने जूतों पर पॉलिश कराता हुआ। पूरा का पूरा सेट-अप पुलिस द्वारा अच्छी तरह बिछाया गया एक जाल था - निगरानी का एक ऐसा चाकचौबन्द इन्तज़ाम जिसमें चूक के लिए रत्ती भर भी गुंजाइश नहीं थी।

इन्तज़ार अपनी वसूली करता है। कुछ पुलिसवालों ने सिगरेट सुलगा ली, तो कुछ कॉफ़ी के प्याले ख़ाली करने लगे। वे थक चुके थे।

उनको इन्तज़ार करते कई घण्टे बीत चुके थे, कुछ को दूसरों से भी ज़्यादा

वक़्त हो चुका था। असिस्टेन्ट पुलिस इंस्पेक्टर रवीन्द्र आंगरे इस घड़ी का दो सालों से इन्तज़ार कर रहा था। सुरेश मंचेकर तो आंगरे के लिए फ़ायदे का सौदा होने वाला था। यह पुलिसवाला प्रदीप शर्मा और विजय सलस्कर जैसे मुठभेड़-विशेषज्ञों की पाँत में शामिल होने की ख़्वाहिश रखता था। ठाणे की पुलिस मीडिया का उतना ध्यान नहीं खींचती जितना मुम्बई पुलिस खींचती है। ठाणे का रहने वाला आंगरे मुठभेड़ों के रास्ते प्रसिद्धि हासिल करने के लिए बेकरार था। मंचेकर उसके दिमाग़ पर इस क़दर सवार था कि उसने मंचेकर के गिरोह में अपने दो आदमी तक रख छोड़े थे। उसने इन भेदियों पर भारी पैसा ख़र्च किया था और उनके नखरों को लेकर अक्सर शिकायत किया करता था। एक दिन आख़िरकार इन भेदियों ने कुछ क़ीमती ढेले उसकी तरफ़ उछाले। उन्होंने बताया कि उनके बॉस को महाराज कहकर सम्बोधित किया जाता है। 'म मंचेकर का और म महाराज (राजा) का।'

मुम्बई के कारख़ानों की अन्दरूनी दुनिया से बाहर हो जाने के बाद मंचेकर ने, अपनी माँ और बहन की मदद से, ठाणे, डोम्बीवली और कल्याण के नागरिकों को आतंकित कर अपनी आजीविका चलाने का इन्तज़ाम कर लिया था। सुदेश खामकर और डॉ. दीपक शेट्टी की निर्मम हत्याओं ने मुम्बई से सटे इन तेज़ी से विकसित होते नगरों के व्यापारियों में और चिकित्सा की दुनिया से जुड़े लोगों में आतंक पैदा कर दिया था। ठाणे पुलिस ने गिरोहबाज़ों के साथ सख़्ती से पेश आना शुरू कर दिया था और बीस से ज़्यादा गिरोहबाज़ों को 'मुठभेड़ों' में मार गिराया था। लेकिन मंचेकर का पता-ठिकाना हासिल करने के मामले में वे कोई प्रगति नहीं कर पाये थे।

आंगरे ने उसे किसी भी क़ीमत पर हासिल करने का निश्चय कर लिया था। इसलिए जब गिरोह में मौजूद उसके मुखबिरों ने उसे बताया कि महाराज एक्सटॉर्शन मनी [जबरन वसूला गया पैसा] के लिए दादर के एक होटल में पधार रहे हैं, तो आंगरे ने उन उसूलों तक का उल्लंघन कर दिया जिनका पुलिस बहुत सख़्ती से पालन करती है; उसने मुम्बई की बाक़ी पुलिस को अपनी मुहिम की ज़रा भी ख़बर लगने दिये बग़ैर अपने आदमियों को होटल की निगरानी पर तैनात कर दिया।

अन्तहीन लगती प्रतीक्षा का अन्त आता दिखायी दिया। अचानक, आंगरे ने एक सफ़ेद प्रीमियर फ़िएट एन ई 118 को होटल की दिशा में झटके से मुड़ते देखा। यह उस कैफ़ियत से मेल खाती थी जो उसे दी गयी थी। आंगरे ने अपनी अधजली सिगरेट को फेंक जूते से कुचलते हुए अपने आदमियों को सावधान हो जाने का इशारा किया।

'वो अब यहाँ है, अब शुरूआत होने वाली है, अभी,' उसने मन ही मन मुस्कराते हुए सोचा। अगले ही पल सफ़ेद सलवार-कमीज़ पहने एक जवान औरत कार से प्रगट हुई, जिसने अपने चेहरे पर गाढ़ा मेकअप पोत रखा था और गाढ़ी लिपिस्टिक लगा रखी थी। वह काफ़ी चुस्त पोशाक पहने हुए थी जिससे उसके जिस्म के, ख़ासतौर से स्तनों के, उतार-चढ़ाव साफ़ दीख रहे थे। आंगरे हैरान रह गया। उसे इस तरह की घटना की ज़रा भी उम्मीद नहीं थी!

उसने औरत को एक्सटॉर्शन का शिकार बनाये गये शख़्स के पास जाते और उससे एक बैग लेते हुए देखा। उसने बैग को खोलकर उसके अन्दर के माल की जाँच की, बैग को वापस बन्द किया, सोफ़े से उठी - उसके स्तन उछल रहे थे - और बाहर की तरफ़ बढ़ी।

आंगरे ने अपनी हताशा को क़ाबू में किया। उसने अपने आदमियों को उस वाहन का पीछा करने को कहा। अफ़सर एक गैर पुलिसिया, सादी कार में सवार हुए और दस मिनट के अन्दर परेल की एक इमारत के पास रुके और कार को छोड़कर औरत का पीछा करने लगे। इमारत के अन्दर एक पुलिसवाली ने उसका पीछा किया। वह औरत तीसरी मंज़िल के एक फ़्लैट में ग़ायब हो गयी।

पुलिस की टीम फ़्लैट पर छापा मारने की युक्ति के बारे में सोचने लगी : इस्तेमाल किये जाने वाले लोगों और हथियारों के बारे में, और इस बारे में भी कि क्या उनको स्थानीय पुलिस को अपने साथ कर लेना चाहिए। अगर मंचेकर उर्फ़ महाराज वहाँ हुआ ही नहीं, तो? वह चौकन्ना हो जाएगा और दो साल की मेहनत भरी खोजबीन तथा उनके मुखबिरों की जासूसी बेकार साबित होगी। आख़िरकार पुलिस ने सिविलियन अड्डे में सेंध लगाने की अपनी पुरानी युक्ति का सहारा लेने का फ़ैसला किया।

अगले दिन महानगर टेलिफ़ोन निगम लिमिटेड (एमटीएनएल) के लाइनमेन बनकर दो आदमी पड़ोस के फ़्लैट से टेलिफ़ोन ख़राब होने की शिकायत मिलने के बहाने से उस फ़्लैट पर जा पहुँचे। बहाना वही घिसापिटा था : वे देखना चाहते थे कि पूरा सर्किट बदलना पड़ेगा या सिर्फ़ वह लाइन जिसमें ख़राबी आयी है।

दरवाज़ा उसी औरत द्वारा खोला गया। उन बाईस मिनटों के दौरान, जिनमें वे लोग निगरानी के इलेक्ट्रॉनिक उपकरण फिट करते हुए उस फ़्लैट में बने रहे, वह देसी पामेला एण्डर्सन इन लोगों का ध्यान भंग करती रही।

फ़्लैट में एकमात्र दूसरा शख़्स एक नौजवान था जो पच्चीस-छब्बीस के आसपास लगता था; उनको मालूम था कि मंचेकर चालीस साल से ज़्यादा का

है। इस नौजवान का नाम था सन्तोष नाइक।

आंगरे के दो आदमियों ने रात-दिन नाइक के फ़ोन सुनना और उनकी जाँच-पड़ताल करना शुरू कर दिया। लम्बे समय तक उन्हें कोई कामयाबी नहीं मिल सकी। जो फ़ोन किये जाते थे वे रेस्तराँओं से खाना बुलाने, केमिस्ट की दुकान से दवाएँ मँगाने, वीडियो पार्लर से पोर्न फ़िल्में मँगाने से सम्बन्धित होते थे। उनको उस वक़्त हँसी आ गयी जब उन्होंने दवा की उन गोलियों की फ़ेहरिस्त के बारे में जाँच-पड़ताल की जो उस नौजवान ने मँगवायी थीं। वह अकाल नपुंसकता (लिंग का उत्तेजित न होना) से पीड़ित लगता था।

उन तरह-तरह के नंबरों में से जो एक फ़ोन नम्बर काम का निकलकर आया वह बेलगाँव, कर्नाटक की एक उनींदी-सी ग्रामीण बस्ती से ताल्लुक रखता था। और इस तरह आँग्रे के आदमियों ने अपनी उस चहेती लड़की को अलविदा कहा और अपनी नज़रों को परेल के फ़्लैट में बन्द इस जोड़े से परे देखने के लिए तैयार किया।

बेलगाँव महाराष्ट्र-कर्नाटक की सरहद पर स्थित है और मराठी तथा कन्नड़ दोनों ज़ुबानें बोलने वालों से आबाद है। हालाँकि यह कर्नाटक में है लेकिन महाराष्ट्र इस पर अपना दावा जता चुका है क्योंकि, उस छोटे-से अन्तराल को छोड़कर जब मैसूर के हैदर अली ने इस पर कब्ज़ा कर लिया था, यह 1707 से 1818 तक पेशवाओं की हुकूमत के अधीन रहा था। यह गोवा की सीमा से महज़ 50 किलोमीटर और मुम्बई से 500 किलोमीटर दूर है। बेलगाँव का हवाई अड्डा महाराष्ट्र की सरहद से महज़ 29 किलोमीटर दूर है।

जब आंगरे के आदमी सेल्युलर सर्विस उपलब्ध कराने वालों द्वारा दिये गये पते तक पहुँच गये, तो उनके मन में कुछ दूसरे ख़याल पैदा होने लगे। ऐसा लग रह था जैसे किसी ने उनके साथ छल किया हो - वे अल्फ़ांसो आमों के एक सौदागर के शाही बँगले के सामने के अहाते में खड़े थे। यह दोमंज़िला हवेली सत्तर एकड़ में फैली हुई थी और इसमें बीस कमरे थे। यह शशि शिन्दे की मिल्कियत थी जो एक सम्पन्न मराठी परिवेश में स्थित अपने महल में शहंशाह की तरह और अपनी ऊँची आर्थिक हैसियत के मुताबिक़, ज़ाहिर है, अपने से कम सम्पन्न पड़ोसियों से एक निश्चित दूरी बनाकर रहता था।

पुलिसवालों ने रुककर शिन्दे के महल की सतर्क निगरानी करने का फ़ैसला किया। हफ़्तों तक उनको ऐसा कुछ भी देखने में नहीं आया जिसे असामान्य कहा सकता और उन्हें लगा कि वे ऐसी जगह पहुँच गये हैं जहाँ से आगे कोई रास्ता नहीं है; इसकी कोई सम्भावना नहीं लगती थी कि इस रईस आदमी का

मंचेकर से कोई ताल्लुक हो सकता है। उनको यह भी लगा कि बेलगाँव में लटके रहने का कोई फ़ायदा नहीं है क्योंकि एक्सटॉर्शन के फ़ोन गोवा से आ रहे थे।

आंगरे और उसके आदमी कोई बीस बार गोवा गये लेकिन मंचेकर मामले में वे कोई प्रगति नहीं कर सके। 2003 तक सेल्युलर फ़ोनों ने कॉल्स का पता लगाना आसान बना दिया था, और ये लोग उम्मीद लगाये रहे कि सन्तोष नाइक के माध्यम से वे मंचेकर तक पहुँच जाएँगे। एक दिन, छोटा-सा सुराग़ काम का साबित हुआ और एक क़ीमती चीज़ उनके हाथ लगी। सन्तोष नाइक से चूक हो गयी। उसने एक सम्भावित शिकार को एक प्रीपेड नम्बर से फ़ोन किया और कहा, मैं महाराज बोल रहा है। फिर उसने कहा, मैं कुछ मिनटों में यह कॉल मंचेकर को ट्रांसफ़र कर देता हूँ।

पुलिसवाले समझ गये कि महाराज मंचेकर नहीं है, जैसा कि वे समझे बैठे थे। और चूँकि प्रीपेड नम्बर से कॉल फ़ॉरवर्ड नहीं किये जा सकते, इसका मतलब था कि नाइक मंचेकर के साथ था। उन्होंने और भी संजीदगी के साथ नाइक का पीछा करना शुरू कर दिया – और नतीजतन वे मंचेकर तक पहुँचने में कामयाब रहे।

बाद की जाँच-पड़तालों से पता चला कि मंचेकर बेहद चालाक दिमाग़ वाला शख़्स था। वह कई सालों तक इन्तिहाई गोपनीयता बरतते हुए पुलिस की उसका पता लगाने की कोशिशों में बाधा डालता रहा था। उसकी माँ और बहन ही एकमात्र वे लोग थे जिनका वह भरोसा करता था; जैसे ही उसने तीसरे साझेदार पर भरोसा किया उसको अपनी जान देकर इसकी क़ीमत चुकानी पड़ी। और हाँ, वह बेलगाँव का आमों का सौदागर था, लेकिन महाराष्ट्र में उसकी एक पहचान थी और गोवा में दूसरी पहचान थी। सप्ताह के आख़िर में मंचेकर फ़िल्म चढ़े काँचों वाली अपनी एसयूवी द्वारा उठाकर बमुश्किल 50 किलोमीटर दूर गोवा पहुँचता। वहाँ जाकर वह पाँच सितारा होटलों में ठहरता, जो अपने मुसाफ़िरों की पहचान गोपनीय रखने के मामले में बहुत सख़्त हुआ करते थे। उसके पास चौबीस से ज़्यादा सिम कार्ड थे जिनकी मदद से वह मुम्बई और ठाणे के अपने शिकारों को एक्सटॉर्शन सम्बन्धी कॉल करता था, और जैसे ही होटल छोड़ता वैसे ही अपना हैण्ड-सेट बन्द कर देता।

ज़्यादातर मोबाइल सेवाएँ उपलब्ध कराने वालों के ऑफ़िस सप्ताह के अन्तिम दिनों में बन्द रहते हैं। पुलिस अगर किसी तरह गोवा के किसी होटल से किये गये फ़ोन का पता लगा भी लेती, तो भी वह बहुत से बहुत सोमवार की सुबह तक वहाँ पहुँच पाती थी; तब तक मंचेकर बेलगाँव के अपने महल में

होता था और उसका फ़ोन बन्द होता था।

लेकिन ठाणे की पुलिस टीम, जिसने मंचेकर तक पहुँचने को अपनी मुहिम बना लिया था, ने आख़िरकार मामले को बन्द कर दिया – अपनी पसन्दीदा क़िस्म की मुठभेड़ की मार्फ़त।

पुलिस द्वारा अख़बारों को जारी किये गये नोट में दर्ज सरकारी तर्जुमा, जो तमाम महत्त्वपूर्ण दैनिकों में प्रकाशित हुआ था, वही तैयारशुदा वृत्तान्त था जो हर मुठभेड़ के बाद जारी किया जाता है।

'15 अगस्त 2003 को, रात के क़रीब 2.30 बजे, अफ़सरों की एक टीम ने, कोल्हापुर में एसटी स्टेण्ड के पास, गाँधी नगर कॉर्नर पर उज्ज्वलदीप होटल के क़रीब एक टाटा सूमो का पीछा करते हुए उसको रोका। टीम के अफ़सरों का नेतृत्त्व एपीआइ रवीन्द्रनाथ आंगरे कर रहे थे।

'जब मंचेकर टाटा सूमो से उतरा तो पुलिस ने उससे आत्मसमर्पण करने को कहा। लेकिन मंचेकर, जो कई सालों से पुलिस के जाल से बचता आया था, ने एक .38 स्मिथ ऐण्ड वेसन रिवॉल्वर से बेवक़ूफ़ाना तरीक़े से पुलिस पर दो राउण्ड गोलियाँ चलायीं। जवाबी कार्रवाई और आत्मरक्षा के तौर पर उनको भी मंचेकर पर गोलियाँ चलानी पड़ीं जिससे वह ज़ख़्मी हो गया। वे उसको तुरन्त पास के सरकारी अस्पताल, छत्रपति प्रमिला राजे हॉस्पिटल ले गये, जहाँ भर्ती किये जाने से पहले ही उन्होंने उसे मृत घोषित कर दिया।'

ठाणे के पुलिस प्रमुख सुप्रकाश चक्रवर्ती ने मीडिया के लोगों को बताया, कि 'मंचेकर पिछले कई सालों से पुलिस को चकमा देते रहने में कामयाब रहा था, लेकिन इसबार हमने उसको कोल्हापुर में ढूँढ ही निकाला और उसके मारे जाने से उसके गिरोह की करतूतों पर आघात होगा।'

किसी ने यह नहीं पूछा कि, यह जानते हुए भी कि वह मारा जा सकता है, उसने पुलिस पर गोली क्यों चलायी। न इस तथ्य पर ही किसी ने सवाल उठाया कि उसको बेलगाँव में नहीं बल्कि कोल्हापुर में, 110 किलोमीटर दूर, घेरा गया था।

आंगरे बावन मुठभेड़ों का अनुभव रखता है लेकिन मंचेकर उसकी सबसे बड़ी कामयाबी थी। पुलिस को हत्या और एक्सटॉर्शन के तीस मामलों में उसकी तलाश थी। मुठभेड़ के हफ़्ते भर के भीतर ही पुलिस ने सन्तोष नाइक उर्फ़ महाराज को भी दबोच लिया जो कि मंचेकर गिरोह की रीढ़ था। वह, लेकिन, पुलिस के साथ हुई 'मुठभेड़' को झेलने में कामयाब रहा।

महाराज के फ़ोन उसके शिकारों को दहशत से भर देते थे। महाराज खोखे (करोड़ों रुपयों) से बात शुरू करने वाले दूसरे डॉनों की तरह नहीं था; वह व्यावहारिक था। वह फ़ोन करके कहता था, 'महाराज बोल रहा हूँ, दस पेटी (दस लाख) मेरे आदमी को दे देना।' अगर शिकार रोने लगता या दया की भीख माँगता, तो रकम 50 प्रतिशत कम करके 5 लाख कर दी जाती।

पुलिस ने साफ़तौर पर महाराज की बीवी को बख़्श दिया, जिसकी पहचान अवन्तिका के रूप में की गयी थी; उसके ख़िलाफ़ अपराध में मदद करने का प्रकरण भी दर्ज नहीं किया गया। लेकिन मकोका की विशेष अदालत ने मंचेकर की बहत्तर वर्षीय माँ लक्ष्मीबाई मंचेकर को खानविलकर हत्या के मामले में आजीवन कारावास की सज़ा सुनाते हुए इस गिरोह का पटाक्षेप कर दिया।

40

एन्काउण्टर-प्रूफ़ गिरोहबाज़

नरसंहार जारी रहा क्योंकि मुम्बई पुलिस बल के जल्लादों ने क़ानून को अपने हाथों में ले लिया था। बीस सालों में मुम्बई पुलिस ने 1500 से ज़्यादा गिरोहबाज़ों को मुठभेड़ों में मारा था। कोई नहीं बच सका था, सिवाय एक व्यक्ति के।

डी. के. राव महज़ एक नहीं बल्कि दो-दो पुलिस मुठभेड़ों से बच निकला था। पहली मुठभेड़ एक स्त्री पुलिस अधिकारी द्वारा की गयी थी; दूसरी ख़ासतौर से भयानक थी - इसमें वह आला दर्ज़े के मुठभेड़-विशेषज्ञों द्वारा दागी गयी उन्नीस गोलियाँ झेल गया था।

मुम्बई हज़ारों गिरोहबाज़ों का घर रहा है। उसको गैंगलैण्ड (गिरोह-भूमि) और माफ़िया नगर, यानी, देश की अपराध राजधानी की संज्ञा दी गयी है। इस शहर के बारे में ऐसे जितने भी मिथक और क़िस्से प्रचलित हैं (जो मुम्बई पुलिस की डायरियों में दर्ज हैं) उनमें डी. के. राव की कहानी कई वजहों से सबसे ज़्यादा अजीबोग़रीब है। राव पाँच फ़ुट से भी कम ऊँचा और देखने में प्रभावहीन है - चेहरे पर आतंक जगाने वाला कोई भाव नहीं। उसका सिर गंजा होने की तरफ़ बढ़ रहा है, पैर में पट्टी बँधी हुई है - और वह अपने बॉस छोटा राजन से हालाँकि कभी निजी तौर पर मिला नहीं है, लेकिन मुम्बई में वह उसका सबसे बड़ा सहयोगी है।

जेल में लम्बा समय बिताने की वजह से राव क़ानून का ख़ासा जानकार बताया जाता है और वह वकीलों के साथ विद्वत्तापूर्ण बातचीत कर सकता है। उसके साथ संयोगवश हुई मुलाक़ातों के आधार पर राकेश मारिया बताते हैं : 'वह डरपोक नहीं है। वह जीवट वाला है और धूर्त है। वह माफ़िया की दुनिया की एक ऐसी अहम शख़्सियत है जिसके बारे में आपको चौकन्ना रहना ज़रूरी है। छोटा राजन के सन्दर्भ में उसकी वही हैसियत है जो दाऊद इब्राहिम के सन्दर्भ में छोटा शकील की है।'

रवि मल्लेश बोरा उर्फ़ डी. के. राव ने अपनी शुरूआत एक चिन्दी चोर (अपराध की दुनिया में दयनीय हैसियत रखने वाले एक टुच्चा ठग) के रूप में की थी। वह बरिया नामक एक डिनोटीफ़ाइड [सरकारी तौर पर अघोषित] कबीले से था; डिनोटीफ़ाइड कबीलों को अँग्रेज़ पचहत्तर सालों तक अपराधी कबीले कहकर पुकारते रहे थे, और ये कबीले कई-कई पीढ़ियों से कठिन शारीरिक श्रम का जीवन गुज़ारते आ रहे थे। मूलतः कर्नाटक के गुलबर्ग के रहने वाले रवि बोरा के माँ-बाप कारख़ानों में काम करने मुम्बई आये थे। उसका बाप लोअर परेल में प्रकाश कॉटन मिल्स में काम करता था।

रवि बोरा जब बीस साल का था तभी वह एक हत्या में शरीक हुआ था जो, पुलिस के मुताबिक़ 'अचानक घटित हुई थी'। बिना किसी इरादे के हुई एक मामूली-सी तकरार, लेकिन ऐसी जिसने उसको हमेशा-हमेशा के लिए एक अलग ही इंसान बना दिया। उसका नाम पुलिस की डायरी में अंकित हो गया, भविष्य में होने वाली घटनाओं के एक संकेत के रूप में।

माटुंगा-वडाला का खालसा कॉलेज गिरोहबाज़ों का अड्डा था। यही वह जगह थी जहाँ नब्बे के दशक की शुरूआत में उसने, मात्र बीस साल की उम्र में, जैसे-तैसे जोड़-तोड़कर ठगों का अपना पहला गिरोह गढ़ा था। भले ही वे नौसिखिये थे लेकिन 1996 में उनकी लूट 25 लाख रुपयों से कम नहीं थी।

चालीस लोगों के अपने गिरोह के बीच रवि बोरा ही गब्बर सिंह था। वही बारीक़ी से सारी योजनाएँ तैयार करता था और फिर वे सब मिलकर कई-कई दिनों तक अपने शिकार की निगरानी करते थे। ज़्यादातर यह शिकार बैंक से पैसे लादकर ले जाती हुई वैन हुआ करती थी। कुछ ही दिनों में रवि बोरा मुम्बई पुलिस के लिए एक बहुत बड़ा सिरदर्द बन गया और उसके ख़िलाफ़ खार, मुलुन्ड, विले पार्ले और भाण्डूप से लेकर दहीसर तक कई पुलिस थानों में मामले दर्ज हो गये।

यह था उसका रिकॉर्ड जब क़ानून ने जल्द ही उस पर अपना शिकंजा कसा। यही वक़्त था नब्बे के दशक की शुरूआत का, जब वह ठाणे की जेल में बन्द था, और सुनील मडगाँवकर उर्फ़ मात्या भाई ने इस लड़के को छोटा राजन के गुट में शामिल करने का फ़ैसला किया था। जल्द ही उसने खुद को चोरों की एक मण्डली के बीच पाया जिसमें बब्बू पाण्डे उर्फ़ रोहित वर्मा, विनोद मटकर आदि के साथ-साथ जग्गू शेट्टी उर्फ़ फ़कीरा नामक वह शख़्स भी शामिल था जिसके बारे में जाना जाता था कि उसने 1994 में 66 लाख रुपयों की डकैती की थी।

जेल से बाहर आते ही बोरा ने बैंक में काम करने वाले किसी डी. के. राव नाम के व्यक्ति का पहचान-पत्र रखना शुरू कर दिया। यह जानकारी नहीं है कि यह पहचान उसने चुरायी थी या नहीं। एक महिला पुलिसकर्मी के साथ हुई उसकी मुठभेड़ की वजह से यह नाम उसके साथ हमेशा के लिए चिपक गया। 1997 के आख़िर में, जुहू में, एक पुलिस सब इंस्पेक्टर मृदुला लाड को एक सम्भावित बैंक डकैती की सूचना दी गयी जिसकी योजना रवि बोरा और आवरे नामक एक व्यक्ति द्वारा बनायी जा रही थी।

जब दोनों उस जगह पहुँचे, तो उनको अहसास हुआ कि पुलिस उनके पीछे है। आवरे ने लाड पर एक राउण्ड गोली चलायी, लेकिन उसने झुककर खुद को बचा लिया। उसने जवाबी फ़ायरिंग की और गोली रवि बोरा के पैर में लगी। वह आज तक लँगड़ाकर चलता है। आवरे भाग गया और वह अब तक फ़रार है। रवि बोरा गिरफ़्तार कर लिया गया था और उसके पास से मिले पहचान-पत्र के आधार पर पुलिस डायरी में उसका नाम डी. के. राव दर्ज हो गया। यह नाम उस पर फबता भी था। रवि मल्लेश बोरा एक चिन्दी चोर था, लेकिन डी. के. राव हिन्दुस्तान में छोटा राजन के विशाल गिरोह की ज़िम्मेदारी उठाने के नाते कहीं ज़्यादा तड़क-भड़कदार शख़्सियत था।

मुम्बई पुलिस और माफ़िया दोनों आज भी डी. के. राव की अपनी ही राख के ढेर से उठ खड़े होने की हैरतअंगेज़ दास्तान कहते हैं। यह 11 नवम्बर 1998 की घटना है, उस समय के आसपास की घटना जब छोटा राजन और दाऊद इब्राहिम बदले की भावना से की गयी हत्याओं में मुब्तिला थे। छोटा राजन अपनी 'देशभक्ति' का सबूत देना चाहता था और इसलिए उसका कहना था कि वह हर उस शख़्स को नेस्तनाबूत कर देना चाहता था जिसने 1992 के बम धमाकों में भागीदारी की थी, जबकि दाऊद इब्राहिम का गिरोह छोटा राजन से जुड़े व्यापारियों और प्रतिद्वन्द्वियों का सफाया करने में लगा था। डी. के. राव इसी के तहत शेख मोहम्मद एहतेशाम और बाबा मूसा चौहान की हत्या की मुहिम पर था, जब वह क़रीब-क़रीब मौत के मुँह में जा पहुँचा था।

शेख मोहम्मद एहतेशाम और बाबा मूसा चौहान दोनों को पहले ही मुम्बई की विशेष टाडा अदालत द्वारा सज़ा सुनायी जा चुकी थी। शेख मोहम्मद एहतेशाम पर रायगढ़, महाराष्ट्र में गोला-बारूद पहुँचाने में मदद करने का आरोप था जबकि बाबा मूसा चौहान पर उन लोगों में शामिल होने का आरोप था जो फ़िल्म स्टार संजय दत्त के घर पर ए के-56 पहुँचाने गये थे। एहतेशाम और चौहान दोनों को दस-दस साल के कठोर कारावास की सज़ा सुनायी गयी

थी और वे अपनी पेशी के सिलसिले में अदालत में थे।

तभी मुम्बई क्राइम ब्रांच के एक वरिष्ठ इंस्पेक्टर अम्बादास पोटे, जो अपने काम के प्रति वफ़ादारी तथा ज़बरदस्त साहस के लिए प्रसिद्ध था, ने रमेश पुजारी, राजे गोरे, जयराम शेट्टी, विपिन खाण्डेराव और डी. के. राव की कार का पीछा करते हुए उसको रोक लिया। घटना-स्थल था खेड गली के क़रीब, सायानी रोड, झण्डू फ़ार्मास्यूटिक्ल बिल्डिंग के एकदम नीचे। राजेश विट्ठल कांबले, जो उस समय अठारह साल का था, याद करता है, 'गुण्डे मारुति एस्टीम में थे कि अचानक पुलिस एक मारुति जिप्सी में आयी और एस्टीम का रास्ता रोक लिया। पुलिस ने उन्हें गोली चलाने का मौक़ा नहीं दिया। उन्होंने गुण्डों के जिस्मों को गोलियों से छलनी कर दिया और उठाकर पुलिस वैन में डाल दिया।'

डी. के. राव उस दिन के क़िस्से को एकदम ठण्डे तरीक़े से बयान करता है जब वह मौत के मुँह से बाहर आया था। 'राजे और विपिन घटना-स्थल पर ही मर गये थे लेकिन जयराम, रमेश और मैं अभी ज़िन्दा थे कि तभी, दर्द से छटपटाता हुआ जयराम चीख़ उठा, "अम्मा!" बस। पुलिस समझ गयी कि कोई ज़िन्दा बचा हुआ है और उन्होंने हम पर और गोलियाँ दाग दीं। जयराम लुढ़क गया और मर गया, वही हाल रमेश का भी हुआ। मेरे पैर में कुछ ज़्यादा गोलियाँ लगी थीं। मेरे ऊपर चार लाशें पड़ी हुई थीं। मैं पूरे वक़्त होश में था। जैसे ही वे पुलिस वैन को परेल के के ई एम हॉस्पिटल के मुर्दाघर में ले गये मैं उठ गया और चीख़ा कि मैं ज़िन्दा हूँ। मुझे उस दिन उन्नीस गोलियाँ लगी थीं, फिर भी मैं बच गया था। मैं नहीं जानता कि कैसे बचा। लोग कहते हैं कि मुझको योग आता है और मैंने अपनी साँस थाम ली थी। लेकिन मैं ऐसा नहीं कहूँगा क्योंकि मैं समझता हूँ कि ज़िन्दा रहना मेरी क़िस्मत में था।'

गोलियों के ज़ख़्म भर जाने के बाद डी. के. राव दस साल तक दुनिया से दूर महाराष्ट्र की कई जेलों की कोठरियों में रहा। सफ़र के किसी मुकाम पर छोटा राजन गिरोह के हालातों ने उसे सीढ़ी पर ऊपर चढ़ने में मदद की।

छोटा राजन का वफ़ादार सहयोगी सुनील मडगाँवकर उर्फ़ मात्या भाई 2000 में पुलिस मुठभेड़ में मारा जा चुका था। मात्या एक बीहड़ गिरोहबाज़ और मुम्बई में वह इकलौता आदमी था जिस पर छोटा राजन भरोसा कर सकता था। मुम्बई के भूतपूर्व पुलिस कमिश्नर सुभाष मल्होत्रा ने उसको 1997 में 'डायरेक्टर ऑफ़ इण्डिया ऑपरेशन्स फ़ार छोटा राजन' (छोटा राजन के हिन्दुस्तानी अभियानों का संचालक) की उपाधि दी थी। उसने गिरोह की तीन आला दर्ज़े की हत्याओं को अंजाम दिया था : ईस्ट-वेस्ट एयरलाइन चीफ़

तकियुद्दीन वाहिद, व्यापारी महेश ढोलकिया और अरुण गवली का सबसे अच्छा निशानेबाज़ अशोक जोशी। इसके बाद छोटा राजन गुट के बहुत से गिरोहबाज़ या तो खौफ़नाक एमसीओसीए के तहत जेलों में बन्द कर दिये गये थे या पुलिस के हाथों मारे गये थे - मात्या इन्हीं में से एक था।

जिस दिन मात्या मरा था, राजन को लगा था कि अब उसका पतन निश्चित है, और अब उसका गिरोह भरभराकर गिर जाएगा। मात्या की ख़ाली जगह को भरने में उसके एक दर्जन से ज़्यादा लोग लग गये थे। लेकिन उसने किसी तरह जोड़-तोड़कर एक छोटा-सा गुट तैयार कर लिया था ताकि काम चलता रहे : ओ. पी. सिंह, भरत नेपाली, एजाज़ लकड़ावाला, रोहित वर्मा, बालू डोकरे, फ़रीद तनाशा, रवि पुजारी, सन्तोष शेट्टी, विकी मल्होत्रा और डी. के. राव। अगर तब किसी ने छोटा राजन से यह बात कही होती कि आगे चलकर डी. के. राव उसके समूचे नेटवर्क को सँभालेगा, तो वह हँस दिया होता।

बैंकॉक में राजन पर हुआ हमला उसके गिरोह के लिए घातक साबित हुआ था। एक के बाद एक विकेट गिरने लगे थे। कुछ को तो छोटा राजन ने ही उस वक़्त मार दिया था जब उसे लगा था कि उन्होंने बेवफ़ाई की है, दूसरे लोग छोटा शकील द्वारा मार दिये गये। ओ. पी. सिंह 2002 में मारा गया; एजाज लकड़ावाला ने गिरोह छोड़ दिया और 2003 में बैंकॉक में गोली का शिकार हुआ (कुछ लोगों का मानना है कि वह अभी भी ज़िन्दा है); रवि पुजारी गिरोह को छोड़कर चला गया और उसने अपना खुद का गिरोह तैयार कर लिया; सन्तोष शेट्टी ने भी अपना गिरोह खड़ा कर लिया और छोटा राजन के ख़िलाफ़ युद्ध का बिगुल बजा दिया; बालू डोकरे 2005 में मलेशिया में क़त्ल कर दिया गया; भरत नेपाली, जो छोटा राजन गिरोह को छोड़कर सन्तोष शेट्टी से जा मिला था, बैंकॉक में फरवरी 2011 में गोली का शिकार हुआ; और फ़रीद तनाशा 2010 में मुम्बई में मारा गया था। विकी मल्होत्रा राजन के मुल्क के उत्तर-पूर्वी अभियानों का इन्तज़ाम देखता है। और इस तरह, गिरोह के सदस्यों के ख़त्म होते चले जाने की प्रक्रिया के नतीजे में डी. के. राव छोटा राजन की अन्दरूनी मण्डली का अकेला ऐसा सदस्य था जो मुम्बई में बचा रह गया था।

1997 में, मात्या ने *इण्डियन एक्सप्रेस* के एक रिपोर्टर को उसके अदालत भ्रमण के दौरान बताया था कि गिरोह बहुत आसानी से सालाना 300 करोड़ रुपये कमा लेता था और यह कि इस रकम का ज़्यादातर हिस्सा हवाला के मार्फ़त उनके बॉस को पहुँचा दिया जाता था। 50 करोड़ रुपये मात्या द्वारा रख लिये जाते थे जो उन पैसों को जेल के अन्दर तथा जेल के बाहर के गिरोह के

सदस्यों के बीच बाँटता था, और उन्हीं में से कुछ पैसों का इस्तेमाल हथियार ख़रीदने के लिए करता था। डी. के. राव द्वारा ज़िम्मेदारी सँभाले जाने के बाद, कोई भी व्यक्ति अनुमान लगा सकता है कि इस आँकड़े में कितने शून्य और जुड़ गये होंगे।

अण्डरवर्ल्ड में उत्कृष्टता बहुत मायने रखती है। एक छोटा-मोटा लुटेरा सबसे ऊँची हैसियत तक पहुँचने की उम्मीद नहीं कर सकता। लेकिन डी. के. राव ने साबित कर दिखाया कि वह गिरोह के तमाम दूसरे लोगों से ज़्यादा जीवट वाला है, वह उनसे ज़्यादा वक़्त तक टिके रहने की कूवत रखता है। महाराष्ट्र के आतंकवाद-विरोधी दस्ते के मुखिया राकेश मारिया के शब्दों में, 'ऑर्थर रोड जेल में, जहाँ राव प्रतिद्वन्द्वी गिरोह के सदस्यों के साथ बन्द था, वह पूरे अक्खड़पन के साथ जमा रहता था और उसकी बहुत इज़्ज़त की जाती थी।'

उसने 2002 में जिस तरह किसी समय में अपने सहकर्मी रह चुके ओ. पी. सिंह को मारा था, उससे उसकी घातक क़ाबिलियतों का पता चलता है - राकेश मारिया उसे 'ब्लैक माम्बा' कहते हैं। (ब्लैक माम्बा नामक साँप अपने छोटे शिकार को तब तक जकड़े रखता है जब तक कि उसकी पेशियों की हरक़त ख़त्म नहीं हो जाती, और बड़े शिकार पर वह लगातार वार करता रहता है।)

जब बालू डोकरे ने ओ. पी. सिंह के बारे में राजन के कान भरते हुए उसको बताया कि वह गिरोह से दग़ाबाज़ी करने या अपना खुद का गिरोह खड़ा करने के इरादे से राजन का गिरोह छोड़कर जाने वाला है, तो छोटा राजन तभी सिंह को ख़त्म करना चाहता था। उसने हिन्दुस्तान की क़ानून का पालन कराने वाली एजेन्सियों को उसको पते की जानकारी दे दी, और उन्होंने उसे 2001 में नयी दिल्ली एयरपोर्ट से गिरफ़्तार कर लिया।

ओ. पी. सिंह को छोटा राजन के मंसूबों की भनक लग गयी थी कि वह उसे ख़त्म करना चाहता है, और उसने सोचा कि वह जेल में महफ़ूज़ रहेगा, लेकिन उसने राव के बारे में नहीं सोचा था। राव उस वक़्त आर्थर रोड जेल में बन्द था और उसने जेल के अधिकारियों पर अच्छा प्रभाव जमा रखा था। इसी प्रभाव का इस्तेमाल कर उसने अपना तबादला नासिक जेल में करा लिया जहाँ सिंह अपनी सज़ा काट रहा था।

राव जानता था कि अपने शिकार को मारने के लिए उसे मदद की ज़रूरत होगी; सिंह एक लम्बा-तगड़ा और उससे कहीं ज़्यादा चतुर इंसान था। इसलिए उसने अपने कुछ गुरगों का तबादला भी नासिक जेल में करा लिया। इसके बाद वे उचित मौक़े का इन्तज़ार करने लगे।

ओ. पी. सिंह राव के एकदम उलट था। जहाँ राव ने मात्र दसवीं कक्षा पास की थी, वहीं सिंह ने मुम्बई यूनिवर्सिटी से रसायन शास्त्र में पोस्ट ग्रैजुएट की डिग्री हासिल कर रखी थी और तब अपराध की दुनिया में क़दम नहीं रखा था। वह मज़गाँव बन्दरगाह पर क्वालिटी कण्ट्रोल ऑफ़िसर के रूप में काम करता था, जब उसका बड़ा भाई, झुनझुनवाला कॉलेज का प्रोफ़ेसर अरुण सिंह शातिर अमर और अश्विन नाइक के गिरोह के हाथों मारा गया था।

जब सिंह ने पुलिस रिपोर्ट में उनका नाम लिखवाया, तो उसे भी निशाना बनाया गया। 1995 में, एक शराबखाने में, पियक्कड़ी के अपने अक्सर चलने वाले एक जश्न के दौरान, वह छोटा राजन के कुछ आदमियों के सम्पर्क में आया जिनको उसने अपना क़िस्सा सुनाया। उस वक़्त राजन को किसी दिमाग़ वाले, पढ़े-लिखे चाणक्य की गहरी ज़रूरत महसूस हो रही थी, और इसलिए उसने सिंह को अपने गिरोह के लिए एक बड़ी उपलब्धि की तरह देखा। उसको जल्दी से गिरोह में शामिल कर लिया गया। हालाँकि शुरूआत उसने छोटी-मोटी डकैतियों के साथ की थी लेकिन वह तब 'पूरी तरह से जज़्ब' हो गया था जब उसने और उसके साथियों ने अपहरण की एक कोशिश के दौरान एक सुरक्षाकर्मी की गोली मारकर हत्या की थी।

जल्दी ही सिंह के अपराध का ग्राफ़ तेज़ी से ऊपर की तरफ़ बढ़ने लगा; उसके ख़िलाफ़ कई मामले गोरेगाँव, पायधुणी, खार और मालाबार हिल में दर्ज हो गये। उसकी अचूक योजनाओं ओर खोजबीन ने राजन को बहुत प्रभावित किया और 1997 में सिंह ने उसका दाँया हाथ बनने का इम्तिहान पास कर लिया।

सिंह ने कई पुलिस अफ़सरों और राजनेताओं के साथ राजन के सम्पर्कों की भी शुरूआत की जिसका अड्डा तब मलेशिया में था। इसके बाद राजन ने उसे कुआला लुम्पुर में आमन्त्रित किया और उसके ओहदे को बढ़ाते हुए उसको अपना सलाहकार और योजनाकार बना लिया। सिंह लम्बे समय तक खुद को पुलिस की निगाहों से परे रखने में कामयाब रहा और जब तक वे उसका पता लगा पाते, तब तक वह बैंकॉक में जा बसा जहाँ से उसने राजन के अधूरे कामों को पूरा करने में मदद की : इनमें 1998 में काठमाण्डू में मिर्ज़ा दिलशाद बेग को मारे जाने जैसे काम शामिल थे।

बाद में, जब 15 सितम्बर 2000 को छोटा शकील द्वारा राजन की जान लेने की कोशिश की गयी, तो सिंह ने गिरोह का कामकाज सँभाला और राजन का उसके वकीलों तथा थाई मीडिया के साथ समन्वय क़ायम किया। कहा जाता

है कि उसने बैंकॉक के स्मितिवेज हॉस्पिटल से राजन के भागने में अहम भूमिका निभायी थी। उसने हिन्दुस्तान के उत्तरी और पश्चिमी क्षेत्रों में राजन के नेटवर्क को फैलाने में भी मदद की थी।

यह बात स्पष्ट नहीं है कि सिंह ने आख़िर गिरोह को छोड़ने और ख़ुदमुख़्तार होने का फ़ैसला क्यों किया। लेकिन इतना साफ़ है कि राजन के गिरोह के लोगों के मन में उसके प्रति गहरा असन्तोष था क्योंकि वह पढ़ा-लिखा और होशियार था। दूसरी तरफ़, यह भी मुमकिन है कि पैसे सम्बन्धी कुछ ऐसे विवाद रहे हों जिन्होंने छोटा राजन को उसे मारने के लिए उकसाया हो। जो भी हो लेकिन छोटा राजन के फ़रमान पर डी. के. राव द्वारा की गयी सिंह की बेरहम हत्या की कहानी आज भी रीढ़ की हड्डी में सिहरन भर देती है। एक भी बन्दूक का इस्तेमाल नहीं किया गया और यह सब कुछ जेल की दीवारों के भीतर हुआ।

वह इतवार का दिन था और नासिक जेल में क्रिकेट का मैच चल रहा था। डी. के. राव अपने तेरह गुरगों तथा ओ. पी. सिंह के साथ खेल रहा था। तभी कुछ ही मिनटों के भीतर सब कुछ हो गया - सिंह को लतियाया गया, पीटा गया और गला, घोंटकर उसकी हत्या कर दी गयी। जिस व्यक्ति द्वारा उसका गला घोंटा गया बताया जाता है वह राव था, जिसने इस काम के लिए सामने पड़ी जूट की रस्सी का इस्तेमाल किया था। तत्कालीन इंस्पेक्टर जनरल ऑफ़ पुलिस (जेल) यू. डी. राजवाड़े ने जेल कर्मियों को निलम्बित करते हुए और एक जाँच बैठाते हुए हत्या में जेल कर्मचारियों की सम्भावित साँठगाँठ को क़बूल किया था। नासिक रोड पुलिस ने हत्या की इस वारदात के लिए डी. के. राव, सरफिरा नेपाली, बाला परब और दस अन्य के ख़िलाफ़ आईपीसी की दफ़ा 304 के तहत हत्या और साज़िश का मामला दर्ज किया था।

हत्या में शामिल सरफिरा नेपाली तथा बाला परब समेत गिरोह के ज़्यादातर सदस्य बाद में पुलिस के साथ हुई मुठभेड़ों में मारे गये। सिर्फ़ राव बचकर भाग गया।

राव ज़ाहिरा तौर पर राजन के अपराधिक संगठन के सबसे ऊँचे पायदान तक पहुँचने में कामयाब रहा क्योंकि वह सिर्फ़ वफ़ादार ही नहीं था (उसने एक बार दाऊद इब्राहिम की बेटी की शादी के दौरान दाऊद की हत्या करने दुबई जाने की योजना बनायी थी), बल्कि यह भी कहा जाता है कि उसने लूट के माल में अपने नेटवर्क में शामिल आदमियों के साथ बराबर की साझेदारी की। कहा जाता है कि राव आज भी निचले दर्ज़े के चोर-उचक्कों को अपने गिरोह में भर्ती करता है। ये उचक्के अन्त में भाड़े के हत्यारे बन जाते हैं, लेकिन राव हमेशा

अपने आदमियों का ख़याल रखता है। वह उनकी ज़मानत का इन्तज़ाम करता है और उनके परिवारों की रोज़मर्रा ज़रूरतों को पूरा करता है। कहा जाता है कि वह पहला ऐसा गिरोहबाज़ है जो वाक़ई लूट के माल का एक छोटा-सा हिस्सा अपने पास रखता और बड़ा हिस्सा अपने लोगों में बाँट देता है।

2006 में, जब क्राइम ब्रांच छोटा राजन के फ़ोन टेप कर रही थी, तो उन्होंने उसके और राव के बीच की कई बातचीतें सुनी थीं, जिसने बहुत बड़े विवाद को भड़काया था। राव उस समय ऑर्थर रोड जेल में बन्द था। जैसा कि पता चला था, राव ने राजन से 5 लाख रुपयों की माँग की थी। उसे यह रकम ओ. पी. सिंह मामले में निलम्बित 11 जेलकर्मियों को वापस उनकी नौकरी पर रखे जाने के लिए रिश्वत के तौर पर सीताराम म्हेत्रे को देनी थी। म्हेत्रे उस वक़्त गृह विभाग में राज्य मन्त्री थे। यह बातचीत एमसीओसीए अदालत में पेश की गयी थी और म्हेत्रे को अपना बचाव करने में तथा यह साबित करने में कि वे राव को नहीं जानते बहुत मुश्किल का सामना करना पड़ा था।

राव 11 साल सज़ा काटने के बाद जेल से रिहा हुआ और उसने धारावी में अपने लिए एक ठाठदार घर बनाया। वह खुद को भ्रष्टाचार-विरोधी मंच का अध्यक्ष कहता है और अपनी इमारत की छत पर योग सिखाता है। लेकिन पुलिस उस पर क़रीब से निगाह रखे हुए है; वे उस पर मुकदमा चलाने और उसे सलाखों के पीछे डालने के लिए उसके ख़िलाफ़ एक के बाद एक मामले दर्ज करते रहते हैं।

41

अश्विन का पश्चाताप

जब अश्विन नाइक को उसकी बीवी नीता नाइक की हत्या तथा हत्या, ड्रग बेचने और एक्सटॉर्शन सम्बन्धी पन्द्रह अन्य मामलों में अदालत द्वारा बरी कर दिया गया तो वह जेल में दस साल (पाँच साल तिहाड़ जेल में और पाँच साल पुणे के यरवदा जेल में) बिताने के बाद 1 मई 2009 को रिहा हो गया। चिंचपोकली के उसके घर पर उसके पड़ोसियों तथा उसके दोनों बच्चों ने उसका ज़ोरदार स्वागत किया।

अश्विन को नीता की हत्या के मुकदमे का सामना करने 2005 में तिहाड़ से यरवदा लाया गया था। 31 जनवरी को एमसीओसीए अदालत ने उसको बरी कर दिया। अब वह अपने किशोर उम्र के बेटे और बेटी के साथ चिंचपोकली में रहता है।

2012 में *द टेलिग्राफ़* में वेली थेवर को दिये गये एक साक्षात्कार में अश्विन ने तिहाड़ जेल के अपने साढ़े पाँच साल के प्रवास को याद किया था। 'महाराष्ट्र की कई जेलों में रहने के बाद तिहाड़ सबसे अच्छा था। साहसी और अक्खड़ आइपीएस अफ़सर किरण बेदी ने इस जेल को सच्चे मायनों में एक रहने की जगह में बदल दिया था। एक वक़्त ऐसा भी था जब वे स्टाफ़ के लोगों को हाथ में डण्डा लेकर अन्दर जाने की इजाज़त नहीं देती थीं, ताकि क़ैदियों का मनोबल न गिरे। आख़िरकार जेल में ऐसे क़ैदी भी थे जिन पर अभी मुकदमे चल रहे थे।

'जेल के इन्तज़ाम अच्छे थे और ढेरों सुविधाएँ थीं। तिहाड़ के अन्तर्गत आने वाले तमाम जेलों में कई अस्पताल थे। इन अस्पतालों का इन्तज़ाम केरल की प्रशिक्षित नर्सों के ज़िम्मे था और मैं लगातार अस्पताल में वक़्त बिता रहा था क्योंकि मैं अपाहिज़ था और मेरा ध्यान रखे जाने की ज़रूरत थी। कभी-कभी तो नर्सें अपने डिब्बे तक मेरे साथ बाँटती थीं और कभी-कभी हम उनके साथ इश्क-मिज़ाजी भी करते थे। तिहाड़ में कई सारी जेलें हैं, ठीक रोहिणी तक फैली

हुई। उस समय छह जेलें थीं, आज तिहाड़ के अन्तर्गत दस जेलें हैं। मैं नं. 3 जेल में था। क़ैदियों को अक्षर-क्रम के मुताबिक़ एक दूसरे के साथ रखा गया था।'

'हालाँकि ऐसा कहा जाता है कि जेल की दोस्ती फाटक तक है, लेकिन मेरी दोस्ती कई साथी क़ैदियों और सन्तरियों से हुई जो आज तक जारी है। यह इसके बावजूद मुमकिन हो सका कि मैं एक हाइलाइटेड [रेखांकित] क़ैदी था (इस शब्द का इस्तेमाल अत्यन्त जोखिम वाले क़ैदियों के लिए किया जाता है)। जब कभी किसी ग़रीब आदमी ने आकर मुझसे कहा कि वह रिहाई की शर्त के तौर पर 2000 रु. का मुचलका देने की हालत में नहीं है, मैंने उसे पैसे दिये।'

'तिहाड़ में आप अपना टेलिविज़न ख़रीद सकते थे (हालाँकि वह बाद में जेल की सम्पत्ति बन जाता था); मैंने उन लोगों के लिए कोई पचास टेलिविज़न मुहैया कराये थे जो चाहते तो थे लेकिन ख़रीदने की हालत में नहीं थे। वे आपको ट्रांजिस्टर, घड़ियाँ, सोने की चेन रखने की भी इजाज़त देते थे, और आप हफ़्ते में दो बार मुलाक़ातियों से मिल सकते थे। जाड़ों में हम सुबह 6 बजे उठते थे, वैसे उठने का समय 5.30 बजे निर्धारित था। हमें सुबह 9 बजे दिन भर के लिए अपना पानी बाल्टियों में भरकर रखना होता था।'

'जब मैं तिहाड़ पहुँचा था तब बहुत बेचैन और थका हुआ था। मुझे कई मामलों में फँसा दिया गया था और मेरे साथ बहुत बुरा हो गया था। मेरे नाम की वजह से मेरा फ्रेम बन गया और मैं तस्वीर बन गया। इस बात का डर था कि विरोधी गिरोह के लोग मुझको मार देंगे और क्योंकि मैं कमर से नीचे अपाहिज़ था इसलिए मुझमें भरोसे की कमी थी। 9' x 12' की उस कोठरी में ज़्यादा लोग नहीं थे और धीरे-धीरे उस जगह के साथ मेरा रिश्ता बनने लगा। तिहाड़ में तमिलनाडु की पुलिस तैनात है ताकि क़ैदी उनसे बात न कर सकें। सन्तरी हर तीन घण्टे में बदलते रहते हैं, हालाँकि मैं समझता हूँ कि अगर कोई चाहे तो खुदकुशी करना तब भी मुमकिन है। मेरे वहाँ रहने के दौरान ऐसी कई घटनाएँ हुई थीं और जब गिनती में कोई एक संख्या कम पायी जाती थी तो सन्तरियों पर बुरी बीतती थी। कभी-कभी क़ैदी किसी पेड़ पर या पानी की टंकी पर चढ़ जाते थे। बहुत ड्रामेबाज़ी होती थी। दोपहर में 12 से 3 बजे तक और शाम 6 से सुबह 6 बजे तक हम ताले में बन्द होते थे।

'मैं जून 1999 में तिहाड़ गया था और जब कारगिल की लड़ाई हुई थी, हमने बहुत-सा पैसा इकट्ठा किया था। निजी तौर पर मैंने 2 लाख रुपये दिये थे। मैंने कैण्टीन भी चलायी थी, खाने वाली नियमित कैण्टीन नहीं बल्कि स्वल्पाहार वाली। कैण्टीन चलाने के लिए मुझे रोज़ 6000 रुपये झोंकने होते थे। हम ब्रेड

पकोड़ा और चाय उपलब्ध कराते थे। जो लोग अदालत जा रहे होते थे उनको इससे बहुत फ़ायदा होता था क्योंकि उन्हें नाश्ता मिल जाता था। जेल नं. 3 के 3000 क़ैदियों में से कम से कम 400 क़ैदी हर रोज़ अदालत जाते थे और वे ब्रेड पकोड़े ख़रीदने के लिए अपने कूपनों का इस्तेमाल करते थे। दरअसल किसी-किसी दिन इसमें कोई मुनाफ़ा नहीं होता था, लेकिन तब भी कम से कम आपको मक्खन, सब्ज़ियाँ, और खाने का दूसरा सामान तो मिल ही जाता था, यही वजह थी कि मैंने कैण्टीन चलायी थी।'

'नींद न आना जेल में बड़ी भारी समस्या है और लोग अक्सर कहते पाये जाते थे, नाइट्रोविट (नींद की गोली) लेकर सो गया था। जेल में क़ैदियों के पीटे जाने की घटनाएँ भी होती थीं; हमारी अँगुलियों की ही तरह सन्तरी भी अलग-अलग मिज़ाज के होते थे।'

'जो बात मुझे अच्छी लगती थी वो ये थी कि व्यवस्था कारगर थी, हालाँकि वहाँ हर चीज़ बिकती है, जैसा कि हर जेल में होता है। अगर आपके पास पैसा है तो आप सुविधाएँ हासिल कर सकते हैं। एक गाँधी (पाँच सौ रुपये का एक नोट) के बदले तम्बाकू के सात पाउच मिलते थे। किरण बेदी तम्बाकू की पीकों और धूम्रपान को देख-देखकर इतनी तंग आ चुकी थीं कि उन्होंने इन चीज़ों पर रोक लगाने के लिए भरसक कोशिश की। फिर उन्होंने क़ैदियों के सम्बन्धियों से मिलकर बात करना शुरू की और कहा कि क्या उनको ये बात अच्छी नहीं लगेगी कि उनके ये क़रीबी और प्रिय लोग जेल के अन्दर बीड़ी-सिगरेट पीना या तम्बाकू खाना बन्द कर दें। इसलिए मेहरबानी करके ये चीज़ें मत लाएँ, वे उनसे कहती थीं। फिर उन्होंने क़ैदियों के साथ कूटनीति से काम लिया और उनसे कहा कि अगर वे तम्बाकू और बीड़ी-सिगरेट छोड़ देंगे तो उन्हें और ज़्यादा सुविधाएँ और बेहतर खाना उपलब्ध कराया जाएगा। क़ैदी इस जाल में फँस गये और इस तरह तम्बाकू और बीड़ी-सिगरेट ग़ायब हो गये। हालाँकि, सन्तरी ज़रूर तम्बाकू की ब्लैकमार्केटिंग करते थे।'

जेल से रिहा होने के बाद और अन्त में चिंचपोकली के 144 अपार्टमेण्ट्स में वापस लौट आने के बाद अश्विन नाइक को अन्ततः चैन नसीब हुआ। उसने अपने पिता के नाम पर मारुति इन्फ्रास्ट्रक्चर नाम की एक कम्पनी स्थापित की है जो रियल एस्टेट का काम देखती है - रियल एस्टेट, यानी वह नया बुलबुला जिसमें माफ़िया और सियासतदानों की ख़ास दिलचस्पी है। उसकी बेटी ने आगे की पढ़ाई के लिए अमेरिका जाने की योजना बना रखी है। उसका कहना है कि इस बात से वह परेशान है, क्योंकि वह अपनी बेटी से बहुत लाड़ करता है और

उसके चले जाने के बाद उसे उसकी कमी भयानक रूप से खलेगी।

कभी-कभार सुनने में आता है कि अश्विन ने कोई ग़ैरक़ानूनी काम किया है और पुलिस उसको एक्सटॉर्शन के आरोपों में पकड़ ले जाती है। उसका अतीत अब भी उसका पीछा करता है और यह बात उसको अच्छी नहीं लगती कि उस पर अपराधी होने की छाप पड़ी हुई है क्योंकि यह रास्ता उसने नहीं चुना था। लेकिन अब और गोलीबारी नहीं, और प्रतिद्वन्द्वी गिरोह नहीं। अश्विन आख़िरकार चैन से है।

42

अमजद खान की शोले

अमजद खान सिनेमा के अपने आदर्श अमजद खान की तरह ही बोलता था। वह असल अमजद खान की ही तरह अकड़कर चलता था। चूँकि वह बॉलीवुड में नहीं जा सका, इसलिए उसने अपनी असल ज़िन्दगी में अमजद खान की कॉपी बन जाने का फ़ैसला किया। धमकी भरी निगाह, कुटिल मुस्कराहट, मोटी, घनी भौंहों का टेढ़ापन, तिरस्कार से भरी नज़र, मज़ाक उड़ाती हँसी, यहाँ तक कि उसके बोलने का अन्दाज़ भी - यह अमजद खान *शोले* के अमजद खान की एक अप्रमाणित प्रतिलिपि था, बावजूद इसके कि उसकी शक्ल उससे नहीं मिलती थी। समस्या सिर्फ़ एक ही थी - अमिताभ बच्चन, शत्रुघन सिन्हा या अनिल कपूर की शक्लों से मिलते-जुलते कलाकारों से भिन्न इस बात की कोई गुंजाइश नहीं थी कि अमजद खान को हिन्दी सिनेमा में कोई कामयाबी मिल पाती। वह ड्रग बेचते हुए नार्कोटिक्स कण्ट्रोल ब्यूरो (एनसीबी) द्वारा पकड़ा गया था और उस पर ड्रग के धन्धे में शामिल होने के लिए मुकदमा चलाया जा रहा था।

हालाँकि वह ऐसे स्कूल में पढ़ा था जिसकी दृढ़ मान्यता थी कि अगर आपके हिस्से में टमाटर हों, तो आपको सॉस बनाना चाहिए। वह एनसीबी का मुखबिर बन गया, हालाँकि उसका मुकदमा अभी ख़त्म भी नहीं हुआ था। उसको पक्का यक़ीन था कि अन्त में वह छूट जाएगा। खान के ख़ुफ़िया नेटवर्क तथा एनसीबी को उपलब्ध कराये गये उसके सुराग़ों ने देश भर में ड्रग की ज़ब्ती को मुमकिन किया है। एनसीबी को ऐसी कामयाबी का स्वाद कभी चखने को नहीं मिला था, और यही चीज़ थी जिससे एनसीबी के अफ़सरों ने उसके प्रति नरमी का रुख अपनाया।

इसी के साथ-साथ, अमजद खान ने ड्रग-व्यापारियों के उस तन्त्र की दुश्मनी भी मोल ले ली जिसने खान की चुग़लखोरी के पहले तक करोड़ों रुपये कमा लिये थे। एनसीबी द्वारा कई बड़ी खेपें ज़ब्त की गयीं और ड्रग माफ़िया

ग़ुस्से से बौखला उठा। लगातार बढ़ता हुआ घाटा सालाना टर्नओवर में बहुत बड़ा छेद पैदा कर रहा था। इस हालत को ठीक करने के उपाय ढूँढना ज़रूरी थे जिसके लिए उन्होंने मिलजुलकर सोचना शुरू किया।

आख़िरकार उन्होंने अमजद खान को हटा देने का फ़ैसला किया। लेकिन बिल्ली के गले में घण्टी कौन बाँधे? अमजद खान का एक दोस्त था, मुठभेड़-विशेषज्ञ पुलिस अफ़सर प्रदीप शर्मा। खान ने मीडिया को दिये गये अपने साक्षात्कारों और खुलेआम दिये गये वक्तव्यों में अपनी इस दोस्ती का भरपूर प्रचार कर रखा था। सिर्फ़ उसके घर के बाहर और उसकी कार पर ही उसके विज्ञापन की कमी थी। कोई निशानेबाज़ शर्मा के साथ तलवारें भाँजने को तैयार नहीं था, और इस बात ने उन षडयन्त्रकारियों की मुश्किलें बढ़ा दी थीं जो खान को किसी भी हालत में मरवाना चाहते थे। ड्रग माफ़िया अमजद खान पर सुपारी की रकम बढ़ाता गया। कुछ ही महीनों के भीतर जिस रकम की शुरूआत 5 लाख रुपये से हुई थी वह बढ़कर 5 करोड़ तक पहुँच गयी। लेकिन तब भी कोई भी इस काम को हाथ में लेने को तैयार नहीं था। जहाँ तक अमजद खान का सवाल था उसको अपने सिर पर लगी बोली के बारे में कोई अन्दाज़ा ही नहीं था या फिर वह खुद को लेकर कोई भ्रम पाले हुए था और अपने आप से सन्तुष्ट था, क्योंकि वह ड्रग-व्यापारियों के तन्त्र को नुक़सान पहुँचाना जारी रखे हुए था।

निहायत ही हताशा की हालत में इस तन्त्र ने छोटा राजन से सम्पर्क किया और उसके सामने 20 करोड़ रुपये की सुपारी का प्रस्ताव रखा। मात्र एक व्यक्ति की हत्या के लिए इतनी बड़ी रकम के बारे में पहले कभी नहीं सुना गया था। मुम्बई में हत्या के काम 5000 रुपये तक में हो जाते थे। (लश्कर-ए-तैयबा तक ने 26/11 को अंजाम देने के लिए इस रकम का एक छोटा-सा हिस्सा - मात्र 20 लाख रुपये - ख़र्च किया था।)

राजन ने सुपारी मंज़ूर कर ली। आख़िरकार वह पहले भी शर्मा को ललकार चुका था। उसके ग़ुस्से का उसको कोई डर नहीं था। लेकिन अमजद खान की पहचान कौन करेगा? राजन को अपने कामों को अंजाम देने में मुम्बई की नामी गिरामी पुलिस की सेवाएँ प्राप्त करने की कला में महारथ हासिल थी। अमजद के मामले में उसने एक मुठभेड़-विशेषज्ञ से उसकी पहचान करने का आग्रह किया, जो क्राइम ब्रांच के ऐण्टी-नार्कोटिक्स सेल में काम कर चुका था। मुठभेड़-विशेषज्ञ ने उससे 5 करोड़ रुपये लिये और उसको अपना सबसे अच्छा आदमी दे दिया; एक सब-इंस्पेक्टर निशानेबाज़ को अपनी जिप्सी में ले गया

और उसने अमजद की तरफ़ इशारा कर उसकी पहचान करा दी।

16 अक्टूबर 2006 को मोटरबाइक पर सवार तीन लोगों ने अमजद खान और उसके दोस्त हिमांशु चौधरी की गोली मारकर हत्या कर दी। ये दोनों उस वक़्त सन 2000 के एक मैण्ड्रैक्स-ज़ब्ती के बड़े मामले की सुनवाई के लिए सेशन्स कार्ट के रास्ते पर थे। यह दिनदहाड़े की गयी एक दहला देने वाली हत्या थी जो सेशन्स कोर्ट के सामने और राज्य के पुलिस मुख्यालय से बमुश्किल 200 मीटर दूर ट्रैफ़िक के लिहाज़ से शहर के सबसे व्यस्त चौराहे पर की गयी थी।

खान की हत्या ने एनसीबी को लड़खड़ा दिया। इसने उन बहुत सारे क्राइम रिपोर्टरों के लिए भी एक शून्य पैदा कर दिया जो अपनी रिपोर्टों को सशक्त बनाने के लिए इस क्षेत्र में उसके दुनिया भर के अपार ज्ञान का फ़ायदा उठाते रहे थे।

पुलिस इंस्पेक्टर प्रदीप शर्मा को यक़ीन नहीं आ रहा था कि राजन उसको इस तरह खुली चुनौती दे सकता है। शर्मा अभी ओ. पी. सिंह की मौत से भी नहीं उबरा था; अमजद खान की मौत असहनीय थी। खान उसका सिर्फ़ मुखबिर ही नहीं था दोस्त भी था, और शर्मा उसके शोक में डूबा गया।

राजन के गिरोह में शर्मा के भेदिये ओ. पी. सिंह के बारे में व्यापक तौर पर यह धारणा थी कि उसने खान के साथ बहुत सारी जानकारियाँ बाँट रखी थीं, और खान ये खुफ़िया जानकारियाँ पुलिस के अपने सम्पर्कों तक पहुँचा दिया करता था। इसके नतीजे में राजन के कई लोग गिरफ़्तार हुए थे और कई शर्मा की टीम द्वारा आयोजित मुठभेड़ों के शिकार हुए थे। राजन ने सिंह पर बहुत भरोसा किया था लेकिन जब उसको लगा कि सिंह तो शर्मा का आदमी है, तो उसने चालाकीपूर्वक उससे छुटकारा पाने का फ़ैसला कर लिया। सिंह नयी दिल्ली के ग्रेटर कैलाश-II के सुरक्षित घर में रहता था जिसकी जानकारी सिर्फ़ राजन और शर्मा को ही थी। राजन ने नई दिल्ली पुलिस के दो मुठभेड़-विशेषज्ञों एसीपी राजबीर सिंह और इंस्पेक्टर मोहन चन्द शर्मा को फ़ोन किये। ये दोनों दिल्ली पुलिस की क्राइम ब्रांच के एक विशेष सेल में तैनात थे। राजन ने उनको अपने सबसे बड़े सहयोगी की दिल्ली में मौजूदगी के बारे में सुराग़ उपलब्ध कराया। दोनों तुरन्त सिंह पर झपट पड़े और उसे गिरफ़्तार कर लिया। सिंह की तलाश चूँकि दिल्ली में नहीं थी, इसलिए उसको मुम्बई भेज दिया गया। जल्द ही उसे नासिक जेल में भेज दिया गया, डी. के. राव और उसके आदमियों के लिए आसान-सा शिकार बनाकर।

ओ. पी. सिंह और अमजद खान की हत्याओं की मार्फ़त राजन ने अपने

मंसूबों को पूरा करने में पुलिस तन्त्र के इस्तेमाल के अपने तरीक़े को साफ़ तौर पर उजागर कर दिया था। दिल्ली के दो जाने-माने पुलिसवाले और मुम्बई का एक मुठभेड़-विशेषज्ञ उसके तलवे चाटते थे; जेल में सिंह की हत्या से यह बात ज़ाहिर हो गयी थी कि ग्यारह जेलकर्मी राजन की ग़ुलामी के लिए तत्पर थे।

लेकिन राजन ने इस बात पर ध्यान नहीं दिया था कि खान ज़िन्दा रहकर उसको जितना नुक़सान पहुँचाता था उससे ज़्यादा नुक़सान वह मरकर पहुँचा सकता था। शर्मा ने निश्चय कर लिया कि राजन को उसके दोस्त की हत्या की क़ीमत चुकानी पड़ेगी। उसने खान के हत्यारों के ख़िलाफ़ अपनी खुद की लड़ाई लड़ने का फ़ैसला किया, और गिरोह तथा गिरोह-सरगना को गम्भीर नुक़सान पहुँचाने का संकल्प कर लिया।

2006 और 2009 के बीच मुम्बई पुलिस के मुठभेड़-विशेषज्ञों ने विशेष रूप से राजन के आदमियों का पीछा किया और उसके तीस से ज़्यादा आदमी मारे गये। लोगों के दिलों में कुछ ऐसा ख़ौफ़ भर गया कि एक तरफ़ कोई भी नया हत्यारा निशानेबाज़ गिरोह में शामिल होने को तैयार नहीं था और दूसरी तरफ़ जो लोग पहले से राजन के लिए काम करते रहे थे उन्होंने नयी ज़िम्मेदारियाँ लेने से मना कर दिया, क्योंकि पुलिस उनको लगातार परेशान कर रही थी।

कुछ गिरोहबाज़ों ने तो मुम्बई तक को छोड़ दिया और वे दक्षिण भारत में रहने चले गये; कुछेक ने अपने फ़ोन नम्बर और घर बदल लिये। राजन के एक पुराने गुर्गे का कहना था कि 'हम किसी मुठभेड़ में नहीं मरना चाहते थे। शर्मा किसी को भी मार सकता है।'

मुठभेड़ों की इस तेज़ झड़ी और गिरोह से इस थोक पलायन ने राजन को अपाहिज बना दिया; बाहुबल और पैसा किसी भी गिरोह को खड़ा रखने वाले खम्भे होते हैं। अण्डरवर्ल्ड में यह बात सभी लोग अच्छी तरह से जानते थे कि दाऊद के पास पैसा ज़्यादा है और राजन के पास आदमी ज़्यादा हैं। लेकिन मात्र एक पुलिस अफ़सर ने, लगभग अकेले अपने दम पर, राजन के बाहुबल को ध्वस्त कर दिया।

फिर, इसके पहले कि राजन सँभल पाता, मुम्बई पुलिस ने पश्चिमी उपनगरों के उन बिल्डरों पर लगाम कसनी शुरू कर दी जो राजन के प्रति वफ़ादार थे और जिन्होंने उसके लिए अपने सौदों में से एक हिस्सा तय कर रखा था। उनसे कहा गया कि वे राजन के साथ अपना नाता तोड़ दें, नहीं तो उनके ख़िलाफ़ एमसीओसीए के तहत मामले दर्ज किये जाएँगे। यह उसके लिए एक बहुत बड़ा आघात था।

पुलिस ने ढेरों फ़ोनों पर भी निगरानी रखनी शुरू कर दी थी और उन लोगों की एक फ़ेहरिस्त तैयार कर ली थी जो राजन के प्रभाव का इस्तेमाल करते हुए उसके नाम पर सौदे कर रहे थे। इन लोगों को घसीटकर पुलिस थाने लाया गया और उनसे कहा गया कि वे डॉन के साथ के अपने कारोबारी रिश्तों का खुलासा करें।

2006 के बाद के दो सालों के भीतर राजन का कारोबार कम से कम 250 करोड़ रु. के घाटे में आ गया था।

2010 तक आते-आते राजन के पास उसके गिरोह में, डी. के. राव के अलावा, कोई भी ताक़तवर लेफ़्टिनेण्ट नहीं बचा था।

43

डैडी ढह गये

अदालत गवली के समर्थकों, वकीलों की फ़ौज, मीडिया तथा चमचों से खचाखच भरी हुई थी। दक्षिण मुम्बई के काला घोड़ा में स्थित मुम्बई शहर के सिविल और सेशन्स कोर्ट को भीड़ को आकर्षित करने वाले काफ़ी प्रकरण मिल जाते हैं, लेकिन आज के दिन दूसरी अदालतों के वकील तक गवली की एक झलक पाने और उस प्रकरण का नतीजा जानने, जो मुम्बई की ज़िन्दगी के ढर्रे को बदल सकता था, यहाँ चक्कर लगा रहे थे।

मुम्बई में अपना अड्डा बनाकर रहने वाला शहर का यह डॉन पिछले चार दशकों से महाराष्ट्र की विभिन्न जेलों और दक्षिण मुम्बई स्थित दगड़ी चाल नामक अपने क़िले के बीच लगातार आवा-जाही करता रहा था, क्योंकि मुम्बई पुलिस ने उसे बारबार कभी इस तो कभी उस मामले में गिरफ़्तार करते रहने का निश्चय कर रखा था। हालाँकि गवली अपनी गिरफ़्तारी के दौरान गिरोहबाज़ के रूप में कम ताक़तवर बनकर नहीं रहता था; वह जेल पर भारी पड़ता था और वहाँ से अपने कारनामों को कई मायनों में बेहतर तरीक़े से संचालित करता था।

चालीस सालों में अपराधों की आग से खेलते हुए उसने तरह-तरह के चालीस मामले (सालाना एक मामले की दर से!) जमा किये थे, जिनमें से ज़्यावातर मामलों में वह बरी किया जा चुका था। लेकिन, आज, 28 अगस्त 2012 को, उसकी क़िस्मत का फ़ैसला हमेशा-हमेशा के लिए हो जाने वाला था।

विशेष सरकारी वकील राजा ठाकरे ने गवली की तरफ़ अँगुली उठायी और गुर्राया, 'कमलाकर जामसंदेकर जिस वक़्त टीवी देख रहा था, उसे एकदम क़रीब से गोली मारी गयी थी। उस वक़्त उसका बच्चा उसकी बगल में बैठा होमवर्क कर रहा था और उसकी भतीजी किचिन में थी। एक विधायक होने के बावजूद, गवली ने जान की परवाह नहीं की।

सरकारी पक्ष ने अदालत से गवली और दो अन्य आरोपियों, विजय कुमार

गिरि तथा प्रताप गोडसे को मौत की सज़ा देने की गुहार लगायी। भारी भीड़ के बावजूद अदालत में ख़ामोशी छायी हुई थी। गवली पर 2007 में शिव सेना पार्षद जामसंदेकर की हत्या करने का आरोप था।

उस दिन विशेष एमसीओसीए अदालत ने गवली और ग्यारह अन्यों को हत्या का दोषी ठहराया। लेकिन गवली और उसके गिरोह को सज़ा दिये जाने की सुनवाई अदालत ने स्थगित कर दी।

गवली ने यह कहते हुए दया की फरियाद की कि वह साठ बरस का है और उसे अपनी बीवी, बच्चों और बूढ़ी माँ का पालन-पोषण करना है। आरोप पक्ष ने तर्क दिया की ये परिस्थितियाँ अपराध के प्रभाव को कम नहीं करतीं। 31 अगस्त को विशेष अदालत ने 2007 की उक्त हत्या के लिए गवली और ग्यारह अन्य को आजीवन कारावास की सज़ा सुना दी।

इस फ़ैसले ने गवली की नियति हमेशा-हमेशा के लिए तय कर दी। वह पहले ही साठ से ऊपर का था और अब उसकी बाक़ी ज़िन्दगी एक गुनहगार के रूप में जेल में बीतनी तय थी। इस घटनाक्रम से गवली पर न सिर्फ़ नकेल पड़ गयी बल्कि वह लगभग ख़त्म हो गया।

राज्य सरकार पिछले दो दशकों से गिरोहबाज़ से राजनेता में तब्दील हुए गवली को किसी बड़े मामले में फाँसने की जीतोड़ कोशिश में लगी हुई थी। लेकिन गवली के वकीलों की फ़ौज, गवाहों के ख़िलाफ़ उसकी धमकी भरी कूटनीतियाँ और चालाकी भरी जोड़तोड़ जैसी चीज़ें मिलकर हर बार यह स्थिति पैदा कर देती थीं कि जैसे ही कोई मामला मुकदमे के लिए जाता, वह आज़ाद होकर घूमने लगता था।

सालों-साल से मुम्बई पुलिस गवली को सलाखों के पीछे बनाये रखने के लिए क़ानून के दायरे के भीतर और उसके परे जाकर हर सम्भव कोशिश कर चुकी थी। कभी-कभी तो वे गवली के वकीलों को हैरानी में डालते हुए उन पर भारी भी पड़े। जब, मसलन, 24 जुलाई 1997 को संवाददाता आनन्दिता रामास्वामी पर हमले के मामले में गवली और उसके आदमियों की ज़मानत हो गयी तो पुलिस निराश हुई। उन्होंने उनके इतने आसानी से ज़मानत पर छूट जाने की उम्मीद न की होगी। लेकिन मीडिया ने पुलिस अधिकारियों के चेहरों पर किसी क़िस्म की निराशा या हार का भाव नहीं देखा।

सरकारी वकील पी. आर. नामजोशी का तर्क था कि गवली की रिहाई गवाहों को आरोपियों की पहचान के लिए आगे आने से रोक सकती है। 'उसकी रिहाई और ज़्यादा हिंसा का कारण बन सकती है,' नामजोशी ने कहा था।

और तब पुलिस ने अपना तुरुप का पत्ता चल दिया। ज़मानत का आदेश पास होता, इसके पहले ही आरोप पक्ष ने अदालत से कहा कि गवली के ख़िलाफ़ - 1990 में दगड़ी चाल से एक औरत से बलपूर्वक मकान ख़ाली कराने में उसकी भागीदारी से सम्बन्धित - एक और एफ़आइआर दर्ज की गयी है। गवली को कोई राहत न मिल सके इसके लिए एक सात साल पुराना मामला उठाया गया।

गवली को न्यायिक हिरासत के लिए आर्थर रोड जेल में ले जाया जाना था। लेकिन पुलिस की गाड़ियों के पीछे चल रहे गवली के आदमी उस वक़्त ठगे से रह गये जब उन्होंने देखा कि गवली को ले जा रही पुलिस वैन अचानक बाक़ी गाड़ियों से अलग होकर क्राइम ब्रांच के मुख्यालय की तरफ़ बढ़ गयी है। गवली को गजारे मामले में पुलिस हिरासत में रखे जाने की मंज़ूरी मिल गयी थी।

चन्द्रप्रभा गजारे ने अग्रीपाड़ा पुलिस थाने में दर्ज करायी गयी अपनी एफ़आइआर में शिकायत की थी कि उससे दगड़ी चाल का कमरा नं. 12 ख़ाली करने को कहा गया था। जब उसने वैसा करने से मना कर दिया, तो अरुण गवली और उसके गुण्डों ने उसे पीटा और उठाकर बाहर फेंक दिया। गजारे गवली के आदमियों का खाना बनाया करती थी, और उसका कहना था कि समस्या उस वक़्त शुरू हुई जब उसने गवली को अपना घर बेचने से मना कर दिया जिसकी क़ीमत के तौर पर गवली ने उसके सामने 50000 रुपयों का प्रस्ताव किया था। तब उस मकान की क़ीमत 3 लाख रुपयों से भी ज़्यादा थी। उसका यह भी आरोप था कि गवली उसकी बेटी संगीता से शादी रचाना चाहता था।

'मैंने उसके प्रस्ताव को ठुकरा दिया। गवली हमेशा फ़रार रहा करता था। इसके अलावा, ये गिरोहबाज़ व्यापारियों का अपहरण कर लाते थे और उनको पीटते थे... मैं अपनी बेटी किसी गिरोहबाज़ से नहीं ब्याहना चाहती थी,' उसने कहा था।

गजारे का कहना था कि पत्रकार रामास्वामी द्वारा दर्ज करायी गयी शिकायत से उसे गवली के ख़िलाफ़ खड़े होने की प्रेरणा मिली थी।

गजारे मामले से यह बात पक्की हो गयी थी कि गवली को अपनी ज़िन्दगी के तीन और बरस जेल में बिताने होंगे। लेकिन 20 जून 2000 को वह ज़मानत हासिल करने में कामयाब हो गया। आरोप पक्ष के मुताबिक़, उसने मामले के मुख्य गवाह मनोज बिरजे की, सह-आरोपी सुनील घाटे और नागेश मोहिते के हाथों हत्या करवा दी थी। फिर भी गवली को ज़मानत दे दी गयी।

पुलिस ने 1990 में उसके ख़िलाफ़ एक्सटॉर्शन का भी एक मामला मढ़ने की कोशिश की थी, लेकिन गवली इससे भी खुद को बचा ले जाने में कामयाब रहा था। 10 जनवरी 2007 को बम्बई उच्च न्यायालय द्वारा उसे एक्सटॉर्शन के सोलह साल पुराने मामले में रिहा कर दिया गया था। गवली के लिए काम करने वाले क़ानून-विशेषज्ञों का एक सम्पूर्ण दल उसके पास मौजूद था और उसके आदमी ताक़तवर पुलिस और सरकारी तन्त्र से निपटने के लिए हर वक़्त तैयार रहते थे।

जामसंदेकर हत्या के मामले में उसकी अभूतपूर्व सज़ा ने गिरोह को ज़बरदस्त धक्का पहुँचाया। आजीवन कारावास का मतलब था अपराधिक गिरोह का पटाक्षेप; उनका दबदबा अब उस तरह सर्वव्यापी नहीं रह जाने वाला था जैसा कि वह इस सज़ा के सुनाये जाने के पहले तक हुआ करता था। दगड़ी चाल पर मायूसी के बादल छा गये।

बायकला पश्चिम में स्थित दगड़ी चाल में जो तिमंज़िला इमारत किसी समय अभेद्य और पहरे में हुआ करती थी, वह आज काफ़ी हद तक उजड़ी हुई है। लोहे के विशाल फाटक हमेशा बन्द रहा करते थे- वे सिर्फ़ उन्हीं लोगों के स्वागत में खुलते थे जो गवली को अतिमानव के रूप में पूजते थे। कुछ का कहना था कि गवली ने उनको सुरक्षा का ऐसा अहसास कराया है कि वे अपने घर के दरवाज़े खुले छोड़कर सो सकते हैं - या अगर उनको मदद की ज़रूरत हो, तो वे रात के तीन बजे भी उससे जाकर मिल सकते हैं। वहाँ अब भी ऐसे पहरेदार मौजूद हैं जो आने-जाने वालों पर निगाह रखते हैं; इनमें एबीएस के कार्यकर्ता और कुछ ख़ास पड़ोसी शामिल हैं।

जैसे ही आप घुसते हैं, आपको बाँयी तरफ़ गवली के घर की ओर खुलता एक छोटा दरवाज़ा मिलता है और दाँयी तरफ़ किसी जिम का एक होर्डिंग। जिम को लेकर गवली में बड़ा उत्साह था और यह जिम उसने अपने पिता, गुलाबराव अहीर के नाम पर खुद बनवाया था। उसने इसे आधुनिक क़िस्म की मशीनों और एकदम नये फ़ैशन के उपकरणों से लैस करते हुए इस पर 40 लाख रुपये से ज़्यादा ख़र्च किये थे। पर इसमें बहुत कम लोग आते थे, जिसकी वजह को शायद समझा जा सकता है।

गवली ने चहारदीवारी के अन्दर दुर्गा देवी पाण्डाल के लिए, दुर्गा की सालाना स्थापना और झाँकी के लिए भी ज़मीन ख़ाली छोड़ रखी है। वह मकान जो बुरी हालत में था, उसको उसने लिफ़्ट तथा सुरक्षा इन्तज़ामों से लैस कर एक सुरक्षित इमारत में बदल दिया था। जब गवली घर के अन्दर होता था तो

कोई भी शख़्स, फिर चाहे वह पुलिसवाला ही क्यों न हो, आसानी से अन्दर नहीं घुस सकता था; उसको बहुत सारी बाधाओं, बहुत सारी रुकावटों का सामना करना होता था।

स्थानीय रहवासी बड़े गर्व से बताते हैं कि दगड़ी चाल में दाऊद इब्राहिम एक से ज़्यादा बार आया था; उसकी आख़िरी मुलाक़ात के दौरान भारी तकरार हुई थी और उसके बाद वह फिर कभी नहीं आया। लोगों का कहना है कि यह जगह डोंगरी की पकमोडिया स्ट्रीट पर स्थित दाऊद इब्राहिम के मुसाफ़िरख़ाना से भी ज़्यादा सुरक्षित है।

और आगे चलने पर एक तालाबन्द इलाक़ा मिलता है, जो किसी ज़माने में एबीएस द्वारा स्थापित किया गया दवाख़ाना हुआ करता था। इसके बाद, मन्दिर के सामने एबीएस का कार्यालय है। मन्दिर का कलश शुद्ध सोने से बनाया गया है, जो कि गवली की भक्ति-भावना की निशानी है। मन्दिर के ठीक बगल में गोशाला है जिसमें तीन-चार गायें हैं। गाँयों के प्रति इस ख़ास आकर्षण का ताल्लुक, ज़ाहिर है, इस तथ्य से है कि वह गवली या ग्वाला है। दिलचस्प बात यह है कि पहली मंज़िल का वह जर्जर ढाँचा जिसको अब गोशाला में बदल दिया गया है किसी समय में गवली का घर हुआ करता था।

गवली अपनी छत पर लोगों के लिए सभाएँ आयोजित करता था। ये बैठकें देर रात तक चला करती थीं और गवली इस बात का पक्के तौर पर ख़याल रखता था कि चाहे कितनी ही रात क्यों न हो गयी हो, हर किसी को ठीक से खाना खिलाया जाए। सभाओं की यह रवायत किसी हद तक अभी भी जारी है क्योंकि उसकी बेटी गीता ने अब उसकी भूमिका ले ली है।

गवली पिछले विधान सभा चुनाव में हार गया था, और इसने उसके राजनीतिक जीवन को चौपट कर दिया था, लेकिन उसकी बेटी गीता तथा भाभी वन्दना कॉर्पोरेटर के रूप में चुनी गयी हैं। गीता अब गवली के अतीत को पोंछने की कोशिश कर रही हैं और एक नयी शुरूआत की उम्मीद से भरी हुई हैं। वे अपने पिता को रॉबिन हुड और दलितों तथा ग़रीबों के मसीहा के रूप में पेश करती हैं। उनका कहना है कि वे अपने पिता की विरासत को आगे बढ़ाने के लिए ही 2007 में राजनीति में शामिल हुई थीं।

उनका सोचना है कि गवली को स्थानीय लोगों का ज़बरदस्त समर्थन प्राप्त है। 'डैडी ने जो पहला लोकसभा चुनाव लड़ा था उसमें अकेले उन्हें कुल 94,000 मत प्राप्त हुए थे जबकि काँग्रेस और एनसीपी मिलकर कुल एक लाख मत हासिल कर पाये थे। डैडी नये थे, तब भी वे इतने सारे मत हासिल कर

सके थे। क्या यह उनकी लोकप्रियता को मापने की कसौटी नहीं है?' धाराप्रवाह अँग्रेज़ी बोलती हुई गीता कहती हैं।

गवली के अपराधों और उसके एक गिरोह-सरगना होने के बारे में पूछे जाने पर वे तपाक से कहती हैं, 'हर किसी का एक बुरा अतीत होता है। हमें ज़िन्दगी में आगे बढ़ते रहना होता है।'

गवली जब भी चेक-अप के लिए जे. जे. अस्पताल आता है तो गीता उससे नियमित रूप से मिलती रहती हैं। जब उनसे पूछा गया कि पार्टी की ज़िम्मेदारी आख़िर उन्हीं ने क्यों सँभाली, उनके अन्य भाई-बहन ने क्यों नहीं, तो उन्होंने सफ़ाई दी कि 'महेश का अपना रेस्तराँ का कारोबार है। योगेश ने अभी बारहवीं का इम्तिहान पास किया है। उसने ऑटोमोबाइल इंजीनियरिंग में भी एक कोर्स किया है। योगिता ने राजनीति शास्त्र से बीए किया है और उसकी योजना मेरे साथ राजनीति में आने की है। सबसे छोटी अस्मिता अभी आठवीं में पढ़ रही है।'

गीता अपने पिता की सज़ा के फ़ैसले के ख़िलाफ़ उच्च न्यायालय जाने की योजना बना रही हैं। तब तक गवली को अपना वक़्त जेल में ही बिताना होगा।

उपसंहार

मुठभेड़ मण्डली का अन्त

विजय सलस्कर

श्रीमती स्मिता सलस्कर को गर्व है कि उनके पति एक क़िस्म के हीरो बन गये हैं। पच्चीस साल के अपने कार्यकाल में उसने सत्तर से ज़्यादा ख़ौफ़नाक गिरोहबाज़ों को मारा। लेकिन 26 नवम्बर 2008 की उस मनहूस रात को, जब मुम्बई सबसे बड़े आतंकवादी हमले को झेल रही थी, उनके पति अचानक घर से निकले और उन्हें गुडबाय कहने का भी मौक़ा नहीं मिला।

क्राइम ब्रांच से सम्बद्ध सलस्कर आधी रात के क़रीब विक्टोरिया टर्मिनस के पास ऐण्टी टेररिज़्म चीफ़ हेमन्त करकरे और अतिरिक्त पुलिस कमिश्नर अशोक काम्टे से मिला। रिपोर्टों से ऐसा संकेत मिला कि आतंकवादी - अजमल कसाब और अबू इस्माइल - कामा ऐण्ड ऑलब्लेस हॉस्पिटल की तरफ़ गये हैं। करकरे, काम्टे और सलस्कर ने तुरन्त ही वहाँ जाने का फ़ैसला किया। सलस्कर ने स्टीयरिंग सँभाला और बाक़ी लोग पीछे बैठ गये।

जैसे ही वे स्पेशल ब्रांच बिल्डिंग से आगे निकलकर कामा हॉस्पिटल के क़रीब पहुँचे अबू इस्माइल और अजमल कसाब ने पुलिस अधिकारियों पर गोलियाँ बरसाना शुरू कर दिया। बाद में उन्होंने उन तीनों को कार से बाहर धकेल दिया। तीनों में से करकरे और काम्टे ने सबसे पहले प्राण छोड़े। सलस्कर अभी भी ज़िन्दा था। एक गोली उसकी कलाई में लगी थी और एक पेट को छीलती हुई निकल गयी थी।

शायद सलस्कर जानता था कि उसके ज़ख़्म सांघातक नहीं हैं और अगर समय रहते उसको चिकित्सकीय मदद मिल सके तो वह बच सकता है। कामा अस्पताल की सीढ़ियों पर पड़े-पड़े उसने चिल्लाना शुरू कर दिया, 'माला वाचवा गोली लागली आहे, माला वाचवा! हेल्प!' लेकिन उसकी पुकार किसी ने नहीं सुनी।

स्पेशल ब्रांच बिल्डिंग में लोग छिपे हुए थे। सलस्कर की चीख़-पुकार दूर-दूर तक सुनी जा सकती थी। उसका ख़ून लगातार बह रहा था, लेकिन कोई भी आदमी मदद के लिए नहीं आया क्योंकि उन्हें आतंकवादियों का डर था, जो अभी भी आज़ाद घूम रहे थे। (अपुष्ट रिपोर्टों का कहना है कि उसकी टीम के कुछ लोगों ने उसकी मदद के लिए आगे आने की बजाय छिपे रहना ही बेहतर समझा।) अकेला पड़ा दर्द से छटपटाता वह मदद के लिए पुकारता रहा और उसके जिस्म से लगातार ख़ून बहता रहा।

इस बीच पुलिस के नियन्त्रण कक्ष को इस घातक हमले की ख़बर लग गयी और पुलिस का एक दल घटना-स्थल की ओर रवाना हो गया। उनको यह देखकर राहत मिली कि सलस्कर अभी ज़िन्दा था और साँस ले रहा था। उसे तुरन्त पास के जीटी अस्पताल ले जाया गया। डॉक्टरों और उनके सहयोगियों ने उसे बचाने के लिए तुरन्त कोशिशें शुरू कर दीं। लेकिन, सलस्कर जैसे निहायत ही तन्दुरुस्त व्यक्ति के लिए भी 45 मिनट बहुत ज़्यादा थे।। चश्मदीद गवाह बताते हैं कि सलस्कर अस्पताल में अभी भी पूरे होशो-हवाश में था। हालाँकि ख़ून उसके जिस्म से निचुड़ चुका था, लेकिन वह तब भी डॉक्टरों से और आसपास के लोगों से बात कर पा रहा था।

उसने अपनी पतलून की जेब में रखे चाभियों के एक बड़े गुच्छे को लेकर शिकायत की जो उसे गड़ रहा था। उसने किसी की ओर आँख से इशारा कर उन चाभियों को हटाने को कहा।

भरसक कोशिशों के बावजूद सलस्कर बहुत ज़्यादा ख़ून बह जाने की वजह से मर गया। 26/11 के तमाम शहीदों में से वह शायद अकेला था जो बच सकता था अगर उसे थोड़ा पहले अस्पताल ले जाया गया होता। जिस आदमी ने अमर नाइक और सदा पावले जैसे मगरमच्छों समेत सत्तर लोगों का लगातार पीछा किया था और उन्हें मारा था, खुद वह भी एक दर्दनाक मौत मरा।

रवीन्द्र आंगरे

हालाँकि मंचेकर एक बड़ा डॉन था, लेकिन जिस पुलिसवाले ने अन्ततः उसे मौत की नींद सुलाया था, उसने कहीं ज़्यादा सनसनीख़ेज़ तरीक़े से अपनी ख्याति को बट्टा लगाया। पुलिस इंस्पेक्टर रवीन्द्र आंगरे को 22 फ़रवरी 2008 को गिरफ़्तार कर लिया गया क्योंकि ठाणे के एक व्यापारी गणेश वाघ ने एक्स्टॉर्शन और उसकी सम्पत्ति हड़पने की कोशिश करने की शिकायत दर्ज करायी थी। आंगरे को चौदह महीनों के लिए क़ैद कर लिया गया था लेकिन 2009 में वह मामले

से बरी होने में कामयाब रहा। जब आंगरे को ठाणे की सेण्ट्रल जेल की, संगीन अपराधियों के लिए बनायी गयी, अण्डा कोठरी में धकेला गया, तो वह अपनी बदक़िस्मती पर हँसा था। उस कोठरी में उसका साथी था साजिद चिकना जो आंगरे को देखकर बहुत ख़ुश हुआ था। 'क्या साब, पहचाना क्या? क्या आपको याद नहीं कि आप मुझको मुठभेड़ में मारना चाहते थे?' चिकना ने आंगरे को याद दिलाया कि वह उसकी हिट लिस्ट में हुआ करता था, और एक बार वह आंगरे की गोलियों से मरते-मरते बचा था।

चिकना एक हट्टाकट्टा गिरोहबाज़ था और उसके ख़िलाफ़ एक दर्जन मामले दर्ज थे, जबकि आंगरे इकहरे बदन का था और उसकी उम्र पचपन से ऊपर थी। चिकना के इस उद्‌घाटन ने आंगरे को इतना बेचैन कर दिया कि वह इस डर के मारे रात भर सो नहीं सका कि कहीं वह उसको गला घोंटकर न मार डाले। वह लगातार इस ख़ौफ़ में रह रहा था कि चिकना उसको कभी भी मार सकता है क्योंकि वह उसके प्रति खुन्नस रखता है; इस ख़ौफ़ ने उसकी दिमाग़ी हालत को इतना तनावपूर्ण बना दिया था कि उसकी नींद और चैन हराम हो गये।

बाद में, 9 मई 2009 को आंगरे सर्वोच्च न्यायालय से ज़मानत हासिल करने में कामयाब रहा।

प्रदीप शर्मा

छोटा राजन के लिए भस्मासुर साबित होने वाला पुलिस इंस्पेक्टर प्रदीप शर्मा भी गिरफ़्तार हुआ और तीन साल जेल में सड़ता रहा। 111 मुठभेड़ों का अनुभव रखने वाला शर्मा 8 जनवरी 2010 को गिरफ़्तार हुआ था। उस पर राम नारायण गुप्ता उर्फ़ लखन भैया के साथ नवम्बर 2006 में नक़ली मुठभेड़ करने का आरोप था। वारदात के समय वह डी. एन. नगर थाने में तैनात था। शर्मा के अलावा इक्कीस अन्य लोग भी इस वारदात के सिलसिले में गिरफ़्तार हुए थे, जिनमें ग्यारह पुलिसकर्मी शामिल थे।

तीन साल लम्बे मुकदमे के बाद शर्मा को 5 जुलाई 2013 को मुम्बई के एक सेशन्स कोर्ट द्वारा बरी कर दिया गया था।

आभार

यह किताब मेरे उन बहुत सारे दोस्तों और सहकर्मियों के निःस्वार्थ योगदान का नतीजा है, जिन्होंने किसी पुरस्कार या पारिश्रमिक की उम्मीद किये बिना मेरी मदद की।

मैं हार्पर कॉलिन्स इण्डिया की मुख्य सम्पादक तथा प्रकाशक वी. के. कार्तिका का उनके अपार धीरज के लिए शुक्रिया अदा करता हूँ। वे मेरे लिए बहुत बड़ा सहारा बनीं। मैं ऐण्टनी थॉमस, शान्तनु रे चौधरी, शुका जैन, जोजी फ़िलिप और रजनी जॉर्ज का भी शुक्रिया अदा करता हूँ।

मुझे *हिन्दुस्तान टाइम्स* की सैन्ड्रा अल्मीडा का भी शुक्रिया अदा करना चाहिए जिन्होंने सबसे पहले इस किताब का सम्पादन कर इसको ग़लतियों की सम्भावनाओं से मुक्त किया। समय-सीमा का निर्वाह करने की ख़ातिर उनको अपने क्रिसमस के जश्न को तिलांजलि देनी पड़ी।

मुझे जहाँ मुम्बई पुलिस की फ़ाइलों से ढेर सारी जानकारी मिली, वहीं बीच की ख़ाली जगहों को भरने में कई लोगों ने आगे बढ़कर मेरी मदद की और अपना क़ीमती वक़्त मुझे दिया।

फ़ेहरिस्त की शुरूआत होती है, राज्य पुलिस के आतंकवाद-विरोधी दस्ते के मुखिया राकेश मारिया के साथ। मैं श्री मारिया का शुक्रगुज़ार हूँ जिन्होंने क्राइम ब्रांच में ख़ुफ़िया प्रभाग के पुलिस के पहले डिप्टी कमिश्नर के अपने कार्यकाल के दिनों के अपने तजुरबों से मुम्बई अण्डरवर्ल्ड को समझने में मेरा मार्ग प्रशस्त किया।

मैं आतंकवाद-विरोधी दस्ते में श्री मारिया के डिप्टी रहे प्रदीप सावन्त का भी ऋणी हूँ जो मराठी गिरोहबाज़ों से सम्बन्धित जानकारी के भण्डार थे।

111 मुठभेड़ों का अनुभव रखने वाले प्रदीप शर्मा ने अपने वृत्तान्तों और दिलचस्प अन्दरूनी क़िस्सों से इस किताब को समृद्ध किया।

सचिन वज़े को भी श्रेय जाता है जिन्होंने गवली और नाइक गिरोहों के कई गिरोहबाज़ों से सम्बन्धित दस्तावेज़ों, बयानों और पूछताछ-रिपोर्टों को मेरे साथ साझा किया।

अगर मैं स्वर्गीय विजय सलस्कर का ज़िक्र नहीं करूँगा, तो मुम्बई पुलिस के अधिकारियों के प्रति मेरा धन्यवाद अधूरा रहेगा। सलस्कर ने कई गोपनीय जानकारियों को मेरे साथ साझा किया था, लेकिन इस शर्त के साथ कि उनके नौकरी में रहने तक मैं उन जानकारियों को अपने तक सीमित रखूँ। वे मेरी माफ़िया रिपोर्टिंग को लेकर बहुत चिन्तित रहा करते थे और एक बार उन्होंने मुझे एक छोटी-सी, दो फ़ुट लम्बी कुल्हाड़ी भेंट की थी। मैं इस संभावित ख़तरे पर हँस दिया था, लेकिन उनका इतना इसरार था कि मैंने उसको मंज़ूर कर लिया। बाद में, उनकी मृत्यु के बाद, मैंने उसे समन्दर में फेंक दिया।

इन दिनों *दोपहर का सामना* के सम्पादक प्रेम शुक्ला, जो मेरे समय में *इण्डियन एक्सप्रेस* में अपराध-जगत की रिपोर्टिंग किया करते थे, ने मुझे मराठी गिरोहबाज़ों के उत्थान और पतन के राजनीतिक पक्ष के बारे में समझाया था।

जिस एक और पत्रकार का ज़िक्र मुझे करना चाहिए वो हैं, *द सेना स्टोरी* के लेखक वैभव पुरन्दरे। वैभव *इण्डियन एक्सप्रेस, मिड डे,* और *मुम्बई मिरर* में मेरे साथ काम करते थे और उन्होंने शिव सेना की बेवक़ूफ़ियों और कमज़ोरियों को समझने में मेरी मदद की थी।

इण्डियन एक्सप्रेस के ही साग्निक चौधरी और गौतम मेंगले का भी बहुत-बहुत शुक्रिया जिन्होंने मुझे अख़बार की कतरनें उपलब्ध करायीं।

मैं सेण्ट ज़ेवियर्स कॉलेज मुम्बई के नौजवान छात्रों की टीम का भी एहसानमन्द हूँ। येशा कोटक, आकाश जैन, फोमा रामटेक्के और हरमन गोम्स ने पूरे समर्पण भाव से काम करते हुए अख़बारों की कतरनों और राज्य की पुलिस पत्रिका, *दक्षता* का अम्बार लगा दिया था और गीता गवली, स्मिता सलस्कर तथा अश्विन नाइक के इण्टरव्यू किये। उन्होंने बायकला स्थित दगड़ी चाल तथा चिंचपोकली स्थित 144 टेनेमेन्ट्स के भी कई दौरे किये थे। येशा कोटक और आकाश जैन ने तो अपने काम समय पर पूरे करने के लिए विशेष उद्यम किये। आकाश ने तेज़ बुखार की हालत में भी एड़ी-चोटी एक कर दी थी। येशा ने मुझे कुछ महत्त्वपूर्ण तस्वीरें उपलब्ध करायी थीं और बाक़ी सारे छात्रों के बीच तालमेल बैठाने का काम किया तथा शोध की ज़िम्मेदारी सँभाली। येशा और आकाश, आपकी मेहनत के लिए मैं आपकी सराहना करता हूँ।

क्रमशः सेण्ट ज़ेवियर्स और रहेजा कॉलेज से दो अन्य छात्र थे बिलाल

सिद्दीक़ी और वैभव सोर्टे जिन्होंने विभिन्न पुलिस फ़ाइलों से आँकड़े संकलित करने तथा उन्हें सिलसिलेवार शक्ल देने में मेरी मदद की। यह उनका अथक परिश्रम और उत्प्रेरक समर्पण-भाव ही था कि मैं लगातार अपने कम्प्यूटर पर काम करता रह सका।

केदार नागराजन और आशना गोपालकृष्णन ने भी विवरण जुटाने के लिए कोलाबा स्थित सेण्टर फ़ॉर डाक्यूमेण्टेशन में शोध और छानबीन करते हुए मेरे काम में योगदान किया।

मैं बेहद शुक्रगुज़ार हूँ सुविख्यात क़ानूनविद् एडवोकेट अयाज़ खान का। खान मुम्बई अण्डरवर्ल्ड के साक्षात् विश्वकोष हैं, और उन्होंने घण्टों मेरे साथ बातचीत कर बहुत से अपराधिक मामलों के पीछे के षडयन्त्रों को समझने में मेरी मदद की।

मैं अपने युवा दोस्त विक्रान्त जोशी का भी बेहद शुक्रगुज़ार हूँ, जिन्होंने अपार उत्साह दिखाते हुए शिव सेना के कई अधिकारियों के साथ मेरी मुलाक़ातें आयोजित कीं। विक्रान्त ने वरिष्ठ पत्रकार और *मार्मिक* के भूतपूर्व सम्पादक भाऊ टोर्सेकर से भी मेरी मुलाक़ात करायी, जिन्होंने स्थानीय गिरोहबाज़ों के विषय में शिव सेना के शुरूआती सालों का जायज़ा लेते हुए उदारतापूर्वक मेरे साथ कई-कई घण्टे बिताये।

मैं *पुणे मिरर* के नदीम इनामदार का भी आभारी हूँ जिन्होंने मेरे लिए पुणे से कुछ शोध सामग्री भेजी थी।

मैं उन तमाम स्रोतों का भी आभारी हूँ जो इस पुस्तक की घटनाओं के हिस्से रहे हैं लेकिन जो अपनी पहचान ज़ाहिर नहीं करना चाहते थे।

जब तक मैं अपने दोस्त, रहनुमा, प्रोफ़ेसर, गुरु विक्रम चन्द्रा का उल्लेख नहीं करता तब तक मेरा कोई धन्यवाद ज्ञापन कभी पूरा नहीं होगा। अगर उन्होंने मेरा हाथ थामकर मेरी रहनुमाई न की होती, तो मैं कामयाबी की इस मंज़िल तक कभी न पहुँचा होता। विक्रम, मेरा मार्गदर्शक होने के लिए शुक्रिया।

दोस्तों की बात की है तो यह भी जोड़ दूँ कि मैं अपने दूसरे गुरु और रहनुमा डॉ. शबीब रिज़वी का हमेशा अहसानमन्द रहूँगा, जिनमें मुझे अपना भाई मिला। जब मैंने शोध के सिलसिले में दुबई की यात्रा की थी तो डॉ रिज़वी ने अवर्णनीय सौजन्य का परिचय दिया था और उनके व्यापक प्रभाव ने मेरे लिए वे दरवाज़े खोले थे जिनमें अन्यथा घुसपैठ नामुमकिन होती। उन्होंने इस पुस्तक को एक सामूहिक उद्यम की तरह लिया और उनके पूरे परिवार ने मुझे बेहद

आत्मीयता के साथ रखा। उनके वालिद जनाब यूसुफ़ रिज़वी साहब और उनके भाई ओज़ेर रिज़वी ने सच्ची उदारता दिखाते हुए डेइरा (दुबई) का अपना नया घर मेरे लिए खोल दिया, जहाँ इस पुस्तक के लिए शोध के सिलसिले में मैं रहा था। यूसुफ़ अंकल, आपकी मेहरबानी के लिए आपका शुक्रिया अदा करता हूँ।

डॉ. रिज़वी के दो लाजवाब बेटों, रय्यान और मोहसिन ने इस काम को बेहतर बनाने में मदद की। रय्यान रिज़वी अपनी पढ़ाई छोड़कर मुझे अपनी कार में दुबई के पगला देने वाले ट्रैफ़िक से जूझते हुए शहर के विभिन्न हिस्सों तक ले गये। उनके छोटे भाई मोहसिन रिज़वी ने अपने काम से छुट्टी लेकर इस पुस्तक का आवरण डिज़ाइन किया। मैं शबीब सर की मेहरबानी के लिए उनका हमेशा अहसानमन्द रहूँगा। शुक्रिया रय्यान और मोहसिन। आप लोगों ने मेरे दिल को छू लिया।

इस किताब में सबसे अहम योगदान दिया है मेरी अर्धांगिनी वेली थेवर ने। उसने पूरे मनोयोग के साथ किताब का सम्पादन किया और इसके आख्यान को ताक़तवर बनाया। इस उद्यम में वह मेरी भरोसेमन्द दोस्त, मेरी सहसंवादी, मेरी सह-षडयन्त्रकारी और मेरी प्रधान सम्पादक रही। वह एक विलक्षण स्त्री और श्रेष्ठ पत्रकार है और मैं पूरी विनम्रता के साथ उसे सलाम करता हूँ।

कई सारी खूबियों से लैस नर्जिस मेरी असिस्टेन्ट और सेक्रेटरी बनी; वह हर वक़्त सुलभ होती थी और मुझे तनावमुक्त रखती थी। उसको मेरा बहुत-बहुत प्यार।

मेरे सुपर-हीरो बेटों ने अपने खाली समय की कुरबानी दी ताकि मैं इस पुस्तक को समय पर पूरा कर सकूँ। अम्मार और ज़ैन, तुम दोनों को प्यार।

स्रोत

इस पुस्तक के बुनियादी स्रोत नीचे अंकित सरकारी दस्तावेज़ रहे हैं :

विभिन्न गिरोहबाज़ों की पुलिस फ़ाइलें;

एम. एन. सिंह (भूतपूर्व जॉइंट कमिश्नर, क्राइम) द्वारा तैयार किया गया संचयन, 'द ग्रोथ ऑफ़ गैंग्स्टरिज़्म इन मुम्बई';

मुम्बई पुलिस द्वारा सेशन्स और एमसीओसीए अदालतों समेत विभिन्न अदालतों में पेश किये गये आरोप पत्र; अश्विन नाइक, अनिल परब, बण्ड्या मामा, ओ. पी. सिंह, अरुण गवली और अन्य लोगों के बयान तथा पूछताछ रिपोर्टें।

गिरोहबाज़ों की ज़िन्दगी की बहुत सारी जानकारियाँ तथा समझ मैंने अरुण गवली तथा छोटा राजन गिरोह के बहुत से आदमियों से निजी बातचीत करके जुटाई है। अश्विन नाइक की पत्नी नीता नाइक को मैं निजी तौर पर जानता था और वे बहुत अच्छी संस्मरणकार थीं।

आतंकवाद-विरोधी दस्ते के मुखिया राकेश मारिया ने हमेशा की तरह बहुत उदारतापूर्वक मदद की। वे 1994 से 1998 के बीच क्राइम ब्रांच के ख़ुफ़िया प्रभाग में डीसीपी के अपने कार्यकाल के दौरान घटनाक्रम में सबसे ज़्यादा मुब्तिला रहे थे।

प्रदीप सावन्त, प्रदीप शर्मा और मरहूम विजय सलस्कर ने भी अपनी जानकारियों और नज़रियों की मार्फ़त बहुत मदद की।

बॉम्बे के पुराने इतिहास का स्रोत *ग्रेटर बॉम्बे डिस्ट्रिक्ट गजेटियर*, 1960 रहा है।

कारख़ानों की ज़मीन के बारे में अपने शोध के लिए मैं बहुत हद तक दत्तात्रेय कर्वे या, जैसे कि वे भिवण्डी में जाने जाते हैं, डी. के. कर्वे का ऋणी हूँ। वे भिवण्डी टेक्स्टाइल मैन्यूफ़ैक्चरर्स असोसिएशन लि. के उपाध्यक्ष थे और अभी भी एक पुराने वाड़ा में रहते हैं। वे अस्सी वर्ष से ऊपर हैं और उन्होंने मुम्बई में गिरनगाँव के विकास के बारे में वेली थेवार से बातचीत के लिए वक़्त निकाला।

डेरिल डमॉन्ट की ऐतिहासिक खोजपूर्ण पुस्तक *रिपिंग द फ़ैब्रिक : द डिक्लाइन ऑफ़ मुम्बई ऐण्ड इट्स मिल्स* कारख़ाना मालिकों, सरकार तथा गिरोहबाज़ों के बीच की साँठगाँठ के बारे में जानकारी का एक विस्मयकारी स्रोत रही है।

राजन का इण्टरव्यू 31 जनवरी 1996 के *इण्डिया टुडे* में प्रकाशित हरिन्दर बावेजा के इण्टरव्यू से लिया गया है।

अरुण गवली और अमर नाइक जैसे गिरोहबाज़ों के विषय में शिव सेना की राजनीति की अन्दरूनी समझ और नज़रिया शिव सेना के साप्ताहिक पत्र *मार्मिक* के भूतपूर्व सम्पादक भाऊ टोर्सेकर से लिए गये साक्षात्कारों की मार्फ़त विकसित हुआ।

गवली के बारे में स्वर्गीय बाल ठाकरे के निर्णायक रवैये की समझ वर्षा भोसले के कॉलमों से मिली, जिन्होंने *सामना* के एक सम्पादकीय से उद्धरण दिया है : http://www.rediff.com/news/sep/12varsha.htm 'Swimmming with the Sharks,' commentary by Varsha Bhosale.

सोमनाथ बाटाब्यल द्वारा लिया गया अश्विन नाइक का इण्टरव्यू 'द रिलक्टेण्ट गैंग्स्टर' *द वीक* पत्रिका में प्रकाशित हुआ था।

अश्विन नाइक और उसके जेल-जीवन से सम्बन्धित जानकारी 17 मार्च 2013 के *द टेलिग्राफ़* के रविवारीय संस्करण में प्रकाशित तिहाड़ जेल पर केन्द्रित वृत्तान्त 'द हार्ट ऑफ़ डार्कनेस' से ली गयी है।

पुस्तक में बयान की गयी कई घटनाओं का मैं उन दिनों गवाह रहा था और मैंने उनकी रिपोर्टिंग की थी जब मैं *इण्डियन एक्सप्रेस* और *मिड डे* की क्राइम बीट से सम्बद्ध हुआ करता था।

मैंने *टाइम्स ऑफ़ इण्डिया, हिन्दुस्तान टाइम्स, मुम्बई मिरर, डीएनए* और Rediff.com समेत कई वेबसाइट्स से भी हवाले दिये हैं।